新潮日本古典集成

古今著聞集

上

西尾光一　小林保治　校注

新潮社版

目次

古今著聞集上　細目

古今著聞集　巻第三……一三三

政道忠臣　第三……一三三

文　学第五 …… 一五九

凡　例

一、本書は、広島大学附属図書館蔵の『古今著聞集』九条家本を底本とした。

一、底本は現存諸本の中で、もっとも多く古態を残し、原典に近いと認められている伝写群に属し、書写年代も古く本文も整っている最善本といってよい。桃園文庫（池田亀鑑氏所蔵図書）に蔵されていた時期もあった。

一、底本における誤脱や衍字《えんじ》は、宮内庁書陵部蔵第一本（略号陵本）、学習院大学図書館蔵本（略号学本）などの他に、新資料として岡山市伊木家旧蔵本（略号伊木本・西尾蔵）を参照して修訂した。

一、底本には、第一冊のはじめに序文と二十巻三十篇の総目録が載せてあるだけで、各話ごとの標題はない。本書では、『古今著聞集目安』、および永積安明・島田勇雄両氏校訂の日本古典文学大系『古今著聞集』（略号大系本）、中島悦次氏校注の角川文庫『古今著聞集』などの標題を参考にして、これらと同じか、もしくは近似した標題を全説話について設定し、検出の便を計った。

一、各説話に全巻通しの説話番号を付したが、その番号はすべて大系本のそれと合致させた。説話の立て方、区切り方には種々の問題点があり、大系本において、各篇のはじめの小序を、一話として扱っている点など賛同し難い点もあるが、諸刊本の間の説話番号にくい違いやずれがない方がよいと考えて、あえて異を立てないことにした。

一、底本はおおむね各説話ごとに改行してあるが、段落を示すための改行はない。本書では、説話の構成をわかりやすくするために、適宜段落を切り、改行した。また構文を明らかにするために、会話や引用文には「　」を施した。
一、底本には句読点はないが、読解の便宜のために新たに句読点を施した。
一、底本における草仮名および古体・異体・略体の漢字は通行のものに改めた。また、底本には振仮名や清濁の表記はないが、歴史的仮名遣いによって適宜振仮名をつけ、濁音符・半濁音符を施した。
一、底本における宛字・借字や、漢字の表記が現行の通例といちじるしく異るものは、通行の漢字あるいは仮名書きに改めた。また、送り仮名は適宜補った。
例　尺尊→釈尊　指粉→脂粉　邑上帝→村上帝　参川→三河
一、底本には、漢語や人名を仮名書きにしたもの、仮名書きだけの叙述が長々と続くもの、同一の語句や固有名詞を漢字書きにしたり仮名書きにしたりしていちじるしい不統一を感じさせるものなどがある。これらには必要に応じて適宜仮名に漢字を宛てて統一するなどして、通読の便をはかった。
一、底本における仮名遣いのみだれは、通行の歴史的仮名遣いに統一した。また、底本は反復記号「〱」「ゝ」を頻用するが、それらはそれぞれに該当する漢字や仮名に改めた。
一、底本には官位または通称の横にしばしば固有名詞などが傍記されている。それらの中で、解釈の助けとなるものは括弧を施して本文に組み入れた。
例　右大臣《実資》→右大臣（実資）
一、序文、本文中の長文の漢文は、平仮名まじりの訓読文に改め、原漢文が資料上必要と思われる箇所は、＊印を付して巻末付録に掲げた。また詩句には訓点を施し、下に訓み下し文を色刷りで付した。

一、本文の通読・理解に資するための注解は、傍注（色刷り）と頭注とから成る。傍注には現代語訳、頭注には人物・事項・説話の背景・本文の校異等の解説を宛てることとし、見開き二頁に収めるようにした。また、傍注の〔　〕は主語や補足語など本文にない語句を補ったものであり、（　）は会話の話者や和歌の詠者などを示したものである。

一、各篇の冒頭部の頭注には、当該各巻各篇の趣意・内容に関する簡単な解説（＊印）を載せた。また適宜＊印の箇所を設け、本書の理解や鑑賞を深めるために、説話文学に関連のある話題を掲げて解説した。

一、頭注の各説話の冒頭の小見出し（色刷り）は、人物を中心にして把えたその説話の主題もしくは要点を示す。長文の説話で、しかも二話もしくは三話が結合していると認められる場合は、本書の説話番号では一話としているが、この小見出しでは別々に扱った（「解説(一)」参照）。

一、巻末に付録として、序文と本文中の原漢文、図録を掲載した。

一、本文および頭注・傍注の作製には小林が当り、各説話の標題および小見出し、ならびに頭注の解説（＊印）と和歌の解釈とは西尾が担当し、両名で検討修訂した。また、巻四の漢詩文の読解については柳瀬喜代志氏、難解の和歌の解釈については福田秀一・久保田淳両氏の懇切な御助力・御教示をいただいた。

一、その他にも、本書の上梓に当り、先学知友から受けた学恩は多大である。中にも、永積安明氏は、氏が大系本を編著せられた時点では、所在不明であった九条家本が、その後広島大学附属図書館に入っていることを教示して、本書の底本とするよう懇切にすすめてくださった。また、底本閲読・撮影については、広島大学の稲賀敬二氏から一方ならぬ御援助と御協力をいただいた。深い感銘をもって、心からの御礼を申し上げる。

一、底本の刊行を許諾せられた広島大学附属図書館をはじめ、対校本の閲読などに便宜を与えられた宮内庁書陵部・学習院大学図書館に深く感謝する。

古今著聞集　上

古今著聞集　序

古今著聞集編集の意図と性格

*それ著聞集といふは、[一]宇《う》県《けん》の亜相《あしやう》が[二]巧語の遺類《あとを継ぐ書物》、[三]江家の都督《ととく》が[四]清談の余波《なごりの書物》なり。[五]余、芳橘《はうきつ》の種胤《しゆいん》を稟《う》けて、[六]璅材《さざい》の樗質《ちよしつ》を顧みるに、[七]琵琶は賢師の伝ふる所《伝授を受けた》なり。たまたま[八]六律六呂《りくりつりくりよ》の調べを弁《わきま》ふ。図画《とぐわ》は愚性の好む所なり《自分の趣味である》。自ら一日一時の心を養ふ《その時々の気持を満足させる》。於戯《ああ》、[九]春鶯《しゆんあう》の花の下に囀《さへづ》り、秋鴈《しうがん》の月の前に叫ぶ、暗《そら》に幽曲の和し易き《すぐれた曲は自然と一致し易い》ことを感ず。風流の地勢に随ひ《風流心は自然の様に従い生じ》、品物《ひんぶつ》の天為に叶ふ《万物は自然の作用に合致する》、悉く彩筆の写すべきを憶《おも》ふ。

これによつて或は伶客に伴ひて《楽人と合奏して》潜《ひそ》かに治世の雅音《がいん》を楽しみ、或は画工に誂《あつら》へて略《ほぼ》[一〇]振古《しんこ》の勝概《しようがい》を呈す。蓋《けだ》し居ること暇景多かつしより《暇な身の上になってから》以《この》降《かた》、閑《しづ》かに徂年に度《わた》る《閑居して幾年も暮しているので》の故に、この両端《音楽と絵画》を勘《かんが》ふるに拠《よ》つて、その[一一]庶事《種々の事柄》を捜《さぐ》り索《もと》む。詮緝《ちゆうしふ》して《書き集めて》三十篇となす。編次すること[一二]二十巻、名づけて古今著聞集と曰《い》ふ。

一 権大納言源隆国（一〇〇四〜七七）をさす。「宇県」は宇治（京都府宇治市）の、「亜相」は大納言の中国風な呼称。宇治の地に居住した大納言の意。
二 源隆国が編述したとされる『宇治大納言物語』。
三 大宰権帥《だざいのごんのそつ》大江匡房《おおえのまさふさ》（一〇四一〜一一一一）をさす。「江家」は大江家の、「都督」は大宰帥（長官）の中国風な呼称。
四 『江談抄《ごうだんしょう》』（六巻）をさす。大江匡房の談話を藤原実兼（一〇八五〜一一一二）が筆録したといわれる。
五 「余」は自分、橘成季《なりすえ》。自分は名族橘の家に生れ、の意。成季は、出羽守《でわのかみ》橘清則の子で、親戚の光季の養子。寛喜二年（一二三〇）ごろ九条道家の近習を勤めていた。生没年は未詳。
六 「璅材」は才能の貧しいこと、「樗質」は非才《ひさい》であること。ともに自分を謙遜していう語。実際は「近習無双」（『明月記』）と評された多才な名随身であった。
七 琵琶の名師、藤原孝時。三三一頁*印参照。
八 器楽の奏法、音楽の道をいう。「六律」は壱越《いちこつ》・平調《ひょうぢょう》・下無《しもむ》・鳧鐘《ふしょう》・鸞鏡《らんけい》・神仙の六音、「六呂」は断《たん》金《ぎん》・勝絶《しょうせつ》・双調《そうぢょう》・黄鐘《おうしき》・盤渉《ばんしき》・上無《かみむ》の六音の総称。
九 雅楽の壱越調の名曲「春鶯囀《しゅんのうでん》」を踏まえたか。
一〇 「振古」は往時、「勝概」はすぐれた景色。
一一 この点については、七二一話に続く跋文《ばつぶん》（下巻所収）でも、古今の資料を博捜した事を述べている。
一二 二十巻の編成は、勅撰和歌集にならったもの。

頗《すこぶ》る[一]狂簡たりと雖《いへど》も、聊《いささ》かにまた実録《事実の記録》を兼ぬ。敢へて漢家経史《中国の経書や史書》の中を窺《うかが》はず、世風人俗《世間風俗の中に生じたもの》の製有り。只今《しこん》、日域古今《わが日本国の昔今の範囲》の際を知つて、街《世間》談巷説《話や説話》の諺《ことわざ》有り。なほ浅見寡聞《せんけんくわぶん》の[二]疎越《そゑつ》を愧《は》づ。偏《ひと》へに博識宏達《はくしよくくわうたつ》の[三]盧胡《ろこ》を招く。[四]ゆめゆめ蝸廬《くわろ》を出《いだ》さざれ。謬《あやま》つて[五]鴻宝に比す。時に[六]建長六年応鐘《おうしよう》中旬、[七]散木《さんぼく》の[八]士橘南袁《きつなんゑん》、恣《ほしい》ままに小童《近侍の青年》に課《おほ》せて、[九]猥《みだり》がはしく大較《たいかう》を叙《の》ぶるのみ。

一 愚にもつかないような諸事を書き集めたもの。本書を卑下した言い方。

二 書き漏らした事や逆に筆が滑って書き過ぎた事。跋文で成季は、結果的に根拠のない浮説と確かな事実とが入り交じることになった、とも告白している。

三 手を口に当てて笑うこと。相手を軽蔑した笑い。

四 決して家から持ち出してはならない。跋文でも「他見をゆるすべからず」、門外に持ち出す者は「我が子孫たるべからず」と繰返す。「蝸廬」は我が家。

五 大宝。転じて、ここは大著の意。

六 一二五四年。「応鐘」は陰暦十月。

七 成季《なりすえ》の謙称。「散木」は、ものの役に立たない木。

八 成季の訓読に南理須袁と漢字をあて、その首尾の二字を採った中国風の名乗り。「宇県の亜相」、「江家の都督」という呼称に対応させた。

九 乱雑に、おおよその事を述べたまでである。「大較」は概要。

＊ **説話集の序について** 古代初期の『日本霊異記《りよういき》』『三宝絵詞《さんぼうえことば》』、或は『日本往生極楽記』以下の往生伝類には自序があり、編成の意図などもはっきりしているが、古代末から中世にかけて出た『今昔物語集』『宇治拾遺物語』などは、編者も不明で序文もない。しかるに、『発心集《ほつしんしゆう》』『沙石集《しやせきしゆう》』『十《じつ》訓抄《きんしよう》』それに本書など、鎌倉期の説話集になると、再び編者が序文の中で自己を語り、撰述の目的・動機などを読者に表白するようになる。

古今著聞集　巻第一

神《じん》祇《ぎ》第一

神々を祭り、神々に守られてきた我が国

一（序）　天地《てんち》開闢《かいびやく》以来神祇祭祀の事

一天地《あめつち》いまだわかれず、二渾沌《まろかれ》たる鶏《とり》の子のごとし（卵のようだ）。その澄めるはた（［その中で］上層の澄んだ）（ところが）なびきて天となり。濁れるは沈《しづ》み滞《とどこほ》りて地《つち》となる。時に天地《あめつち》の中に一つの物あり。かたち三葦牙《あしかび》のごとし。則《すなは》ち化《け》して神となる。国常立尊《くにのとこたちのみこと》これなり。四それよりこのかた、天神《あまつかみ》七代、五地神《くにつかみ》五代なり。彦《ひこ》波瀲武鸕鷀草葺不合尊《なぎさたけうがやふきあへずのみこと》の御子、六神武天皇よりぞ人代とはなりにける（人間天皇の統治する世となった）。この御時、七戊子《つちのえね》の年九月に、はじめてもろもろの神をまつられけり。

＊**神祇篇**　神祇とは天神と地祇すなわち天つ神と国つ神の意であるが、内侍所の由来から承元四年（一二一〇）の話まで、神々もしくは神仏習合にかかわる説話三十二話を収める。神々の託宣が人間の運命や幸不幸のきめ手になった話が多い。巻末四話は抄入と思われる。

一　ここは、『日本書紀』神代紀、上の叙述による。

二　渾沌《こんとん》として、形状の未分化な状態の比喩《ひゆ》。

三　葦の芽で、初めて地上に現出した生命をもった存在の象徴。以上、国土と生命の起源を説く。

四　以下、神代から人代への移行を述べる。天神七代とは、男神三代（国常立尊、国狭槌尊《くにのさつち》、豊斟渟尊《とよくむぬ》）ならびに男女神四代（泥土煮尊《うひじに》、沙土煮尊《すひじに》、大戸之道尊《おおとのじ》、大苫辺《おおとまべ》尊、面足尊《おもだる》、惶根尊《かしこね》、伊奘諾《いざなぎ》尊、伊奘冉尊《いざなみ》）をさす。

五　伊奘諾尊・伊奘冉尊の子からの五代（天照大神《あまてらすおおみかみ》、正哉吾勝々速日天忍穂耳尊《まさかあかつかちはやひあまのおしほみみ》、天津彦々火瓊々杵尊《あまつひこひこほのににぎ》、彦《ひこ》火々出見尊《ほほでみ》、彦波瀲武鸕鷀草葺不合尊《ひこなぎさたけうがやふきあえず》）をさす。天照大神は瓊々杵尊《ににぎ》に、八坂瓊《やさかに》の曲玉《まがたま》・八咫《やた》の鏡・草薙《くさなぎ》の剣《つるぎ》を与えた。

六　日向《ひゅうが》から瀬戸内海・熊野・吉野を経て大和に到り、諸豪族を平定、橿原《かしはら》宮で即位した。

七　正しくは「戊午」。神武五十八年九月、天香山《あまのかぐやま》の土で祭器を造り、神祇を祭ったことをいう。

第十代崇神天皇《すじんてんわう》[一]六年に天照大神《あまてらすおほみかみ》を笠縫邑《かさぬひのむら》[二]に祭りたてまつる。同じき七年[三]に天社《あまつやしろ》、国社《くにつやしろ》および諸国諸神の神戸《かんべ》[四]を定めらる。その後、世治《をさ》まり、民ゆたかなり。

第十一代垂仁天皇《すいにんてんわう》[五]二十五年三月に、あまてる御神《おほんかみ》の御教へ[六]にしたがひて、伊勢の国五十鈴《いすず》[七]の河上にいはひたてまつりて《神宮を建て神として祭り》、第二の皇女倭姫命《やまとひめのみこと》を斎宮《いつきのみや》に奉られけり《おつかわしになった》。

およそ我が朝は神国として大小の神祇《もろもろの天神地祇》、部類《その親族》、眷属《一族》、権化《ごんげ》の道、感応あまねく通ずるものなり《信心や願いがことごとく神々に通じる国である》。いはゆる神功皇后《じんぐうくわうごう》[八]の三韓をたひらげ給ふにも、天神地祇《てんしんちぎ》ことごとくあらはれ給ひける《そろって現れて助力されたという》とぞ。これによつて、かたじけなくも二十二社[九]の尊神を定めて、専《もは》ら百王百代の鎮護にそなへたてまつる。天子より始めて庶人《しよじん》に至るまで、その明徳《神々の》を仰がずといふことなし。

桓武《くわんむ》天皇の御宇、延暦《えんりやく》元年五月四日[一〇]、宇佐宮《うさのみや》[一一]の御託宣に、「無量《量り知れない》劫《長い時間の中に》の中に、三界《さんがい》[一二]に化生《けしやう》して、方便をめぐらして《手だてを講じて》衆生《しゆじやう》を導く。名をば

一 性聡敏にして少年時より雄武を好み、壮年に到り神祇を敬信した（『日本書紀』巻五）。
二 疫病の流行や百姓の逃亡などが続いたため、天皇は豊鍬入姫命《とよすきいりひめのみこと》に命じて、従来、皇居に祭っていた天照大神を笠縫の村（奈良県磯城郡）に祭り直させた。
三 この年十一月、卜兆により八十万《やそよろず》の群神《もろかみ》を祭ることになり、天神社《あまつかみ》、国神社《くにつかみ》以下の事が制定された。
四 神社に付属し、租庸調を貢納した民戸（部民）。
五 崇神天皇第三皇子。性真直にして、度量抜群と伝えられる（『日本書紀』巻六）。
六 天照大神の倭姫命に対する「この神風の伊勢の国は、常世の浪の重浪《しきなみ》よする国なり。傍国《かたくに》の可怜《うま》し国なり。この国に居らんと欲《おも》ふ」という神告をさす。
七 伊勢の狭長田の五十鈴川。天照大神の初めて天降りした場所。磯の宮が造立された。
八 仲哀天皇妃、応神天皇の母。四世紀後半、新羅《しらぎ》・百済《くだら》・高句麗《こうくり》を帰順させたとされる。
九 朝廷から奉幣使の派遣された畿内の大社。伊勢大神宮・石清水八幡宮・春日社・上下賀茂社等々をいう。
一〇 七八二年。ただし改元は八月十九日。
一一 応神天皇・神功皇后等を祭る北九州の名社。この託宣を、『扶桑略記《ふそうりやつき》』は、延暦二年五月四日の条に記す。「託」は底本「詫」。伊木本により改訂。
一二 衆生が生死輪廻《りんね》を繰返すとされる欲界・色界・無色界の三つの世界。「化生」は、生れ変ること。
一三 悪鬼悪神による悩乱から念仏行者を擁護するとさ

れる二十五菩薩の一。八幡宮の本地仏。
一四 三種の神器の一つである八咫《やた》の鏡。宮中温明殿《うんめいでん》内の内侍所に安置されることにより、かく呼ばれた。
一五 天皇の日常の御所たる九間四方の殿舎。母屋の南は昼《ひ》の御座《おまし》で、公卿・殿上人、后妃・女官も多く参上した。それだけに神鏡への思わぬ無礼を懸念されたのであろう。
一六 紫宸殿の東南の方向に位置する殿舎。その南の母屋が内侍所または賢所《かしこどころ》と呼ばれる神鏡の安置所で、主殿寮《とのも》・掃部寮《かもん》の女官の詰所でもあった。
一七 天徳四年（九六〇）九月、内裏が焼亡したが、神鏡の話は、その折のこととは認めがたい。『撰集抄』もこの一件を伝える。
一八 藤原実頼《さねより》（九〇〇～九七〇）。関白忠平の長男。有職故実に通じた人物。「御目をふさぎて」とあるのも、神鏡をまともに見ると目がつぶれるという伝承を知っていたため。
一九 この袖を熱病で臥していた九条師輔《もろすけ》の枕頭に置くと忽ちに平癒したという（『撰集抄』）。
二〇『村上天皇御記』によれば、九月二十三日の深夜から早暁にかけての火災。宣陽殿の累代の宝物、温明殿の神鏡・太刀、安福・春興両殿の戎具《じゆうぐ》、内記所の文書、仁寿殿の太一式盤《たいいつしきばん》等が灰燼《かいじん》に帰している。この時、源重光は、御剣と璽箱を携えて天皇に従った。

神鏡焼損に見る世のくだりゆくさま

一三 大自在王菩薩《だいじざいわうぼさつ》といふなり」と仰せられけり。あはれにたふとくこそ侍れ。

二 内侍所《ないしどころ》焼亡の事

一四 内侍所《神鏡は》は、昔は清涼殿《せいりやうでん》一五 に定め置きまゐらせられたりけるを、おのづから《もしも万一》無礼のこともあらば、その恐れあるべしとて《畏れ多いことであるからといって》、一六 温明殿《うんめいでん》に移されにけり。この事いづれの御時の事にか《何天皇の御代のことかは》、おぼつかなし《はっきりしない》。かの殿《温明殿が》、清涼殿よりさがりたる《低くなっているのは》、便《びん》なしとて《不都合だというので》、内侍所に定められたる方をば、板敷《いたじき》を高く敷きあげられたりけるとぞ。

一七 天徳の内裏《だいり》の焼亡《ぜうまう》に、神鏡みづから飛び出で給ひて、南殿の桜の木《紫宸殿の前の左近の桜》にかからせ給ひたりけるを、一八 小野宮殿ひざまづきて御目をふさぎて、警蹕《けいひつ》を高く唱へて《制止の声を高く唱え》、御うへの衣《きぬ》一九 の袖をひろげて、うけまゐらせ《うけとり申し上げようと》られければ《したところ》、即ち飛び帰りて、御袖に入らせ給ひたりと申し伝へて侍り。されどこの事おぼつかなし。その日の御記二〇 に云はく、「*天徳四年九月二十四日申《さる》[一]の刻《こく》、重光朝臣《しげみつあそん》[二]来たりて申して云はく、火気頽《すとぶ》る[三]消え罷《や》みて、温明殿に到りてこれを《神鏡を》求むるに、瓦《かはら》の上に鏡一面在《あ》り。その鏡[四]八寸、頭《かしら》に一の瑕《きず》有りと雖《いへど》も、円規《丸い形》甚《はなは》だ以《もつ》て分明《ふんみやう》なり。露《あらは》れ出でて破れたる瓦の上に俯《ふ》す。これを見る者驚かずといふことなし」。或る御記かくのごとし。小野宮殿[五]の事見えず。おぼつかなき《疑問の残るところで》こと《ある》なり。

寛弘《くわんこう》[六]の焼亡には、焼け《〔神鏡は〕》給ひたりけれども、少しもかけさせ給はざ《破損なさらなかった》りけり。その時の公卿勅使《くぎやうちよくし》（宸筆宣命の始まり）、行成卿[七]なり。宸筆の《天皇ご直筆の》宣命《せんみやう》はこの御時はじまれり。長久《ちやうきう》[八]の焼亡にぞ焼け損ぜさせ給ひにける。それより、その焼けさせ給ひたる灰をとりて、唐櫃《からびつ》に入れたてまつりて、今はおはします、これなり。

世のくだりさま《衰微する様子》、神鏡の御やうにて見えたり。神威いつとても《神々の御威光はいつも》、なじかはかはり給ふべきなれども《お変りになるわけはない筈だが》、世のくだりゆくさまをしめし給ふゆゑに、かくなりゆかせ給ふにこそ。今行末いかならん《これからどうなることだろうか》。かなし

一 午後四時ごろ。
二 源重光。時に左中将・播磨守。三十一歳。
三 ほとんど。大方。
四 前記『御記』によれば、直径八寸の鏡。
五 鎮火を待って早々に現場へ駆けつけた重光等は、損傷の少ない神鏡を見つけ出しているわけで、ここには小野宮実頼の介入する余地がまったくない。
六 寛弘二年（一〇〇五）十一月十五日の火災。『禁秘抄』は、神鏡に「闕損無し」と記すが、『帝王編年記』は、「夜内裏焼亡、神鏡焼け損ず」と伝える。
七 藤原行成（九七二～一〇二七）。能吏であり、書家としても著名であった。この時は、参議で左大弁・兵部卿・侍従。伊勢神宮へ一条天皇宸筆の宣命を携え、罹災の報告に赴いた。
八 長久元年（一〇四〇）九月九日、里内裏の京極殿《きようごくどの》が焼け、神鏡が灰の中から焼け損じて見つかった（『春記』）。京極殿は藤原道長の旧邸で、上東門院とも呼ばれ、土御門の南・京極の西、南北二町に及んだ宏大な邸第。

むべきことなり。

三　貞崇法師勅命念仏の折、稲荷神託宣の事

念仏を妨げた邪気調伏の神託を受けた貞崇

[九]延長八年六月二十九日の夜、貞崇《ぢやうそう》[一〇]法師勅をうけたまはりて、清涼《せいりやう》[一一]殿《でん》に候ひて念仏し侍りけるに、夜やうやう《しだいに》深《ふ》けて、東の庇《ひさし》[一二]に大きなる人の歩《あゆ》む音聞えけり。貞崇、簾《すだれ》をかきあげて見ければ、歩み帰る音して人見えず。そののちまた小人の歩み来る声す。やうやう近くなりて、女の声にて、「何によりて候ふぞ」《何のためにそこに伺候しておいでですか》と問ひければ、貞崇、勅をうけたまはりて候ふよしをこたふ。小人のいひけるは、「先の[一三]度《たび》、汝《なんぢ》、大般若《だいはんにや》[一四]の御読経つかうまつりしに験《げん》ありき。はじめ歩み来たりつるものは邪気《物の怪である》なり。かの経によりて足焼け損じて調伏《てうぶく》せられ《祈り伏せられた》ぬ。後のたびの金剛般若[一五]の御読経奉仕の時は験なかりき。このよしを奏聞《天皇に申しあげて》して大般若の御読経をつとめよ。我はこれ稲荷《いなり》[一六]の神なり」とて、失《う》せ給ひぬ。貞崇、このよしを奏聞し侍りけり。

九　九三〇年。五月から七月にかけて、客星(流星・新星など一時的に現れる星)が出現、人々は凶事を予測して不安の中にあった。はたして六月二十六日未明、清涼殿に落雷があり、大納言藤原清貫、右中弁平希世等が震死した。醍醐天皇はこれに惶怖《こうふ》、玉体不予となられ、常寧殿に遷幸した。その夜の夢に尊意の誦する陀羅尼の声を不動明王の声と聞いた天皇は、翌二十七日に尊意に祈雨法を修せしめたが、なお不予が続いたため、二十九日に夜の御殿《おとど》の隣室で貞崇に祈らせることになった(『扶桑略記』『日本紀略』等)。

一〇　醍醐寺の座主。九四四年没、七十九歳。承平二年(九三二)九月に朱雀天皇の護持僧の労として権律師に任じられている。聖宝僧正の弟子、真言院の僧都と号した。

一一　天皇の御寝所である夜の御殿の隣りの二間には、観音像が懸けられ、加持の護持僧が宿直した。

一二　寝殿造りで、母屋の四面にある細長い部屋。

一三　この年四月上旬、宮中で催された国家鎮護の御祈禱(大般若会)の転読の際のことをさす。

一四　大般若波羅蜜多経による祈禱。

一五　金剛般若波羅蜜多経による祈禱。

一六　京都市伏見区の稲荷神社に祭られる荼枳尼天《だきにてん》。

はじめての祭礼をよろこぶ和歌を託宣した新羅明神

四　新羅明神、三井寺に垂迹《すいじやく》して和歌を託宣の事

三井《みゐ》[一]寺の鎮守《ちんじゆ》新羅明神《しんらみやうじん》は、娑竭羅龍王《しやかつらりゆうわう》[二]の子なり。智証大師《ちしようだいし》[三]渡唐の時、大師[四]の仏法をまもらんと誓ひ給ひて、形をあらはして《この世に姿を現して》かの寺に跡を垂れ給へる《神として鎮座なさっている》なり。円満院[五]の僧正明尊《そうじやうみやうそん》、はじめて祭礼[六]を行はれける時、明神よろこばせ給ひて、一首の和歌を託宣し給ひける、

唐船《からふね》[七]に法《のり》まもりにと来しかひはありけるものをここの泊《とまり》に

内裏と如法経とを守護する託宣をした住吉明神

五　慈覚大師如法経書写の折、住吉神託宣の事

慈覚大師《じかくだいし》[八]、如法経《によほふきやう》[九]書き給ひける時、白髪の老翁杖《つゑ》にたづさはりて《すがって》、山に《比叡山に》よぢ登りけるが、「あな苦し。内裏の守護といひ、この如法経の守護といひ、年はたかくなりて《年をとったので》苦しう候ふぞ」と、のたまひけり。「誰が御渡り候ふぞ《どなたがおいでくださったのですか》」とたづね申されければ、「住吉[一〇]の神なり」とぞ名乗《なの》り給ひける。皇威も法威も《天皇の御威光も仏法の威力も》めでたかりけるかな。

一　大津市にある天台宗寺門派の寺院園城寺《おんじようじ》の通称。七世紀後半に大友氏の氏寺として建立され、貞観《じようがん》年間に智証大師を迎えて延暦寺の別院となった。

二　園城寺北院に祭られる寺の守護神。シャカツラという海龍王の子で、海神。

三　円珍（八一四〜八九一）。十五歳の時、延暦寺で出家。第五代天台座主。

四　天安二年（八五八）、智証大師が多数の仏典を携えて唐より帰国の折、新羅明神が海中から出現し、弥勒《みろく》の出世時までの護持を約したという。四〇話参照。

五　園城寺の一院。明尊は、長元三年（一〇三〇）、長暦二年（一〇三八）と、二度にわたって園城寺長吏に任ぜられている。

六　永承七年（一〇五二）九月に行われ、剣千本を供えるという壮観なものであった（『園城寺伝記』）。

七　唐舟に乗って仏法を守るためにこの三井寺の泊地に来たが、来た甲斐があったとしみじみ感じる。

八　最澄の弟子円仁《えんにん》（七九四〜八六四）。承和五年（八三八）入唐《につとう》。五台山等で学び、承和十四年帰朝。

九　入唐以前、三十代の三年間、比叡山中に庵居して写経した。「如法経」は、仏の教えそのままに法華経を石墨・草筆をもって書写したものをいう。

一〇　大阪市住吉区に鎮座する神功皇后縁《ゆかり》の名社の神。

住吉は[一一]四所《よところ》おはします。一の御所《おんところ》は[一二]高貴徳王大菩薩《かうきとくわうだいぼさつ》なり。龍に乗る。御託宣に云はく、「*我はこれ[一三]兜率天《とそつてん》の内なる高貴徳王菩薩なり。国家を鎮護せんがために、当朝墨江《すみのえ》の辺に跡を垂る。松林の下《もと》に久しく《長い》風霜を送る《歳月を送った》。時に受苦有り。自ら北方に当りて、一の勝地有り。願はくは公家に《朝廷に》奏達して、一の伽藍《がらん》を建立《こんりふ》して、法輪を転ぜよ《仏法を弘めよ》[一四]云々」。これによりて[一五]神宮寺をば建立せられけるなり。また[一六]津守国《つもりのくに》基《もと》申し侍りけるは、「南社《みなみのやしろ》は[一七]衣通姫《そとほりひめ》なり。[一八]玉津島明神《たまつしまみやうじん》と申すなり。和歌の浦に玉津島の明神と申す、この衣通姫なり。昔かの浦の風景を饒《ゆた》かに思《おぼ》しめししゆゑに、跡垂れおはしますなり」とぞ。

六　北野宰相菅原輔正、安楽寺に塔婆造営の時、聖廟託宣の事

[一九]北野の宰相殿は天神《菅原道真》四世の苗裔《べうえい》《末孫》なり。円融院《ゑんゆうゐん》の御侍読《じどく》として道の《学問に》[二〇]名誉ゆゆしくおはしましけり《秀いでているという評判であった》。天元四年に大宰《だざい》の大弐《だいに》に任じて、同じき五年九月に府につきて《大宰府に到着して》、[二一]安楽寺を巡礼し給ひけるに、堂舎《だうしや》かず

一一 一般には、神功皇后の新羅遠征の際、兵船を守護したとされる底筒男命《そこつつおのみこと》、中筒男命《なかつつお》、表筒男命《おもつつお》と神功皇后。軍武・航海の神とされる。ここは、三命の社、神功皇后社、神宮寺、南社をさすか。

一二 光明遍照高貴徳王菩薩。『源平盛衰記』三十六に、「そもそも此明神と申すは、元はこれ高貴徳王の変身として名を仏教に顕し……」とあり、住吉の祭神全体の本地仏と見るべきか。

一三 欲界の六天の一つで、内院と外院とがあり、内院は弥勒菩薩の浄土。

一四 以上は、神宮寺の縁起ということになる。

一五 神社に付属した寺院。

一六 康平三年（一〇六〇）三月、住吉の神主に任ぜられた人物。

一七 允恭《いんぎょう》天皇の妃。容姿絶妙といわれた高名の歌人。この衣通姫を祭ることから、住吉社は和歌の神としても敬信される。

一八 和歌の浦の東方、玉津島に鎮座する和歌の神。

一九 参議菅原輔正（九二五〜一〇〇九）。「宰相」は参議の唐名。天元四年（九八一）大宰大弐（次官）に任ぜられた。円融・花山両天皇の侍読も歴任している。

天満宮から塔婆造営嘉賞の託宣を受けた輔正

二〇 底本「文誉」。伊木本により改訂。

二一 九〇二年この地に没した道真が後に葬られた寺。

ありといへども、塔婆[一]いまだ見えず。建立《こんりふ》の願《ぐわん》もとよりありけるによりて造営をはじめられけり。聖廟[二]悦《せいべうよろこ》びおぼしめしけるゆゑに、永[三]観二年六月二十九日の御託宣に云はく、「大弐*の朝臣《あそん》、式部[四]の大輔《たいふ》を兼ぬる事、また希有《けう》にして家の面目たり《家の名誉である》。大弐の朝臣、内外とも《まぎれもなく》に末孫にして、また信心を存す《信仰心が深い》。造塔写経の大願を発《おこ》すに依りて、我、深く信ず。謀《はかりごと》を廻《めぐ》らして、当任せしむ《任に当らせている》。暫《しばら》く他事を停《とど》めて、早くこの願を遂げん。合力を致さんの人々、現世後生《この世での願いと死後の願い》の大願みな成りて、生々世々因果熟せしめん《生れ変り生れ変りする世でよい果報を得るであろう》云々」。寺家[五]の別当《べつたう》松寿みづからこれを記《しる》す。都督《ととく》[六]いよいよ信心を発して、三年が中《うち》に多宝塔[七]一基を建てて、胎蔵界《たいざうかい》[八]の五仏を安《やす》んじ、法華経千部を納めたてまつる。これを東の御塔と名付く。禅侶《僧侶》を置きて不退のつとめをいたさる《怠ることなく勤行をなさる》。かの卿宰府の間《きやう》《大宰府にいた間に》、寺家の仏事神事[九]の儀式、寺務のあるべき次第など、くはしく記しおかれて、三巻書と名付けて宝蔵《〔安楽寺の〕》に納めていまに伝はれり。秩満《ちつまん》《任期が満了して》の後、都へ帰り給ひて、長徳二年[一〇]に参議に任じ、寛弘六[一一]

一　死者の供養のために造立される宝塔。空風火水地の五大の形すなわち人体の形をかたどる。
二　聖廟に祭られている道真の霊。
三　九八四年（円融天皇はこの年の八月に譲位する）。この時の託宣は、禰宜の藤原長子に下ったもの。これによって、中門廊一宇・回廊四十六間・常行堂・宝塔院が造営された（『太宰府天満宮故実』下）。ちなみに安楽寺は、延喜五年（九〇五）八月に味酒安行《うまきのやすゆき》に神託があって建立されている。
四　式部省の次官。正暦二年（九九一）五月に任ぜられた。
五　『天満宮託宣記』には、「寺家別当取レ筆注レ之」と見え、正暦三年（九九二）十二月の託宣の末尾に「別当大法師住算、座主大法師松寿」とある。
六　菅原輔正をさす。しかし、実際には都督（大宰《だざいの》帥《そつ》）には任ぜられていない。
七　前記『託宣記』には、輔正が一基の多宝塔を造立し、千部の法華経を書写して安置供養したことを載せ、「其善無量也」と賞している。
八　大日如来の密義を象徴する曼荼羅の図に描かれる五大明王（東方の降三世《ごうざんぜ》、西方の大威徳、南方の軍荼利《ぐんだり》夜叉《やしゃ》、北方の金剛夜叉、中央の不動）をさす。
九　底本「事」を欠く。伊木本により補う。
一〇　九九六年。「参議」は大臣・納言につぐ職位。
一一　一〇〇九年。
一二　ほこら。

年十二月に八十五にてうせ給ふ。その後、神とあらはれて〔神と生れ変って〕、叢祠《そうし》[一二]を廟壇《べうだん》[一三]の傍にひらかる。寿永[一四]三年三月に贈正二位の加階にあづかり給ひけり。

七　上総守時重、夢に日吉十禅師の神感を受け、神詠を賜る事

[一五]一条院の御時、上総《かづさ》[一六]の守時重《かみときしげ》といふ人あり。[一七]千部の法花経読誦《どくじゆ》の願《ぐわん》、心中に深かりけれども、身貧しくして僧一人語らふべき計らひなし〔〔任官以前は〕貧乏で僧一人を頼むだけの力もなかった〕。思ひかねて日吉社《ひえのやしろ》[一八]に詣《まう》でて、二心《ふたごころ》なく祈り申しけるに〔一心不乱に祈ったところ〕、神感ありて、はからざるに〔思いがけなく〕上総の守になりにけり。任国《にんごく》[一九]の最前の得分〔最初の収入〕をもて千部の経を始めてけり〔一千回読経の供養を始めた〕。その夜の夢に、貴僧[二〇]枕に来たりて云はく、「よきかな、よきかな。汝《なんぢ》、一乗の転読企つる事を〔法華経を繰返し読誦しようと企てたことよ〕」とて、感涙を流しておはしましけり。時重、「かく仰せられ候ふは、誰にて御座候ふぞ」と、尋ね申しければ、貴僧、「我は一乗の守護〔法華経の守護神〕十禅師[二一]なり」と、こたへさせ給ひて、歌をなん詠じ給ひける。

一三　やしろ、すなわち北野社。
一四　宰相殿（参議輔正）が寿永三年（一一八四）三月二十七日に、正二位を追贈され、末社として祭られたことが『二十二社註式』の北野社の条に見える。「正二位」は底本「正位」。他本により改訂。

法華経千部読誦の発願により夢に日吉の神感を得た時重

一五　在位九八六〜一〇一一年。
一六　従五位上藤原時重。上総は常陸《ひたち》と共に親王が国守に任ぜられる国で、国守は特に大守と称し、介を守と称することがあった。ここは、その例。上総に赴任してから「国の政《まつりごと》を改め、前代の暴虐の事悉く変じて」仁政をしいたという（『地蔵菩薩霊験記』中）。
一七　『法華経』八巻を一部と数える。
一八　比叡山の東坂本に鎮座する山王日吉神社。
一九　『今昔』巻十七・二十二話には、法華経一部の読誦につき籾《もみ》一斗を報ずるとの庁宣を発したところ、上下の僧がそれに応じ、忽ちに宿願を達し得た、と見える。
二〇　『霊験記』『今昔』は、手に錫杖《しやくじやう》を持った相好端厳な小僧、すなわち地蔵菩薩が現れたとする。
二一　山王七社（または二十一社）の一祭神で、『山王知新記』によれば、地蔵菩薩のこと。

一 一乗の御法《みのり》を保《たも》つ人のみぞ三世《みよ》の仏の師とはなりける

時重、かたじけなくたふとくおぼえて、「生死をばいかでか離れ候ふべき」と、申しければ、（どうしたら生死の迷いから脱却できましょうか）

二 極楽の道のしるべは身をさらぬ心ひとつの直《なほ》きなりけり

さて帰らせ給ひけるが、立ちかへりてまた詠ぜさせ給ひける、

三 朝夕《あさゆふ》の人のうへにも見聞《みき》くらんむなしき空の煙《けぶり》とぞなる

四 無常をさとるべきよしを、終りには示して去り給ひにけり。あはれにたふときことなり。

八 延暦・園城両寺天台座主を争ふ事

五 長暦《ちやうれき》二年に天台座主の闕《けつ》いできたりける（欠員となったので）に、三井の六 明尊《みやうそん》大僧正をなさるべきよし、七 関白殿《くわんばくどの》しきりに執し申させ給ひけり（つよく固執なさった）。山僧（延暦寺の僧徒）、この事を聞きて蜂起《ほうき》して、十月二十七日、五六百人下洛《げらく》して、八 左近の馬場にあつまりて奏状《そうじやう》を奉りにけり。九 この事によりて霜月（十一月）の受戒も

一 法華経一乗の宝典を崇敬読誦し続ける人だけが過・現・未の三世にわたる仏道の師となることができる。『新続古今集』巻八、釈教の冒頭に載る。

二 極楽往生の道しるべとなるものは、自分の身から決して離れぬ真直ぐ一筋の信仰心である。『今昔』では、二句「道はしらずや」。

三 無常なこの世に、朝に夕に空しく人々が死んでいくのを見聞きしているだろう。『玉葉集』巻十九、釈教では、上句「さきにたつ人の上をば聞き見ずや」。

四 『今昔』は、地蔵菩薩が時重の右手をとりつつ、「汝いよいよ無常を観じて、後世の勤めを成すべし」と言い置いて去った、とする。なお、時重の兵衛府生《ふしやう》時代の篤信ぶりを伝える話が『続古事談』第四に見える。

五 一〇三八年。九月七日、第二七代座主の慶命が七十四歳で薨じた。

六 三六頁注五参照。智証門徒であったために、山門の衆徒の反発をかうことになる。

座主の候補として紛争に巻き込まれた明尊僧正と教円僧都

七 藤原頼通。

八 一条西洞院《にしのとういん》にあった左近衛府の馬場。

九 山僧たちの灌頂と秋の授戒の欠勤は、上奏に対する裁許の遅れによる、と『天台座主記』は記す。

とどまりにけり。同じき三年二月十七日、山僧、関白殿[一〇]の門前へ参りて、うれへ申し《愁訴に及んだ》けり。十八日にも参りて、をめきののしる声《大声で叫び悪口を言う声が》おびたたしくぞ侍りける。平直方《たひらのなほかた》[一一]、同繁貞《どうしげさだ》[一二]に仰せられて、ふせがせられけるほどに、たがひにきずを蒙《かうぶ》る者おほかりけり。かかるほどに、山の教円僧都《けうゑんそうづ》[一三]、明尊僧正と同意の聞えありければ《同じ意向であるという評判があったので》、山僧[一四]、教円を搦《から》めて逃げ去りにけり。〔教円は〕とかく怠状してゆりにけるとかや《わび状を出して許されたとかいう》。さて教円僧都、座主にはなりにけり。頼寿《らいじゆ》[一五]、良円《りやうゑん》[一六]両僧都、蜂起の張本なりとて《張本人と名指されて》、勅勘《ちよくかん》かぶりにけり《天皇から処罰をうけた》。

さるほどに、同じき七月二十四日より、玉体例ならぬ御事あり《後朱雀天皇が御病気になられた》。さまざまの御祈り[一七]ども行はれけれども、御《ご》験《げん》[一八]なくて日数《ひかず》つもらせ給ひけるほどに、八月十日、山王《日吉山王》の御託宣ありて、両僧都を召されけり。そののち程なく御験ありける、厳重なる御事なり《まことに霊験あらたかなことであった》。

一〇 高倉第。頼通の私邸。

一一 鎮守府将軍・陸奥守平貞盛の曾孫。上総介・従四位下維時の子。検非違使尉・従五位下。

一二 平貞盛の弟繁盛の次男である余五将軍維茂の嫡男。直方と同じく検非違使の武人。一説に左衛門尉とも。

一三 長暦三年三月十二日、六十一歳にして第二八代天台座主となる人物。伊勢守藤原孝忠の子。治山九年にして、永承二年（一〇四七）寂、六十九歳。

一四 悪僧の出羽少院定清が教円を西坂本に拉致《らち》し、随願寺で釈放する。検非違使が定清を追捕、下獄して訊問の結果、大僧都頼寿、少僧都良円、阿闍梨充慶等が黒幕であることを自白する。

一五 後朱雀天皇の護持僧。長暦二年、権大僧都補任。

一六 右大臣藤原実資の子。後一条天皇の護持僧。長元六年（一〇三三）、少僧都拝任。

一七 『扶桑略記』によれば、七月二十三日に天皇の容態が悪化、祈禱の外、二十六日には天下に大赦が行われてもいる。

一八 底本「減」、他本により改訂。

九　伊勢の荒祭宮、度々の託宣により、祭主大中臣佐国を配流し、また召還せしめたる事

再三の託宣により、流されまた召還された佐国

[一]同年中、大中臣佐国《おほなかとみのすけくに》、祭主（伊勢神宮の長）になりたりけるを、[二]同じき三年四月二日、荒祭宮の御託宣に、祭主なしかへらるべきよしありけり。遷宮《せんぐう》の間に不法の事ありけるゆゑとかや。その間に厳重（霊験あらたかなこと）の事どもあれども、恐《おそ》れあれば記《しる》さず。[三]六月二十六日、佐国つひに伊豆の国へ流されにけり。

かかるほどに、七月十日、荒祭宮、[四]斎宮《さいぐう》の内侍《ないし》に御託宣あり。「祭主配流《はいる》しかるべからず（不当な措置である）」とありけり。[五]同じき十六日、かさねて御託宣ありて、佐国が孫[六]清佐《きよすけ》を召して仰せられけるは、「佐国を流さるることしかるべからず。先日の託宣にも配流《はいる》の事なし。しかるをかくのごとく大《おほ》きなるあやまりあり。おこなはるるむね（取り行われた措置）、みな道理にそむけり。早く召しかへすべきよし奏聞すべし（天皇に奏上すべきである）。佐国いまだ伊勢の国の堺《さかひ》を出でざるに召すべきなり（出ないうちに呼び返すべきである）。勅定《ちよくぢやう》を待たば遅かりぬべし。

一　長暦二年（一〇三八）八月、佐国は伊勢神宮の最高の神官職である祭主に就任した。三十七年間祭主を勤めた本家の輔親が六月に没したための破格の昇進。

二　長暦三年四月一日午《うま》の刻に、佐国は前年の遷宮に際して非例の事が多く、殿中乱入の不祥事も佐国の不忠の結果であって、公家は速かに佐国を罷免すべきである、との荒祭宮の託宣が、斎宮寮の寮頭源頼兼に下ったという（『太神宮諸雑事記』）。「荒祭宮」は、皇大神宮の荒御魂を祭った別宮。

三　これより前、四月三十日に佐国は祭主職を解任されていた。

四　伊勢の斎宮に仕える未婚の女官。

五　この日、ふたたび頼兼に荒祭宮の託宣があった。佐国一人を重科に処するのは適当でない。大中臣氏は代々神宮に奉仕してきた家柄であり、かつて公家によって重科を加えられた前例もない。すみやかに寮使を派遣して召し返すべきである、というものであった。

六　中臣清佐。為清の子。常葉大夫と呼ばれた。時に主神司（『中臣氏系図』）。

これより使《つかひ》を遣はして召しかへすべし」と侍りければ、斎宮《さいぐう》[七]の史生《しじやう》をもちて召しにつかはされけり。このよし奏聞せられければ、同じき十九日、佐国[八]召し返されけりとなん。その比《ころ》[九]御託宣たびたびありけり。かたじけなかりける《ありがたく尊いことであった》事なり。

一〇 上総国一宮《いちのみや》の若宮誕生の託宣に依り、明珠《めいしゆ》を得る事

延久二年[一〇]八月三日、上総《かづさ》[一一]の国一の宮の御託宣に、「懐妊《くわいにん》の後《のち》すでに三年におよぶ。今、明王《みやうわう》[一二]の国を治むる時にのぞみて、若宮を誕生す」と、仰せられけり。これによりて海浜を見ければ、明珠一果《透明で光り輝く玉一個》ありけり。かの[一三]御正体に違《たが》ふことなかりけり。ふしぎなる事なり。

一一 貴船沈没に逆鱗の宣旨に依り、広田社の辺の木一夜に枯るる事

後三条院[一四]の御時、国の貢物《みつぎもの》、広田[一五]の御前《社前の》の澳《おき》にて《沖合いで》多く入海《じゆかい》[一六]のきこえ《評判が》ありければ《あったので》、宣旨[一七]をかの社《やしろ》へ下されて、貢物を全うせられぬよし《無事にお通しなさらないことを》、

七 斎宮寮に属する役人。この時は、清佐と史生百済《くだら》末永《すえなが》等が派遣された。
八 『太神宮諸雑事記』によると、伊豆へ向う途中、老病堪えがたく、伊勢国内の三重郡河後郷に逗留していた佐国のもとに、召還の使者が到着した。
九 佐国の後を継いだ大中臣兼興も託宣によって祭主職を停止され、旧例により長暦三年八月に若狭守に移されている。
一〇 一〇七〇年。
一一 上総国埴生郡（千葉県長生郡一宮町）の玉前《たまさき》神社（『延喜式』九）。祭神は高皇魂《たかつすめらみたま》の弟玉前命。一説に玉依姫。
一二 後三条天皇をさす。この託宣のあった年の二年前、治暦四年に即位。摂関家に外戚なく、積極的に天皇親政的な政治を実現した。王権の拡充者として、明王と称せられるにふさわしい人物。

託宣による御神体と同じ明珠一果

一三 玉前神社の御神体である明珠とまったく同じものであった。
一四 在位一〇六八～七二年。
一五 摂津国武庫《むこ》郡広田村（兵庫県西宮市）に鎮座する広田神社。
一六 貢物を積載した船が広田社の沖で海に沈むこと。

一夜にして枯れまた蘇った社木

一七 天皇の勅をしるした文書。

逆鱗《げきりん》ありけるに《お怒りになった時》、社の辺《ほと》りの木、一夜に枯れにけり。主上《しゆしやう》聞しめし、おどろかせ給ひて、なだめ申されければ《お詫びを申されたので》、木もとのごとくさかえにけり《生気をとりもどした》。その後、船も入海せざりけり《沈むことはなかった》。

三　孔子の夢の告に依り、大学寮の廟供に猪鹿を供へざる事

[一]大学寮の[二]廟供《べうぐ》には、昔、[三]猪鹿《ゐのししかのしし》をもそなへけるを、[四]或る人の夢に[五]尼父《ぢほ》のたまはく《孔子がおっしゃるのに》、「本国にては《中国においては》すすめしかども、この朝に来たりて後は大神宮来臨して礼を同じくす。穢食供すべからず《不浄の肉類を供えるべきではない》」とありけるによりて、後には供せずなりにけるとなん。

三　春日大明神の託宣に依り、知足院忠実還任の事

[六]知足院殿、[七]内覧の宣旨《せんじ》をとどめられさせ給ひたることありけり。ねんごろに[八]春日大明神に祈念せさせ給ひけるほどに、大明神、[九]北の政所《まんどころ》に付かせ給ひて《乗りうつられて》、「今一世はあるべきなり《もう一度世に出るようになるはずである》」と、両三度《二度も三度も》仰せら

一　紀伝・明経・明法・算道の四科を教授する学問所。神泉苑の西にあった。式部省に属し、二月・八月の二度、先聖孔子・先師顔回と九哲を祭る釈奠《せきてん》が行われた。

二　釈奠の際、廟堂に供えた物。

三　『延喜式』によれば、鹿・菟《うさぎ》・豚・羊の調理された肉と大鹿・小鹿・豕が一頭ずつ供えられた。

四　『台記』久安二年（一一四六）四月一日の条に、「大神宮つねに来臨す。肉を供ふるなかれ」との文宣王《ぶんせんのう》（孔子）の夢告によって獣肉の供えが廃された、という本話と類似する記事が見える。

「穢食供すべからず」の夢の告

五　孔子。中国、春秋時代の人。字《あざな》を仲尼《ちゆうじ》といった。

六　藤原忠実《ただざね》（一〇七八～一一六二）。保元の乱後、知足院に籠居したので、かく称される。

七　摂政・関白などが叡覧されるはずの文書を事前に披読することを許された権限。娘泰子の入内問題で白河法皇の怒りをかったために停止された。鳥羽天皇の保安元年（一一二〇）十一月十二日のことである。

「今一世はあるべきなり」の託宣

八　藤原氏の氏神。奈良市春日野町の春日大社に鎮座する。

れけり。歌を一首よませ給ひたりけるとかや。〔どんな歌か〕尋ねてしるすべし（調べて記すことにしよう）。はた大明神還御《くわんぎよ》の後ぞ、北の政所、例の御心にはなり給ひにける（神懸りから醒めて正気になられた）。はたして更に[一〇]また御出仕《ごしゆつし》ありて、[一一]天下の政《まつりごと》を執《と》らせ給ひにけり。これ、しかしながら（まったくもって）大明神の御めぐみなり。

一四　右衛門督源顕通、公卿勅使となり宸筆の宣命を落す事

父大相国から「家継ぐまじきもの」と命運を予見された顕通

[一二]元永元年四月九日、[一三]顕通《あきみち》大納言、中納言の右衛門の督《かみ》にて、[一四]公卿勅使奉《うけたまは》りて下られけるに、いづれの宿とかやにて（どこどこかの宿駅で）[一五]宸筆《しんぴつ》の宣命《せんみやう》をとりおとしてたたれにけり（出発してしまわれた）。いそぎ人を返しつかはして（引き返させて）求められけれども、日次《ひなみ》（予定の日程）などは違ひてや侍りけむ。[一六]父の大相国《だいしやうこく》、その時右大臣にておはしけるが、この事を聞かれて、「家継《いへつ》ぐまじきものなり」とぞのたまひける。

保安三年正月二十三日に、〔顕通は〕[一七]大納言にはなられけれども、四月に胸をわづらひて、父の大臣《おとど》にさきだちて、八日うせられにけり。大臣《おとど》

九　忠実の夫人。右大臣源顕房《あきふさ》の娘師子。「北」は寝殿造りの北の対屋《たいのや》に住む人、「政所」は執政の場所の意から転じて摂政・関白をさす。摂関の妻室をいう。

一〇　保安二年一月十七日のこと。

一一　しかし、この後まもなく職を辞し、嫡男の忠通が三月五日に関白となり、氏の長者となった。

一二　一一一八年。

一三　源顕通。時に正二位・皇后宮権大夫。父の雅実は六十歳で右大臣。

一四　四月三日、永久から元永と改元され、その報告のための勅使として顕通は伊勢神宮へ下向した。

一五　天皇直筆の宣命。「宣命」は、漢文表記の詔勅に対して、国語を漢字のみにて表記する宣命体と呼ばれる文章で書かれた勅書。この時のものは、「三合変星疾疫、辛酉改元」という内容。

一六　源雅実（一〇五九～一一二七）。永久三年（一一一五）以来、右大臣の地位にあった。大相国（太政大臣）昇任は、保安三年十二月のこと。

一七　太政官の次官。上﨟の藤原能実を超えて権大納言に昇進した。天台座主明雲および内大臣雅通（雅定の養子）は、ともに顕通の子。この年、弟の雅定が二十九歳、父の雅実が六十四歳であり、顕通は三十代だったと思われる。

の案《予見》にたがはざりけり。中院《なかのゐん》[一]の右大臣、宰相中将《さいしやうちゆうじやう》にて侍りけるぞ、家をば継がれける。

一五　周防《すはう》国島明神霊験の事

明神をまもる蛇と烏

基隆朝臣《もとたかあそん》[二]、[三]周防の国を知りける《周防国を治めていた頃》比《ころ》、保安三年十月に語りけるは、かの国に[四]島の明神とておはします。[五]神主牢籠《らうろう》のことありて、論じけるものありとて《訴えて話をつけた者があって》、[六]神田《しんでん》を刈《か》りとらんとしければ、[七]宝前より蛇《くちなは》三百ばかり出でたり。その内に角《つの》[八]ある二つありけり。しばしありて入りぬ。その後なほ刈らんとしければ、烏数万《すまん》飛び来たりて、神田の稲の穂を食ひぬきて《くちばしで抜きとって》みな神殿の上に葺《ふ》きけり。不思議の事なり。遠国《をんごく》の神、かかることなかなかおはするものなり《こういう不思議なことをかえってよくお示しなさることである》。

一六　賀茂社司左衛門大夫源康季神慮に叶ふ事

神慮に叶い、洪水の日の御戸開きに奉仕できた源康季

[九]さかとの左衛門の大夫《たいふ》源康季《やすすゑ》は、年比《としごろ》賀茂につかうまつりけり《上賀茂別雷神社におつかえしていた》。

一　源雅定。顕通の弟。顕通の没時には参議・左中将。同じ年の十二月に権中納言に任ぜられた。右大臣となるのは、後年久安六年（一一五〇）八月、五十七歳の時である。「中院」は、源氏姓の一つで、雅定が初めて称した姓。

二　大膳大夫《だいぜんのだいぶ》家範の子。播磨《はりま》・讃岐《さぬき》・伊予の国司、内蔵頭・大膳大夫・修理大夫を歴任する。大治五年（一一三〇）十月、法金剛院の造寺の賞で非参議、翌々年、五十八歳で没する。

三　周防守であったことは記録に見えない。保安二年（一一二一）六月以後、保安四年正月に伊予守に転ずるまでの間、基隆は讃岐守であり、保安三年には、周防守ではなかった。

四　「島の明神」は特定できない。

五　神主に困りはてた事があって。「牢籠」は、困窮する意。

六　神田の稲を質にして物を借りたのであろう。

七　神殿または社壇の前をさす。

八　島の明神の御神体の顕現を思わせる。

九　河内国坂戸を根拠地とする源氏の武士で、はじめ白河院に仕えた。左衛門尉就任は永久二年（一一一四）十二月。大治五年

或る夜御戸《みと》[一〇]開きに参りけるほどに、鴨川の水出でて通りがたかりければ、岸のうへに、思ひやりたてまつりて《〔御戸開きを〕》ゐたりけり。かかるほどに、御戸《〔神社の方では〕》ひらきまゐらせんとするに《社司たちが御戸開きをしようとしたが》、いかにも開かれさせ給はざりければ《どうにも開けることがお出来にならなかったので》、社司《しゃし》[一一]どもせん《方策が》つきて眠りゐたりけるほどに、或る社司の夢に、康季が参るを待たせ給ひて《お待ちになっているために》開かぬよしを見てけり。これによりて氏人《うぢびと》[一二]どもを迎へにつかはしたりければ、岸のうへに惘然《まうぜん》としてゐ《ぼんやりして》たりけるを、すくふがごとくにして具して参りにけり《連れてきた》。その後ぞ御戸は開かれにける《その後に初めて神殿の御戸が開かれたのであった》。

康季かく神慮にかなひけるゆゑにや《このように神のお覚えがめでたかったからであろうか》、さしもありがたき《あれほど任官しがたい》大夫《たいふ》[一三]の尉《じょう》に近康[一四]、康綱、康実、康景、四代絶えず《引き続いて》なりにけり。この外、季範、季頼、季実、季国、康重、康広も、この康季が子孫にて皆この職をきはめたり。他家にはありがたきことなり《例の少ないことである》。

没、六十四歳。

一〇 正月十四日の夜、神殿の扉を開く儀式。藤原家隆の『壬二集《みに》』に、「暁の神祇」と題する「神山のむつきのなかば月寒《さ》えて鳥の初音に御戸ひらくなり」という歌が載る。

一一 神官たち。

一二 「社司」に対して、専従の神官職でなく、氏神の大祭の時などに出参して社務に奉仕する人々をいう。

一三 左衛門尉で五位の者。

一四 以下の人物関係を図示すると、次のようになる。

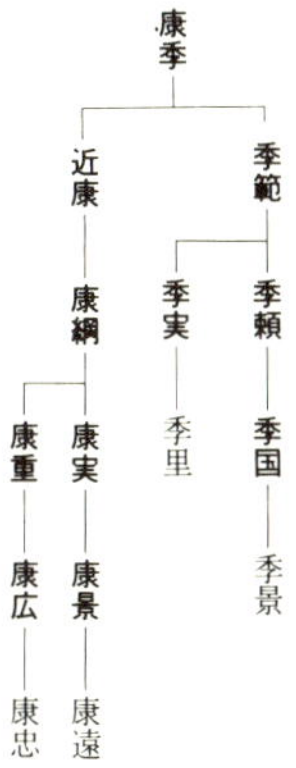

これらの人々は、いずれも北面の武士で大夫尉であった。本文中に見えない子孫の季景・康遠・康忠等もまた父祖の職位を襲っている。

大内記儒弁支障不参のため、自ら宣命を作り神に納受された師頼

一七 大宮大夫源師頼、祈雨奉幣の宣命を作り、神感ありて降雨の事

保延《ほうえん》[一]五年五月一日、祈雨《きう》[二]の奉幣《ほうべい》ありけり。大[三]宮の大夫《だいぶ》師頼卿《もろよりきやう》奉行せられけるに、（事務の指揮をとられたが）大内記《だいないき》[四]儒弁《じゆべん》、さはりありて（支障があって）参らざりければ、上[五]卿は忍びて宣命《せんみやう》をつくりて、（師頼が秘かに自ら宣命をつくって）少[六]内記相永《すけなが》が作りたるとぞ号せられける。この宣命かならず神感（神の思召しが戴ける）あるべきよし自讃せられけるに、はたして三日雨おびたたしく降りたりけるとなん。

裏書[七*]に云はく、かの宣命の詞に、

天皇《すべら》[八]が詔旨《みこと》[九]らまと、掛[一〇]けまくも畏《かしこ》きその大神《おほんがみ》の広前《ひろまへ》に、恐《かしこ》み恐《かしこ》みも申し給《まう》はくと申す。今《いま》年の春、東作《とうさく》[一一]の比《ころ》に、雨沢《うたく》旬に順ひて、年穀《ねんこく》年有るべき由を祈り申さしめ給ひき。而れども神明の霊鑑《れいかん》[一二]に依りて稼穡《かしよく》の豊登にて期《ご》し給ふに、頃月旱雲《つきごろかんうん》[一三]久しく凝《こ》つて、膏《かう》[一四]雨灑《うそそ》がずして、百穀漸《やうや》く枯れ、万民業《げふ》を苦しくしつべし[一五]。大神

一 一一三九年。
二 請雨のために定められた神社に奉幣使を派遣すること。伊勢神宮の場合もあったが、常には大和の丹生《にう》川上神社と山城の貴布禰神社が選ばれ、祈雨には黒馬、止雨には白馬（後には赤馬）が献ぜられた。
三 太皇大后職の長官。師頼は、長承三年（一一三四）三月以来この地位にあった。時に太皇大后は令子内親王。
四 中務省内記局の三等官（正六位相当）。「儒弁」は儒者の弁官。詔勅の起草にあたる。
五 公事を担当する首席の公卿。ここは、この祈雨の行事を取りしきる最高責任者、師頼。
六 内記局の大内記の下位の官（正七位相当）。詔勅・記録・位記の作成にあたった。「相永」は未詳。
七 何かの文書の裏面・別紙などに書かれた表記の文章についての説明や証明・保証のための文。ここは、一七話の本文が書かれている紙の裏に記された記事。
八 崇徳天皇。保安四年（一一二三）即位。即位して十七年目。
九 名詞を受けて強調する接尾語。
一〇 言葉に出していうのも畏れ多い。宣命に常用される言葉。
一一 耕作を始める時分に。
一二 神の冥護によって農作物の豊かな稔りを期待して

は日域《じちゐき》《日本》に跡を垂れたまへる、遂窟《すいくつ》[一六]の雨師《うし》名を伝へたまへる霊祠《れいし》なり。然れば則ち、名山大沢《だいたく》より雲を興し雨を致して、赤土《せきど》[一七]潤沢の応《よう》を得、済疇《さいちう》収穫の功に誇らむことは、大神《おほんがみ》の限り無き冥助《めいじよ》に在るべしと、所念《おぼしめし》行きてなむ。故にここを[一八]以《も》ちて吉日良辰を択《えら》び定めて、官位姓名[一九]を使《つかひ》に差《さ》いて礼紙[二〇]の大幣《みてぐら》を捧持せしめて、黒毛[二一]の御馬一匹を牽《ひ》き副《そ》へて出《いだ》し奉り賜ふ。掛けまくも畏《かしこ》き大神、この状を平らけく聞《きこ》し食《め》して炎気忽《たちま》ちに散じて、嘉澍《かじゆ》[二二]旁《かたがた》に降りて、田園滋茂《じも》して、人民豊稔《ほうねん》ならむ。天皇[二三]朝廷《みかど》を宝位動くこと無く、常石《ときは》[二四]に堅石《かきは》に夜の守り日の守りに、護り幸《さいは》ひ奉り給ひ、食《をす》[二五]国《くに》の天下《あめのした》をも無為無事に守り恤《めぐ》み給へと、恐《かしこ》[二六]み恐《かしこ》みも申し給はく申す。

保延五年五月一日　　　　作者少内記文屋相永

おりましたのに。

一三　底本「項《シキリ》月」を改訂。「旱雲」は日照りの時の雲。

一四　潤いの雨。

一五　底本「す」を読み改めた。

一六　丹生川上神社。神域は西は板波の滝、北は猪鼻の滝を限界とする山中で、遂窟（奥深い岩屋の意か）と称するにふさわしく、水神罔象女神《みずはのめのかみ》を祭って、「雨師の神」の名があった。

一七　水涸《が》れの地が水に潤うような御加護を蒙り、田畑が豊かな稔りをあげ得ますことは。「済疇」は、田畑。

一八　底本「これ」を読み改めた。

一九　雨師の神に呈上する官位姓名を伝える勅使を遣わして。

二〇　白い紙を段々に切り、折り垂らして白木の串に付けた御幣。祈禱に用いた。

二一　前述（注二）のように、祈雨の際には黒馬を献上するしきたりであった。

二二　めぐみの雨がしとどに降って、田畑の作物が繁茂して。

二三　天皇が御位を退くというようなことなく。

二四　磐石のようにいつまでも変ることなく。

二五　底本「食国《アケクニ》」を読み改めた。

二六　祝詞《のりと》の結びに同じ。祝詞・宣命は、古語の発音のままに漢字を宛てて書き、てにをはをも細字で添える宣命書きという表記法をとる。古語の口調をそのままに写すため、類型的な反復表現も多い。

一八　興福寺別当隆覚法印、軍兵を発し反対派の衆徒を攻め寺を焼かんとするに、春日社神異の事

春日の霊験により、寺の衆徒攻めに失敗した隆覚

隆覚法印《りゅうかくほふいん》[一]、保延五年に[二]興福寺の別当《べつたう》になりたりけるを、衆徒《しゅと》[三]もちゐざりければ《認め従わなかったので》、隆覚いかりをなして数百騎《すひやくき》の軍兵を発して、十一月[四]九日、三方より興福寺を打ちかこみてけり。隆覚が方の兵《つはもの》、寺中へ乱れ入らんとする間、合戦《かつせん》に及びて隆覚が方の軍兵おほく命を失ひにけり。二十余人は生捕《いけどり》にせられにけり。隆覚、衆徒《しゅと》の頸《くび》を切りて御寺を焼き失ふべきよし下知《げち》したりければにや、隆覚が兵《つはもの》の中に放火の具を持ちたる者ありけり。寺の外の小家一二宇焼けたりけれども《一二軒が焼けたけれども》、雨降りて消えにけり。

大方合戦の間、不思議ども多かりけり。春日山《かすがやま》[五]に神光《しんくわう》ありけるが、合戦はてて見えずなりにけり。或る人の夢にも、御寺の方の兵、鹿の形なりけりと見けり。また神主時盛《かんぬしときもり》[六]が夢には、弓袋《ゆぶくろ》[七]さしたる兵数《す》万騎《まんぎ》ありけり。時盛あやしみて問ひければ、「春日大明神の御合戦《ごかつせん》

一　右大臣源顕房《あきふさ》の子。保延五年（一一三九）三月に興福寺別当に就任している（『興福寺別当次第』）。時に法印・大僧都。一説に保延四年十月就任とする（『興福寺略年代記』『興福寺三綱補任』等）。のち久安六年（一一五〇）八月に再任。

二　和銅三年（七一〇）、藤原不比等の創建になるという藤原氏の氏寺。法相宗の大本山。

三　同年三月八日、隆覚の住房が、金峰山寺の宝塔院の沙汰をめぐる争論から、興福寺の大衆等に焼き払われることがあった。その事をさすか。

四　隆覚は、大衆への報復のため、国々の武士を動員したが、戦いに負け、数十人の死者を出した。大衆等は春日の神民と連帯していた（『南都大衆入洛記』）。

五　春日明神が興福寺の大衆側に味方していることを物語る。たとえば、藤原頼長は、鹿を夢に見たことを吉祥とし、「春日の加護なり」と日記に書いている（『台記』久安四年九月二十五日の条）。

六　春日神社の神主であった大中臣時盛。保延五年三月二十五日、時盛は、南都の大衆が翌日上洛する旨を鳥羽院に内報している。この時の合戦の当事者の一人。時に四十三歳。

七　弓を入れておく袋。

の御訪《とむら》ひに藤《とう》の入道殿《にふだうどの》の参らせ給ふ兵なり」とぞ答へける。時盛驚くほどに隆覚が兵《つはもの》いりにけり。大明神の御はからひにて衆徒合戦理にしける《有利になって》、厳重なりける事なり《霊験あらたかなことであった》。藤の入道殿とは誰《たれ》の御事にか。宇八治の左府《さふ》の御記《ぎよき》には、御堂《みだう》九の御事にやとぞ侍るなる。

至誠奉仕の随行を神に納受され実能から嘉賞された人夫垢離棹

一九　徳大寺実能の熊野詣と随行の垢離棹《こりさを》の事

いつ比《ごろ》の事にか、徳大寺一〇の大臣《おとど》、熊野一一へ参り給ひけり。讃岐《さぬき》の国知り給ひける比《ころ》《治めておられた頃》なりければ、かれより《領国の讃岐から》人夫多く召しのぼせて侍りけるが、多くあまりたりければ、少々返し下されける中に、或る人夫一人頻《しき》りに歎き申しけるは、「たかき君の御徳によりて《国司様の高い徳のお蔭によって》幸《さいは》ひに熊野の御山《みやま》をがみたてまつらんことを悦び思ひつるに、あまされまゐらせて《余分な員数に入れられ》帰り下らんことかなしきことなり。ただまげて《どうか是非とも》召し具《ぐ》せさせ給へ」と奉行の人《指図をしている人》にいひければ、「さりとてはあまりたれば《そういっても人数が余っているので》、さのみ《そのよう》は何の用にせんぞ《にやたらに連れていっても何の用にもならない》」といひければ、泣く泣くうれへて《哀願して》、「ただ御功《おんく》

八　宇治に住む左大臣、藤原頼長（一一二〇～五六）。この当時は内大臣・右大将。『台記』の記述は保延元年（一一三五）に始まるが、現存本は、ここに関する記事を欠く。

九　御堂関白。藤原道長（九六六～一〇二七）の異称。「御堂」は道長が建立した法成寺《ほうじようじ》の別称。

一〇　藤原実能（一〇九六～一一五七）。美作《みまさか》・加賀守を歴任。讃岐守就任のことは未見。久安六年（一一五〇）内大臣、のち左大臣となる。徳大寺を建立し、徳大寺殿とも称された。

一一　ここは熊野本宮をさす。和歌山県東牟婁《むろ》郡に鎮座し、新宮市の新宮、那智山の那智神社とあわせて熊野三山と称する。本宮を証誠殿《しようじようでん》、新宮を両所権現と称し、あわせて熊野三所権現とも、末社の若王子《にやくおうじ》等九所を加えて十二所権現ともいう。京都から行幸の場合には、往復に二十数日を要した。

一 参詣者は、潔斎のために道中でしばしば垢離《こり》をかいた（水を浴びて身を清めた）。建仁元年（一二〇一）十月の後鳥羽院の参詣時の記録によれば、寒風の吹く日にも、きちんと水垢離をしているほどである。
二 垢離の水桶をかつぐ棹。底本「こりさほ」にこの字を宛てた。「さほ」に「小男《さを》」を宛てる一本もある。
三 熊野本宮の本殿。本地は阿弥陀如来、祭神は国常《くにのとこ》立《たち》尊といわれる。
四 実能は五十代後半、当時としては老人の部類に入る年齢。
五 阿弥陀如来の化身。
六 輿を用いず、藁沓・はばきで参詣するのが作法である、ということ。
七 いじらしいほどに殊勝である。熊野詣をはたすことを無上の宿願とするひたむきな信仰心への讃辞。

徳《どく》に食《じき》ばかりを申し与へ給へ《食事だけを給与してください》。いかにも宮づかひは仕り候ふべし《〔報酬なしで〕どのようにもお仕えいたしますから》」と、ねんごろに申しければ、哀《あは》れみて具せられけり《連れておいでになった》。げにもかひがひしく宿々にては人も掟《おき》てねども《命令もしないのに》、諸人が[一]垢離《こり》の水をひとりと《ただひとりで》汲《く》みければ、「[二]垢離棹《こりさを》」と名付けて、人々もあはれみけり。

さて、大臣《おとど》参り着き給ひて、奉幣はてて、[三]証誠殿《しようじやうでん》の御前《みまへ》に通夜して、参詣のこと随喜のあまりに《無事にお参りのできたことをよろこんで》、大臣の身に藁沓《わらぐつ》はばき《脚絆》を着して、長途《ちやうと》を歩みまゐりたる、[四]ありがたきことなり《まれなことである》と、心中に思はれて、ちとまどろまれたる夢に、御殿より[五]高僧出で給ひて仰せられけるは、「大臣の身にて、わら沓はばきして参り、ありがたきことに思はること、この山のならひは、院《ゐん》、宮《みや》みな[六]この礼なり、あながちに独り《格別にあなただけが》思はるべきことかは《そう思われるようなことでもない》。垢離棹《こりさを》のみぞ[七]いとほしき《殊勝に思うぞ》」と、仰せらるると見給ひてさめにけり。驚き恐《かしこ》みて、その棹《さを》のことを尋ねらるるに、しかじかとはじめよりの次第申しければ、あはれみ給ひて、国に屋敷など永代限りて宛て給ひけり《子孫末代までときめてあてがわれた》。いやしき下臈《げらふ》なれども、心をいた《誠意をつくせ》

せば《ば》、神明《かみさまが》あはれみ給ふことかくのごとし。

二〇　後徳大寺実定、昇任祈請のため春日神社・厳島神社に参詣の事

春日・厳島両社に昇任祈請の参詣をして、遂に宿願を達した実定

[八]応保二年二月二十三日、中納言[九]実長卿《さねながきやう》、日吉《ひよし》の行幸の行事の賞にて従二位をゆるされける。[一〇]後徳大寺の左大臣、同官にて越えられにけり。なげきながら時々出仕せられけれども、〔実長と〕同日には出仕なかりけり。かかるほどに、[一一]故右大臣の大炊御門《おほひみかど》の家に行幸ありし、ふるき賞をつのりて《求め探し出して》、同年八月十七日、おなじ従二位をゆるされけり。されどもなほ《やはり》[一二]下臈《げらふ》なり。[一三]長寛《ちやうくわん》二年閏《うるふ》十月二十三日、大臣《おとど》召し《大臣任命》のついでに、共に大納言に任ず。さりながらも恨《うら》みはなほ尽きせず。[一四]永万元年八月十七日、大納言を辞して[一五]正二位をゆるさる。[一六]上達部《かんだちめ》、[一七]官をやめて加階の例めづらしけれども、〔実定は〕実長卿越えかへさんの思ひ深くて、思ひたたれけるとぞ。

〔散位に〕とかくしてしづまれ侍りけるを《落ちこんだ生活をしておられたのを》、世の人惜しみあへりけり。思ひ

八　一一六二年。

九　藤原実長。応保元年（一一六一）九月に権中納言から中納言に転じたばかり。そして今度は従二位に昇進。そのために先任の中納言で正三位であった藤原実定は、実長の下位に就くことになった。

一〇　藤原実定。永暦元年（一一六〇）八月に中納言に任ぜられていた。その一年後に父の右大臣公能が薨じて、後見人を失ったという不安の中にいた。しかし、年齢からすれば、応保二年には、実長は三十三歳、実定は二十四歳。底本「大」を欠く。伊木本にて補う。

一一　二条天皇が実定の父の公能の在世中に、公能邸に行幸され、饗応を受けたという古い功績をさかのぼって評価して。実定の不満をなだめるための天皇の苦慮。

一二　地位の低いこと。

一三　一一六四年。

一四　一一六五年。この年六月に長寛から永万と改元。

一五　辞職によって従二位から正二位に昇り、ともかくも実長の上位に就こうという実定の非常手段。

一六　大臣・納言・参議の、いわゆる公卿をいう。

一七　実定は、あるいは天皇の内意を確かめた上で、散位（官職を伴わない職位）になることを承知で、あえてこの挙にでたか。

一 以下の伝承は、『春日権現験記』『春日御流記』等によるものと考えられる。それらによれば、実定の子の公守（実は公継か）が春日若宮祭の祭使に立った際、実定がその子息の車に便乗して出かけると、「このたび参りたる事返す返す本意なり。かならずこのしるしあらせん」という神託があり、還向《げこう》の後、ほどなく大納言になりかえり、その年の内に大将に任命された、という。実定の大納言還任《げんにん》は、治承元年（一一七七）三月、左大将拝命は同年十二月のこと。

二 『今鏡』「藤波の下」は、実定の多才ぶりを「詩などもつくり給ふ。歌もよくよみ給ふとぞ。御声などもうつくしくて、親の御あとつぎて、御神楽の拍子もとり給ふ。今様もすぐれ給へるなるべし」と紹介する。歌集には、『林下集』がある。

三 永万元年（一一六五）八月から起算して、五度目の春とは、嘉応二年（一一七〇）の春。一一五話によると、その年の九月十三日の夜、実定は自邸近くの宝荘厳院に人々を招いて、即詠の詩歌合せを催している。

四 大納言を辞任し、散位に沈んでしまったのは昨日のことのように思われるが、数えてみればもう八年たった。嘉応二年十月九日の「住吉社歌合」における述懐十番目の左歌で、俊成の詠じた右歌に勝っている。権大納言を辞したのは永万元年、「八年」というのは、実長に位階を超えられた応保二年を念頭においたか。なお、この歌は『千載集』巻二十、神祇に載る。

五 一一七七年。

わびて、さまをやつして《人目に立たぬよう姿を変えて》一、ひそかに春日社《かすがのやしろ》に詣《まう》でて、身の行くすゑ思ひ定むべきよし《はっきりした見通しをもちたいと》、祈請せられけるほどに、若宮俄《には》かにかんなぎに《神下ろしのみこに》御託宣ありて、前《さき》の大納言《実定》を召し出《いだ》し給ひけるを、しばしはまことしからずと《現実に起ったことではないと》思ひて、なほ立ちかくれられたりけれども、不思議なるしるしども侍れば、たへかねて《隠れ続けていられなくなって》出でられにけり。「将相《大将大臣》の栄花をきはめて君につかへん事程あるべからず《遠くないはずである》。思ひなげくことなかれ」と仰せられければ、信仰の涙をのごひ《感服の涙を流し》、歓喜の思ひをなして下向せられにけり。その比《ころ》、詩歌二の秀句《しうく》もおほく聞えける中に、

罷レ官 未レ忘二九 重 月一《官を罷《や》めて未《いま》だ九重《ここのへ》の月を忘れず》

有レ恨 将レ逢二五 度 春一三《恨み有りて将《まさ》に五度の春に逢はんとす》

四数ふれば八年《やとせ》経《へ》にけりあはれわが治《をさ》めしことは昨日と思ふに

これらを聞きて、世の人いとど惜しみあへること限りなし。

かくて年月をふるほどに、五治承元年三月五日、六妙音院《めうおんゐん》の大臣《おとど》、内大臣にておはしましけるが、太政大臣《だいじやうだいじん》にのぼり給ひて、七小松のおと

ど、大納言の左大将にて侍りけるが、内大臣にのぼられけるかはりに、〔実定は〕大納言にかへりなりつつ、六月五日、内大臣程なく大将を辞し申されければ、「さりとも、この闕《けつ》には」と、たのみ深かりけれども、とかくさはりて《いろいろの支障があって実現せずに》月日の過ぎければ、この望み成就せば厳島《いつくしま》[八]に詣づべきよしなど、心の中《うち》に願《ぐわん》を立てられけるほどに、十二月二十七日、つひに左大将になられにけり。若宮の御託宣も思ひあはせられ、厳島の宿願も憑《たの》みありてぞ思ひ給ひける。

同じき三年三月晦日《つごもり》、厳島に参るとて出でられにけり。[九]大納言実《さね》国《くに》卿、中納言実家《さねいへ》卿など伴《ともな》ひ侍りけるとぞ。この日、[一〇]中御門《なかみかど》の左府も参り給ひたりけり。三条の左大臣《藤原実房》の入道、その時大納言なり。[一一]六条の太政の大臣《おとど》の中将にて侍りけるもおはしける、伴《ともな》ひ申されけり。このたびのことにや《この時の事であったろうか》、中将、かの島の宝前《神前で》にて[一二]太平楽の曲舞《ま》はれけるが、面白かりける事なり。

六 藤原頼長の次男師長《もろなが》。安元元年（一一七五）には、内大臣・左大将。それが、右大臣藤原兼実・左大臣藤原経宗の二人を一挙に超えた破天荒の大昇進。時に四十歳。

七 平清盛の嫡男重盛（一一三八～七九）。この年の正月に左大将に就任したばかりであった。

八 広島県厳島町にある厳島神社。平氏の氏神。

＊ この話は『平家物語』の実定の厳島詣のエピソードの原拠となる説話とされている。

九 本話に登場する人物の系図を左に掲げる。この年、実国・実房は権大納言、実家は権中納言。

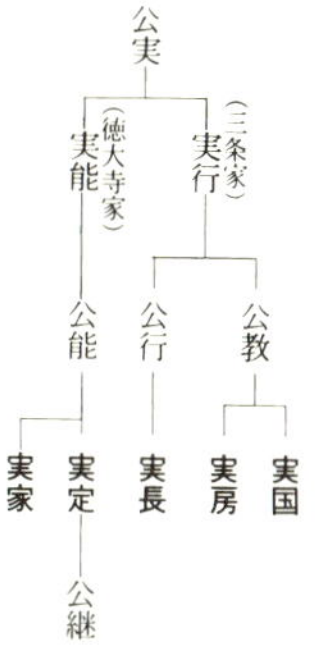

一〇 藤原経宗。仁安元年（一一六六）十一月以来、左大臣。時に六十一歳。平治の乱で阿波に配流された経歴を持つ。

一一 藤原頼実。経宗の嫡男。永万元年七月以来、右中将。

一二 唐楽《からがく》。四人で舞う雄壮で華麗な武人の舞。舞人は緋《ひ》の袍《ほう》に金の鎧甲《よろいかぶと》を着け、魚袋《ぎょたい》・胡簶《やなぐい》を帯し、鉾《ほこ》を持ち、剣を抜いて舞う。

二　賀茂大明神、仁和寺辺の女と祝久継の夢に、日本国を捨て給ふべき由託宣の事

[一]仁安元年六月、仁和寺の辺りなりける《近辺に住んでいた》女[二]の夢に、天下の政《まつりごと》不法なるによりて、賀茂の大明神、日本国を捨てて他所《たしょ》へ渡らせ給ふべきよし見てけり。同じき七月上旬、祝久継《はふりひさつぐ》[三]が夢にも同じ体《てい》に見てけり。これによりて泰親《やすちか》[四]・時晴《ときはる》[五]を召して占《うらな》はせられければ、実夢[六]のよし《正夢であると》、おのおの《二人ともそれぞれに》申しけり。

三　高倉院厳島御幸の折、自ら願文を草し給ふ事

治承[七]四年九月、高倉院[八]、厳島[九]に御幸ありけり。御願文[一〇]みづから御[一一]草ありて、殿下《てんが》[一二]《藤原基通》普賢寺殿清書させ給ひける。希代《きたい》《珍しい》の事にや。かの御願文ことに目出たかりければ《格別にすばらしいできばえだったので》、後日に蔵人《くらうど》[一三]宮内の少輔親経《せういうちかつね》、表《上表文》を書きて奉りける《［安徳天皇に］奉ったということである》となん。

一　一一六六年。
二『百錬抄』仁安元年七月の条に、以下と同様の記事が見える。そこには、この女が六月と七月上旬の二度にわたって同じ夢を見たというので、賀茂の社司が摂政（基実）邸に参上、報告したとある。

天下の政不法なる故との託宣

三　賀茂能久の次男。建長六年（一二五四）、五十七歳で没した人物。仁安元年には、まだ生れていない。
四　安倍氏。権天文博士、陰陽寮の次官であった。
五　安倍氏。天文博士晴道の子。陰陽寮の漏刻博士。
六　因みに、七月二十五日には応天門の廊がにわかに倒れ、その翌日には、摂政基実が二十四歳で急逝する。
七　一一八〇年。
八　後白河天皇皇子（一一六一～八一）。この年二月に安徳天皇に譲位して新院となっていた。
九　この年の三月にも厳島神社に参詣している。

関白に願文を清書させ給うた高倉院

一〇『源平盛衰記』二十三「新院厳島御幸、付入道起請を勧め奉る事」に、その全文が見える。
一一　お書きになって。底本「御夢」、他本により改訂。
一二　摂政藤原基通。基実の嫡子で、時に二十一歳。
一三　宮内省の二等官。「親経」は、藤原親経。承安二年（一一七二）に任ぜられている。のち、東宮学士、

侍読を経て、建長五年に文章博士。

大明神の対話で来世の得脱を示す
有難い託宣を受けた興福寺の僧

一四 僧正・僧都・律師の三僧官と法印・法眼・法橋の三僧位階との総称で、高位の僧を意味する。
一五 南都北嶺で、堂方（寺務）の僧に対して、教学の修得をもっぱらとする僧侶、学侶をいう。
一六 興福寺にいて僧達とつきあい栄進することを思いすてて。
一七 石清水八幡宮。京都府綴喜《つづき》郡八幡町にある。貞観元年（八五九）の行教（大安寺の僧）の奏請によって、翌年に開かれた神社で、伊勢神宮と並んで二所の宗廟とも称された王城の守護神。応神天皇・神功皇后・玉《たま》依姫《よりひめ》を祭る。
一八 見知らぬ来訪者。ここは、春日明神の化身である人物をいう。
一九 八幡宮の本地たる八幡大菩薩。古来、弓矢の神・武の神として敬われる八幡神に対する仏教的呼称。本地垂迹観に基づく尊称。
二〇 春日明神のこと。
二一 この世で、神明との間に確かな因縁を結び得たこと。

三 興福寺の僧八幡に参籠し、夢に春日・八幡両大明神の託宣を得たる事

興福寺の僧の、いまだ僧綱《そうがう》[14]などにはのぼらざりけるが、学生《がくしやう》[15]にては侍りけれども、いと貧しかりければ、春日社《かすがのやしろ》に参りて申しけれども、そのしるしもなかりければ、寺のまじらひ[16]も思ひたえて、八幡《やはた》[17]に詣でて七日こもりて祈念しけるに、或る夜夢に、ゆゆしげ《神々しく威厳のある》なる客人《まらうど》[18]の参り給へりけるに、大菩薩[19]御対面あるよし《様子である》なり。客人、「某《なにがし》と申す僧やこもりて候」と申し給ひければ、「さること候ふ《参籠しております》」と答へ申《〔大菩薩が〕》させ給ひけり。また客人のたまはく、「件《くだん》の僧、年来《としごろ》[20]我を憑《たの》みて朝夕せめ候ひつれども《何とかしてくださいとせめ立てたが》、今度必ず出離すべきものなり《悟道に達しうるはずである》。もし、たのしみにほこりなば《栄達をほこりいい気になるのでは》、いかがと思ひ候へばひかへて侍り《聞き入れずにいるのです》。御ゆるしあるまじく候ふ《どうぞ大菩薩さまもお許し下さいませんように》」と申させ給ひけり。この僧、この事を聞きて、「この客人はたれにてわたらせ給ひ候ふぞ《どなたでいらっしゃいましょうか》」と人にたづねければ、「春日大明神の御渡りなり」と答へけり。さて夢さめぬれば、今生《こんじやう》[21]の結縁《けちえん》

もうれしく、来世[一]の得脱《とくだつ》もたのもしくて、泣く泣く本寺に帰りて《感涙にむせびつつ興福寺に帰って》、他事なく後世《ごせ》[二]のつとめをはげみてつひに往生を遂げにけり。この事、山《延暦寺の》の桓舜《くわんしゆん》[三]が稲荷《いなり》の利生蒙《りしやうかうぶ》りしを、日吉のさまたげさせ給ひけるためしに少しもたがはず侍りけり。

二四　八幡に通夜の夜、夢に北条義時は武内宿禰の後身と知る事

誰と聞き侍りしやらん、名をば忘れにけり。その人、八幡[四]に参りて通夜したりける夢に《一晩籠って神に祈った時の夢に》、御殿の御戸《みと》をおしひらかせ給ひて、誠にけだかき御声にて、「武内《たけのうち》[五]」と召しければ、則ち御いらへ申して参らせ給ふ[六]《すぐに神前に出られた人がある》。その御体《おんてい》を見たてまつれば、高年白髪の俗形《ぞくぎやう》にまします。御装束は分明《ふんみやう》ならず。御前に畏《かしこ》まりて侍らひ給ふ。御ひげしろくながくして御居長《ゐたけ》とひとしかりけり《座高と同じほどであった》。また御殿の内より、さきの御声にて、「世の中乱れなんとす。しばらく時政《ときまさ》[七]が子になりて世を治むべし」と仰せ出《いだ》されければ、武内、唯称《ゐしよう》[八]しておはしますと思ふほど

一　あの世に生れる時には、煩悩を脱して悟りを得ることができるであろうこと。

二　死後の安楽のための善根を積むべく、仏道に精進すること。

三　天台座主慶円の弟子、大僧都。天喜五年（一〇五七）没、八十歳。貞円・日助・遍救と共に叡山四傑と呼ばれた。『沙石集《しやせきしゆう》』巻一、『私聚《しじゆう》百因縁集』巻九に、若い頃、桓舜が日吉に参籠するが示現を蒙らず、稲荷明神に詣でて夢告を得て精進し、往生したという本話に類似する話が見える。

八幡の託宣で、武内宿禰の生れ変りと知らされた義時

四　石清水八幡宮。

五　武内宿禰《すくね》。孝元天皇の曾孫で、初期の大和朝廷において二百数十年にわたって政務に従ったとされる伝説的人物。石清水の境内の一末社に武内神社があり、その本地は阿弥陀仏と伝えられる。

六　底本「則ち御いらへ」を欠く。陵本にて補う。

七　北条時政（一一三八〜一二一五）。源頼朝の室政子の父。鎌倉幕府の開府に尽力、初代執権となり、北条執権時代の道を開いた人物。

八　応諾の返事をすること。

に夢覚めにけり。この事を思ふに、されば[九]義時朝臣《よしときあそん》は、かの御後身にや《武内の生れ変りでおいでなのだろうか》。その子[一〇]泰時《やすとき》までも只人《ただびと》にはあらざりけり。

[一一]世の中に麻は跡なくなりにけり心のままによもぎのみして

この歌はかの朝臣《北条泰時》の詠なり。思ひあはせられて恥づかしくこそ侍れ。

一二五　前摂津守橘以政、四位の申文《まうしぶみ》を賀茂社に捧ぐる事

前《さき》の摂津《せっつ》の守《かみ》橘[一二]以政朝臣《これまさあそん》、わかくより賀茂につかうまつりけるに、四品《しほん》の望みにつかれて《四位になりたいという望みに執して》、思ひあまりて申文《請願の文章》を書きて、[一三]御戸開きの夜参りて、何となき願書のよしにて《ちょっとした祈願の文章だと称して》、社司《しゃし》をかたらひて《言いくるめて》御宝殿《ごほうでん》にこめてけり。御戸さしまゐらせて後《宝殿の戸を閉じ申しあげて後》、四品の所望かなはねば《〔まだ〕願いがかなえられないので》、大明神の御計《はか》らひにまかせまゐらせんとて、申文をこめつるなりと披露しければ、社司・氏人《うぢびと》等、「[一四]当社の御不覚《不名誉》になりぬべし」とて、神主《かんぬし》以下一日に[一五]百度をなんしける《百度のおつとめをした》、はたして《その結果として》四品ゆるされにけり。

九　時政の嫡男（一一六三～一二二四）。承久の乱で公家勢力を抑え、北条氏の権勢を伸長した二代目執権。
一〇　義時の子。貞永《じょうえい》式目を制定するなど、執権体制の整備を推進した三代目執権。
一一　世の中に麻のように真直ぐな人間はいなくなってしまった。勝手に曲りはびこる蓬《よもぎ》のような人間ばかりで。『新勅撰集』巻十七に「題しらず」として載る。『荀子《じゅんし》』勧学篇の「蓬ハ麻中ニ生ジテ、扶《たす》ケザルニ直シ」を踏まえる。

御戸開きの夜四位の申文を御宝殿に籠めた以政

一二　五位の蔵人橘以長の子。治承四年（一一八〇）一月、摂津守となる。のち中宮亮《すけ》を勤め、正四位下に至る。
一三　『夫木和歌抄』の藤原俊成の歌によれば、五月にも行われていたらしいが、ここでは、正月十四日の夜のこととみておく。四七頁注一〇参照。
一四　（もし、以政の四位昇進が実現しなければ）賀茂社（の神）は頼り甲斐がないと、面目を失うことになってしまうであろう。
一五　百度祓い。一日に百度の祓いをして祈願すること。

一　俊乗房重源（一一二一～一二〇六）。十三歳で醍醐寺に入って真言を学び、のち四国などの名寺を回って念仏を修め、数度渡宋して寺院建築を学んだ。

満願の日宝珠を賜り、「東大寺作るべきもの」の示現を受けた重源

二　治承四年（一一八〇）十二月の平家軍による攻略で炎上した東大寺の再建復興の誓願を立てて。重源は翌年、造東大寺大勧進職に任ぜられた。

三　伊勢神宮。通海の『太神宮参詣記』によれば、重源は建久四年（一一九三）四月、風宮に詣でて「二果ノ宝珠」を得たという。

四　皇大神宮をさす。祭神は天照大神。

五　豊受大神宮をいう。祭神は豊受大神。

六　神が信心に感じて効験利益などを示すこと。

七　仁和寺の門跡。仁和寺は仁和四年（八八八）に建立された真言宗の寺院。京都市右京区にある。

八　刑部卿《ぎやうぶきやう》藤原範兼の娘兼子。後鳥羽院の後宮で典侍として時めき、建久七年（一一九六）二月、その夫の藤原宗頼は造東大寺長官に任命されている。

九　『古事談』第三によれば、弘法大師空海。

一〇　熊野本宮をさすか。

前世は日高川の魚、人身を得て一期熊野の斎燈をたき開眼した盲人

二六　俊乗房重源、東大寺建立の願を発し大神宮に参籠の事

[1]俊乗房《しゅんじょうばう》、[2]東大寺建立《こんりふ》の願を発《おこ》して、その祈請《きせい》のために[3]大神宮に詣《まう》でて、[4]内宮《ないくう》に七箇日参籠《さんろう》、七日満つ夜（七日の期限が満ちる夜）の夢に宝珠《ほうじゅ》を給はると見侍りけるほどに、その朝、袖より白珠おちたりけり。目出たく忝《かたじけ》なく思ひて、つつみて持ちて出でぬ。さてまた[5]外宮《げくう》に七日参籠、さきのごとく七日満つ夜の夢に、また前のごとく珠をたまはられけり。末代（末法の世）といへども信力（信心の力）のまへに[6]神明感応を垂れ給ふことかくのごとし。その珠、一は[7]御室《おむろ》にありけり。一は[8]卿二品《きやうにほん》のもとにつたはりて侍りける。夢に、[9]大師「汝《なんぢ》は東大寺つくるべきものなり」と示させ給ひける。はたしてかくのごとし。ただ人《びと》にはあらぬなり。

二七　盲人熊野社に祈請、夢に先世の報を知らされ、懺悔して明眼を得る事

[10]熊野に、盲目《まうもく》のもの[11]斎燈《さいとう》をたきて眼のあきらかならんことを祈る

ありけり。この勤め三年になりにけれども、しるしなかりければ、権現を恨みまゐらせて打ち臥したる夢に、「汝が恨むるところ、そのいはれなきにあらねども、先世《せんぜ》[一二]の報いを知るべきなり。汝は日高[一三]川の魚にてありしなり。かの川の橋を道者《だうしや》[一四]わたるとて、『南無大悲[一五]三所権現』と、上下[一六]の諸人唱へたてまつる声を聞きて、その縁によりて魚鱗の身をあらためてたまたまうけがたき人身《にんじん》を得たり。この斎燈の光にあたる縁をもて、また来世に明眼《めいがん》を得て、次第に昇進すべきなり。この事をわきまへずして、みだりに我を恨むる、おろかなり」と、恥ぢしめ給ふとみて、さめにけり。その後、懺悔《ざんげ》して一《いち》期《ご》をかぎりてこの役を勤めけるほどに、眼も開きにけり。

（ふと眠って見た夢に／もっともではあるが／魚類であった身が／人間に生れ得た／いましめなさると見て／夢から覚めた／死ぬまでもと決心してこの斎燈をたく役を）

阿闍梨を願う歌を奉り、夢に若王子から返歌を賜った覚讃

二八　助僧正覚讃、夢に若王子託宣の歌を賜る事

助《すけ》[一七]の僧正覚讃《かくさん》は先達《せんだち》[一八]の山伏《やまぶし》なり。那智《なち》[一九]千日行者、大峰[二〇]数度《すど》の先達なり。五十にあまりて有職《うしき》[二一]にも補せざりけるをうれへ、若王子《にやくわうじ》[二二]によ

一二 柴燈《さいとう》。油を用いない柴焚《しば》きの燈明。現在も、神社の祭礼時に境内で焚く灯を柴燈火と称する地方がある。
一三 （あなたが盲目であるというのは）この世に生れる前の世における、あなたの所行の報いであることを知るべきである。前世（先世）・現世・来世（後世）の三世の間に因果応報の関係をみる、仏教的な考え方。
一三 和歌山県日高郡を東西に流れ、御坊《ごぼう》市で海に注ぐ川。
一四 熊野三山に詣でる途上の仏道修行者。
一五 「南無」は、ひとえに帰依敬信するとの意。「三所権現」は、本宮・新宮・那智の総称。
一六 居合せた貴賤上下のあらゆる人々。
一七 仁平二年（一一五二）、熊野山検校に補任された。のち園城寺長吏となり、治承四年九月に没した。
一八 五度以上の峰入りを経験している行《ぎよう》の指導者。
一九 那智に籠って千日間滝に打たれて修行した行者。
二〇 奈良県吉野郡の大峰山に入り行う修験道の修行。
二一 僧の職位で、已講《いこう》・内供《ないぐ》・阿闍梨《あじやり》をいう。僧綱《そうごう》（僧正・僧都・律師）に次ぐもの。
二二 熊野十二所権現の一。十一面観音の垂迹とされる。

みて奉りける、

[一]山川のあさりにならでよどみなば流れもやらぬものや思はん

[二]夢の中に御返事を給はりける、

[三]あさりにはしばしよどむぞ山川のながれもやらぬものな思ひそ

二九　河内守繁雅、賀茂の御前にて中原師方大外記拝任を夢に見る事

[四]承元《しようげん》四年正月十六日、[五]大外記《だいげき》[六]良業《よしなり》死にたりけるに、十六日の暁、河内の守[七]繁雅《しげまさ》が夢に、賀茂の御前にて[八]除目《ぢもく》おこなはるる気色なりけるに、小折紙に大外記中原[九]師方《もろかた》と書かれたりと見て覚めにけり。いそぎこのよし、師方に告げたりければ、多年つかうまつりたるしるしと覚えて忝《かたじけ》なく憑《たの》もしく覚えけるに、やがて[一〇]その夜大外記になりにけり。さきに[一一]助教仲隆《なかたか》・助教[一二]師高《もろたか》・[一三]師季《もろすゑ》など競望しけるうへ、師方は[一四]大監物《けんもつ》にて、いまだ[一五]儒官をへざりければ、直ちに拝任いかがと沙汰ありけり。重代稽古のものなりけれども、引きたつる人もなか

小型の横折奉書
競争で希望していた上に
代々よく学問で仕えてきた家の者ではあるが

一　山川が浅瀬にならないで淀んでしまったならば、水が滞って流れぬように、わたくしも阿闍梨になれず、物思うこと一人《ひとしお》でございます。『十訓抄』第十の類話では、三句以下「しづみなば深きうらみの名をや残さん」。「あさり」に、「浅り」と「阿闍梨」をかける。

二『園城寺伝記』は、「御帳ノ内ヨリ貴女ノ声シテ御返歌ニ云ハク」とする。

三　阿闍梨にはしばらくはなれないが、山川の流れが滞るような余りの物思いはしないように。

四　一二一〇年。

五　太政官の少納言局の役人。清原・中原両家が世襲した。

儒官を経ず神恩を蒙って大外記を拝任、先途を達した師方

六　清原頼業の子。正五位下・文章博士。『尊卑分脈』は正月十九日没、『外記補任』は十五日没とする。

七　平繁雅。河内守就任は、元久二年（一二〇五）。

八　朝廷で行われた大臣以外の諸文武官の任命式。

大外記 中原師遠
- 大外記 師安 ― 師高
- 少外記 師清 ― 大外記 師直 ― 師方
- 大外記 師元 ― 大外記 師尚 ― 大炊介 師綱 ― 師季

九　嘉応二年（一一七〇）十二月、権少外記となり、

翌年の正月から一年間は少外記であった。
一〇『外記補任』によれば、良業の没するより早く、正月十四日の除目で大外記に任ぜられている。
一一 大学寮に属し、博士を助ける職。「仲隆」は、良業の九歳年長の兄。承元四年には、その子の仲宣が少外記に任命されている。
一二 仁安元年（一一六六）十二月、権少外記。
一三 文治三年（一一八七）十二月、権少外記。のちに大外記・文章博士。
一四 中務省に属し、主に出納を監察する。従五位下相当。
一五 儒者が任ぜられる博士・助教などの官。
一六 一説に「園田流の始祖藤原成実の男、重澄か」とするが、成実は「上野国の住人」で、その子息には「我がひざもとにて生れながら」という条件は当てはまりにくい。しかも重澄の大和守就任は確かめがたい。むしろ、建久二年（一一九一）当時、大和権守で造寺行事の侍であった藤原重永あたりを擬したい。
一七 私財を投じて、賀茂社の土蔵造進を完遂させた功績。それに対して社司家が官職の下賜を申請した。
一八 ここは、京官を任命する秋の司召《つかさめし》の除目をさす。
一九 伏見稲荷神社。京都市伏見区にある。上・中・下の三社があり、狐を神使とすることで知られる。

兵衛尉を望み賀茂に祈請したが稲荷の反対で任命が遅れた重澄

りけるに、忝なくも神恩をかぶりて先途を達してける（一族の進みうる最高の地位に到達したのは）、目出たきほどのものなりけり。

三〇 前大和守重澄、賀茂社・稲荷社に祈請して兵衛尉となる事

(抄入)

前《さき》[一六]の大和《やまと》の守《かみ》藤原重澄《しげずみ》は、賀茂につかうまつりて大夫の尉（五位の兵衛尉）までのぼりたるものなり。若かりける時、兵衛《ひやうゑ》の尉《じよう》になり侍らんとて、当社の土屋《つちや》を造進《ざうしん》したりけり。厳重（みごとな）の成功《じやうごう》[一七]にて、社家《しやけ》推挙しければ、はづるべき（外れるはずもなかったのに）やうもなかりけるに、度々の除目《ぢもく》[一八]にもれにけり。重澄が上《かみ》の社《やしろ》の師（祈禱の師であった人に）にて侍りけるものに申し付けて、除目の夜祈請せさせけるほどに、まどろみたる夢に、稲荷[一九]より御使《みつかひ》とて参りたるものあり。人出《い》で合《あ》ひてこれを聞くに、かの御使の申しけるは、「重澄が所望（望む官位には）、ことさらに（特別な理由で）任ぜらるべからず。我がひざもとにて生れなが（〔重澄は〕伏見稲荷の近傍に生れながら）ら、我を忘れたるものなり」と申しければ、申し次《つぎ》の人、大明神に申しいるるよしにて（取り次ぐ様子で）、たびたび御問答ありけり。「さらば、このた（今回だけは）

びばかりなされずして《昇進させないで》、思ひしらせて、後のたびの除目になさるべし」と申しければ、御使《みつかひ》帰りぬ。師《祈禱の師は》、驚きていそぎ重澄がもとへ行きて、このよしを語りておどろきあやしむほどに、その夜の除目にははづれにけり。この夢の誠を知らんがために稲荷へ参りて、つぎのたびの除目には、申しも出《いだ》さざりけれども、相違なく《夢の告げの通りに》なされにけり。

三　大夫史小槻淳方、賀茂社に参籠し、夢に神の告あり、禰宜祐頼の子祐継を師としたる事（抄入）

大夫《たいふ》[一]の史淳方《さくわんあつかた》[二]、若かりける時、常に賀茂[三]へ参りけり。或る夜下《しも》の社《やしろ》に通夜したりけるに、人来たりて淳方に告げけるは、「汝《なんぢ》、かならず大夫の史にいたるべきものなり。その時偏頗《へんぱ》《不公平があってはならぬ》あるべからず。氏人祐継《すけつぐ》[四]といふものあり。それを師《祈禱の師》とすべし」とて失《う》せにけり。夢覚めて不思議の思ひをなして、「祐継といふ氏人やある」と尋ねければ、禰宜《ねぎ》[五]祐頼《すけより》が次男に、いまだ年わかきものありと聞きて、尋ね

＊稲荷明神のこと　京都市伏見区深草町稲荷山西麓に鎮座する稲荷神社には、宇迦御魂大神・佐田彦大神・大宮能壱大神・田中大神・四大神の合わせて五座が祭られ、稲荷五社大明神と称される。古く平安遷都以前から、土地の神として信仰されていたが、秦氏が勢力を伸ばし、一族で祭るようになり、平安時代以降、北の賀茂神社と並んで、皇室・貴族・庶民からひろく崇敬され、稲荷信仰の中心となり、農業・殖産業・商業などの神として厚く信仰された。賀茂の神に稲荷明神が申し入れをした（三〇話）いきさつは、京都を代表する二大神社の関係として大変おもしろい。

祐継を師とし、先途の地位たる大夫の史となることができた淳方

一　太政官の弁官局の役人。「大夫」は五位の称。大史《さかん》が正六位相当官であるところから、五位で史である者を区別して特に「大夫の史」と称した。

二　小槻通時《おづきみちとき》の子。極官は正五位下・主計頭《かずえのかみ》。父の早世により後見者を失い、一途に賀茂社に帰依して立身を願った。

三　下鴨神社。京都市左京区にある。

四　鴨祐頼の子。まだ神官職に就く以前、十代の頃か。

五　「神主」と「祝《はふり》」との中間に位する神官。「祐頼」は、父祐兼と共に、従兄弟の鴨長明と河合社の禰宜職を競った人物。

あひて、祈りすべきよし契りて、その後祐継も禰宜[六]に至り、淳方も前途《せんど》[七]とげてけり。官務九年が間（大史の職にあった九年間）、清廉の聞えありし、ひとへに神の御計《はか》らひなりと覚えて、やむごとなし（尊いかぎりである）。

一三　二条宰相藤原雅経、賀茂社に日参、利生を蒙る事（抄入）

賀茂に日参その詠歌を嘉納され二位宰相まで上った雅経

[八]二条の宰相雅経卿《さいしやうまさつねきやう》は、賀茂大明神の利生《りしやう》[九]にて成りあがりたる（出世栄進した）人なり。そのかみ世間[一〇]あさましくたえだえしくて（日常の暮し向きが言いようもなくひどくて）、はかばかしく家など（きちんと住めるような家など）持たざりければ（持たなかったので）、花山院《くわざんゐん》[一一]の釣殿《つりどの》に宿して、それより歩行《かち》にて降《ふ》るにも照《て》るにもただ賀茂へ参るをもてつとめとしてけり。その比《ころ》よみ侍りけり。

　[一二]世の中に数ならぬ身の友千鳥なきこそわたれ賀茂の河原に

この歌、心の中《うち》ばかりに思ひつらねて、世にちらしたることもなかりける（他人に言い散らしたこともなかったのに）に、社司その名を忘却すが夢に、大明神、「われは、『なきこそわたれ数ならぬ身に』とよみたるもののいとほしきなり。たづねよ」

六 父の祐頼と同じく、禰宜・正四位下に昇進した。
七「先途」に同じ。その家系の者が進み得る最高の官職。世襲的な先例があった。淳方の場合は、早世した父は別として、曾祖父の隆職も祖父の国宗も太政官弁官局の大史《さかん》であった。
八 飛鳥井雅経（一一七〇～一二二一）。藤原俊成に和歌を学ぶ。『新古今集』撰者の一人。承久二年（一二二〇）一月、参議。「宰相」は参議の唐名。
九 神仏の御利益《ごりやく》。
一〇 雅経の父の頼経は、源行家・義経への同心の咎で、高階泰経《たかしなやすつね》等と共に解官《げかん》させられ、文治五年（一一八九）三月に至り、頼経と長兄の宗長は伊豆配流となった。都に残された兄弟たちと共に、二十歳そこそこの雅経は、不如意な日々を送っていたものと思われる。
一一 右大臣忠経の邸宅。賀茂社に遠くない場所にあった。「釣殿」は、寝殿造りの西南の端にある池に面した建物。
一二 群千鳥《むらちどり》は賀茂河原を鳴きながら渡って行くが、数ならぬ自分は、友もなく一人泣きながら賀茂の社にお参りに行く。

一 賀茂の明神の夢告があったこと。
二 雅経は、承久三年三月十一日に没したが、従三位・参議・美作《みまさか》権守であった。二位には昇っていない。
三 一一六八年。
四 永延元年（九八七）より官の祭となった吉田神社の祭儀で、中宮・東宮および藤原氏の公卿等が奉幣した。祭日は、旧暦四月中《なか》の子《ね》の日と十一月中《なか》の申《さる》の日。式次第は、『江家次第』等に見える。

吉田祭の日、氏人ながら神事をせず、その家が焼けた信隆

五 藤原信隆。後白河法皇の近臣で播磨守であったが、応保元年（一一六一）九月解官され、仁安元年一月に復職して右馬頭、六月に伊予守になっていた。
六 仁王護国般若波羅蜜多経（略して仁王経）を講ずる法会。数日から十日に及ぶ場合もあった。
七 大炊御門《おおいみかど》大路《おおじ》と室町小路《むろまちこうじ》の交叉する地点。
八 民部省の長官。「光忠」は、中納言藤原光忠。仁安二年八月、従二位・民部卿となり、承安元年（一一七一）六月没、五十七歳。

〔夢の告げに〕としめし給ひけり。それよりあまねく尋ねければ、この雅経のよみたるなりけり。この[一]示現《じげん》聞きて、いかばかりいよいよ信仰の心も深かりけん。さて次第に成りあがりて[二]二位の宰相《さいしやう》までのぼりて侍り。これ、しかしながら《まったくもって》大明神の利生なり。

三 伊予守信隆、神事を怠り家居焼亡の事（抄入）

[三]仁安《にんあん》三年四月二十一日、[四]吉田《よしだ》の祭にて侍りけるに、[五]伊予《いよ》の守信隆《かみのぶたか》朝臣《あそん》、氏人《うぢびと》ながら神事《じんじ》もせで[六]仁王講《にわうこう》を行ひけるに、御《み》あかしの火《燈明の火が》障子にもえつきて、その家焼けにけり。[七]大炊御門《おほひみかど》室町なり。その隣は[八]民部卿光忠卿《みつただきやう》の家なりけり。神事にて侍りければ《神のはからいであったので》、火うつらざりけり。恐るべき事なり。

古今著聞集　巻第二

釈《しやく》　教《けう》　第二

三四（序）　百済国より仏教伝来の事

[九]地神の末に当りて、[一〇]釈迦如来天竺《てんぢく》に出で給ひけり。[一一]鷲嶺《じゆれい》に月かく[一二]れ、鶴林《かくりん》に煙尽きて、[一三]一千四百八十年に当りて、我が朝第三十代欽《きん》明《めい》天皇十[一四]三年に、[一五]百済《くだら》の国より始めて金銅《こんどう》の釈迦像・[一六]経論《きやうろん》・幡蓋《ばんがい》等を奉りけり。御門《みかど》よろこばせ給ひて、あがめ給ひけるを、[一七]物部《もののべ》の大臣等、我が国は神国なるゆゑをもて、かたぶけ奏し申しければ、仏像を難波《なには》[一八]の堀江にながしすてて、伽藍《がらん》を焼き払はれにけり。然るあひだ、空より火くだりて内裏《だいり》焼けにけり。敏達《びだつ》・用明《ようめい》・崇峻《すしゆん》天皇三[一九]

排仏崇仏をめぐる争乱と、推古朝以降の仏教の興隆・弘通

仏教崇拝は間違いであると奏上したので

＊釈教篇　仏教の伝来に始まり、聖徳太子以下古代の高僧碩徳《せきとく》の行実法験を録し、諸社諸寺の託宣を語り、霊験奇異を示して、中世初め、湛空上人まで三十八話を収載する。ひたむきな信仰に主題が集中した話は少なく、釈教の多面なあり方を語っているのは、編者の資質によるものであろう。

九　彦波瀲武鸕鷀草葺不合尊《ひこなぎさたけうがやふきあえずのみこと》の代をいう。尊の治世の八十三万五千六百七十六年に、インドに釈迦仏が生誕したといわれる（『塵添壒嚢抄《じんてんあいのうしよう》』六）。

一〇　一説に紀元前五六四年、迦毗羅《かびら》城の浄飯王《じようぼんおう》の子に生れ、同四八四年に拘尸那《くしな》掲羅《がら》城の跋提《ばつだい》河のほとりの沙羅《さら》双樹《そうじゆ》林（鶴林）で入寂したという。

一一　霊鷲山《りようじゆせん》。インド摩掲陀《まがた》国の王舎城周辺の五山の一。釈迦の聖地。

一二「煙尽きて」と共に釈迦の入寂をいう比喩的表現。

一三「元年庚申（五四〇年）、仏滅後一千四百八十七年。当二梁高祖大同六年一」（『帝王編年記』七）。

一四　五五二年。この年の十月。

一五　百済の聖明王（在位五二三～五五四年）から。

一六　如来の説法の記録、「論」はそれらを祖述した物。

一七　物部大連尾輿《おおむらじおこし》、中臣連鎌子《なかとみのむらじかまこ》等が五七〇年に排仏を奏上した。この年、崇仏派の蘇我稲目《いなめ》が没した。

一八　奈良県高市郡豊浦寺の東、飛鳥《あすか》川の西の堀江。

一九　五七二～五九二年。

代の間、[一]邪信あひまじはりて帰依いまだあまねからず（〔仏教への〕信不信が半ばして帰依がまだ一般化していなかった）。推古《すいこ》[二]天皇の御宇《ぎよう》、厩戸豊耳《うまやどとよみみ》[三]の皇子東闈《とうゐ》[四]の位にそなはり、南面[五]の尊にかはりて（天皇に代って）専ら万機の政教をたれて（すべての政治や文教の施策を指図して）、仏法の興隆をいたし給へり。それよりこのかた仏法弘通《ぐつう》して（流布して）効験たゆる事なし。

三五　聖徳太子、物部守屋を滅して仏法を弘め給ふ事

我が朝の仏法は、聖徳太子弘《ひろ》め給へるところなり。太子は欽明《きんめい》天皇の御孫、用明天皇の太子[六]、御母、穴太部《あなほ》《べ》の真人《はしひと》の女《むすめ》なり。御母の夢に金色《こんじき》[七]の僧来たりて、「われ世をすくふ願あり。ねがはくは暫《しばら》く御腹にやどらん。我は救世菩薩《くせぼさつ》なり。家は西方にあり[八]」といひて、をどりて口に入《い》ると見給ひて、はらまれ給へる（御懐妊なされたのであった）ところなり。太子の御伯父《をぢ》[九]敏達天皇、位につき給ふはじめの年[一〇]、正月一日生れ給ふ。その時赤光《しやくくわう》西方よりさして寝殿にいたる。その御身甚《はなは》だかうばし。四月《よつき》の後によくもの仰せらる。あくる年の二月十五日[一一]の朝、心づか（わが心から）

一　稲目の子の馬子《うまこ》等を中心とする崇仏派と物部守屋・中臣勝海《かつみ》等を中心とする排仏派との抗争をさす。
二　欽明天皇第三皇女。在位五九二〜六二八年。
三　聖徳太子。上宮太子とも。用明天皇の皇子。母は欽明天皇の皇女、穴太部間人王《あなほべのはしひとのおおきみ》。法隆寺・四天王寺を建立、『三経義疏《さんぎょうぎしょ》』を著したとされる。
四　「東闈」は、東宮の門。転じて東宮・皇太子をいう。五九三年四月十日のこと。
五　天皇。昔、中国で天子は南面して政務を行ったことによる。ここは推古天皇をさす。聖徳太子（時に二十歳）は、その皇太子兼摂政として、十七条の憲法の制定、遣隋使の派遣、仏教の弘布《ぐふ》など、政治・宗教の改革につとめた。

救世菩薩の生れ変りで蘇我馬子と協力、仏法興隆に努めた聖徳太子

六　皇位を継ぐべき皇子の呼称。
七　観世音菩薩の化身。「救世菩薩」は、観世音菩薩の異称。
八　観音は、西方極楽浄土におわす阿弥陀仏の左の脇士であるところから、こう言った。
九　敏達天皇は、聖徳太子の父用明天皇の異母兄。
一〇　五七二年。『聖徳太子伝暦』『帝王編年記』も太子の誕生をこの年とする。ただし現在は、『上宮法王帝説』等によって、五七四年とする説が有力。
一一　釈迦涅槃《ねはん》の日にあたる。仏教との因縁の深さを示《し》

ら東《ひんがし》[一二]に向ひて掌《たなごころ》を合はせて、「南無仏[一三]」と唱へ給ふ。六歳[一四]の御年、百済《くだら》の国よりはじめて僧尼経論を持ちて渡れり。八年[一五]にまた、日羅《にちら》といふ人渡りて太子を礼して申さく、「敬礼救世観世音《きやうらいくせくわんぜおん》[一六]、伝燈東方《でんとうとうばう》[一七]粟散王《そくさんわう》」とをがみたてまつりて光[一八]をはなつ。太子また眉間《みけん》[一九]より光をはなち給ふ。〔日羅は〕また釈迦牟尼如来の像・弥勒《みろく》の石像を渡す《伝えた》[二〇]。

[二一]大臣蘇我馬子《そがのうまこ》の宿禰《すくね》、仏法に帰《き》して、太子と心を一《ひとつ》にせり。二十[二二]一年、天下病《やまひ》おこりて《発生して》、死ぬるものおほし。その時、物部弓削守屋《もののべのゆげのもりや》[二三]の臣《おみ》、ならびに中臣勝海《なかとみのかつみ》[二四]等、邪見にして《よこしまな心を持っていて》仏法を信ぜず。奏して云はく、「我が国はこれ神国なり。しかるに蘇我の大臣、仏法を弘《ひろ》めおこなふによりて病おこり死ぬるもの多し。これを《仏法を》とどめられれば、人の命またかるべし《そこなわれないであろう》」と申すによりて、みことのり[二五]を下して仏法を停《ちやう》止《じ》せらる。則《すなは》ち守屋、仰せを奉じて、堂塔を焼亡《ぜうまう》して仏法を滅亡す。この時、仏法みな滅びなんとするあひだ《ほろびてしまいそうになったので》、太子悲泣《ひきふ》懊悩《あうなう》[二六]し給ふ事限りなし。これ《仏法停止》によりて雲なくして雨風うごき、空より火下りて内

唆《さ》する。

一二 東は薬師如来の東方浄土ともとれなくはないが、ここは釈迦仏のおわす方角とみたい。

一三 仏に帰依敬礼する意。

一四 五七七年。この年、百済の威徳王により、経論・僧侶・造仏工・造寺工が渡来した。

一五 敏達八年（五七九）。この年に日羅が来朝したとするのは、『三宝絵詞』の説。『日本書紀』によれば、五八三年に、敏達天皇の召喚によって、火葦北国造《ひあしきたのくにのみやつこ》阿利斯登《ありしと》の子達率《だちそち》日羅が百済から帰朝している。

一六 太子を観音の生れ変りと見た礼拝の詞。

一七 仏法を伝え弘める東方の小国の王。「粟散」は、粟粒を散らしたように点在する小国の意。

一八 『日本書紀』によれば、日羅は火焔のような身光を発したという。また、弥勒《みろく》の化身とも伝えられる。

一九 太子は観音の化身ゆえ、眉間の白毫《びやくごう》の辺から光を放った。真に相手を知る者同士の挨拶・交信。

二〇 『日本書紀』では、五八四年九月のこととされる。

二一 五七二年、大臣となり、五八七年、政敵物部氏を倒し、五九二年には崇峻《すしゆん》天皇を暗殺した。法興寺を建立するなど、仏教の興隆に尽力、六二六年に没した。

二二 『日本書紀』によれば、敏達十四年（五八五）。

二三 尾輿の子。五八七年没。

二四 中臣鎌子の後継者か。守屋の同志。五八七年没。

二五 五八五年三月のこと。

二六 底本「燠」を改訂。

裏焼けぬ。その後、太子の御父用明天皇[一]位につかせ給ひて、更にまた仏法を興させ給ふ。蘇我の大臣勅[二]を奉じてこれをおこなふ。滅び失せにし仏法これよりまたひろまる。太子悦《よろこ》び給ひて大臣の手を取りてのたまはく、「三宝の妙なる事〔仏教が有難い教えであることを〕、人いまだ知らざるに、大臣心をよせたり。よろこばしきかなや」と。この時、〔馬子は〕かの守屋の逆臣が邪見を陛下に〔用明天皇に〕奏聞して軍兵を起さしめて〔守屋を〕討伐せんとす。人これを竊《ひそ》かに守屋の臣《おみ》につげ知らするによりて、阿都部《あとべ》[三]の家にこもりゐて兵をあつむ。中臣勝海、おなじく兵を発《おこ》して守屋をたすく。蘇我の大臣、太子に申して、兵[四]を引きて守屋が家にむかふ。城[五]の軍こはくして、御方《みかた》の兵、三たびしりぞき帰る。その時、太子の御年十六[六]にて大将軍〔馬子〕のうしろに立ち給へり。秦河勝《はたのかはかつ》[七]に仰せて、ぬるで[八]の木をもて四天王[九]の像をきざみつくらしめて、本鳥《もとどり》[一〇]のうへ、鉾《ほこ》のさきにさして、願をおこしてのたまはく、「(太子)我[一一]をして戦ひに勝たしめ給ひたらば、四天王の像をあらはして〔新たに造って〕寺塔を立てん」と。大臣おなじく願し

一　五八五年九月に即位した。馬子は大臣、物部守屋は大連（大臣とほぼ同格の官職）で、両者は権勢を競うことになる。

二　五八七年四月、天皇は新嘗《にいなめ》の席で、「朕、三宝に帰《よ》らむと思ふ」と心中を吐露されたことに力を得て、馬子等の崇仏派が息を吹きかえす。

三　守屋の別邸。河内国渋川郡跡部郷（大阪府八尾市跡部辺）にあった。

四　五八七年七月、馬子は、守屋討伐を諸皇子・群臣に議した上で、軍兵を率いて進撃した。『日本書紀』では、守屋は本邸（布施市にあった）に籠城していたことになっている。

五　稲を積んで築いた稲城《いなき》に拠っていたという。『日本書紀』は、「その軍《いくさ》、強く盛りにして、家に塡《み》ち、野に溢れたり」と記している。

六　太子の生年を五七二年とすれば、この時、十六歳。一説によれば、十四歳。

七　馬子側の軍監。山城国葛野《かどの》郡に住し、広隆寺を建立した人物。秦の始皇帝の末裔とされる。

八　白膠木《ぬるで》。漆樹科の落葉樹。古来、霊木とされた。

九　持国天・増長天・広目天・多聞天の四大天王。帝《たい》釈天《しゃくてん》に仕え、仏法とその帰依者を守護する。

一〇　頭頂に手繰りあげて巻き束ねた髪。

一一　『日本書紀』は、太子が「今もし我をして敵に勝たしめたまはば、必ず護世四王のみために寺塔を起立《た》てむ」と誓ったと伝える。

て戦ひをすすむ[一二]。城中に大きなる榎《え》の木あり。守屋その木の上にのぼりて物部[一三]の氏《うぢ》の神に祈りて箭《や》をはなたしむるに、太子の御鐙《あぶみ》にあたりけり。太子また舎人跡見《とねりとみ》[一四]に仰せて、四天王に誓ひて矢をはなたしむ。定《ぢやう》[一五]の弓、恵《ゑ》の矢に和順して、遠く走りて逆臣が胸にあたりて、木より逆様《さかさま》に落ちぬ。軍兵乱れ入りてその首をきりつ。これより仏法のあたながく断ちて、化度利生《けどりしやう》[一六]の道ひろまれり。委《くは》[一七]しき旨は伝の文を見よ。

矢を放たせたところ

仏法を敵視する者が永久に絶えて

三六 当麻寺と当麻曼陀羅の事

当麻《たへま》[一八]の寺は、推古《すいこ》[一九]天皇の御宇に、聖徳太子の御勧めによりて、麻《ま》[二〇]呂《ろ》子《こ》親王の建立《こんりふ》し給へるなり。万法蔵院《まんぽふさうゐん》と号して、則ち御願寺になずらへられにけり。建立の後、六十一年をへて、親王夢想によりて本の伽藍《がらん》の地をあらためて、役《えん》[二一]の行者《ぎやうじや》練行の砌《みぎり》に遷《うつ》されにけり。金堂の丈六の弥勒《みろく》の御身の中に金銅一搩手半《いつちやくしゆはん》[二二]の孔雀明王《くじやくみやうわう》[二三]の像一体を

勅願によって建立

された寺として扱われた

一丈六尺

一二 底本「すらん」。伊木本により改訂。
一三 大和国山辺郡石上邑《むら》にあった石上布都《ふつ》の大神。
一四 迹見首赤檮《とみのおびといちい》。『日本書紀』によれば、中臣勝海を討った人物。「舎人」は、皇族に近侍する者。
一五 禅定の弓と知恵の矢。仏力のこもった不思議の弓矢。時代は下るが、坂上田村麻呂が伊勢の鈴鹿の鬼神を攻めた時、擁護の千手観音が、大悲の弓・知恵の矢を用いたとされる（謡曲「田村」）。
一六 衆生を教化・済度する恵みの道、すなわち仏法。
一七 平安時代中期に成った『聖徳太子伝暦』、あるいは鎌倉時代成立の『聖徳太子平氏伝雑勘文』等をさすものと思われる。
一八 二上山万法蔵院禅林寺。当麻寺は俗号。当初は河内国山田郷にあった。現在は奈良県北葛城郡当麻村（二上山の南東）にある。
一九『私聚百因縁集』は推古二十年（六一二）とする。

当麻寺の由来

二〇 当麻《たぎま》皇子。用明天皇の皇子で、母は葛城直磐村《かずらきのあたいいわむら》の娘広子。聖徳太子の異母弟に当る。
二一 役小角《えんのおづの》。修験道の祖と崇められる。三十余年間の葛城山中での修行により、鬼神を使役したとされる。
二二 約一尺二寸。「一搩手」は、仏像の高さなどを計る尺度で約八寸。
二三 一頭四臂《ひ》で孔雀に乗った菩薩の形をした明王。

こめたてまつらる。この像は行者の多年の本尊なり。また行者の祈願力によりて、百済《くだら》の国より四天王[一]の像とびきたり給ひて金堂におはします。堂前にひとつの霊石あり。昔行者、孔雀明王法を勤修《ごんじゆ》の時、一言主《ひとことぬし》[二]の明神《みやうじん》来たりて、この石に坐し給へり。天武天皇の御宇、白鳳十四年[三]に高麗の国の恵観《ゑくわん》[四]僧正を導師として供養をとげらる。その日、天衆降臨し（諸天神がその場に降り来たって）、さまざまの瑞相あり（様々の吉兆を示した）。行者、金峰山《きんぷせん》[五]より法会の場に来たりて、私領の山林田畠等数百町を旋入《せにふ》せられけり。

曼荼羅《まんだら》[六]の出現は、当寺建立の後、百五十二年をへて、大炊《おほひ》[七]天皇の御時、横佩《よこはき》[八]の大臣藤原尹胤といふ賢智の臣侍りけり。かの大臣に鍾愛《しようあい》[九]の女《むすめ》あり。その性いさぎよくして、ひとへに人間の栄耀《えいえう》をかろし（重く見ず）めてただ山林幽閑《いうかん》を忍び（に憧れ）、終《つひ》に当寺の蘭若《らんにや》[一〇]をしめて、弥陀の浄刹《じやうせつ》をのぞむ。天平宝字七年[一一]六月十五日、蒼美をおとして（緑の黒髪をおろして）、いよいよ往生浄土の勤めねんごろなり。誓願を起していはく、「我、もし生身《しやうじん》の弥陀を見たてまつらずは、ながく伽藍[一二]の門閫《もんこん》を出でじ」と。七日祈

一 当麻寺金堂に安置されている現存の四天王像は、奈良時代前期の様式（静態から動態への過渡的性格を備えている）といわれる。

二 葛城山の神。一言で善事悪事を実現する霊力を持つ。雄略四年（四二一）二月、天皇は葛城山で狩猟の折、長人で面貌・容儀が天皇自身に相似した、この神に出会っている（『日本書紀』）。

三 六八五年。一説に、六八六年。

四 慧灌、恵灌とも。推古三十三年（六二五）来朝。初め元興寺に住し、後、河内の井上《いかみ》寺を創建、三論宗を弘めた。

五 奈良県吉野郡の大峰山の山上ヶ岳をいう。役行者の開いた修験の道場。

六 いわゆる当麻曼荼羅をさす。『観無量寿経』にもとづく綴織《つづれおり》の阿弥陀浄土の変相図。

阿弥陀如来に導かれ、蓮糸で五色の曼荼羅を織った横佩大臣女

七 淳仁《じゆんにん》天皇。在位七五八〜七六四年。当麻寺の建立を推古二十年とすると、それから百五十二年目は、七六三年。

八 藤原豊成（七〇四〜七六五）。武智麻呂《むちまろ》の嫡男、仲麻呂の兄。右大臣。難波大臣とも称した。これを「尹胤」とするのは誤伝。

九 中将姫。底本「鐘愛」を改訂。

一〇 「阿蘭若」の略。閑静な場所に居を占《し》めて、仏道を修し、西方浄土への往生を期した。

念の間、同月二十日酉《とり》の刻《こく》に、一人の比丘尼《びくに》忽然として来たりて《どこからともなく突然に現れて》いはく、「汝、[一三]九品《くほん》の教主を見たてまつらんと思はば、百駄《馬百頭に積むほどの》の蓮茎を設《まう》くべし。[一四]仏種縁より生ずるゆゑなり」といふ。[一五]本願の禅尼歓喜身にあまりて、[一六]化人《けにん》の告げを注《しる》して公家に奏聞す《朝廷に申し上げた》。叡感を垂れて《帝が感を催されて》宣旨を下されにけり。[一七]忍海《にんかい》勅命を奉じて[一八]近国の内に蓮の茎を催しめぐらすに《呼びかけ集めたところ》、わづかに一両日のほどに九十余駄いできにけり《が集まった》。化人みづから蓮茎をもて糸をくりいだす。糸すでにととのほりて《用意され終ったところで》、始めてきよき井を掘るに水出でて、糸をそむるにその色五色《ごしき》なり。見る人嗟嘆《さたん》せずといふ事なし。

同じき二十三日の夕《ゆふべ》、また[一九]化人の女忽《たちま》ちに来たりて、化尼《けに》に、「糸すでにととのほれりや」と問ふ。則《すなは》ちととのへるよしをこたふ。その時、かの糸をこの化女に授け給ふ。女人、藁《わら》二把を油二升にひたして燈《ともしび》として、この道場の[二〇]乾《いぬゐ》の角《すみ》にして、[二一]戌《いぬ》の終りより寅《とら》の始めに至るまでに一丈五尺の曼陀羅《まんだら》を織りあらはして、[二二]一よ竹を軸にし

一一 七六三年。
一二「僧伽藍摩」の略で、僧院・寺院の意。「門閫」は底本「門圃」を改訂。「圃」は、畠・園の意。「閫《こん》」は、しきい。
一三 阿弥陀仏。「九品」は、九品浄土。九種の異域のある阿弥陀浄土。西方極楽には、上品《じようぼん》（上生・中生・下生）、中品《ちゆうぼん》（上生・中生・下生）、下品《げぼん》（上生・中生・下生）の九種の別があるとされた。
一四「仏種」は、仏果を生ずる種子。成仏の種は、仏との因縁を結ぶことによって生ずる、ということ。『法華経』方便品等に見える句。
一五「我、もし生身《しやうじん》の弥陀を見たてまつらずは…」の誓願をさす。「禅尼」は、出家した女性。
一六 神仏が仮に人間の姿をとってこの世に出現したもの。ここは、阿弥陀仏の化身、「一人の比丘尼」。
一七「擬大領外正七位下忍海部《おしのあまべ》連《むらじ》法麻呂」か（大系本注）。
一八「近江国」の誤伝か。『当麻《たいま》曼陀羅《まんだら》縁起《えんぎ》』は、大炊天皇が「忍海連に仰せて、近江の国の課役として、たちまちに催し集めたり」と伝える。
一九 前出の「比丘尼」とは別の化人。後出のように観世音菩薩の化身。
二〇 中将姫の誓願所である伽藍の西北の一隅で。
二一 午後九時頃から午前三時頃まで。
二二 一竿の中間に節が一つだけある竹。節と節との間隔がきわめて長い、するりとしたもの。

て捧《ささ》げ持ちて化尼と願主との中に懸けたてまつりて、かの女人はかきけつごとくに失せて行方を知らずなりぬ。

[一]その曼陀羅の様《やう》、丹青色を交へて金玉の光をあらそふ（赤や青をまじえ金色の玉のような輝きをみせて美しい）。[二]南の縁《へり》は一経教起の序分、[三]北の縁《へり》は三昧正受《さんまいしやうじゆ》の旨帰《しき》、[四]下方は上中下品来迎《らいがう》の儀、[五]中台は四十八願荘厳の地なり。これ[六]観経一部の誠文、[七]釈尊誠諦の金言なり。化尼重ねて四句の偈《げ》を作りて示していはく、

往昔迦葉[八]説法所　（往昔、迦葉《かせふ》説法の所）

今来法起作二仏事一　（今来、法起《ほつき》して仏事を作《な》す）

卿[九]懇二西方一故我来　（卿、西方に懇ろなるが故に我来たれり）

一入二是場一永離レ苦云々　（一たび是の場に入らば永く苦を離る）

本願の禅尼、宿願の力によりて未曾有《みぞう》なる事を見、化人の告げによりて不思議の詞《ことば》を聞きて、問ひて云はく、「そもそも我が善知識[一〇]は、いづれの所より誰《どなたが》の人の来たり給へるぞ」。答へて曰《いは》く、「われはこれ極楽世界の教主なり。織姫は我が左脇[一一]の弟子観世音なり。本［汝が］

一　『当麻曼陀羅縁起《たいままんだらえんぎ》』では、この前に「化尼、此像の深義をときていはく」とあり、阿弥陀の化身である尼が、曼荼羅の絵解きをする形式をとっている。

二　曼荼羅に向って右側の縁は、十余の場面を連ねて『観無量寿経』の序の内容に相当する絵が画かれている。即ち、阿闍世《あじやせ》太子は、提婆達多《だいばだつた》に教唆《きようさ》されて、父王を幽閉し、さらに母の韋提希夫人《いだいけぶにん》をも捕えて幽閉する。そこへ夫人の願いにより霊鷲山から釈迦が飛来して説法をする、という内容。

三　曼荼羅に向って左側の縁は、同じく十余の場面を連ねて弥陀浄土の具体相を画き分け、「心を一所に定め（三昧）正しく法を受くべき（正受）趣旨」を示す。「三昧」は底本「三味」を改訂。

四　九つの場面によって九品の往生相を示す。

五　中央部は、弥陀が法蔵比丘時代の前世で立てた四十八の誓願に則して画かれた阿弥陀浄土の図である。

六　『観無量寿経』全巻の説く内容を正しく示す文意。

七　釈迦の悟りの内容を正しく伝える言葉。

八　摩訶迦葉波《まかかしようは》（大亀の意）。富裕の家を捨て、よく頭陀《ずだ》の行を修めて釈迦十大弟子の一人となった人物。

九　底本「嚮」、他本により改訂。

一〇　仏教の説く善き道に導いてくれる先達。

一一　弥陀の左脇に控える弟子、観世音菩薩。右脇には勢至菩薩が控える。

願(本願を持っているので)をもてのゆゑに来たりて汝が意《こころ》を安慰するなり。深く件《くだん》の恩を知りて、よろしく報謝すべし」と、再三告ぐる事ねんごろなり。その後比丘尼、西をさして雲に入りてさり給ひぬ。本願の禅尼、宿望すでに遂げぬる事をよろこぶといへども、〔弥陀への〕恋慕のやすみがたきに堪《た》へず、

禅[一二]客去無レ跡　(禅客去りて跡無し)
空向二落日一流レ涙　(空しく落日に向ひて涙を流す)
聴[一三]音留不レ忘　(聴音留りて忘れず)
只仰二変[一四]像一消レ魂　(只《ただ》変像を仰ぎて魂を消す)

そののち二十余年をへて、宝亀六年[一五]四月四日、宿願[一六]に任せてつひに聖衆(仏菩薩たち)の来迎にあづかる。その間の瑞相くはしく記すにおよばず(くわしくは書ききれない)。

三七　行基菩薩、昆陽寺を建立の事

病者に化した薬師如来を看取り発願して昆陽寺を建立した行基

行基菩薩《ぎやうきぼさつ》[一七]、諸《もろもろ》の病人をたすけんがために、有馬[一八]の温泉にむかひ給

一二　阿弥陀仏をさす。
一三　阿弥陀のお声が耳に留まって忘れられない。
一四　浄土変相図に画かれた阿弥陀仏の尊容。
一五　七七五年。
一六　『当麻曼陀羅縁起』は、本願の禅尼の往生の様子を次のように記す。「光仁天皇の御宇、宝亀六年三月十四日、本願尼、おもふがごとくに往生す。青天たかくはれて、紫雲なゝめにそびけたり。音楽、にしよりきこゆ。迦陵頻伽（極楽に住む美声の鳥）のさゑづりをなし、聖衆、ひんがしにむかふ。摂取不捨のちかひあやまたず。異香ひさしく薫ず。奇瑞ひとつにあらず。末世の珍事、前代いまだきかずとならし」。
一七　和泉《いずみ》国の人、高志氏。初め法相宗を学び、後、民間布教に専心。用水池・橋梁の新設等の土木事業に従い、東大寺の大仏建立にも貢献した。七四九年没、八十二歳。
一八　神戸市兵庫区有馬町の温泉。行基の開泉ともいわれるが、すでに舒明《じょめい》天皇（五九三～六四一）が行幸している。

ふに、武庫《むこ》[一]の山の中に一人の病者臥《ふ》したり。上人《しやうにん》[二]あはれみを垂れて問ひ給ふやう、「汝、何によりてか、この山の中に臥したる」。病者答へて曰《いは》く、「病身を助けんがために温泉へ向ひ侍る。筋力絶え尽きて、前途達しがたくして山中にとどまれる間《あひだ》、粮食《りやうしよく》あたふるものなくして、やうやう日数を送れり《やっと数日を過してきました》。願はくは上人あはれみを垂れて、身命をたすけ給へ」と申す。上人、この詞を聞きて、いよいよ悲歎の心深し。即ち我が食《じき》を与へて、つきそひて養ひ給ふに、病者云《い》はく、「われ、あざやかなる魚肉にあらでは《新鮮な魚肉でなくては》食する事を得ず」と。これによりて長洲[三]の浜に至りて、なましき《新鮮な》魚を求めて、これを進め給ふに、「おなじくは《おなじことなら》あぢはひを調《ととの》へて与へ給へ」と申せば、上人みづから塩梅《あんばい》[四]を和して、その魚味を試みて《味をみながら》[五]、あぢはひ調ふる時進め給ふに、病者これを服す《食べた》。かくて日を送る。また云はく、「我が病《やまひ》、温泉の効験をたのむといへども、忽《たちま》ちに癒《い》えむことかたし。苦痛しばらくも忍びがたし。譬《たと》へをとるに物なし《たとえようもないほどである》。上人の慈悲にあら

一　神戸市・芦屋市の北方に連なる六甲山をいう。
二　出家者・僧に対する尊称。
三　兵庫県尼崎市長洲町の海浜。
四　ほどよい味にして。古くは「えんばい」とも。塩味と梅酢の味との加減をととのえること。
五　『日本往生極楽記』等の行基伝によると、行基は魚を食べ味わうことはなかった。里人の進めた魚の膾《なます》を口にして、吐きだすや、その膾が生きた小魚に変じていたという逸話があるほどで、自ら魚を調理するなどというのは、まことに稀有な例である。ここには、すでに病者に対する行基の異常な献身ぶりが語られているわけである。

では、たれか我をたすけん。願はくは上人、わがいたむ所のはだへをねぶり給へ《皮膚をなめて下さい》。しからばおのづから苦痛たすかりなん《苦痛がきっと癒えるでしょう》」といふ。その体焼爛《せうらん》[六]して、その香はなはだくさくして、すこしも堪《た》へこらふべくもなし。しかれども〔上人は〕慈悲いたりて深きがゆゑに、あひ忍びて《あえてこらえて》病者のいふに随ひて、そのはだへをねぶり給ふに、舌の跡、紫磨金色《しまこんじき》[七]となりぬ。その仁《ひと》をみれば、[八]薬師如来[九]の御身なり。その時、仏《ほとけ》告げてのたまはく、「我はこれ温泉の行者なり。上人の慈悲をこころみんがために、仮《かり》に病者の身に現じつるなり」とて、忽然《こつねん》としてかくれ給ひぬ《たちどころに姿をお隠しになった》。

その時、上人願を発《おこ》して、堂舎を建立して薬師如来を安置せんと願し、「その跡を崇《あが》めんと思ふ。必ず勝地をしめせ《最もふさわしいすぐれた場所を》」とて、東に向ひて木《こ》の葉を投げ給ふ[一〇]正良の木。即ち、その木の葉の落つる所をその所と定めて、いまの昆陽《こや》[一一]寺は建て給へるなり。畿内《きない》に[一二]四十九院を立て給へるその一つなり。

六　焦爛、燋爛とも。焼けただれて悪臭を放っている状態。悪質な皮膚病をわずらっているさま。

七　きわめて純度の高い黄金の紫色の光沢を帯びた膚色、つまり薬師如来の本体の輝くばかりの地膚が現れ出たのである。

八　底本、「ば」の後に「又」字あり。意味上、不要と考え、伊木本に従って省く。

九　薬師瑠璃光如来。東方浄瑠璃世界の教主。大医王仏、医王善逝《ぜんぜい》とも称する。十二の誓願を発したとされるが、本話には、第七願（一切衆生の衆病を除き、身心安楽にして無上菩提を証得せしむ）や、第十一願（飢渇の衆生に上食を得せしむ）が関係深い。行基は、この両願を本来の薬師如来に代って、薬師の化身である病者の上に成就させたことになる。

一〇　一説に「沙羅の木」とするが、なお根拠不十分。

一一　兵庫県伊丹市にある寺院。聖武天皇の勅願によって、天平五年（七三三）行基が開いた。山号は崐崘《こんろん》山、本尊は半丈六の薬師如来。

一二　『続日本紀』に、「留止之処、皆建㆓道場㆒。其畿内凡四十九処、諸道亦往々而在」と見える。四十九院のうち、僧院は三十四、尼院は十五といわれる。

[一]天平勝宝元年二月に、御とし八十[二]にて終りをとり給ふとて（亡くなられる時に当って）、よみ給ひけるうた、

[三]法《のり》の月久しくもがなと思へども夜や深《ふ》けぬらん光かくしつ

御弟子どもの悲歎しけるを聞き給ひて、

[四]かりそめの宿かる我を今更にものな思ひそ仏とをなれ

三八 嵯峨天皇宸筆の心経と弘法大師の御記の事

疫病の終熄を祈る宸筆の心経とその終りの弘法大師の御記

[五]嵯峨《さが》天皇の御時、天下に大疫のあひだ（全国に伝染病がはやって）、死人道路に満ちたりけり。これによりて天皇みづから金字《こんじ》の心経（般若心経）を書かせ給ひて、[六]弘法《こうぼふ》大師に供養せさせたてまつられけり。その効験私の詞をもて（勝手な言葉をもって）のぶべからず。奥に大師、記を書かせ給へり（〔金字の心経の〕終りに大師は記を書かれた）。その御記に云はく、

*時に弘仁[七]九年の春、天下大疫す。爰《ここ》に帝皇自ら黄金を（金泥を）筆端に染め、紺紙を爪掌《さうしやう》に擡《もた》げ、般若心経《はんにやしんぎやう》一巻を写し奉る。予、講経の撰に範[八]として（心経の注解書を手本とし）、経旨の宗[九]を綴るに（心経の所説の大要を書き綴ると）、いまだ結願の詞を待たずして（書きあげる前に）、蘇生（疫病の本

一 七四九年。天平勝宝改元は七月のことなので、二月はまだ天平二十一年。

二 『行基年譜』『元亨釈書《げんこうしやくしよ》』によれば、八十二歳。

三 久しく仏法を守りつづけたいと思ったが、夜がふけて月がかくれるように、私もこの世を去ってゆく。『新勅撰集』巻十に、「伊駒の山の麓にて、をはりとり侍りけるに」の詞書と共に見える。

四 かりそめにこの世に宿をかりていたこの私が死んでも嘆くなかれ、私は仏となるのだから。『続後撰集』巻十の巻頭歌。詞書、「天平廿一年いこまの山のふもとにて、をはりとりける遺戒の歌　大僧正行基」。

五 在位八〇九～八二三年。

六 空海（七七四～八三五）。延暦二十三年（八〇四）入唐。真言の法を学んで帰朝し、高野山に道場を開設、弘仁十年に金剛峰寺を建立する。

七 八一八年。この事は、文献では確認できない。この年の四月、左右京職《きようしき》が前年の凶作による路上の餓死者の埋葬に当ったりしているので、それをさすか。

八 『般若心経』を講じたものには、古くは、華厳の賢首《げんじゆ》の『心経略疏』、慈恩大師の『般若心経幽賛』等がある。空海自撰のものは、『心経秘鍵』。

九 底本「宗」を欠く。伊木本により補う。

一〇 「金輪の」は、測りがたく深い、の意。

の族《復した人々が》その途に溢れ、夜変じて日光赫々《かくかく》たり。これ愚身が戒徳《かいとく》に非《あら》ずして、一〇金輪《こんりん》の御信力《仏教信仰の力》の為す所なり。但《ただ》し仏舎に《寺院に》詣《まう》づる輩《ともがら》、この一一秘鍵《ひけん》を誦し奉れ《唱え申されよ》。昔、一二予、一三鷲峰《じゆほう》の説法の莚《むしろ》に陪《はべ》りて、親しくこの深文《深遠な教え》を聞く。豈その儀に達せざらんや《どうして所説の奥義に通じないことがあろうか》。

その時の御経、かの御記、嵯峨の一四大覚寺にいまだありとなん。

三九 伝教大師渡海の願を遂げんための作善と宇佐宮託宣の事

一五弘仁五年春、一六伝教大師《でんげうだいし》渡海の願をとげんがために、筑紫《つくし》にてさまざまの一七作善《さぜん》どもありけり。五尺の一八千手観音を造りたてまつり、大般若二部一千二百巻、法華経一千部八千巻をみづから奉る《自分の手で写して奉納された》。また一九宇佐宮にてみづから法華経を講じ給ふに、二〇大菩薩託宣し、「我、法音《仏法の》を聞かずして《講説を聞くことなく》、久しく歳年を歴《へ》たり。幸ひに二一和尚《くわしやう》に値遇《ちぐう》して《出会って》、正教を聞くことを得たり。兼ねて我が為に《［大師は］》種々の功徳を修す。至誠に随《その真心に》喜するも、何ぞ徳を謝するに足らん。而《しか》るに《ところで》我が所持の法衣有り」

一一『般若心経』そのものをさすとも解せなくはないが、空海の『心経秘鍵』をさす、と見ておく。
一二 底本「矛」、伊木本により改訂。
一三 霊鷲山で釈迦の講莚《こうえん》に陪席して。入唐時に、罽賓《けいひん》国の僧般若三蔵や北インドの牟尼利室三蔵等に親しく学んだ体験をいうか。
一四 古義真言宗の寺院。嵯峨天皇の孫恒寂法親王により、八七六年に開創。京都市右京区嵯峨大沢町にある。鎌倉時代までは、境内の西北の地に宸筆の『心経』を納めた心経堂があったという。
一五 八一四年。
一六 最澄（七六七〜八二二）。すでに延暦二十三年に渡唐、翌年帰朝、翌翌年天台宗独立の勅許を得ていた。

筑紫にて種々作善、宇佐の託宣で紫の袈裟・衣を賜った伝教

一七 仏事供養を行うこと。
一八 無量の慈悲と無辺の救済力を持つとされる千手千眼観自在菩薩。ここは、その等身大の立像をいうか。
一九 宇佐八幡宮。伊勢神宮に次ぐ第二の宗廟。誉田別《ほむたわけの》尊《みこと》（応神天皇）・比売《ひめ》神・息長帯姫命《おきながたらしひめのみこと》（神功皇后）の三神を祭る。
二〇 護国霊験威力神通大自在王菩薩。八幡大菩薩。
二一 最澄のこと。奈良の諸宗では呉音の「ワジョウ」、禅宗では唐音の「オショウ」というが、叡山では漢音の「カショウ」とよむ。

とて、則ち託宣人《神のお告げを告げる人》みづから宝殿をひらき、手に紫の袈裟《けさ》一・紫の衣一をささげて、「和尚に奉上せん。大悲の力《仏の大慈悲》、幸ひに納受を垂れたまへ」と示し給ひけり。[一]禰宜《ねぎ》・祝《はふり》等この事を見て、「昔よりいまだかかる事見聞かず」といひけり。

件《くだん》の御衣等、いまに[二]叡山根本中堂の経蔵にあり。[三]鳥羽院臨幸の時も、御拝見ありけり。[四]後白河院御幸《ごかう》の時も、拝せさせ給ひけるとなん《拝見あそばされたということである》。

四〇　智証大師の帰朝を新羅明神擁護し、園城寺再興の事（抄入）

*[五]智証大師《ちしようだいし》の[六]御起文に云《い》はく、予、[七]山王の御語に依りて、大唐国に渡り、仏法を受持《伝え持って》して本朝に還るに、海中に老翁、予が船に現じて《姿を現して》偁《い》はく、「我は[八]新羅《しらぎ》の明神なり。和尚の仏法を受持し、慈尊《弥勒菩薩》の出世に至るまで護持せんがために来向したるなり」者《てへ》り。かくの如く言説の後、その形すでに隠る《いつの間にか消えた》。予、着岸して公家《朝廷に》に申す。即ち官

一　神社に仕える神職。宮司・神主の下位の神官。

二　延暦七年（七八八）七月に、最澄は、文殊堂、薬師堂（中堂、一乗止観院とも）、経蔵の三堂から成る比叡山寺を創建したが、ここは、後の鎮国道場経蔵、すなわち法華惣持院の経蔵をさす。

三　保延四年（一一三八）九月、あるいは受戒のための康治元年（一一四二）五月の登山をさす。この御幸を『平治物語』では、保元元年（一一五六）春とするが、当時の記録にも見えず、その頃の鳥羽院の健康状態から見ても疑問。

四　安元二年（一一七六）四月二十七日から三十日まで受戒のために登山、滞在した。その折のことと見ておく。

智証大師御起文の語る園城寺再建の縁起と三井寺と命名された由来

五　円珍。仁寿三年（八五三）に渡唐。主に密教・悉《しっ》曇《たん》を修めて八五八年に帰朝。園城寺を再興し、貞観八年（八六六）、同寺別当に就任。四話参照。

六　御記の文。同文が『伊呂波字類抄』に載る。

七　八五〇年春の日吉山王権現の託宣をいう。

八　園城寺の鎮守神。

使を遣はして、所持[九]の仏像・法門《仏典》を[一〇]太政官に運び納めらる。時に海中の老翁も亦来たりて云はく、「この日本国に一の勝地[一一]在《あ》り。我、先にかの地に到りて、早く以て点定せん《さっそくよく調べて決めよう》。公家《朝廷に》に申して一伽藍《寺院》を建立し、安置[一二]して仏法を興隆せよ。我、護法神と為《な》りて鎮《とこしな》へに加持せん《保護を加えよう》。いはゆる仏法は、これ王法[一三]を護持するなり。若《も》し仏法滅《めつ》しなば、王法もまさに滅せんとす」と。予、出でて《〔太政官を〕》本山千光院[一四]に登り、千光院より山王院[一五]に到り、山王の語を受くるに、《(山王)》「宜しく[一六]早く法門をこの所に運《うつ》すべし」者《てへ》り。明神《新羅明神》偁《い》はく、「この地は末代必ず喧《かまびす》しき[一七]事有らんか。それ奈何《いかん》となれば《何故かといえば》、谷北を受けて下に長ければなり《北に面した谷が麓まで長く続いているからである》。その内にこの山盛んなるべきこと《栄えるであろう期間は》今《いま》二百歳[一八]か。我、勝地を見るに、末世の衆生依る所為るべし《依拠するに足る場所である》。仏法を興隆し、王法を護持せむこと、かの地に到りて相定むべし」者《てへ》れば、明神・山王・別当・予、近江の国滋賀の郡の園城寺に到り、住僧等に案内す《寺の由来を尋ねた》。

爰《ここ》に僧等、申して云はく[一九]、「案内を知らず」者《てへ》れば、一人の老比《び》

九 四百四十一部一千巻の経典・注疏《ちゅうそ》等を携えての帰朝であった。その細目を記した『円珍将来目録』(国宝)は、園城寺に伝存される。

一〇 八省を統轄する役所で、大内裏内にあった。

一一 地勢からみて、伽藍を建立するのにすぐれた条件を備えている場所。

一二 今は太政官という不本意な場所に納められている仏像・仏典をしかるべく移し据えて、の意。

一三 出世間《しゅっせけん》の法である仏法に対して、世間の法をいうが、ここは、王の定めた法によって統治される国家をさす。

一四 延暦寺東塔の西谷十三坊の一。光孝天皇の御願により延最院主が建立、静観僧正の奏によって阿闍梨五人が置かれた。『扶桑略記』は、延喜四年(九〇四)宇多法皇が叡山に御幸なり、千光院に御室《おむろ》を営んだとする。

一五 延暦寺九院の一。東塔の西谷にあり、最澄の建立になる。高さ五尺の千手観音と聖観音が安置され、千手堂または谷の本堂として知られた。

一六 底本「宣」、文意により改訂。

一七 後の円仁・円珍両門徒の対立をさすか。正暦四年(九九三)八月、円珍門徒は叡山を下る。

一八 この時を天安二年(八五八)と見れば、それから二百年後とは、永承七年(一〇五二)からの末法時の開始までをさしていよう。

一九 底本「之」、文意により改訂。

丘《く》、名を教待《けうたい》[一]と謂《い》ふ、出で来たりて云はく、「教が年、百六十二なり。この寺建立の後、百八十余年を経たるなり。建立しける檀越《だんをつ》の子孫有り《この寺を建立した施主の子孫がいる》」と。去りて即ち教待[二]、かの氏人《うぢびと》を呼ぶ。姓名は大友都堵《つと》[三]牟《む》麿《まろ》なり。出で来たりて云はく、「都堵牟麿、生年百四十七なり。この寺は先祖大友与多[四]、天武天皇のおほんために建立する所なり。この地は先祖大友太政大臣[五]の家地なり。その四至を堺し宛て給はれけり《一角を区切って〔寺域に〕あてなされた》。大略。教待大徳年来《としごろ》云ふ様《やう》[六]、『この寺を領すべき人渡唐[七]せるなり。遅く還り来たらん由、常に語る。而《しか》るに今日すでに相待てる人来たれるなり、出で会ふべし』者《てへ》れば、今この寺家《じけ》を以て付属《ふしよく》し奉る《お譲り申しあげる》。この寺の領地、四至の内、専ら他人の領地無し。而るに時代漸《やうや》く移り、人心諂曲《てんきよく》[八]し、国判を《国司の認判を》請ひて私領地と称す。しかれども氏人、弁定するに力《反論するだけの力》無し。早く国に触れ《上申して》[九]、紏《ただ》し返さるるべし《本来の状態に戻されるべきである》」者れば《というので》、付属の後、山王還り給ふ。

明神、寺の北の野に住す。無量[一〇]の眷属《けんぞくゐ》囲遶《ねう》するも、他人の知見せ《気のつか》

一　近江国志賀郡の人で、数百歳ながら、容顔衰えず、年若き女性を愛し、魚のみを食べ、口から吐く息は蓮の葉に変じたという化人。円珍に園城寺の敷地を譲与して急逝したとされる（大江匡房『本朝神仙伝』）。底本「教得」、伊木本により改訂。

二　底本「教持」、伊木本により改訂。

三　大友皇子（弘文天皇）の子の与多《よた》王の子。与多王から「大友」姓を称した。『本朝皇胤紹運録』等は、歌人の大友黒主の父とする。

四　天武十五年（六八六）、大友太政大臣の子与多が父大臣の家地に御井寺（三井寺）を造立したことが『扶桑略記』に見える。

五　天智天皇の御子。天智十年（六七一）一月、太政大臣となり、父帝の崩御により近江朝を継承するが、翌年の壬申《じんしん》の乱で叔父の大海人《おおあまの》皇子（天武天皇）方に敗れ、自害した。時に二十四歳。

六　底本「狼」、伊木本により改訂。

七　仁寿三年（八五三）からの円珍の入唐をさす。

八　人間の心が、ゆがみ、よこしまになって。

九　貞観十年（八六八）三月、大友村主・夜須良麿の申請に基づき、「東海棹立、南限㆓南下路・金塚辺下路㆒、西限㆓界堺峰㆒、北限㆓新羅明神・現在谷山越道并下陌（路）㆒」を寺家所領の地として、郡司判・国判を得ている（『園城寺伝記』六）。

一〇　数限りない一族一類が取り囲んでいるのだが。

ざる《ない》所なり。明神[一一]の住み給ふを見知りて、野に垂挙《すいこ》[一二]の人、百千の眷属を引率して来たり向ひ、飲食を以て明神を饗《もてな》し奉る処に、老比丘教待も、かの明神の在所に到りて、たがひに以て喜悦す。即ち比丘・挙の人の形、隠れて見えず。時に明神に問うて偁《い》はく、「この[一三]比丘・挙の人忽ち見えず。これ何人なりや」と。明神答へて云《い》はく、「老比丘はこれ弥勒[一四]如来、仏法を護持せんがために、この寺に住み給ふぞ。挙の人はこれ三尾[一五]の明神、我を訪《と》はんがために来たれるなり」者《てへ》り。

予、寺に還り到りて教待の有様を都堵牟麿《つとむまろ》に問ふに、云はく、「専らこの老比丘の案内《正体を》を知らず。年来《としごろ》《長い間》この比丘、魚にあらざれば《魚でなければ》飲食せず。酒にあらざれば湯飲せず。常に寺領の海辺の江《入江》に到りて、魚鼈《ぎよべつ》[一六]を取りて斎食《さいじき》[一七]の菜と為す。而《しか》して和尚に謁して忽《たちま》ちに隠る。悲しき哉《かな》、悲しき哉」と、音《こゑ》を惜しまず哀泣す。今《このとき》、大衆と共に住房を見るに、年来《としごろ》干し置ける魚類は、皆これ蓮華の茎・根・葉なり。

一一 底本「神」を欠く。『寺徳集』により補う。
一二 広く施しを行うのを事とする有徳の化人。後出するように、これは三尾明神の仮の姿。
一三 前出のように教待は百六十二歳の老出家である。ここでは、弥勒如来の化身と説明されている人物。「挙の人」もまた人間ならぬ明神である。両者の神通力を物語る。
一四 弥勒菩薩。天上界の兜率天の内院に住し、釈迦の入寂後、約五十六億七千万年後にこの世に来現して衆生を救うとされる。しかし本話の時点は、釈迦滅後わずかに千三百余年にすぎない。
一五 長等山（園城寺の山号）の南境の地主の神。伊弉《いざな》諾尊《ぎのみこと》が国家鎮護・群生利楽のために垂迹した神。
一六 字義は、魚とスッポン。魚類の総称。
一七 出家者の午前中の食事をいう。僧は、本来は、一日一食で、その一食のこと。

ここに例ならざる人の由を知る《［教待が］ただ人でないわけを知った》。「今、教待已《すで》に隠る。我が一院早く興隆せらるべきものなり」者《てへ》れば、問ひて云はく、「この寺の名を御井寺《みゐでら》と謂《い》ふ、その情《こころ》は云何《いかん》」と。氏人答へて云はく、「天智・天武・持統、この二三代の天皇各《おのおの》生れ給ひし時、最初の時の御湯料の水は、この地内の井より汲みて浴し奉る由、俗の詞《ことば》に語り来たれり。件《くだん》の井水《せいすい》、三皇の御用を経るに依りて、御井《みゐ》と号す」者《てへ》れば、予、この縁起を聞き三、漸《やうや》く地形四を見るに、宛《あたか》も大唐の青龍寺五の如し。付属《ふしよく》《付託を》を受け奉り畢《をは》んぬ。別当・西塔と共に本山《比叡山》に還る。

別当と共に内裏に参り、奏して由を申す《このいきさつを奏上した》。勅六あつて急ぎ唐坊を造り、仏像・法門《仏典》をこの寺に運び移す。予、御井寺を改めて三井寺と成す。その由《そのわけは》何《いかん》となれば《何かといえば》、件の井水、三皇用ひ給へる上、この寺、七伝法灌頂《でんぽふくわんぢやう》の庭《道場》と為《な》りて、八井花《せいくわ》の水を汲むべき事、九弥勒三会《さんゑ》の暁《の作》を継がしむ《法を承け伝えている》。故に三井寺と成す云々。

一 私の祖先が創建し、今は私が檀家としてその故地を守っている寺院（御井寺）、の意。

二 天智天皇は推古三十四年（六二六）の生れ。天武天皇は、その弟で生年未詳。持統天皇は天武妃で、大化元年（六四五）の生れ。三八代の天智天皇から天武・持統と皇位が継承されたという記述。現在は弘文天皇（大友皇子）を三九代と数えるのが通説。

三 底本「問」、『伊呂波字類抄』により改訂。

四 園城寺の地形は、「東は近江の江を護《うか》べたり。西は深き山也。北は林、南は谷也」（『今昔』巻十一・二十八）とある。そうした地勢が唐の青龍寺のそれに似ているということであろう。

五 中国の長安にあった寺院。隋の文帝により五八二年に建立された。円珍は八五五年六月に同寺に到り、伝教和尚・長生殿持念・大徳法全等に謁し、密教の奥旨を授けられた。

六 清和天皇の勅命によって、仁寿殿を移築して道場を新造した。唐から持ち来たった聖教《しようぎよう》を弁官から移し置いたので、「唐坊」と称した。

七 秘法伝授の際、頭頂に香水を灑《そそ》ぐ儀式。貞観十年（八六八）、三井寺は伝法の道場として勅許された。

八 後夜《ごや》（午前二〜四時）の清冷な井戸水。

九 弥勒菩薩が成仏した暁に、華林園の龍華樹の下で衆生済度の三度の法会を催し、一切の衆生を救済したこと。

四一　聖宝僧正、東大寺東坊に住み鬼神を退散せしむる事

聖宝僧正《しやうぼう》[10]、十六にて出家して[11]、始めて元興寺《ぐわんごうじ》[12]にて三論[13]の法文を学び、後に東大寺にて法相《ほつさう》[14]・花厳《けごん》[15]の法文を修学す。

東大寺の東坊の南第二の室は、本願《聖武天皇の願による建立の時から》の時より鬼神の住むとて、内《内部の》作《造作も施されぬまま》もなくて、荒室となづけて住む人もなかりけるを、この僧正、いまだ若かりける時、居所のなかりければ、かの室に住みけり。鬼神さまざまの形を現じけれども《様々な形となって出現したけれども》、かなはで[16]終《つひ》に去りにけり。その後、一門の僧、相継ぎて居住して、修学今にたえずとなん。

四二　貞崇禅師、金峰山の阿古谷の龍の神変について述ぶる事

（抄入）

＊吏部王《りほうわう》[17]の記に曰《いは》く、貞崇《ぢやうそう》[18]禅師、金峰山[19]の神変《じんぺん》[20]《不思議》を述べて云《い》はく、古老相伝《あひつた》へて云はく[21]、昔、漢土に金峰山有り。金剛蔵王菩薩《忿怒相の蔵王権現》これに住す。而してかの山滄海《深海の中から》より移さしめて来たる。かかる間《そういうわけで》、金峰山は

一〇　理源大師（八三二〜九〇九）。真言宗小野流の祖。貞観十六年（八七四）、醍醐寺を創建した。

一一　承和十四年（八四七）、真雅に随って得度した。

一二　六世紀の末に、蘇我馬子の建立した古刹《こさつ》。

一三　推古三十三年（六二五）、高麗の慧灌によって本邦に伝えられた中論・十二門論・百論に拠る教え。聖宝は、律師元暁および僧都円宗について学び、後に三論宗の本所として東大寺に東南院を興す。

鬼神と対抗遂に退散せしめ東坊を人が住めるようにした聖宝

一四　白雉《はくち》四年（六五三）、元興寺の道昭によって将来された教え。聖宝は、東大寺の大法師平仁に学んだ。

一五　天平八年（七三六）、唐僧道璿《どうせん》が伝えた教え。聖宝の師は大法師玄永であった。

一六　聖宝がまったく動じなかったので根負けして。

一七　醍醐天皇の御子、式部卿重明親王の日記で、延長八年から天暦六年の間（九三〇〜九五二）の三十六か条だけが残存する。

一八　延長八年、醍醐寺座主にもなった顕僧。「貞崇」は底本「真崇」、他本により改訂。

吏部王記に記された捨身の童子の化した龍をめぐる神変

一九　奈良県南部に連なる大峰山。修験道の霊場。

二〇　底本「返」、伊木本により改訂。

二一　底本「之」、伊木本により改訂。

則ち、これかの山なり。山に捨身の谿《たに》有り。阿古《あこ》[一]の谷と号す。八体[二]の龍有り。昔、本元興寺《ほんぐわんごうじ》[三]の僧に童子有り、阿古と名づく。少にして聡悟《さとし》[四]。試経《しきん》[五]の時、師、阿古をして試を奉ぜしむ《阿古の試験を行った》。已《すで》に得るに及びて《〔試経に〕合格の後》、幾代《いくたび》か他人[六]を度す《得度した》。かくの如くなること両度。爰《ここ》に阿古、恨《うら》み恚《いか》[七]りて身をこの谷に捨つ。即ち龍身[八]を得たり。師、〔阿古が〕身を捨つると聞きて驚き悲しみ、往きて看る。時に已に龍と化せしも、頭はなほ人面のごとく、光りて師を害せんと欲す《とり殺そうとした》。菩薩冥護《めいご》[九]して、石を崩して龍を圧《おさ》ふ。故に師、害を免《まぬが》る。

[一〇]貞観年中、観海《くわんかい》[一一]法師、龍身を見んがために、往きてかの谿に到る。夢に龍請[一二]ひて云はく、「明朝まさに見《まみ》えんとするなり《姿を見せるつもりである》」。天[一三]の明くる比《ころほひ》、雲を興し電を降らし、龍の首《かうべ》を挙ぐるを見るに、高さ二丈ばかり、一頭八身なり。観海、龍に祈りて云はく、「八部[一四]の法華経を写し奉りて、まさに汝が苦を救はんとす。吾を害すること勿《なか》[一五]れ」。龍なほ気を吐き、害まさに身に及ばんとす。観海、大いに恐れ、心《心も》

一 少年僧阿古の投身した谷、の意。
二 後出のごとく、一頭八身の龍。
三 天平十七年（七四五）に造立された奈良市内にある元興寺に対して、古く推古四年（五九六）に明日香村の地に建立された旧元興寺をいう。当初は法興寺、後に飛鳥寺・葛城寺とも呼ばれた名刹。
四 底本「聡悋」を改訂。
五 仏家の語で、読経の試験をいう。底本「誠経」、伊木本により改訂。
六 底本「化人」を改訂。
七 底本「悉」、伊木本により改訂。師の僧が自分以外の者を弟子として受け入れたことへの恨み。
八 雲雨を自在にする神通力を持つとされる異類。仏教では、諸天・夜叉《やしゃ》・阿修羅などと共に八部の守護神の一。しかし、ここは、その八部衆中の龍ではなく、恨み心の権化ともいうべき悪龍。
九 目に見えない霊力によって守護を加えること。
一〇 八五九〜八七七年。
一一 南都の僧か。未詳。
一二 底本「清」、伊木本により改訂。
一三 底本「々」、伊木本により改訂。
一四 八巻の法華経ではなく、法華経を八部の意であろう。八身の龍の一身に法華経一部ずつを供養にあてようとの考え。
一五 底本「勿」を欠く。伊木本により補う。

神迷惑《惑乱して》し、則《すなは》ち菩薩に帰命《きみやう》《帰依して》して、件の経等を写さんことを願ふ。ここに雲霧冥《くら》く、龍の所在を失ふ。須臾《しゆゆ》《しばらくして》にして、雲霧即ち除かれ、忽然《たちまちのうちに》として、看れば身は御在所[一七]菩薩の在所なりに至れり。観海、祈感し《奇徳に感じて》て願の如く経を写し、まさにこれを供養せんとし、善祐《ぜんいう》[一八]法師を請じて講師と為《な》す。善祐法師固辞せしが、夢に菩薩告げて曰《いは》く、「我、今汝《なんぢ》を請ず。苦《ねんご》ろに推辞《かたく辞し続けてはいけない》すること勿れ。すべからく方便品《はうべんぼん》[一九]に至るまで漢音[二〇]にこれを読むべし」と。善祐、感悟《夢に感じて》して起請す。菩薩の告げの如くし、方便品に至る比《ころほひ》、大風経を飄《ひるがへ》して去る所を知らず《行方も知れなく消えた》。八部の法華経、今一巻を見る。

四三　香隆寺僧正寛空法験の事

香隆寺《かうりゆうじ》[二一]の僧正寛空《くわんくう》[二二]は、河内の国の人なり。神日《しんにち》[二三]律師の入室《仏弟子》、寛平法皇《宇多院》、灌頂《くわんぢやう》《法を授けられた》の御弟子なり。天徳四年[二四]、炎旱《えんかん》の愁《うれ》へありけるに、五月九日より仁寿殿《じじゆうでん》[二五]にて孔雀経《くじやくきやう》[二六]の法を修せられけるに、修中に雨くだら

一六　底本「郎」、伊木本により改訂。
一七　阿古谷にいたはずが、金峰山寺の本堂である蔵王権現堂の前に移し運ばれていた。
一八　元興寺僧に和銅七年（七一四）三月、少僧都に任ぜられた善祐がいるが、年代上不審。
一九　法華経二十八品《ほん》の中の第二品。仏説が相手の機根の利鈍に応じて比喩因縁の方便をもって述べられることを教える。
二〇　遣唐使・留学僧・音博士等によって、平安時代前期までに我が国に伝えられた長安地方の音。韻は漢音を標準音とするので、ここは「本来の正しい音で読誦せよ」との指示とみたい。
二一　弘法大師の弟子教日律師の開いた真言宗の寺院。天暦年間（九四七〜九五七）、寛空が師の神日律師から承け継ぎ、宇多法皇の勅願所として再興した。
二二　延喜十八年（九一八）、宇多法皇から灌頂を受け、仁和寺の円光堂を与えられ、後、僧正に昇り、仁和寺別当に補せられた真言僧（八八四〜九七二）。
二三　『金胎曼荼羅抄』の著者。
二四　九六〇年。
二五　大内裏の中央にある殿舎。修法の場を神泉苑、禁中東対屋《たいのや》とする説もある。
二六　仏母孔雀大明王経を誦し、孔雀明王を本尊として除災・祈雨を修する密教の修法。

旱天に仁寿殿の孔雀経法の験なく庭上で祈り大雨を降らせた寛空

ざりけり。結願の日〔修法の最後の日〕になりて、一巻数《くわんじゅ》を奉る時、殿上《てんじやう》に霊験なきよしを称して二執奏せざりけり。僧正そのよしを聞きて、法服を着し、香炉を捧《ささ》げて、庭中に立ちて深く観念の時〔［孔雀明王を］心に念ずると〕、香炉のけぶりたかくのぼりて、大雨即ち降る。但《ただ》し禁闕《きんけつ》ばかり〔禁中にだけ〕降りて、墎外には〔禁中の外には〕くだらざりけり。人あやしみとしけり。

四四　寛忠僧都、行業つもり霊験すぐれたる事

三寛忠僧都池上僧都と号すは、寛平法皇の孫、兵部卿敦固親王《あつかたしんわう》の子、法皇入室〔仏弟子〕、四石山の内供《ないぐ》の五受法灌頂の弟子なり。行業つもり〔修行もつみ〕霊験すぐれたる人なり。六千日の護摩を修し侍りける間は、七護法、香の火を置きけり〔護法神が香の火をたき続けたという〕。また度々孔雀経の法に霊験を施《ほどこ》せり。就中《なかんづく》、彗星反怪に〔彗星出現の天変の時〕、行じてその光を切るのよし、あまねく人口にあり〔広く人々に知れわたっている〕。

四五　貞崇法師、火雷天神と問答の事

一　孔雀経の読誦が予定通りに終了した時。「巻数」は、ここでは孔雀経全巻をいう。

二　寛空の修法が終ったことを願主である村上天皇に取り次いで奏上しなかった。

三　二品《にほん》兵部卿敦固親王の第三子（九〇六～九七七）。寛空の弟子。天徳四年、内供、安和二年、東寺三長者となる。池上僧正と号したのは、池上寺を創建したことによる。

行力で彗星の光を切った寛忠

四　石山寺の淳祐。菅原道真の孫にあたる。「内供」は、宮中に参候して仏事に従った僧。内供奉十禅師のこと。

五　法を受けるために灌頂を行った弟子。

六　『仁和寺諸院家記』にも、「修二千日護摩一時、護法置二香火一」と見える。有験の僧である証拠。「護摩」は、梵語で焼くの意。密教では、火炉で乳木を焼き、息災、降魔などを祈るための秘法。如来の慧火により因縁から生ずる災厄を焼却する法とも説かれる。

七　正法や真の行者を守護する鬼神の使者。多く少年の姿で、法力ある聖人に使役された。

上体は雷、腰より下は鮭の形を現じた火雷天神と問答した貞崇

承平《しょうへい》[八]元年の夏の比《ころ》、貞崇《ぢやうそう》[九]法師、東寺の坊にて経を読みけるに、大きなる亀出で来たりて見えけり。非常のもの《ただならぬもの》と思ひて見ず《〔あえて〕》、心を専らにして経を読みけるに、しばしありて雷電して、この亀天に入りけり。次の日、火雷《くわらい》[一〇]天神、形を現じ給ひて《姿を現しなされて》、貞崇にのたまひけるは、「我、昨日物語せんと思ひしに、我を見ざりし、本意を背けり《不本意なことであった》」。貞崇こたへ申して云はく、「昨[一一]日ただ大きなる亀を見る。崇神とは知りたてまつらず。但《ただ》しあやしむところは《不思議に思ったことは》、雷天に冲《のぼ》ることを」。神ののたまはく、「われ、もとの悪心によりて《生前の邪心によって〔死後に〕》苦をうく《苦を受けている》。汝、我が形を見るべし」とて、即《ただち》ちに現じ給ひけり。貞崇見たてまつるに、上の体、雷工[一二]の図に似たり。腰よりしもは、みな鮭《さけ》[一三]のごとし。また神ののたまはく、「腰のしも常[一四]に火もゆるがごとし。六月にまた内裏へ参らんと思ふなり」とのたまひて、則ち見え給はず。

八 九三一年。
九 延長八年、醍醐寺座主に補任された貞崇は、承平三年十月、東寺三長者になる。この一件は、それ以後のこととみたい。『真言伝』は、承平九年とするが、承平は八年で終るので難がある。
一〇『拾芥抄《しゅうがいしょう》』等によれば、北野天神と祭られる菅原道真。しかし、『和漢三才図会』は、俗に菅公とするのは誤りで、「井上皇女が配所で出生した皇子」が正しい、とする。
一一 貞崇の冷淡さを責めるような火雷天神の物言いに対して、貞崇も、亀が突然雷と変じて天空に昇り去った訳をただして、やんわりとやり返した。
一二 雷公の図像。一般には、一人の力士が纍々《るいるい》たる連鼓を撃つさま(王充『論衡』)。「道賢上人冥途記」(『扶桑略記』所引)には、道賢の菅公に対する「我が本国の人、上下倶《とも》に火雷天神と称して尊重すること猶世尊の如し」という言葉が見え、古く菅公を雷公に見たてた図像があったものであろう。
一三 立姿ならば、『真言伝』の「蛙子」に従いたい。あるいは、鮭肉のような朱紅色だということか。
一四 怨念・悪心の焔に身を焦がし続けて成仏できずにいる状態をいう。

四六　浄蔵法師、己が前生の骸骨を見たる事並びに験者修入と験くらべの事

[一]浄蔵《じやうざう》法師は、やんごとなき（験力のすぐれた修行者）行者なり。[二]葛木山《かづらきやま》に行ひける（修行していた）比《ころ》、金《こん》剛山《がうせん》の谷に[三]大きなる死人のかばねありけり。頭・手・足つづきて臥したり。苔《こけ》青く生ひて、石を枕にせり。〔かばねは〕手に[四]独鈷《とつこ》をにぎりたり。金《こん》色錆《じきさ》びずして、きらめきたり。浄蔵大きにあやしみて、その谷に留まりて、これ何人のかばね（誰のかばねであるか）といふ事を知らんと、本尊（金剛蔵王権現）に祈請しけるに、第五日の夜、夢に人告げていはく、「これは汝が昔の骨なり。速《すみ》やかに[五]加持して、かの独鈷《とつこ》を得べきなり」といふ。さめて、かばねに向ひて声をあげて加持するに、[六]かばねはたらき動きて、おきあがりて掌《たなごころ》を開きて、独鈷を浄蔵に与へてけり。その後、薪《たきぎ》を積みて、葬《はふ》りて上に石の率都婆《そとば》をたてけり。件《くだん》のそとば、今にかの谷にありとなん。ここに浄蔵は[七]多生の行人なりと云ふ事を知りぬ。

〔浄蔵は〕また比叡山[八]横河《よかは》に三年こもりて、[九]六道の衆生のために、毎日法華

金剛山の谷で我が前生の骸骨を見、その手の独鈷を得た浄蔵

比叡山横川に住山修行、ばくの石の験くらべに験を示した浄蔵

一　参議三善清行の子（八九一～九六四）。顕密両教・天文易卜等に通じた顕僧。平将門を調伏したことは有名。その生涯は『大法師浄蔵伝』（『続々群書類従』）に詳しい。
二　延喜十四年（九一四）、二十四歳の正月、入山。金剛山の大谷到着は二月末。
三　『浄蔵伝』には、「其形甚長大。髑髏手足、支体、骨節、不レ乱」と見える。
四　金剛杵《こんごうしょ》。真言密教の修法に用いる銅または鉄製の法具。真智を象徴し、降魔《ごうま》の力を備えるとされる。『浄蔵伝』によれば、長さ七寸。
五　印を結び、陀羅尼《だらに》を唱え、仏の加護を念ずること。
六　『浄蔵伝』は、かばねはわずかに掌を開いたのみで浄蔵自身が敬屈して独鈷をいただいたとする。
七　一代限りの仏道行者ではなく、何代にもわたってこの世に生れ変りながら行者であり続けている人。『浄蔵伝』には、手に独鈷杵《しよ》を持った天童のごとき人が懐中に入ると夢見て、浄蔵の母が懐妊したという「多生の行人」ぶりをうかがわせる記述が見える。
八　叡山横川の苔洞《たいどう》に延喜九年、十九歳の年から三か年にわたって蟄居《ちつきよ》修行したとされる。
九　衆生の輪廻する

経六部をよみ、[一〇]三時の行法を修し、六千反《べん》の礼拝をいたして回向《ゑかう》し給仕けり。その時、[一一]護法かたちをあらはして、花をとり水を汲みて給仕し給ひけり。[一二]同じ住山の比《ころ》の事にや、七月十五日[一三]安居《あんご》の終る夜、験《げん》くらべを行ひけるに、[一四]朗善《らうぜん》和尚の弟子に、[一五]修入といふやんごとなき験者につがひにけり《組み合せられた》。その比《ころ》は石に護法をばつけけり《護法の力を及ぼしていた》。第六のつがひにて《第六番目の組み合せで》まづ浄蔵出でてゐる《進み出て坐った》。次に修入出でてゐる。浄蔵が云はく、「[一六]生年七歳より父母のふところを出でて山林を家として雲霧を敷物とす。日々に身をくだき、夜々に心をつひやす。ねんごろに肝胆《かんたん》をくだいて《全身全霊を傾けて》、またく身命を惜しまず。これあへて名利のためにせず、無上菩提《最高のさとり》のためなり。もし我を知らば、ばくの石渡すべし《呪縛された石よ動き移れ》」といふ。その時、ばくの石飛び出でて、おちあがる《落ちたり飛び上がったり》こと鞠《まり》のごとし。ここに修入いはく、「ばくの石はなはだ物さわがし。はやく落ち居《ゐ》給へ」と。詞に随ひて〔石は〕則ちしづまりぬ。[一七]大威徳呪をみてて《唱えて》、暫く加持するに、あへてはたらかず《少しも動かなかった》。浄蔵また云はく、「[一八]衆命によりて忝《かたじけ》なくも

天上・人間・修羅・畜生・餓鬼・地獄界をいう。
一〇 仏教でいう昼夜各三時ずつの勤行。昼の三時は、晨朝《じんちょう》・日中・日没、夜の三時は、初夜・中夜・後夜。
一一 すでに十歳の頃には、師である葛川の行人と、滝を逆流させ、飛鳥を落し、屍骸《しがい》を動かし、樹木を摧折《さいせつ》する等の験比べをしており、十三歳の頃には、護法童子に花を摘ませ、水を汲ませるまでになっていたという(『浄蔵伝』)。
一二 横川在住の頃。しかし、以下の法験くらべは、実際には、ずっと後年、天暦六年(九五二)、浄蔵六十二歳の時、叡山の宝幢院《ほうどういん》にて行われたもの。
一三 夏安居《げ》をいう。四月十五日から三か月間に及ぶ夏期の修行。一定の場所に籠居して行った。
一四 顕密を究め、伝燈大法師位に至った叡山の高僧。
一五 詳伝不明。『元亨釈書《げんこうしゃくしょ》』等も「朗善の徒」として以下の験くらべの一件を載せるにとどまる。
一六 以下、三宝の加助を請う行術の言葉で、護法童子への呼びかけ。七歳で法華経の普門品を習誦してから、儒学の道を棄てて行脚修行に出、葛川の行人について修練に励み、親里を離れるに至ったことをさす。
一七 別名を消災陀羅尼また消災呪ともいい、八万種の不吉祥事を除くとされる。本尊の大威徳金輪仏頂熾盛如来に祈る呪法。
一八 大衆による指命。『浄蔵伝』には、衆徒が「宜しく修入、浄蔵の両人を請ひて雌雄を決せしむべし」と僉議《せんぎ》した、とある。

一禅師につがひたてまつる《〔対決する〕組み合せとなりました》。二禅下《ぜんか》行業年ふかくして《修行を長年つまれて》、観念三よはひかたぶけり《多年に及んでおられます》。その威徳をみるに、すでに在世の四摩訶迦葉《まかかせふ》におなじ。あへて験を尊者にあらそひたてまつるにあらず《貴殿と競い申そうというのではありません》。ただ三宝の証明をあらはさんがためなり《仏法の威力を示そうというためであります》」といひて、五常在霊鷲山《りやうじゆせん》の句をあぐ。その声雲をひびかして、聞く人心肝をくだく。その時、ばくの石また動きをどりて、つひに中よりわれて両人の前に落ちゐぬ。二人ともに座をたちて、互ひにをがみて入りにけり《敬礼をしあって〔控えの席に〕》。見る人、涙を流さずといふ事なし。

四七　空也上人、念仏三昧を弘むる事

六念仏三昧《ざんまい》修する事は、上古《しやうこ》には稀なりけり。七天慶《てんぎやう》よりこのかた、八空也上人勧め給ひて、道場聚落《しゆうらく》この行盛んにて、九道俗男女普《あまね》く一〇称名《しようみやう》を専らにしけり。これ、しかしながら《まったくもって》上人一一化度《けど》衆生の方便なり。一二市の柱に書きつけ給ひける、

一　禅定《ぜんじよう》に達し得た高僧。一般に法師に対する敬称。
二　仏門にある男子の尊称。
三　念力（念呪の力）による験徳。「観念こうつもりて、香の煙の化仏のあらはれ給ひけるを…」（『閑居友』上）の用例に同じ。
四　釈迦十大弟子の一人。その身から発する強い光で余光は見えず、その強い光でよく物を映し出したとされる。底本「葉」字を欠く。伊木本により補う。
五　「霊鷲山」は、釈迦説法の地。釈迦の報身の浄土ともいわれ、入滅後もそこに常在するとされた。それを説いた偈頌《げじゆ》。
六　専心阿弥陀仏を念じ雑念を除き煩悩を去ること。
七　九三八～九四七年。
八　六波羅蜜寺の開基である天台の僧（九〇三～九七二）。天台座主延昌から受戒した。法名は光勝。踊念仏の祖とされ、市聖・阿弥陀聖の名で知られる。
九　『日本往生極楽記』には、念仏を忌み嫌っていた小人愚女までもが上人に教化され、世を挙げて念仏を事とする風潮となった、と見える。「道俗」は出家者と俗人。

化度衆生の方便として、ひろく念仏三昧をすすめた空也

一〇　「南無阿弥陀仏」と称えること。
一一　衆生を教化して極楽に導くための手段である。
一二　市場・市街地など人の多く集まる場所。
一三　一度でも「南無阿弥陀仏」と唱えた人で極楽の蓮

一《ひと》[一三]たびも南無阿弥陀仏といふ人の蓮《はちす》の上にのぼらぬはなし

四八　千観内供、空也上人の教へにて遁世、阿弥陀和讃を作る事

千観内供《せんぐわんないぐ》[一四]は顕密兼学[一五]の人にて、公請《くじやう》[一六]にも従ひけり。空也上人[一七]の教へによりて遁世したる人なり。阿弥陀和讃[一八]を作りて自他をして唱へしめけるに、夢に人ありて語りけるは、「信心これ深し。豈極楽（極楽の上品）上品の蓮に非ざらんや（界に往生せぬはずがない）。菩提無量なり（さとりの智慧の力は量りしれない）。定めて弥勒《みろく》[一九]下生の暁を期《ご》す云々」。

遷化《せんげ》[二〇]の時、手に願文[二一]をにぎり、口に仏号を唱へて終りにけり。権の中納言敦忠《あつただ》[二二]いひけるは、大師命終の後、夢の中に必ず生処（今度生れてくる）をしめし給へと契約しけるに（所をお知らせ下さいと約束したが）、闍梨（千観が）入滅していくばくならずして、夢に蓮華の舟に乗りて、昔つくれる弥陀讃を唱へて、西へ行きけり（西方浄土へ向った）。

の上にのぼらない者はない。

阿弥陀和讃を作って自他共に唱え極楽に往生した千観

一四　相模守橘敏貞の子。兄は山門の実因僧都。寺門の行誉・運昭に師事して顕密を修め、内供奉十禅師となるが、京を去って摂津の箕面（大阪府箕面市）に籠居、後その地の金龍寺を再興した。九八三年没。

一五　顕教は、法華経・観経・大経等、大小乗の十二部経に説かれる法門をいい、密教は、大日経・金剛頂経等に説かれる陀羅尼・印契・灌頂の儀軌をいう。

一六　召されて宮中の法会・法談に参ずること。

一七　底本「公也」、伊木本により改訂。『発心集』によれば、「身を捨ててこそ」後世は助かると教えられたのが、箕面退隠の動機という。

一八　七五調で、わが国最古の和讃とされる。「極楽国弥陀和讃（六十八句）」が現存する。

一九　釈迦入滅後五十六億七千万年余に、この世に下ってくる弥勒菩薩に生れ会うことを切望する。

二〇　高僧の死去することをいう。『扶桑略記』は、永観二年（九八四）八月没とする。

二一　極楽往生の願文。千観作の『往生十大願』をさすとも考えられる。

二二　藤原敦忠。天慶六年（九四三）没。『日本往生極楽記』等のように、敦忠卿の長女（大納言源延光の妻）とあるべきところ。

四九　一乗院大僧都定昭法験の事

[一]一乗院《いちじようゐん》の大僧都定昭《ぢやうせう》[二]は、法相宗《ほつさうしゆう》兼学の人なり。[三]天元二年二月九日、[四]金剛峰寺《こんがうぶじ》の座主《ざす》に補して、同じき十二月二十一日、大僧都に転ず。四年八月十四日、東寺の長者、興福寺等の別当を辞し申しける状に云はく、

＊興福寺東寺金剛峰寺別当職の事

右定昭若年の時より、[五]法華一乗を誦し、念仏三昧を修す。[六]先年往生極楽の記を蒙る《夢で得た》。而《しか》るに近曾《さいつころ》夢中に[七]悪趣に堕つべきの由を見る。定めて《間違いなく》知る[八]、件《くだん》等の寺務に依りて示現する所なり《寺務にかかわっているために悪い告げがあったのだ》。往年の告げの如く往生極楽せんが為に、謹みて辞すること件の如し。

天元四年八月十四日　　大僧都定昭

この僧都、一乗院の庭前に一株の橘《たちばな》の樹《き》あり。久しくして枯木となりにけり。[九]大仏頂呪一反《いつぺん》を誦して加持の間、則ち花葉を出《いだ》しけり。

一　定昭が興福寺内に建立した法相宗の一院で、長講堂と号し、奈良市登大路の地にあった。

二　左大臣藤原師尹《もろただ》の子。仁教僧都に法相を、寛空僧正に密教の灌頂を受け、東寺長者を経て、天禄元年（九七〇）興福寺第一八代別当に就任。永観元年（九八三）三月入滅、七十八歳（『興福寺三綱補任』は、七十三歳）。

真言法相両宗を兼修、生涯法験多く滅後墓中に誦経の声のした定昭

三　九七九年。

四　空海が弘仁七年（八一六）に高野山に開いた真言宗の寺院。

五　法華経のこと。「一乗」は最もすぐれた教え。「乗」は衆生を浄土に運ぶ乗物の意。

六　安和二年（九六九）の東寺長者就任以前のある時をさすものと思われる。

七　地獄・餓鬼・畜生・修羅道等、悪業の報いによって死後に生れる苦しみと迷いの世界。

八　底本「如」、他本により改訂。

九　「大仏頂」は「大仏頂如来密因修証了義諸菩薩万行首楞厳経」のこと。首楞厳経ともいう。ここは、同経に説かれる陀羅尼で、白傘蓋神咒ともいわれ、四百二十七句から成るが、一般には心咒と称されるその最後の八句を念誦する。

一〇　『大日本国法華経験記』中巻によれば、急用によ

また舟に乗りて〔一〇〕上洛しける時、天童十人出現して舟をになひて岸に着しけり。僧都は、「これ〔一一〕十羅刹《じふらせつ》の我を救ひ給ふぞ」と申しける。また〔一二〕不動明王も形を現じて擁護《おうご》し給ひけるとなん《お守りになったという》。

〔定昭は〕永観元年三月二十三日入滅す。右手に〔一三〕五鈷《ごこ》を持ち、左手に一乗経《法華経》を持つ。初めは〔一四〕密印を結び、後には法華経を誦す。〔一五〕薬王品《やくわうぼん》に至りて、〔一六〕「於此命終即往安楽世界《をしみやうじゆうそくわうあんらくせかい》乃至恒河《ごうが》沙等諸仏如来《しやとうしよぶつによらい》」の文を両三反《りやうさんべん》誦して、弟子に告げて云はく、「我が〔一七〕白骨なほ法華経を誦して、すべからく一切を渡すべし《かならず弟子たちをみな浄土に導くであろう》」と云ひて、〔一八〕定印《ぢやういん》を結びてゐながら《端坐したまま》終りにけり。その後、墓の内に経を誦する声聞えけり。また鈴《れい》の声《鳴る音》なども聞えけるとなん。

五〇　大御室性信親王有験の事

〔一九〕性信二品親王《にほんしんわう》は三条院の末の御子、〔二〇〕御母は小一条の大将済時卿《なりときのきやう》の女《むすめ》なり。昔、母后の御夢に胡僧《異国の僧》来たりて、「君の胎に託せんと思ふ」《貴女のお腹を借りて生れようと思う》

り興福寺から上京の途次、淀川の渡し場で激しい風浪のために舟の出しようがなかった折のこと。

一一 法華経の持経者を加護し、その難儀を救うとされる鬼形の十羅刹女。

一二 祈禱念願者の諸魔怨敵を降伏し、菩提を成就させるという密教の守護神。火焰に住する忿怒の相で、右手に利剣、左手に羂索《けんさく》を持つ。

一三 五鈷杵《ごこしよ》ともいい、両先端が五頭に分れている金剛杵。金剛杵は、煩悩を退治する金剛の智を意味し、形状はインドの戟鉾を模したもの。

一四 諸仏・菩薩の本誓を示す理趣深奥なる印契。両手の十指による種々の組合せがある。

一五 法華経第二十三品の「薬王菩薩本事品」の略称。薬王菩薩がかつて法華経を供養しようと願力によって身を焼き両臂を燃やした因縁を説く。

一六 弥陀の安楽世界の蓮華の宝座に生れ、貪欲・瞋《しん》恚《に》・愚痴・憍慢・嫉妬に悩まされず、菩薩の神通力と無生法忍を得、清浄な眼根を得て、七百万二千億那由《なゆ》多《た》粒のガンジス河の砂に等しい諸仏如来を見奉らん、という内容。

一七 底本「自」、他本により改訂。

一八 禅定に入ったことを示す印契。臍《へそ》の辺で組む。

高僧となって宮廷で数々の霊験を示し、臨終に奇瑞が現れた性信

一九 三条天皇の第四皇子師明親王。

二〇 左大臣藤原師尹の次男済時の女娍子。

と申しけり。その後懐妊し給ひけり。[一]誕生の日、神光室をてらす。御法名は性信なり。[二]大御室《おほおむろ》とぞ申し侍りける。

[三]院御[四]瘧病《おこりやみ》の時、諸寺の高僧等その験《げん》を失ひけるに、この親王、朝より[五]孔雀経《くじやくきやう》一部を持ちてまゐらせ給ひて御祈念ありけるほどに、已《すで》に御気反《へん》じて《変って》、おこらせ給はんとしけるほどに《病の発作をお起しなさろうとしたときに》、〔院は〕御室の御膝《おんひざ》を枕にして御やすみありけるが、御気色火急げに《御病状がさしせまって》見えさせ給ひければ、御室信心をいたして孔雀経をよませ給ふ。その御涙経よりつたはりて院の御顔につめたくかかりけるに、御信心のほど思《おぼ》しめし知られけるほどに、速時に御色なほらせ給ひて《ご容態がしずまりなさって》、その日は発《おこ》らせ給はざりけり。[六]勧賞《けんじやう》には[七]仏母院《ぶつもゐん》といふ堂を建てて、阿闍梨など置かれけり。

また同じ御時、〔性信が〕参内させ給ひたりけるに《参内なされた時に》、勅定《ちよくぢやう》に、「世間には《世間では》以《もつ》ての外《ほか》に《大層な》有験《うげん》の人と申すなるに《申しているそうだが》、我が見る前にてその験あらはさるべし《現してみよ》」と仰せられければ、勅定《勅命は》背《そむ》きがたくて、しばらく念誦観念せさせ給ひて御念珠《ごねんじゆ》を《数珠を》投げいだされたりければ、〔数珠は〕弟子を足にして《弟子にとり付いて》[八]二

一 寛弘二年（一〇〇五）八月一日。
二 寛仁二年（一〇一八）、大僧正済信に従って仁和寺内喜多院で出家し、初めて御室《おむろ》を称した。広沢の法流を伝え、応徳二年（一〇八五）九月入滅。二品に叙せられたのは、永保三年（一〇八三）三月。
三 以下の一件は『真言伝』に、高野御室と称された覚法法親王の事跡として見える。そこでの「院」は鳥羽院をさす。仁和寺内の仏母院は鳥羽院の建立になり、『真言伝』の記述は事実にかなっている。とすれば、康和五年（一一〇三）生れの鳥羽院の加持を性信が行うことは不可能でもあり、覚法も二品であることによる混同と考えられる。
四 高熱と激しい悪寒が断続的に襲ってくる症状の重病で、マラリヤ性の熱病とされる。
五 唐の不空訳『仏母大孔雀明王経』三巻をさす。祇園におわした釈迦が、黒蛇に螫《さ》された衆生の苦痛を大孔雀明王の神咒によって救うという内容を説く。
六 功労に対する恩賞。
七 仁和寺内の観音院灌頂堂の西にある一院。孔雀経の功徳を謝し、記念するために建立された。
八 二《ふた》めぐり、三《み》めぐり。
九 現在の襖《ふすま》、唐紙障子にあたる。
一〇 奥にお入りになられたということである。
一一 『後拾遺往生伝』によると、治暦四年（一〇六八）

三市《きふ》ばかり走りあゆみたりければ、〔院は〕いそぎ御障子[九]をたてて入御《にふぎょ》[一〇]ありけるとなん。

すべて院《ゐん》・宮《みや》・関白《くわんぱく》をはじめたてまつりて、霊験[一一]を蒙《かうぶ》る人その数多し。さのみは事ながければ（そのいちいちは話が長くなるので）しるさず。応徳二年九月二十七日、〔性信は〕終《つひ》に往生を遂げさせ給ひにけり。堀河[一二]の左大臣、右大臣の時、紫雲[一三]をばまさしく見られけるとぞ。延暦寺の僧慶覚[一四]は、空中に音楽を聞きけり。茶毗《だび》の時、御平生《ごへいぜい》の間《あひだ》とかせたまはざりける御帯、棺の中にて焼けざりけり。不思議の事とぞ世の人申しける。

五一　永観律師往生極楽の事

病床に仏舎利をまつり阿弥陀講式を作り修し、極楽に往生した永観

永観[一五]律師は病者[一六]にて侍りけるが、常のことぐさに（不断の口ぐせで）、「病はこれ善《ぜん》[一七]知識《ちしき》なり。我、苦痛に依りて深く菩提を求む」とぞのたまひける。七宝塔[一八]を造りて仏舎利一粒（釈迦の骨粒）を安置して、「我、順次[一九]に往生を遂ぐべくは、この舎利かずをまし給ふべし」と誓ひて、後年[二〇]に開きて見た

二月の後冷泉天皇、延久四年（一〇七二）の東宮貞仁親王、翌年二月の後三条天皇、その他、関白教通の女真子、内大臣師房、後の太政大臣信長、参議師成、左衛門督師忠の室、等々というふうであった。

一二 源俊房か。ただし俊房はすでにこの年には左大臣であった。応徳二年に右大臣であったのは、俊房の弟の顕房。が、顕房は左大臣になることなく没しており、厳密にいえば、該当者は存在しないことになる。

一三 極楽往生者の臨終時に現れる奇瑞の一。

一四 この慶覚以外にも、その奇瑞相を語った「緇素《しそ》士女（僧俗男女）」は多かったと、『後拾遺往生伝』は記す。

一五 文章生源国経の子（一〇三三〜一一一一）。十二歳で東大寺に入り、三論・唯識・因明・法相の理を学ぶ。康和二年（一一〇〇）東大寺別当となるが、晩年は禅林寺東南院に住み、浄土の行業に専念。

一六 生来の病弱ではなく、三十歳頃から「風痒相侵して気力」が衰え初《そ》めたという（『拾遺往生伝』下）。

一七 仏道へのよき導き手である。

一八 七宝（金・銀・瑠璃等）を用いて造られた仏塔。造営は、寛治八年（一〇九四）。

一九 死後、多生を経ずに直ちに浄土に往生すること。

二〇『拾遺往生伝』は、「次の年」とする。

てまつるに、四粒になり給ひにけり。随喜渇仰《かつがう》して泣く泣く二粒をとり、本尊の阿弥陀仏の眉間《みけん》にこめたてまつりて、昼夜に瞻仰《せんがう》《仰ぎ》したてまつられけり《見ていらっしゃった》。また、みづから阿弥陀講式[一]を造りて十斎日《じつさいにち》[二]ごとに修して、薫修《くんじゆ》[三]久しくなりにけり。最後[四]の時、例の講を修しける間に、律師[五]異香《いきやう》をかがれけり。他の人はこれをかがず。瞑目の夜、頭北面《づほくめん》西《さい》にて正念《しやうねん》[六]に住して念仏たゆむことなくて終りにけり。年七十九なり。弟子の阿闍梨覚叡[七]が夢に、一精舎《寺院》に衆僧ならび座したるに、覚叡もその列にて仏像を瞻仰するに、よく見れば、この仏《ほとけ》、先師の律師なり。一句授けて云はく、「従我聞法《じゆうがもんぽふ》、往生極楽《わうじやうごくらく》[八]云々」。

五三　平等院僧正行尊霊験の事

様々の霊験に姉梅壺女御からの施物で身上を知られ姿を消した行尊

平等院の僧正行尊[九]は、小一条院[一〇]の御孫、侍従《じじゆう》の宰相《さいしやう》の子なり。母[一一]の夢に、中堂《根本中堂》に参りたりけるに、三尺の薬師如来をいだきたてまつると見て、いく程を経ずして懐妊ありけり。すべからく《当然》台嶺《比叡山》の法師

一　阿弥陀仏の功徳を讃える法会の作法書。『拾遺往生伝』では、往生講を勤修《ごんじゆ》したとする。永観には自作の「往生講式」(承暦三年作)がある。

二　斎戒を持すべき月のうちの十日。すなわち、一日・八日・十四日・十五日・十八日・二十三日・二十四日・二十八日・二十九日・三十日をいう。これらの日ごとに阿弥陀講を修すること。

三　ねんごろに修行を積むこと。

四　天永二年十一月二日の丑の刻(午前一〜三時)。十斎日ではないが、臨終を控えていたため、急遽催されたもの。

五　永観をさす。承徳三年(一〇九九)、権律師に昇任していた。

六　西方浄土への往生をゆるぎなく念じて。

七　典薬助源忠直の子の覚叡か。

八　私について法を聞いたお前は(私同様)極楽に往生するであろう。自己の往生を証しつつ、覚叡を督励した句。

九　侍従・参議源基平の三男(一〇五七〜一一三五)。保安四年(一一二三)、天台座主に任ぜられるが、数日にして辞退、園城寺等諸寺の別当・長吏を歴任した。

一〇　三条天皇の皇太子。位につかず小一条院と号した。

一一　権中納言藤原良頼の女。

にてぞあるべかりけれども（あるべきところだが）、流[一二]にひかれて寺法師（三井寺の僧）になり給ひにけり。実相房[一三]大阿闍梨に随逐して（付き従って）、三部[一四]の大法、諸尊別行護摩の秘法をうけ、秘密灌頂[一五]を伝へ給へり。出家の後、住寺の間、一夜も住房にとどまらず、〔園城寺の〕金堂の弥勒を礼拝して四五更（午前二時から六時まで）を送りけり。十二歳の六月二十日より不動[一六]供養法を勤修《ごんじゅ》せられけり。十七にて修行にいでて、十八ケ年帰洛せず。その間に大峰の辺地、葛木《かづらき》そのほか霊験の名地（修験道の霊場）ごとに歩をはこばずといふことなし。かく身命を捨てて五十有余におよぶ。その行退転（たゆみ怠ること）する事なし。その間に護摩を修する事、小壇[一七]支[一八]度物等に相具して敢へて（すこしも）断絶する事なし。その日数をかぞふれば、前後都合八千余日なり。また毎日数百遍の礼拝ありけり。本寺の住房にして、はじめて不動の護摩を修せられける時、夢中に不動尊[一九]の仕者、形をあらはして見え給ひけり。たけ（背丈の）三四尺ばかりなる童子の、青衣の上に紫なるをぞ着給ひたりける。左手に剣ならびに索[二〇]を持ち、右手に剣印[二一]をなす。〔童子は〕壇上より歩み来たりて〔僧正の〕乳上に（目の前で）当りて種々のこと

一二 叔父の僧正行観は寺門派の僧。行尊の名は、その叔父の名の「行」と、師の明尊の「尊」とを合せたものとも見られる。従兄弟《いとこ》の唐坊僧都行勝も寺門。そういう類縁をいうか。ただし、兄弟は、仁和寺・東寺・東大寺・延暦寺等の僧となっている。

一三 頼豪。藤原有家の子。園城寺の有験の僧として聞えた。応徳元年（一〇八四）没、八十一歳。

一四 密教で、三部（胎蔵界・金剛界・蘇悉地《そしつじ》）の諸尊の真言を唱えて修する一切の秘法。「諸尊別行」は諸尊ごとに修することをいう。

一五 密教で、伝法阿闍梨位を受けた後の灌頂の最終のもの。最高の修行の位を意味する戒。

一六 不動尊を本尊として段木・乳木を焚いて行う供養の法。「護摩八千の薫修」といい、八千枚の護摩木を焼くとされるほどに大掛りな修法。

一七 護摩を修する炉を据える壇の小規模なもの。泥土で築くのが本式とされたが、木壇もあった。

一八 鈴《れい》・金剛杵・灑水器《れいすいき》・花皿等の修法の用具。

一九 真言の行者に給仕するため、不動尊が童形となって現じたもの。左右の手の持ち物からしても、不動尊に仕える八大童子のことではない。

二〇 衆生を救い取ることを象徴するなわ（羂索《けんさく》）のこと。先端に半形の金剛杵がついている。

二一 不動尊特有の印契で、剣が鞘の中にある様《さま》を象《かたど》り、右手を剣、左手を鞘に擬するものという。ただし、ここは、右手だけの印相。

をしめし給ふ中に、「約束のごとく護摩二千日勤行せらるべきなり」とのたまはせければ、僧正《行尊》承諾せられにけり。

その後、一大峰の神仙に、五七日《三十五日間》宿したる事ありけり。これ、まれなる事なり。同行一人もしたがはず、ただ独り庵室にゐて、経をよみ呪をみてて《唱えて》日を送り給ひけるに、二陰雲靉靆《あいたい》して雨滂沱《ばうだ》たり。庵室の中《うち》、河流のごとくして身をいるべき所なし。僅《わづ》かに岩の上に蹲居《そんきよ》《かがんで坐り》して、存命殆《ほとん》どあぶなかりけり。高声《かうしやう》に経をよみたてまつる。「我、三身命を愛《をし》まず、ただ無上道を惜しむ」の義なり。夜深《ふ》けて夢ともなくうつつともなく、容貌美麗なる四総角《あげまき》の幼童、左右におのおの一人《〔が現れて〕》、僧正の足をささげたり。驚きて幼童を求むるに《探し尋ねてみて》、はじめて夢と知りて感涙おさへがたし。いよいよ五本尊を念じて眠れば、また、さきのごとく童子見えけり。

六麗景殿《れいけいでん》の女御《にようご》、僧正を御猶子《ごいうし》《養子》にして、憐愍《れんみん》の志、実子に過ぎたりけり。僧正修行に出でられて、大峰におこなはるる間、女御日来《ひごろ》病《何》

一 大峰山中の宿所の名。『金葉集』巻九に、「大峰の神仙といへる所に久しうはべりければ、同行どもみなかぎりありてまかりにければ、心細きによめる」との詞書を持つ、行尊の次の歌が載る。「みし人は一人我身にそはねども後《おく》れぬものは涙なりけり」。

二 黒雲がたちこめ、雨がはげしく降りしきった。

三 自分の命の尽きることを悲しみはしないが、仏法を体現することが出来なくなるのが無念である。

四 古代における童子の髪型。髪を中央から左右に分け、両耳の上で輪型に巻くもの。『宇治拾遺物語』一二三話に、法華の持経者が海賊に海中に投ぜられた時、「…命は惜しくもあらず。我は死ぬとも経をしばしがほどもぬらし奉らじ」と、経を捧持していると、「うつくしげなる童の、びんづらゆひたる」が、二、三人現れて僧が沈まないように手を添えたという、類例が見える。

五 園城寺の金堂の本尊である、弥勒菩薩をさす。

六 藤原道長の次男右大臣頼宗の女延子。長久二年（一〇四一）三月、後朱雀天皇に入内し麗景殿に住んだ。行尊の父方の祖母（小一条院女御）の姉にあたる。

にわづらひ《日か病を患われて》給ひて存命憑《たの》みなくなり給ひける時、僧信禅[七]を使《つかひ》として、今一度見《僧正を》たてまつらむがためにいそぎ帰洛し給ふべきよし申されけり。草庵《僧正は》の内にただ一人経をよみて影のごとくに[八]衰へて、その人とも見えず。涙におぼれてしばし物もいはれず。相構へて《気持を励まして》、かの仰せの旨申しければ、僧正、「われ、この行をくはだてて、世事を思ひすてて、三宝《仏法僧》の加護をたのみたてまつれば、もろもろの怖畏《一切なんの恐れも不安もない》なし。女御の御悩《ごなう》もおのづから除き給はんか《お苦しみも自然と去られましょう》」とて、柑子[九]《かうじ》一裹《いつくわ》を加持してまゐらせられけり。信禅帰りまゐりて、そのよし申されて件《くだん》の柑子を奉りければ、即《すなは》ち服せしめ給ひて御悩平癒し給ひてけり。大峰に入られける日、[一〇]斎持《さいぢ》の粮米《らうまい》、白米七升なり。その中《うち》四升は日来《ひごろ》失せにけり。残るところ三升なり。笙[一一]《しやう》の岩屋にて疲極《疲労困憊の》の山伏を饗《きやう》し、大《あら》略《かた残っている物は》のこる物なかりけり。その比《ころ》の事にや、かの岩屋にて、

[一二]草の庵《いほ》なに露けしと思ひけんもらぬ岩屋も袖はぬれけり

また[一三]箕面《みのも》山に三ケ月こもられける時、夢に龍宮にいたりて如意宝[一四]

七 行尊と親交のあった僧か。伝未詳。

八 生気もなく弱々しく衰えて。女御の御重態もさることながら、行尊のあまりの衰弱ぶりに信禅はしばらく言葉もない。

九 「一裹」は「一顆」に同じ。一つのみかんに息災の威徳を備える祈禱を加え、信禅に託して女御にお届けになった。

一〇 「斎持」は、午前中の食事以外には食べ物を口にしないという戒を持することであるが、ここは、正午までにとる一日一回の食事、の意。

一一 奈良県吉野郡の国見山の中腹にあった行道場。

一二 草庵の生活をどうしてつゆっぽいと思ったのだろう。雨のもらない岩屋の中だが、涙で袖がぬれてしまっているからなのだ。

一三 大阪府豊能郡にある往昔の修験の霊場。

一四 欲するものを意のままに祈り出せるという龍王の所持する秘宝。

珠を得たり。その間の奇異おほけれどもしるさず。［僧正は］およそ浮雲のごとくにさすらひありき給ひて、和泉《いづみ》の国[一]槇尾《まきのを》山といふ所にて、かの山の住僧に奉仕せられけり。阿私仙《あしせん》[二]に《釈迦が》大王の仕へしがごとし。その時、村邑《そんいふ》に産する女ありけり。［安産を］祈らしめんがために、かの住僧を請じけり。僧、故障ありてゆかず。「ただし近比《ちかごろ》より給仕する下僧あり。件の僧をやるべし」といひければ、産婦の夫、「それにても《その人でもよいから》」といひければ、即ち僧正《行尊》にそのよしを申しけり。僧正、験者《げんざ》[三]に堪へざるよしを頻りにのたまひけれども、あながちにいふ事なれば《是非にということなので》、おはしつつしばらく念誦《ねんず》の間に、平《たひ》らかにむまれにけり。［産婦の］家に《家では》悦びて牛を引[四]きたりけり。僧正これを得て、かの住僧にたびければ《与えたので》、［住僧は］感悦甚《はなは》だし。

かかるほどに僧正の御姉梅壺[五]の女御、この《こうした》［僧正の］おはしますやうを聞か《ご様子をお聞きにな》せ給ひて《られて》、かの国《和泉国》の司《つかさ》[六]藤原宗基に［僧正に］仰せて、小袖以下《いげ》の御送物《おくりもの》ありければ、馬の允《じよう》[七]某御使《つかひ》にてかの山《槇尾山》に参向しけるに、はからざるに僧正

一　大阪府泉北郡にある山で、巻尾山施福寺がある。欽明天皇の御願により行満が開いた寺院で、古くは槇尾寺と称した。本尊は弥勒菩薩。山中には四十八瀑《ばく》・三十六洞があり、役行者、行基、空海等のゆかりの行場として知られる。

二　無量劫《むりようこう》の昔、釈迦が国王（大王）であった時、薪《たきぎ》を集め、水を汲んで仕えたと法華経「提婆達多品《だいばだつたほん》」に見える仙人。

三　加持祈禱者として出向いて霊験を現す力が、自分には不足だと謙遜、辞退した。

四　祈禱の引出物として進上した。

五　参議源基平の三女、源基子。行尊の姉。延久三年（一〇七一）、後三条天皇に女御として入内している。「梅壺」は後宮の一、凝華舎《ぎようかしや》とも称した。

六　承保四年（一〇七七）九月頃には、和泉守として在任していた。とすれば、行尊の二十代の頃のこと。

七　馬寮の三等官（七位相当官）。

に見あひたてまつりにけり。〔馬允は〕地上に跪《ひざまづ》きて驚きあやしむ事限りなし。[八]住僧これを見て、〔僧正が〕貴人のよしを知りて、科《とが》を悔いて恐れまどへるさ（無礼の罪を悔い恐縮するのももっと）まことわりなり（もなことである）。僧正、[九]身の事知られぬと（正体が顕れてしまったと）、夜中《よなか》に行方を知らず失せられにけり。昔、[一〇]玄賓《げんぴん》僧都の、[一一]伊賀の国の郡司につかへて侍りけるためしにおなじく侍り。

三 大原良忍上人、融通念仏を弘むる事

融通念仏に専心、勧進につとめ
上品上生の往生を遂げた良忍

大原の[一二]良忍《りやうにん》上人、生年《しやうねん》二十三よりひとへに世間の名利を捨てて、深く極楽を願ふ人なり。日夜不断に称念して（称名念仏して）、いまだ睡眠せず。生年四十六、首尾（前後）二十四年に至りて、夏月（夏の頃）日中に、ただ仏力によりて自心にまかせずまどろみたる夢に、

*阿弥陀仏示現《じげん》して云はく、「汝が行不可思議なり。一[一三]閻浮提《えんぶだい》の内[一四]三千界の間、已《すで》に一有りと為す（お前という一念仏者がいる）。これ無双なるべし（比類ないことである）。然りと雖《いへど》も汝が[一五]順次往生、誠に以て有難き事なり（むずかしい）。所以《ゆゑん》はいかんとなれば（その訳はどうしてかといえば）、

八 底本「僧正」、他本により改訂。
九 当時、自分の身分や素姓の知られぬ場所、つまり縁者知人の居ない境界に身を置き直すことで、一切の人間関係の煩わしさから逃れて心の自由を得、純一な求道生活をもとめた聖《ひじり》といわれる遁世者達がいた。
一〇 弓削《ゆげ》氏。聖の理想像と仰がれた人物。興福寺にあって大僧都に補されんとした折、逐電して異郷に移り、名聞利養を去って一所不住の生き方を貫いた。弘仁九年（八一八）、八十余歳で没した。
一一 玄賓が伊賀の郡司に仕えた話は、『古事談』第一、『発心集』第一等に見える。
一二 京都市左京区大原町にある来迎院の開基（一〇七三～一一三二）。尾張の人。叡山に登り良賀・永意について顕教・密教灌頂を受けた。寛誓より伝えられた天台声明《しようみよう》を大成、大原を声明の本所と言われるまでにした。また融通念仏の祖。
一三 仏教の宇宙観で、須弥山《しゆみせん》の南方にあるとされる大陸。すなわち、われわれの住むこの娑婆世界をいう。
一四 「三千大千世界」の略。千の三乗の（つまり十億の）数限りない世界。一仏の教化し得る世界で、日・月・須弥山から兜率天《とそつてん》・他化自在天《たけじざいてん》などまでを含む。
一五 死後、多生を経ずに直ちに浄土に往生すること。

我が土は一向清浄の堺《まったく清浄の地であり》、大乗善根の国なり《善い果報の得られる国である》。少縁の人を以て生じ《仏縁の乏しい人には往生がむ》難《ずかしい》し。汝が如きは行業多生[一]を経ると雖《いへど》も、いまだ往生の業因[二]に足らざるなり。けだし速疾往生の法[三]を教ふべし。いはゆる円融念仏[四]これなり。一人の行を以て衆人の為にす。故に功徳広大なり。順次往生、已に以て修因[五]を果し易し。已に融通感果[六]す。なんぞ一人《なぜ一人の念仏の》を融通して衆人を往生せしめざる《力で他の大勢の人を往生せしめないのか》。なんぞ往生せざる」《なぜ自分も他の人の念仏の力をかりて往生しないのか》。阿弥陀如来の示現ほぼかくの如し。委細毛挙[七]するに遑《いとま》あらず。

天治元年[八]甲辰六月九日　　一乗仏子良忍

かく記《しる》しおかれたり。この後あまねく勧進の間《広く布教活動を行ったところ》、本帳[九]に入るところの人三千二百八十二人なり。早旦《早朝に》に壮年の僧の、青衣着たる出で来たりて、念仏帳に入るべきよしを自称して、名帳を見て忽ちにかくれぬ。これ夢にもあらず、うつつにもあらず。上人《良忍》怪しみて則ち名帳を見るに、まさしく《間違いなく》その筆跡あり。その字に曰《いは》く、「奉請《ぶしやう》[一〇]、念仏百反《ぺん》。我はこれ仏法擁護の者、鞍馬寺[一一]の毘沙門天王[一二]なり。念仏結[一三]

一　仏道の修行においては、いくたびも生れ変って多くの生をうけ、劫を経ているとはいうものの。
二　極楽浄土に生れ得る原因になるだけの行業。
三　すみやかに往生し得る方法。
四　一人の念仏が万徳を具し、万人に融通される。その不可思議な念仏の力を自他たがいに融通し合えば、すみやかに往生が実現するという念仏の方法。一説に「融通念仏宗」は、永久五年（一一一七）、良忍が阿弥陀仏から得た「一人一切人、一切人一人、一行一切行、一切行一行」の四句の偈に拠るとされる。
五　往生の因として必要なだけの修行。
六　融通感応して目的を達すること。
七　こまごましたことを述べること。
八　一一二四年。
九　融通念仏の信徒として宗門の名簿に名を列ねた人。つまり、入信した者。
一〇　賛仰の思いをもって仏・菩薩を招請する言葉。
一一　京都市左京区の鞍馬山の南の中腹にあり、創建は、宝亀元年（七七〇）とも、延暦十五年（七九六）ともいわれる。天永年間（一一一〇〜一一一三）以降、天台宗の末寺となった。
一二　四天王の一。多聞天とも施財天とも称される仏教守護の天神。鞍馬寺の本尊。
一三　仏と機縁を結ぶこと。

縁の衆を守護せんが為に、来入《やって来たのである》する所なり」。五百十二人かくの如く入り給へり。

また上人、天承二年[一四]正月四日、鞍馬寺に通夜《つや》して念仏の間、寅《とら》[一五]の終りばかりに、夢に天王幻化《げんげ》のごとくして、自身と驚覚《みずから驚いて目を覚まして》してのたまはく、「汝《なんぢ》、我が身の如くはまた梵天王《ぼんてんわう》[一六]等正法《しやうぼふ》[一七]を護り、念仏帳中に加へ奉るべし。我また汝を護ること影の形に随ふが如くせん。惣《そう》じて宜しく衆をして結衆《念仏結縁の衆に》に入らしむべし。諸神また漏らさず云々」。夢覚めてみれば眼前にその文あり。梵天王部類[一八]諸天以下《いげ》、一切の諸王・諸天、九曜《くえう》[一九]・二十八宿[二〇]、惣じて三千大千世界乃至《ないし》微塵数《無限の数の》、所有一切の諸天・神祇《じんぎ》・冥道《みやうだう》[二一]、ひとつも漏れず、おのおの百遍入り給へり。不思議未曾有《前代未聞の》の事なり。およそ勧進帳に入るところの人、三千二百八十二人の内、日時を注《しる》して往生をとげたるもの六十八人なり。

ここに上人、同月春秋《よわい》六十一にて、七ケ日さきだちて死期[二二]を知

一四 一一三二年。「融通念仏縁起」（以下「縁起」）では四月四日。
一五 午前五時頃。
一六 帝釈天と並ぶ仏法の守護神。もとインドの神で天地の根源・宇宙の創造者を神格化して呼んだ。仏教では、色界（清浄な物質で成り立っている世界）の初禅天（第一の静思処）の宰主とされる。
一七 正しく伝えられた釈迦の教え。
一八 「縁起」では、以下「三嶋部類眷属」に至る計五十六種の「諸天・神祇・冥道」の名が列挙される。「部類」は諸神の一族。「諸天」は人間界の上にある天界にあって仏法を守護する神々や諸天部（欲界の六天・色界十八天・無色界四天など）の神々。
一九 九つの天体。すなわち、日・月・火・水・木・金・土の七曜星と日月蝕を起させる羅睺《らご》星と計都《けいと》星（彗星）をいう。「縁起」では、「九曜等部類眷属」とする。
二〇 天にある二十八座の星。すなわち、東方七星・西方七星・北方七星・南方七星の総称。「縁起」では、「二十八宿等部類眷属」とする。
二一 目に見えない世界にいる鬼神たち。
二二 入寂は二月一日。

りて、終《つひ》に往生[一]の素懐をとげられにけり。入棺の時、その身軽きこと鵝《が》毛《もう》[二]の如し云々。大原の覚厳律師[三]の夢に、上人告げて云はく、「我、〔往生の〕本意を遂げ、上品上生に在り。偏《ひと》《すべて》へに融通念仏の力なり云々」。

五四　大原山の住人少将の聖、三十余年常行三昧の事

[四]少将の聖《ひじり》も大原山の住人なり。三十余年常[五]行三昧を行ぜられける間に、毘沙門天王形をあらはして上人を守護し給ひけり。御影像〔毘沙門天〕を等身《とうじん》に図絵して、いまに勝林院《しようりんゐん》[六]に安置せられたるなり。この上人臨[七]終の時は、勝林院に常行三昧行ひける時、西方より紫雲[八]現じて堂の内へ入ると見るほどに、〔上人は〕肉身ながら見えず。即[九]身成仏の人にや。往[一〇]生伝にはかくはなし。委《くは》しく尋ぬべし。

五五　宇治左府頼長、定信入道を礼拝の事

毘沙門天に守られ、即身成仏を遂げた少将の聖

一　極楽に往生したいという平素からの願望。
二　鵞鳥の羽毛のようであった。
三　従四位下・常陸守藤原家房の子。母は肥前守為弘の娘。兄弟に阿闍梨任幸・源澄、叔父に山門の権律師行昭、寺門の隆明（御室戸の大僧正）がいた。
四　源時叙《ときのぶ》。一条左大臣雅信の五男。従五位下・右少将。『拾遺往生伝』によれば、天元年中（九七八～九八三）、十九歳にて出家、寂源と称した。池上の皇慶に顕密を学ぶ。弟に仁和寺の法務僧正済信がいる。
五　口に弥陀の名号を称し、心に弥陀を観ずる修行。
六　京都市左京区にある延暦寺の別院。長和二年（一〇一三）、この少将の聖寂源の開基。
七　『小右記《しようゆうき》』治安四年（一〇二四）三月二日の条に大原入道（寂源）入滅の事が見える。ただし、『拾遺往生伝』は、四月四日のこととする。
八　極楽往生者の臨終時に現れる奇瑞の一つ。
九　この世で肉身のまま仏となった人。
一〇『拾遺往生伝』には「十念成就、忽兮滅矣」と見えるのみ。
一一　一一五二年。
一二　藤原定信。宮内権大輔。藤原行成四代の孫で能書

仏と同じと恭敬礼拝された定信

家として知られた。

仁平元年十月十日出家。『世尊寺現過録』によれば、保元元年（一一五六）没、六十九歳。

一三 左大臣藤原頼長。

一四 仁平元年十月七日、出家に先立ち、春日社において、権僧正隆覚の立合いの下に、一筆一切経の書写供養を行ったことが、『濫觴抄《らんしょうしょう》』に見える。

一五 頼長の日記『台記』。この条は、伝存しない。

法華経転読のため閻魔の庁に招請され蘇生してその状を語った尊恵

一六 兵庫県宝塚市にある寺院。

一七 太政大臣藤原公経の子。法名慈心。年少の時、叡山に入り、天台教学を学び、法華三昧（法華経・観普賢経による悟入の行法）を修めた。

一八 僧侶集団の喧騒から逃れ、独り静かに心を澄まし得る場所へ身を移して。「道心」は悟りを願う求道心。

一九 底本「し」を欠く。伊木本により補う。

二〇 一一七二年。『平家物語』巻六では、十二月二十二日とする。

二一 強《こわ》く糊を張った白布の狩衣《かりぎぬ》。従者等が着用した。底本「白帳」、伊木本により改訂。

二二 公《おおやけ》に用いる正式の書状の形。書状を礼紙で巻きさらに別の白紙でたてに包んだもの。

二三 閻魔大王のいる冥界の宮殿。閻魔王庁。

二四 ここでは承諾を求める「招請文」の意。

[一一]仁平二年七月二日、[一二]定信入道、[一三]宇治左府に参りたりければ、おとど《頼長》衣冠をただしくして〔定信を〕礼拝し給ひけり。[一四]一切経を書きて供養を遂げたる人なり。仏に同じとて拝せらるるとぞ、[一五]かの日記には侍る。

五六　慈心房尊恵、閻魔王の屈請に依りて法華経転読の事

摂津の国に[一六]清澄寺《せいちょうじ》と云ふ山寺あり。村人、きよし寺とぞ申し侍る。その寺に[一七]慈心房尊恵《じしんばうそんゑ》と云ふ老僧ありけり。本は叡山の学徒なりけり。多年法華の持者なり。[一八]住山を厭《いと》ひて道心を発《おこ》して、この所に来たりて年を送りければ、人みな帰依しけり[一九]。[二〇]承安二年七月十六日、脇息《けふそく》によりかかりて法華経を読みたてまつりけるほどに、夢ともなくうつつともなくて、[二一]白張《しらはり》に立烏帽子《たてえぼし》着たる男の、藁沓《わらぐつ》はきたるが、[二二]立《たて》文《ぶみ》を持ちて来たれり。尊恵、「あれはいづくよりの人ぞ」《そなたはどこからやって来た者か》と問ひければ、「[二三]炎魔王宮《えんまわうぐう》よりの御使《つかひ》なり。[二四]請文《しやうもん》候ふ」とて、立文を尊恵にとらせければ、披《ひら》き見るに、

[一]*屈請

[二]閻浮提《えんぶだい》大日本国摂津国清澄寺尊恵慈心房

右は、来《き》たる[三]十八日、焔魔の庁に於て十万人の[四]持経者を以て、十万部の法華経を[五]転読《てんどく》せらるべし、宜しく参勤せらるべし者れば《つとめて参勤されるべきであるというので》、閻王の宣《宣旨》に依りて、屈請すること件の如し《招請すること右の通りである》。

かく書かれたりけり。尊恵いなみ申すべきことならねば《お断りすべきことではないので》、[六]領状《りやうじやう》の請文書きて奉ると見て覚めにけり。[七]例時のほどになりにければ寺へ出でぬ。例時はてて僧ども出でけるに、[八]老僧一両人にこの夢の告げを語りければ、「昔もかかるため[九]しいひ伝へたり。その用意あるべし《その心用意をしておくがよい》」といひければ、［尊恵は］房に帰りて勤めいよいよおこたらず。[一〇]寺僧等きほひ来たりてとぶらひけり《先を争うようにやって来て様子をうかがった》。十八日の申《さる》の終り《午後五時頃》ばかりに、「ただいま心地《気分》すこし例にたがひて、世の中も心細く覚ゆる《がどうもいつものようでなく　この世に生きていることも》」とて、うち臥しけるが、酉《とり》の時ばかりに《午後六時頃に》息絶えにけり。さて次の日、辰《たつ》の終りほどに《午前九時頃に》生きかへりて、「[一一]若持法華経《にやくぢほけきやう》、其心甚清浄《ごしんじんしやうじやう》」の偈《げ》を四五行がほど誦

一 招請をいう丁寧な語。たってお越しを請うの意。底本「崛請」を改訂。
二 「閻浮提」は、人間世界。
三 『平家物語』巻六では、二十六日（十二月）。
四 法華経を誦持する人。
五 経典全部を通読する「真読」に対する語。しかしここは、十万人で十万部を読むということなので、「読誦」の意に解すべきである。
六 （手紙を受け取り拝読し）、その旨承知したという書状を差し出したと夢に見て。
七 朝夕の常例の勤行の時刻。ここは朝の例時か。
八 『平家物語』では、「院主の光影房《くわうやうばう》」とあり、慈心房が寄宿の身であることを明示する。
九 閻魔王からの召しにあずかったという例。
一〇 『平家物語』では、「口には弥陀の名号をとなへ心には引摂《いんぜふ》の悲願を念ず」と、慈心房の切迫した心情を伝える。
一一 「もし法華経を持《たも》たば、その心甚だ清浄ならん云云」と続く法華経礼賛の詩句。「偈」は仏の功徳を賛嘆する韻文。四句から成るものが多い。

しけり。その後おきあがりて冥途の事ども語る。《尊恵》「王宮にめされて十万人の僧につらなりて、法華経転読十万部終りて、法王、尊恵をめして、しとね《敷物》をまうけてすゑらる。王は母屋の御簾《みす》の中におはしまして、尊恵はあらはに《〔御簾の外に〕》、冥官《みやうくわん》[一二]どもは大床《おほゆか》につらなりゐたり。さまざまの物語りし給ひしに、『摂津の国に往生の地五ケ所あり。清澄寺そのうちなり《そのうちの一つである》。汝、順次[一三]往生疑ふ事なかれ。太政入道《だいじやうにふだう》[一四]清盛は慈恵《じゑ》[一五]僧正の化身[一六]なり。敬礼《きやうらい》慈恵大僧正、天台仏法擁護者《天台仏教の擁護者よ》、かく唱へ給ひて、すみやかに本国に帰りて往生の業をはげむべし』とてかへされけり」と語りけり。聞く人、たふとみめでたがる事限りなし。その後一両年を経て、また法華経転読のために《〔閻魔王庁に〕》めされたりけり。その後一両年ありて、めでたく往生を遂げたりけり。

五七　西行法師、大峰に入り難行苦行の事

宗南坊の手引きで、出家の身ながら大峰の修験の苦行に堪えた西行

西行法師《さいぎやうほふし》[一七]、大峰を通らんと思ふ志深かりけれども、入道の身にて《僧侶の身では》

一二 冥途（ここでは閻魔庁）の役人。

一三 この人間界での生が終ると、次には多生を経ずに直ちに極楽浄土に生れ変ること。

一四 平清盛。太政大臣就任は仁安二年（一一六七）。

一五 良源（九一二〜九八五）。天台座主。天元元年（九七八）の根本中堂造営を初め、康保三年（九六六）に焼失した延暦寺諸堂の再建を果し、叡山中興の祖と称された。

一六 『平家物語』には、「閻王、随喜《ずいき》感嘆して、『件の入道はたゞ人にあらず。慈恵僧正の化身なり。天台の仏法護持のために日本に再誕す。かるがゆへに、われ毎日に三度彼人《かのひと》を礼《らい》する文《もん》あり。すなはちこの文をもて彼人にたてまつるべし』とて、敬礼慈恵大僧正　天台仏法擁護者　示現最初将軍身　悪業衆生同利益」とある。

一七 佐藤義清《のりきよ》（一一一八〜九〇）。鳥羽院の北面《ほくめん》の武士で、武芸・歌に秀れたが、保延六年（一一四〇）、二十三歳で出家、西行・円位と号し、五十代までは高野山を中心とする修行生活を送り、晩年は伊勢に住んだ。

は、つねならぬ事なれば《尋常のことではないので》、思ひ煩ひて過ぎ侍りけるに《過していたが》、[一]宗南坊《そうなんばう》僧都行宗《ぎゃうそう》、その事を聞きて、「何か苦しからん《何の支障がありますか》。結縁のために《仏道に入るための機縁として》はさの《是非そ》みこそあれ《うなさるべきです》」といひければ、悦びて思ひ立ちけり。「かやうに候ふ《このような非力な者》非人の《が》、[二]山臥《やまぶし》の礼法ただしうして《礼法に適った仕方で》通り候はん事は、すべて叶ふべか《とてもできそうもありま》らず《せん》。ただ何事をも免じ給ふべきならば《大目に見て下さるのでしたら》、御ともつかまつらん」といひければ、宗南坊、「[三]その事はみな存知し侍り。[四]人によるべきことなり。疑ひあるべからず」といひければ、悦びて、すでに具して《やがて連れ立って》入りにけり。

宗南坊、さしもよく《あれほど確かに》約束しつる旨を皆そむきて《みな反故にして》、ことに礼法をきびしくして責めさいなみて、人よりもことにいためければ、西行、涙を流して、「我はもとより名聞《名誉評判》をこのまず、利養《利得》を思はず。ただ結縁のためにとこそ思ひつる事を、[五]かかる憍慢《けうまん》の職にて侍りけるを知らで、身を苦しめ心をくだく事こそ悔しけれ」とて、さめざめと泣きけるを宗南坊聞きて、西行を呼びていひけるは、「上人《西行》道心堅

一 当時聞えた山伏修験者。大峰入り二十八度という大先達（『西行物語』）。

二 『長承記』の長承三年（一一三四）二月一日の条に詳細な山伏入山のことが見えるが、西行の時代には教団化した山伏の恒例化した作法がさまざまにあり、西行は部外者として団体行動を共にする上でそうした法儀に通じていないことを危惧したわけである。

三 僧侶のあなたが我々山伏の作法に通じておられないということは。

四 山伏の大峰修行に同行できるかどうかは、その人次第であって、とても無理な人もいるが、北面の武士の出であるあなたなら大丈夫だ、ということ。

五 これほどに人をいためつけていい気になるような先導者であったとは知らずに（約束の言葉を信じてついて来てしまって）。「職」は、「有職」で、その道に通じた人。

固にして、難行苦行し給ふ事は、世以て知れり《世間では知っています》、人以て帰せり《帰依しています》。[六]そのやんごとなきにこそこの峰をばゆるしたてまつれ《この大峰での修行をばお許ししたのです》。先達《せんだつ》の命《命令に》に随ひて身を苦しめて、木をこり水を汲み、或は勘発《かんぱつ》[七]の詞《ことば》を聞き、或は杖木《ぢやうぼく》を蒙る《杖で打たれる》、これ則ち地獄の苦をつぐのふなり。日食《にちじき》[八]すこしきにして飢ゑ忍びがたきは、餓鬼のかなしみをむくふなり。また、おもき荷をかけて嶮《さか》しき嶺をこえ深き谷を分くるは、畜生《ちくしやう》の報いをはたすなり。かくひねもすに《このように終日》夜もすがら《終夜》身をしぼりて《身を苦しめ責めて》、暁《あかつき》懺法《せんぼふ》[九]をよみて、罪障《ざいしやう》を消除するは、已に三悪道[一〇]の苦患《くげん》《苦しみ》をはたして、早く無垢無悩[一一]の宝土にうつる心なり。上人出離生死[一二]の思ひありといへども、この心[一三]をわきまへずして、みだりがはしく《思慮分別もなく》名聞利養《みやうもんりやう》の職なりといへること、甚《はなは》だ愚かなり」と恥ぢしめければ《教訓したので》、西行掌《たなごころ》を合はせて随喜の涙を流しけり。「誠に愚癡《ぐち》にして《おろかで》、この心を知らざりけり」とて、[一四]とがを悔いてしりぞきぬ。その後はことにおきてすくよかに《何事をするにしても気を入れて》、かひがひしくぞ振舞ひける。もとより身[一五]はしたたかなれば《強健であったので》、人よりもことに

六 その難行苦行の求道ぶりが立派であるからこそ。
七 きつく叱りつける言葉。
八 一日のうちに食べるもの。「すこしき」はすくないこと。
九 罪過を懺悔するために経典を読誦すること。天台宗では、法華懺法《ほつけせんぼう》の略儀を毎日晨朝《じんちょう》の勤行としているが、ここも毎朝の経典読誦による悔過の勤めをいう。
一〇 三悪趣とも。地獄・餓鬼・畜生の三道をいう。
一一 けがれもなく悩みもない世界。無量清浄土、安楽国などと呼ばれる浄土・極楽をさす。
一二 六道に生れ死ぬ輪廻《りんね》をのがれ出る願い。すなわち迷いの世から離脱したいとの願望。
一三 大峰で厳しい先達の下に過しているこの毎日の生活の意味するところを理解しないで。
一四 宗南坊を恨んだ過ち。
一五 西行の強健さを物語るものとして、西行を打とうと待ち構えていた荒法師文覚《もんがく》に「文覚が打たれる相手だ」と言わしめた逸話（『井蛙抄《せいあしょう》』巻六）が想起される。

ぞつかへける《〔宗南坊に〕》。この詞を帰伏して《宗南坊の言葉を心に入れて》、また後にも通りたりけるとぞ《〔大峰を〕通ったそうである》。
大峰《〔西行は〕》二度の行者なり。

五八　蓮華王院後戸の辺に功徳水出づる事

[一]永万元年六月八日寅《とら》の時《午前四時》、[二]蓮華王院《れんげわうゐん》の兵士が夢に、後戸《うしろど》の[三]坤《ひつじさる》の角より北へ第四の間《ま》に、以《もつ》ての外《ほか》に黒き山あり。ふもとに[四]承仕《しようじ》ありけるが、件《くだん》の山の嶺より、やんごとなき《尊い様子の》老僧出で来たりて云はく、「そもそもこの水をば何の料に掘るぞ《何用のために掘るのか》」と侍りければ、件の承仕答へて云はく、「もとより《以前から》掘りはじめて候ふ水を掘りとどめさせ給ひ《掘るのを中断させなされて》て、制止し給ふべきやう候はず《おとりやめになる理屈はありません》」。またかの僧云はく、「申すところ[五]尤《もつと》もいはれたり。水の末をば流さんずるぞ《水の先が流れるようにしてやろう》」とて、細き谷川を掘りながしければ、水きはめてほそく落ちけるを、「この水は細く見ゆれども、[六]八功徳水《はつくどくすい》、[七]甘露利益《かんろりやく》、[八]含識方便水《がんしきはうべんすい》にてあらんずるぞ《あるであろうぞ》。よくよく[九]精進して汲むべきなり」と云ふと見て、夢覚めにけり。さるほ

蓮華王院の兵士の功徳水の夢の通り、昔後戸の辺に湧いていた泉

一　一一六五年。
二　長寛二年（一一六四）後白河院の勅願によって法住寺殿の西側に、平清盛が造営した寺院で、三十三間堂の名で知られる。
三　西南の方角。「間」は、主柱と主柱との間をいう。
四　内殿の掃除・仏具の管理・燈火の用意などの雑用をつとめる僧。
五　なるほど理にかなっている。
六　須弥山の周囲の内海や極楽の池にあるとされる、澄浄・清冷・甘美・軽軟・潤沢・安和・除患・善根の八種の功徳を備えた霊水。
七　諸天の常用するという不老不死の恵みの霊水。
八　生きとし生けるものを仏道に導く方便の霊水。
九　心を慎み身を清めた上で。

どに、件の後戸の砌《みぎり》[一〇]の下に、うつつ《実際に》に水あり。貴賤汲みけれども尽きざりけり。また汲まぬ時もあまらざりけり《あふれ出なかった》。不思議[一一]なりける事なり。当時《現在は》、その水見えず。いつごろより失せにけるにか、おぼつかなし。

五九　平清盛、福原にて持経者千僧の法華経転読の事

法皇以下貴顕を請じ公顕を導師に盛んな法華経転読をした清盛

承安二年[一二]三月十五日、六波羅《ろくはら》[一三]の太政入道《だいじやうにふだう》、福原[一四]にて持経者[一五]千僧にて法華経を転読する事ありけり。件《くだん》の経以下《いげ》御布施まで、諸院[一六]・宮・上達部《かんだちめ》・殿上人《てんじやうびと》・北面《ほくめん》[一七]までも、蔵人《くらうど》の右少弁《うせうべん》親宗《ちかむね》[一八]が奉行にて進めけり。法皇《後白河院》御幸《ごかう》なりて、その一口《いつこう》にいらせおはしましけり《その一人におなりになった》。法印[一九]三人がしもに《後に従って》御行道《ぎやうだう》[二〇]ありけり。諸国の土民、結縁《けちえん》のために或いは針、或いは餅《もち》四五枚などを引きけり《引出物とした》。法皇も受けさせ給ひけり《お受けあそばされた》。浜に仮《かり》[二一]屋《や》を作りて道場にはせられたりけり。仏は一千体ぞおはしましける。また四十八壇[二二]の阿弥陀護摩もありけり。法皇もその中に加はらせ給

一〇 後戸の軒下の雨滴を受けるための敷石。
一一 『百錬抄』永万元年六月八日の条に、蓮華王院の西の砌《みぎり》から醴泉《れいせん》（甘泉）が湧き出たことが見える。
一二 一一七二年。この時のことは、『玉葉』『百錬抄』に見える。
一三 平清盛（一一一八～八一）。保元・平治の乱の後、安徳天皇の外祖父として威勢をふるった。
一四 神戸市兵庫区の地名で、ここは平清盛の福原にあった邸第をさす。
一五 常に経文（殊に法華経）を読誦して修行している僧。
一六 院（上皇・法皇）や女院。
一七 院に仕える武士。院の御所を守護する。
一八 平親宗。父は贈左大臣正一位時信、兄は大納言時忠、姉妹に清盛室時子、後白河院后滋子、内大臣宗盛室などがいた。嘉応二年（一一七〇）七月に蔵人、承安二年二月に右少弁に任ぜられていた。
一九 法印大和尚位。僧正に相当する僧侶の最高位。
二〇 法要の折などに、僧侶が念仏を誦しつつ、列をなして仏像の周りを廻ること。
二一 兵庫区の和田岬辺の海浜と思われる。
二二 阿弥陀の四十八願にちなみ、四十八の護摩壇をしつらえて阿弥陀供養法を修すること。

ひけり。十七日まで三ケ日にぞ転読したてまつりける。一 導師《だうし》法印公《こう》二
顕《けん》、勧賞《けんじやう》に僧正に《その賞として僧正に》なされにけり。

公顕僧正、上洛《しやうらく》の後、師匠《ししやう》の法印公舜《こうしゆん》三、弟子に越えられながら、悦びのために《祝意を伝えるために》来たりけるに、公顕申されけるは、「まづなしまゐら《［公舜を僧正に］》せてこそ《［私が僧正に］》まかりなるべきに《［逆なので］》、内外に就《つ》きてその恐れ侍り《憚りがあります》。さりながら《そうではありますが》、かみならせ給はば《師でいらっしゃるからには》、僧正の上《かみ》にゐたてまつらん事《お坐りいただくようなことは》、おどろくべきにあらず。法印として、僧正の弟子をもちて上にゐたらんこそ、四 希代《きたい》の事にて侍らめ」と、こしらへけり《［その場を］取りつくろった》。法印、帰る時、庭中まで《［公顕僧正が］》五 出でてければ、法印泣く泣く謝せられけるとぞ。

六〇　高倉院の御時、内裏の最勝講に澄憲法印祈雨の事

六 高倉院の御時、七 炎旱《えんかん》年をわたりけるに《前年からひでりが続いたが》、八 承安四年、内裏の九 最勝講《さいしようこう》に、一〇 澄憲《ちようけん》法印、御願の旨《し》趣啓白《しゆけいびやく》のついでに《申し上げたついでに》、龍神に訴へ申して忽《たちま》ちに雨を降らして、当座に《その場ですぐに》その賞をかうぶりて《受けられて》権の大僧都にあがりて、

一 中心となって法会を執り行う僧。
二 安芸権守源顕康の子。法務大僧正、後白河院灌頂の師。園城寺長吏、第六〇代天台座主等を歴任。本覚房と号した。兄は神祇伯顕広王。建久四年（一一九三）九月没、八十四歳。
三 筑前大掾《だいじよう》・文章博士藤原家仲の子。五輪房と号した。平等院・法成寺等の別当を歴任。寺門の僧で公顕の師。承安四年（一一七四）没、八十三歳。
四 世に珍しいことでございましょう。
五 底本「ければ」に、「出でて」と傍記。伊木本は「送（り）」。

勧賞に師を超え僧正となった公顕を祝いに行った師の公舜

六 在位一一六八〜八〇年。
七 承安三年六月には、醍醐《だいご》で祈雨法が修せられた。
八 一一七四年。
九 毎年五月下旬の五日間、清涼殿で南都北嶺の僧を招じ、金光明最勝王経を講じて、国家安泰を祈る法会。
一〇 少納言藤原通憲《みちのり》（信西《しんぜい》）の子（一一二六〜一二〇三）。平治の乱で父に連坐して一時、下野《しもつけ》に配流された。天台宗の唱導安居院《あぐい》流の祖。能説で知られた。

祈雨効験の賞に上臈を超え権大僧都に上った澄憲

一一 少納言藤原宗兼の子。興福寺の僧。
一二 源俊恵。『金葉集』の撰者俊頼の子。東大寺で出

上﨟《じやうらふ》権の少僧都覚長《かくちやう》が座上につきけり。その時の美談この事にありけり。俊恵《しゆんゑ》法印、喜びつかはすとてよみける、

祝意の使者を立てるということで

雲の上に響くを聞けば君が名の雨と降りぬる音にぞありける

六一　解脱房貞慶、法文宗義を談ぜざる事

解《げ》脱房《だつばう》遁世の後、壺坂《つぼさか》の僧正のもとに湯治《たうぢ》のために忍びて、湯の刻限《こくげん》を待つほど、或る人の部屋に立ちかくれてゐたりけるに、法文宗義を談じけるに、解脱房忍びておはするといひければ、即ちこの義を問ひたりければ、返り事に、

人目をしのんで行って

古《いにしへ》はふみみしかども白雪の深き道には跡もおぼえず

かくよみて答へたりけり。

六二　鎌倉右大将源頼朝、善光寺如来の印相の不思議を語る事

鎌倉の右大将上洛の時、天王寺へ参らせられたりける。その時は

家。のち京中の白川の坊にて歌林苑を主宰、六条源家の風を伝えた。鴨長明の師。『林葉和歌集』がある。

一三 旱天《かんてん》祈雨の霊験に貴君の名は、盛んに降る雨の音のように宮廷にまで鳴りひびいたことだ。『玉葉集』巻十五にも載る。

一四 藤原貞慶（一一五四～一二一三）。前話の澄憲の甥。少納言貞憲の子。「希有の大道者、三昧法得神変人なり。修学碩才名徳人」などと称された興福寺僧で法相学に通じた。三十八歳（二十八歳とも）の時、笠置山に籠った。『愚迷発心集』等の著書がある。

壺坂の僧正のもとで湯治の際、法文宗義の問に答えなかった解脱房

一五 貞慶の叔父。法印大僧都。文治五年（一一八九）から六年間、興福寺別当を勤めた。

一六 昔は法文も読んだものでしたが、今は白雪が道に降り積ってしまったように、法の道のことは何一つわからなくなってしまいました。『続古今集』巻八に載る。そこでは、建保元年、信憲（貞慶の伯父の子）の山階寺別当就任後、初めての三十講の折の詠歌とする。

一七 源頼朝（一一四七～九九）。鎌倉幕府の初代将軍。右大将就任は建久元年（一一九〇）。ここは、建久六年三月の上洛。

善光寺如来一度は定印に次は来迎印に拝したと鳥羽宮に語った頼朝

一鳥羽の宮、〔天王寺の〕別当にてなんおはしける。御対面ありけるに、幕下〔将軍頼朝が〕申さ
れけるは、「頼朝が一期に不思議一度候ひき〔わたくしの生涯で不思議なことが一度ありました〕。二善光寺《ぜんくわうじ》の三仏《ほとけ》礼したて
まつる事二度なり。その内はじめは四定印にておはしましき。次のた
びは五来迎の印にておはしまし候ふ。すべてこの仏、昔より印相さだ
まり給はぬよし申しつたへて候へど、まさしく六証を見たてまつりて
候ひし」と申されけり。「かの幕下は、ただ人にはあらざりける」
とぞ、宮仰せられける。

六三　源空上人念仏往生の事

七源空上人は一向専修の人〔念仏一すじの人〕なり。直人《ただびと》にはおはせざりけり。弥陀如
来の化身とも申し、八勢至菩薩の垂跡《すいじゃく》とも申すとぞ。その証あきらか
なり。諸宗の奥旨さぐり極めずといふ事なし。暗夜に経論を見給ひ
て、燈明なけれども、光明家内を照らす事昼のごとし。
九久安六年、生年十八にして始めて一〇黒谷の上人の禅室に入りて、一一難

易往易行の念仏を説いて尊信され、瑞相を現じて往生した源空

一 後白河法皇の第六皇子。母は坊門局（兵衛尉信業の女）。無品《むほん》にて鳥羽の宮と号した。天王寺の別当には、院庁の御下文《げぶみ》により、寿永三年（一一八四）二月就任、建久七年（一一九六）四月の没時まで在任。
二 信濃国水内郡（長野市）にある寺院。天台・浄土両宗の僧が住んで寺務を分担した。これよりさき治承三年（一一七九）に炎上していた。
三 欽明《きんめい》十三年（五五二）十月、百済《くだら》の聖明王から献ぜられた長《たけ》一尺五寸の阿弥陀仏像（『扶桑略記』。ただし、『日本書紀』は釈迦仏金銅像とする）。それが、推古十年（六〇二）四月、秦巨勢大夫によって善光寺に送りとどけられた。我が国最初の仏像とされる。
四 禅定に入っていることを示す指の印契。「禅定」は、雑念を去り、真理を冥想すること。
五 阿弥陀の衆生来迎の相を示す印契。
六 印相が一定でないという証拠。
七 法然（一一三三～一二一二）。美作の人。十五歳で叡山に登る。承安五年、四十三歳で念仏一途の念仏宗を提唱、布教を始めた。
八 阿弥陀仏の脇士。ちなみに法然の幼名は勢至丸。
九 一一五〇年。この時以前は、源光・皇円に師事。
一〇 法然の師、慈眼房叡空。
一一 修行悟得の容易でない、いわゆる自力の聖道門。

解難入の門[一二]を聞きて易往易行《いわういぎやう》[一三]の道におもむく。まのあたり宮殿宮樹を見、化仏・化菩薩を現じたてまつる《お現しなさった》。元久二年[一四]四月一日、月輪殿《つきのわどの》[一五]へ参じて退出の時、南庭を通りけるに頭光《づくわう》現じたりければ、禅閤[一六]地において恭敬礼拝《くぎやうらいはい》し給ひけり。建暦二年[一七]正月二十五日遷化《せんげ》春秋八十《よわい八十》。往生[一八]の瑞相《めでたいしるし》一にあらず。いまだ墓所を点ぜざるに《墓地の場所をきめていない内に》、両三人の夢に、その所にあたりて天童[一九]行道《ぎやうだう》し、蓮華開敷せり《一面に開花した》。三四年よりこのかた、老病身にまとひて耳目蒙昧なりけるが《耳が遠く目もよく見えなかったのが》、往生の期近づきては、殊に目も見え耳も聞かれにけり。[二〇]みづから、「上品極楽は我が本国なり。定めて遂に往生すべし。観音勢至等の聖衆来現して眼前におはします。我が往生は諸《もろもろ》の衆生のためなり」とのたまひて、二十四日〔正月〕の酉《とり》の時《午後六時頃》より高声《かうしやう》念仏、体を責めて無間なり《ありったけの力で念仏し休む間がなかった》。二十五日平正《へいしやう》[二一]に、光明遍照[二二]の四句の文を唱へて、慈覚大師の《円仁ゆかりの》[二三]九条の袈裟を着して、頭北面西にして、ねぶるがごとくにして終り給ひにけり。念仏の音声《おんじやう》とどまりて後もなほ唇舌を動かすこと十余反《へん》ばかりなり。順次の往生うた

一二　底本「聞」、他本により改訂。
一三　覚《さと》り易く行い易い道、すなわち他力の浄土門をさす。ちなみに源信も『往生要集』の序文で、念仏の一門に対して「顕密の教法」の難しさを説いている。
一四　一二〇五年。この翌々年の二月、法然は土佐国へ配流されることになる。
一五　九条兼実（一一四九～一二〇七）。建仁二年（一二〇二）正月、五十四歳で出家して円証と号し、官職を辞していた。出家の戒師は法然であった。
一六　太閤（摂政、太政大臣）であった人で出家した人をいう尊称。ここは月輪殿をいう。
一七　建暦二年が正しい。建暦元年十一月、赦《ゆる》されて帰京した法然は、翌年の正月二日から病臥、大谷の禅房（現在の知恩院の勢至堂の地という）で入滅した。
一八　『四十八巻伝』等には、紫雲顕現等のことが見える。『愚管抄』六は、「往生々々と云ナシテ人アツマリケレド、サルタシカナル事モナシ。臨終行儀モ増賀上人ナドノヤウニハイハルル事モナシ」と、否定的な証言を載せている。
一九　仏法を守護する護法童子が経を読みつつ巡行し。
二〇　『四十八巻伝』等では、以下は、門弟の一人から、「このたびの往生は確かか」と問われての答えの言葉として記される。
二一　諸本すべて「平正」。午正（正午）の誤伝か。
二二　以下「十方世界　念仏衆生　摂取不捨」と続く。
二三　九条の布を横に縫綴して作られた盛儀用の袈裟。

がひなきものなり。三井寺の一公胤僧正、結縁《〔法然と〕往生の縁を結ぶために》のために四十九日の導師を望みて、二両界曼陀羅《まんだら》ならびに阿弥陀像を供養してけり。その後五ケ年を経て、三建保四年四月二十六日の夜、僧正の夢に見え侍りける。上人《法然が》告げて云はく、

四往生之業中《わうじやうしごふちゆう》　一日六時刹《いちにちろくじせつ》　一心不乱念《いつしんふらんねん》　功徳最第一《くどくさいだいいち》
六時称名者《ろくじしようみやうしや》　往生必決定《わうじやうひつけつぢやう》　雑善不決定《ざふぜんふけつぢやう》　高修定善業《かうじゆぢやうぜんごふ》
源空初孝養《げんくうしよけうやう》　公胤能説法《こういんのうせつぽふ》　感喜不可尽《かんきふかじん》　臨終先迎摂《りんじゆうせんげいせつ》
源空本地身《げんくうほんぢしん》　大勢至菩薩《だいせいしぼさつ》　衆生為化故《しゆじやうゐけこ》　来此界度々《らいしかいどど》

かく示して去《い》に給ひにけり。勢至菩薩の化身といふ事、これより符《ふ》合《がふ》するところなり。

六四　高弁上人、例の人に非ざる事

五高弁上人をさなくては北の院《〔仁和寺の〕》六の御室に候はれけり。七文覚房《もんがくばう》参りて、その小童を見て、「この児《ちご》はただ人《びと》に非ず」と相《うらなって》して、「まげてこの

一 明王院僧正。この時は三井寺の長吏。はじめ『浄土決疑鈔』を書いて専修念仏を批判したが法然を知るに及んで深く帰依した。
二 金剛界と胎蔵界の曼荼羅の併称。大日如来の理智の二世界を図示したもの。仏・菩薩の位置する領域を示して宇宙の真相を語る図絵。「曼」は底本「万」。伊木本により改訂。
三 一二一六年。公胤の入滅は、この年閏六月二十日。
四 極楽往生のための行業の中で、一日に六回（晨朝・日中・日没の三時と初・中・後の三夜）、一心不乱に南無阿弥陀仏と念ずるのが最高の功徳である。その六時の念仏で、往生は必ず約束される。その他の行業ではおぼつかない。功徳の確かな善業を修すべきである。私（源空）は、孝養のために公胤が説法をよくしてくれたことに尽きない喜びを感じており、その臨終の際には、真先に迎え摂《と》るつもりでいる。私の本身は勢至菩薩である。衆生を教導するために、この世に来たり、衆生を済度するのである、の意。「源空初孝養」の「初」は伊木本により底本「物」を改訂。
五 明恵（一一七三〜一二三二）。紀伊の人。八歳にして父母を失い叔父の上覚について出家、高雄山で華厳・密教・禅を修め、高山寺《こうざんじ》を開いた。
六 守覚法親王。

文覚に驚かれ春日明神に渡海を止められ入滅時に奇瑞を現じた高弁

児《ちご》文覚に給はりて弟子にし侍らん」と申して取りてけり。法師になして高雄にすませけるに、学問に心を入れて、あからさまにも《かりそめにも》他事もせざりけり。文覚房、八高雄をつくるとて九番匠《ばんじやう》をせさせてひしめき《大さわぎにな》ける《つたのを》こと、高弁上人うるさき事に思ひて、一〇聖教《しやうげう》の持たるかぎり抱《いだ》き持ちて、山の奥へ入りて人も通はぬ所にてただ一人見られけり。昼つかた番匠が食物をなみすゑたる《並びすえた時》時、山の中より走りくだりて、その食七八人が分をやすやすと取り食ひて、また、あらぬ《〔前とは〕別の》聖教を持ちて帰り入りぬ。さて《そのまま》山の中に一一二三日もゐて出でられず。かくする事二三日に一度必ずありけり。文覚房この事を聞きて、「直人《ただびと》の振舞にあらず。一二権者《ごんざ》の所為なり」とぞいひける。

この上人、暗夜に聖教を見給ひける。一三大神基賢《おほみわのもとかた》が子に一四光音といふ僧、かの上人の弟子にて侍りけり。年来《としごろ》給仕して侍りけるが語りけるは、さしも暗き夜、火もともさずして聖教を見給ふとて、弟子どもに、「しかじかの所にある文とりて給へ」といはれければ、くら

七 遠藤武者盛遠。熊野等での荒行で鍛えた荒法師。伊豆で頼朝に挙兵を勧めもした。神護寺の再興者。底本「文学」を伊木本により改訂。
八 京都市右京区の高雄山神護寺。和気《わけ》氏の氏寺として延暦年中に創建され、空海や弟子の真済によって真言道場として整うが、久安五年（一一四九）の火災以後は衰微・荒廃した。その後、仁安三年から元暦二年（一一八五）までの間に文覚の尽力によって再興される。
九 普請をさせること。「番匠」は大工。この伽藍の工事が、後白河法皇や頼朝からの荘園寄進に基づいた一一八二〜八四年の間のこととすると、高弁の十〜十二歳の時期にあたる。
一〇 仏教の経典。
一一 底本「も」、伊木本により改訂。
一二 仏・菩薩がこの世の衆生を救済するために、仮に人間として現れた者。本来、人間にあらざる者。
一三 基方。左近将監基政の子、内舎人《うどねり》。承安四年（一一七四）没、六十歳。大神氏は笛の家として知られる。
一四 伝未詳。高弁の弟子として諸血脈類にもその名が見えない。或いは夭折した人物か。

まぎれに手さぐりにとりて持ちて来るを見て、「この文にはあらず。しかじかの文」などのたまひける、不思議なりし事なり。かた夕暮[一]に光音を呼びて、「山寺のただいまほどは、よに《まことに》心のすむものなり。いざ《さあ》給へ《おいで》、月見に」とて、房を出でて清滝川[二]のはたを上へ《川辺を上流へ》三十余町[三]ばかり山を分け入り給ひて、大きなる石あり。それにのぼりて、「この石はいかにもやうある石なり《わけのありそうな石だ》。伽藍などの建ちたりけるいしずゑにもやありけん。この石、などやらん《どういうわけか》、なつかしきなり」とて、深《ふ》くるまで心をすまして、さまざまの物語りしつつ坐せられけり。「寒くおはすらん」とて、その石の上には、いづくにあるべしともおぼえぬに《どこにあるだろうとも考えられないのに》、円座[四]一枚を取りいでて光音にしかせられける、不思議にめづらかなる事なり。かの石をば定心石[五]とぞ名づけられける。唐の悟真寺[六]の石に摸《も》せられけるにこそ。また縄床樹[七]といふ松あり。その松坐禅にたよりありけり。正月[八]の比《ころ》、松の本に居て観念せられけるに、霰《あられ》の降りければ、

一　夕暮にさしかかろうという時分。

二　桟敷岳《さじきがたけ》に発して大井川へ注ぐ山間の渓流。京都洛北の高雄（高尾）は、清滝川沿いの地域。神護寺は清滝川を東南に見下ろす高雄山の中腹にある。高弁に、「清滝やせぜのいはなみ高尾やま人も嵐のかぜぞ身にしむ」（『新勅撰集』巻十）の詠歌がある。

三　一町は、約一〇九メートル。「三十余町」で約一里（ほぼ四キロメートル）と見ておく。

四　わら・藺草《いぐさ》・菅などを渦巻状に平たく編んだ敷きもの。わろうだ。

五　心を統一し、静かに瞑想《めいそう》にふけるための坐石。

六　中国陝西《せんせい》省終南山の悟真谷にあり、隋の開皇年中（六世紀末）、浄業により開創。当初はわずかに一床を容るる広さであった。善導、観想の地として著名。

七　木枠に縄を張って作る、禅僧の用いた腰掛。傍の松をその腰掛になぞらえた呼称。

八　『新勅撰集』巻十の詞書には、「正月雪ふる日、少しひまあるほど座禅するに、松の嵐はげしく吹きて墨染の袖に霰の降りつもりて侍りけるをつつみて石の上をたつとて、衣裏明珠のたとひを思ひいでて、よみ侍りける」と見える。

[九]岩のうへ松の木陰に墨染の袖の霰やかけしその玉

釈尊《〔高弁上人が〕》の御遺跡をがみたてまつらんとて、弟子十余人を相具《あひぐ》して天《てん》竺《ぢく》へ《印度》わたり侍らんと思はれける比《ころ》[一〇]、春日[一一]大明神にいとま申さんとて、かの御社へ参られけるに、鹿六十頭、膝を折りて地に伏して、上人をうやまひけり。その後、生所[一二]紀伊の国湯浅の郡へ向はれたりけるに、上人の伯母[一三]なりける女房に付きて《の口をかりて》、春日大明神御託宣ありけるは、「我[一四]、仏法を守護せんがために、この国に跡を垂れり《仮に神として来臨した》。上人、我が国を捨てていづくへかゆかんとする」とのたまひければ、上人申し給ひけるは、「この事信ぜられず。まことならば、その験《げん》《霊験》をしめし給ふべし《をお示しください》」と申し給へば、「汝、我を疑ふ事なかれ。我が山に来たりし時、六十頭の鹿、膝を折りてうやまひしは、我、汝が上に六尺あがりて、かけりて《とびまわって》はなれざりしゆゑに《〔汝の傍を〕離れなかったために》、我をうやまひしによりて上人に向ひて膝を折りしなり」。上人また申す様《やう》、「それは誠にさりき《そうでした》。さりながら、なほうたがひあり。速《すみや》かに凡夫の振舞にはな

九 巌の上の松の木陰に座禅観念していると、霰が降ってきて、数珠玉を手にかけたように見える。前注の『新勅撰集』では、初・二句「松のした巌根の苔に」、五句「かけし白玉」とする。

一〇 建仁二年（一二〇二）冬から翌年正月の頃。時に高弁三十～三十一歳。

一一 奈良市春日神社に鎮座する神。藤原氏の氏神。建仁三年正月二十六、二十九日に春日明神の夢告があり、渡印を思い止まる。二月、春日参詣のため奈良に到り、東大寺に入られた際、鹿三十余頭が一面に地に伏したという（高山寺明恵上人行状）。

一二 高弁の生地は、紀伊国有田郡石垣の庄吉原村。「湯浅の郡」は、「湯浅の村」とあるべきところ。湯浅には、母方の一族（伯父湯浅庄司兵衛尉宗景や七郎宗光等々）がいた。

一三 湯浅宗光の妻。橘氏の出であった。二月九、十日に春日社に詣でた高弁は、十五日に京都で涅槃会《ねはんえ》を行い、十九日に紀州への帰途につく。その帰郷後に再びこの伯母に託宣があった。

一四 春日大明神。高弁の弟子、喜海が著した『明恵上人神現伝記』によれば、以下の託宣の冒頭部は、正月二十六日および二十九日の二度に亙るもの。ここでは、それを複合した形で語られている。

れたらん事を示し給へ」と申されければ、この女房飛びあがりて萱《かや》[一]屋《や》の梁《はり》に尻をかけて坐せり。その顔の色[二]、瑠璃《るり》のごとくに青くすきとほり、口よりしろき[三]淡《あは》を垂らす。その淡かうばしきこと限りなし。その時上人信仰《しんがう》して、「誠にこのやう不可思議なり。年来《としごろ》花厳経《けごんきやう》[四]の中に不審おほかり。悉《ことごと》く解脱し給へ《説明してわからせて下さい》」と申されければ、御領状ありけり《ご承知くださった》。上人、硯紙《すずりかみ》をとり出《いだ》して所々を書き出でて問ひまゐらするに、一々に明《あき》らかに解脱し給ふ。上人涕泣随喜《ていきふずいき》《泣いてよろこび》して、渡海の事も思ひとどまり給ひけり。かの白き淡のかうばしき事、他郷まで匂ひければ、人あやしみつつ競《きほ》ひあつまりて、をがみたふとぶ事限りなかりけり。三ケ日までおり給はで梁の上に御坐ありける、厳重ふしぎなりける事なり《霊験あらたかに不思議千万なことであった》。

上人、寛喜四年[五]正月十九日入滅の時、手あらひ、袈裟かけ、念珠取りて、毘盧舎那《びるしやな》[六]五聖に向ひたてまつりて、宴坐《えんざ》[七]して、みづからの頂上にして《頭上に手がきして》光明真言[八]ならびに五字陀羅尼[九]布字観ありけり。その後高《かう》

一 さきの『明恵上人神現伝記』によれば、新しい筵《むしろ》を乞い請けて鴨居の上にかけ、忽ちにその上にのぼったことになっている。
二 底本「類」、伊木本により改訂。
三 前記『神現伝記』では、立居振舞も発する声音も尋常ならずありがたく、全身から濃いがさわやかな異《い》香《きやう》を発し、言葉につれて口から漂う妙香は、三、四町の先にまで匂うほどであったという。白い泡のことは不出。
四 『大方広仏華厳経』の略。華厳宗の所依の経典。高弁はそれまでに、『華厳五教章指事』『華厳経探玄記』『華厳孔目章』『華厳経五十要問答』『華厳経疏』等々を書写・校合、あるいは講説しており、建仁元年（一二〇一）二月には、『華厳唯心義』を述作してもいた。その十年来の『華厳経』披読体験を経てなお解きがたい疑問の箇所をただした。
五 一二三二年。
六 『真言伝』によれば、毘盧舎那仏と文殊・普賢《ふげん》・観音・弥勒《みろく》の四菩薩を描いた五智の曼荼羅《まんだら》を東に掛け、最後は南枕に臥した（すなわち右脇臥）状態で入寂した。
七 身体を支えられ、安坐座禅して。
八 大日如来の陀羅尼。ここは滅罪・得脱のため。
九 高弁は数日前から文殊の五字真言（阿囉跛者娜《あらばしやな》）を唱えさせていたが、ここはそれを観ずる作法。
一〇 以下四句は『心地観経』の文。六欲天の下から四

声《しやう》に、

一〇 処《しよ》於《を》第《だい》四《し》兜《と》率《そつ》天《てん》　四《し》十《じふ》九《く》重《ぢゆう》摩《ま》尼《に》天《てん》
昼《ちう》夜《や》恒《ごう》説《せつ》不《ふ》退《たい》行《ぎやう》　無《む》数《しゆ》方《はう》便《べん》度《ど》人《にん》天《てん》

と唱へて、種々の述懐どもありけり。「一切法門《あらゆる仏典の教義の》その大意をえて、一一 玉鏡をかけて一念の疑滞なし。聖教を燈明として、一塵《ちりほども》として穢れたることとなし。我、名聞にまじはらず《名誉を求めてあくせくせず》、利養を事とせず《利をむさぼらず》、この身をもて一切衆生を荘《一三》して、しかしながら《みなことごとく》〔弥勒菩薩のおられる〕四十九重摩尼殿の御前へ参り侍らんずるなり。かならず我を摂取せしめ給へ《むかえとらせ給え》」とて、双眼《さうがん》より涙を流して、また高声に云はく、

一四 此《し》是《ぜ》大《だい》悲《ひ》清《しやう》浄《じやう》智《ち》　利《り》養《やう》母《も》間《けん》慈《じ》氏《し》尊《そん》
灌《くわん》頂《ちやう》地《ち》中《ちゆう》仏《ぶつ》長《ちやう》子《し》　随《ずい》順《じゆん》思《し》惟《ゐ》入《にふ》仏《ぶつ》境《きやう》

と誦して、「南無弥勒菩薩」と両三反唱へて、手をあげて信仰の念仏を勧めらる。一五 弟子三人は〔弥勒の〕宝号をとなふ。一六 不動尊左脇に現じ給ひけるゆゑに一人をして慈救《じく》一七 の呪《じゆ》を誦せしめけり。また五字文殊一八 の呪を

番目に当る弥勒の浄土（兜率天内院）の四十九重の摩尼宝殿において、昼夜に説法を続けて怠ることなく、さまざまな方便を用いて、人間界・天界の衆生・天人を済度する、の意。「四十九重摩尼天」は、内院の四方の各十二宮と中央の弥勒説法院とを合わせた四十九院。高弁は、臨終に備えて、兜率天往生を願い、弥勒仏を安置した（高山寺明恵上人行状）。ちなみに、高弁と親交のあった慶政の『比良山古人霊託』にも、明恵房高弁の生処は「都率内院」とあり、周囲の人々も確信していたようだ。

一一 底本「エ」。「え」の片仮名表記と考えられる。

一二 玉のように澄明な鏡に写したように、すべてが曇りなく明らかである。

一三 版本の「度」に従うべきか。

一四 以下四句は『華厳経』の文。これこそ大慈悲心と清浄智によって世間の衆生を利益する弥勒菩薩である。菩薩行を行じている仏の長子であって、思惟の実践によって仏の境地に入られる（菩薩である）、の意。「利養母間」は「利益世間」とあるべきところ。

一五 定真・性実・慈弁の三人。

一六 二月十六日の初夜に弥勒像の前で座禅をしていた高弁は、白色で丈三尺ばかりの不動尊が左脇に現じたことを告げ、義淵房霊典に慈救呪を唱えさせた。

一七 火界呪・心呪と共に重要な不動明王の呪文。

一八 「五字陀羅尼」に同じ。義林房喜海が指名されて唱えた。

誦せしむ。かくのごとく諸僧、宝号をとなへ、神呪《陀羅尼》を誦する間に、一現供養の作法をもて行法ありけり《修法を行った》。行法終りて唱へて云はく、

二我《が》昔《じやく》所《しよ》造《ざう》諸《しよ》悪《あく》業《ごふ》　皆《かい》由《ゆ》無《む》始《し》貪《とん》瞋《じん》癡《ち》
従《じゆう》身《しん》語《ご》意《い》之《し》所《しよ》生《しやう》　一《いつ》切《さい》我《が》今《こん》皆《かい》懺《さん》悔《げ》

と誦し終りて、定印に住して入観あり《印を結び心静かに観念をこらした》。やや久《ひさ》しうして《しばらくして》右脇にして臥し給ひぬ。「三入滅の儀、端坐・右脇の二つの様《やう》あり。我、釈尊御入滅の儀にまかせて《作法通りに》、右脇にして滅をとるべし。四今はかき起すべからず」とのたまひて、「南無弥勒菩薩」と唱へて、五巳《み》の刻に咲《わら》へるごとくにて終り給ひにけり。六異《い》香《きやう》室にみち、すべて種々の奇瑞等つぶさに記《き》するにいとまあらず。

六五　越後僧正親厳の持ちたりける法華経の事

七越後の僧正親厳《しんげん》、わかかりける時、たびたび大峰《吉野の金峰山》を通りけるに、年比《としごろ》もちたてまつりたりける小字の法華経を、八香精童子そのかたち

一　四種供養の中の三供養（合掌・閼伽《あか》・真言印契の作法）をさす。運心供養（心に供養の念を起すのみで、形に現さないもの）に対する。底本「理」、伊木本により改訂。

二　以下の四句も『華厳経』の一文。私がかつて造ったさまざまの悪業は、みな遠い昔からの貪欲・瞋恚《しんに》・愚癡《ぐち》の性に基づき、身体・言語・心意によって生じたものであるが、その悪業の一切を私は今、懺悔する、の意。

三　この言葉は十六日に発せられたもの。それまでは弥勒の像に対して端坐するという臨終の儀であったのを、「臨終時に起き居るのは煩わしい」と、右脇臥に改めた（高山寺明恵上人行状）。

四　「今は臥しやすむべし。其期近づきたりと覚ゆ。かきをこすべからず」と言い、右手に念珠、左手を蓮華拳になして胸に置き、右脇を下に臥した、とされる（高山寺明恵上人行状）。

五　午前十時頃。

六　この妙香は、十八日の夕方から匂い続けており、二十一日の埋葬後も、二、三日は残っていたという。

七　飛驒守中原親光の子。尊念僧都・顕厳僧正に師事して真言を修め、法験の誉れ高く、小野の随心院に住した。

多年捧持の法華経を大峰で香精童子に乞われて奉り運が開けた親厳

は見え給はで、声ばかりして、しりさきに《後になり前になりして》つきて請ひ給ひけり。様《やう》あるらんと《わけがあるのだろうと》思ひて奉りにけり。その後、日に《日増しに》したがひて名誉《名声があがって》ありて、九東寺一の長者、法務大僧正、一〇御持僧、一一牛車宣旨まではめられたりし、たふとかりし事なり。

六六　後鳥羽院、聖覚法印に一念多念の義を尋ね給ふ事

一二後鳥羽院、一三聖覚法印参上したりけるに、「近来《ちかごろ》、専修《専修念仏》の輩《ともがら》、一四一念一五多念とて、たてわけてあらそふなるは《はっきり区別して争っていると聞くが》、いづれか正とすべき」と御尋ねありければ、「行をば多念にとり、信をば一念にとるべきなり」とぞ申し侍りける。

六七　長谷観音、宝珠を准后藤原家実に賜ふ事

南都一六高天寺《たかまでら》に住む僧ありけり。一七長谷《はせ》へ参りて通夜《つや》して候ひけるに《参籠していたところ》、つねよりも人おほく参りて侍りけるに、この僧、暁《あかつき》下向せんとし

八『法華経』持経者に侍して守護する童子をいう。
九 安貞二年（一二二八）七月、東寺の法務に昇任、一の長者となった。翌々寛喜二年に僧正、その翌年十二月、大僧正に転じ、嘉禎《かてい》二年（一二三六）十一月寂、八十六（一説に八十五）歳。
一〇 安貞二年八月には後堀河院、貞永元年十一月には四条院の護持僧として、延命法を修している。
一一 牛車に乗ったまま宮中の建礼門までの出入を許される宣旨で、破格の待遇。

後鳥羽院のお尋ねに行をば多念に信をば一念にと答えた聖覚

一二 在位一一八三～九八年。承久の乱により、隠岐に配流され、延応元年（一二三九）に薨《こう》じた。
一三 法然の門流に連なる浄土教家。父の澄憲《ちょうけん》と共に能説で聞えた山門の唱導僧。『四十八願釈』の著がある。
一四 法然の門弟の幸西の唱える一念義。一度の念仏で往生が決定《けつじょう》するという主張。
一五 隆寛の唱える多念義。臨終時にこそ往生は決定するので、それまではできるだけ数多くの念仏を続ける必要があるとする主張。

観音から宝珠を賜り、醍醐僧正実賢に預けて宝珠法を修した家実

一六 金剛山東麓（現在の御所市内）にあった古刹《こさつ》。
一七 長谷寺。奈良県初瀬《はせ》にある真言宗豊山派の寺院。

けるに、たれとも知らぬ俗来たりて《俗体の者が現れて》、珠をもちて僧にさづけていひけるは、「この珠、准后[一]へまゐらせて給はるべし《進上なさってくださいませ》」とて、則《すなは》ち去りにけり。珠の色紫にて、その勢《その大きさは》、橘のほどなりけり。かの教へのごとく准后へもてまゐりて奉りにけり。その前の夜、准后の御夢に、[二]長谷の観音より宝珠《如意宝珠》をたまはらせ給ふと御覧ぜられけるを、御心の中ばかりに思《おぼ》しめして仰せ出《いだ》さるる事なかりけるに、その後朝《翌朝》にこの珠を持ちて参りたりける、不思議なる事なり。件の珠、醍醐《だいご》の僧正実賢[三]あづかり給はりて、たびたび宝珠法[四]おこなはれけるとなん《行われたとかいうことである》。

六　大中臣親守・長家大般若経書写の事

神祇権[五]の少副《せうふ》大中臣親守《おほなかとみのちかもり》、年来《としごろ》[六]大般若一筆書写の志《一人で全巻を書写したい念願》ありけれども、むなしくてやみにけり《無為のままに過ぎてしまった》。常のことぐさに《日頃の口ぐせに》、「この願を心にかけて、一日に二枚ばかりづつ書きたてまつるとも、十余年にははてなん《十余年かけたら完成できよう》。口惜しくも思ひたたぬかな《残念にも思い立たなかったことだ》」といひけるを、前《さき》の権の大副《たいふ》[七]同長家聞

一　三后（太皇太后・皇太后・皇后）に準じて年官年爵の待遇を与えられる人。ここは、嘉禎四年（一二三八）三月に六十歳で准后に任じられた藤原家実。家実は従一位・前太政大臣で、安貞二年（一二二八）に関白を辞して以来、久しく散位であった。

二　長谷寺の本尊、十一面観音。長谷寺開祖の僧徳道による彫刻と伝えられる。高さ二丈六尺、天然の巌の上に安置される。その霊験については『長谷寺験記』に詳しい。

三　醍醐寺の賢海、勝宝に師事して密教を修め、嘉禎二年十二月、醍醐寺座主に就任。九年間在任した。法印権大僧都。建長元年（一二四九）寂、七十四歳。

四　如意宝珠を本尊として除災招福を祈る修法。

自らは果せなかった大般若一筆書写を長家が果した喜びを語る親守

五　神祇官の三等官、正六位。「親守」は散位国親の子。承安二年（一一七二）に出家した土佐権守親経の孫。

六　六百巻から成る『大般若波羅蜜多経』。

七　親守と同時代の神祇官の二等官（従五位下）だった人物。伝未詳。

きて、忽《たちま》ちに智発《さとって》して、この願を思ひ立ちて、終《つひ》に一筆書写の功を終へてけり。供養の後、随喜《嬉しい感激》のあまりに親守がもとに行きていひけるは、(長家)「この事はもと我が思ひよりたるにもあらず。〔親守が〕仰せられし旨を聞きて、おのづから《みずから悟って》発願して大功をなしたる、しかしながら《まったくもって》御恩なり。かつは《一つには》その事謝せんがために、ことさらまうできたるなり《わざわざやってまいりました》」といひて対面したるを見れば、ちひさき鬼三人、長家にしたがひてあり。その丈あかごばかりなりけり《赤ん坊ほどの大きさであった》。縁をのぼりける時は、二人庭にひざまづきてかしこまりけり。やがて二人はしたがひて上にのぼりてあり。一人は下《しも》にあり、みな長家を守護するさまなり。かやうの事は、夢などにこそ見る事もあれ、まさしくうつつに見たる事は不思議の事なり。大般若書写によりて十六善神[八]の立ちそひ《つき添って》て加護し《お護りな》給ひけるにや《さったのであろうか》。たふとく目出たき事なり。かの親守は、五部[九]の大乗経自筆に書きたてまつりたるものなり。まさしく《ほんとうに》正直のものにて、ながく《絶えて》虚《そら》ごとなどせざりしものなり。「かかる不思議こそありしか」

＊**仏教説話の面白さ**　釈教篇の仏教説話三十八話は、総説話数の約二十分の一で、決して多くはない。『今昔』『古本説話集』『古事談』『宇治拾遺』などにくらべ、その割合は著しく劣勢である。しかし、『今昔』の本朝仏法部と同じように、我が国への仏教の伝来、聖徳太子の伝記から入り、建久・宝治・建長など編者生存時にまで及んで、高僧・名僧・傑僧についての厚味のある仏教説話が並んでいる。成季の信仰は深くはなくても、豊かな教養・知識の裏打ちがある。ことにおもしろいのは、慈恵僧正の化身清盛（五六話）・清盛の持経者千僧による法華転読（五九話）・西行の大峰修行の泣言（五七話）・頼朝と善光寺如来の定印（六二話）など、当時の著名人が登場していることである。

八　『般若経』とその持者とを守護するとされる神々。『陀羅尼集経』や『心経』によれば、達哩底囉瑟吒・禁毘嚕・縛日嚕・迦毘囉・弥覩羅・哆怒毘・阿儞嚕・沙儞嚕・印捺嚕・波夷嚕・摩虎嚕・嬌尾嚕・真特嚕・嚩吒徒嚕・尾迦嚕・倶吠嚕の大将たち。

九　天台大師智顗《ちぎ》が『法華玄義』の中で選んだ五部の大乗経典。『華厳経』六十巻（八十巻本・四十巻本もある）・『大方等大集経《だいじつきょう》』六十巻・『大品般若経』二十七巻・『法華経』十巻・『大般涅槃経』四十巻（三十六巻本もある）をいう。

とて、親守語りしを聞きてしるし侍るなり。

六九　検非違使庁の結縁経再興の事

使庁[一]の結縁経[二]は、長保元年[三]三月十日始めて行ひて、その後、年ごとに行はれけるが、絶えて久しくなりにけるを、建久年中[四]、別当兼[五]光《かねみつ》卿かたのごとく（旧例の通りに）行ひけり。そののち建保六年[六]五月二十日、別当顕[七]俊《あきとし》卿、雲林院[八]にて行ひたりけり。左佐[九]《さ》経兼《すけつねかね》以下《いげ》着座したりけり。この度はじめて前《さき》の右大臣公継[一〇]をはじめて（はじめとして）別当経《へ》たる人々に、法華経ならびに真経[一一]一巻づつ結縁せさせられたりけり（結縁のための書写供養をおさせになった）。その外別当の沙汰（権限として）にても、みづから書かれたりけり（手ずからお書きになられた）。開結二経[一二]は、左佐経兼、右佐頼[一三]資結縁し侍りけり。尉以下は尊勝陀羅尼[一四]をぞ奉りける。みな捧げ物（仏前への供物）を具《ぐ》しけり。

宝治六年[一五]五月二十八日、別当定嗣《さだつぐ》卿、霊山堂[一六]《りやうぜんだう》にてまた行はれしは、建保の例をうつされけり。古きためしのありけるとかや（古い例があったのだとかいうことで）とて、ゆる（恩赦が）

一　検非違使庁。弘仁～天長年間に始まる令外《りょうげ》の官。京中の治安の維持に当り、庁舎は左衛門府内に置かれ、別当・佐《すけ》・尉《じょう》・志《さかん》の四等官の職は、宣旨によって衛門府の役人が兼務した。

二　仏縁を結ぶために集団で経文の書写に従うこと。

中絶していた結縁経を再興した別当兼光、引継いだ別当顕俊・定嗣

三　九九九年。時の別当は藤原誠信（一説に公任）。

四　一一九〇～九九年。後鳥羽天皇の時代。

五　藤原兼光。建久二年十二月に補任され、権中納言・右兵衛督《うひょうえのかみ》であった。

六　一二一八年。

七　藤原顕俊。別当就任は、右兵衛督であった建保四年正月。建保六年正月、権中納言昇任。

八　京都市上京区紫野にあり、官寺として、あるいは天皇の御願寺として信仰を集めた天台宗の寺院。

九　左衛門佐《さえもんのすけ》藤原経兼。建保六年正月補任。

一〇　徳大寺公継。この年四十四歳。建保三年十月以降官職を辞していた。正治二年（一二〇〇）正月から六月まで検非違使別当であった。

一一　底本「具」、伊木本により改訂。「心経」の事か。

一二　本経に先立って説かれる開経と本経の後に説かれる結経。『法華経』の場合は『無量義経』と『普賢経』。

一三　右衛門佐藤原頼資。建保三年七月以降在任。

一四　除災、延命の功徳があるとされた陀羅尼。

しものなん《ありました》侍りけり。また金光明経[一七]をも別当の沙汰《権限で》にて添へられけり。今度法華経の品々《二十八品》をば詩《漢詩》につくらせ、金光明経の品々《十八品》をば歌《和歌》によませられけり。

七〇　生智法師渡唐の時、観音の利生を蒙る事

難船して小舟に移乗真水尽き瀕死の折、観音経で救われた生智

ここかしこ《諸所に》修行する僧ありけり。名をば生智[一八]といふ。たびたび渡唐したりけるものなり。建長元年[一九]の比《ころ》、渡唐しけるに悪風にあひて已《すで》に船くだけんとしければ、こたうといふ[二〇]小船に乗りうつりにけり。船せばくして百余人ぞ乗りたりける。残りの輩《ともがら》はもとの船に残りてありける、心中おしはかるべし《つらい心中を察してみるべきである》。

こたうに乗りて十余日[二一]ありけるに、水つきてすでに飢《う》ゑて死なんとしける時、行衍房凝浄《ぎやうえんばうぎじやう》[二二]と云ふ上人の乗りたりける、「かやうにおのおの同じ心に観音経[二三]を三十三巻[二四]よみたてまつるべし《読誦してください》。我も祈請し試みるべし」とて、左手の小指に燈心をまとひて《巻きつけて》油をぬりて火をと

一五　宝治は三年三月で建長と改元。従って宝治六年は誤り。藤原定嗣の別当在任は、宝治二年十二月から三年正月まで。
一六　霊山寺《りようぜんじ》の釈迦堂。霊山寺は正法寺の前身で、霊山(京都市東山区清閑寺霊山町)にあった天台宗の寺院。
一七　護国の経典といわれる『金光明最勝王経』十巻。『金光明経』は、毎年五月、天下泰平祈願のために清涼殿で講説された。
一八　六条院判官代・左衛門尉浅野光時の子で、山門の権律師だった正智をいうか。伯父の土岐《とき》光行は後鳥羽院の判官代で建保四年に左衛門尉に任ぜられており、その甥ならば、年代上では不都合がない。
一九　一二四九年。
二〇　「孤島」の意か。未詳。
二一　底本「人」、他本により改訂。
二二　伝未詳。
二三　『法華経』巻第八「観世音菩薩普門品《かんぜおんぼさつふもんぼん》第二十五」の俗称。「観音品」ともいう。
二四　三十三観音(ありとあらゆる観音)を念頭に置き、それぞれの観世音菩薩に祈請しようという計らい。「三十三巻」は、ここでは「三十三度」に同じ意、「観音経」が三十三巻あるわけではない。

もして燈明として、おなじく経をよみけり。三十三巻の終りほどになりて、南のかたより淡《あは》のごとくなる物《泡のような物が》、海の面に一段《たん》[一]ばかり白《しら》みわたりて見え《白く一面に広がって》けるが、この船のもとへ流れくるあり。あやしと思ひて杓《しやく》をおろして汲みてみれば、すこしも塩のけもなき水の、めでたきにてありけり《こよなくよい水であった》。人々これを汲み飲みて、命生きにけり《命をつなぐことができた》。これ、しかしながら《ことごとくみな》観音の利生[二]方便なり。世[三]の末といひながら、大聖《だいしやう》[四]の方便不可思議の事なり《人智では測りがたい》。大船に捨て乗せられたりけるものも、すでにかぎりなりけるに《もはやこれまでとなった時に》、いづくよりとも知らぬに船いできて、この輩を移し乗せて、事ゆゑなく《無事に》かの岸へ着けてけり《唐土の海岸へ運んでくれた》。これも観音の御助けありけるにや。

七二　湛空上人、涅槃会を行ふ事

嵯峨二尊院涅槃会の折、西音法師と歌をよみかわした湛空

湛空《たんくう》[五]上人、嵯峨の二尊院《にそんゐん》[六]にて涅槃会《ねはんゑ》[七]を行はれける時、人々五十二[八]種の供物をそなへけるに、花を上に立てて歌を読みて付けけるに、

一　一町の十分の一の面積。約三十メートル四方。

二　衆生を利益するてだて。「利生」は「利益衆生」で、衆生に恵みを与えること。

三　末世・末代、すなわち末法の世。仏教の正・像・末法の三時説によると、正法の五百年、像法の千年の後、末法に入るとされる。わが国では、平安末期、永承七年（一〇五二）から末法時代に入るという考え方が広く行われた。

四　偉大な聖者の意で、一般には「仏」をさすが、ここは、観音菩薩をいう。

五　法然の門弟正信房。土御門・後嵯峨両天皇の戒師。貞永二年（一二三三）正月、法然の遺骨を幸阿弥陀仏のもとから二尊院へ移し、そこを法然信仰の聖地となして隆盛に導いた。建長五年寂、七十八歳。

六　京都市右京区小倉山東麓にある寺院。承和年中、嵯峨天皇の勅による慈覚大師の創建。本尊は釈迦・弥陀の二像。九条兼実の助力により法然が中興した。

七　二月十五日に行われる釈迦追慕の法会。

八　釈迦入寂時に参集した五十二類の衆生（生き物）の数にちなんだ供物。

九 西音《さいおん》法師、水瓶に梅を立てて送るとて読みける、

一〇 きさらぎの中の五日《いつか》の夜半《よは》の月入りにし跡のやみぞかなしき

返し　　湛空上人

一一 闇路をば弥陀の光に任せつつ春のなかばの月は入りにき

また一首をそへられける、

一二 会《ゑ》を照らす光のもとを尋ぬれば勢至菩薩のいただきのかめ

七三　書写上人法華経書写功徳につき、炎魔宮より申し送りの事

何比《いつごろ》の事にか、一三 書写上人みづから如法如説《きめられた法式の通りに》に法華経書き給ひけるに、炎魔宮より一四 冥官《みやうくわん》をもて申し送りけるは、「一五 自業自得果の衆生の業をむくはんがためにみな我が所にきたる。その報いいまだ尽きざるに《まだ受け終らないうちに》、上人の写経の間《上人の写経のゆえに》、罪報《罪業の深い》の衆生みな人中《人間界》・天上《天上界》に生《むま》れ、或いは浄刹に詣づる間《浄土に往生するので》、一六 罪悪の地ことごとく荒廃せり。願はくは、上人経を書き給ふ事なかれ」と、うたへ申したりければ、上人のたまひけ

九 左中将平時実。権大納言時忠の子。文治元年から五年間、周防に配流され、帰京後出家。法然逝去の翌年、建暦三年（一二一三）没、六十三歳。

一〇 二月十五日の夜半の月が沈んでしまった後の闇は人生の無常を思わせて悲しい。『新後撰集』巻九では二句「半《なかば》の空の」。

一一 月が沈んでからの闇路は弥陀の光にすべてまかせて、春の半ばの月は入ったことである。『新後撰集』では、二句「弥陀の御法に」。

一二 涅槃会を照らす光のもとを尋ねてみると、それは勢至菩薩の頭上の宝瓶《ほうびょう》から差す光なのであった。「勢至菩薩」は、智恵の光をもって普く一切を照らし、その頭頂の肉髻《にっけい》に前生の父母の遺骨を納めるという宝瓶があり、そこから発する光明は仏事を現出するとされる。

書写の功徳により衆生救われ地獄荒廃の旨抗議を受けた書写

一三 性空（九二七〜一〇〇七）。橘善根の子。十歳から『法華経』を誦持したとされる。三十六歳で叡山に登り、良源に師事。後、各地に修行し、康保三年（九六六）以降、播磨の書写山に居住、円教寺を開いた。

一四 地獄の閻魔王庁の役人。

一五 自ら作った業の果報をその身に受けるべく定められた衆生が、悪業の報いの苦しみを受けるために。

一六 罪悪の業の報いを受ける場所、すなわち地獄。

るは、「一この事我が進退にあらず《わたしの意のままにはならない》。早く釈迦如来に申さるべし」とぞ答へ給ひける。

或本に云はく二この一段竹園の御本を以て追つて書き加へ了《をは》んぬ。定昭僧都の次、性信親王の上に有り。

一 私に言われるのは、筋が違いましょう。私は釈迦仏の説かれた通りのことをしているにすぎないのですから、という気持。「早く」は本来、の意。

二 この段は「竹園御本」からの追記。定昭僧都の話(四九話)の次、性信親王の話(五〇話)の前にあった、の意。定昭僧都の入寂は九八三年、性信親王の入寂は一〇八五年であり、性空上人の入寂は一〇〇七年であるので、定昭と性信の話の間に性空の話があれば、三話が年代順に並ぶことになる。大系本が、「七二段は、もともと竹園御本云々の奥書が示すところにあったものと認められる」とするのに従いたい。

古今著聞集　巻第三

政道忠臣　第三

七三（序）　君は仁を以て臣を使ひ、臣は忠を以て君に仕へ奉る事

[三]*治世の政《まつりごと》、万方靡然《ばんぱうびぜん》たり。これ則《すなは》ち、君は[四]仁を以《もつ》て臣を使ひ、臣は[五]忠を以て君に奉《つかまつ》り、君は国を憂へ、臣は家を忘るれば、君臣合体し、上下和睦する者《てへ》るなり。

私情を捨てれば　君臣の心が一つになり　ということである

君臣合体上下和睦の治政

七四　寛平法皇、延喜聖主に御遺戒の事

[六]延喜の聖主、位につかせおはしまして後、「[七]本院の右大臣・[八]菅《くわん》家《け》・[九]定国朝臣《あそん》・[一〇]季長《すゑなが》朝臣・[一一]長谷雄《はせを》朝臣、この五人その心をしれり。

天皇の位におつきになられて後に

忠臣五名の名を書き遺された宇多法皇

＊　**政道忠臣篇**　平安朝以降の政治と政治家に関する説話を集め、宇多法皇の遺戒から源頼朝挙兵の際の宮中の会議の事まで十四話を収める。質素節倹を旨とし叙任に非違のない政治に関心の中心があり、福原遷都や頼朝挙兵の話題が篇末に出てくる点注目に値する。

三　よく世の治まっている善政時には、国家の諸方面が（為政者に）靡《なび》き従うものである。

四　ひろい愛の心。思いやり。儒教では、人の守るべき五つの徳（仁・義・礼・智・信）の第一に挙げる。

五　忠実な心。まごころ。

六　醍醐天皇。「延喜」はその治世の年号（九〇一～九二三）。宇多天皇の第一皇子で、寛平九年（八九七）七月即位。

七　藤原時平（八七一～九〇九）。時に左大臣。

八　菅原道真（八四五～九〇三）。『寛平御遺誡《ごゆいかい》』は、道真を「鴻儒《こうじゅ》」（碩学《せきがく》）とし、「深く政事を知る」等と評す。寛平四年『類聚国史』を編纂していた。

九　藤原定国（八六七～九〇六）。大納言。

一〇　平季長。右大弁。『御遺誡』は、「深く公事に熟す」と賛える。醍醐天皇の即位の翌翌月に没した。

一一　紀長谷雄（八四五～九一二）。中納言。『御遺誡』は、「経典を博渉す」と評す。

顧問《相談相手となることができよう》にもそなはりぬべし」とて、寛平法皇《くわんぺいほふわう》[一]注《しる》し申させ給ひける[二]。かく《このように》おぼしめしとらせ給ひける《御処置なされたことは》、やむごとなき事なり《行きとどいた配慮である》。

盛大な遊宴宴飲を諫め停めた道真

七五　菅原道真、醍醐天皇の乾臨閣遊覧を諫め奉る事

神泉苑《しんせんゑん》[三]の正殿《せいでん》を乾臨閣《けんりんかく》と名づけて、近衛[四]の次将《すけ》を別当《管理責任者》になして、天子[五]つねに遊覧ありて、風月の興《風流を楽しみ詩歌をよみ》、絃管の遊びありけり《音楽の催しがあった》。また宴飲《宴会》も侍りけるを、延喜の御時、天神[六]の臣下にておはしましける時《菅原道真がまだ宮廷人でおられた時》、いさめたてまつられければ、とどまりにけり《〔遊覧や宴飲は〕停止となった》。寛平の遺訓《ゆいくん》にも、「春[七]風秋月、実事無き《大事な政務がない》が若《ごと》くんば《ような時は》、神泉[八]・北野[九]に幸し、且《か》つは《あるいは》風月を翫《もてあそ》び、且つは文武を調《ととの》へよ。一年に並幸すべからず《一年に再度の行幸をしてはならない》。また大熱大寒にはこれを慎め」と侍り。

下部の政治煩瑣、収納欠乏の旨の答えに恥じ給うた天皇

七六　村上天皇、政道を年長けたる下部に問ひ給ふ事

村上[一〇]の御時、南殿《なでん》[一一]に出御《しゅつぎょ》ありけるに、諸司《役所》の下部《しもべ》の年たけたるが《下働きの老人が》

一　宇多法皇。「寛平」は、その治世の年号（八八九～八九八）。

二　寛平九年七月、譲位に際して醍醐天皇に与えた治世の要諦を述べた教訓書『寛平御遺誡』をさす。

三　現在の京都市中京区の地にあり、平安初期は天皇の遊覧の園池、中期以降は祈雨の霊場とされた。寝殿造りの正殿の左右に楼閣、東西に釣殿・滝殿が設けられ、池は法成就池とも称された。

四　近衛府の次官。中将・少将が任ぜられた。

五　たとえば、桓武《かんむ》天皇の行幸は二十七回、嵯峨《さが》天皇は四十三回、淳和《じゅんな》天皇は二十三回を数えたという。

六　菅原道真をさす。右大臣であった道真は、昌泰四年（九〇一）正月に大宰員外帥《そつ》に左遷されるので、醍醐天皇の臣下として近仕したのは、寛平九年～昌泰三年の四年間。

七　以下の文は、現存の『御遺誡』には見えない。

八　『御遺誡』は、延暦帝王（桓武天皇）が、苦熱の候に朝儀の後、神泉苑に幸して納涼したことを記す。

九　大内裏の北側の野。現在の北野神社のあたり。

一〇　在位九四六～九六七年。

一一　紫宸殿の別称。内裏の正殿。朝儀や公事が行われた。

一二南階の辺《ほと》りに候ひけるをめして《伺候していたのを呼び寄せて》、「当時の政道をば、世にはいかが《このごろの政治のあり方を世間では何と言って》申す《いるか》」と御尋ねありければ、「めでたく候ふ《非のうちどころがない》とこそ申し候へ。但《ただ》し一三主殿寮《とのもれう》に松明《たいまつ》罷り入り候ふ《が運びこまれました》。一四率分堂《りつぶんだう》に草候ふ《草が生えております》」と奏したりければ、御門《みかど》おほきに恥ぢおぼしめしてけり。一五させる公事《くじ》の日にはあらざりけるにや。松明のいると申すは、一六公事の夜に入《い》るよしにて侍り。率分堂に草のしげれるとは、一七諸国の貢物《みつぎもの》の参らぬよしなるべし。いみじく《よくぞ》申したりけるものなり。

七　大納言斉信の消息に、先代には節会の袍借献とありし事

昔は人の装束もなえなえとしてぞありける《着古してくたくたのありさまであった》。されば一八斉信《ただのぶ》の大納言の消息《手紙》に、「一九先代の時、二〇節会《せちゑ》の袍借献《はうしやくけん》」など書かれたんなるは《書かれているのは》、節会の袍とて、ほろほろとあるものの人に貸すなどが《ぼろぼろになっているもので人に貸すためのものが》ありけるとぞ。

一二 紫宸殿の南側のきざはし（階段）で、近くに左近の桜・右近の橘がある。
一三 宮内省に属し、禁庭の清掃、公事節会の折の松明・庭火・薪炭《しんたん》、天皇出御の折の輿輦《よれん》のことなどの雑事を司った役所。
一四 率分所《りつぶんじよ》とも。大蔵省へ納める調・雑物の十分の二を非常用として収蔵・保管する所。
一五 （このやりとりがあったのは）格別重要な政務上の会合（または任官の儀式等）の日ではなかったのだろうか、の意。
一六 朝廷の公務が夜にまで長引いたことである、の意。政務の繁雑になったさまを諷した。
一七 諸国に朝廷の威令の届いていないことを諷した。
一八 太政大臣藤原為光の子（九六七～一〇三五）。寛仁四年（一〇二〇）、大納言に昇任。賢人として知られた。

昔の質素節約を消息に記した斉信

一九 三条朝または一条朝をさすかと思われる。
二〇 宮中で、節日や重要な公事のある日に行われる宴会。天皇が出御し、饗宴がある。「袍」は、衣冠・束帯の正装時に着用する上着で、官位によって色が違い、天皇・文官用は縫腋《ほうえき》、武官用は闕腋《けつてき》（脇があいている作り）であった。「借献」は貸したてまつること。

七八　後朱雀院、右大臣実資に仰せて装束の過差を止めらるる事

後朱雀院[1]の御時、旬《しゆん》[2]に参りたりける上達部《かんだちめ》[3]を御覧じて、次の日資《すけ》[4]房卿《ふさきやう》の蔵人《くらうど》の頭《とう》なりけるをめして、〔後朱雀院が〕「昨日公卿の装束を御覧ぜしかば以《もつ》ての外《ほか》に袖大きになりにたり。かくては《こんなぜいたくは》世の費《つひ》えなるべし。いかがせんずると右大臣[5]（実資）のもとへいひあはすべし」《ところへ行って相談するように》と、みことのりありければ、すなはち申されければ《すぐにそのことを話されたところ》、大臣《おとど》[6]《実資》申し給ひけるは、「みなの公卿にこのよしをうけたまはりて、〔私が〕かしこまり申さば《謹慎いたしたならば》、さすがに老大臣御気色かぶりたると聞えば《年老いた大臣が御勘気を蒙ったとの噂が人々の耳にとどけば》、人も直り侍りなむ《華美な装束の人も改まりましょう》」と、はからひ申されければ《一計を案じられたので》、その定《ぢやう》に《そのように》披露ありて《公表されて》、右府[7]閉門[8]して畏《かしこ》まるよしをせられければ、人みな聞きおそれて、装束の寸法すべられけり《装束の寸法を守るようになった》。

七九　小野宮実頼・九条師輔、藤原朝光・済時兄弟、藤原良実・実経等同車の事

右大臣を贅沢故の閉門謹慎の趣に計らい過差を戒められた後朱雀院

一　在位一〇三六〜四五年。
二　天皇が紫宸殿で臣下に政務をきく儀式の行われる日。恒例の孟夏の旬（四月一日）と孟冬の旬（十月一日）のほか、臨時に行われる朔旦の旬（十一月一日）や即位後の万機の旬などがあった。
三　参議以上の公卿をいう。
四　藤原資房。長暦二年（一〇三八）六月、三十一歳で蔵人頭に任ぜられていた。日記に『春記』がある。
五　小野宮実資（九五七〜一〇四六）。治安元年（一〇二一）七月以来、右大臣の地位にあった。日記に『小右記《しようゆうき》』がある。
六　『大鏡』巻二では、以下のことは左大臣藤原時平と醍醐天皇との計略ということになっている。
七　右大臣の唐名。実資をさす。
八　自宅に謹慎して外出せずにいること。
九　左大臣藤原忠平の長男、実頼《さねより》（九〇〇〜九七〇）。太政大臣。冷泉天皇の時に関白、円融天皇の時に摂政を勤め、摂関制の道を拓《ひら》いた人物。
10　右大臣藤原師輔《もろすけ》（九〇八〜九六〇）。実頼の弟。冷泉・円融両天皇の外祖父で摂関家の祖。
一一　大納言藤原朝光（九五一〜九九五）。関白・太政大臣藤原兼通の子。左大将であったのは、九七七年十二月から九八九年六月まで。

兄弟・父子などしばしば同車して無駄を省いた昔の公卿

[九]小野宮殿・[一〇]九条殿、御同車にて出仕せさせ給ひける時、御車のしりに（後方の席に）公卿一両人などは乗せらるるをりもありけり。また[一一]閑院の大将・[一二]小一条の大将、左右の大将にて同車してあそばれけり。この比《ごろ》は、[一三]父子同車の事だにもまれなり。

[一四]寛元二年、[一五]賀茂の臨時の祭の時、[一六]二条の前《さき》の殿《との》関白、[一七]一条の前殿左大臣にて参りあひ給ひたりしに、暮れて事はてにしかば（夕方に祭の行事が終ったので）、[一八]御同車にて二条室町にたてられて（〔車を〕止められて）、御見物（〔帰りの行列を〕）ありけり。その後、[一九]法成寺《ほふじやうじ》の[二〇]御八講《みはこう》に参らせ給ひけり。左府《さふ》の御車をむなぐるまにて（からぐるまのままで）法成寺へやらせられけり。道の程（道中）、関白の御随身は御車のさき、左府の御随身は御車の後にぞ打ちたりける（馬で随った）。前駆はあひまじはりたりけり（入りみだれてしまった）。興ある事にぞ世の人申し侍りし（世間の人が申しました）。

異例の人事を恥じ給うた後三条院

八〇　後三条院、権左中弁隆方を越えて実政を左中弁に任ぜられたる事

[二一]後三条院の御時、隆方が権の左中弁にて侍りけるを越えて、（〔院は〕）実政

一一　権中納言藤原済時《なりとき》（九四一〜九九五）。左大臣師尹《もろただ》の子。九七七年十月右大将となり、九九〇年五月まで在任した。
一二　一二四四年。
一三　小野宮殿と九条殿とは兄弟同車の例、朝光と済時とは朋輩同車の例であるのを承けて、当節は、父子の同車さえも珍しい状態となっていることを述べた。
一四　一二四四年。
一五　毎年陰暦十一月の下《しも》の酉《とり》の日に行われた賀茂神社の祭礼。祭り装束の華麗な行列は、見物で賑わった。
一六　藤原良実。一二四二年三月から関白・氏の長者であった。時に二十九歳。
一七　藤原実経。良実の弟。東宮傅《ふ》で、この年六月に左大臣となっていた。時に二十二歳。
一八　後出の文によれば、関白の車に同乗して。
一九　現在の京都市東山区の地に藤原道長の建立した大寺院。この当時の法成寺は、天喜六年（一〇五八）の炎上後に、道長の子の頼通が再建したもの。
二〇　法華経八巻を二巻ずつ四日間で講じ賛える法会。
二一　在位一〇六八〜七二年。延久四年（一〇七二）十二月、左大弁に欠員が生じた際、後三条天皇は藤原隆方をさしおき、文章博士・近江守の藤原実政を強引に直任した。

一　食事の給仕役。
二　隆方につらい仕打ちをした後なので、彼と向い合うことに気がひけた。すなわち、永承五年（一〇五〇）から長期にわたって皇太子時代の後三条院の進講者（東宮学士）であった実政を格別に贔屓《ひいき》し、公正な人事を行わなかったことを内心恥じたのである。

厳正な政治を標榜する宣命を出されたが程なく崩ぜられた後三条院

三　古代の法律の総称。「律」は刑法、「令」は律以外の法令全般をいう。「式」は朝廷の儀礼の規則、「格」は令にないものに関する臨時の勅令や官符。
四　漢字の音訓を借りて国文を表記した宣命体で記された勅命の文書。
五　後三条天皇の即位の後、重用され、参議・右兵衛督・検非違使別当に昇り、後三条天皇の譲位の時（一〇七二）に権中納言・東宮権大夫で、五十二歳。
六　延久五年（一〇七三）五月崩御、四十歳。
七　その宣命に事実に反することをお書かせになったためであろうか、の意。
八　現存しない。中納言藤原為輔は、参議・左右の大弁・勘解由《かげゆ》長官・治部卿等を歴任した。寛和二年（九八六）没、六十七歳。

を左中弁になされにけり。あしたに隆方[一]陪膳《はいぜん》つとめて候ひければ、〔院は〕御膳にもえつかせおはしまさざりけり《おつきになることができずにおられた》。[二]恥ぢさせ給ひけるにこそ。

八二　後三条院、律令格式に違はざる旨宣命に書き給ふ事

〔自分は〕同じ院、「[三]律令式格《しききやく》にたがはず《違反することがない》」と、[四]宣命《せんみやう》に書かせさせ給はせけるを、[五]資仲《すけなか》卿、「これより後をこそ申させ給はめ《今から後のことをおっしゃるのならまだしも》。前にすでに〔律令格式に〕たがひたる事どもをばいかでかかくは申させ給ふぞ《どうしてこのようにおっしゃるのですか》」と、制しまゐらせ《とどめ申されたが》けるに、程なく[六]うせさせおはしましにければ《おかくれになってしまわれたので》、「[七]その宣命のゆゑにや」とぞ人申しける。

「[八]為輔《ためすけ》中納言口伝」に書かれて侍るなるは《書かれていることというのは》、「人は屏風《びやうぶ》のやうなるべきなり。屏風はうるはしう引き延べつれば《すっかり引き延ばしてしまうと》たふるるなり。ひだを《折り目を》とりて立つれば《折り寄せて立てると》、たふるる事なし。人のあまりにうるはしくなりぬれば《きちんとしていすぎると》、えたもたず《世を渡っていけない》。屏風のやうにひだある様なれど、実がうるはしき《心根の真直な人が》がたもつなり」と侍るとかや。

八二　大江匡房、道理にて取りたる物、非道にて取りたる物をわけ、各一艘に積み帰京の事

道理の舟入海、非道の舟無事到着し、世は末と嘆いた匡房

匡房《まさふさ》[九]の中納言は、大宰[一〇]の権《ごん》の帥《そち》になりて任におもむかれたりけるに、道理にてとりたる物〔正当な報酬として手に入れたもの〕をば舟一艘《さう》に積み、非道にて〔道理にはずれた手段で〕取りたる物をばまた一艘に積みてのぼられけるに、道理の舟は入海してけり〔海に沈んでしまった〕。非道の舟はたひらかに〔無事に〕着きてければ、江帥《がうそつ》[一一]いはれけるは、「世[一二]〔この世〕はやくすゑになりにたり〔はもう末世になってしまっている〕。人いたく正直なるまじきなり〔人間はまっすぐに正直でいてはだめなのだ〕」とぞ侍りける。それをさとらんがために〔はっきり知るために〕、かく積みてのぼせられけるにや。昔[一三]なか比《ごろ》だにかやうに侍りけり。末代よくよく用心あるべきことなり〔末世においてはよくよくこうした現実に心すべきことである〕。

八三　寛治八年内裏焼亡の際、中御門の右府宗忠宿侍の事

右中弁として危急の中で重宝を適切沈着に処置した宗忠

寛治八年[一四]十月二十四日亥《ゐ》の時〔午後十時頃〕ばかりに、内裏《だいり》焼亡《ぜうまう》ありけり。中御《なかみ》[一五]門《かど》の右府〔右大臣〕、右中弁にて侍りけるが、宿侍《とのゐ》せられたりけり。いそぎ御前へ参りて〔急いで堀河天皇のもとに参上して〕、「御剣璽《けんじ》[一六]の箱は候ふやらん〔ございましょうか〕」と、たづねまゐらせけれ

九　大江匡房（一〇四一～一一一一）。寛治二年（一〇八八）、参議となり、一〇九四年六月、権中納言。
一〇　大宰府の長官の代行者。匡房は、承徳元年（一〇九七）三月に任ぜられ、翌年九月（一説に十月）に下向、一一〇二年正月に解任された。四年後の三月に再任されるが、その時は老病のため赴任していない。匡房の大宰府滞在中の逸話としては、一二〇話参照。
一一　匡房をさす。「江」は大江氏、「帥」は大宰権帥をいう。
一二　仏教でいう正法時《しょうぼうじ》・像法時・末法時の三時説をふまえた言葉。わが国では、永承七年（一〇五二）から末法時に入ったとされていた。
一三　本書と同時代の中世初期の書物では、だいたい平安初期を「昔」、平安中期以後あたりを「中比《なかごろ》」と区別しているようであるが、ここはそれを一まとめにした漠然とした言い方。
一四　一〇九四年。堀河天皇の時代。
一五　藤原宗忠。この年六月に侍従から右中弁に直任されていた。時に三十三歳。右大臣拝命は遥かに後年で、保延二年十二月、七十五歳の時のこと。
一六　神器である天叢雲剣《あめのむらくものつるぎ》と八坂瓊曲玉《やさかにのまがたま》を収めた箱。

ば、「みづから持ちたるぞ」と勅答ありけり。そのほかの宝物どもをも一々にたづねまゐらせて、[一]分明《ぶんみやう》の勅答を承りけり。事急になり《事態が切迫し》て《て》[二]腰輿《えうよ》すでに[三]南殿《なでん》に寄せられたるほどになりにける中に、心早く《きびきびと》一《いち》一《いち》に分明に申しける、いみじかりける《敬服すべきことであった》事なり。

〔四〕徳大寺の左府実能、右大将昇任の翌年鳥羽院の強き要請にて、中院の右府雅定左大将に任命せられたる事

[四]徳大寺の左府《左大臣》、[五]中院の右府《右大臣》を越えて《任官の序列を越えて》右大将になり給ひにけり。保延五年十二月十六日、実能《さねよし》、右大将に任ず。同じき六年[六]十一月二日、[七]内大臣、左大将を辞し、同じき十二月七日、雅定《まささだ》、左大将に任ず。[八]宇治の左府、内大臣の左大将にておはしけるが、中院の右府の料に《のために》左大将を辞し申されたりけるに、[九]崇徳院《すとくゐん》、徳大寺の左府を左に《左大将に》転ぜさせんとおぼしめして、[一〇]しばらくおさへられけり《任命をおさえられた》。中院の右府のことをば、[一一]鳥羽院しきりに《つよく》執し申させ給ひけれども《執着あそばされたけれども》、なほ事ゆかざり《依然として事態が好転し》ければ《なかったので》、保延六年十一月二十五日に、院《鳥羽院》、近衛《こんゑ》烏丸《からすま》の陣口に《近衛府の陣に》御幸《ごかう》な

一　明確な天皇の御返答。
二　手輿《たごし》。前後に二人の持ち手がつき腰の高さに持ちあげて運ぶ輿で、非常時や狭い通路を通る際に使用された。
三　内裏の正殿である紫宸殿。

内府頼長の兼任辞退により雅定の左大将を実現させ給うた鳥羽院

四　藤原実能。保延五年（一一三九）には、権大納言で四十四歳。後、一一五六年九月、左大臣に進む。
五　源雅定。時に実能の上位の権大納言で四十六歳。後、久安六年（一一五〇）八月、右大臣に昇進。
六　『公卿補任』では、二月二十二日。
七　藤原頼長。この年、皇太子傅で二十一歳。
八　頼長をいう。頼長の左大臣就任は、一一五一年。
九　保安四年（一一二三）二月に即位していた。
一〇　左大将の空席が、二月から十二月までうめられずにいたことをさす。
一一　法皇として崇徳天皇と対立していた。

りて、[一二]仰せ下さるるよしを承りて罷り帰るべきよしを申されけれ
ば、ちからおよばせ給はで《崇徳天皇はもはや頑張りきれなくおなりになって》、[一三]その夜召し仰せありけり《任命の発令があった》。[一四]やむごとな《何としても》
かりける事なり《捨ててはおけない事だったのである》。

八五　葉室光頼、その子光方の着駄の政を見て辞状を書く事

[一五]光方、[一六]廷尉《ていゐ》の佐《すけ》にて[一七]着駄《ちやくだ》の政《まつりごと》につきたりけるに《たずさわったおり》、雨の降りたりけるに扇をさしたりけり。晴日夕陽にむかひてこそさすことにて侍るに《晴れた日に夕陽をさえぎるためにこそ扇をさすのだが》、おもひわかざりけるにや《わきまえていなかったのであろうか》。[一八]父の大納言見物しけるが、かへりて光方が辞状《辞表》を書きて奉りけり。「前途あるまじき者なり《将来栄達の見込みのまるでない者だ》」とぞいはれける。はたしてとくうせにけり《〔光頼の〕予言したように若死してしまった》。

八六　帥大納言隆季、福原遷都大神宮の神慮に叶はざる旨、夢に見たる事

[一九]治承《ぢしよう》四年六月二日、[二〇]福原にみやこ遷《うつ》りありけるに、同じき十三日[二一]帥《そつ》の大納言隆季《たかすゑ》卿、新都《福原の京》にて夢に見侍りけるは、大きなる屋《や》のすき《がらん》

一二　崇徳天皇が雅定を左大将に任命されるという知らせを聞いてから帰られると、鳥羽院が申されたので。
一三　雅定を左大将に任ずるという崇徳天皇の仰せ。
一四　先任の雅定を越えて後任の実能を右大将に任じたばかりか、さらに実能を左大将に進めて、雅定を下位の右大将に据えようとした崇徳天皇の強引すぎて公正を欠いた人事が、鳥羽院の懸命な抵抗によって抑えられたことに対する評。

一五　葉室光方。右衛門権佐・中宮大進・阿波守等を歴任した。

先途なしと子の辞状を書いた光頼

一六　検非違使庁の次官。本来「廷尉」だけで、検非違使の佐《すけ》・尉《じよう》の意。
一七　元来は、犯罪者を鈦《だ》（鉄製のかなぎ）で繋《つな》いで獄に送るさまを演じた儀式。本話の頃には、囚人の両臂と胸背を縄で縛った。陰暦五月・十二月の行事。
一八　藤原光頼。一一五九年、検非違使別当。その翌年権大納言となるが、一一六四年、官途を辞して出家。承安三年（一一七三）没、五十歳。

一九　一一八〇年。
二〇　平清盛は、後白河院・高倉院・安徳天皇を擁して、摂津の福原への遷都を断行した。

大神宮が遷都を承引なさらぬ事に次いで還御の事の夢を見た隆季

二一　藤原隆季。時に、権大納言・大宰帥で五十五歳。

たるうちに《としている中に》我ゐたり。庇《ひさし》のかたに《庇の間の方に》女房あり。[一]ついがきの外《と》に頻《しき》りに泣く声あり。あやしみて問ふに、女房のいふやう、「これこそみやこうつりよ。[二]大神宮のうけさせ給はぬことにて候ふぞ《ご承知なさらないことでございますぞ》」といひけり。すなはちおどろきぬ《たちどころに目覚めた》。また《［しかし］》寝たりける夢に、おなじやうに見てけり。おそれをののきて、次の日の朝、[三]院に参じて、[四]前《さき》の大納言邦綱、[五]別当[六]時忠卿などに語りてけり。[七]太政入道《だいじやうにふだう》つたへ聞かれけれども、いと承引なかりけり《かたく還都の件は承知なさらなかった》。

さるほどに、同じ人《隆季》の夢に還都あり。我と邦綱卿、[八]長絹《ちやうけん》の狩衣《かりぎぬ》きて[九]新院の御供《おんとも》に候。[一〇]頭《とう》の亮重衡《すけしげひら》朝臣よろひを着て御供に候ふ、と見てさめぬ。さりながら、一日の夢もちゐられねば《先日の夢告が取りあげられなかったので》、申しいだされざりけり。十一月二十六日、平京に《平安京に》[一一]還御《くわんぎよ》ありけるは、かの夢にはよらざりけり。[一二]山僧のうたへ《訴え》、また[一三]東国の乱などのゆゑとぞ聞え侍りける。

一 築垣。家々を囲む土垣で、泥土でかため、瓦を葺《ふ》いた。
二 伊勢神宮の内宮に祭られる天照大神をさす。
三 院の御所。ここは後白河院の居所であろう。隆季は、一一六五～六八年七月の間、院の別当であった。
四 藤原邦綱。前年七月に官を辞していたが、旧官は隆季と同じ権大納言で、年齢も近い朋輩であった。
五 院の別当。院の庁の役と庁務を統轄する責任者。
六 平時忠。清盛の妻時子の兄。権中納言で左衛門督・中宮大夫でもあった。二月には新院（高倉院）の別当にも補任されていた。時に五十一歳。
七 平清盛（一一一八～八一）。一一六七年、太政大臣となるが数か月で辞し、翌年二月、出家していた。
八 長尺の絹布で作られた公家の略式の服。
九 高倉院。在位一一六八～八〇年。後白河院の皇子。中宮は清盛の娘徳子。この年二月、安徳天皇に譲位。
一〇 平重衡。清盛の五男。「頭」は蔵人頭《くろうどのとう》、「亮」は東《とう》宮坊《ぐうぼう》の次官。時に二十四歳。
一一 後白河院・高倉院・安徳天皇が旧都に帰った。時の右大臣九条兼実は、その日記『玉葉』に、この還都は神明三宝の冥助であり、「王侯・卿相・緇素《しそ》・貴賤・道俗・男女・老少・都鄙、歓娯せざるなし」と記す。
一二 延暦寺衆徒の朝廷への還都を望む奏上をさす。
一三 源頼朝・源義仲・武田信義等の挙兵をさす。

八七　前右兵衛佐頼朝の謀反につき群議の事

治承四年秋の比《ころ》より、伊豆《いづ》の国の流人《るにん》[一四]前の右兵衛の佐《すけ》頼朝謀反《むほん》[一五]の聞えありけり。追討使[一六]少将維盛《これもり》[一七]朝臣・薩摩《さつま》の守《かみ》忠度《ただのり》[一八]・三河の守知度《とものり》[一九]等下されたりけれども、源家の兵《つはもの》次第にかずそひければ、追討使等[二〇]みな道よりかへりにけり。

かかるほどに、世の中しづかならざりければ〔国内が平穏でないありさまなので〕、十一月三十日、新院〔高倉〕の殿上《てんじやう》にて東国謀反の事群議ありけり。中御門の左大臣[二一]、左大将[二二]、帥《そち》の大納言（隆季）、新大納言[二三]（宗家）、春宮《とうぐう》[二四]の大夫（忠親）、左大弁[二五]（長方）参られたりけり。頭の弁経房[二六]朝臣、綸言《りんげん》[二七]の旨を仰せけるに、左大弁発言して申しけるは、「偏《ひと》*へに徳政[二八]を行はるべし。漢高〔漢の高祖〕は六国を掠《りやく》せられ、［わが国でも］承平年中に将門《まさかど》[二九]の謀反有り。倭漢先蹤《せんしよう》[三〇]を存すと雖《いへど》も、今度《このたび》においては、四ケ月の中に十余国皆反す。当時の政もし天意に叶はざるか〔現在の政治は天帝の意向にかなっていないのであろうか〕。これを以《もつ》てこれを思ふに、法皇〔後白河院〕は四代[三一]の帝王の父祖な

一四　頼朝は、平治の乱後伊豆へ配流されていた。
一五　八月十七日、伊豆で挙兵したが、相模の石橋山の合戦で敗北、安房へ逃れて、態勢を立て直す。
一六　謀反を鎮圧するため朝廷から派遣される使者。底本「追罸使」。
一七　平重盛の子。右近衛権少将。頼朝追討軍の大将軍。時に二十二歳。
一八　平清盛の異母弟（一一四四～八四）。左兵衛佐で和歌をもよくした。頼朝追討軍の副将軍であった。
一九　平知度。清盛の子。
二〇　十月二十日の富士川の合戦で頼朝軍に惨敗し、維盛以下が、ほうほうの態で逃げ帰ったことをさす。
二一　藤原経宗。関白藤原基通の下位。六十二歳。
二二　後徳大寺実定。大納言で、この時四十二歳。
二三　藤原宗家。前年十月から大納言で、四十二歳。
二四　藤原（中山）忠親。権中納言で、時に五十歳。その日記に『山槐記』がある。
二五　藤原長方。参議・備後権守で、時に四十二歳。
二六　藤原経房。前年十月、蔵人頭・左大弁に昇進。
二七　天皇の意向を伝える言葉。みことのり。
二八　租税を減免する等、国民の負担を軽くする行政。
二九　平将門が承平・天慶の乱で、新皇を称し、坂東八か国を領したことをさす。
三〇　先例。底本「先祖」。伊木本により改訂。
三一　二条・高倉天皇の父、六条・安徳天皇の祖父。

り。[一]故無きに天下を知《しろ》しめされず《お治めにならない》。[二]元の如く〔法皇は〕政務を聞《きこ》しめすべきか《お執りになるべきか》。また[三]入道関白、[四]帰朝の恩に浴せらる者《てへ》れば、[五]攘災《じやうさい》の基たるべきか」と申したりけるを諸卿聞きて、[六]みな色をうしなはれけり。〔長方以外の〕他人はただ徳政を行はるべきおもむきをぞ申されける。かの両事には[七]同ぜられざりけり《同意されなかった》。法皇去年《こぞ》の冬より[八]政《まつりごと》に御口入《ごくにふ》もなく、[九]殿下《てんが》、ゆゑなく《理由もなく》流されさせ給ひし事は、しかしながら《まったくもって》平《へい》太政入道《清盛》の[一〇]張行《ちやうぎやう》にて侍りけるに、左大弁《長方が》おそるるところなく定め申されける《論断主張なさったのは》、[一一]ありがたき事なり《勇気ある主張であった》。入道《清盛》もさすが道理をば恥ぢ思はれけるにや、その後程なく、[一二]十二月八日より法皇《後白河院》の御事をも[一三]なだめ申し、同じき十六日、入道殿下も備前《びぜん》の国より帰洛せさせ給ひけり。

公　事　第四

八八（序）　年間の公事の典礼一に非ざる事

一　政治を行うのは不都合だという理由もないのに。
二　前年（一一七九）十一月の清盛のクーデターによって院政が停止されたが、それ以前のように、の意。
三　藤原基房。治承三年十一月に関白職を解かれ、大宰府に配流され、出家。この時は備前にあった。
四　公卿として再び朝堂に列する恩恵。
五　謀反というような国家の災厄を払い除く基本の施策となるであろうか。
六　清盛の施策への思いきった批判であったので、清盛の怒りを買うことをおそれた。
七　法皇と関白の政界復帰をさす。
八　政事に関わりを持たれることもなく。
九　皇族・摂政・関白などの敬称。ここは基房をさす。
一〇　他の意見に耳をかさない、無理押しの強行。
一一　『百錬抄』は、「左大弁長方卿、善言を吐く」と賞賛している。
一二　この日、法皇は六波羅の亭より新院の御所に移られた（『百錬抄』）。
一三　下手に出て院政の再開を依頼したことをいう。

＊**公事篇**　公事とは朝廷の政務や宮中の儀式典礼の意であるが、藤原頼通の青年時代から順徳院の時代にいたる十七話を収載する。長保五年（一〇〇三）、頼通が侍従になった話が最も古く、大多数は院政期以後の話で、成季が随身として勤務していた頃の宮廷での伝聞が含まれているとみられる。

正朔《せいさく》[一四]の節会《せちゑ》より除夜[一五]の追儺《ついな》にいたるまで、公事《くじ》[一六]の礼一にあらず《作法は一通りではない》。行ひきたる儀まちまちにわかれたり《いろいろに混乱してしまっている》。およそ《大方は》恒例・臨時の大小事、「西宮記《さいぐうき》[一七]」「北山抄《ほくざんせう》[一八]」をもてその亀鏡《ききやう》[一九]にそなへたり《と考えるのである》。小野宮[二〇]・九条殿の両流、口伝《くでん》・故実そのかはりめおほく侍るとかや《違いがたくさんあるとかいうことである》。有職《いうそく》[二一]の家にならひつたへて今は絶ゆる事なし。いみじき事なり。

八九　蔵人能通、臨時の祭の舞人を辞し、侍従たりし宇治殿頼通、これに代りたるを見物の事

宇治殿[二二]、侍従《じじゆう》にならせ給ひて後、能通《よしみち》[二三]、臨時[二四]の祭の舞人《まひびと》を辞したりける時、そのかはりに宇治殿いらせ給ひにけり《〔舞人の人数に〕》。祭の日、車に《〔能通が〕》乗りて見物しけるを、人長《にんぢやう》[二五]兼時、能通を見て、「かれは心ある人の見物せらるるか《あれは神楽の心得のある人が見物しておられるようだ》」といひたりける、いみじくぞ侍りける。

九〇　堀河右大臣頼宗、束帯にて殿上の日給にあふべしとの起請を破る事

一条院[二六]の御時、束帯にて殿上の日給[二七]には《殿上の間で蔵人にその日の出仕を記録させることを》あふべきよし起請《きしやう》《堅く誓約》ありけ

典礼故実を伝えた書物と有職の家

一四　年頭の儀式。元旦に紫宸殿で催された文武百官の宴。万歳楽等の舞楽も奏された。
一五　年末の行事。大晦日の夜、宮中で悪鬼に扮した人を追い払って、疫病等の災厄の退散を祈った儀式。
一六　朝廷で行われる諸種の公式の政事や典儀をいう。
一七　西宮の左大臣と称した源高明《たかあきら》（九一四～九八二）の著した朝廷の公事・有職故実の書、二十四巻。
一八　藤原公任《きんとう》が、一〇一二～二〇年頃に編述した朝儀典礼に関する書、十巻。
一九　規範。「亀鑑」に同じ。
二〇　藤原実頼と九条師輔に始まる両家。
二一　有職故実の記録・伝承を伝えている家。大江家などをさす。

心ある人の見物と言った人長兼時

二二　藤原頼通。長保五年、十二歳で侍従になった。
二三　藤原能通。木工頭《もくのかみ》・皇太后宮権大夫永頼の子。蔵人・左兵衛佐《すけ》。
二四　陰暦十一月の賀茂神社の祭礼。
二五　神前で神楽を奏する人々の長。「兼時」は、左近衛将監（三等官）だった尾張兼時。

身は殿上の前の立蔀に隠し片足の韈だけ蔵人に見せて嘲哢した頼宗

二六　在位九八六～一〇一一年。
二七　天皇以下が朝廷の典儀に着用する礼服。

るに（したのに）、堀河[一]の右大臣、殿上人《てんじやうびと》にておはしけるが、片足に襪《したうづ》[二]をはきて身をば殿上の前の（殿上の間の前の）立部《たてじとみ》[三]にかくして、襪はきたる片足ばかりを指し出して蔵人《くらうど》に見せられたりければ、かやう[四]の事嘲哢《てうろう》[五]に似たりとて、起[六]請やぶれにけり（反故になってしまった）。

九一　権大納言行成、大納言斉信の失錯を扇に注す事

万寿[七]二年、踏歌《たふか》[八]の節会《せちゑ》に、右大臣[九]内弁[一〇]にて陣[一一]に付きて宣命《せんみやう》[一二]・見参《げんざん》[一三]を見給ひける間、入御《にふぎよ》[一四]ありけるに、三位《さんみ》の中将師房《もろふさ》[一五]卿をおきながら（さしおいて）、大納言斉信《ただのぶ》[一六]卿警蹕《けいひつ》[一七]をせられければ、人々あやしみあへりけり（いぶかしみあったことであった）。権の大納言行成[一八]卿、その失錯を（失敗を）扇にしるして臥内《ぐわない》に（家内に）うちおかれたりけり。暦にしるさん為に（日録に記そうとして）、まづ扇には書きたりけるにや。その子息少将行[一九]経、その扇を取りて内裏へ参りたりけるを、少将隆国[二〇]朝臣参りあひて、我が扇にとりかへて見られければ（自分の扇と取りかえて〔行経の扇を〕ご覧になると）、この失礼（失敗）を記したりける。それよりやがて披露ありけるを（〔人々に〕言い広めたのを）、斉信卿ふかくうらみけり。もとよ（〔行成は〕）

踏歌の節会に警蹕をかけ誤った斉信の失錯を扇に記し披露した行成

一　藤原頼宗。道長の次男。一〇〇四年十二月、十二歳で従五位上となり、昇殿を許されている。
二　したぐつ。束帯の時、沓《くつ》の下にはく布製の履物。礼服には錦製のものを用いた。
三　土台に柱を立て、枠を作り、それに格子の板戸をはめたもの。
四　束帯を着用せずに、したぐつだけを片足にひっかけて、束帯で出仕したと記録させようとした振舞。
五　あざけり。悪ふざけ。
六　出仕時に束帯を着用しようとの誓約。
七　一〇二五年。
八　正月十六日、選ばれた八十人余の舞姫が、催馬楽《さいばら》などを歌い舞いながら、紫宸殿の南庭を周り、中宮へ参って年始を賀した女踏歌。十五日の男踏歌は円融天皇の時から途絶えていた。
九　小野宮実資。右大将を兼ね、六十九歳であった。
一〇　内裏の承明門内で行事を奉行した公卿をいう。
一一　公事を奉行する公卿が詰めて事を処理する所。
一二　国文で書かれた詔書。
一三　節会に参じた人々の名前。
一四　後一条天皇が奥へお入りになった時に。
一五　源師房。従三位・右中将で、この時、十六歳。
一六　藤原斉信。中宮大夫を兼任、時に五十九歳。
一七　人々を制し鎮めるための掛け声を発すること。

りよろしからざる中なりければ《〔斉信と〕仲がよくなかったので》かかる[二一]、とぞ世の人いひける。

九二　宇治の大納言隆国、臨時祭の陪従を勤むる事

宇治の大納言隆国[二二]卿、中将[二三]になりたりける年、〔賀茂神社の〕臨時の祭の陪従《べいじゆう》[二四]つかうまつるべきよし催されければ《勧めるようにやいやい言われたので》、腹立ちて装束うけとらず、衣ひきかづきて直廬《ちよくろ》[二五]に臥されたりけるに《ふて寝をしていた時に》、宇治殿《頼通》、公武《きんたけ》[二六]をもて御馬をたまはせたりければ、おきあがりて装束き《しやうぞ》[二七]、〔供奉の役を〕勤められ侍りけり。

九三　進士判官経仲、樹上の児を勘問の事

いづれの年にか、白馬《あをうま》[二八]の節会《せちゑ》に進士《しんじ》[二九]の判官[三〇]藤原経仲[三一]参りたりけるに、雑犯ただすべき者なかりければ《いかなる罪科にも問うべき者がなかったので》、ちからおよばで《なすこともないまま》検非違使《けびゐし》ども退出せんとしけるに、なにがし僧正とかやの児《ちご》[三二]、沓《くつ》をはきながら木のまたに登りて〔節会を〕見物しけるを、経仲が下部《しもべ》をもて召し取りてただしける詞に、「長大の垂髪にて皮の沓をはきたる、木に登りて宮闕《きゆうけつ》[三三]を

一八　藤原行成。時に五十四歳。
一九　行成の三男。右近少将であった。時に十四歳。
二〇　源隆国。民部卿俊賢の次男。左少将で、二十二歳。
二一　このように斉信の失敗を書きとめたりしたのだ。
二二　源隆国。頼通に厚遇され、一〇五一年、皇后宮大夫、一〇六七年、権大納言に昇進した。

頼通から馬を賜り、不満ながら陪従の役を勤めた中将隆国

二三　右近衛権中将になったのは、万寿二年二月。
二四　祭り装束を着て祭りの行列に供奉《ぐぶ》する役。一説に神楽の楽人の役とするが、ここでは疑問。
二五　内裏に設けられた貴人用の休憩・宿泊室。
二六　下毛野公武。藤原道長に仕えた公忠の子で、頼通およびその子の右大将通房に仕えた随身。
二七　陪従の装束を着用して。
二八　一月七日、天皇が豊楽殿《ぶらくでん》または紫宸殿で、左右馬寮から引き出した白馬を御覧になり、宴を賜う行事。

白馬の節会の折、樹上見物の児を勘問、叡感に与った経仲

二九　式部省の任官試験の合格者をいう。
三〇　検非違使の三等官。
三一　兵部少輔親経の長子。文章生、左衛門尉。
三二　召し使いの少年。
三三　宮中の様子を窺うこと。「宮闕」は宮城。

うかがふ。一身をもて[一]四の犯《をか》しをなせる、しかるべしや如何《いかん》《不届きではないか》」と勘[二]問したりける。時に臨みていみじ[三]かりけり。叡感ありて《帝は感じ入られて》、女房の衣をたまはせけりとなん。

九四　関白師実家の臨時客の後に随身に着衣を授くる事

三公に馬を贈り、随身前駈に着衣を下賜した師実

[四]寛治八年正月二日、[五]殿の臨時の客ありけるに《公卿招待の饗宴があった時に》、[六]左大将（俊房）・[七]右大臣（顕房か）・[八]内大臣（後二条）参りたり。事はてて《宴が終ってから》、おのおの《一人一人》御馬ひかれければ《人に馬を引出物とされたので》、三公地に下りて拝し給ひけり《左右内大臣は庭に下りて》。殿下《てんが》《師実》、左府の随身《ずいじん》府生[九]下毛野敦久《しもつけのあつひさ》・右府の前駈[一〇]三河の権の守《かみ》盛雅[一一]を南階の前に召して、御衣《おんぞ》をぬぎてたまはせけり。内大臣・中納言の中将《師通と［その子］忠実が》[一二]、左右より進みより給ひて、紅《くれなゐ》[一三]の打衵《うちあこめ》、御単《おんひとへ》[一四]をくりいだされけり《次々と出された》。中納言の中将つたへとりて、御単をば敦久にたまひ、打衣《うちぎぬ》《打衵》をば盛雅に給ひけり。先規あれども《前例はあるけれども》、時にのぞみて面目ゆゆしくぞ侍りける《名誉この上もないことであった》。次に[一五]中宮の御方の臨時の客に《公卿を招待しての宴に》人々参り給ひけり。催馬楽《さいばら》[一六]・朗詠[一七]などはて

一　長大の垂髪・皮沓の着用・宮中での木登り・公事臨見という出家に仕える身として犯した四つの罪科。
二　責め問うこと。底本「勘問たりける」を改訂。
三　検非違使の役人らしく、いかめしく大そうな罪状のように言いこしらえたことに対する賞賛。
四　一〇九四年。
五　関白・従一位藤原師実。頼通の子、五十三歳。
六　源俊房、時に六十歳。
七　源顕房、五十八歳。
八　藤原師通、三十三歳。
九　六衛府・検非違使の下役。「敦久」は後冷泉天皇の皇后二条院（一〇二六～一一〇五）の番長で京極殿（師実）に仕えていた。
一〇　貴人の車や行列を騎馬で先導する役。
一一　源盛雅。満仲の四男武蔵守頼平の孫にあたる盛仲の子。三河権守であったのは、一〇九四年前後。
一二　藤原忠実。権中納言・左中将で、時に十七歳。
一三　砧《きぬた》で打って艶《つや》出しした紅の綾で仕立てた小袖。男子の正装時に、下襲《したがさね》の下、単《ひとえ》の上に着用した。
一四　束帯の時、あこめの下に着た衣。
一五　後三条院の皇女・篤子内親王。堀河天皇の中宮。
一六　雅楽にとりいれられた奈良時代の民謡。笏《しゃく》や管絃楽器の伴奏で、宴席や儀式の場で歌われた。
一七　漢詩や和歌に節付けをしてうたう謡いもの。

て、散手[一八]《さんじゅ》・新靺鞨[一九]《しんまか》・其駒[二〇]《そのこま》などにおよびける、淵酔[二一]《えんずい》の興ためしなくや《比類なくすばらしい》侍るらん《ものではなかろうか》。

九五　左近将曹久季、豊明節会にまづ膝突を敷きて外記を召す事

久安三年[二二]十一月二十日、豊明[二三]《とよのあかり》の節会《せちゑ》、内大臣[二四](宇治)内弁をつとめ《節会の進行役を》給ひけるに、いまだ膝突[二五]《ひざつき》を敷かぬに、左右[二六]《さう》無く大外記[二七]《だいげき》をめされけり。左近[二八]《さこん》の将曹大名久季《しやうさうおほなのひさすゑ》、まづひざつきを敷きて召したりけり。人人、称美[二九]する事かぎりなし。後に大臣《頼長》、久季を召して感じ給ひける《おほめになった》となん。

九六　崇徳院の拝礼に八条の太政大臣実行一拝再致の事

仁平元年[三〇]《にんぺい》正月一日、院[三一]の拝礼《はいらい》ありけり。八条[三二]の太政大臣《だいじやうだいじん》、七十二にて立ち給ひたりけり《〔拝礼に〕おでましなさった》。一たび拝してふたたびいたし給ひけり《拝礼をなさった》。このこと、「礼記[三三]《らいき》」にみえたるとかや。同じき二年にもまたかくぞあ

一八　散手破陣楽《さんじゅはじんらく》の略。雅楽。一人舞の勇壮な武の舞。
一九　雅楽の高麗楽《こまがく》。四人舞で貴人への敬意を示す舞。
二〇　神楽歌《かぐらうた》。風俗歌《ふぞくうた》から出たもので暁方に歌われる。
二一　雅楽や朗詠などの歌舞を伴う酒宴をいう。
二二　一一四七年。
二三　新嘗祭《にいなめさい》(天皇が新穀を神祇にすすめる感謝祭)の翌日、十一月中《なか》の辰《たつ》の日に群臣を招いて宮中で行われる饗宴。
二四　藤原頼長。忠実の次男、時に二十八歳。

まず膝突を敷いて外記を召すよう取計らい賞賛された久季

二五　敬礼のため庭上に跪く《ひざまず》際、膝に当てる敷物。頼長の日記『台記』によれば、この日は早朝から雨が降り続いていて、膝突は不可欠であった。
二六　ためらいもなく。
二七　太政官少納言局の役人。公事の執行に当った。
二八　左近衛府の四等官。「大名久季」は未詳。
二九　『台記』にも、礼法を知る者とし、「尤も情有り。歎美するに足れり」との賛辞が見える。
三〇　一一五一年。
三一　崇徳院の御所。
三二　藤原実行。前年八月、左大臣の頼長を越えて右大臣から太政大臣に昇進。

礼記にある通りに一拝再致の礼をとった実行

三三　中国古代(周〜漢)の礼法の諸説の解説書で、高齢者の拝礼法として再拝の事が「王制篇」に見える。

りける。天永四年[一]正月一日〔鳥羽天皇〕御元服、理髪[二]堀河の左大臣の一跪《いつき》[三]・再致《さいち》し給ひけるためしにや。宝治元年[四]の院[五]の拝礼に、後久我《ごこが》[六]の大相国《だいしやうこく》(通光)もかくし給ひたりけり。

九七 藤原頼長、最勝講の講読師座の立て様につき僻説による差図を悔いて怠状を送る事

仁平二年[七]五月十七日、最勝講《さいしようこう》[八]行はれけるに、中山の内府《内大臣》[九]、蔵人《くらうど》の左衛門の佐《すけ》にて奉行せられける《講の事務を執行されたが》に、二十一日結願《けちぐわん》の日、左大臣[一〇]参り給ひて、御装束を見させ給ひける《席のしつらえ方をご覧になったところ》に、九条の大相国[一一]、大納言にて〔その場に〕おはしけり。資信[一二]の中納言の、左大弁とて参られたりけるが、講読師《かうとくじ》[一三]の座のたてやう例にたがひたるよし申されける《席の位置が例年の作法と違っている旨を》につきて、左府《さふ》、奉行の職事《しきじ》[一四]《担当の蔵人に仰せて》に仰せられて直《なほ》されにけり。

左府、《講が果ててから》のちに日記を見させ給ひける《調べられたところ》に、本《もと》の御装束たがはざりけれ《しつらえが間違いでなかったの》ば《で》、僻説《へきせつ》[一五]にて直されつる事を悔い給ひて、怠状《たいじやう》[一六]を書きて職事のもとに遣はしける、正直なりける事かな。

一 一一一三年。
二 理髪の役を勤めた源俊房。「理髪」は、元服の折、櫛で髪をととのえる役。俊房は、この時、七十九歳。
三 跪《ひざまず》いて一拝、次に坐したままで再拝すること。
四 一二四七年。ただし、改元は二月二十八日。
五 後嵯峨院の御所での正月の拝礼。
六 源通光、時に六十一歳。「大相国」は太政大臣の唐名。

左大弁の言により改めさせたが、後日僻説と知り怠状を書いた頼長

七 一一五二年。
八 毎年五月、清涼殿に南都北嶺の高僧を招いて五日間にわたって、護国の経典とされる金光明最勝王経を講じさせた法会。
九 中山忠親、時に二十二歳。久安五年（一一四九）四月、左衛門佐、翌年五月、蔵人頭になっていた。
一〇 藤原頼長。この時、藤氏の長者で三十三歳。
一一 藤原伊通《これみち》。時に正二位・大納言で六十歳。
一二 藤原資信。この時は参議・左大弁・勘解由長官・周防権守で七十一歳。
一三 経を講説する僧。
一四 この日の法会の準備・執行に従っていた蔵人。
一五 間違った意見。
一六 謝罪の書状。

九八　保元三年の正月、長元以来中絶の内宴再興の事

関白・太政大臣以下参列、ふるき跡を尋ねて再興された内宴の盛儀

内宴《ないえん》[一七]は弘仁年中にはじまりたりけるが、長元[一八]より後、絶えて行はれず。保元三年正月二十一日[一九]に、興《おこ》し行はるべきよし沙汰《さた》ありけるほどに、その日は雨降りて、二十二日[二〇]に行はれけり。次第《手順や法式》のことども古きあとを尋ねて行はれけり。法性寺殿[二一]、関白にておはしましけるをはじめて、人々おほく参りあひたりけるに、前《さき》[二二]の太政大臣はかならず詩を奉るべき人にておはしけり。太政大臣[二三]は管絃の座に必ず候ふべき人にておはしけるに、座敷《座席が》うちなかりければ、いかがある《どうしたものかと》べきと、かねて沙汰ありける《［関白から］事前に相談があったが》に、太政大臣《宗輔》、しもとつく《下座の方に坐りましょうと》べきよし、進み申されけれども、殿下《てんが》《関白はお許しなさらなかった》ゆるし給はざりけり。つひに[二四]前の太政大臣《実行》、まづ参りて詩を奉る。披講《ひかう》[二五]はてていで給ひて後、太政大臣かはりて座に《空いた席に》つき給ひけり。ありがたかるべき事なり。

御遊《ぎよいう》[二六]の所作人《しよさびと》[二七]、太政大臣（宗輔筝）、左大臣[二八]（伊通）拍子《ひやうし》、内大臣[二九]

一七 正月二十一～三日の中の子《ね》の日に宮中の仁寿殿で催された内輪の宴。天皇・東宮・公卿が出席して、題による詩作、舞姫の舞もあった。その起源を、『濫觴抄』は、景行三十七年辛酉とし、『江談抄』は、嵯峨天皇の弘仁四年（八一三）とする。ここは後者の説に拠っている。
一八 長元七年（一〇三四）をさす。
一九 一一五八年。
二〇『百錬抄』同日の条に、長元七年以後、百二十三年ぶりに再興されたこと、雨で延引したこと、関白・太政大臣以下が文人となったこと等が見える。
二一 従一位・関白忠通。頼長の兄で時に六十二歳。
二二 藤原実行。前年八月に太政大臣を辞していた。時に七十九歳。
二三 藤原宗輔。この時、八十二歳。
二四 とうとう内宴の始まる時刻になってしまい、の意。
二五 作られた詩を読みあげて参会者に披露すること。
二六 管絃の遊び。
二七 演奏者。
二八 藤原伊通、時に六十六歳。
二九 藤原公教《きんのり》。左大将を兼ね、この時、五十六歳。

（公教）笛、按察使《あぜち》[一]重通《しげみち》琵琶《びは》、[二]左京の大夫《だいぶ》隆季《たかすゑ》朝臣・上総《かづさ》の介《すけ》[三]重家朝臣笙《しやう》、[四]宮内卿資賢《すけかた》朝臣和琴《わごん》、前《さき》の備後《びんご》の守[五]季兼篳篥《ひちりき》、[六]主上《しゆしやう》御[七]付歌《つけうた》ありけり。ありがたきためしなるべし。[八]呂《りよ》、安名尊《あなたふと》二反・鳥《とり》の破《は》・席《むしろ》田《だ》二反・賀殿《かてん》の急《きふ》・美作《みまさか》二反、[九]律《りつ》、伊勢の海・万歳楽《まんざいらく》・青柳・五常《ごしやう》楽《らく》・更衣《ころもがへ》、これらをぞ奏せられける。

そもそも[一〇]大監物《だいけんもつ》周光《ちかみつ》は、ちか比《ごろ》の[一一]侍学生《さむらひがくしやう》の中に聞えある者にて参りたりけるが、歳八十ばかりにて階《きざはし》をのぼる事かなはざりけるを、[一二]大蔵卿長成朝臣《あそん》・[一三]春宮《とうぐう》の大進《だいじん》朝方、［周光の］弟子にてありければ、前後にあひしたがひて《つき従って》扶持《ふち》したりけり《手をかしたのだった》。ゆゆしき面目とぞ《いかにも名誉なことだと》世の人申しける。周光もことに自讃しけり《自慢した》。この度《たび》ぞかし、[一四]俊憲《としのり》の宰相《さいしやう》、蔵人・左少弁・右衛門の権《ごん》の佐《すけ》・[一五]東宮学士にて、かきひびかして侍りけること《盛名をとどろかしておられたのは》は。

そのとし[一六]二条院位につかせおはしまして、次の年、[一七]式日に［内宴を］おこなはれけるに、主上、[一八]玄象《げんじやう》ひかせおはしましけり。上下耳をおどろか《人々はみな聞きほれてしま》

主上玄象をひかれ、内大臣以下の合奏に興に入られた翌年の内宴

一 藤原重通。権大納言で皇后宮大夫。時に六十歳。
二 左京職の長官。左京（都の朱雀大路より東）の戸籍・田宅・租調・市場・訴訟等のことを司った役所。「隆季」は藤原隆季。非参議で、この時三十二歳。
三 藤原重家。左少将。この時、讃岐権介で十四歳。
四 宮内省の長官。「資賢」は源資賢。郢曲《えいきょく》・長笛・和琴などに長じていた。この時、四十六歳。
五 藤原季兼。一一四九年三月、備後守に任じられた。
六 後白河天皇。後に『梁塵秘抄』を撰する。
七 雅楽の演奏に合せて神楽や催馬楽を歌うこと。
八 中国・日本の音楽で十二律の陰音階。安名尊・席田・美作は催馬楽の曲。「鳥の破」は雅楽の迦陵頻の破の段、「賀殿の急」は賀殿楽の急の段。
九 十二律の陽音階。伊勢の海・青柳・更衣は催馬楽の曲。万歳楽・五常楽は共に雅楽の唐楽。
一〇 中務省の出納担当官藤原周光。
一一 摂関・公卿家に仕える大学寮の学生出身の人物か。
一二 大蔵省の長官藤原長成。
一三 東宮職の三等官藤原朝方。また近江守。
一四 藤原俊憲。一代の碩学信西《しんぜい》入道通憲《みちのり》の長男。「宰相」は参議。俊憲の参議昇任は、この翌年のこと。
一五 東宮坊の職員。
一六 後白河院第一皇子。一一五八年八月即位。
一七 正月二十一～三日の中の子の日。

さずといふ事なし《ったのであった》。内大臣拍子、按察《あぜち》重通笙、新三位季行[一九]卿篳篥《ひちりき》、中将俊通[二〇]朝臣箏、実国[二一]朝臣笛。安名尊・鳥の破・美作・賀殿の急・伊勢の海・万歳楽・更衣・三台[二二]《さんだい》の急・五常楽の急、このたびの御遊ことにおもしろかりければ、主上興に入らせおはしましけり。按察笙を閣《お》きて、時々唱歌[二三]《しやうが》せられけり。興ある事なり。

[二四]永暦より〔内宴は〕おこなはれずなりにける、口惜《くちを》しきことなり。

九九　後白河院御熊野詣の折、紀伊国司御前に松煙を積む事

[二五]後白河院、御熊野詣[二六]《みくまのまうで》に、藤代[二七]《ふぢしろ》の宿につかせおはしましたりけるに、国司松煙[二八]《しようえん》をつみて御前におきたりけり。花山院[二九]の左府《左大臣》、中山[三〇]の太政入道殿その時右大将にて御前に候《さぶら》はせ給ひたりけるに、「この墨い《どの》かほどの《程度のものか》物ぞ。心みよ」と勅定《ちよくぢやう》ありければ、大臣、右大将に《頼実に》勧め申されければ、硯《すずり》をひきよせて、墨をとりてすらせ給ひけり。その様、[三一]除目《ぢもく》の執筆《しゆひつ》の定《ぢやう》なりけり。左府見とがめて《兼雅は注目して》、しきりに感歎の気色あ

除目の執筆の定に御前で見事に墨をおろし試みた頼実

一八　藤原貞敏が唐から持参したという琵琶の名器。
一九　藤原季行。刑部卿敦兼の子。非参議・前大宰大弐で、この時四十六歳。
二〇　藤原俊通。太政大臣宗輔の子。時に右中将・讃岐介で三十二歳。
二一　藤原実国。内大臣公教の子。正四位下で蔵人頭・但馬権守。時に二十歳。
二二　三台塩（艶とも）。雅楽の唐楽。また天寿楽とも呼ばれ、唐の則天武后の作とされる。
二三　楽の演奏に合せてその譜を歌うこと。
二四　一一六〇～六一年。
二五　この話を建久二年（一一九一）以後のものとみれば、後白河院の六十代の出来事となる。
二六　紀伊国（和歌山県）の熊野神社（主に本宮）への参詣。天皇の参詣は、白河院の時に始まる。
二七　和歌山県海草郡藤白《ふじしろ》の地にあった宿駅。
二八　煤《すす》のことから転じて墨をいう。
二九　藤原兼雅。建久二年には右大臣で四十四歳。後、建久九年に左大臣に昇進する。
三〇　藤原頼実。建久二年三月、任右大将、三十七歳。
三一　諸官職に任命された者の名を記録することから転じて官職（大臣以外）任命の儀式。「執筆」はその書記役。「定」は作法にかなったやりかた。

りけり。

一〇〇　九条兼実、節会の際物を食ふやう沙汰し、節会の内弁実房まづ食を取る事

建久の比《ころ》[一]、月輪《つきのわ》[二]の入道殿、摂籙[三]にて公事ども興し行はれけるに《「廃れていた」朝廷の儀式を再興されたが》、ふるき《昔のやり方》近代《近ごろ》、節会[四]《朝廷の宴会》なども上達部《かんだちめ》、物を食《く》はぬ事いはれなき事なり《理由のないことである》。ふるきにまかすべきよし沙汰ありけるに《にまねて行うべきであると指示があったので》、三条の左大臣入道[五]の内弁《ないべん》[六]の時、きつ[七]にとりてめし給ひたりけるを《召し上ったのを》、「職者のし給ふことなれば《故実に精通した方のなさることだから》、やう《わけ》ぞ侍らん《があるのであろう》」とや思はれけん《と思われたのであろうか》、諸人みな同じ物を食せられけり。次にまた、内弁かちぐり[八]をとりてめすよしして懐中し給ひければ《食べるふりをして懐中にしまわれると》、人皆、また同じ体《てい》とせられけり。殿下《兼実》、たちのぞかせ給ひて、「何《なにご》となく《ともみな》内弁のせらるる事をかかるべき《そのようにすべき》式《しき》ぞと《きまりと》心得て人々まねぶ事《まねをすることは》、見苦し」とて、その後[九]この沙汰とまりにけり。

一〇一　中山の太政大臣頼実、県召除目に宮文の三の説を夜ごとに換へてとる事

上達部一同内弁の食べ方の真似ばかりするので以後やめさせた兼実

一　一一九〇～九九年。
二　九条兼実（一一四九～一二〇七）。文治二年（一一八六）三月、後鳥羽天皇（当時七歳）の摂政となっていた。日記に『玉葉』がある。法性寺殿。
三　天皇に代って政治を執ること。摂政の別名。大臣が兼任した。
四　公事のある日で宴会が持たれるのが例であった。
五　藤原実定。文治五年七月、五十一歳で左大臣になるが、翌年七月辞職。建久二年（一一九一）六月、出家し、十二月に没する。
六　承明門内で公事を主宰する役。
七　木製の食器か。水桶の意もある。底本「たつ」に「き」と傍記。傍記を採る。
八　殻皮をとって乾燥させた栗の実。
九　往時のように節会に物を食べることを復活するという方針。

建久の比、[一〇]中山の太政入道殿、大納言の右大将にて、[一一]県召《あがためし》の除目《ぢもく》に三ケ夜出仕せさせ給ひて《三晩とも出勤なされて》、[一二]笞文《はこぶみ》の[一三]三の説を夜ごとにかへてとらせ給ひけるを、人々めでたがり《すばらしいと言い》、ののしりあへりける《ほめたてたところ》に、頭の中将忠[一四]季朝臣、あまりにいみじがりて《賛嘆のあまりに》、絵にかきて持たれたりけるとかや。中将は、ゆゆしき絵かきになん侍りける《たいへん上手な絵かきであった》。

一〇三 光明峰寺の左大将道家、京官除目にさきの人の置違へたる硯笞を置改めたる事

[一五]承元《しようげん》二年十二月九日、[一六]京官の除目おこなはれけるに、[一七]或る大納言[一八]硯笞《すずりばこ》を第二の大臣の前におかれたりけるを、[一九]光明峰寺《くわうみやうぶじ》の入道殿、中納言の左大将にて一笞《硯箱》置かせ給ふとて、前の人《さき》のおきたがへられ《前の大納言が置きちがえられた》たる硯笞ながら《その硯箱も一緒に》、北へおしあげさせ給ひたりける《第一の大臣の前へと》、人々ほめたてまつることかぎりなかりけり。その時、御年十六になり給ひにけるとかや。[二〇]みなし子の御身にて、あはれに目出たき御事かなと、時の人申しけるとなん。

県召除目に三夜出仕笞文の三の説を夜ごとに換えて嘆賞された頼実

十六歳左大将の折京官除目に硯笞の位置を正し嘆賞された道家

一〇 藤原頼実。建久二～九年の間、右大将であった。
一一 諸国の国司を任命する政事。原則として、毎年、正月十一～十三日に行われた。
一二 除目・叙位の時、硯箱の蓋《ふた》に入れて大臣等列座した公卿の前に置き回す、任官すべき者の名を記す文書。
一三 笞文を取り出すのに三通りの異なる作法があったものか。未詳。
一四 内大臣中山忠親の子、右近中将。建久六年七月、蔵人頭となり、翌年正月に没している。
一五 一二〇八年。
一六 在京の諸官職を任命する公事。毎年、秋に行われるのが例であった。司召の除目。
一七 この時、藤原兼良《かねら》・公継《きんつぐ》の二人が大納言。権大納言には、藤原公房・兼宗等六人がいた。
一八 この時、藤原隆忠が左大臣、藤原忠経・道経の二人が右大臣であり、第二の大臣とは忠経をさすか。
一九 九条道家。摂政良経の子。実際には、この年七月、左大将のまま、権大納言に昇進していた。
二〇 建永元年（一二〇六）三月、父の良経が急逝していた。

公事の道に御関心深く滝口殿に御幸作法を実演習得された後鳥羽院

一〇三　後鳥羽院、内弁の作法を藤原基房に習ひ給ふ事

後鳥羽院[一]、公事《くじ》の道をふかく御沙汰ありけるに《究めようとなされたが》、菩提院《ぼだいゐん》[二]の入道殿下に内弁[三]の作法をならはせおはしまさんとて、滝口殿[四]に御幸なりて門みなさしまはされけり《門をすべて閉ざされた》。入道殿下《基房》、墨染《すみぞめ》の御衣はかまに笏《しやく》[五]ただしくして、院の御下重《したがさね》[六]の尻をたまはらせ給ひて《お受けになられて》、〔院の〕御腰にゆひて、もも[七]ゆきはきてねらせ給ひたりける《静かにお進みになったのは》、目も心もおよばずめでたかりける《すばらしかった》。をさなき殿上人《てんじやうびと》一二人、上北面《じやうほくめん》[八]には重輔《しげすけ》[九]朝臣一人ぞ候ひける。

ひそかに内裏に御幸内弁の役になって予行演習をなさった後鳥羽院

一〇四　後鳥羽院、白馬の節会習礼の事

後鳥羽院、ひそかに大内《内裏》に御幸なりて、白馬《あをうま》[一〇]の節会《せちゑ》の習礼《しふらい》ありけり《予行演習》。院は大臣の大将とて《大臣兼大将の役になって》、内弁をつとめさせおはしましけり。官人《くわんにん》[一一]坊門《ばうもん》の大納言忠信[一二]、番長《ばんぢやう》[一三]家季朝臣にてぞ侍りける。右大将にて後久《ごこ》[一四]我《が》の太政大臣おはしけるに、番長には造酒《みき》[一五]の正《かみ》信久をなされたりけ

一　高倉天皇の第四皇子（一一八〇～一二三九）。和歌・蹴鞠・琵琶・笛など多才で、和歌所を興し、西面の武士を新設するなど、皇権の回復に努めた。
二　摂政・関白藤原基房（一一四四～一二三〇）。
三　節会などを執行する公卿。
四　清涼殿の東北の滝口の武士の詰所。底本「龍口」。他本により改訂。
五　束帯着用の時、容儀を整えるために右手に持つ、象牙または木製の薄く細長い板。
六　束帯の際、半臂《はんぴ》の下に重ねる。「尻」はその裾《すそ》で、袍の下に長く出した。
七　股まである深い皮の長靴。
八　院の御所の警固の武士で、四、五位の者。
九　藤原重輔。従四位上・宮内大輔・内蔵権頭。
一〇　正月七日、天皇が、馬寮から引き出される白馬をご覧になる儀式。
一一　太政官・各省の六位以下、及び六衛府の将監・尉（六位）以下の役人。
一二　藤原忠信。権大納言昇任は、建保六年（一二一八）十二月で、時に三十二歳。内弁の随身の役を勤めた。
一三　近衛の舎人《とねり》から選ばれる随身の長。「家季」は藤原家季。後に右大将。

り。大納言《〔随身役の〕》に信久ふかくかしこまりたりけるを《信久が深々と敬礼したのを》、大納言《忠信》見て、「随《ずい》身《じん》に随身のかくばかりするやうやある《随身が随身にそのようにかしこまる法はないよ》」といはれければ、「随身も随身にこそよれ《随身といっても随身によりましょう》」といひたりける、いと興ある事なり。この日の事ぞかし、[一六]弾正《だんじやう》の少弼《せうひつ》国章、[一七]内侍《ないし》となりて[一八]下名《おりな》を持ちて東のはし《東のきざはし》のもとへあゆみいでたりけるに、[一九]陣につきたる諸卿《〔余りのおかしさに〕》たえかねて、みなわらひたりけるとなん。

主上のまね不可、食事狂々と内裏に詰問の使いを送られた後鳥羽院

一〇五　順徳院御位の御時、賭弓の行事を模し主上の御まねなどして戯れ、後鳥羽院の逆鱗に触れたる事

[二〇]天慶《てんぎやう》五年五月十七日、内裏にて[二一]蕃客《ばんかく》のたはぶれありけり。[二二]大使には、[二三]前《さき》の中書王《ちゆうしよわう》の中将にておはしましけるをぞなしたてまつられける。その外諸職《しよしき》みなその人を定められけり。主上、村上の聖主の親王にておはしましけるを《朱雀天皇や村上天皇がまだ親王でいらっしゃいましたが》、その主領にてわたらせ給ひけり《その戯れの主謀者として参画なさった》。

かかる《こうした》むかしのためしも侍るゆゑにや、[二四]順徳院の御位の時、《〔人々が〕》[二五]賭弓《のりゆみ》をまねばれける《真似て戯れた》。左京の大夫《だいぶ》[二六]重長朝臣、[二七]六位の青色の袍《はう》を借りて着

一四 源通光。建保五年正月、右大将。時に三十一歳。
一五 造酒司《みきのつかさ》の長官藤原信久。北面、左衛門尉。
一六 弾正台の二等官。弾正台は、律令制の監察機関で、この頃は主に京中の風俗の粛正、治安の維持に当っていた。親王、左右大臣以下を弾劾できる権限があったが、八三九年以後は、その職務は実質的には検非違使に移った。「国章」は伝未詳。
一七 内侍所また中宮に仕える女官。
一八 四位以下に叙される人の名を記した書類。
一九 公事にたずさわる公卿のために設営された席。
二〇 九四二年。朱雀天皇の時代。
二一 外国人入朝の儀をまねた戯れ。
二二 外国から来朝する正使（来朝者の代表）。
二三 兼明《かねあきら》親王（九一四～九八七）。醍醐天皇皇子。村上天皇の皇子の具平《ともひら》親王を後中書王と呼ぶのに対する呼称。「中書王」は中務卿。兼明はこの年二月、左近権中将を拝命した。
二四 後鳥羽院の皇子。在位一二一〇～二一年。
二五 正月十八日、弓場殿《ゆばどの》で天皇が出御して左右の近衛府と兵衛府の舎人《とねり》が射技を競う節会。
二六 藤原重長。参議・勘解由長官・左右大弁。
二七 衣冠束帯時に六位の官人の着用する青色の上衣。

て白木の御倚子《いし》につきて、主上の御まねをぞしたりける。時[一]正卿、いまだ[二]五位にて侍りける、関白になりたりけり。その外大将以下《いげ》みな殿上人をぞなされける（仮に任命なさった）。重長朝臣、（〔主上役の〕）御倚子につきて、御膳にそなへたる菓子ならびに鳥のあしなどを取りて食ひたりける、比興《ひきよう》[三]の事なりけり（興ある振舞であった）。[四]勝負の舞を奏する時、木工《もく》の権《ごん》の頭《かみ》[五]孝道、一鼓をうち蔵人《うど》[六]孝時、[七]太鼓をうちけり。まことの儀にも劣らずぞ侍りける（実際の賭弓の節会にも見劣りしないことだった）。[八]猪熊《ゐのくま》殿の関白にておはしましける、光明峰寺[九]の入道殿の左大臣にておはしましける、召に応じて参らせ給ひて、御覧ぜられけり。後鳥羽院、[一〇]御熊野詣の間《ま》なりけり。御よろこびの後（無事帰京の御祝の後）、この事聞しめして「主上の御まねしかるべからず。あまさへ食事狂々なり（あまつさえ食事の真似とはふざけ過ぎている）」とて逆鱗《げきりん》あり（激怒されて）て、按察《あぜち》[一一]光親卿を御使《みつかひ》にて内裏へ申されたりければ、ことにがくなりけるとなむ（興醒めな結果になってしまったということだ）。

一 「時兼」とあるべきか（『新訂増補国史大系本』）。時兼は少納言平信国の子、平時忠の猶子。後年（一二三三）、非参議・従三位に昇る。
二 時兼は、建暦元年（一二一一）十月、四十六歳で正五位下に叙されている。
三 「比興」には、興醒めで不都合なこと、の意もあるが、後鳥羽院の激怒を蒙《こうむ》るまでは、人々はこの戯れに興じていたと解すべきである。
四 賭弓では、負け方は罰酒を課され、勝ち方は賭物《のりもの》（かけ物）として佐渡布を賜り、拝舞した。
五 藤原孝道。底本「孝通」とし、「道欤」の傍記あり。「道」に従う。
六 孝道の子。従五位下で蔵人・右馬助。
七 底本「大鼓」、他本により改訂。
八 近衛家実。関白であったのは一二〇六〜二一年。
九 九条道家。左大臣であったのは、一二一八年十二月〜二〇年四月。
一〇 後鳥羽院は、承久元年（一二一九）十月および翌年三月に熊野へ御幸している（『百錬抄』『玉蘂《ぎょくずい》』）。
一一 藤原光親。按察使拝命は、建保元年（一二一三）一月。一二一九〜二〇年当時も同職に在任していた。

古今著聞集　巻第四

文学第五

一〇六（序）文学の起源と効用の事

教を弘め世人を導く学芸の道

一二伏羲《ふくき》氏の天下《てんが》に王としてはじめて書契《文字》をつくりて、縄一三をむすびし政《まつりごと》にかへ給ひしより《施政に用いられてから》、文籍《書物》なれり。孔丘一四の仁義一五礼智信をひろめしより、この道《文学の道》さかりなり。書に曰《いは》く、「玉一六琢《みが》かざれば、器に成らず。人学ばざれば、道を知らず」と。また云はく、「風一七《ふう》を弘め俗を導くに、文より尚《たふと》きは莫《な》く、教へを敷き民を訓《をし》ふるに、学より善きは莫《な》し」と。文学の用たる、蓋《けだ》しかくのごとし《まさにこのようである》。

＊**文学篇**　百済《くだら》からの漢籍の伝来に始まり、平安末鎌倉始めの治承文治の頃にいたるまでの、王朝貴族文化の精粋と言うべき漢詩漢文にかかわる説話三十五話を収める。巻中と巻末とに、『江談抄《ごうだんしょう》』や『十訓抄《じっきんしょう》』などからの後記抄入とみられる段十一話を含む。

一二　冒頭より「文籍なれり」までは、『書経』序による。「伏羲氏」は中国上代の神話的三皇帝の一人。民に漁牧を教え、八卦を画し、文字を作ったとされる。

一三　文字のない時代、縄の結び方によって指示・通告を出して天下の政治を行ったことをさす。

一四　孔子。中国春秋時代の思想家。儒家の祖とされ、仁を根幹とする徳治主義を説き、儒家の聖典である五経（易経・書経・詩経・礼記・春秋）を撰述した。「丘」はその名。

一五　儒教でいう五常、人間の守るべき五つの根本徳目。

一六　宝玉も彫琢《ちょうたく》を加えなければ、人の貴ぶ玉器とはならない。同様に人間も学問をしなければ、すぐれた道義を弁えた人物にはなれない。出典は貞永元年（一二三二）頃に成立した藤原孝範編『明文抄』、原拠は『礼記』学記篇。

一七　美俗を広め、世人を善導するには、文教よりすぐれた手段はなく、教えを広め、世人を教化するには、学問以上の手だてはない。出典は『明文抄』、原拠は『帝範』崇文。

一〇七　百済国より博士、経典を相具して来貢の事

応神天皇[一]十五年[二]に、百済《くだら》の国より博士、経典を相具して来たる。しかうして後、経史[三]我が国に学びつたへたり。

そもそも、「詩は志のゆくところなり。心にあるを志とす。言にあらはすを詩とす」[四]といへり。天武天皇第三の御子《みこ》大津の皇子[五]、はじめて詩賦《しふ》をつくり給ふ。それよりこのかた、春風秋月の幽静なる、みな吟嘯[六]の心を催し、詞花言葉[七]の聯翩《れんぺん》なる、ことごとく錦繡《きんしう》の色を裁するものなり。

詩とは心の赴く所を述べたものである　心にこめられたものは感動で　それを言葉に表したものが詩である

詩歌を吟ずる心を生じ　美しい織物のような見事さが表れるものである

一〇八　大江朝綱、夢中に白楽天と問答の事

天暦六年[八]十月十八日、後の江相公《かうしやうこう》[九]の夢に、白楽天[一〇]来たり給へりけり。相公悦びてあひたてまつりて、そのかたちを見れば、白衣を着給ひたり。面《おもて》の色あかぐろにぞおはしける。青きもの着たる者四人

一　仲哀天皇第四皇子、母は神功皇后。誉田《ほんだ》天皇とも別称され、三世紀後葉〜四世紀に在世した天皇。

二　この年八月、百済から、諸物師・博士等が来朝し、経典と共に初めて文字が伝えられた。その翌年には王《わ》仁《に》が『論語』『千字文』をもたらした（『帝王編年記』）。

経史の渡来と詩賦の創作

三　儒教の書（四書五経等）や歴史の書。

四　出典は『明文抄』。原拠は『毛詩』序、「詩者志之所レ之也。在レ心為レ志、発レ言為レ詩」による。

五　天武天皇在位時の太政大臣（六六三〜六八六）。天武天皇の薨じた直後、謀反の嫌疑で捕えられ、叔母に当る皇后（後の持統天皇）から死を賜った。「幼年にして学を好み、博覧にしてよく文を属《つづ》る」（『懐風藻』）、「弁・才学あり。もっとも文筆を愛し、詩賦の興は大津より始まるなり」（『日本書紀』）と評された。

六　底本「吟」を欠く。伊木本により補う。

七　飾った詞《ことば》を連ねて作られる詩文には。

八　九五二年。

九　大江朝綱《あさつな》（八八六〜九五七）。文章博士・大内記。祖父の音人《おとんど》を前江相公と称するのに対して後江相公と呼ばれた。「相公」は参議の唐名。

夢に白楽天と逢い問答した朝綱

一〇　中国唐代の詩人、白居易（七七二〜八四六）。その詩集『白氏文集』は、平安以来、長く愛誦された。

一一　欲界の六天の中の第四天。弥勒菩薩の住む内院と

天人のいる外院とに分れる。

一二 白楽天が朝綱に言うことならば、詩文に関することであったろう。相手が尊敬する異国の大詩人であり、その当人の直接の語りかけであってみれば、朝綱としては、一言半句なりとその言葉を耳にしたかったはずである。その無念の胸中が察せられる。

一三 九四七～九五七年。村上天皇の時代。

一四 菅原道真の孫（八九九～九八一）。従三位、大学頭・文章博士。朝綱と共に当代一流の文章道の大家。

一五 出典は『江談抄』等、詩の原拠は『白氏文集』。「蕭」は蕭悦。中国唐代の人。協律郎（音楽を司る官）で画技にもすぐれ、八一九年、忠州刺史として赴任した。「処士」は非官の人。「黔南」は黔州の南。黔州は、唐代には都督府の置かれた州で、現在の貴州・四川・湖北・湖南の各省に及ぶ。底本「黔南」、『江談抄』により改訂。

一六 詩をよくし、酒を愛する蕭老兄よ。その身は浮雲のように一所不住、両鬢は霜の白さ。生計の道をすてて、専らの仕事は詩作。家郷を忘れ、酒を心の拠り所《ど》とする兄よ。長江の流れは巴峡にかかって巴字のように回《めぐ》り初める。「鴻」は『文集』では「江」。「猿」と対するための替え字。「巴峡」は巴東（四川省東部）の三峡の一。

ともに蕭処士に送る詩四韻を第一のものとしてえらんだ朝綱と文時

あひしたがひたりけり。相公、「一一都率天《とそつてん》より来たり給へるか《おいでになったのですか》」と問ひたてまつられければ、「しかなり《その通りです》」とぞ答へ給ひたりける。申す《話さね》べきことありて来たれるよしのたまひけるに《ばならないことがあって来たのだと言われたのに》、いまだ物語におよばずして夢さめにければ、一二口惜《くちを》しき事かぎりなかりけり。

一〇九 天暦の御時、大江朝綱・菅原文時に白氏文集第一の詩をえらばしめ給ふ事

一三天暦の御時、朝綱《大江朝綱》・一四文時におほせて《お命じになって》、「文集」第一の詩《白氏文集の中から第一等の詩を》えらびて奉るべきよし、勅定ありければ《〔村上天皇の〕仰せ言があったので》、

一五送㆔蕭処士遊㆓黔南㆒

蕭処士《せうしよし》の黔南《けんなん》に遊ぶを送る

一六能㆑文好㆑飲老蕭郎

文を能《よ》くし飲を好める老蕭郎

身似㆓浮雲㆒鬢似㆑霜

身は浮雲の似《ごと》く鬢《びん》は霜の似《ごと》し

生計抛来詩是業

生計を抛《なげう》ち来たりて詩をこれ業とす

家園忘却酒為㆑郷

家園を忘却して酒を郷と為《な》す

鴻従㆓巴峡㆒初成㆑字

鴻は巴峡《はけふ》より初めて字を成す

猿[一]過二巫陽一始断レ腸
猿は巫陽《ふやう》を過ぎて始めて腸《はらわた》を断つ

不レ酔黔中争得レ去
酔はざれば黔中《けんちゆう》争《いかで》か去ることを得ん

摩囲山月正蒼々
摩囲山《まゐさん》の月正《まさ》に蒼々たり

この四韻[二]を共に（両人ともに）えらびたてまつりけり。一句（一句だけが）すぐれたるは多けれども、四句の体ことなるによりて、ありがたき事にや（四句の詩体がそろって殊勝であるから珍重すべき事ではあるまいか）。両人同心（二人が全く同じ考えだった事は）のほど、興あることなり。

二〇　源相規の安楽寺作文序に天神御感の事

月明に道真の霊が直衣姿で現れた程すぐれた作文序を書いた相規

「安楽寺作文の序」[三]を相規《すけのり》[四]が書きけるに、

王[五]子晋之昇レ仙
王子晋《わうじしん》の仙に昇りて

後人立二祠於緱嶺之月一
後人祠《やしろ》を緱嶺《こうれい》の月に立つ

羊太傅之早レ世
羊太傅《やうたいふ》の世を早くして

行客墜二涙於峴山之雲一
行客《かうかく》涙を峴山《けんざん》の雲に墜《おと》す

この句ことにすぐれたりけるを、後に月のあかかりけるに（月の明るい夜に）、安楽寺

一　猿声は巫峡の山際を過ぎると切なく胸にしみ初めるとか。すっかり酔わずには、黔中などへは発てますまい。かの黔南の摩囲山上の月は、まことに蒼々として君を孤独にせずにはおかないのだから。「巫陽」は巫山の南側沿いの江岸。「摩囲山」は黔南県にある山。

二　四韻詩。四つの脚韻を踏む、五言あるいは七言八句の律詩をいう。

三　『本朝文粋』十一所載の「初冬、陪二菅丞相廟一、同賦三籬菊有二残花一詩序」をさす。安楽寺は、菅原道真の御廟、大宰府天満宮。

四　大宰大弐源清平の子。九七〇年摂津守を拝命。

五　周の霊王の太子晋（王子喬《おうしきょう》）が仙術を習得して仙界に昇った後、白鶴に乗って緱氏山に現れたので、後世の人はその山上に祠を建てて太子をしのんだ。この故事の原拠は『列仙伝』。羊太傅（祜《こ》）は、襄陽の太守で州民から慕われていた。祜が早世すると（行年五十八）、土地の人々は祜の愛した峴山の山上に碑を建ててしのんだが、そこを通る旅人はそれを見て皆落涙した。『晋書』羊祜伝の故事に拠る。出典は『江談抄』

にて直衣《なほし》[六]の人詠じたるは、天神[七]御感のあまりにあらはれ給ひけるにや。

二二　橘直幹が秀句を奝念上人偽りて自作と称し披露したる事

蒼[八]　波　路　遠　雲　千　里　（蒼波路遠し雲千里）
白　霧　山　深　鳥　一　声　（白霧山深し鳥一声）

この句は、[九]橘直幹《なほもと》が秀句にて侍るを、[一〇]奝然《てうねん》上人入唐[一一]の時、「わが作なり」と称しけり。但し、「雲千里」と侍るを「霞千里」と改め、「鳥一声」をば「虫一声」と直したりけるを、唐人聞きて、「佳句《かく》にて侍る。おそらくは雲千里、鳥一声と侍らば、よかりなまし（もっとよかったであろうに）」とぞいひける。さしもの上人の（あれほど高徳の上人が）、いかに（どうして）[一二]そらごとをばせられけるにか（「こんな」うそをつかれたのであろうか）。この事おぼつかなし（よく分らないことだ）。

六。道真への追慕の心を相規が王子晋・羊太傅の故事にことよせて詠んだ。「羊太傅」は底本「羊太轉」、伊木本により改訂。

六　天皇・摂関・大臣など高位の貴族の着用した平常服。ちなみに大宰府へ左遷され、そこで没した道真は、右大臣であった。

七　道真をさす。

改変を唐人が原詩の通りに正した程の秀句を詠んだ直幹

八　青海原の波路のはて、千里の彼方にたなびく雲を望み、白く霧のたちこめた深い山中に鳥の一声鳴くを聞く。石山寺参籠時の作で、「蒼」と「白」の色対《つい》、「千」と「一」の数対が見られる。出典は『江談抄』四。

九　長門守長盛の子。正四位下で式部大輔、大内記・大学頭・東宮学士・文章博士を歴任。歌は『後撰集』以下に入集。子に武蔵守列相がいる。

一〇　藤原氏。少年時に東大寺に入り、三論を学ぶ。九八三年、六人の僧を伴い入宋、九八七年、三国伝来の釈迦像を携えて帰京、一〇一六年に没した。奝然没後、弟子の盛算が、奝然将来の釈迦像によって清涼寺（釈迦堂）を開く。

一一　入宋の誤り。

一二　直幹の作を手直しして自分の作だといった偽《いつわ》り。

一三　渤海の人、大江朝綱が秀句に感涙を流す事

前[一]途程遠　　前途、程遠し

馳二思於鴈山之夕雲一　　思ひを鴈山《がんざん》の夕べの雲に馳す

後会期遥　　後会、期遥かなり

霑二纓於鴻臚之暁涙一　　纓《えい》を鴻臚《こうろ》の暁の涙に霑《うるほ》す

と、後[二]の江相公書きたるを見て《書き示したのを読んで》、渤[三]海《ぼつかい》の人、感涙を流しける。のちに本朝《わが国》の人にあひて、「江[四]相公、三[五]公の位にのぼれりや《大臣の地位に昇っていますか》」と問ひけり。しからざるよし答へければ《大臣にはなっていないと答えたところ》[六]、「日本国は賢才をもちゐる《登用する》国にはあらざりけり」とぞ恥ぢしめける《と侮蔑するように言った》。

一三　都良香、竹生島に参りて作詩し、弁財天の夢の告を蒙りて下句を得る事（抄入）

都良香《みやこのよしか》[七]、竹[八]生島に参りて、

三[九]千世界眼前尽　　三千世界は眼《まなこ》の前に尽きぬ

一　以下の詩題は「夏夜、於二鴻臚館《こうろくわん》一餞二北客一」（『本朝文粋』九）。延喜八年（九〇八）六月、渤海使裴璆《ぼつかいしはいきゆう》の送別の会席での作。出典は『江談抄』六。あなたがこれからたどられる旅程ははるばると遠い。私は唐の北地の雁山の暮れがたの雲に思いを馳せて、あなたをしのぼう。再会の日ははるかの後、と思えば、この鴻臚館での送別の会の暁、私の冠の紐は惜別の涙でしとどにぬれてしまった。「鴈山」は洛陽から北の胡国への通路にある雁門山。「鴻臚」は鴻臚館で、来朝した外国の賓客の接待、宿泊にあてられた。

三公に昇る人と見られた朝綱

二　大江朝綱、時に二十三歳。この三年後、延喜十一年に文章生に補されている。

三　朝鮮半島の北から中国北東部にあった国。九二六年滅ぼされた。延喜八年一月、裴璆等は伯耆《ほうき》国に到着、五月に宇多法皇の返書が与えられた。

四　誤伝。後江相公とあるべきところ。江相公は大江維時。前江相公は大江音人。

五　大臣の総称。左・右および内大臣または、太政・左・右の三大臣をいう。

六　朝綱は、参議・正四位下で天徳元年に没した。

七　平安初期の漢詩人（八三四〜八七九）。初め、桑原言道と称した。文章博士・掌渤海客使。

夢に十二因縁の下句を得た良香

八　琵琶湖に浮ぶ島で、都久夫須麻神社と宝厳寺があ

と案じ侍りて《〔上の句を〕考え出して》下の句を思ひ煩《わづら》ひ侍りけるに、その夜の夢に弁才天[一〇]、

十[一一]二因縁心中空　十二因縁は心の中《うち》に空《むな》し

と付けさせ給ひける、やむごとなき事なり。

二四　源為憲、大江以言の佳句披講の座にて感泣の事

「晴後、山川清し」といふことを《という題で》、以言《もちとき》[一二]つかうまつりけるに《詩をお作りすることになり》、

帰[一三]レ嵩鶴舞日高見　嵩《すう》に帰る鶴は舞ひて日高く見ゆ

飲[一四]レ渭龍昇雲不レ残　渭《ゐ》に飲む龍は昇りて雲残らず

と作りて、以言すなはち《以言がそのまま》講師《かうじ》[一五]にてよみあげたるを[一六]、為憲朝臣《ためのり》[一七]、その座に侍りけるが聞きて、書嚢《しよなう》に頭を入れて涙を流しけり《感涙を流した》。見る人、或いは感じ、或いはわらひけり。かの為憲は、文場《詩会の会場》[一八]ごとに嚢に抄物[一九]を入れて随身《ずいじん》しけるを《携帯したのでそれを書嚢と名づけたのであった》、書嚢とは名づけたりけり。

り、寺内に弁才天を祭る弁天堂がある。
九　竹生島からは、三千世界（三千大千世界）が目の前に眺め尽される。「三千世界」は、仏教で全宇宙、ある限りの全世界をいう。底本に「世」を補った。
一〇　弁天堂の弁才天。元来はインドの河の女神。仏教では、財福・弁舌や音楽の才の徳があるとされる。
一一　（その眺望によって）あらゆる煩悩がわが心中から霧散してしまった。「十二因縁」は、過・現・未の三世にわたって六道に輪廻する人間の受ける十二の因縁。転じて、人間の煩悩の全て。

抄物入の嚢に頭を入れ泣いた為憲

一二　大江以言（九五五～一〇一〇）。式部大輔・文章博士。藤原篤茂に詩文を学んだ。
一三　王子喬《おうしきよう》を乗せて嵩山《すうざん》（の緱氏山頭）に帰り来た鶴は大空に舞い、陽は高く輝いて見える。一一〇話参照。
一四　渭水の水を飲んだ黒龍が天に昇ると、雲も消えて晴れわたった。渭水は、陝西《せんせい》省内を流れる黄河の支流。『三秦記』の文公の故事に拠る。
一五　詩歌の会で、新作の詩歌を読んで披露する役。
一六　『江談抄』四によれば、以言は、帰嵩と飲渭とを訓読せず、あえて「音連」にて読んだという。
一七　源為憲。平安中期の学者・文人。『三宝絵詞』『口遊』『世俗諺文《げんもん》』等の著者。一〇一一年没。
一八　閉じ口のついた布製の袋。
一九　詩歌の作法書、またはそれを書き集めたもの。

一二五　式部大輔永範、宝荘厳院の詩歌合せの折秀句の事（抄入）

後徳大寺《ごとくだいじ》[一]の左大臣、前《さき》の大納言にておはしける時、人々をともなひて、嘉応二年[二]九月十三夜、宝荘厳院《ほうさうごんゐん》[三]にて当座[四]の詩歌合《しいかあは》せありけるに、式部の大輔《たいふ》永範《ながのり》[五]卿、月のかげに立ちいでて抄物を見て、

月光のもとに出て行って詩歌の作法書を抜き見て

楼[六]台月映素輝冷

楼台月映りて素輝《そき》冷やかなり

七十秋闌紅涙余

七十秋闌《た》けて紅涙余《あま》れり

といふ秀句を作りたりける。むかしは、ふところに抄物など持つ、苦しからぬ事なりけり。近代は不覚[七]の事に思ひて持たぬ事になりはてにけり。

遠慮のいらないことであった

一二六　元稹が秀句に隠君子感銘の事（抄入）

不[八]㆓是花中偏愛㆒㆑菊

これ花中に偏《ひと》へに菊を愛するにあらず

此花開後更無㆑花

この花開きて後更に花無ければなり

一　藤原実定（一一三九～九一）。右大臣公能の子。一一六五年八月、権大納言を辞し、十二年後に還任。

二　一一七〇年。この年、実定は三十二歳。

三　長承元年（一一三二）、鳥羽院の御願寺として、現在の左京区聖護院山王町の地に建立された寺院。

四　前もって用意した作品を持参せず、その場で即詠するもので、同一題で漢詩と和歌とをそれぞれ別人が作り、それを合せて、勝負を競う。

月光で抄物を見、秀句を詠じた永範

五　藤原永範。文章博士。一一五三年正月、式部大輔。

六　高楼に十三夜の月が照り映え、その白い光を浴びたたたずまいは、身ぶるいしたくなるほどに冴《さ》え冴《ざ》えと冷たく美しい。七十を過ぎた老いの身にも、感激のあつい涙がわいて尽きない。永範はこの年、七十一歳。前句の「素」を後句が「紅」で承けた色対が見られる。

七　いかにも不見識だ、みっともない、の意。

八　以下の詩句は、『白氏長慶集』巻十四、「禁中九月対菊花酒憶」詩題下注に拠る。花の中でただ一途に菊の花を愛《め》でるのではない、この花が咲いた後には、もう咲く花がないからなのだ。出典は『江談抄』四。『白氏長慶集』では、「偏」は「唯」、後句の「後」は「尽」とある。

後の字を尽と改めよと宿執を示す影のようなもの

九　中国唐代の人。字は微之《びし》。武昌節度使・尚書左丞

これは元稹《げんしん》[九]が秀句なり。隠君子[一〇]、〔句を吟じながら〕琴を弾じ給ひける空より、かげのやうなるもの来たりていひけるは、「我、この句を愛す。宿執《しゅくしふ》[一一]あるによりてその感[一二]にたへず。但し後[一三]の字をあらためて尽とあるべし」といひて失せにけり。

一七　鬼神、菅原文時の家を拝する事

いづれの年にか、天下に疫病《やくびやう》はやりたりけるに、或る人の夢に、[一四]文時三品《さんぼん》の家の前を、おそろしげなる鬼神[一五]ども、みな拝して通りけるを、「あれはなにといふことにて《あなたがたはどういうわけで》、かくはかしこまるぞ《こんなふうに拝礼をするのだ》」と問ひければ、「『隴山《ろうざん》[一六]雲暗くして、李《り》将軍の家に在り』と作りたる人の家をば、いかでかただ無礼《むらい》にて過ぐべき」と答へけり。鬼神は心たしか《しっかり》にて《していて》、かく礼儀もふかきによりて、文をも敬ふにこそ。一道に長ぜる人は、むかしも今もかやうのふしぎ多く侍り。

を勧めた官吏。また白居易と並称された詩人。平易軽妙なその詩体は、元和体（「元和」は八〇六～八二〇年に及ぶ唐代の年号）と称され、愛誦された。

一〇 隠棲している君子。『江談抄』によれば、嵯峨源氏の淳。菅原道真が対策（官吏の登用試験）の問題で、友人を経て難解な箇所の教えを乞うたほど詩文に通じていた人物。

一一（句に対する）前世からの執心。

一二 その句が弾吟されるのを聞くと感激にたえない。

一三「後《のち》」を「尽《ことごとく》」と、『白氏長慶集』に引く通りの文字に改めるべきことを教えたもの。

疫病神も拝礼して通った文時の家

一四 菅原文時。道真の孫、文章博士。「三品」は三位の唐名。文時が従三位に昇ったのは九八一年。

一五 ここでは、疫病神をさす。

一六 以下の句は「為二清慎公一請レ罷二左近衛大将一状」（『本朝文粋』五）と題する文の一節。清慎公は小野宮実頼。あの隴山には雲が暗くかかっているが、その地には李将軍の住家がある、の意。「隴山」は李将軍の生地・隴西成紀をさす。「李将軍」は漢の将軍李広。武帝・景帝の時代、匈奴と戦い、匈奴から漢飛将軍と恐れられた無敵の勇将。「暗」は底本「晴」。『本朝文粋』により改訂。

一八　大内記善滋保胤、匡衡・斉名・以言等を評する事

六条宮の下問に、当代人の文章の美点をそれぞれに評し答えた保胤

大内記《だいないき》善滋保胤《よししげのやすたね》[1]、六条の宮[2]に参じて下問〔宮からの〕の時、事〔話が〕、時輩の文章〔当時の人々の漢詩文〕におよびけるに〔に及んだ時に〕、親王命じて云はく、「匡衡《まさひら》[3]は如何《いかん》」。答へて曰《いは》く、

敢[4]死之士数百騎
敢死《かんし》の士数百騎

被㆓介冑㆒、策㆓驊騮㆒、
介冑《かいちう》を被《かうぶ》り、驊騮《くわりう》に策《むち》ちて

似㆑過㆓淡津之浜㆒。
淡津《あはづ》の浜を過ぐるに似たり

其鋒森然、少㆓敢当者㆒。
その鋒《ほこさき》森然《しんぜん》、敢へて当る者少なし

また命じて云はく、「斉名《ただな》[5]は如何」。答へて曰く、

瑞[6]雪之朝、瑤台之上、
瑞雪《ずいせつ》の朝、瑤台《えうだい》の上

似㆑弾㆓箏柱㆒。
箏の柱《ことぢ》を弾ずるに似たり

また命じて曰く、「以言《もちとき》[7]は如何」。答へて曰く、

白[8]砂庭前、翠松陰下、
白砂の庭前、翠松《すいしよう》の陰の下に

如㆑奏㆓陵王㆒。
陵王《りようわう》を奏するが如し

一　慶滋保胤。加茂氏。菅原文時の弟子。『池亭記《ちていき》』、『日本往生極楽記』の著者。法名寂心。一〇〇二年没。

二　村上天皇の皇子、具平《ともひら》親王（九六四〜一〇〇九）。千種殿、後中書王とも。保胤に師事した。

三　大江匡衡。文章博士。一条・三条天皇の侍読。当時博学無双といわれた漢詩文家。一〇一二年没。

四　決死の武士数百騎が甲冑《かっちゅう》に身をかため、駿馬《しゅんめ》に鞭打って淡津の浜を馳せゆくのに似ている。その鋒先は鋭く、あえて立ち向う者は少ない。「驊騮」は、周の穆王《ぼくおう》の乗った駿馬の名。「淡津」は、琵琶湖畔の粟津の松原（滋賀県大津市）。

五　紀斉名（九五七〜九九九）。大内記。橘正通の弟子。その作品は『朝野群載』、『本朝文粋』等に見える。

六　豊年の瑞兆《ずいちょう》である雪の降った朝、美しい台《うてな》の上で箏《そう》の琴を弾ずるのに似ている。『今鏡』では、斉名の作文を「月のさえたるに、なかばふりたる檜皮葺《ひはだぶき》の家の御簾ところどころはづれたるうちに、女の箏のことひきすましたる様になん侍る」と評する。

七　大江以言。文章博士。一一四話参照。

八　白砂を敷きつめた庭前、緑の松の下で、陵王を奏する趣である。「陵王」は舞楽の曲名。蘭陵王とも。龍の面をつけて一人で舞う華やかでめでたい曲。『今鏡』は以言の詩を「白くちらしたる庭の上に桜の花散りしきたるに陵王舞ひたるになん似て侍る」と叙す。

また命じて曰く、「足下は如何」（そこもとはどんなふうか）。答へて曰く、

旧[九]上達部駕ニ毛車一、（旧上達部《ふるかんだちめ》の毛車に駕し）

時々似レ有ニ隠声一。（時々隠声有るが似《ごと》し）

と申しける、いと興ある事なり。

おほかた、「[一〇]漢より魏《ぎ》に至るあひだ、文体三たび改まる」とこそ「[一一]文選《もんぜん》」には侍るなれ。白楽天の作をば（〔唐の〕白居易の作を）、[一二]東坡《とうば》先生はかたぶけける（非難したという）とかや。されば和漢の風情、時にしたがひてあらたまるやうに侍れども、[一三]かの保胤が詞、「[一四]古今」の序のごとくは、さまざまなる体、いづれもすつまじきにこそ侍れ（どれもみな排してはならぬものでしょう）。[一五]一隅をまもりて（片寄った狭い見方で）善悪を定めん事は、口惜《くちを》しかるべき事なり。諸道同じ事なるべきにや。

双魚云々の秀句を書いた国房

二九　大江匡房、高麗より要請の医師派遣を断る返牒に秀句の事

白河院[一六]の御時、高麗《かうらい》[一七]の国より医師《くすし》を申したりけるに（願ってきた時に）、遣《つか》はすべき（派遣すべし）よし沙汰ありけるに（とのご命令があったが）、殿下《てんが》[一八]御夢想のことありて（夢のお告げを得て）、遣はすまじきにな

九　上達部となって年を経た者が檳榔《びろう》毛《げ》の車に乗ってくぐもった声で低吟するのに似ております。風格と奥ゆかしさのあることを述べた。「毛車」は上皇以下四位以上の者と僧正とに許された車。

一〇　「自レ漢至レ魏四百余年、辞人才子、文体三変」（『文選』巻五十、沈休文「宋書謝霊運伝論」）に拠る。漢の建国は、紀元前二〇二年、魏の建国は二二〇年。「文体三変」は、相如の形似之言から班長の情理之説、そして子建・仲宣の気質を体とする文への三変をいう。

一一　梁の昭明太子蕭統（五〇一～五三七）が編集した周から梁に至る千年間百二十七人の詩文集。

一二　蘇軾《そしょく》（一〇三六～一一〇一）。東坡はその号。宋代の文人、唐宋八大家の一人。「赤壁賦」で知られる。

一三　保胤が六条宮の下問に各々の個性の相違を指摘したことをいう。

一四　紀貫之の仮名序ではなく、紀淑望《きのよしもち》の「真名序」（『本朝文粋』十一）の冒頭部の、事柄次第で表現する詞はさまざまに異なる、という叙述をさす。

一五　底本「愚」に「隅」と傍記。傍記を採る。

一六　承暦四年（一〇八〇）八月。

一七　朝鮮の高麗朝（九一八～一三九二）。

一八　関白藤原師実。兼左大臣でこの時四十歳。

りにけり。返牒《へんでふ》[一]を匡房卿書きけるに、

双魚難レ達二鳳池之波一[二]（双魚鳳池《ほうち》の波に達し難し）

扁鵲豈入二鶏林之雲一（扁鵲《へんじやく》あに鶏林の雲に入らんや）

この句[三]ことなる秀句にて、世の人ほめののしりけり（賛えて評判した）。

一三〇　大江匡房、夢想によりて安楽寺祭を始むる事

江の中納言匡房卿、承徳二年[四]（堀河）、都督《ととく》[五]に任じてくだりけるに、同じき康和三年[六]に都督夢想の事ありて、安楽寺[七]の御祭をはじめて、八月二十一日、翠華《すいくわ》[八]を浄妙寺[九]にめぐらす。この寺は天神（道真が）の御車をとどめし地なり（旧跡である）。治安の都督惟憲《これのり》[一〇]卿、かの跡をかなしみて（その旧跡の荒廃ぶりを悲しんで）一伽藍《がらん》をその跡に修復して（立派な寺をそこに建て直して）、法花三昧《さんまい》[一一]を修す。同じき二十三日、宰府に還御。僚官《れうくわん》・社司みな馬に乗りて供奉す。廟院《べうゐん》[一二]の南に頓宮《とんぐう》（仮宮）あり。神輿《しんよ》をその内にやすめて、神事をその前に行ふ。翌日[一三]に宴終りて、夜に入りて才子ひきて（詩歌の才ある人々を選び集めて）宴席をのぶ。これをまつりの竟宴《きやうえん》[一四]といふなり。「神徳（天神の徳は）

一　返書。底本「返條」を伊木本により改訂。
二　二匹の鯉は宮中の池に着き難い（貴書簡は帝の聴聞に達しがたい）、片羽の鵲《かささぎ》はどうして鶏林（朝鮮の古称）の雲のかなたへ飛び行けようか（わが国の名医を貴国へ派遣することはできない）。「双魚」は、来信をいう故事。「鳳池」は漢宮の鳳凰池、転じて宮中。「扁鵲」は中国古代の伝説上の名医。「鶏林」は底本「鶴林」、『本朝続文粋』十一により改訂。
三　宋の商人が「宋の天子が鍾愛賞翫する句で、百金を以《もつ》て換えたい句だ」と語ったという（『江談抄』五）。
四　一〇九八年。実はその前年。
五　匡房は大宰権帥・権中納言で五十八歳。九月に下向した。

大宰権帥の折道真を祭り詩宴に佳句を詠じ神感を受けた匡房

六　一一〇一年。
七　大宰府天満宮。菅原道真を祭る聖廟。安楽寺のあった地に建立されたので、安楽寺ともいう。
八　かわせみの羽で飾った天皇旗。ここは、神輿。
九　道真の謫居《たつきよ》・終焉の地。現在の榎木寺。
一〇　藤原惟憲。治安三年（一〇二三）、任大宰大弐。
一一　二十一日間に及び読経・懺法《せんぼう》を行う儀式。
一二　九〇五年に創建された道真を祭る祠堂。
一三　底本「翼」。伊木本により改訂。
一四　安楽寺の祭の後に催す宴会。
一五　たとい桑畑が海に変ろうと、（安楽寺の）日ごと

遐年《かねん》を契る《とこしえに生き続ける》」といふ題をはじめて講ぜられける《披露された》。序を都督《ととく》書かれけるに、「[一五]*桑田《さうでん》は縦《たと》ひ変ずとも、日祭月祀《につさいげつし》の儀長く伝はらん。[一六]芥城《かいじやう》は縦《たと》ひ空《むな》しくとも、天に配し地に掃《はら》ふの信《しん》、絶ゆること無けん。[一七]況《いはん》や崑崙《こんろん》の万歳三宝の桃をや。便《すなは》ち粉楡《ふんゆ》の珍羞《ちんしう》に充《あ》て、[一八]崆峒一劫《こうどういちごふ》の熟の瓜をや。更に蘋蘩《ひんぱん》の綺饌《きせん》に代へん」と書かれて侍るゆゑにや、この祭礼としを経てたゆる事なく、いよいよ脂粉をぞ添へられ侍る《趣向をこらして行われるようになった》。

同じ序に云はく、

「[一九]*社稷《しやしよく》の臣、政化高しと雖《いへど》も、朝闕《てうけつ》の万機、いまだ必ずしも姫霍《きくわく》を光らしめず。[二〇]風月の主、才名富むと雖も、夜台《やだい》《墓穴》一たび掩《おほ》へば、いまだ必ずしも祖宗に類せず。[二一]かの蕭々《せうせう》たる暮雨、花は巫女《ふぢよ》の台に尽く。嫋々《でうでう》たる秋風、木は伍子《ごし》の廟《べう》に下る。[二二]古今相《あひ》隔たりて、幽奇《いうき》惟《これ》同じ。匡房、五稔《ごじん》の秩已に満つ《五年の任期が満了した》。春を待ちて漸く江湖の舟を艤す《やがて船出する船を準備している》。再びこれ《この廟を》を観《み》る期《ご》知り難し。何《いつ》の日か復《また》廟門の籍に列せん《安楽寺祭に列するであろうか》」と書かれたりける。詩にいはく、

月ごとの祭は、末長く伝えられよう。
一六 たとい芥子《けし》の城の芥子粒が絶えはてるほどの劫《こう》を経ようと、(天神の徳を) 天に配して賛え、その祭地を掃き清める人々の信仰は絶えぬであろう。「芥城」は、芥子の実でできた四十里立方の城。三年に一粒ずつ除いた芥子粒がなくなる時を劫という。
一七 当然のことながら、(西王母の住む) 崑崙山《こんろんさん》に一万年に三つしかならない桃の実を天神への美味なる供え物とし。「粉楡」は仙居の意。ここは天神の社。
一八 (広西子の住む) 崆峒の山に一劫年に一度しか熟さないという霊瓜をもって粗末な神饌に代えるであろう。「蘋蘩」は、浮草と白蓬。粗末な供え物をいう。
一九 要臣として政教の力がすぐれてはいたが、宮中で国政を動かす力は、周姫《しゅうき》や漢の霍光《かくこう》の上に出るとはいえない。「社稷の臣」は道真をさす。「姫」は周王朝、「霍」は暗君を廃した漢の霍光。
二〇 風流文事の人としての才能・評判は高かったが、冥界の人となっては、その功業はまだ祖宗に及ばない。
二一 あの物寂しい暮れ方の雨に、花は巫女の廟に散りつくす。物寂しい秋風に、木の葉は伍子の廟に散りしく。「巫女の台」は楚の襄王《じょうおう》が夢に契ったという仙女を祭る廟。「伍子の廟」は、呉王に諫止して容れられず自害した伍子を祭る廟。「蕭々」、「木」は底本「蕭之」、「人」。『本朝続文粋』により改訂。
二二 古今時を隔ててはいても、その人目につかぬ珍しくしめやかな趣は (安楽寺の廟のそれと) 同じである。

[一]蒼茫雲雨知レ吾否《蒼茫《さうばう》たる雲雨吾を知るや否《いな》や》

其奈三将レ帰二於帝京一《それ将《まさ》に帝京に帰らんとするを奈《いかん》》

となん作られたり。この序を講じける時《読んで披露した時》、この中の句を御殿のかたに人の詠ずるこゑの聞えけるは、「疑ひなく神感のあまりに天神御詠吟ありけるにこそ」と人々申しける。[二]今年都督秩満の年《任期満了の年》にあたれり。[三]明春帰洛せんずる《都に帰ってしまう》事を神も名残多くおぼしめして、かく倡吟ありける《吟唱された》にや《のであろうか》。

同じき四年、都督すでに花洛におもむく《花の都に帰任することになって》とて、[四]曲水《ごくすい》の宴《えん》に参りて序を書かれける《序を書かれたところ》に、夢の中に人来たりて告げけるは、「この序の中にあやまりあり。直《なほ》すべし」といふと見てさめぬ。そののち件《くだん》の序を沈思ありける《考え直してみると》に、「[五]柳中の景色暮れ、花前の飲罷《や》めんと欲す」といふ句ありけり。「[六]柳中」は秋の事なり。春の時にあらずと覚悟《さとって》して、すなはち《すぐに》直されにけり。同じ序に、「[七]*潘江陸海、玄のまた玄なり。[八]暗に巴字《はじ》の水を引く。[九]洛妃《らくひ》漢女、夢にして夢にあらざるなり。

一 ひろびろと空に広がる雨雲は、私の胸中（惜別の思い）を知るや知らずや。いよいよ帰京することになったが、それをどうするすべもない。「雲雨」は、暗に雷公とも称される天神（道真）をさす。
二 康和三年（一一〇一）。匡房は一〇九七年、任大宰権帥。在任五年、任期満了の年に当っていた。
三 匡房は康和四年一月、赴任の賞として正二位に叙され、二十三日解任。大宰府を発ったのは、六月。
四 詩作をする人々が、曲水に臨んで所々に控え、上流から流した杯が自分の前に流れくる間に詩を作り、その杯で酒を飲む宴。陰暦三月三日に行われた。
五 若柳の美しい景色は暮れなずみ、桜花の前の宴は終ろうとしている。
六 「柳中」は二十八宿の一。『礼記』月令篇に「季秋之月日在房、昏虚中、旦柳中」に拠る。
七 潘岳の詩才は江のごとく、陸機の文才は海のごとくに絶妙である。潘・陸は晋代の代表的詩人。
八 （王羲之が蘭亭で始めた）曲水の宴の流れを脈々とひいて詩宴を催している。「巴」は底本「也」に「巴」と傍記。傍記を採る。
九 洛水の仙女と漢水の仙女との妙なる歌舞は、夢のごとくに思われるが夢の中のものではない。「漢女」は底本「漢如」、伊木本により改訂。
一〇 いま耳にする音楽は自ら魏の洛妃漢女の梁塵《りょうじん》を動かしたという妙楽と同じほどのものである。
一一 堯女を祭った廟は荒れはてて、春の竹は二人の姫が

[一〇]自ら魏《ぎ》年《ねん》の塵《ちり》を動かす。[一一]堯女《げうぢよ》の廟荒れて、春竹、一掬《いつきく》の涙を染む。[一二]徐君《じよくん》の墓古《ふ》りて、秋松、三尺の霜を懸《か》く。[一三]右軍既に酔《ゑ》ひて、蘭台《らんだい》の席稍《やうや》く巻く。[一四]左《さ》驂《さん》頻《しき》りに顧みて、桃浦《たうほ》の駕《が》帰らんと欲す」。かやうの秀句どもを書きいだされたりけるに、尊廟のふかくめでさせ給ひにけるにこそ《道真公［の霊］は深く嘆賞なさったに違いない》。講ぜらるる時《［それらを］読みあげられた時》、御殿の戸鳴りたりけるは、満座の府官・僚官、[一五]一人ものこらずみなこれを聞きけり。そのこゑ雷のごとくになん侍りける。この卿、[一六]嘉承《かしよう》二年、また都督になりたりける。これも神の御計《はか》らひにこそ。かたじけなき事なり《おそれ多いことである》。

三　尚歯会の起源と天承元年三月藤原宗忠の尚歯会の事

[一七]尚歯会《しやうしくわい》は、唐の[一八]会昌五年三月二十一日、[一九]白楽天[二〇]履《り》道坊《だうばう》にして、はじめて行ひ給ひける。我が朝には、[二一]貞観《ぢやうぐわん》十九年三月十八日、大納言[二二]年名《としな》卿、小野の山庄《山荘》にてはじめて行はれけり。また[二三]安和《あんな》二年三月十三日、大納言[二四]在衡《ありひら》卿、粟田口《あはたぐち》の山庄にて行はれける。

舜帝の崩じた時に流した涙のあとを今に残している。「堯女」は堯帝の二人の姫。底本「堯如」を改訂。

一二 徐君の墓はものさび、（墓の傍の）松には（呉の名将季札から追贈された）三尺の剣がいまだに懸けられている。「霜」は霜剣。鋭利な刀剣をいう。徐君の事は『史記』『蒙求』等の季札の故事による。

一三 王右軍が、したたかに酔って、会稽山の麓の蘭亭での風雅の宴はようやく終った。「右軍」は天子の率いる三軍の中の右軍の将軍。王羲之をさす。

一四 左の添え馬はしきりに後ろを振り返りながら、仙界のような宴席の場から車は帰り行こうとしている。

一五 底本「管」を改訂。

一六 一一〇七年。ただし、匡房が大宰権帥に再任されたのは、嘉承元年三月のこと。

唐と我が国とにおける尚歯会の起源

一七 **高齢者による詩歌の会。**「尚歯」は敬老の意。

一八 八四五年。わが国の承和十二年。底本「舎昌」。

一九 白居易。この年、七十四歳。没する前年にあたる。

二〇 洛陽内の履道にあった住坊。底本「覆」に「履」と傍記。傍記をとる。

二一 八七七年。底本「年」を欠く。他本により補う。

二二 南淵年名。時に正三位・大納言で七十一歳。この年四月八日（一説に九日）没。

二三 九六九年。

二四 藤原在衡。時に七十八歳。三月二十六日任右大臣。

白河山庄に七叟をつどえ朗詠や詩の披講管絃に終日遊戯した宗忠

その後、天承元年三月二十二日[一]、大納言宗忠卿[二]、白河の山庄にして行はれけり。七叟の算《七人の老人の年齢は》、三善為康[三]年八十三、前《さき》の左衛門の佐《すけ》[四]藤原基俊七十六、前《さき》の日向《ひうが》の守中原広俊[五]七十、亭主《宗忠》七十、式部の大輔《たいふ》[六]藤原敦光《あつみつ》朝臣六十九、右大弁実光[七]六十三、式部の少輔《せふ》[八]菅原時登六十二。この中に、基俊は病《やまひ》によりて詩ばかりを送りけり。時登、序をば書きたりけり。垣下《ゑんが》[九]に中納言師時《もろとき》[一〇]以下《いげ》侍りけり。詩披講《ひかう》[一一]以前に朗詠[一二]、「楽天より少《わか》きこと三年」[一三]の句を、なべて四五反に及ぶ。右大弁・式部の大輔ぞ詠じける。また「岸風に力を論ずれば」[一四]の句、「蓬鬢商山」[一五]の句、「酔ひて花に対す」[一六]の句等、再三詠じて、すでに幽興に入りけり。

むかしは、この座にして盃酌[一七]ありて、或いは詩をつくり、或いは管絃を命じて、心にまかせて終日遊戯しける。今ぞかやうの事も絶え侍りぬる、口惜《くちを》しきかな。

一 一一三一年。
二 藤原宗忠。時に七十歳で、権大納言・中宮大夫。この年十二月に内大臣に昇る。
三 少内記・算博士。仏教を篤信し、『拾遺往生伝』『後拾遺往生伝』を著す。一一三九年没。
四 歌人・歌学者。俊成の師。『新撰朗詠集』の撰者。
五 娘が文章博士藤原茂明に嫁している。
六 東宮学士明衡《あきひら》の子。茂明の伯父。一一四四年没。
七 藤原実光。勧学院別当・崇徳天皇の侍読を歴任。この年十二月、参議・左大弁・勘解由長官となる。
八 鳥羽天皇の侍読在良の子。大学頭・文章博士。
九 正客の相伴をする人々。『長秋記』によれば、好文の士である博士・文章生等十五人も参じていた。
一〇 源師時。時に皇后宮権大夫を兼ね、五十五歳。
一一 この時の講師（披講者）は、広俊であった。
一二 漢詩や和歌に曲節をつけて吟詠すること。
一三 菅原文時の句「少於㆓楽天㆒三年、猶已衰之齢也、遊㆓於勝地㆒一日、非㆓是老之幸㆒哉」をいう。
一四 文時の句「林霧校㆑声鶯不㆑老、岸風論㆑力柳猶強」をさす。注一三の句と共に『和漢朗詠集』下に載る。
一五 未詳。秦代の末に、商山に隠れた東園公・夏黄公らの四皓（白髪の四人）を詠んだ句か。
一六 菅雅規の句「酔対㆓落花㆒心自静、眠思㆓余算㆒涙先紅」をさす。『和漢朗詠集』下に載る。
一七 この日は盃酌の事がなかった（『長秋記』）。

一二三 式部大輔菅原在良、侍読として初めて鳥羽天皇の御前に参る事

永久[18]三年七月五日、式部の大輔在良《ありよし》[19]朝臣、御侍読[20]にてはじめて御《鳥羽》前へ参りたりけるに《天皇の御前に出た時に》、まづ朗詠をしける。「幸ひに[21]堯舜《げうしゆん》の無為《むゐ》の化《くわ》に逢ふ」「徳はこれ北辰」[22]「太公望周文に遇ふ」[23]等の句なり。次に古事を語り申しけり。聞く者感ぜずといふ事なし。次に管絃ありけり。主上《しゆしやう》、御笛を吹かせ給ふ。更闌《かうた》けて《夜もふけて》在良朝臣罷り出でけるに《退出した時に》、蔵人《くらうど》朝隆[24]、脂燭《しそく》さし《明りを掲げて》、送りけり。ゆゆしくぞ侍りける。

佳句を朗詠古事を語り管絃をして面目を施した在良

一二四 勧学院の学生集まりて酒宴の時、惟宗隆頼自ら首座に着く事

勧学院《くわんがくゐん》[25]の学生《がくしやう》ども集まりて酒宴しけるに、おのおの議しける。年《とし》歯《の》座《ざ》次《なみ》をもいはず《順に席をきめず》、才《ざえ》の次第に座には着《つ》くべしと定めてけり。しかるを隆頼[26]進みてつきてけり。傍輩ども、「左右《さう》なくは《勝手にどうしてその席につくの》、いかにつくぞ《か》」といひければ、隆頼答へけるは、「『文選』[27]三十巻・四声[28]の『切《せつ》[29]

才の次第という事で自他ともに許されて着座した無双の才人隆頼

一八 一一一五年。鳥羽天皇はこの年、十三歳。
一九 菅原在良。文章博士・大内記。時に七十五歳。
二〇 天皇に『史記』『文選』等の漢籍を進講する役。
二一 幸いに堯帝・舜帝のような徳をもって国民を教化する政教の御世に生れ合せた。『白氏文集』三十一「池上閑吟」が原拠。『和漢朗詠集』下に載る。
二二 帝徳は北極星のごとし。北極星がその周囲に衆星を集めているさまからの比喩。後江相公「早春侍㆓内宴㆒賦㆓聖化万年春㆒応㆑製」(『本朝文粋』九)の一節。『新撰朗詠集』下に載る。
二三 太公望が周の文王に逢った。大江匡衡「寿考」(『本朝文粋』三)の一節で、『和漢朗詠集』下に載る。
二四 藤原朝隆。この時、十九歳。
二五 藤原氏一門の子弟の教育のために、八二一年、藤原冬嗣の出資によって設けられた学校。
二六 惟宗氏《これむね》。勧学院学頭、六位。惟宗氏は九世紀末から明法家として知られた一族。
二七 梁の昭明太子の編んだ周～梁の詩文集。
二八 漢字の四種の韻、平声・上声・去声・入声。
二九 隋の陸法言等の編んだ韻書。漢字を四声に分類。

韻《いん》』、暗誦の者あらば、すみやかに（直ちに）隆頼ゐくだるべし（下座におりるであろう）」といひたりけるに、傍輩どもみな口をとぢて、あへていふことなかりけり。

この隆頼は無双の（並ぶ者のない）才人なりけり。学頭[一]になりたりけり。学問料《がくもんれう》[二]を心にかけてのぞみけれども、つひにかなはざりけり。申文《まうしぶみ》に、

対[三]㆓夏暦㆒、押㆓甲子㆒、　夏暦に対して、甲子《かふし》を押《かむか》ふれば
老㆑自㆓淮陽之一老㆒。　淮陽《わいやう》の一老よりも老ゆ
取㆓明鏡㆒、見㆓鬢鬚㆒、　明鏡を取りて、鬢鬚《びんしゆ》を見れば
皓㆑自㆓商山之四皓㆒。　商山の四皓《しかう》よりも皓《しろ》し

と書きたる者なり。この句ことなる秀句にて人口にある（世間の評判になったものである）ものなり。

一二四　宇治左府頼長周易を学ぶ事

康治三年[四]、甲子《きのえね》[五]にあたりけり。例[六]にまかせて革命のさだめ（年号を改める評定）あるべかりけるに、宇治[七]の左府、前《さき》の内大臣にておはしけるが、「周易[八]」（易経）を学ばずしてこの定めに参らん事あしかるべしとおぼして、読ませ

一　勧学院の職制の一。別当の次位。
二　学業の卓越した学生に与えられた奨学金。
三　暦を前にして干支《えと》を考えてみると、淮水《わいすい》の南の地に乱世を厭《いと》って隠れ住んだ老人（応曜）より多くの齢《よわい》を重ねてしまった。明鏡を手にとって鬢の毛や顎《あご》ひげを見れば、（応曜と共に）商山に隠棲した白髪の四人の賢人たちよりも白くなってしまった。隔句対・双擬対・数対などの技法が見られる。「夏暦」は、夏王朝に始まるとされる暦法（太陰暦）。「甲子」は、十干・十二支。年の巡り具合。「淮陽」は、河南省の淮水の南の地。底本「准陽」を改訂。「一老」は、漢の応曜。秦末に、東園公・夏黄公・角里《ろくり》（一説に角里・禄里）先生・綺里季の四皓（四人の白髪翁）と共に洛陽の南の商山（商洛山）に隠れ、漢の世になって四皓が再び出仕した後も、世に出なかったといわれる。
四　一一四四年。
五　十干の「甲《きのえ》」、十二支の「子《ね》」の重なった年。
六　甲子の年には年号を改めるという慣習があった。康治三年二月文章博士藤原茂明の勘申《かんじん》によって『後漢書』の文に拠り「天養」と改元。
七　藤原頼長。正二位、現職の内大臣。
八　周代に成立したとされる『易経』。陰陽六十四通りの組合せによって万物と人生の理を説いた書物。

年号改訂の議にそなえ若年ながら周易を学ぼうと志を陳べた頼長

給ふべきよし思《おぼ》しさだめてけり。しかあるを、この事を学ぶ事師[九]あるよしいひつたへたり。また五十已後（五十歳を過ぎてから）まなぶべしともいへり。大臣《おとど》思しけるは、この事さらに所見なし（何の証拠もないことである）。「論語疏《ろんごそ》」[一〇]には、少年にて（若いうちに）学ぶべしとこそ見えたれ。さりながらも、俗語はばかりあればとて（俗の語り伝えも無視できないと）、二年十二月七日[一一]、安陪泰親[一二]をめして河原にて泰山府君《たいざんふくん》[一三]をまつらせて、身づから祭庭にむかはせ給ひけり。都状[一四]にその心ざしを（周易を学びたいという気持を）のべられけり。成佐《なりすけ》[一五]ぞ草したりける。その年、大臣《おとど》は二十四にぞならせ給ひける。文道を重んじ、冥加を恐れ給ひて（神仏の加護を念じなさって）、かくせさせ給ひける（こういうふうになさったのは）、やさしき事（立派な心がけである）なり。

一二五　宋朝商客劉文冲、左府頼長に典籍を贈る事

仁平《にんぺい》[一六]の比《ころ》、宋朝の商客（貿易商人）劉文冲、東坡先生指掌図《ず》（〔宋の〕蘇軾の切韻の指南書）二帖・五代記[一七]十帖・唐書《とうじょ》[一八]九帖、名籍《めいせき》[一九]をそへて、宇治の左府（藤原頼長）に奉りたりけり。返事は、文章博士茂明《しげあき》[二〇]朝臣草して、前の宮内《くない》の大輔定信[二一]ぞ清書したりける。

九　『台記』には、「この書を学ぶ者は凶有り」とある。

一〇　六世紀に成り、日本にも伝えられていた梁の皇侃《おうかん》の『論語義疏』。「論語皇侃疏の如きは、少年学ぶべきの由、見るところなり」と『台記』に見える。

一一　当初、三日を予定していたが、雨のためこの日に延引された。夕刻、頼長が束帯の装いで川原に着いた頃には頻りに雪が降っていたが、祭事が始まると程なく止んだ。『易経』の披読は、翌八日から始められた。

一二　安倍泰親。陰陽頭・雅楽頭・陰陽天文博士。「指すの御子」と称された易占の名人であった。

一三　道教の神で冥界を支配する十二王の尊者。延命息災を祈るために、陰陽道や密教で祭った。

一四　「泰山府君都状」。頼長が祭事の趣旨を述べて、冥道の十二の諸神に献上した祭文。

一五　藤原成佐。母は陰陽師賀茂道言の娘。頼長の師事した漢学者。仁平元年（一一五一）没。

一六　仁平元年九月、頼長は、劉文冲《りゅうぶんちゅう》から名籍をそえて史書等を献じられたことへの答礼をした。

一七　宋の欧陽脩《おうようしゅう》撰『新五代史』のこと。

一八　欧陽脩等の編んだ『新唐書』。一〇六〇年成立。

仁平の頃典籍三部二十一帖に名籍を添えて頼長に奉った劉文冲

一九　官位・姓名・年齢などを記した名札。

二〇　藤原茂明。儒家。式部少輔・下総守。

二一　藤原定信。世尊寺流の能書。一一五六年没。

尾張の守親隆《ちかたか》[一]朝臣が奉書（書状の書式に仕立てた）にぞ書きたりける。砂金三十両をたまはせ（下賜なさった）けり。また要書目六（主要蔵書の目録）をも遣はしけり。

万寿三年[二]に、周良史[三]といひけるもの、名籍を宇治殿（頼通）に奉りたる事ありけり。そのたびは、書をば奉らざりけり。

一三六　宇治左府頼長、院宣により学問料の試を行ふ事

仁平三年[四]五月二十一日、院宣（〔崇徳院の〕）によりて宇治[五]の左大臣、東三条[六]にて学問料《れう》[七]の試をおこなはれけり。藤原敦経《あつつね》[八]・菅原登宣《なりのぶ》[九]・同在清《ありきよ》[一〇]・藤原敦綱《あつつな》[一一]・同光範《みつのり》[一二]・菅原在茂《ありもち》[一三]等を、中島の座（寝殿の南の池の中の島に設けた座席に据えられた）にするゑられにけり。式部の大輔《たいふ》永範《ながのり》朝臣・文章博士茂明朝臣・式部の権《ごん》の大輔公賢《きんかた》[一四]をめして、「左伝《さでん》」[一五]「礼記《らいき》」[一六]「毛詩」（毛氏の詩経）を分ちたびて（分け配って）、題をえらばされけり。みな紙切に書き分けて、頭の弁朝隆[一七]朝臣をして、くじにとらせられけり（くじを引かせられた）。「礼以て義を行ふ」[一八]といふことをとりけり。家司《けいし》[一九]盛業《もりなり》をもて試衆（受験者達に）にたまふ（渡された）。作りいだすに随ひてぞもてまゐりける。その後評定（査定の相談）ありけ

一　藤原親隆。参議為房の子。一一四七年、任尾張守。
二　一〇二六年。六月二十四日。
三　宋の商人。父は宋人、母は日本人という。
四　一一五三年。
五　藤原頼長。この時、氏の長者で三十四歳。
六　現在の中京区上・下松屋町辺一帯の地にあった藤氏の長者の第宅。当時は頼長の居宅。
七　大学寮の紀伝道専攻の学生に給費を与えるための試験。
八　文章博士茂明の次男。美福門院の蔵人。
九　文章博士時登の子。実は四天王寺別当信永の子。

東三条殿で六名に対する学問料の試験を主催し二名合格にした頼長

一〇　弾正大弼貞衡の子。実は祖父・文章生清能の子。
一一　文章博士合明（茂明の兄）の子。高陽院に出仕。
一二　大宰大弐・文章博士永範の子。
一三　文章博士在良の子。実は少内記是基の子。
一四　菅原公賢。菅氏長者で文章博士。登宣の兄。保元二年（一一五七）没、五十一歳。
一五　『春秋左氏伝』の略。『春秋』の注釈書。
一六　周～漢代の礼法を伝えた書。
一七　藤原朝隆。蔵人頭で右大弁。時に五十七歳。
一八　礼法により正しい道理が行われる。『左伝』十二。
一九　日野盛業。大学頭資光の子。左大臣家の執事。
二〇　少納言入道信西。諸道に通じた碩学として鳥羽・

り。後に院より通憲《みちのり》[二〇]入道にも仰せあはせられけるとぞ（ご下問があったということである）。つひに光[二一]範・登宣ぞたまはり〔学問料を〕にける。

三七　蔵人所にての直講の試に中原師直選ばるる事

保元二年[二二]四月二十八日、蔵人所[二三]にて直講《ぢきかう》[二四]の試ありけり（採用試験があった）。重憲《しげのり》[二五]・師《もろ》[二六]直《なほ》・師尚《もろひさ》[二七]、おのおの屛風《びやうぶ》をへだてて候ひけり。頭の弁範家《のりいへ》[二八]朝臣・蔵人の左少弁雅頼《まさより》[二九]・蔵人の勘解由《かげゆ》の次官《すけ》親範《ちかのり》[三〇]、所につきたりけり（所定の位置に着いた）。式部の大輔永範朝臣、「毛詩」「尚書」[三一]「左伝」「礼記」の中に、十の事[三二]をしるしいだして奉りたりける（書き出して上申したもの）を、尋ね下されけり（下問された）。師直は三事に通じ、重憲・師尚は二事に通じたりけり。次の日、親範仰せをうけたまはりて、助教師元《もろもと》[三三]師尚父・頼業[三四]、直講康季《やすすゑ》[三五]を蔵人所にめして評定せられけり。師直、傍輩にすぐれたるによりて、五月二日つひに〔直講に〕なされにけり。

崇徳・近衛の三代に仕え、頼長の信任が篤かった。

二一　永範以下による衆議の内容は、「六人之中、作二題意一者登宣也。但犯二蜂腰病一。無病者光範也。但無二題意一。自余犯レ病無二題意一云々」（『宇槐記抄』）。

二二　一一五七年。

二三　校書殿《きようしよでん》内に設けられ、累代の書物を納める納殿《おさめどの》を司る役所。後、殿上の雑事一切を司った。

二四　大学寮の教官。博士・助博士（助教）の下位におかれ、定員二名、明経道（経学）を講じた。

毛詩・尚書・左伝・礼記の中三事に通じて選ばれた師直

二五　伝未詳。

二六　中原氏。直講・少外記師清の子。後に大外記。

二七　中原氏。穀倉院別当・大外記師元（師清の弟）の子。後、大宰大弐・大外記・博士。

二八　平範家。蔵人頭・右大弁。この時、四十四歳。

二九　藤原雅頼。中納言雅兼の子。この前年、任左少弁。

三〇　範家の子。この年九月、右少弁となる。

三一　『書経』の別名。孔子の編んだ堯・舜の時代から夏・殷・周を経て春秋時代の秦の穆王《ぼくおう》の世までの記録。

三二　『百錬抄』は、「被レ問二全経疑十ケ条一」とする。

三三　底本「師光」を改訂。

三四　清原頼業。後に高倉院の侍読となる人物。

三五　同時代に、頼長家の勾当《こうとう》有忠の子で、皇嘉門院聖子の蔵人の源康季がいるが、未詳。

一三八　少納言入道信西が家にて藤原敦周が秀句の事

即席の作詩の会で有安の朗詠に応じて秀句を作り感嘆された敦周

少納言[一]入道信西が家にて人々あつまりて遊びけるに、「夜深《ふ》けて管絃を催す」といふ題にて当座の詩を《即席の詩を》作りけるに、皆人は作りいだしたりけるに、敦周《あつかね》[二]朝臣案じいださぬ気色にてほどへければ、満座興醒《きようさ》めてけり。あまりにすみて侍りければ《一座があまりに静まり返ってしまったので》、有安《ありやす》[三]が座のすゑにありけるに、入道、朗詠すべきよしをすすめければ、「第[四]一第二の絃は索々《さくさく》」といふ句を詠じたりけり。この心、自然にこの題によりきたりけるにや《その朗詠の詩句の心が自らその時の詩題に寄りそってきたのであろうか》、敦周朝臣やがて《すぐに》作りいだしたりけり。

龍[五]吟㆓水暗㆒両三曲《龍は水暗に吟ず両三の曲》

鶴唳㆓霜寒㆒第四声《鶴は霜寒に唳《な》く第四の声》

とつくりたりける、殊にその興ありて、人々感歎しけり。かの朗詠《白楽天の朗詠》の心、いと相違なきにや《の心と全く相違がなかったからだろう》。

一　藤原通憲が少納言となり、出家して信西と号したのは、天養元年（一一四四）。その後、妻の朝子（紀伊局）が乳母を勤めた雅仁親王（鳥羽院第四皇子）が、久寿二年（一一五五）、後白河天皇として即位するに及んで、大いに権勢を誇ることになった。その頃のことか。

二　藤原敦周。茂明の長男。後に文章博士となる。

三　中原有安。内蔵助頼盛の子。後に筑前守・五位。鴨長明の琵琶の師。建久六年（一一九五）以後没。

四　第一絃、第二絃の音色は、いかにもさびしげなひびきである。『和漢朗詠集』下に載る。原拠は『白氏文集』三新楽府十七「五絃弾」。以下にその全文を掲げる。「第一第二絃索々、秋風払㆑松疎韻落、第三第四絃冷々、夜鶴憶㆑子籠中鳴、第五絃声最掩抑、滝水凍咽流不㆑得」。

五　龍が深い水底に鳴くかのような第二・第三絃の暗く深い音色よ、霜の寒々と降りた野に鶴が鳴くかのような冷たく高い第四絃の音色よ。

三九　後徳大寺左大臣実定、風月の才人に勝れたる事

六後徳大寺の左大臣、納言の時、昇進とどこほり給ひけるほどに、七治承元年の冬、左大将になり給ひて、二年の春、八釈奠《せきてん》に参りて、

九豈図再接二杏壇宴一
あに図らんや再び杏壇《きやうだん》の宴に接し

衣鉢遂帰二四十春一
衣鉢《えはつ》遂に四十の春に帰せんとは

とつくり給ひたるを、一〇永範卿《ながのり》、感歎にたへず涙を流しけり。おほか《おそらく》た風月の才《詩文の才能が》、人にすぐれ給へるにや。

四〇　内裏にて作文の折、高倉院御秀句の事

一一治承二年五月晦日、内裏にて一二密々に御作文ありけり《こっそりと詩作の会が行われた》。題に云はく、一三「詩境に修竹多し」。左兵衛の督一四成範卿《かみしげのり》已下《いげ》参られたりけり。御製の［高倉院の］落句に《結びの句に》、

一五豈忘一字勝レ金徳
あに忘れんや一字の金に勝れる徳を

左大将になって釈奠に参り秀句を作り永範卿を感泣させた実定

御製の落句に侍読の永範・俊経両人を感激せしめ給うた高倉院

六 藤原実定（一一三九～九一）。保元三年（一一五八）権中納言になり、中納言を経て、長寛二年（一一六四）権大納言、翌年、官職を一旦辞した。
七 一一七七年。この年三月、大納言に還任、十二月に左大将に昇った。
八 大学寮で孔子とその門人の十哲を祭る儀式。二月と八月に行う。ここは二月上旬の丁《ひのと》の日。講論の後、宴となり、詩を賦した。
九 考えてもみないことであった、こうして再び釈奠の宴に参じて、四十の春を迎えた身に大儒の教えを授かろうとは。「杏壇」は学問をする場所。「衣鉢」は師匠から学問を授けられること。
一〇 藤原永範。非参議で宮内卿・式部大輔。この時、七十九歳の高齢であった。
一一 一一七八年。後白河法皇と平清盛の確執の激しい時期で、高倉天皇（時に十八歳）は、政治の埒外にいた。
一二 底本「蜜」、伊木本により改訂。
一三 詩心をかきたてる場所には、修竹（丈高く伸びた竹）が多い。
一四 藤原成範。この時、権中納言で四十四歳。
一五 どうして詩の一字が黄金にまさる功徳を持っていることを忘れようか。

可レ愍白頭把レ巻師[一]
愍《あはれ》むべし白頭の巻を把《と》れる師を

かくつくらせ給ひたるをうけたまはりて、宮内卿《くないきやう》[二]永範卿・左大弁[三]俊経卿、共に御侍読にて候ひけるが、感涙をのごひて、両人[四]東台の南階をおりて二拝、左大弁[五]舞踏しけり。左大弁は左兵衛の督《かみ》の笏《しやく》をぞ借りうけける。まことにゆゆしき面目にこそ。

一三　高倉院、中殿にて御作文の事

高倉院の風月の御才は、むかしにも恥ぢぬ御事とぞ世の人申しける。さればこの御沙汰もありけり。
（詩文のご才能は／往昔の帝王にも／それゆえ詩文を好みその催しのご指示もされた）

治承二年六月十七日、[六]延久のふるきあとを尋ねて、[七]中殿《ちゆうでん》にて御作《さく》文《もん》ありけり。妙音院《めうおんゐん》の太政大臣《だいじやうだいじん》[八]師・左大将実定・中宮の大夫《だいぶ》[九]隆季・藤中納言[一〇]資長・権の中納言[一一]実綱・右宰相の中将[一二]実守・式部の大輔《たいふ》永範・左大弁俊経・中将[一三]雅長朝臣・[一四]通親《みちちか》朝臣・権の右中弁[一五]親宗朝臣・蔵人の左少弁[一六]兼光・蔵人の勘解由《かげゆ》の次官《すけ》[一七]基親《もとちか》・蔵人の右衛門の佐《すけ》[一八]藤原家《いへ》
（むかしの詩宴にならって）

一 (だから私は)書巻を手にする白髪の師匠を見て感にたえない。「白頭」の師とは、高倉天皇の侍読(学問の師)で、その詩会の席に列《つらな》っていた永範と俊経の両人をいう。底本「把」を欠く。『百錬抄』にて補う。
二 一八一頁注一〇参照。
三 藤原俊経。非参議・勘解由長官。時に六十六歳。
四 仁寿殿の東にある東殿をいうか。
五 感謝の礼。舞踏の次第は、再拝して笏を地上に置き、立って左右左と身をひねり、地に居て左右左とまた身をひねり、笏をとって小拝し、立って再拝する(『拾芥抄』)。
六 延久三年(一〇七一)十二月六日、後三条天皇が新造の内裏で催した詩会。

風月の才にすぐれ、清涼殿で盛大な作文管絃の催しをなされた高倉院

七 清涼殿。
八 藤原師長。この時、四十一歳。
九 藤原隆季。権大納言で五十二歳。
一〇 藤原資長。権中納言で六十歳。
一一 藤原実綱。時に五十一歳。
一二 藤原実守。参議・右中将。時に三十一歳。
一三 藤原雅長。左権中将。時に三十四歳。
一四 源通親。内大臣雅通の子。右権中将、三十歳。
一五 平親宗。贈左大臣時信の子。時に三十五歳。
一六 藤原兼光。元東宮学士。時に三十四歳。
一七 平基親。中宮大進でもあった。

実《ざね》押《強いて招かれた》してめされけり。

式部の大輔、題の事をうけたまはりて、「禁庭[一九]に勝遊を催す」としるして奉りけり。勧盃《けんぱい》[二〇]はてぬれば、〔管絃の〕御遊をはじめらる。太政大臣[二一]、玄象《げんじやう》[二二]を弾じ給ふ。但し前におきて弾じ給はざりけり。唱歌《しやうが》をぞし給ひける。絃のきれたりけるにや[二三]。中宮の大夫《だいぶ》笙《しやう》をふく。笛は主上《しゆしやう》ふかせおはしますべきよし、かねて聞えけれども《事前に聞えていたけれども》、さもなくて《それはなくて》藤大納[二四]言ぞつかうまつられける《笛をお吹きになった》。中御門《なかみかど》の中納言宗家[二五]、拍子[二六]をとる。六角の宰相家通[二七]、箏《さう》をしらぶ。頭の中将定能朝臣[二八]、篳篥《ひちりき》[二九]をふく。少将雅[三〇]賢朝臣、和琴《わごん》[三一]を弾じけり。呂[三二]、安名尊《あなたふと》・鳥の破・席田《むしろだ》・賀殿《かてん》の急。律[三三]、伊勢の海・万歳楽・五常楽《ごしやうらく》の急。御遊はてて、詩をおく《詩作となった》。兼光をめして講ぜられけり《披露させられた》。その後太政大臣、御製を給はりて文台《小形の机》の上に開かれければ、式部の大輔ぞ講じたてまつりける。

禁[三四]庭月下勝遊成《禁庭の月下勝遊成る》

有レ管有レ絃有二頌声一《管有り絃有り頌声《しようせい》有り》

一八 兼光の長子。資実とも称した。時に右衛門少尉（正七位相当官）・蔵人で、十八歳。
一九 内裏において風流の遊びを催す。
二〇 勧盃の役は頭中将藤原定能。基親が瓶子《へいじ》を取った。それに続いて御遊の楽器類が運ばれた。琵琶は伊輔が相国（師長）の前に、笛筥《ふえばこ》は経仲が中宮大夫の前に、箏は定経が六角宰相の前に、和琴は家実が雅賢の前にそれぞれ運んだ（『玉葉』）。
二一 師長。琵琶・箏に長じ、朗詠も巧みであった。
二二 琵琶の名器。代々皇室に伝えられていた。
二三 『玉葉』によれば、前もって張り改められていた。
二四 『玉葉』によれば、藤原実国。
二五 藤原宗家。内大臣宗能の子。時に四十歳。
二六 笏状の木製の二枚の拍子木を打ち調子をとる事。
二七 藤原家通。三十六歳。「宰相」は参議の唐名。
二八 藤原定能。一一七六年以来、蔵人頭。三十一歳。
二九 中国伝来の笛に似た雅楽の楽器。長さ六寸。
三〇 藤原雅賢。笙・和琴・郢曲《えいきよく》に長じた。三十一歳。
三一 日本古来の六絃琴。やまとごとともいい、胴の長さは六尺四寸、幅は五～八寸、高さ約一・五寸。
三二 陰旋法の曲。安名尊・席田は催馬楽《さいばら》。鳥・賀殿は雅楽の曲名。
三三 陽旋法の曲。伊勢の海は催馬楽。万歳楽・五常楽は雅楽の曲名。
三四 宮中の月下に風流の遊宴がめでたく行われ、管楽器・絃楽器が奏でられ、太平を寿ぐ歌が歌われる。

[一]宴席慭追二延久跡一《宴席慭《なまじ》ひに延久の跡を追ふも》
詞花猶異二昔風情一《詞花なほ昔の風情に異なれり》

発句の下七字[二]、中宮の大夫《源隆季》の詩に合ひて《詩と表現が同じであったので》侍りければ、大夫おどろきさわぐ気色あり。人々感じけるとぞ《感嘆したということだ》。大臣《師長》、御製をとりて懐中に入れ給ひけり。延久に[三]土御門《つちみかど》の右府はかくもし給はざりけるに《こんなふうにはなさらなかったのに》、いと興ありとぞののしりける《大さわぎをした》。座に帰り居給ひて後、数反詠じ給ひけり。まことに道にたへたる《朗詠に通暁していることも明らかになって》御事もあらはれて、めでたくぞ侍りける。左大将《実定》・左大弁《俊経》も同じく詠じけり。その後、[四]「令月」[五]「徳是」なども詠じ給ひけり。

かかるほどに、御製に作りあはせたる人《御製の詩句と同じものを作った人は》、勅禄をたまはる事《天皇からの褒美を》、式部の大輔申し出でたりけれども、[六]「紀の納言のためしも年月さだかならず」とて、大夫すなはち作りなほして重ねられたりける《隆季はすぐに〔問題の句を〕作りなおして提出された》、ゆゆしく《立派な》ぞ侍りける《ことであった》。そもそも今度《こんど》の文人、めでたく《申し分なく》選びめされたるに、[七]右大弁長方もれにける事、人々あやしみあへり。いかなることにか

一 この宴はかりそめに延久の御代の詩宴を慕いもとめたが、文雅の詞《ことば》はやはり延久の昔の風情に異なる趣がある。
二 「有レ管有レ絃有二頌声一」の句をさす。
三 源師房。詩文に長じた具平親王の子。承保四年没。
四 「嘉辰令月歓無レ極、万歳千秋楽未レ央」の句。賦に長じた唐の謝偃《しゃえん》の作。『和漢朗詠集』下に載る。
五 大江朝綱の句。一七五頁注二二参照。
＊**「漢詩文」説話の味わいどころ**　何といっても、説話の中に引用され、その中心に据えられている漢詩文の魅力が、説話の味わいどころの中心になる。大江朝綱の詩(一一二話)は渤海の使者を感動させたが、日本人にとっても、『平家物語』忠度の都落の際の朗詠など、前途多難の旅程を想いやる詞華としてその後長く愛唱された。その他、都良香(一一三話)、源顕基(一三六話)、菅原道真(一三七話)の詩など、詩と説話が結ばれて、長く日本人の心を揺すぶり続けた詞藻が多い。
六 中納言紀長谷雄(八四五~九一二)。漢学者。『玉葉』は、「於二先例一者、不二分明一」との理由で勅禄の沙汰はなかったとし、紀納言のためしのことは見えない。
七 藤原長方(一一四〇~九一)。詩歌にすぐれ、『新撰秀句』の編者の一人。この時、参議で四十歳。

おぼつかなき事なり《いぶかしいことである》。右大弁、この事をうらみて、病と称して参議・大弁両職[八]を辞し申しけり。げには《本当は》、病《や》まざりけるとかや。天気《天皇の》不快なりける《ご機嫌はよくなかったという》とぞ。

菅原為長の見た夢にうながされ作文の会を催し披講・朗詠した定長

一三　権右中弁定長、北野の宮寺にて作文の事

[九]文治三年九月七日暁、[一〇]秀才長官為長、夢に権の右中弁定長朝臣[一一]、[一二]北野宮寺にて臨時の作文《詩作の会》をおこなふと見てけり。為長、このよしをかの弁《定長》に告げければ、弁おどろきて人々を勧めて、同じき十月六日作文をとげおこなひけり。題は、「[一三]廟庭《べうてい》の歳月長し」。[一四]源中納言通親卿已下《いげ》参られたりけり。序は大内記《だいないき》長守[一五]ぞ書きける。披講ののち《読みあげて披露してから》、新中納言兼光[一六]卿・式部の大輔光範朝臣・大学の頭在茂《菅原在茂》朝臣・文章博士[一七]光輔《みつすけ》朝臣等朗詠しけり。〔道真公は〕むかしの御[一八]余執《よしふ》なほおはしますにや。近比《ちかごろ》もかく文《漢詩文》にはふけらせおはします事多く侍り。

八　長方は実際には辞職していない。翌治承三年には九月に石清水・賀茂行事の賞として正三位に叙せられ、十月には左大弁に転じている。長方については、八七話参照。

九　一一八七年。

一〇　文章《もんじょう》得業生のうち、方略試という大学寮の試験に合格した者。文章得業生は、大学寮への入学を許された二十人の文章生の中から二人だけ選ばれた。「長官」は勘解由使庁の長官。「為長」は菅原為長。文治元年正月、秀才となり、六月から長官を兼ねた。この年、大舎人助・右衛門少尉に任ぜられていた。寛元四年（一二四六）没。

一一　藤原定長。後、左右大弁を経て参議になる。

一二　北野天満宮に付属する寺。

一三　道真公の御魂を祭る北野神社は、幾久しくあり続ける。

一四　この時、従二位・権中納言。三十九歳。

一五　菅原長守。為長の父。この年、五十九歳。後に土御門天皇（在位一一九八〜一二一〇）の侍読となる。

一六　藤原兼光。光範と共に後鳥羽天皇の侍読。

一七　藤原光輔。陸奥守・文章博士永光の子。

一八　詩文へのつきせぬ執着。道真が為長の夢に現れて、暗に詩作の会を催促したことをさしていう。

一三三　素俊法師が秀句の事

或る人、連句[一]のたびごとに、「想像《おもひやる》花陽の洞」[二]と定まれることに〔いつもきまったように〕いひけり。或る日、人々寄り合ひたりけるに、かの人、案のごとく〔予想通りに〕またこの句をいひたりけるを、素俊法師[三]とりもあへず〔間髪をおかず〕、「左《さ》存《ぞんじたり》[四]松子の亭」といひたりける。満座興に入りて〔面白がって〕腸《はらわた》をきりけるとぞ〔腹をよじって笑ったそうだ〕。この素俊は、連句上手なりけり。

春[五]調春鶯囀　春には調ぶ春鶯囀《しゅんあうでん》
古聞古鳥蘇　古《いにしへ》には聞く古鳥蘇《ことりそ》
琵琶称㆓牧馬㆒　琵琶は牧馬を称す
鞨鼓習㆓泉狼㆒　鞨鼓《かっこ》は泉狼を習ふ

これらも素俊が秀句[六]とぞ申し侍る。

一三四　枇杷大納言延光の夢に村上天皇御製を賜ふ事（抄入）

決り文句に対し「さ存じたり松子の亭」とつけ満座を笑わせた素俊

一　複数の人々が寄り合い、それぞれ一連または一句を作り、それらを続けて一篇の詩をつくりあげていくもの。

二　梁の陶弘景《とうこうけい》が隠棲した句曲山の洞宮（道士の寺）を思いやる。「花陽の洞」は、弘景が金壇華陽の天と称した句容（江蘇省）の句曲山の第八洞宮をさす。弘景は陰陽五行から医術本草に通じ、神仙を好み、句曲山に住んで華陽隠居と号した。

三　橘家季。連句に秀れ、琵琶に長じた。

四　そういうだろうと思っておりました、松子の亭（「笑止の体」をかけた言いかた）。「松子亭」は、湖北省の神陂にあった著名な亭。

五　この春には鶯《うぐいす》のさえずりに聞きまごう「春鶯囀」を奏でるが、古には「古鳥蘇」に耳を傾けたという。琵琶には名器「牧馬」の妙なる音色を賞でる。鞨鼓には「泉郎」の打ちかたを習い打つ。「春鶯囀」・「古鳥蘇」は、雅楽・壱越《いちこつ》調の大曲。「牧馬」は、玄象・井手と並ぶ琵琶の名器。「鞨鼓」は、鼓に似た打楽器で、台に据え、両面を撥で打つ。左舞の伴奏に用いる。底本「鞁鼓」を改訂。「泉狼」は、泉郎、延四拍子の打ちかた。

六　双擬対・異対の、徹底した対句仕立ての佳作。

朝夕追慕する村上天皇から御製を賜った夢を見、七絶で和した延光

七村上帝、かくれさせ給ひて後、枇杷《びは》の大納言八延光《のぶみつ》卿、あさゆふ恋しく思ひたてまつりて、九御かたみの色を一生ぬぎ給はざりけり。ある夜の夢に御製をたまひける、

喪服を一生お脱ぎにならなかった

一〇月輪日本雖二相別一　　月輪と日本と相別ると雖《いへど》も
温意清涼昔至誠　　温意《おもひおこ》す清涼、昔より至誠なるを
兜率最高帰二内院一　　兜率《とそつ》最も高くして内院に帰す
如今於レ彼語二卿名一　　如今《いまし》彼《かしこ》に於いて卿が名を語らん

大納言、夢さめておどろきてこれに和したてまつる、

一一再二拝聖顔一一寝程　　聖顔を再拝す一寝のほど
恩言芳処奏二中情一　　恩言芳《かうば》しき処に中情を奏す
夢中如覚二夢中事一　　夢中に如《も》し夢中の事と覚《さと》らば
雖レ尽二一生一豈空驚　　一生を尽すと雖もあに空しく驚かんや

七 村上天皇は、康保四年（九六七）五月崩。春秋四十二歳。

八 源延光。時に左権中将兼播磨《はりま》権守で四十一歳。延光の父は醍醐天皇の御子・代明親王で、村上天皇は延光の叔父に当る。また、延光の妹の一人は村上天皇の女御となり、具平親王を生んでいるなど、延光と村上天皇との関係には、単なる君臣の関係を越えるものがあった。

九 「形見の衣の色」の略。喪服をいう。

一〇 月のまどかに照らす天上界と遥かに離れた日の本とに互いに別れ住んでいるが、清涼殿で接したあなたを思えば、昔から変らぬその至誠《まごころ》がしのばれる。兜率天は天上界の最も高い所で、私はその内院に身を寄せている。いま、そこであなたの名を語り、その至誠を賛えよう。「温意」は、底本に「オモヒヲコス」の傍記あり。「兜率」は、六欲天の一。その内院は、弥勒の浄土。菩薩の最後の生所で、菩薩はそこでの生を終えて人間界に下生《げしょう》して成仏するとされる。

一一 ふたたび帝の尊顔を拝し奉りました、うたた寝の間に。恩愛深いお言葉を下さいました辺りに私の心底の思いを奏聞いたします。夢の間にもしこれが夢の中の出来事だと気づいておりましたならば、そのまま夢の中で一生を終えることになりましょうとも、詮なく目覚めたりはいたしませんでしたものを。

一三五　後三条院御秀句の事（抄入）

東宮の折任国に赴く東宮坊の学士実政に秀句を餞せられた後三条院

[一]後三条院、東宮《皇太子》にておはしましける時、学士実政朝臣《さねまさ》[二]、任国[三]に赴《おもむ》きけるに、餞別《送別》のなごりを惜しませ給ひて、御製かかりけるとかや《こういう御詩を作られたという》。

州[四]民縦作ニ甘棠詠一　州《くに》の民《たみ》たとひ甘棠《かんたう》の詠を作《な》すとも

莫レ忘ニ多年風月遊一　多年風月の遊を忘るること莫《な》かれ

この心は、「毛詩[五]」に云はく、「孔子[六]曰く、甘棠[七]伐《き》ること莫《な》かれ、邵《せう》伯《はく》の宿りし所なり」と、いへることなり。

一三六　中納言顕基出家道心の事（抄入）

後一条院崩御に出家、古墓の句を常の言草にした顕基

中納言顕基《あきもと》[八]卿は、後一条院ときめかし給ひて《ご寵愛なさって》、若くより官《つかさ》・位《くらゐ》につけてうらみなかりけり《無念な思いをした事はなかった》。御門《みかど》[九]におくれたてまつりにければ、「忠[一〇]臣は二君《じくん》につかへず」といひて、天台楞厳院《りようごんゐん》[一一]にのぼりて頭《かしら》おろして《出家した》けり。御門[一二]かくれ給ひける夜、火をともさざりければ、（顕基）「いかに《どうしてか》」

一　後朱雀天皇の御子（一〇三四～七三）。一〇四五年立太子、一〇六八年七月、即位。
二　日野実政（一〇一九～九三）。資業《すけなり》の子。一〇五〇年十一月から尊仁親王（後三条天皇）の東宮学士（皇太子に経書を講ずる学問係）であった。
三　実政は、一〇六四年三月、甲斐守を拝命。
四　任国の甲斐国の民が、甘棠の歌を歌って、いかにそなたを慕おうとも、忘れないでほしい、多年、詩歌の遊びを共にしてきた私を。「甘棠」は、ずみ（棠梨）の異名。任国の甲斐の山梨の地名をかけた。『新撰朗詠集』『東関紀行』にも載る。
五　中国・漢初に荀子《じゆんし》の門人毛亭《もうこう》の伝えた『詩経』。
六　中国・春秋時代の思想家。儒学の始祖。
七　甘棠の木を伐ってはいけない。邵の殿の宿った所なのだから。「邵伯」は、中国・周初の領主。村々を回って民の訴えを聴いたという。底本「邵泊」、伊木本により改訂。
八　源顕基。後一条天皇の寵臣。一〇四七年没。
九　後一条天皇は、一〇三六年四月、清涼殿に崩じた。時に顕基は三十七歳。
一〇　忠義な臣は二人の主君に仕えるものではない。『史記』田単伝にある句。

とたづぬるに、主殿司《とのもつかさ》[一三]、新主[一四]（後朱雀）の御事をつとむとて、参らぬよし申しけるに 参勤できないのだと答えてきたことで、出家の心もつよくなりにけり。

この人、わかくより道心おはしまして、つねのことぐさには、

古墓何世人[一五]　古き墓いづれの世の人ぞ
不レ知二姓与名一　姓と名とを知らず
化為二路辺土一　化して路辺の土と為《な》り
年々春草生　年々春の草のみ生ず

一三七　菅丞相大宰府に左遷の後、恩賜の御衣を拝して作詩の事（抄入）

菅丞相[一六]、昌泰三年[一七]九月十日の宴[一八]に、正三位の右大臣の大将にて内 宮中 に候はせ給ひけるに、

君[一九]富二春秋一臣漸老　君は春秋に富み臣は漸《やうや》く老いたり
恩無二涯岸一報猶遅　恩は涯岸《がいがん》無く報ゆること猶《はなは》だ遅し

とつくらせ給ひければ、〔醍醐天皇は〕叡感《えいかん》のあまりに御衣をぬぎて被《かづ》けさせ給ひ 褒美に与えられ

一一 比叡山横川の首楞厳三昧院。
一二 四月十七日の夜。梓宮（御遺体を安置しておく場所）に燈が供されなかった（『古事談』一）。
一三 宮内省に属し、供御の輦輿《れんよ》・帷帳《いちょう》・燈燭・薪炭・殿庭清掃等のことに当った職。
一四 後朱雀天皇はこの年の七月に即位するが、それ以前に後一条天皇の遺勅によって喪を秘して、ひそかに譲位の儀典が行われた、という慌しさもあった。
一五 この古い墓塚は、いずれの代の人を葬ったものか、（今では埋葬されている人の）姓も名も知れない。路の辺の土となりはてて、来る年来る年、春の草の芽ぶきに覆われるだけである。この詩は後に『徒然草』にも引かれ、人間の無常を説く詩句として有名なもの。出典は『十訓抄』六。原拠は『白氏文集』二「続古詩」十首。

大宰府にあって君臣の礼を忘れず「去年今夜」の詩を作った道真

一六 菅原道真（八四五～九〇三）。右大臣・右大将であった。「丞相」は大臣の唐名。
一七 九〇〇年。
一八 詩宴。詩題は「秋思詩」であった。
一九 わが君は御年も若くいらっしゃるが、臣はようやく老いの身となった。わが身に受けた皇恩はかぎりないが、その恩に報いることはまことに遅々たるものである。「君」すなわち醍醐天皇は、この時、まだ十六歳。

しを、同じき四年正月一に、本院二の大臣《おとど》の奏事三不実によりて、俄《にはか》に
四大宰の権の帥にうつされ給ひしかば、いかばかり世もうらめしく、
御いきどほりも深かりけめども、なほ君臣の礼は忘れがたく、魚水《ぎよすい》五
の節《せつ》もしのびえずやおぼえさせ給ひけん、みやこのかたみとて、か
の御衣を御身にそへられたりけり。

左遷せられなさったので
深かったであろうけれども
しのびがたくお思いになられたのであろう
在京時代の形見だといって

さて、つぎの年の同じ日、かくぞ詠ぜさせ給ひける。

六去年今夜侍㆓清涼㆒
秋思詩篇独断㆑腸
恩賜御衣今在㆑此
捧持毎日拝㆓余香㆒

去年の今夜清涼に侍す
秋思の詩篇独り腸《はらわた》を断つ
恩賜《おんし》の御衣《ぎよい》は今此《ここ》に在り
捧持《ほうぢ》して毎日余香を拝す

一三八　大江朝綱が願文、秀句の事（抄入）

七後《のち》の江相公《かうしやうこう》（玉淵息朝綱）の、八澄朝（澄明かくの如きか）におくれて後、
後世をとぶらはれける願文《ぐわんもん》九に、

子の澄明に先立たれ悲痛な願文を託して後世を弔った朝綱

一 正月二十五日。
二 藤原時平（八七一～九〇九）。この時、左大臣・左大将。藤原氏の勢力を伸長するために、讒言《ざんげん》によって他氏の筆頭の地位にあった道真を除いた。
三 醍醐天皇に奏上して、道真に無実の罪を着せたこと。道真が女婿の斉世《ときよ》親王（醍醐天皇の弟）の即位を企んでいると讒した。
四 大宰の帥の次位。員外の帥。
五 魚と水とのように断ちがたい親子・君臣の絆《きずな》。
六 去年の今夜（九月十日の夜）、清涼殿に伺候して、「秋思の詩篇」は、自ら腸を断つような憂情の思いをこめて詠んだ。その折に頂戴した御衣は、今もこの謫所《たくしょ》にある。捧げ持って日々御衣の余香を拝し、君恩をしのんでいる。
七 大江朝綱（八八六～九五七）。文章博士・参議。天暦期に同族の維時・菅原文時と並び称せられた学者・文人。書もよくした。底本「後の江相公」に「玉淵　朝綱」の傍記あり。玉淵《たまぶち》は朝綱の父にあたるので「息」を補う。
八 「澄明」が正しい。朝綱の子。大膳亮・兵部丞を経て、従五位下・民部少輔に至ったが、朝綱に先立った。
九 仏事に際し、願主が願意を述べた文。以下は朝綱の「為亡息澄明四十九日願文」（『本朝文粋』十四）に拠る。

一〇 悲しみの中の悲しみといえば、年老いてからわが子に後れて生きていること以上の悲しみはない。恨めしくも恨めしいことといえば、年若くして親に先立って世を去る以上に恨めしいことはない。

一一 親が子に先立たれる逆順の恨めしさ。

一二 十世紀後半の人。宮内卿・少納言、正四位下。『倭名類聚抄』の著者源順の高弟、漢詩文家紀斉名《きのただな》の師。「正通栄路遥かにして頭すでに斑なり。生涯暮れて蹤《あと》まさに隠れんとす」(『本朝文粋』十)の言葉通り、晩年の消息は不明。その作は、『本朝文粋』『和漢朗詠集』『新撰朗詠集』『和漢兼作集』等に載る。

一三 村上天皇の御子、後中書王(九六四～一〇〇九)。詩文に長じた。

一四 作文の序は、「初冬同賦二紅葉高窓雨一」(『本朝文粋』十)をさす。以下の詩句はその一節。

身の沈淪を嘆き異国行の決意を述懐、為憲に問われ落涙した正通

一五 底本「恨」、伊木本により改訂。

一六 (正通の)年齢は、あの(漢の文帝・景帝・武帝の三代に仕えて不遇の中に老いを迎えた)顔駟に近く、同じように三代の帝にお仕えしたが、身はまだ世に遇わないでいる。その不遇の恨みは、梁鴻《りょうこう》(伯鸞)の恨みに等しく、私も彼の恨みの歌「五噫」を歌ってこの国を捨てて他国へ去ろうと思う。「五噫」は『蒙求《もうぎゅう》』に載る。

悲[一〇]之亦悲　〔悲しみのまた悲しきは〕

莫レ悲二於老後一レ子　〔老いて子に後《おく》るるより悲しきは莫《な》し〕

恨而更恨　〔恨みて更に恨めしきは〕

莫レ恨二於少先一レ親　〔少《わか》くして親に先《さきだ》つより恨めしきは莫し〕

と書けるこそ、前後[一一]相違の恨み、げにさこそはと〔まことにその通りであろうと〕、さりがたく〔どうしようもなく〕あはれにおぼゆれ。

一三九　橘正通、具平親王家の作文序に述懐の事(抄入)

橘[一二]正通《まさみち》が、身の沈める事を恨みて〔わが身の不遇を恨めしく思って〕、異国へ思ひたちける境節〔ちょうどその頃〕、具《とも》[一三]平《ひら》親王家の作[一四]文の序者たりけるに〔詩作の会で序詩を作る役になった時に〕、これを限り[一五]とや思ひけん、

齢[一六]亜二顔駟一　〔齢《よはひ》は顔駟《がんし》に亜《つ》いで〕

過二三代一而猶沈　〔三代を過ぎてなほ沈めり〕

恨同二伯鸞一　〔恨みは伯鸞《はくらん》に同じくして〕

歌二五噫一而欲レ去　〔五噫《ごい》を歌ひて去らんと欲す〕

とぞ書けりける。源為憲《ためのり》[一]、その座に候ひけるが、この句をあやしみ[二]て、「正通おもふ心ありてつかうまつれるにや《なにか考えるところがあってこの詩を作られたのか》」と申しければ、さ[三]すが心ぼそくや思ひけん、涙を流しけり。

さて、まかりいづるままに《親王家を退出するやそのまま》、高麗へぞ行きにける。世を思ひきらんには、かくこそ心清からめと《ここまで徹底すればさっぱりするだろうと》、いみじくあはれなり。かしこにて宰相《参議》になされにけりとぞ、後に聞えける。

一四 東北院の念仏の折、民部卿斉信、斉名が秀句を朗詠の事（抄入）

東三条院の関白前《さき》の太政大臣（兼家）[四]、九月十三夜の月に、東北院[五]（私に云ふ、東北院は兼家公の孫女上東門院の建立なり。時代相違せり。不審）の念仏に参り給へるに、夜もうちふけて世の中もしづかなるほどに、斉信《ただのぶ》[六]民部卿をめして、「こよひただにはいかがやまん《今夜なにもしないで過すのはもったいない》。朗詠あり《朗詠をしては》なんや《どうか》」と仰せられければ、いとかしこまりて、しばしわづらふ気色《きめかねている様子でいたが》なるを、人々耳をそばたてて、いかなる句をか詠ぜんずらんと《どういう句を詠ずるであろうかと》待

一 『口遊』『世俗諺文』『本朝詞林』の著者。また冷泉天皇の尊子内親王のために仏教説教集『三宝絵詞』を編んでいる当時第一級の文章家。一〇一一年没。

二 この国を去ろうという正通の悲愴な決意の表明をただならぬことと思って。

三 国外へ去るつもりだと心強く述べてはみたものの、いざということを考えると、やはり、の意。

＊**「漢詩文」説話の背景** 日本の漢詩文は、八世紀の『懐風藻』から十一世紀の『本朝文粋』・『和漢朗詠集』へと、宮廷の知識人によるすぐれた述作を残しているが、その伝承を纂集したものに『菅家文草』巻七～巻十二、『江談抄』第四～第六（類従本）などがあり、『著聞集』巻四文学篇はそれにつぐものである。

兼家の慫慂で随行していた斉名の秀句を朗詠人々を感動させた斉信

四 藤原兼家（九二九～九九〇）。道隆・道長・冷泉天皇女御超子・円融天皇皇后詮子（東三条院）等の父。

五 藤原道長の娘、一条天皇中宮彰子（上東門院）が発願・建立した三昧堂（本尊は金色の阿弥陀像）。東北院の名は法成寺内の東北隅に位置したことによる。ちなみに彰子の生年は、永延二年（九八八）。

六 藤原斉信（九六七～一〇三五）。大納言・中宮大夫の斉信が民部卿を兼任することになったのは、万寿五年（一〇二八）二月。

つほどに、「極楽の尊を念ずる事一夜」七 とうちいだしたりける《詠じはじめた》、〔朗詠は〕た
ぐひなくめでたかりけり。この句書きたる斉名八、やがて御ともにさぶらひけり《まさに御供に随っていた》。我が句をしも、さばかりの人の《これほどの名のある人が》朗詠にせられたりける、いかばかり心の中のすずしかりけん《はればれとしたことであろう》。
この句は、勧学会《くわんがくゑ》九の時、「念を山林に摂《をさ》む」を賦する序なり。

一〇 念二極楽之尊一一夜　　極楽の尊を念ずる一夜
山月正円　　山月正《まさ》に円《まど》かなり
先二句曲之会一三朝　　句曲の会に先《さき》だつこと三朝
洞花欲レ落　　洞花落ちなんと欲す

これは三月十五夜の事なり。〔それが〕九月十三夜に詠ぜられける、いかにと《どういうわけ》おぼゆ《かと思われる》。但し念仏の儀ばかりにとりよれるにや《ただ念仏会という事を主眼として選択したのであろうか》。古人の所作《昔の人のしわざゆえ》、仰ぎて信ずべきか《尊信すべきなのであろうか》。

七 紀斉名の詩「七言暮春勧学会聴レ講二法華経一同賦レ摂二念山林一」（『本朝文粋』十）の一節。「極楽の尊」は阿弥陀仏。
八 紀斉名（九五七〜九九九）。越前権守・式部少輔。長徳年中に『扶桑集』を編む。その作は『本朝文粋』のほか『類聚句題抄《がくしょう》』『新撰朗詠集』等に載る。
九 大学寮北堂の学生と叡山の僧侶各二十人が、春秋二度、坂本に会して、法華経の講読、経中の一句を題とした詩会、阿弥陀の念仏を行った会。慶滋保胤《よししげのやすたね》が主宰して康保元年（九六四）から約二十年間続いた。「念を山林に摂む」は法華経序品中の句。
一〇 阿弥陀仏を念ずる一夜、山寺にかかる月は、弥陀の尊顔さながら、まさにまどかである。（茅君《ぼうくん》兄弟の会する）句曲山の三月十八日に先立つこと三日、仙境にある寺院の花は、散華さながらに美しく散ろうとしている。「句曲」は句曲山。漢代、茅盈《ぼうえい》・茅固《ぼうこ》・茅衷《ぼうちゅう》の三兄弟が修行して仙となり、天に昇ったとされる山。現在の南京市の東南に位置する。「句曲の会」はその山に三月十八日、神仙になった兄弟が会することをいう。春の「勧学会」は、三月十四・十五日に催された。この詩句について、『江談抄』六には、斉名の「念を山林に摂《あつ》む序」は秀逸の作で、名作とされる保胤の「沙を聚めて仏塔となす詩序」も、大江以言《もちとき》の数度の「勧学会の詩序」もこれにはかなわない、と称揚する記事が見える。

一四一　内裏焼亡の折、村上天皇、直幹が申文を惜しみ給ふ事（抄入）

道風清書の直幹の申文の内容不快ながら安否を問われた村上天皇

[一]天暦の御時、[二]橘直幹《なほもと》が民部の大輔をのぞみ申しける[三]申文を、草《草稿》をばみづから書きて、[四]小野道風《たうふう》に清書《きよがき》せさせけり。[五]御門《みかど》、叡覧ありければ、「[六]人に依りて事を異にす、偏頗《へんぱ》に似たりと雖《いへど》も、天に代りて官を授く、誠《まこと》に運命に懸れり」など、[七]述懐の詞を書きすぐせるによりて、御気色あしかりけり《ご機嫌が悪かった》。人、これを[八]おそれ思ふところに、その後、[九]内裏焼亡《ぜうまう》ありて、俄《には》かに[一〇]中院へ御《み》ゆきせさせ給ひけるに、代々の御わたりもの《伝えられてきたもの》・[一一]御倚子《ごいし》・[一二]時の簡《ふだ》・[一三]玄象《げんじやう》・鈴鹿《すずか》以下《いげ》持てまゐりたるを御覧じて、「直幹が申文はとりいでたりや」と御尋ねありける、時の人、いみじき事《まことにありがたいことだと》にぞ申しける。

一　九四七～九五七年。

二　長門守長盛の子。大内記・大学頭・式部大輔。

三　叙位・任官を申請する状文。ここは「特に天恩を蒙つて民部大輔の闕に兼任せられんと請ふ状」（『本朝文粋』六）をさす。その状は「天暦八年八月九日、正五位下行文章博士橘朝臣直幹、誠惶誠恐、謹言」と結ばれている。

四　篁《たかむら》の孫・大宰大弐葛絃《くずお》の子（八九四～九六六）。当時一流の書家。醍醐・朱雀・村上の三代に仕えた。

五　村上天皇。時に二十九歳。

六　（天皇が）人によって叙任のことを別にされるのは不公平のようであるが、元来天に代って臣下に官を授けられるのであるから、（任官の成否は）まったく臣下一人一人の持って生れた運命による。

七　恨み、かこつ文言。不平めいた言葉。

八　天皇の勘気を蒙るのではないかと、直幹のために事のなりゆきを心配したこと。

九　天徳四年（九六〇）九月二十三日の火災をさす。

一〇　中和院。内裏の西、朝堂院の北にあり、天皇が神祇を祭り、新嘗祭などを行う建物。

一一　天皇用の椅子。紫宸殿及び殿上の間に置かれた。

一二　時刻を示す札。殿上の間の小庭に杙《くい》に懸けられ、時刻ごとに取り替えられた。

一三　琵琶の名器。「鈴鹿」は和琴の名器。

古今著聞集　巻第五

和歌第六

一四三（序）和歌の起源と効用の事

[一四]和歌《やまとうた》は[一五]素《す》戔烏《さのを》の[一六]古風より起りて（始まって）、久しく[一七]秋津洲《あきつしま》の習俗たり（伝習である）。[一八]三十《みそ》一字《ひともじ》の麗篇（美しい表現）をもて数千万端（限りなく様々な）の心緒《しんしよ》をのぶ（心持を表す）。「古今」の序にいへるがごとく、[一九]人の心をたねとして、よろづのことの葉とぞなりにける（さまざまな表現となったものである）。これによりて神明仏陀《しんめいぶつだ》もすて給はず。明主賢臣も必ず賞し給ふ。[二〇]春の花の下、秋の月の前、これ（和歌）をもて[二一]豫遊《よいう》のなかだちとし、これをもて賞楽の友とす。

＊**和歌篇**　嵯峨天皇と玄賓僧都の歌話に始まり、王朝の盛時から鎌倉時代の後嵯峨上皇の頃に及ぶ八十七の和歌説話を収載している。本書執筆の時期の歌が採られていることと『十訓抄』からの後記抄入三十六話を含んでいることが特色である。

一四　やまとの国のうた。漢詩《からうた》に対していう。

一五　素《す》盞嗚尊《さのおのみこと》。天照大神の弟。延喜五年四月に撰進された『古今集』仮名序に「あらがねの地《つち》にしては、素《す》戔嗚尊《さのをのみこと》よりぞおこりける」と見える。

一六　素盞嗚尊が出雲の国で八岐大蛇《やまたのおろち》を退治し、須賀の地に宮作りする時に「八雲《やくも》立つ出雲《いづも》八重垣妻隠《ご》みに八重垣作るその八重垣を」（『古事記』）と詠んだとされることをいう。

一七　やまとの国、日本。蜻蛉《あきず》（とんぼの古名）の形の島、の意。

秋津洲の習俗、豫遊のなかだち

一八「ちはやふる神世には、歌の文字も定まらず、（中略）人の世となりて、素戔嗚尊よりぞ、三十文字《みそもじ》あまり一文字《ひともじ》はよみける」（『古今集』仮名序）を踏まえる。

一九『古今集』仮名序の冒頭に「やまと歌は、人の心を種として、よろづの言《こと》の葉とぞなれりける」とある。

二〇『古今集』仮名序の「いにしへの代々《よよ》の帝、春の花の朝《あした》、秋の月の夜ごとに、さぶらふ人々を召して、事につけつつ歌をたてまつらしめ給ふ」に拠る。

二一　楽しみ遊ぶこと。「豫」は、喜ぶ、気が晴れる意。

一四三　玄賓僧都、位記を樹枝にはさみて詠歌逐電の事

位記を樹枝に挟み「外つ国は」の歌を残し失踪した玄賓

[一]嵯峨天皇、[二]玄賓《げんぴん》上人の徳をたふとび給ひて、[三]僧都になし給ひけるを、玄賓、[四]位記《ゐき》を木の枝にさしはさみて、和歌を書き付けて失せにけり。

[五]外《と》つ国は水草清しことしげき天《あめ》の下《した》にはすまぬまされり

さて[六]伯耆《はうき》の国に住み侍りけり。天皇、叡感《えいかん》ありて（感心なさって）、勅を下して[七]施物《せもつ》ありけり。うけとりけるにや（拝受したかどうか）、おぼつかなし（定かでない）。

一四四　弘徽殿の女御の歌合せに文字鎖の折句の事

花こうじ・しらまゆみの文字鎖

[八]弘徽殿《こきでん》の女御の[九]歌合《うたあは》せに、[一〇]花かうじ・[一一]しらまゆみといへる[一二]文字ぐさり（一続きの文字）を歌の句のかみにすゑて、[一三]折句の歌によませられける、めづらしかりける事なり。大《おほ》かたの題には四季・恋をこそもちゐられ侍れ。

一　桓武天皇の皇子（七八六～八四二）。玄賓を崇敬し、その死に際しては、七言の追悼詩を贈っている。
二　法相宗の学僧（七三四～八一八）。弓削《ゆげ》氏。碩徳として知られ、初め興福寺に住したが、名利を厭《いと》って隠遁、諸処に住した。
三　大同元年（八〇六）律師・大僧都に任ぜられたが、辞して備中国哲多郡湯川山寺に遁れた。
四　位階を授ける際に与える文書。
五　都を遠く離れた国は水も草も清くよい土地である。俗事のうるさい朝廷の辺《あたり》には住まない方がよい。四句を、『閑居友』では「君が御代には」、『江談抄』他は「君が都は」とする。
六　伯耆国会見《あいみ》郡（鳥取県）に阿弥陀寺を建立。
七　八一一年、親書・法服一具を贈ったことをさす。
八　清涼殿の北に位置する殿舎に住む女御。ここは、花山天皇の女御忯子《ぎし》。大納言藤原為光の娘。永観二年（九八四）十一月、女御となり、翌々年七月に没した。
九　歌人たちが二手に分れて、判者をたて、各番《つがい》ごとに詠歌の優劣を競い合う遊戯。
一〇　柑子《こうじ》の花。白色五弁で六月頃に咲く。
一一　まゆみの白木で作られた弓。枕詞。
一二　「はなかうじ」「しらまゆみ」のような定められた五文字の言葉を五七五七七の各句の句頭に据えて。

一三 物の名を各句の句頭に順に折り込んで詠む歌。

一四 冷泉天皇の皇子（九六八～一〇〇八）。寛和二年（九八六）六月出家。

剃髪後も紅梅をめでられた花山院

一五 比叡山三塔の一つ、横川《よかわ》をさすか。出家した花山院を東山の元慶寺（花山寺）に尋ねた頭中将藤原実資《さねすけ》に、花山院は「暫く横川に住むべし」と答えている（『古事談』一）。

一六 比叡山の琵琶湖側、大津市坂本本町のあたり。山王日吉神社に近い。

一七 藤原惟成（九五三～九八九）。権右中弁。「花山院の御時のまつりごとは、ただこのとの（義懐《よしちか》）と惟成の弁として行ひたまひければ……」（『大鏡』）と評された、花山院の寵臣。

一八 梅の花の美しい色やよい香りを心にかけるのではない。わたしは梅の花を無常なこの世になぞらえて見ているのだ。『新古今集』巻十六に、「梅の花を見たまひて」の詞書とともに載る。

昔の慕情の歌に対し出家悟道を祝う歌を宮の上から贈られた花山院

一九 底本「浣」。

二〇 花山院の弟宮為尊親王妃。藤原伊尹の娘。長保四年（一〇〇二）親王没後、尼になる（『栄花物語』七）。

二一 『詞花集』巻二に出家後の院の御詠として載る。

一四五　花山院、紅梅の御歌の事

[一四]花山院《くわざんゐん》、御《み》ぐしおろさせ給ひて後《御出家なさって後》、[一五]叡山《えいざん》より下《くだ》らせ給ひけるに、[一六]東坂本の辺に、紅梅のいとおもしろう《たいへん趣深く》咲きたりけるを、立ちとどまらせ給ひて、しばし御覧ぜられけり。[一七]惟成《これしげ》の弁の入道、御供《おんとも》に候ひけるが、「王位《わうゐ》をすてて御出家ある程ならば、これ体《てい》のたはぶれたる《このような俗人めいた》御振舞はあるまじき御事に候ふ」と申し侍りければ、よませ給うける、

[一八]色香をば思ひもいれず梅の花つねならぬ世によそへてぞみる

一四六　花山院・弾正宮の上、東院にて御歌の事

同じ院、東院[一九]にわたらせ給ひける比《ころ》《お住まいなさっていた頃》、[二〇]弾正の宮のうへ、おなじく住み給ひけり。〔花山院は〕十首の題をたまはせて、人々に歌よませて遣はせ給《おつかわしに》ひけるに《なった時に》、[二一]橘《たちばな》をよませ給うける、

一宿ちかく花橘《はなたちばな》はうゑて見じ昔をこふるつまとなりけり

なほ昔を《御出家の後も昔を》おぼしける御心《みこころ》のほど、あはれなり。また祝《いはひ》の歌に、弾正の宮のうへよみ給ひける、

二万代《よろづよ》もいかでかはてのなかるべき仏《ほとけ》に君ははやくならなん

三この祝《いはひ》こそ、まことにあらまほしきことなれ《ねがわしいことである》。松竹にたとへ、鶴亀によせて、千年《ちとせ》をいはひ、万代《よろづよ》を契りても、いかでかはてはなからん《どうして限りのないはずがあろうか》。まことに仏の道に入らんのみぞ、まめやかにつきせぬ御祝《おんいはひ》なるべき。

一四七　東三条院、撫子合せの事

四東三条院、皇太后《くわうたいこう》の宮《みや》と申しける時、七月七日、五なでしこあはせせさせ給ひけり。少輔《せふ》の内侍《ないし》、少将の六おもと、左右の頭にて、あまたの《大勢の》女房、方をわかたれけり《左右の二組に分けられた》。薄物《うすもの》の七二藍《ふたあゐ》がさねの八汗衫《かざみ》きたる童《わらは》四人、九なでしこの洲浜《すはま》かきて《かついで》御前に参れり。その風流さまざまになん《飾りたてようはさまざまであり》

一 家のそばには花橘は植えまいと思う。その香をかぐと昔の貴女を思い出し恋しくなる種となってしまうから。『詞花集』は、三・四句を「ほり植ゑじ昔をしのぶ」とする。「さつきまつはな橘の香をかげば昔のひとの袖の香ぞする」（『古今集』巻三）を踏まえる。「つま」は、手がかり、糸ぐちの意。

二 万代までと長命を願っても、結局は寿命という限界があります。それよりも出家せられた君は、めでたく正覚を得て永遠の生命に生きる仏となられますよう祈り上げます。

三 以下に見える「松竹・鶴亀・千年・万代」のような語をもって祝意を表さず、出家したことをはてなきいのちが得られたと賀したことをさす。この一風変った祝いかたを、順徳院の『八雲御抄』は、「是は珍事也」と評する。

四 藤原詮子《せんし》（九六一〜一〇〇一）。道長の姉。円融天皇の女御で一条天皇の母。寛和二年（九八六）七月一条天皇の即位により皇太后宮となった。この撫子合《なでしこあはせ》せはこの年行われたもの。

寛和の頃東三条院に女房を大勢集め盛大に催された七夕の撫子合せ

五 左右に分れて各番《つがい》ごとに撫子の優劣を競う遊戯。

六 女房の敬称。貴人に近く仕える人。

七 夏用の襲《かさね》の色。衣の表があかねの藍、裏がただの藍。四位以下の者が用いた色。

侍《ました》りける。

左、なでしこに付けたりける《なでしこの花に結びつけた歌は》、

一〇 なでしこのけふは心をかよはしていかにかすらん彦星の空

一一 時のまにかすと思へど七夕にかつ惜しまるるなでしこの花

洲浜にたちたる鶴につけける、

一二 数しらぬ真砂《まさご》をふめるあしたづはよはひを君にゆづるとぞみる

瑠璃《るり》の壺《つぼ》に花さしたる台に《台の布に》一三 あしでにて縫ひ侍りける《葦手の書体で刺繍してありました》、

一四 七夕やわきてそむらんなでしこの花のこなたは色のまされる

むしをはなちて、

一五 松虫のしきりに声のきこゆるは千世《ちよ》をかさぬる心なりけり

右のなでしこのませに一六 這《は》ひかかりたる芋蔓《いもづる》の葉に書きつけ侍る、

一七 万代《よろづよ》に見るともあかぬ色なれやわが籬《まがき》なるなでしこの花

洲浜の一八 こころばに一九 みづてにて《水手の書体で》、

二〇 常夏《とこなつ》の花もみぎはに咲きぬれば秋まで色は深く見えけり

八 延喜以来の後宮の童女の正装。裾《すそ》を長く引く。
九 台上に撫子をあしらった州浜の景物の作りもの。
一〇 なでしこ合せの今日はたまたま七月七日である。織女が彦星に心を通わせて、どのようなふうに二人は逢瀬を楽しんでいることだろう。「彦星」は牽牛星《けんぎゅうせい》。七夕にちなんだ詠みなしぶり。
一一 一年に一度の今日、ちょっとの間だけ牽牛・織女の二星に貸してあげるのだと思うのだけれど、一方でどこか惜しい気がするほど美しいなでしこの花である。
一二 無数の砂子をふんで遊ぶ鶴は、鶴は千年と言われるその寿命を君におゆずりしようとしているように見える。「あしたづ」は鶴。
一三 平がなを絵画化した書体。
一四 七夕が特別に染めてくれたからであろうか、撫子の花のこちらは色が濃く美しい。
一五 松虫の声がしきりに聞えてくるのは千年までも皇太后宮のご寿命がありますようにと祝福祈念する心なのだなあ。底本、二句「の」を欠く、他本により補う。
一六 竹や木を間遠に結んだ低い垣。籬《まがき》。
一七 わたしの家の籬のもとに咲いている撫子の花の美しさは万代まで見続けても飽きないほどである。
一八 心葉。州浜に飾られた造花。
一九 平がなの書体。水の流れに擬して書く。
二〇 常夏の花も州浜の水ぎわに咲いたので枯れることなく、色深く美しく見られることだ。

[一]久しくもにほふべきかな秋なれどなほ常夏の花といひつつ

[二]七夕祭《たなばたまつり》したりけるかた《こしらえ》あり。洲浜のさきにみづてにて、

[三]ちぎりけん心ぞながき七夕のきてはうちふすとこなつの花

沈《ぢん》のいはほをたてて《沈の香木で作った岩を立て》、[四]黒方《くろはう》を土にて《土にみたて》撫子《なでしこ》うゑたるところに、

[五]代々《よよ》をへて色もかはらぬなでしこもけふのためにぞ匂ひましける

この歌どもは、[六]兼盛《かねもり》・[七]能宣《よしのぶ》ぞつかうまつり《詠みそえ申しました》侍りける。これを見る人々、[八]おのがひきひき、心々《こころごころ》にいひつくるとて、

左の人、

[九]かちわたりけふぞしつべき天の川つねよりことにみぎはおとれば

右の人、

[一〇]天の川みぎはことなくまさるかないかにしつらんかささぎの橋

このあそび、いと興ありてこそ侍れ。

一 州浜の常夏の花は、秋ではあってもその名の通り夏のままに美しく咲きにおうことができる。
二 酒菓を供え、竹竿に願いの糸をかけての星祭。
三 常夏の花咲く七月七日、一年に一度川を渡って来て床を共にする牽牛・織女の愛の誓いは大昔から本当に長く続いていることだ。「床」と「常夏」とを掛ける。
四 沈・丁子《ちょうじ》・白檀《びゃくだん》・麝香《じゃこう》などを練り合せた薫《た》き物。
五 代々を経て色も変らぬ見事な撫子の花も今日の七夕の日のために一段と美しさを増してみえることだ。
六 平兼盛。天暦時代に活躍した歌人。三十六歌仙の一人。『拾遺集』等に八十三首入集。正暦元年(九九〇)没。生年未詳。
七 大中臣能宣(九二一~九九一)。神祇大副。伊勢神宮祭主。『後撰集』の撰者(梨壺の五人)の一人。
八 めいめいが自分の属する側に言寄《こと》せて、の意。
九 今日の七夕の夜の天の川は、不断よりもみぎわが低く水かさが少ないから楽に徒歩渡《かちわた》りができると思うが、わが左の方も今日の撫子合せには何番も続けて勝をおさめることがきっとできよう。「かちわたり」に「徒歩《かち》渡り」と長く勝ち続ける意を、「みぎは」に「右」を懸ける。
一〇 今日の七夕の夜の天の川はみぎわの水かさが多い。だから、わが右の方が優れているわけだが、あのかささぎの橋はどうなっているだろうか。「かささぎの橋」は、七月七日の夜、牽牛・織女二星のために、鵲《かささぎ》が翼をひろげて天の川に架けるといわれる橋。

一四八　帯刀の陣の十番の歌合せの事

一一 一条院の御時、一二 正暦《しやうりやく》四年五月五日、一三 帯刀《たてはき》の陣《ぢん》に十番の歌合せありけるに、第十の番《つがひ》・恋の歌に、

左

一四 あふことの夢ばかりにもなぐさまばうつつにものは思はざらまし

一五 思ひつつ恋ひつつはねじ会ふと見る夢もさめてはくやしかりけり

この番を見て、たれかしたりけん《だれがしたのであろうか》、歌をよみて帯刀の陣に送りけり。

一六 沢辺《さはべ》のも水際《みぎは》のかたもあやめ草おなじ心にひくとしらずや

返事、

一七 おりたちてひくと知りせばあやめ草ねたく水際になにまさるらん

帯刀の陣の歌合せとあやめ草の唱和

一一 在位九八六〜一〇一一年。

一二 九九三年。

一三 東宮（皇太子）の護衛官の詰所。時に皇太子は居貞親王（後の三条天皇）。この時の歌合せは、祝・卯花・郭公・菖蒲・夏草・蚊遣火・瞿麦・蛍・蟬・恋の十題十番で行われた。

一四 夢の中ででもお逢いして心が慰められるのでしたら、このように昼間うつつに思い悩まずにすみましょうものを。『続千載集』巻十二に載る。

一五 あなたのことを恋しくお慕いしつつ寝るのはやめようと思います。思い慕いながら寝るとお逢いする夢を見るのですが、それも目覚めた後の口惜しさが格別ですから。『玉葉集』巻十一に、前右大将道綱の母の作として載る。ただし、下句は「夢は醒《さめ》ても侘しかりけり」とする。

一六 沢辺（左）に生えているあやめ草も、水ぎわ（右）に生えているあやめ草も、同じ心で引くように、あの人もそして私も、同じように貴方様に心を引かれておりますことをご存じにならないのでしょうか。「ひく」に、「引き抜く」と「心がひかれる」の意を懸ける。

一七 貴女がおり立ってあやめ草を引くように、私のことを思っていて下さると知っていたなら、あんないやな女のどこが貴女（右）にまさっていると思うものですか。

一四九　民部卿泰憲、白紙を置きて詠歌の席より退出の事

位署・題だけ書いて退出した泰憲

いつの比《ころ》の事にか、殿上《てんじやう》の人々歌よみ侍りけるに、泰憲《やすのり》[一]民部卿参りあひたりければ〔出席したので〕、おのおの興ありて思へりける[二]に、急のことあり〔急ぎの用事がある〕とて〔といって〕退出すべきよし申されけるを、人々ゆるさざりければ、〔（泰憲）〕「さらば和歌を参らせ置きて、身のいとまをばたまはらん〔おいとまを頂戴いたしたい〕」と申されければ、おのおの〔一座の人々は〕承諾ありけり。則《すなは》ちうたを書き、封じて置きて退出せられにけり。披講《ひかう》[三]の時、これをひらき見るに、位署《ゐしよ》[四]ならびに題ばかりを書きて、奥書に「於《テハ》[五]二和歌《ニ》一者、追《ツテ》而可《シ》レ進《まゐラス》」と書きたりけり。人々感歎[六]して、かつはやすからぬよし〔一方には人をばかにしたやりかただと憤慨した〕をもいひけり。

大《おほ》かた名を得たる人は、なかなかなる事〔なまじっかなことでは〕はあしかりぬべければ、〔かえって〕一の事〔一番の策である〕なり。秀歌[七]にはおとりの返しせずといふも、故実のがるる、〔言い逃れるのが〕なるべし。白紙[八]を置くことは、作法ある事なり。題・位署ばかりを書きて、諸人の歌置きて後〔皆が歌を出した後〕、これを置きて逐電《ちくてん》して、講席の座にゐ〔披露される場に〕

一　藤原泰憲（一〇〇七～八一）。造興福寺長官・蔵人頭を経て、治暦元年（一〇六五）十二月、参議。その後、左大弁・太皇太后宮権大夫を歴任して、一〇八〇年民部卿に就任。本話は、おそらく民部卿になる以前の出来事。

二　珍しい人物が顔を見せた、おもしろいことになったと人々が喜びあっていたところ。泰憲は、近江守の時（一〇四六～五四）、志賀の勝地に造営した別荘石田殿を摂政頼通に献ずるなど、話題をまいていた人物であった。

三　講師が歌を朗読して披露すること。

四　官位と署名。臣下だけの歌会では、官職と姓名を書くのが作法。泰憲は、延久二年（一〇七〇）から従二位。延久四年、権大納言になっていた。

五　和歌は後日詠進する、の意。

六　泰憲の然るべく作法を弁えた振舞に対するもの。

七　秀歌を詠みかけられた場合には、下手な返歌をするよりは、むしろ返歌をしない。「凡秀歌ニハ劣返事ハ不レ云。是故実……」（『袋草紙』）。

八　以下、『袋草紙』に同文の記述がある。『八雲御抄』は、「抑、白紙を置くには、題目・位階・官職名、皆書きて、歌ばかりを書かず、置きて逐電する也」とする。

九　宇多天皇。八九七年譲位、九〇〇年に出家した。

一〇　八九八年十月二十五日、法皇の一行は、吉野川上流の宮滝（万葉以来の歌枕で景勝の地）に到着。この時の題は、各句の初めに「やたがらす」の五字を、各

ざるとかや。[九]寛平《くわんぺい》の法皇、[一〇]宮滝御覧の時、[一一]源昇朝臣《あそん》・[一二]在原友于朝臣《ありはらのともゆき》、白紙を置きたりけり。[一三]堀河院の御時の和歌の御会《ごくわい》に、[一四]京極の大殿《おほとの》、御位署に「散位従一位藤原朝臣某」と書かせ給ひたりける、[一五]希代の（世にも）位署なりかし（珍しい位署の書き方であった）。人目をおどろかしけり。

一五〇　斎院選子内親王、花見の殿上人に柳の枝を賜ふ事

[一六]嘉保三年正月三十日、殿上人《てんじやうびと》[一七]船岡にて花を見けるに、[一八]斎院の[一九]選子《せんし》より柳の枝をたまはせけり。人々これを見ければ、「[二〇]いとのしたには」と書かれたりけり（枝に結ばれた紙に）。他の人その心を（選子のかけた謎の意味を）知らざりけるに、[二一]雅通《まさみち》たまたま古歌の一句をさとりて（思いだして）、返事を奉りけるにこそ、人々の色（人々のあせりの表情）なほりにけれ（もなごんだ）。紙のなかりければ、直衣《なほし》を破《や》りて書き侍りける、

[二二]ちりぬべき花をのみこそ尋ねつれ思ひもよらず青柳の糸

その夜の事にや、殿上人斎院へ参りたりける（殿上人達が斎院へ参じたのは）、御用意（接待の用意）なからんことをはかりたてまつりけるにや（推し量り申されたからであろうか）。さるほどに、寝殿より打衣《うちぎぬ》きたる

句の句末に「しののかみ」の五字を置いて旅の歌を詠むという難解きわまるものであった（『袋草紙』）。
一一 参議・勘解由長官・侍従・伊予守。時に四十歳。
一二 中納言行平の子。この時、左近衛中将・美濃権守。
一三 在位一〇八六～一一〇七年。
一四 藤原師実《もろざね》（一〇四二～一一〇一）。「散位従一位」であったのは、一〇九四年以降（『公卿補任』）。
一五 官職や実名を欠く、いかにも漠としてとりとめのないものであったことをいうか。
一六 一〇九六年。登場人物からすると、この年月は疑問。誤伝か。
一七 洛北の景勝地。

花見の殿上人に「いとのした」の句を送り夜は風流に接待した選子

一八 賀茂神社に奉仕した皇女。
一九 選子内親王（九六四～一〇三五）。九七五年以来、円融～後一条の五代にわたって斎院であった。嘉保三年当時の斎院は令子内親王。
二〇 「花見にはむれてゆけども青柳の糸の本にはくる人もなし」（『拾遺集』巻一、読人しらず）の四句。
二一 源雅通。左大臣雅信の子。一〇〇三年任五位蔵人。
二二 もうすぐ散ってしまいそうな花を見に、船岡山に来ただけです。青柳の糸の下には来る人もないとのお誘いは思いもよらぬ忝ないことでございます。『玉葉集』巻二は、堀川右大臣藤原頼宗（九九三～一〇六五）の作とし、三・四句は「見にきつれ思ひもよらぬ」。

女房あゆみいでて、笙《しやう》[1]をもちて殿上人にたまはせけり。雪にて管[2]をつくり、たるひ《つらら》にて竹[3]を作りたりけり。すなはち内裏《だいり》へもちてまゐりて御覧ぜさせければ、ことに叡感《えいかん》ありて大宮[4]へ奉らせ給ひけり。人々後朝《きぬぎぬ》に斎院へ帰りまゐりたりければ、酒肴《しゆかう》をぞまうけられたりける。用意ありける事にや。

諸国修行の折、国基の宿泊のすすめを詠歌で断り後に再会した行尊

一五一　平等院僧正行尊、詠歌して住吉神主国基が家に宿らざりし事

平等院[5]の僧正、諸国修行の時、摂津の国住吉[6]のわたりに[7]いたり給ひて、斎料《ときれう》[8]のつきにければ（絶えてしまったので）、神主国基[9]が家におはして、経をよみて立ち給ひたりけり。その声微妙《みめう》にして、聞く人たふとみあへりけり。国基、御斎料奉るとて、「いづかたへすぎさせ給ふ修行者ぞ（どちらの方へお向いになる修行者でおいでか）。御経たふとく侍り。今夜ばかりはここにとどまり給へかし。御経の聴聞《ちやうもん》つかまつらん」といはせ（［取り次ぎの者に］）たりければ、とかくの返事をばのたまはず（あれこれの返事をおっしゃらずに）、うたをよみ給ひける、

一　雅楽に用いる中国伝来の管楽器。匏《つぼ》（笙の管を立てる所）の上に長短十七本の竹管が円環状に並ぶ。吹口から息を吹き吸いして奏する。
二　ここは、匏《つぼ》をさす。
三　竹管をさす。
四　母宮、すなわち太皇太后、皇太后をいう。堀河天皇の大宮ならば、小野皇太后宮歓子。しかし、「嘉保三年」に問題があると思われるので、別人をさすのであろう。
五　行尊。右大臣頼宗の養子。園城寺の明尊大僧正の弟子。嘉承二年（一一〇七）、五十三歳で法眼に叙されているが、それ以前のある時期。
六　現在の大阪市住吉区。摂津一宮と呼ばれた住吉神社の近くをさす。
七　底本「いたりて給ひて」を改訂。
八　僧侶の食事のための費用。
九　津守国基（一〇二三～一一〇二）。住吉神社の世襲の社家の人。康平三年（一〇六〇）、神主となる。歌に秀で、『後拾遺集』等に二十首入集。『津守国基集』がある。

一〇世をすてて宿もさだめぬ身にしあれば住吉とてもとまるべきか
は

かくいひて通り給ひぬ。

その後、一一天王寺の別当になりて、かの寺におはしましける時、国基参りて、一二天王寺と住吉との堺《さかひ》のあひだの事申し入れけるに、「しばし候へ《ゆっくりしていって下さい》」とて、あやしく《思いがけなく》御前へめされければ、かしこまりつつ参りたりけるに、僧正、一三明障子《あかりしやうじ》ひきあけさせ給ひて、「一四あの住吉とてもとまるべきかはは、いかに」と仰せられたりけるに、国基一五あきれまどひて、申すべき事も申さで、一六取り袴《ばかま》してにげにけり。いと興あることなり。

椋の木に登って実を食べていた小童と連歌で問答をした基俊

一五三　藤原基俊、小童と問答の事

一七基俊、一八城外しける事ありけり。道に堂のあるに一九椋《むく》の木あり。その木に六歳ばかりなる小童のぼりて、椋をとりてくひけるに、「ここ

一〇 出家遁世して宿も定めない身の上ですから、住吉の神主のおすすめで住みよいからといっても泊るわけにはいきません。修行僧の高い志を見せた歌。地名の「住吉」に「住み良し」の意を懸ける。

一一 大阪市天王寺区の四天王寺。行尊の別当補任は、元永元年（一一一八）五月。当時、崇福寺別当・法勝寺権別当を兼ね、権僧正であった。

一二 天王寺と住吉神社との所領の境界をめぐる争い。両者の所領争いは長期にわたるもので、後年、永万元年（一一六五）五月にも、朝議の案件になっている。国基は、すでに康和四年（一一〇二）に没しており、ここに登場することはあり得ない。

一三 現在の障子をいう。

一四 あの「住吉とてもとまるべきかは」の歌は、いかがでしたか（私は以前、あなたの所に立ち寄ったことがありますが、おぼえておいでかな）、の意。

一五 意外な人物の出現にびっくり仰天して。

一六 袴の裾を踏まないように股立《ももだち》を持ちあげて。

一七 藤原基俊。右大臣俊家の子。歌学に通じ、元永～長承年間には多くの歌合せの判者を勤めている。『金葉集』等に百余首入集。俊成の師。

一八 京都の郊外に出かけること。

一九 ニレ科の落葉喬木。果実は大豆ほどの黒紫色、熟すと甘味がある。

をば何といふぞ」と尋ねければ、「やしろ堂と申す」〔一〕とこたへける
を聞きて、基俊なにとなく口《くち》ずさみ〔口から出まかせに〕に童にむかひて、
〔二〕この堂は神か仏《ほとけ》かおぼつかな
といひたりければ、この童うち聞きて、とりもあへず〔間髪をおかずに〕、
〔三〕ほふしみこにぞ問ふべかりける
といへりけり。基俊あさましく〔ひどく驚き〕不思議に覚えて、「この童はただものにはあらず」とぞいひける。

一五三　唐人連歌の事

或る所に仏事《ぶつじ》しけるに、唐人二人きたりて聴聞《ちやうもん》〔四〕しけるが、磬《けい》〔五〕に八〔六〕葉の蓮《はちす》を中にて、孔雀《くじやく》の左右に立ちたるを文《もん》〔七〕に鋳《い》つけたりける〔鋳造してあるのを〕見て、一人の唐人、「捨身惜花思《しやしんしやくわし》」〔八〕といひけるを、今一人《ひとり》聞きてうちうなづきて、「打不立有鳥《だふりふうてう》」〔九〕といひけり。聞く人その心を知らず。或る人のどかに案じつらねければ〔落着いて二句の意味を考えてつなげてみると〕、連歌〔一〇〕にて侍りけり。

一 社堂《やしろどう》。神社と仏堂の両義をあわせた呼称になる。
二 この御堂は、神を祭ってあるのか仏を祭ってあるのか見当がつかない。「やしろ」といえば、神を祭っているようだが、「堂」といえば、仏を祭っているようにも思われるので。この句は、五七五で、ちょうど上の句にあたる句型。
三 自分はよく知りません。そのことなら法師御子《ほうしみこ》にお尋ねになるべきでしょう。「法師御子」は、法師で御子《みこ》（巫子《みこ》）を兼ねた者をいう（『和訓栞』）。この句は、七七で、ちょうど基俊の句に応じた句型。
四 僧の読経・説教などを聞くこと。
五 中国伝来の仏事用の打楽器。元来は石製であったが、後、銅製が多くなった。ここも金属製。形は雲形・蓮華形など数種あり、仏前の礼盤の右側に掛けおき、勤行・仏事の折、諸尊を驚覚するために導師が打ち鳴らす。

漢文で連歌を唱和した二人の唐人

六 八弁の蓮華。
七 模様として。
八 身を捨てて花を惜しめる思い。すなわち、命に代えて花を愛で嘆ずる気持をいう。
九 打てるに立たぬ鳥有り。すなわち、打たれても飛び立たずにじっとしている鳥がいる、の意。
一〇 ここは、五七五の上句と七七の下句とを別人が詠み合せる短連歌をいう。

一一 身を捨てて花を惜《を》しとや思ふらん打てども立たぬ鳥もありけり

かく思ひえてけり《このように考え解いた》。一二 わりなくぞ思ひつらねける。

一五四　八条太政大臣実行、斎宮と和歌贈答の事

公卿勅使の折斎宮寮を再訪する約束を破り恨みの歌を贈られた実行

一三 天永元年、一四 斎宮《さいぐう》の一五 群行《ぐんかう》ありけるに、一六 八条の太政大臣、権《ごん》の右大弁にてくだられたりけるが、帰りのぼるとて斎宮に参りて、日来《ひごろ》《数日》つかうまつりつる《おつかえした》御名残《おんなごり》など、「もし運侍らば、一七 公卿勅使《くぎやうちよくし》にてまた参る事も侍りなん」と申して、のぼり給ひけり。

さるほどに、その次の年正月二十三日に蔵人《くらうど》の頭《とう》に補して、一八 永久三年四月二十八日に参議にのぼり給ひにけり。一九 保安三年十二月六日参議・右衛門《うゑもん》の督《かみ》にて、二〇 勅使うけたまはりて下り給ひけるが、斎宮へも参らでのぼられければ《参上せずに上洛されたので》、宮《斎宮》より遣はしける、

二一 昔せしあらましごとのかはらぬをうれしと見えばいはましものを

一一 自分の身を捨てても蓮の花を惜しいと思うのであろうか、磬の中の孔雀は磬をたたいても飛び立ってゆかない。
一二 一通りでなくすばらしく日本語に翻案した。
一三 一一一〇年。この年の九月八日。
一四 白河院の皇女恂子。樋口斎宮と称した。在任十四年（『斎宮記』）。『皇代記』は、「徇子」とする。「斎宮」は、新天皇の即位時に選ばれて、在位の間、伊勢神宮に仕える未婚の内親王。
一五 嵯峨の野宮での三年の潔斎を終えて着任のため伊勢へ向うこと。
一六 藤原実行。大納言公実の子。天仁二年（一一〇九）から権右中弁であった。この時、三十一歳。
一七 勅使として伊勢神宮へ派遣される公卿。
一八 一一一五年。
一九 一一二二年。この時は右兵衛督。この月二十一日に右衛門督・検非違使別当に転ずる。
二〇 鳥羽天皇の宸筆の宣命を携えての使者であった。鳥羽天皇は、この翌月、崇徳天皇に譲位する。
二一 将来公卿勅使になって伊勢に来たらまた寄るからと、昔私に期待させて下さったことに相違がなくて嬉しゅうございますと、もし今度お寄り下さったならば申し上げたく思っておりましたのに。

御返し、

[一]伊勢の海塩干《しほひ》のかたへいそぐ身を恨みなはてそすゑもはるけし

一五　鳥羽法皇、御歌を諸臣に賜ふ事

[二]久寿元年二月十五日、[三]法皇、[四]美福門院《びふくもんゐん》御同車にて、[五]鳥羽の東殿より[六]勝光明院へ御幸《ごかう》ありて、庭の桜を御覧ぜられけり。まづ[七]阿弥陀講《あみだこう》を修せられける。法皇、少納言入道[八]信西《しんぜい》を御使《みつかひ》にて、御歌を[九]内大臣・[一〇]新大納言等《ら》にたまはせけり。[一一]檀紙に書きて桜の枝に付けられたり。内府《実能》にたまはせける御歌、

[一二]心あらばにほひをそへよ桜ばなのちの春をばいつか見るべき

大納言《公教》にたまはせける[一三]御歌、

おのおの御返しをよみて、もとの枝につけて奉りける。

内府《実能》、

美福門院と勝光明院へ御幸、内大臣以下に歌を賜った鳥羽院

一 伊勢には行きましたが、長くおられず塩干の潟(方)ならぬ都の方に急いで帰らなければならなくなった私の事情を、どうかいつまでもお恨み下さいますな。先はまだ長いのですから、またお訪ねもできましょう。しかし、この翌々年、恂子は任終え帰京、実行の言葉は実現されぬままに終る。

二 一一五四年。ただし、改元は十月二十八日なので、ここは仁平四年とあるべきところ。

三 鳥羽院(一一〇三～五六)。

四 藤原得子(一一一七～六〇)。鳥羽院妃。一一三九年、近衛天皇を生む。

五 安楽寿院。鳥羽離宮の仏殿。

六 保延二年(一一三六)、鳥羽院の創建した仏寺。金色の阿弥陀像が安置され、天蓋には飛天像八体、四柱に胎蔵・金剛両部の諸尊像が描かれていた。

七 阿弥陀仏の功徳を講説・頌讃する法会。

八 藤原通憲(一一〇六～五九)。碩学で知られた。

九 藤原実能。左大将を兼ね、この時、五十九歳。

一〇 藤原公教。権大納言、五十二歳。

一一 檀《まゆみ》の樹皮で作られる厚手の上質紙。

一二 桜花よ心があるならば一段と美しさを添えるように。今後いつ春にめぐり逢うことができるか分らないのだから。

[一四]心ありて咲くてふやどの花なれば末《すゑ》はるばると君のみぞ見ん
大納言《公教》、
[一五]君が世の末《すゑ》はるばるに桜ばなにほはんこともかぎりあらじな
[一六]大相国《だいしやうこく》、このことを聞き給ひて、二首を法皇に奉り給ひける。
[一七]桜花千束《ちづか》のかずをかぞふれば数もしられぬ後の春かな
[一八]かぎりありてつねならぬ世の花のみは千年《ちとせ》の後や西になるべき

一五六 西行法師、崇徳院の讃岐配流を悲しみ、寂念と唱和の事

[一九]保元の乱によりて、新院《崇徳院》、讃岐《さぬき》の国に遷《うつ》[二〇]らせおはしましにけり。和歌の道す[二一]ぐれさせ給ひたりしに、かかるうきこと出できたれば、「この道、すたれぬるにや」とかなしくおぼえて、[二二]寂念《じやくねん》法師がもとへよみてつかはしける。[二三]西行法師、
[二四]ことの葉のなさけたえぬる折ふしにありあふ身こそかなしかりけれ

一三 諸本、この歌を欠く。
一四 法皇様を尊崇する気持で咲くと言われていますこの勝光明院の庭の桜でございますから、末長く院だけがご覧になることでありましょう。
一五 君の御代が末はるばると続きますように、桜が美しく咲き匂うのもいつまでも限りないことでしょう。
一六 太政大臣。藤原実行をさす。時に七十五歳。
一七 たくさん咲き匂っている桜の花を数えると、まさに数限りもないが、君の御齢もそのように数限りのない後の世までも続くことでありましょう。
一八 寿命に限りのある無常のこの世だが、そこに咲く桜の花だけは千年の後に実を結ぶように、君も必ず最後には極楽に往生せられることでありましょう。

崇徳院の配流を悲しんだ西行

一九 保元元年（一一五六）七月、崇徳院と後白河天皇との対立に、摂関家・源平二氏もまた二派に分れて争い、院側が敗れた争乱。
二〇 讃岐の松山（香川県）に配流された。
二一 『詞花集』等に七十七首入集。
二二 藤原為忠の子。大原三寂の一人。『山家集』では寂然（寂念の弟）宛の歌となっている。
二三 佐藤義清（一一一八〜九〇）。五七話参照。
二四 歌の道の衰え絶えた時節にめぐりあわせた身は何とも悲しいことである。「久安百首」を召し集めた崇徳院の催主ぶりをしのんでの詠歌。

返し、[一]寂念法師、

[二]敷島や絶えぬる道もなくなくも君とのみこそ跡をしのばめ

一五七　西行法師、和歌を兵衛局に贈る事

西行法師、[三]法勝寺《ほつしようじ》の花見にまかりけるに、その日、[四]上西門院《じやうさいもんゐん》の女房おなじく見ける中に[五]兵衛《ひやうゑ》の局《つぼね》ありと聞きて、「[六]昔の花見の御幸思ひいで給ふらん」などいひて、その日雨の降りたりければ、かくぞ申し遣はし侍りける。

[七]見る人に花も昔を思ひ出でて恋しかるらし雨にしほるる

返し、兵衛の局、

[八]いにしへをしのぶる雨と誰《たれ》か見ん花に昔の友しなければ

一五八　二条天皇、御方違のため押小路殿に行幸御遊の事

[九]平治元年二月[一〇]二十五日、御方違《かたたがへ》のために[一一]押小路殿《おしこうぢどの》に行幸ありけり。

一『山家集』では、ここも寂然とする。
二 歌の道の衰え絶えたことに泣きながらも、あなたとだけは盛んであった頃のことを偲びましょう。
三 白川の北の地（京都市左京区岡崎）に白河天皇の創建した寺院。承暦元年（一〇七七）に落成した金堂をはじめとする多数の堂塔から成り、その善美を尽した結構と規模は、六勝寺中、最大のもの。
四 鳥羽天皇の皇女統子（本名恂子、大治四年改名）。母は待賢門院璋子。二条天皇准母。

兵衛局と懐旧の歌を唱和した西行

五 神祇伯源顕仲の娘。初め待賢門院に仕え、その崩後、上西門院に出仕した。『千載集』等に入集。
六 一一二四年閏二月十二日の白河・鳥羽両院の綺羅を尽しての白川への花見の御幸をさす。中宮璋子・太政大臣雅実・摂政忠通等以下が同行した。
七 昔なじみの貴女が来て見ておられるので、昔のことが恋しく思い出されて、花も昔のことを偲んでか雨にしおれています。
八 この雨を昔を偲ぶ涙の雨と誰がみてくれましょう。ともに花をみてなつかしむ友もなくて（あなただけはわかって下さいましたか）。

硯ぶたの雪に歌を添え、兵衛局と唱和された二条天皇

九 一一五九年。
一〇 実は十九日のこと。
一一 押小路の南、烏丸と

透廊《すいらう》[一二]にて夜もすがら〔管絃の〕御遊《ぎよいう》ありけるに、女房の中より硯蓋《すずりぶた》にくれなゐの薄様《うすやう》[一三]をしきて、雪をもりて[一四]いだされたるに、和歌をつけたりける。

[一五]月影のさえたるをりの雪なればこよひは春もわすれぬるかな

返し、

[一六]くまもなき月の光のなかりせばこよひのみゆきいかでかは見ん

女御付き女房を連れ禁中巡行の際内の女房と唱和させた関白基実

一五九　関白基実、内の女房と女御殿の女房と雪月連歌を唱和せしむる事

[一七]応保二年正月の比《ころ》、[一八]殿下《てんが》、[一九]女御殿の御方の女房を伴はせ給ひて、禁中を[二〇]見めぐらせ給ひけるに、雪月いとおもしろかりける。[二一]内の女房の中より[二二]蔵人《くらうど》の兵衛《ひやうゑ》の尉《じよう》通定をして、女御殿の女房の中へ申しおくりける、

[二三]月はれて雪ふる雲のうへはいかに

通定、[二四]左衛門の陣のかたへたづねまゐりて、このよしを申しければ、はやく返事を申さるべきよし、殿下仰せられければ、

室町との間にあった里内裏。美福門院の御在所ともされた。底本「押少路殿」を改訂。
一二 両側に障壁がなく、垂れ簾で見透しのきく回廊。
一三 鳥の子紙のごく薄手のもの。
一四 底本「ち」。伊木本により改訂。
一五 月光の冴え渡った今宵の雪なので、春になっていることも忘れてしまったことである。
一六 照らさぬ隈《くま》もないあたり一面の月光がなかったら今宵の雪はどうして見えようか、また行幸もどうしてあり得ただろうか。「みゆき」に「深雪」と「行幸」とを懸ける。
一七 一一六二年。
一八 摂政・関白の敬称。ここは関白藤原基実。忠通の子で、時に左大臣を兼ね、二十歳。
一九 徳大寺実能の娘育子。前年十二月に十五歳で入内、女御となり、この翌月十九日に中宮となった。
二〇 底本「め」なし。伊木本により補う。
二一 天皇（二条）方の女官たち。
二二 天皇に近侍する蔵人で、兵衛府の三等官。「通定」は不詳。『新拾遺集』に入集の清原通方あたりか。
二三 月が輝いて雪の積っている宮中の趣をどうご覧になりますか。
二四 建春門内にあった左衛門府の警護員の詰所。

[一]たちかへるべき心ちこそせね

一六〇　二条天皇中宮育子、連歌を唱和し給ふ事

長寛[二]の比《ころ》、六角左衛門の督家通《かみいへみち》[三]、中将にて侍りけるに、〔帝が〕仰せられて承香殿《じようきやうでん》[四]の梅を折らせられて、中宮[五]の御方へ参らせられて《さし上げられるとて》、内侍《ないし》[六]にたまはせけり。〔家通を介して〕[七]「ゆきて見ねど、をりて見るよしを申すべし」と仰せられければ、〔内侍が中宮に〕則ちもてまゐりて、そのよし申しければ、〔中宮の〕御返し、

[八]色も香もえならぬ梅の花なれや

家通朝臣《あそん》帰りまゐりて、〔帝に〕このよしを奏しければ、やがて《すぐに》〔かわって〕御返し《ご返歌》つかまつるべきよし《中しあげるように》、おほせられければ、

(家通)[九]にほひは千世《ちよ》もかはらざらなん

一六一　頭中将家通、頭亮邦綱の使を引き留めて返歌の事

永万元年[一〇]九月十四日、五更《ごかう》[一一]におよびて、頭の亮《すけ》[一二]の書札《書状だといって》とて、紙屋《かみや》[一三]

承香殿の梅の枝を贈り中宮と唱和された二条天皇

邦綱の歌に「いかでかは」と返歌した家通

一　あまりのすばらしさに、こちらから帰って行く気持になれません。
二　一一六三～六五年。
三　藤原家通。永暦元年（一一六〇）、右中将となり、長寛二年、二十三歳で蔵人頭に昇る。左衛門督になったのは、ずっと後の文治二年（一一八六）のこと。
四　仁寿殿の北にあり、御遊・内宴の催された殿舎。
五　育子。前頁注一九参照。
六　中宮に近侍する女官。
七　梅の木のもとへ出かけて見るのではないが、枝を折り取って梅花を見るということを詠むように。
八　色合も香りも言葉に尽せないほどにすばらしい梅の花でありますこと。
九　この匂うばかりの美しさが、いつまでも変らないでほしいものです。
一〇　一一六五年。
一一　午前四時前後の二時間。寅の刻にあたる。
一二　蔵人頭で中宮亮を兼ねている者。ここは藤原邦綱。右京大夫も兼ねていた。時に四十四歳。
一三　紙屋院（京都の紙屋川に面した製紙所）で漉《す》いた紙。

紙《がみ》に[一四]立文《たてぶみ》たる文《ふみ》を、[一五]頭の中将家通朝臣のもとへもてきたりけり。ひらきて見れば、[一六]紅《くれなゐ》の薄様《うすやう》に歌を書きたり。

[一七]名に高きすぎぬるよはに照りまさる今夜《こよひ》の月を君はみじとや

[一八]筑前《ちくぜん》の内侍《ないし》・[一九]伊予《いよ》の内侍などのしわざにや、その使《つかひ》[二〇]返事をとらで逃げ帰らんとしけるを、侍どもさとりて《侍たちが気づいて》、門をさして《閉ざして》いださず。やがて紅の薄様に返しを書きてたまはせける。

[二一]いかでかはふせやにとてもくまもなきこよひの月をながめざるべき

かくなん書きて、[二二]もとのごとく紙屋紙に立文て、使に返したびて、「月をも御覧ぜで、《この明月をもご覧にならず》[二三]御寝《おんよ》るなれば、この御ふみ参らするにおよばず。もし急ぐ事ならば、あすもてまゐれ」といはせて返しければ、[二四]使しぶる気色ながらもて帰りにけり。いと興あることなりかし。

一四 立文仕立てにした手紙。「立文」は、礼紙で巻いた書状をさらに別の紙で包み、その上下を裏へ折り返した正式の書状。
一五 新帝（六条天皇）のもとで蔵人頭に再任されていた。
一六 公式書簡めかした立文仕立ての外見とは裏腹に、便箋は女性間の私的なやりとりに用いる薄紙であった。
一七 その名も高い八月十五夜の月よりもさらに素晴らしく照り輝いている今夜の月を見もしないで、貴方は寝込んでしまったのですか。
一八 未詳。
一九 対馬守・下野権守であった源親弘の娘。兄弟に侍賢門院判官代基重、高倉院判官代親満等がいた。
二〇 返歌によって切り返されるのを避けるため、使者は返歌を貰わずに帰るようにと指示されていた。
二一 どう致しまして、わが伏せ屋をだって一面に照らしている今夜の月を、眺めないで寝ているなどということがありましょうか。「伏せ屋」は、低い小さな家。
二二 相手からの手紙を全く見なかったようにして使者に持たせ、その上に、「月をも御覧ぜで云々」の言葉を添えた。
二三 おやすみになっているのだから。明月の夜に就寝しているなど、風雅を解さぬ人にきまっているから。
二四 底本「ば」を欠く。伊木本により補う。

一六三　いろは連歌の事

一同じ御時の事にや、二いろはの連歌ありけるに、たれとかやが句に、

三うれしかるらむ千秋万歳

としたりけるに、四この次の句にゐ文字にや続くべきにて侍る。ゆゆしき難句にて《一通りでない難かしい付句で》人々案じわづらひたりけるに《どうつけたらいいか考え悩んでいたところ》、五小侍従《こじじゅう》つけける、

六亥《ゐ》はこよひあすは子《ね》の日とかぞへつつ

七家隆卿の家にて、この連歌《いろはの連歌》侍りけるに、

八ぬれにけり塩《しほ》くむ海士《あま》のふぢ衣《ごろも》

九左近の将監貞度《しやうげんさだのり》といふ小侍《年若い侍》つけ侍りける、

一〇るきゆく風にほしてけるかな

人々とよみて《ざわめいて》、「るきゆく風」を笑ひければ、「さも候はずとよ《おかしなはずはありませんよ》。ぬ文字の次はる文字にて候へば、かくつかうまつりて候。何の難か候

一　二条天皇の時代。

二　連歌の遊戯的詠み方で、いろは歌の四十七字の各文字を句頭に据えて順々に詠み連ねていくもの。

三　うれしいことでしょう、千秋万歳と幾久しく栄え続けていくことは。

四　うの字で始まる句の次には、ゐの字で始まる句こそ続くべきでありましょうか。

「亥はこよひ」とつけた小侍従と「るきゆく風」とつけた貞度

五　第二五代石清水別当光清の娘。待宵小侍従とも。近衛天皇皇后多子、後白河院、二条天皇に仕えた女房。『千載集』等に五十三首入集。

六　今宵は亥の日、明日は子《ね》の日と数え続けながら。「ゐ」に直ちに「亥」を連想して一首をまとめた。

七　藤原家隆（一一五八～一二三七）。権中納言光隆の子、寂蓮の女婿。従二位宮内卿。藤原俊成の弟子で、『新古今集』撰者の一人。家集に『壬二集《みに》』がある。

八　海水でぬれてしまったことだ、海水を汲み運んで製塩の作業をしている海士《あま》の衣は。「ふぢ衣」は、藤《ふぢ》蔓《づる》の繊維で織った布で作った粗末な着衣。

九　左近衛府の四等官（正六位相当官）。「左近」は底本「大進」を陵本により改訂。「貞度」は未詳。

一〇「ふきゆく」とあるべきところを、句頭の字を機械的に「る」に置きかえたナンセンス。

一一　底本「と」を欠く。伊木本により補う。

一三　亜流の句。「もどく」は、似せて作る、の意。

ふべき」と[一一]陳じたりけるに、いよいよ笑ひけり。小侍従がもどき[一二]の句といひつべし。

言いわけをしたので　ということができよう

一六三　敦頼入道道因、大納言実国を訪ひ和歌唱和の事

馬《うま》の助《すけ》敦頼《あつより》[一三]、出家[一四]の後すなはち[一五]、大納言実国[一六]のもとへまうでたりけるに、扇に書きつけられ侍りける、

直ちに

(実国)
むらさきの雲[一七]にちかづくはし鷹《たか》はそりてわかばにみゆるなりけり

返し、道因法師、

はし鷹[一八]のわかばにみゆときくにこそそりはてつるはうれしかりけれ

一六四　瞻西上人、雲居寺を造畢し和歌曼陀羅を図絵したる事

祭主《さいしゅ》[一九]・神祇伯《じんぎはく》親定《ちかさだ》、伊勢の国いはで[二〇]といふ所に堂を建てて、瞻西《せんさい》[二一]

一三 藤原敦頼。治部少丞清孝の子。左馬助（一説に右馬助）。法名、道因。歌道に執心が深かった（『無名抄』）。『千載集』に二十首入集。

一四 承安二年（一一七二）三月、八十三歳以後のこと。

一五 底本「後」を欠く。伊木本により補う。

一六 藤原実国。承安二年には、権大納言で三十三歳。

一七 紫の雲に近づくはし鷹を思わせる黒衣のあなたは出家の道に入り、頭を剃って若葉のようにすがすがしく見えることだ。「むらさきの雲」は、浄土往生者の臨終時に現れるとされる瑞雲で、往生時（命終時）を象徴する。「はし鷹」は、鷹狩用の小鷹で、羽毛は黒斑。墨染の僧衣をまとった姿をそれに見たてた。「そり」には、「逸《そ》り」と「剃《そ》り」とを懸ける。

紫雲の歌にはし鷹の歌を唱和した道因

一八 はし鷹の私が若葉のようにすがすがしく見えると承って、思い切って頭を剃ってしまったことを嬉しく思います。

一九 伊勢大神宮の神官の長《おさ》。「神祇伯」は神祇官の長官。「親定」は大中臣《おおなかとみ》親定（一〇四三～一一二二）。第三七代祭主。

二〇 三重県度会《わたらい》郡玉城村の地。

二一 延暦寺の僧。

祭主神祇伯の布施で雲居寺を造畢歌の会を催し曼陀羅を遺した瞻西

上人を請じて〔落成の〕供養をとげけり。その布施にてぞ[一]雲居寺《うんごじ》をば造畢《ざうひつ》《造り》せられける《終えられた》。かの上人、歌を好まれければ、時の[二]歌よみつねに寄りあひて[三]和歌の会ありけり。[四]和歌の曼陀羅《まんだら》を図絵して、過去七仏を書きたてまつり、また[五]三十六人の名字を書きあらはせり。また「[六]諸悪莫作《しよあくまくさ》、衆善奉行《しゆぜんぶぎやう》」の文を銘に書かれたり。[七]色紙形あり、[八]義房公ぞ清書し給ひける。また件《くだん》の曼陀羅《まんだら》は本寺の重宝にてあるべきを、いかなりける事にか、[九]神祇の大副《たいふ》親仲〔大神宮を〕造宮の時、子息土佐の権の守[一〇]親経《ちかつね》がもとへ売りきたれりけるを、銭二十貫にて買ひとどめてけり。相伝して[一一]親守入道がもとにあり。[一二]建長元年九月、外宮遷宮《げぐうせんぐう》に[一三]予参向の時、この曼陀羅を請ひ出して、をがみたてまつりて、これを記すなり。

一六五　後徳大寺左大臣実定、住吉歌合に秀歌を詠み、明神感応し給ふ事

[一四]嘉応二年十月九日、道因法師、人々を勧めて[一五]住吉《すみよし》の社《やしろ》にて歌合せしけるに、[一六]後徳大寺の左大臣、前《さき》の大納言にておはしけるが、この

一　京都市東山区下河原町の地に、承和四年(八三七)菅野真道が創建。天治元年(一一二四)、瞻西《せんさい》が再興し、金色の八丈の阿弥陀仏を安置、本尊とした。
二　源俊頼、藤原基俊、琳賢《りんけん》等をさす。
三　その様子は、「雲居寺結縁経後宴歌合」に見える。
四　「曼陀羅」は、区画された特定の領域に仏・菩薩を配して宇宙の真理を示す図絵。ここは、以下にあるように過去七仏に歌仙の名字を交《まじ》えた図柄。「過去七仏」は、釈尊以前にこの世に現出した毘婆尸《びばし》・尸棄《しき》・毘舎浮《びしやぶ》・拘留孫《くるそん》・拘那含牟尼《くながんむに》・迦葉《かしよう》・釈迦牟尼の七仏。
五　藤原公任の『三十六人撰』所載の歌仙三十六人。
六　諸悪を作《な》す莫《なか》れ、衆善を行い奉れ、の意。過去七仏が受持したとされる「七仏通戒偈」の一節。
七　屏風などに色紙の形を設け、詩歌を書いたもの。
八　未詳。
九　神祇官の次官。「親仲」は大中臣親仲。祭主・造内外宮使。保延六年(一一四〇)没、六十八歳。
一〇　「中臣氏系図」によれば、治承二年没、八十二歳。
一一　親経の次男散位国親の子。神祇権少副。
一二　一二四九年九月二十六日のこと。「遷宮」は、二十年毎に行う伊勢神宮の神殿の造営・改修の際、神座を移すこと。
一三　橘成季。
一四　一一七〇年。
一五　摂津国の一宮《いちのみや》で和歌三神の一。

「ふりにける」の秀歌に明神感応し年貢船の難破を救われた実定

歌をよみ給ふとて、「[一七]社頭の月」といふことを、

[一八]ふりにける松ものいはば問ひてましむかしもかくや住《すみ》の江《え》の月

かくなむよみ給ひけるを、判者《はんじゃ》[一九]俊成卿ことに感じけり。[二〇]よの人々もほめののしりける《ほめて評判になったのであるが》ほどに、その比《ころ》かの家領《実定の領地》、[二一]筑紫《つくし》瀬《せ》高《たか》の庄《しゃう》の年貢《ねんぐ》つみたりける船、[二二]摂津の国をいらんとしける時、[二三]悪風にあひて、すでに《あやうく》入海《じゅかい》せんとしける時《沈没しそうになった時》、いづくよりか来たりけん《どこから来現したのであろうか》、翁《おきな》一人いできて漕《こ》ぎなほして別事なかりけり《〔船に〕別条はなかった》。船人《ふなびと》あやしみ思ふほどに、翁のいひけるは、「松ものいはばの御句のおもしろう候ひて、この辺に住み侍る翁の参りつると申せ」といひて失せにけり。住吉大明神のかの歌を感ぜさせ給ひて、御体《ぎょたい》をあらはし給ひけるにや《御本体を現しなさったのであろうか》。[二四]不思議にあらたなる事かな。

一六六　広田社の歌合せに左大弁実綱、沈淪述懐の歌を詠みたる事（一部抄入）

「位山上れば下る」と詠み正三位宰相中将実守に超えられた実綱

[二五]同じき二年、この歌合せの事を《住吉歌合のことを》[二六]広田大明神海上《かいしゃう》よりうらやませ給

一六　藤原実定。この時、散位で三十二歳。
一七　この時の歌合せの題。他に、「旅宿時雨」「述懐」の三題で、参会者は五十人（二十五組）であった。
一八　年を経た老松がもし物を言うものならば住の江の月は昔も今夜のように美しく輝いていたかたずねてみたいものだ。「社頭月」の題での一番左歌。右歌は俊成の「こころなき心もなほぞつきはつる月さへすめる住よしの浜」。
一九　藤原俊成（一一一四〜一二〇四）。『千載集』の撰者。この時は、右京大夫で皇后宮大夫。「ふりにける」の歌への判は、「こころすがたいとをかしくも侍るかな……」というもので、この歌が勝とされた。なお、この時の読師は、左が藤原邦輔、右が藤原朝宗。
二〇　左方に俊恵・藤原清輔・平経盛・小侍従・寂念、右方に俊成・源頼政・藤原実国・隆信等々がいた。
二一　福岡県山門《やまと》郡瀬高町の地。
二二　古くは、「入る」「別る」「逢ふ」などは、「に」でなく、「を」を取るのが一般であった。
二三　逆風・暴風など、航行を妨げる風。
二四　霊験のあらたかなことである。
二五　広田社歌合は承安二年（一一七二）十月十七日。
二六　住吉神社と同じ摂津国（西宮市広田町）に鎮座する広田神社の祭神。航海の神。

ふよし、両三人《二三人が》おなじやうに夢に見たてまつりけり。道因そのよしを聞きて、また人々[一]の歌をこひて合はせけり。題、「社頭の雪」「海上の眺望」「述懐」かくぞありける。これも俊成卿判しけり。「述懐」の歌に、二条中納言実綱[二]卿左大弁の時、宰相《さいしやう》[三]教長入道に番《つが》ひて、

位山《くらゐやま》[四]のぼればくだる我が身かな最上川《もがみがは》こぐ舟ならなくに

かの卿、四位・五位のあひだ顕要《けんえう》の職をへず《経ず》、舎弟[五]二人に越えられて沈淪《ちんりん》せられけるが《おちぶれておられたが》、仁安[六]元年十一月八日、蔵人の頭に補して、同じき二年二月十一日、参議に任じて右大弁を兼ず。同じき三年八月四日、従三位に叙す。嘉応二年正月[七]十八日、左大弁に転ず。昔の沈淪の恨みも散ずるほどに、かくうちつづき昇進せられたるに、この歌よまれたるはいかに思はれたるにか。かかるほどに、同じき三年正月六日実守[八]中納言、宰相の中将にておはしけるが、坊官《ばうくわん》[九]の賞にて正三位せられけるに《に叙せられたので》、左大弁《実綱は》越えられにけり。「この歌のゆゑにや《せいであろうか》」と、時の人沙汰しけるとぞ。まことに詩歌《しいか》の道はよくよく思慮すべ

一 作者は、前話の住吉社の歌合せに重なる顔ぶれが多いが、総数では五十八人（二十九組）と上回る。
二 藤原実綱。この時、参議・勘解由長官で四十五歳。
三 藤原教長。左京大夫。保元元年出家、法名観蓮。
四 「最上川のぼればくだる」と古歌にある最上川の舟ではないが、わたしは位が上っても人に超えられて下ってしまう沈淪の境遇である。「述懐」の五番左歌。右歌は観蓮の「此世には数ならずとも九品わくるはちすの身とも成りなむ」。現世と来世との違いはあるが、共に後に憑《たの》む心を詠んだものとして、勝負は持《じ》（引分け）であった。「位山」は、白山の一峰（岐阜県）。その山に登り降りする意と、位が上り下りする意とを掛けた。本歌は、「最上川のぼればくだる稲舟のいなにはあらず此月ばかり」（『古今集』巻二十、陸奥歌）。
五 内大臣公教の子の実国と実房。実綱はじつは祖父実行の子とされる（『尊卑分脈』）。
六 一一六六年。
七 底本「正月」を欠く。『公卿補任』にて補う。
八 藤原公能の子。参議・正四位下・右中将、二十五歳。この年四月七日、従三位に昇るが、依然として実綱の下位のままで、この時、越階《おつかい》の事実はない。
九 実守は、仁安元年十月から三年二月まで東宮坊の官人（権亮）。正三位昇任は、承安三年（一一七三）。
一〇 大炊御門右大臣家佐（「広田社歌合」）。藤原公能家の女房。公能は一一六一年没。
一一 夜中に雪が真白に降って、今朝見ると浜の南の宮

き事なり。昔もかやうのためしおほく侍るにや。

同じ歌合せに、「社頭の雪」を[一〇]女房の佐《すけ》よみ侍りける、

[一一]今朝みれば浜の南の宮つくりあらためてけり夜半《よは》の白雪

こののち、また浜の南の宮焼け給ひにけり。これも歌の徴《しるし》にや。

[一二]かの実綱の中納言は、おとうとの実房・実国などに[一三]越えられ[一四]給ひける時は、

[一五]いかなればわがひとつらのみだるらんうらやましきは秋のかりがね

かやうによみ給ひける、いとやさしくて《まことにけなげで》、恨みはさこそ深かりけめども《深かったであろうが》、[一六]誠信の、舎弟[一七]斉信に越えられて、目のまへに悪趣の報をかため給ひけるには似ずや《堕地獄の報復を心に決め恨み死にをなされたのとは大違いでなかろうか》。

一六七　伊通公参議の時、中納言に任ぜられず恨みに堪へずして
　　辞職の事（抄入）

辞職して生活を乱したが後中納言となり太政大臣まで昇進した伊通

[一八]伊通《これみち》公の参議のとき、[一九]大治五年十月五日の除目《ぢもく》に、参議四人、

の社殿はすっかりつくり変えられたように見える。二十二番右歌。左歌は源仲綱の「けさみればきねがまろねの跡なれやいかきの内の雪の村消《むらぎえ》」で、勝負は持《じ》。「浜の南の宮」は、広田社に祭る五座の一。

一一 以下、『十訓抄』に同話が載る。

一二 永暦元年（一一六〇）、四月に実国（二十一歳）は正四位下・参議、十月に実房（十四歳）は従三位となるが、実綱（三十三歳）は大宮権亮で、従四位下。実綱の参議昇進は、その七年後のこと。

一三 底本「られ」なし。伊木本の傍記により改訂。

一四 どうして我が一族兄弟は、位階官職の序列が乱れているのだろう。列をととのえて飛んでゆく秋の雁がうらやましい。

一五 藤原誠信。太政大臣為光の子。参議・東宮大夫・左衛門督であったが、長保三年（一〇〇一）九月三日、前月に弟斉信に越階されたことを恨んで死去した。また、『大鏡』には、人がら世おぼえが斉信に劣ったとあり、『十訓抄』には怨念のため、手の指が手の甲をつき通したとある。

一七 誠信の弟。参議・左中将・中宮権大夫であったが長保三年八月二十五日、兄の誠信・藤原懐平・菅原輔正の三人を越えて、権中納言に昇進した。

一八 藤原伊通。時に、三十八歳。

一九 一一三〇年。

師頼《もろより》[一]・長実《ながざね》[二]・宗輔《むねすけ》[三]・師時《もろとき》[四]等中納言に任ず。これみな位次《ゐじ》[五]の上臈《じやうらふ》なりといへども、伊通その恨みにたへず、宰相・右兵衛の督・中宮の大夫三つのつかさ《官職》を辞して、檳榔毛《びらうげ》[六]の車を大宮おもて《大宮大路》に引き出でて、やぶり《こわして》焚《た》きて後《燃やした後》、褐《かち》[七]の水干《すいかん》にさよみの袴きて、馬に乗りて、神崎[八]の君がもとへおはしけり。今はつかさもなきいたづらものになれるよしなり《無用の者になったことを示したのである》。また、年比《としごろ》借り置かれたりける《長い間借りたままでいた》蒔絵《まきゑ》の弓を、中院[九]の入道右府(雅定)のもとへ返しやるとて、

(伊通)[一〇]八《や》年《とせ》まで手ならしたりし梓弓《あづさゆみ》かへるを見てもねはなかれけり

返し、

(雅定)[一一]なにかそれ思ひすつべき梓弓またひきかへす折もありなむ

かかりければ《このように慰められたのだが》、この返事の歌のごとく、[一二]ほどなく長承[一三]二年九月に、〔伊通は〕前《さき》の参議より中納言になられにけり。宇治の大納言隆国[一四]、前の中納言より大納言になられける例《ためし》とて、その後うちつづき昇進して、太[一五]政大臣までのぼり給ひにき。これは世も今すこしあがり《時代も幾分むかしのことであり》、人も才能

一 源師頼。正二位・備前権守で、この時、六十二歳。
二 藤原長実。歌学六条家の祖顕季《あきすえ》の長子。この時、従三位、五十六歳。『金葉集』等に十首入集。
三 藤原宗輔。従三位・左中将・播磨権守で、この時五十四歳。後、保元二年、太政大臣に昇る。
四 源師時。従三位・右中将・皇后宮権大夫・美作権守で、五十四歳。その日記に『長秋記《ちょうしゅうき》』がある。
五 官位の順次からすれば、師頼等四人はみな伊通より上位の前任者で、越階されたということではなかった。伊通は、前年に従三位に昇ったばかり。
六 四位以上の公卿と僧正の乗用できる車。
七 濃紺の水干。「さよみ」は目の粗い麻布。
八 兵庫県尼崎市神崎の港町。遊女の里で知られた。
九 源雅定。正三位・権中納言兼右衛門督で、三十七歳。右大臣就任は久安六年（一一五〇）のこと。
一〇 お借りして八年もの間手ならした梓弓を、このたびの辞職故にお返しすることになったのにつけても、悲しく泣けてしまう。『千載集』巻十六に載る。ただし下句は「返るを見るにねぞなかれける」。
一一 梓弓の歌につけても何もそれ程失望落胆することはあるまい。梓弓を引くように又引きかえて出世できる時機が来るだろうから。
一二 底本「くは」。他本により改訂。
一三 一一三三年。九月二十一日のこと。
一四 源隆国。康平四年（一〇六一）二月、権中納言を辞し、六年後、権大納言として復任した。

いみじかりけるゆゑなり《すぐれていたためである》。かやうのためしはまれなる事なれば、いま《当世》のうちあるたぐひ《の凡々たる人には》、まなびがたかるべし《まねのしにくいことであろう》。大かたは《普通には》一六二条院讃岐《さぬき》が一七歌に、

一八うきもなほ昔のゆゑと思はずはいかにこの世をうらみはてまし

とよめる、ことわりにかなへるにや《世の道理にかなっているのではなかろうか》。

一六六　御堂関白道長大井川遊覧の時、四条大納言公任和歌の船に乗る事（抄入）

和歌の舟を指定して朝まだきの名歌を詠んだ公任

一九御堂関白、二〇大井川にて遊覧し給ひし時、詩歌の船をわかちて《漢詩の船と和歌の船とにわけて》、おのおの堪能の人々を《それぞれにその道の名のある人々を》乗せられけるに、二一四条の大納言に仰せられていはく、「いづれの舟に乗るべきぞや」と。大納言いはく、「和歌の船に乗るべし」とて乗られにけり。さてよめる、

二二朝まだき嵐の山のさむければ散るもみぢ葉をきぬ人ぞなき

〔公任が〕後にいはれけるは、「いづれの舟に乗るべきぞと仰せられしこそ《仰せられたのには》心おごりせられしか《得意な気持にさせられてしまった》。詩の舟に乗りて、これ程の詩を作りたらまし

一五　太政官での最高の官位。左大臣の上位の大臣。永暦元年（一一六〇）八月十一日に昇任。

一六　源頼政の娘。後冷泉天皇の中宮章子（二条院）に仕えた女房。『新古今集』に十六首入集。

一七　底本「を」。伊木本により改訂。

一八　こんな風に我が身に憂い事が多いのもやはり前の世での我が悪業の報いなのだと思わなかったら、どんなにかこの世を深く恨むことであろう。前世の悪業の報いと思うからこそすこしは心も慰められる。『新古今集』巻二十に、「入道前関白の家に、十如是の歌よませ侍りけるに、如是報」の詞書と共に見える歌。

一九　藤原道長（九六六～一〇二七）。この遊覧は長保元年（九九九）九月のものか。

二〇　保津川の下流、京都市右京区の嵐山の北麓を流れる辺をいう。

二一　藤原公任。長保元年には、参議で、三十五歳。博学で、歌論に『新撰髄脳』、和歌の撰集に『三十六人撰』、朗詠集に『和漢朗詠集』等がある。

二二　早朝の嵐山の辺りは大変寒いので、盛んに落ち散る紅葉が皆にふりかかって、美しい錦の着物を着ているように見える。『拾遺集』巻四に、「嵐の山のもとをまかりけるに、紅葉のいたくちり侍りければ」の詞書と共に見える歌。

かば、名はあげてまし《名をあげることができたろうに》」と後悔せられけり。この歌、花山院[一]、「拾遺集」[二]をえらばせ給ふ時、紅葉の錦[三]とかへて入るべきよし仰せられけるを、大納言《公任》、しかるべからざるよし《そのようにかえることはできないと》申されければ、もとのままにて入れにけり。円融院[四]、大井川[五]逍遥《せうえう》の時、三船《詩・歌・管絃の三船》[六]に乗るともありけり。

一六九　白河院大井川行幸の時、民部卿経信三船に乗る事（抄入）

帥《そち》の民部卿経信卿[七]、またこの人《公任》におとらざりけり。白河院、西河[八]に行幸[九]のとき、詩歌管絃《しいかくわんげん》の三つの舟をうかべて、その道の人々をわかちて乗せられけるに、経信卿遅参の間、ことのほか《〔院は〕たいへん》に御気色《みけしき》あしかりけるに《ご機嫌が悪かったところへ》、とばかり《しばらく遅れて》待たれて参りたりけるが《〔経信卿は〕》、三事[一〇]かねたる人にて、みぎは《川辺に》にひざまづきて、「やや《ややあ》[一一]、いづれの舟にてもよせ候へ《どの舟にても漕ぎよせてくだされ》」といはれたりける、時にとりて《時宜を得ていてたいへんよかった》いみじかりけり。かくいはんれうに《そのように言わんがために》遅参せられけるとぞ。さて管絃の船に乗りて詩歌を献ぜられたりけ

一　冷泉天皇の皇子（九六八〜一〇〇八）。和歌を好み、内裏でしばしば歌合せを催した。藤原長能・源道済等の協力により、公任撰の『拾遺抄』に増補して、『拾遺集』を完成した。『後拾遺集』等に六十四首入集。
二　花山院の親撰。他に公任撰進説がある。巻十五までの成立が長保三年七月頃、巻十六〜二十の編集完了が寛弘二〜四年とされる。
三　藤原定家本系の『拾遺集』では、四句「紅葉の錦」。異本系は、本話と同じ。
四　村上天皇の皇子。在位九六九〜九八四年。『拾遺集』等に二十四首入集。
五　寛和二年（九八六）十月十四日のこと。この時、公任は、摂政藤原兼家等と従駕している。
六　底本「もの」。『十訓抄』により「とも」と改訂。

遅参して管絃の船に乗り詩歌を献じた経信

七　源経信（一〇一六〜九七）。一〇八一年民部卿、一〇九四年、大宰権帥。博学多才、歌合せの判者として活躍。日記に『帥記』、詩文集に『都督亜相草』、和歌の家集に『大納言経信卿集』がある。
八　大井川の異称。
九　承保四年（一〇七七）十月二十四日のこと。
一〇　漢詩文・和歌・管絃の三才を兼備した人。
一一　『袋草紙』では、どの船に乗るかとの白河院の仰せに、「管絃の船に乗りて、然るべき詩歌すべし」と答えたことになっている。

り。三船に乗るとはこれなり。

一〇 後三条院住吉社に臨幸の時、経信秀歌を詠じ、子の俊頼にその批評を求むる事（抄入）

大饗の大納言に喩えた俊頼の評に満足した経信

後[一二]三条院、住[一三]吉の社に臨[一四]幸ありける時に、経信卿、序[一五]代（序題）を奉られけり。その歌にいはく、（その折の詠歌）

澳[一六]《おき》つ風吹きにけらしな住吉の松のしづえをあらふ白浪

当座の秀歌なりけり。かの卿のち[一七]に俊頼朝臣[一八]をよびていはれけるは、『古今集』にいれる躬恒《みつね》[一九]の歌に、

住[二〇]吉の松を秋風吹くからにこゑうちそふる澳《おき》つしら波

この[二一]歌を任[二二]大臣の大饗《だいきやう》せん日、わが所詠の澳《おき》つ風の歌、中[二三]門の内に入りて史[二四]生の饗につきなんや」と。（史生が饗応を受けるようなものか）俊頼云はく、「この仰せ如何。（その仰せはどうでしょう）かの御うた、またくおとるべからず。（まったく劣るはずがありません）しかあれども（ではありますが）『古今』の歌た〔躬恒の歌は〕るによりて、かぎりありて、（人臣の最高位にあって）まづ任大臣候はんに、（まず任大臣の大饗があります折に）御作は一の大納言にて、（父上の歌は主席の大納言で）尊者[二五]《そんじや》として南階よりねりのぼりて、対[二六]座に居《ゐ》なんとこそ存（坐るだろうというふ）

一二 後朱雀天皇の皇子。在位一〇六八〜七二年。
一三 大阪市住吉区の地に鎮座する神社。
一四 一〇七三年二月二十日、院は陽明門院や聡子内親王と共に、石清水・住吉・天王寺へ詣で、二十七日に帰洛した。『後拾遺集』は三月とするが、誤伝。
一五 ここは和歌の序文。
一六 沖では強い風が吹いたらしい。というのは住の江の浜の松の下枝が高浪に洗われているから。『後拾遺集』巻十八に、後三条天皇の歌に続いて載る。
一七 底本「の」を欠く。他本によって補う。『袋草紙』では、「臨終の時に」とある。
一八 経信の子（一〇五五〜一一二九）。『金葉集』撰者。
一九 凡河内躬恒。『古今集』時代を代表する歌人。三十六歌仙の一人で『古今集』等に百九十三首入集。
二〇 住の江の浜の松に秋風が吹いて快い響きを立てるとともに、沖では白波がそれに応じて君をことほぐ楽を奏でる。『古今集』巻七に載る。
二一 以下、「澳つ風」の歌と「住吉の」の歌との優劣を大臣、史生、大納言などの比喩によって論じる。
二二 大臣拝命後、大納言以下を招いて饗応する宴会。
二三 寝殿造りで、表門と寝殿の中間に設けられた門。
二四 太政官・八省で、四等官以下の下級官人。
二五 主賓として正面の階段からしずしずと昇殿して。
二六 主人役の大臣に相対する主賓の座。

じ候へ」《うに思われます》といふ。帥《そち》《経信》のいはく、「さらばさもありなんや《そういえばそうでもあろうか》。いかがあるべき」《どんなものだろうか》とて、感気《感慨深そうであった》ありけり。

一七　能因法師の祈雨の歌と白河関の歌の事（抄入）

雨乞の歌で旱魃を救い、籠居日焼して白河関の歌を披露した能因

能因入道《のういんにふだう》[一]、伊予の守実綱《さねつな》[二]に伴ひて、かの国《伊予国》に下りたりけるに夏の始め、日久しく照りて《日照りが長く続いて》、民のなげきあさからざるに、神は和歌にめで《愛で》させ給ふものなり《感応なさるものである》、こころみによみて三島[三]に奉るべきよしを、国司しきりに勧めければ、

天《あま》[四]の川苗代水《かはなはしろ》にせきくだせあまくだります神ならば神

とよめるを、みてぐら[五]に書きて、社司《神主をして》して申しあげたりければ、炎旱《えんかん》《炎天》の天俄《には》かに《急に一面に曇って来て》くもりわたりて大《おほい》なる雨降りて、かれたる稲葉おしなべてみどりにかへりにけり。忽《たちま》ちに天災をやはらぐる事、唐[六]の貞観《ちやうぐわん》の帝《みかど》の、蝗《いなご》[七]を呑《の》めりける故《いにしへ》にもおとらざりけり。

能因は、いたれるすきもの《この上もない風流好みの人物》にてありければ、

一　俗名橘永愷《ながやす》。永延二年（九八八）生れ。没年不詳。和歌は藤原長能に師事。奥羽～四国と歌枕を訪ねて諸国に行脚した。歌論に『能因歌枕』、家集に『能因法師集』がある。三十六歌仙の一人。

二　藤原実綱。『袋草紙』は実国とする。しかし、両人とも、能因から一世紀余も後世の人物。長暦三年（一〇三九）伊予守に任じられた藤原資業説（『後拾遺集』巻二十）、または永承年間に伊予守であった範国説（『金葉集』巻十）に従うべきである。

三　愛媛県越智郡大三島に鎮座する大山祇《おおやまつみ》神社。

四　地上に天下ります神よ、神の力でどうか天の川の水をせきを切ってこの地上の苗代へ流し下して下さい。

五　神への奉納品をいうが、ここは幣帛《へいはく》をさす。

六　中国、唐の太宗李世民。「貞観」はその在位時の年号（六二七～六四九）。後世、理想の治世と仰がれた。

七　『貞観政要』に見える故事。貞観二年、旱天が続き、長安一帯に蝗が大群生した時、太宗は稲上の蝗を紙に包み、百姓を苦しめず、災をわが身に移せと呪言

[八]都をば霞《かすみ》とともに立ちしかど秋風ぞ吹く白河の関

とよめるを、[九]都にありながらこの歌をいださむこと念なし《披露することは残念である》と思ひて、人にも知られず久しく籠り居て、色をくろく日にあたりなして後《日にあたって焼いてから後に》、「みちのくに《陸奥国》のかたへ修行のついでによみたり」とぞ披露し侍りける。

一七三　待賢門院の女房加賀の伏柴の歌の事（抄入）

[一〇]待賢門院《たいけんもんゐん》の女房に、[一一]加賀といふ歌よみありけり。

[一二]かねてより思ひしことに伏柴《ふししば》のこるばかりなるなげきせんとは

といふ歌を、年比《としごろ》よみて持ちたるを、おなじくは《同じことならば》、さるべき人にいひちぎりて忘られたらん《相当な人と恋仲になって捨てられたような時に》によみたらば、集などに入りたらんおもても《勅撰集などに入ったような場合の面目も》優なるべしと思ひて、いかがしたりけん《どんなふうにしたのであろうか》、[一三]花園の大臣《おとど》に申しそめてけり《睦まじくなった》。おもひのごとくにやなりけん《思い通りに愛され忘れられたのであろう》、この歌を参らせたりければ、大臣いみじくあはれにおぼしけり。さて、かひがひしく《その甲斐があって》「千載集」

して呑み、炎旱を止め得たという。

八　春、霞の立つ頃に都を出発したのであったが、白河の関に着いてみると、秋風が吹きそめていることだ。『後拾遺集』巻九に載る。「白河の関」は、古代、陸奥国と下野国との国境に置かれた関所。

九　一般には、本話のように都にいて詠まれたとされているが、『能因法師集』によれば、この歌は実際の奥州行脚の折（万寿二年以後）に詠まれた歌。

一〇　鳥羽天皇の皇后藤原璋子（一一〇一～四五）。崇徳・後白河両天皇の母后。

一一　待賢門院への出仕以前は、中将の御《ご》名で、土御門前斎院禎子に仕えていた（『今鏡』）。

伏柴の秀歌を詠み花園の大臣と契って捨てられた上で披露した加賀

一二　前々からどうせそういうことになるだろうと思っておりました。柴を樵《こ》ると申しますが、捨てられて二度とこのようなつらい思いはしたくないと懲りるばかりの嘆きをすることに結局なるだろうと。『千載集』巻十三に花園左大臣に遣わした歌として載る。ただし、二句は「思ひしことぞ」。『今鏡』は「思ひしものを」とする。「伏柴の」は、柴を伐《こ》る意から、「こる（樵る・懲る）」にかかる枕詞。

一三　源有仁（一一〇三～四七）。後三条天皇の皇子輔仁親王の子。和歌・管絃に長じた。内大臣九年、右大臣五年、左大臣十二年と在任。

に入りにけり。世の人、「ふししばの加賀」とぞいひける。能因[一]が振舞に似たりけるにや。

[一七三]　或る女とその娘、石清水に参籠して利生を蒙る事（抄入）

中比《なかごろ》、なまめきたる女房〔艶に美しい婦人〕ありけり。世の中たえだえしかりけるが〔世に落ちぶれて貧しく暮していたが〕見めかたち愛敬《あいぎやう》づきたりける〔魅力ある娘〕むすめをなんもたりける。十七八ばかりなりければ、これをいかにもして〔どうにかして〕めやすきさまならせん[二]と思ひける。かなしさ〔いとおしさ〕のあまりに、八幡《はちまん》[三]へむすめともに泣く泣く参りて、夜もすがら〔夜通し〕御前にて〔社前にいて〕、「我が身は今はいかにても候ひなん〔もうどうなってもかまいません〕。このむすめを心やすきさまにて見せさせ給へ〔親が安心できるような状態にして下さい〕」と、数珠《ずず》をすりてうち泣きうち泣き申しけるに、この女《むすめ》、参りつくより〔到着するや〕、母のひざを枕にして起きもあがらず寝《ね》たりければ、暁《あかつき》がたになりて母申すやう、「いかばかり〔どれほどか〕思ひたちて〔固い決心をして〕、かなはぬ心にかちより参りつるに〔つらい思いをしながら歩いてやってきたというのに〕、かやうに、よもすがら神もあはれとおぼしめすばかり申し給ふべきに〔殊勝だとお思いになるほどに［願いを］申されるべきなのに〕、思ふこと〔心にかかるこ

一　歌の評判を高めるために謀り事を用いた前話の能因の所業をさす。

二　相当な身分の男に嫁《とつ》がせて、世間に恥かしくない状態にしたい、の意。

三　石清水八幡宮。京都府綴喜郡八幡町にある神社。貞観二年（八六〇）九州の宇佐八幡を勧請《かんじよう》したのに始まる。三月の臨時祭、八月の放生会が朝廷の神事とされるなど、王城の南を守る国家鎮護の神として、上下の信仰を集めた。

娘の幸福を祈願した母と詠歌を納受され玉の輿に乗った娘

＊**和歌篇の種々相**　和歌篇八十七話のうち、承安二年の広田社歌合の話（一六六話）までの二十四話は、大部分宮廷関係の和歌の唱和や歌合せの話である。ここで時代順配列が崩れ、『十訓抄』からの抄入三十六話と、『柿本影供記』からの抄入一話との計三十七話が介在する。その後は時代順に戻り、承安二年の清輔の和歌の尚歯会の話（二〇三話）以下二十七話が巻末まで続き、成季の生存していた時期に及ぶ多彩な歌話を収める。

四　私の身のこのつらさは全く何と言ったらよいのでしょうか。石清水の神様はこの私の切ない気持を知って汲みとって下さいますでしょう。「なにと言《い》」と

なげに《とも無さそうに》寝給へるうたてさよ《なさけなさよ》」とくどきければ《恨みごとをいうと》、むすめおどろきて《目を覚まして》、
「かなはぬ《たえられないほどに》心地に苦しくて」といひて、

　[四]身のうさをなかなかなにと石清水《いはしみづ》おもふ心はくみてしるらん

とよみたりければ、母も恥づかしくなりて、ものもいはずして下向《げかう》するほどに、[五]七条朱雀の辺にて、[六]世の中にときめき給ふ雲客《うんかく》、[七]桂《かつら》より遊びて帰り給ふが、このむすめをとりて車に乗せて、やがて北の《そのまま正妻に》方にして《すえて》始終いみじかりけり《かわることなくいつくしんだ》。[八]大菩薩《だいぼさつ》この歌を納受ありけるにや《聞きとどけてくださったのだろうか》。

一七四　和泉式部、貴布禰に詣でて詠歌の事（抄入）

来訪の途絶えを訴え、験あって託宣の歌を賜った和泉式部

[九]和泉《いづみ》式部、[一〇]をとこのかれがれになりける比《ころ》《訪れがとだえがちになった頃》、[一一]貴布禰《きぶね》にまうでたるに、蛍のとぶを見て、

　[一二]物思へば沢のほたるも我が身よりあくがれ出《いづ》る玉かとぞみる

とよめりければ、御社《みやしろ》のうちに忍びたる御声にて、

　[一三]奥山にたぎりておつる滝つ瀬の玉ちるばかりものな思ひそ

「石《いは》清水」は掛詞。「清水」と「くむ」は縁語。
五　七条大路と朱雀大路との交差する地点の近く。
六　時運に会って世に出ている殿上人。
七　京都市西京区桂の地。貴族の別荘が多く、歌枕ゆえ、花・紅葉の時節には遊覧の地としてにぎわった。
八　八幡大菩薩。八幡神（応神天皇・神功皇后・玉依姫）の本地を大菩薩とする本地垂迹思想による呼称。
九　越前守大江雅致《まさむね》の娘。和泉守橘道貞に嫁し、小式部を生むが離婚。後、藤原保昌《やすまさ》と再婚。三十六歌仙の一人。家集に『和泉式部集』、『和泉式部日記』がある。
一〇『俊頼髄脳』によれば、「をとこ」は藤原保昌。
一一　京都市左京区鞍馬貴船町に鎮座する貴船神社。水神であるが、祈雨祈晴、所願成就の神ともされた。
一二（保昌の訪れが途絶え）物思いに沈んでいるので御手洗《みたらし》川の沢の辺りを飛ぶほたるをみると、私の身体からとび出して行ってしまった私の魂ではないかと、ふとそのような気がする。
一三　奥山に急流をつくってたぎり落ちる滝の水玉がとび散るように、命が絶え散ってしまうほどに烈しく悩むのはやめなさい。『後拾遺集』巻二十には、この歌の後に「此の歌はきぶねの明神の御返しなり。男の声にて和泉式部が耳に聞えけるとなむいひつたへたる」という左注がある。

そのしるしありけるとぞ。

一七五　小式部内侍、歌に依りて病癒ゆる事（抄入）

同じ式部《和泉式部》がむすめ[一]小式部の内侍《ないし》、この世ならず《たいへん重い病に苦しんだ》わづらひけり。[二]限りになりて、人の顔なども見知らぬほど《見分けられないほどになって》になりて臥《ふ》したりければ、和泉式部かたはらにそひゐて、ひたひをおさへて泣きけるに、目をはつかに《わずかに》見あげて、母が顔をつくづくと見て、いきのしたに、

[三]いかにせむ行くべきかたもおもほえず親にさきだつ道を知らねば

と、弱りはてたるこゑにていひければ、天井《てんじやう》のうへにあくびさして《あくびをかみころし》やあらんとおぼゆるこゑにて《たかのように思われる奇妙な声で》、「あら《ああ》あはれ《かわいそうに》」といひてけり。さて《すると》身のあたたかさもさめて《熱っぽさもなくなって》、よろしくなりてけり《具合がよくなってしまった》。

一七六　[四]大江挙周、赤染衛門の歌に依りて病癒ゆる事（抄入）

一　母の和泉式部と共に上東門院彰子に仕えた。関白藤原教通の子（静円）、後に頭中将藤原公成の子（頼仁）を生んで、万寿二年（一〇二五）病没した。一八三話参照。

二　もはやこれまでという状態になって。

看病する母和泉式部に、「いかにせむ」と詠み病癒えた小式部

三　わたしはもはや生きられそうにもありません。親に先立って死ぬ不幸を思うと、どうしたらよいか途方にくれるばかりです。

＊**歌徳説話について**　和歌篇八十七話の中に、歌徳説話とみてよいものがほぼ二十話ある。詠歌が神仏に嘉納されて、あるいは難破をまぬがれ、干天に慈雨を降らせ、重病が直り、所領が安堵されるなど、さまざまの功徳が与えられたことが述べられている。中で、これら二十話のうち、十三話までが『十訓抄』からの抄入で、しかも一七一話から一七七話まで七話も連続していることは、教訓書たる『十訓抄』の特色を示すものと言えよう。

四　大江挙周。名儒大江匡衡の子で文章博士・後一条院侍読・式部大輔。和泉守就任は寛仁二年（一〇一八）。永承元年（一〇四六）没。

[四]江挙周《たかちか》、和泉の任さりてのち、病おもかりけり。住吉（住吉明神）の御たたりのよしを聞きて、母[五]赤染衛門《あかぞめゑもん》、大隅の守[六]赤染時用の女、或いは[七]順の女と云々。

[八]かはらむといのる命は惜しからでさても別れんことぞかなしき

とよみて、幣《みてぐら》に書きて、かの社（住吉神社）に奉りたりければ、その[九]夜の夢に、白髪の老翁ありて、この幣をとると見て、病いえぬ。

一七　鳥羽法皇の女房小大進、歌に依りて北野の神助を蒙る事（抄入）

[一〇]鳥羽《とば》法皇の女房に、[一一]小大進《こだいじん》といふ歌よみありけるが、[一二]待賢門院の御方に[一三]御衣《ぎよい》一重《ひとかさね》失せたりけるを（紛失してしまったのを）[一四]負ひて、北野（北野天満宮）にこもりて[一五]祭文《さいもん》書きてまもられける（監視されていたが）に、三日といふ（三日目になって）に[一六]神水《じんずい》をうちこぼしたりければ、[一七]検《け》非違使《びゐし》、「これに過ぎたる失《しつ》やあるべき（失態はあるまい）。いで給へ」と申しけるを、小大進泣く泣く申すやう、「[一八]おほやけの中のわたくしと申すはこれなり。今三日のいとまをたべ（猶予をください）。それにしるしなくは（それでも神の効験が現れなければ）、われを具して（連れて）

母赤染衛門の歌が嘉納され、神の祟りの重病が癒えた挙周

御衣紛失の罪を負い北野に籠り歌を捧げ冤罪を晴らした小大進

五　藤原道長の室倫子や娘彰子に仕え、匡衡に嫁す。『栄華物語』の作者に擬せられる。家集もある。
六　右衛門志《さかん》をも勤めた。娘の呼称はそれに基づく。
七　源順（九一一〜九八三）。和漢にわたる碩学。『後撰集』の撰者の一人。『倭名類聚抄』の著者。
八　身代りになって死にたいと祈る私の命は惜しくはありませんが、子が死んでも母が死んでも、別れ別れになることが悲しいのです。
九　底本「夜の」を欠く。他本により補う。
一〇　堀河天皇の皇子。在位一一〇七〜二三年。
一一　『千載集』入集の歌人。石清水別当光清に嫁し、小侍従を生む。父は鳥羽天皇の侍読を勤めた菅原在良。兄俊永は北野権別当。
一二　鳥羽天皇の皇后、藤原璋子。
一三　待賢門院のお召し物一組。
一四　盗みの疑いを身に受けて。
一五　神（菅公）へ訴え申すことば。
一六　神前にお供えしてある水。
一七　京の治安維持に当った警察・検察的役所の役人。
一八　公《おおやけ》の事でも、場合によっては情けを加え、適当に厳しさを加減すること。

いで給[一]へ」と、うち泣きて申しければ、検非違使もあはれにおぼえてのべたりける《猶予を与えてくれたので》ほどに、小大進、

[二]思ひいづやなき名たつ身はうかりきとあら人神《ひとがみ》になりし昔を

とよみて、紅《くれなゐ》の薄様《うすやう》一重に書きて御宝殿《神殿》におしたりける夜《はりつけた夜》、法皇《鳥羽院》の御夢に、よに気だかくやんごとなき翁《おきな》の《まことに気高く尊い様子の老人が》、束帯[三]にて御枕に《枕辺に》立ちて、「やや」とおどろかしまゐらせて《〔法皇を〕お起し申し上げて》、「われは北野右近[四]の馬場の神にて侍り。めでたき事の侍る、御使給はりて[五]見せ候はん」と申し給ふとおぼしめして、うちおどろかせ給ひて《ふとお目覚めなさって》、「天神の見えさせ給へる《〔夢に〕》、いかなる事のあるぞ。見て参れ」とて、「御厩《おんうまや》の御馬に北面[六]の者を乗せて馳《は》せよ」と仰せられければ、馳せまゐりて見るに、小大進はあめしづくと泣きて候ひけり。御前に《神前に》紅の薄様《うすやう》に書きたる歌を見てこれをとりて参るほどに《帰参するうちに》、いまだ参りも着かぬに《〔御所に〕》、鳥羽殿[七]の南殿の前に、かの失せたる御衣をかづきて《頭上におおって》、さきをば《前を》法師、あとをば《後を》敷島とて待賢門院の雑仕《ざふし》[八]なりけるものかづきて、獅子を舞ひて《獅子舞》参りたりけ

一『十訓抄』には、この後に「うらみあるまじ。と見めかたち足らひ、愛敬づきたる女房の」とあり、検非違使の役人の心を動かした条件を際立たせている。
二 北野の天神様、お思い出しになりますでしょうか、無実の罪に汚名を着せられた身が如何につらいものであったか、菅原道真公が神に祭られるようになったあの昔の事を。「あら人神」は、現世では人であった神。
三 朝廷の公事の折に天皇以下の百官が着した礼装。
四 北野天満宮の一の鳥居付近にあった右近衛府の随身の騎射の練習場。そこには天照大神を祭る桜宮があったが、ここは、いわゆる北野天神をさす。
五 院から御使者を遣わしていただいて、その使者に(めでたき事を)お見せしましょう。
六 院の御所の北面の詰所に伺候して警護にあたり、御幸に供奉した武士。
七 院の離宮。京都市伏見区鳥羽にあった。白河院の造営に始まり、東殿・北殿・南殿の三区画からなるといわれ、鳥羽院時代にかなりの増築が行われた。
八 雑役に従事した者。ここは、失せた御衣に近づきやすい立場や「敷島」という呼称から推して、「雑仕女」とみたい。
九 小大進の歌を賞讃なさってのことだと、の意。
一〇 嫌疑が晴れたので門院が再び出仕するようにとお召しになったが。
一一 問拷。嫌疑をかけられ、検非違使庁の役人に監禁

るこそ、天神のあらたに《あらたかに》歌[九]にめでさせ給ひたりけると、目出《めで》たくたふとく侍れ。則ち小大進をばめし[一〇]けれども、「かかる《こうした》もんかう[一一]《疑いを受けるの》を負ふも《も》心わろき者《心のよこしまな者とお思いになるお気持が》におぼしめすやうのあればこそ《〔門院に〕おありだからこそです》」とて、やがて《そのまま》仁和[一二]寺なる所にこもりゐてけり。「力をもいれずして[一三]」と、「古今集」の序に書かれたるは、これら[一四]のたぐひにや侍らん。

新たに絵図し画讃を書き饗宴を催し賓客と詠歌した顕季

一七八　修理大夫顕季、六条東の洞院亭にて人麻呂影供を行ふ事（抄入）

元永[一五]元年六月十六日、修理[一六]の大夫《だいぶ》顕季卿《あきするゐ》、六条東[一七]洞院の亭にて柿[一八]《かきの》下《もとの》大夫人丸供をおこなひけり。件《くだん》の人丸の影《絵像》[一九]兼房朝臣の夢にもとづく、あたらしく図絵するなり。左の手に紙をとり、右の手に筆を握りて、とし六旬《六十歳》ばかりの人なり。そのうへに讃[二〇]を書く。

柿下朝臣人麿画讃一首並《なら》びに序*

大夫、姓は柿下《かきのもと》、名は人麿、蓋《けだ》し上世の歌人なり。持統[二一]・文武の聖朝に仕へ、新田[二二]・高市《たけち》の皇子《みこ》に遇《あ》へり。吉野山の春風には、仙《行幸》

されること。
一二　京都市右京区御室にある真言宗の門跡寺。
一三「力をも入れずして、天地《あめつち》を動かし、目に見えぬ鬼神をもあはれと思はせ……」の一節で和歌の功徳を説く。
一四　小大進の歌が北野天神を動かしたこと。

＊　一七八話は和歌篇に『十訓抄』から三十六話が抄入される以前に、『柿本影供記』から抄入された二〇四話の裏書としてあったものがここに抄入されたものらしい。

一五　一一一八年。
一六　修理職の長官。「顕季」は藤原顕季。時に正三位、散位で六十四歳。
一七　六条大路の南、東洞院大路の東に面した顕季邸。
一八　歌聖と仰がれた人麿の絵像を祭って、その讃を頌し、和歌を詠じた供養会。院政期に始まる。
一九　藤原兼房（一〇〇四〜六九）。中納言兼隆の子。中宮亮。諸国の国司を歴任。『拾遺集』等に十五首入集。二〇四話参照。
二〇　人麿の新しい画像を賞讃することば。
二一　両天皇の治世は六八七年から七〇六年。
二二　新田部皇子。天武天皇の皇子。高市皇子の異母弟。『万葉集』巻二、二六一・二六二参照。

駕に従ひて寿[一]を献じ、明石[二]《あかし》の浦の秋霧には、扁舟を思ひて《小さな舟を想像して》詞を灑[三]《そそ》く。誠《まこと》にこれ、六義[四]《りくぎ》の秀逸、万代の美談者《てへ》るか。方《まさ》に今《近来は》、幽玄[五]の古篇を重くするに依《よ》りて、聊[六]《いささ》か後素の新様を伝へ、感ずる所有るに因《よ》りて、乃《すなは》ち讃を作れり。その詞に曰《いは》[七]く、

和歌[八]之仙　受二性于天一　和歌の仙　性を天に受く
其才卓爾　其鋒森然　その才卓爾《たくじ》たり　その鋒森然《ほこしんぜん》たり
三十一字　詞華露鮮　三十一字　詞華露鮮《あざやか》なり
四百余歳　来葉風伝　四百余歳　来葉風を伝ふ
斯道宗匠　我朝前賢　斯道《しだう》の宗匠　我が朝の前賢たり
涅而無レ滓　鑽レ之弥堅　涅《そ》むるに滓《さい》無く　鑽《き》るに弥《いよいよ》堅し
鳳毛少レ彙　麟角猶専　鳳毛《ほうもう》彙《たぐひ》少なく　麟角《りんかく》猶専らなり
既謂二独歩一　誰敢比肩　既に独歩と謂《い》ふ　誰か敢《あへ》て比肩せん

[九]ほのぼのとあかしの浦の朝霧に島がくれ行く舟をしぞ思ふ

この讃、兼日《前もって》に敦光[一〇]《あつみつ》朝臣つくりて、前《さき》の兵衛《ひやうゑ》の佐顕仲[一一]《すけあきなか》朝臣清書し

一 ことほぎの歌。『万葉集』巻一、三六～三九参照。
二 後出、注九の歌をさす。
三 思いを述べること、「披瀝」の意。
四 『古今集』真名序にいう「風・賦・比・興・雅・頌」という和歌の六体。
五 幽玄で古風な絵を世に重んずるので。
六 たまたま新傾向の絵を伝え得て、感慨を催したので。「後素」は絵画、「新様」は新しい様式。
七 底本「曰」を欠く。『本朝続文粋』等に「辞曰」とあるのにより補う。
八 歌聖にして、その巧みさは天与のもの。その歌才は人にぬきんで、歌句の配列はおごそか。三十一字の詞の花はあざやかで、四百余年もの間、その遺風は伝えられてきた。歌道の祖師にして、本朝の古き世の先達である。貶《おとし》めようにも、貶めようがなく、傷《きず》つけようにも、傷つけようがない。鳳凰の羽毛のように類稀《たぐいまれ》で、麒麟《きりん》の角《つの》のようにいかにも独特。既に謂われるように古今独歩であり、何人《なんぴと》も及び得ないであろう。「涅」は底本「温」、伊木本により改訂。黒く染める意。「彙」は底本「景」、伊木本により改訂。同類の意。
九 ほのぼのと夜が明けていく頃、朝霧の立ちこめた明石の浦で、一艘の小舟が島陰に隠れそうになって行くのをわたしはしみじみと眺めている。『古今集』巻九に載る。左注に人麿の詠歌とする一説が見える。
一〇 藤原敦光（一〇六二～一一四四）。文章博士。
一一 藤原顕仲（一〇六四～一一三八）。右府顕房の子。

けり。当日、影《絵像》の前に机を立てて、飯一坏《いひひとつき》、菓子、やうやう《さまざまの》の魚鳥等をするゑたり。但《ただ》し物にて[一二]つくりて、実物《じつのもの》にはあらず。前《さき》の木工《もく》の頭《かみ》[一三]俊頼朝臣・加賀の守顕輔《かみあきすけ》[一四]朝臣・前の兵衛の佐《すけ》顕仲朝臣・大学の頭敦光朝臣・少納言宗兼[一五]・前の和泉の守[一六]道経[一七]・安芸《あき》の守為忠[一八]等なり。次に饗膳《きやうぜん》をすう《据える》。次に柿下初献《かきのもとしよこん》[一九]、侍人等鸚鵡《あうむ》[二〇]の盃に小銚子《こでうし》をもちて簀子敷《すのこじき》[二一]に候ひけり。亭主顕季卿申されけるは、「初献は和歌の宗匠[二二]つとめらるべし」。満座、一同しければ《一座の人々がみな同意したので》、俊頼朝臣、座を立ちて影の前にすすむ。顕輔、盃をとりて人丸の前に置く。道経、小銚子をとりて盃に入れて机の上に置く。おのおの座にかへりつきて勧盃《けんぱい》[二三]あり。二献のほどに、式部の少輔《せふ》[二四]行盛来たり加はる。右中将雅定[二五]朝臣また来たられり。亭主のいはく、「まづ人丸の讃を講ずべきなり《読みあげるべきである》」。人々、所存同じからず《意向はまちまちであった》。亭主なほ《やはり》讃を前に講ずべきよし申されければ、机の前に文台《ふんだい》[二六]を置きて、円座《ゑんざ》[二七]を敷く。件《くだん》の讃、白唐紙《からかみ》[二八]一枚に書きたり。右兵衛の督《かみ》[二九]また来たらる。讃をひらきて文台に置きて、こ

一二　別の材料で模造したものであって。
一三　源俊頼。木工頭になったのは長治二年（一一〇五）のこと。この時には六十四歳で、既に退官していた。
一四　藤原顕輔。顕季の子。この時、二十九歳。天永二年（一一一一）以来加賀守であった。
一五　藤原宗兼。近江守・少将隆宗の子。従四位上・修理権大夫。平忠盛の後室池禅尼の父。
一六　底本「守」を欠く。伊木本により補う。
一七　藤原道経。この時はまだ和泉守ではなかった。保安二～四年（一一二一～二三）、和泉守在任。
一八　藤原為忠。安芸守就任は、この年一月。天治元年（一一二四）末まで在任する。大原三寂の父。
一九　最初の膳。杯・銚子と料理一品を膳にのせて出し、酒三杯を勧めて終るのを一献という。
二〇　鸚鵡の形に擬した盃。一説に、螺鈿《らでん》貝（青貝）・あわび・あこや貝で作った盃という。
二一　庇《ひさし》の外の縁側。
二二　和歌の師匠。俊頼に対する敬意をこめた呼び方。
二三　杯を差し出して酒を勧めあうこと。
二四　藤原行盛。『千載集』等の入集歌人行家の子。父と同じく文章博士。
二五　源雅定。この時、備中介を兼ね、二十五歳。
二六　短冊などを載せる高さ三寸ほどの小ぶりな机。
二七　わら・藺《い》・菅《すげ》などで円《まる》く座蒲団状に編んだ敷物。
二八　中国製書画用上質紙。
二九　藤原実行。参議で伊予権守を兼ね、三十九歳。

れを講ぜらる。次に和歌を講ず。題に云はく、「[一]水風晩来」。敦光朝臣、序を書きけり。講じ終るほどに、敦光朝臣、[二]朗詠をいたす。[三]「新豊《しんぽう》酒色云々」。次に亭主《顕季》、同じ句を出《いだ》す。また詠吟せられて云はく、「ほのぼのと明石の浦の朝霧に」。次に敦光朝臣、詠吟していはく、「[四]たのめつつ来ぬ夜あまたに」。衆人、興に入りて、おのおの後会《こうくわい》を約しけり《後日の再会を約束した》。

*夏日、三品《三位》・[五]将作大匠《しやうさくたいしやう》の[六]水閣に於いて、同じく水風晩来
といふことを詠ずる和歌一首並びに序

大学の頭敦光

我が朝の風俗《ならわしは》、和歌を本と為《な》す。[七]志に生《な》りて、言に形《あら》はる。[八]一事を記し、一物を詠ず。誠に諷諭《ふうゆ》の端《たん》を為《な》し、長く君臣の美を[九]著《あら》はす。これを以て《こういう次第で》将作大匠、[一〇]観天《きんてん》の余閑に属する《いとまを見ては》毎《ごと》に、[一一]詞露を六義に凝《こら》し、賞心に叶ふは《風流心を満たすのは》、花鳥草虫の逸興《たのしみ》なり。嘉招に応ずるは《おまねきに応じて来たのは》、[一二]香衫《かうさん》細馬の群英なり。今日の会遇は、ただこれ[一三]一揆《いつき》なり。方《まさ》に今、

一 後出のように「流水夏に当りて冷やかに、風は晩を迎へて来たる」という題意。
二 漢詩や和歌に節づけをして高らかに吟ずること。
三 「新豊酒色、清冷於鸚鵡之盃中、長楽歌声、幽咽於鳳皇之管裏」（新豊県の名酒の色は、鸚鵡の盃の中に冷やかに澄み、長楽宮の歌声は、笙の音に和して咽《むせ》び泣くがごとくだ）。『和漢朗詠集』巻下「酒」の項に載る。作者は公乗億。
四 「たのめつつこぬ夜あまたになりぬれば待たじと思ふぞ待つにまされる」（『拾遺集』巻十三、人麿・『和漢朗詠集』巻下、恋）。
五 木工頭《もくのかみ》（一説に修理大夫）の唐名。ここは、顕季をさす。
六 水辺の高楼。ここは寝殿の釣殿をさすか。
七 歌は人の心に生じたものが、言葉として表現されたものである。
八 一事・一物を歌にすることが、事によそえ、物に託して、それとなく諭《さと》す端緒となって。
九 底本「者」。伊木本により改訂。
一〇 天子に観《まみ》えること。すなわち宮中での勤務。
一一 詞句に思いをこらして、歌詠にいそしみ。
一二 よい香をたきしめた衣をまとい、良馬に乗った俊英たちである。
一三 思いを同じくする者たちである。
一四 せせらぎの水は、夏という時節柄、ひときわ涼感

[一四]流水《りうすい》夏に当りて冷やかに、風は晩を迎へて来たる《涼風は夕方になって吹きそめる》。[一五]蘆葉《ろえふ》戦《をのの》きて以て凄々たり。[一六]渚煙《しよえん》漸《やうや》く暗く、杉標《さんぺう》動きて以て颯々《さつさつ》たり。[一七]沙月《しやげつ》初めて明《あきら》かに、情感尽きず。いささか詠吟す。その詞に曰《いは》く、[一八]風ふけば浪とや秋の立ちぬらんみぎはすずしき夏の夕ぐれ

柿下大夫の影前に於いて、水風晩来といふことを詠ずる

和歌

修理の大夫顕季《あきすゑ》

[一九]夕づく夜むすぶ泉もなけれども志賀の浦風すずしかりけり

右兵衛の督《かみ》実行《さねゆき》[二〇]

[二一]おほぬさや夕浪たつる風ふけばまだきに秋といはれの池

内蔵《くら》の頭《かみ》長実《ながざね》[二二]

[二三]夕されば川風すずし水のうへに波ならねども秋や立つらん

右馬の頭経忠

[二四]槇《まき》ながすあなしの川に風ふきてこの夕ぐれぞ浪さやにたつ

を催し。

一五 蘆《あし》の葉が風にふるえ、涼し気な音をたてている。

一六 水際の靄《もや》は、しだいに夕闇に隠れ、杉の梢は風に動いて、ざわめいている。

一七 沙上を照らす月。この日、日中は雨であった(『柿本影供記』)。

一八 風が吹けば浪が立って、いずれ立秋となることであろうが、今日は風があって水ぎわの涼しい夏の夕暮れである。『柿本影供記』では、一句「なみにや」。この日の会は、午後四時頃から始まった。

一九 夕月夜にすくって飲む泉もないが、今日の志賀の浦風は大変涼しい。

二〇 客人中の初詠者の実行は、参会者中最上の官位にあったが、顕季の女婿でもあった。

二一 大きな御幣《ごへい》を立てている所へ、夕浪を立てる風が吹くのを見ると、まだ夏なのに、早くも秋が立ったと言いたくなるよ、磐余野《いわれの》(言われの)の池では。「いはれの池」は、大和の埴安《はにやす》の池。

二二 顕季の長男。この年四月、内蔵頭に任ぜられたばかりで、時に四十四歳。

二三 夕方になると何とも川風が涼しく気持がいい。水の上に浪が立つのではないが秋が立つのであろう。

二四 槇を流し下す穴師の川に風が吹いて今日の夕暮れ時に浪がしきりに立っている。『柿本影供記』では、四句「この夕ぐれは」。「あなしの川」は、大和の巻向《まきむく》川。現在の桜井市の南を流れる。

右近《うこん》の中将雅定

一 夕まぐれ難波《なには》堀江に風ふけばあしの下葉ぞ浪に折らるる

源　俊　頼

二 ゆふ日さす野守のかがみかひもなくふれける風に影しそはねば

中務《なかつかさ》の権の大輔顕輔

三 まだきより秋は立田の川風のすずしき暮に思ひしられぬ

散　位　道　経

四 手にむすぶいささ瀬川のまし水にたもと涼しく夕風ぞふく

式部の少輔行盛

五 水のあやをふきくる風の夕月夜浪のたつなる衣かさなん

散　位　顕　仲

六 夕さればなつみの川をこす風のすずしきにこそ秋もまたれず

少納言宗兼

七 谷川の北より風のふきくれば岸も浪こそすずしかりけり

一 夕暮れになって難波の堀江に風が吹くと葦の下葉が浪にもまれて折られる。「難波堀江」は、仁徳朝に高津の宮の北に造られた堀割。現在の天満川。

二 夕日の射す野中の水の上を風が吹き過ぎていくが、野守の鏡と言われる甲斐もないのは水面に触れて吹き過ぎる風には姿や形が添うていないため何も写らないので。「野守のかがみ」は、野中の水を鏡にたとえた語。それが夕日を映して一際《ひときわ》輝いているさま。

三 まだ立秋にはなっていないが、立田川の夕暮れの川風の涼しさに秋の近いことが思い知られる。「立田の川」は生駒《いこま》川の下流。古来、紅葉の名所で知られる。

四 小さな瀬川の増し水を手にすくって飲むと夕風がたもとを吹き抜けて涼しさは一入《ひとしお》である。『柿本影供記』では、二句「をがは」、四句「すずしき」。

五 水の面に模様を画いて吹いて来る風で浪が立っているようだが、夕月夜の風は涼しいので、(裁った)衣を貸してほしい。「夕月夜」は、夕月(上弦の月)の頃の夜をいうが、ここは、単に夜にかかる頃の意。

六 夕方になると夏見の川を吹き越してくる風は何とも涼しい限りで、別にはやく秋になってほしいとも思わない。『柿本影供記』では、五句「またれね」。「なつみの川」は、宮滝よりやや上流の菜摘《なつみ》の地あたりの吉野川の称。菜摘川とも。

七 谷川の北から風が吹いてきますので、岸も浪が涼しいことです。「岸も浪こそ……」では、舌足らずで難解。『柿本影供記』のごとく「きしは南ぞすずしか

皇后宮の少進藤原為忠

八 あかねさす檜隈川《ひのくまがは》の夕かげに瀬々ふく風は秋ぞ来にける

一七九 望夫石の故事ならびにしららの姫公の歌の事（抄入）

夫を待ち尽し子を負ったまま石となった人妻

昔、夫婦あひ思ひて住みけり。男[九]いくさに従ひて[一〇]遠く行くに、その妻幼き子を具して[一一]武昌《ぶしやう》の北の山まで送る。男の行くを見て、かなしみたてり。男、帰らずなりぬ（男はそのまま帰って来なかった）。女、その子を負ひて立ちながら死ぬるに、化して石となれり。そのかたち、人の子を負ひて立てるがごとし。これによりて、この山を[一二]望夫山となづけ、その石を望夫石[一三]といへり。くはしくは[一四]「幽明録」に見えたり。[一五]「しらら」といふ物語にしららの姫君《ひめぎみ》、をとこの少将の（夫の少将が）むかへに来んと契りて（きっと迎えに来るからと約束して）、遅かりしを待つとてよめる、とあるはこの心なり。

[一六] たのめつつきがたき人をまつほどに石に我が身ぞ成りはてぬべき

りける」とあるべきところ。

八 あかねさす檜隈川の夕かげに川瀬を吹き渡る風は大変涼しく秋が来た感じが一入《ひとしお》である。「檜隈川」は、奈良県高市郡の高取山に発し、畝傍《うねび》山の西を流れる川。

九 匈奴《きょうど》との戦い等をさす。

一〇 国境地帯への長期に及ぶ遠征をいう。

一一 中国湖北省南東の都市、現在の武漢市の一部。揚子江の東岸にあり、漢水との合流点に近く、古くから交通の要衝として栄えた。

一二 女が夫の帰りを待ち望みつつ立ちつくした山。

一三 底本「山」、伊木本により改訂。

一四 中国六朝時代、南宋の臨川王劉義慶（四〇二～四四四）が、死後の世界にかかわる説話を集めたもの。なお、義慶は、『世説新語』の編者として知られる。

一五 平安時代の散佚《さんいつ》物語。『更級日記』に、作者が、伯母なる人から、『源氏物語』や「ざい中将、とをきみ、せり川、あさうづ」等という物語と共に、この物語を得て歓喜して帰ったことが見える。

一六 きっと帰って来るからねと頼みにさせて置きながら、実は帰っておいでにならない人を空しく待っているうちに、わたしはきっと石になってしまうことでしょう。

一八〇　松浦佐夜姫の歌の事（抄入）

夫の渡唐を悲しみ山上で領巾を振り死んで神に祭られた佐夜姫

我が国の[一]松浦佐夜姫《まつらさよひめ》といふは、[二]大伴狭手麿《さてまろ》が女なり。をとこ（夫）、帝の御使《みつかひ》に[三]唐《もろこし》へわたるに、すでに船に乗りて行くとき、[四]その別れを惜しみて、高き山の嶺《みね》にのぼりて、はるかにはなれ行くを見るに、かなしみにたへずして[五]領巾《ひれ》をぬぎてまねく。見るもの涙をながしけり。それよりこの山を[六]領巾麾《ひれふり》のみねといふ。この山は[七]肥前の国にあり。松浦明神とていまにおはしますは、かの佐夜姫のなれるといひつたへたり。この山を松浦山といふ。磯をば松浦潟ともいふなり。「万葉」に御心の歌あり。

[八]遠《とほ》つ人松浦佐夜姫つまごひに領巾《ひれ》ふりしより負へる山の名

一八一　内舎人なるもの、大納言の女を盗みて奥州浅香郡に逃ぐる事（抄入）

山の井に写った我が容姿の衰えを恥じ歌を遺し自殺した大納言の女

むかし、大納言なりける人の（大納言であった人が）、御門《みかど》に奉らんとてかしづきける女（后妃に立てようと大事に養育していた娘）

一『万葉集』巻五、八六八～八七五・八八三に、佐夜姫伝説を述べた序とそれに関連する歌が見える。それによると、大伴佐提比古《さてひこ》の妾《しょう》。『肥前国風土記』では篠原弟日姫子とする。『万葉集』では佐用姫。

二 大伴金村大連《おおむらじ》の子。五三七年十月、兄の磐《いわ》と共に新羅に侵攻されていた任那《みまな》救援に派遣された（『日本書紀』）。

三『万葉集』巻五、八七一の序では、藩国《はんこく》（任那《みまな》）。佐提比古は、唐（中国）へは渡っていない。

四『万葉集』巻五、八七一の序には、「かく別れの易《やす》きことを嗟《なげ》き、かく会《あ》ひの難《かた》きことを歎《なげ》く。すなはち高き山の嶺《みね》に登り、離《さ》り去《ゆ》く船を遥望《えうばう》し、悵然肝《ちやうぜんきも》を断《た》ち、黯然魂《あんぜんたま》を銷《け》つ。つひに領巾《ひれ》を脱《ぬ》きて麾《ふ》る」と見える。

五 上代から平安にかけて女性の用いた装身用の長い布。首・肩にかけて左右にたらした。

六 佐賀県唐津市と東松浦郡浜崎町とに跨《また》がる鏡山。

七 底本「後」に、「前」と傍記。傍記を採る。

八 遠くの人を待つという名の松浦佐夜姫が夫を恋い慕って領巾を振った時から、名づけられた山の名なのだ。『万葉集』巻五、八七一。「遠つ人」は、「まつ」にかかる枕詞。「松」に「待つ」を掛けた。

を、[九]内舎人《うどねり》なるもの《内舎人であった者が》ぬすみて、みちの国《陸奥国》にいにけり。[一〇]安積《あさか》の郡安積山に庵《いほり》結びて住みける[一一]ほどに、[一二]男ほかへ行きたりけるまに立ちいでて[一三]山の井にかたちをうつして見るに、ありしにもあらずなりにける《以前の面影もなくやつれはててしまった》影《容姿》を恥ぢて、

[一四]浅香山かげさへ見ゆる山の井のあさくは人を思ふものかは

と木に書きつけて、[一五]みづからはかなくなりにけり《自殺してしまった》と、[一六]「やまとものがたり」にしるせり。

〔八三〕 小野小町が壮衰の事（抄入）

[一七]小野小町がわかくて色を好みし時《若くて男性との交渉が盛んだった頃》、もてなしありさま《もてはやされぶりは》たぐひなかりけり。[一八]「壮衰記」といふものには、[一九]三皇五帝の妃も、[二〇]漢王・周公の妻もいまだこのおごり《小町ほどの栄華は》をなさずと書きたり。かかれば、衣には錦《きん》繍《しう》のたぐひを重ね、食には海陸の珍をととのへ《珍味を食膳にならべ》、身には[二一]蘭麝《らんじや》を薫《たきしめ》じ、口には和歌を詠じて、よろづの男をばいやしくのみ思ひくたし《とるに足りないと見くだし》、女

九 中務省に属し、帯刀して宮中の宿衛・雑役に従い行幸時の警備にあたった。定員は九十人。
一〇 福島県安積郡。
一一 底本「り」。伊木本により改訂。
一二 『大和物語』百五十五段には、「この男、物求めにいでにけるままに三、四日こざりければ、まちわびて」とある。しかも、この時、女は懐妊していたという。
一三 山中の湧き水。
一四 （浅香山の影まで見える澄んだ山の井のような）そんな浅い気持でわたくしは人を想っているのではありません。上句は「あさく」の序。浅香山を映している、山の井のように浅い、と「浅さ」を強調する。
一五 『大和物語』は、「庵にきて死にけり」。やがて帰ってきた男も、死んだ女の傍で思い死《じに》をしたとする。
一六 平安初期に成立した歌物語。百七十余の歌話を収める。

容色衰え野山に流浪した小町

一七 一説に小野篁の孫、また出羽国の郡司良真の子とも。仁明～清和朝（八三三～八七六）頃の人。六歌仙の一人。『古今集』等に六十二首入集。
一八 『玉造小町壮衰書』（『群書類従』所収）をさす。『玉造小町形衰記』とも。著者不明。
一九 中国上古の伝説上の帝たち。姓名には諸説ある。
二〇 漢の高祖劉邦と周の武王の弟旦《たん》。
二一 蘭蕙《らんけい》香と麝香の香。ゆかしい妙香をいう。

御・后に心をかけたりしほどに《のぞみをかけているうちに》、十七にて母をうしなひ、十九にて父におくれ、二十一にて兄[一]にわかれ、二十三にて弟を先立てしかば、[二]単孤無頼《たんこぶらい》のひとり人になりて、たのむかたなかりき《立身の見込みもなかった》。いみじかりつるさかえ《目を見はるようであった華やかな暮しぶりも》日ごとにおとろへ《日一日と色を失い》、花やかなりし貌《かたち》としどしにすたれつつ《容貌も年々に輝きがなくなり》、心をかけたるたぐひも《男たちも》疎《うと》くのみなりしかば《疎遠になる一方だったので》、家は破れて月ばかりむなしくすみ、庭はあれて蓬《よもぎ》のみいたづらにしげし《むなしく繁茂するばかり》。かくまでになりにければ《そんなふうにおちぶれてしまったので》、[三]文屋康秀《ふんやのやすひで》が三河《みかは》の掾《じよう》にて下りけるに誘《さそ》はれて、

[四]侘《わ》びぬれば身をうきくさのねをたえてさそふ水あらばいなんとぞ思ふ

とよみて、次第におちぶれ行くほどに、はてには《しまいには》野山にぞ[五]さそらひける《さすらったという》。人間の有様、これにて知るべし。

一八三　小式部内侍が大江山の歌の事（抄入）

母への使はといわれ「大江山」の歌で定頼をへこました小式部

[六]和泉《いづみ》式部、[七]保昌《やすまさ》が妻にて丹後に下りけるほどに、京に歌合せあり

一　「小野氏系図」には、姉のことは見えるが、兄弟のことは見えない。ただし、従兄弟には、歌人の美材《よしき》がいる。また、姉の歌（『古今集』巻十五・『後撰集』巻十、巻十三）や孫の歌（『後撰集』巻十八）は伝えられるが、兄弟の歌は伝存しない。

二　家族もなく、頼る人もない一人きりの身。

三　六歌仙の一人。三河掾を経て元慶元年（八七七）山城大掾となり、同三年、縫殿助に就任した。『古今集』仮名序に、「ことばたくみにて、そのさま身におはず。いはば商人《あきびと》のよき衣《きぬ》きたらんがごとし」と評される。生没年未詳。

四　落ちぶれて我ながら我が身がいやになる程つらい身の上でございますから、根のない浮草のように、誘いの水さえあれば、どこへでもお供しようと思っております。『古今集』巻十八に、「県見《あがたみ》（地方見物）にはえいでじやと、いひやれりける返事によめる」との詞書に続いて載る。

五　底本「て」に「そ」と傍記。傍記を採る。

六　一七四話参照。

七　藤原保昌。武人。道長に仕え、諸国の受領を歴任した。丹後守在任は、治安三年（一〇二三）頃。

八　和泉式部の娘。

一七五話参照。

けるに、[八]小式部の内侍《ないし》歌よみにとられて《歌合せの詠み手に選ばれて》よみけるを、[九]定頼の中納言、たはぶれに小式部の内侍に、「[一〇]丹後へ遣はしける人は、参りにたる《もう帰っておいで》や《かな》」といひ入れて《言葉をかけて》[一一]局《つぼね》の前を通られけるを、小式部の内侍、御簾《みす》よりなかばいでて《半分だけ身を出して》、直衣《なほし》の袖をひかへて《引きとどめて》、

[一二]大江山いくのの道の遠ければまだふみもみず天《あま》の橋立《はしだて》

とよみかけけり。思はずにあさましくて《思いがけず見事であったのにびっくりして》、「こはいかに《これは驚いた》」とばかりいひて、返しにも及ばず《返歌も詠むことができず》、袖をひきはなちて逃げられにけり。小式部、これより歌よみの世おぼえいできにけり《歌人としての評判が立つようになった》。

一八四　大江匡衡、和歌を詠じ和琴の弾奏を断る事（抄入）

[一三]匡衡《まさひら》卿わかかりける時、蔵人にて内裏によろぼひ《よろよろ》歩《あり》きけるを、さる《有名な》博士なれば《学問一途の人物だったので》、女房たちあなづりて《小馬鹿にして》、御簾《みす》のきはに呼びて、「これひき給へ」とて、[一四]和琴《わごん》をおしいだしたりければ、匡衡よみける、

[一五]会坂《あふさか》の関のあなたもまだ見ねばあづまのことはしられざりけり

「会坂の関」の歌で和琴を断った匡衡

九　藤原定頼（九九五～一〇四五）。権大納言公任の子。蔵人頭、左右大弁を経て、一〇二九年、権中納言。博学で和歌もよくし、『後拾遺集』等に四十六首入集。

一〇　『金葉集』巻九の詞書には、「歌はいかがせさせ給ふ。丹後へ人は遣はしけむや。使はまうでこずや。いかに心もとなくおぼすらむ」と言ったと見える。

一一　小式部内侍の居室。

一二　大江山・生野と丹後へいく道が遠いので、まだ行って天の橋立を踏み歩いたことはありませんし、歌の助力を頼む手紙の返事などまったく見ておりません。「大江山」は、京都市西京区大枝沓掛町と亀岡市との間にある山（老の坂）。丹波路への入口であった。「いくの」は、丹後国天田郡（現在の福知山市）の生野。「行《い》く」を掛ける。「天の橋立」は丹後国与謝郡（京都府）の歌枕。日本三景の一。「ふみ」に「踏み」と「文」とを掛ける。

一三　大江匡衡（九五二～一〇一二）。文章博士。底本「匡房」。『後拾遺集』等により改訂。

一四　日本古来の六絃琴。神楽・雅楽の演奏に用いた。あずま琴。

一五　私は逢坂の関の向うはまだ見たことがありませんので吾妻の事は知らず、吾妻琴を引くことはできません。「あづま琴」を詠み込んだ物名歌《ぶつめいか》。

女房達、返し《返歌もできずに沙汰やみになった》一えせでやみにけり。

一八五　田舎上りの兵士の水上月の秀歌と大宮先生義定が尾上松の秀歌の事（抄入）

俊綱家の歌合せに「水や空」の秀歌を出した田舎上りの兵士

伏見の修理《しゆり》の大夫《だいぶ》俊綱二の家にて、人々「水上の月」といふ事をよみけるに、田舎よりのぼりたる兵士、中門三の辺にてこれを聞きて、四青侍を呼びて、「今夜の題をこそつかうまつりて候へ」《歌に詠んでみました》と、

五水や空そらや水とも見えわかずかよひてすめる秋の夜の月

侍、このよしを披露しければ、大きに六感じあへり。その夜、これほどの歌なかりけり。

俊綱播磨下向の折「高砂の尾上の松」の秀歌を詠んだ大宮先生義定

同じ人《俊綱》播磨の国へくだりけるに、高砂七にておのおの歌よみけるに、八大宮の先生義定《せんじやう》といふものが歌に、

九我のみと思ひこしかど高砂の尾上《をのへ》の松もまたたてりけり

人々感じあへり。良暹《りやうせん》一〇その所にありけるが、「女牛一一に腹つかれぬるかな」といひけり。

一　当意即妙な詠歌に驚嘆したためである。
二　藤原頼通の子（一〇二八〜九四）。初め讃岐守橘俊遠の養子。『後拾遺集』等に入集の歌人。その伏見の豪邸では時の歌人が集まり、夜ごとに和歌の会が開かれていたという（『今鏡』第四）。
三　中御門大路（現在の上京区）。
四　公卿の家に仕える若侍。青い袍《ほう》を着ていた。
五　水か空か空か水かまったく見分けがつきません。水もその上の空に出ている月も、いずれも同じように澄みわたって、何とも美しい秋の夜の月景色です。『新後拾遺集』巻四に「読人しらず」として載る。
六　『袋草紙』の類話は「万人驚嘆して詠吟して、且つ感じ且つ恥ぢて各々退出す」と叙する。
七　歌枕。兵庫県南部、加古川の河口近くの海辺。
八　東宮坊の帯刀《たちはき》舎人《とねり》の長官。「義定」は大監物藤原義定。底本「定」を欠く。伊木本にて補う。
九　（世にある甲斐もなく長生きしているのは）わたしだけかと思って過してきたが、（今日来てみると）高砂の尾上の松もやはり年経た甲斐もなく立っていることだ。『後拾遺集』巻十七に載る。
一〇　祇園別当。俊綱の歌友。『後拾遺集』等に入集。

一八六　物乞の法師、琴弾く女に応へて詠歌の事（抄入）

或る人の家に入りて物乞《こ》ひける法師に、女の琴引きてゐたるが、「この音《ね》をけふの布施にて帰りね《喜捨と思ってお帰りなさい》」といひければ、よめる、

[一二]ことといはばあるじながらも得てしがなねはしらねどもひき心見ん

この乞者《こつしや》[一三]は三形《みかた》[一四]の沙弥なりと、或る人いひけり。

一八七　阿闍梨仁俊、北野社に祈りて詠歌し感応ある事（抄入）

中納言通俊《みちとし》[一五]卿の子に、世尊寺《せそんじ》の阿闍梨《あじやり》仁俊[一六]とて、顕密知法にて《顕密両教に通暁して》たふとき人おはしけり。鳥羽院にさぶらひける女房、「仁俊は女心あるものの《好色なくせに》、そらひじりだつる《清僧ぶっているえせ聖者です》」など申しけるを、阿闍梨かへり聞き《人づてに聞いて》て口惜しく思ひて、北野《北野天満宮》に参籠して、「この恥すすぎ給へ」とて、

[一七]あはれとも神々ならば思ひしれ人こそ人のみちをたつとも

一一 角が後ろに曲っている牝牛に腹をつかれる意から、意外千万なことが起ることのたとえ。専門の歌人が素人に詠み負かされたことをいった。

琴弾く女に「ねはしらねども」と詠んだ乞食法師

一二 今日の琴の音を布施にとおっしゃるなら、いっそのこと琴の主のあなたも一緒《ね》にほしいものだ。私は琴の音《ね》の工合も、あなたの心根もわからないが、琴を弾いてあなたの心を引いてみたいものだ。「こと」に「事」と「琴」を、「ね」に「根」と「音」を、「ひき」に「引き」と「弾き」とを掛けた。

一三 乞食者。人家の門口で食を乞う修行僧。

一四 『万葉集』に見える三方沙弥をさすか。『万葉集』巻十九、四二三八の左注によれば、本話は藤原房前《ふささき》在世時（七〜八世紀）のこととなる。

にせ聖と罵った女房を北野に祈って狂気にし慈救呪で鎮めた仁俊

一五 藤原通俊。『後拾遺集』撰者。

一六 寺門の真言僧。兄に興福寺の俊慶、山門の相源がいる。「世尊寺」は、藤原行成が自邸内に建立した寺。

一七 北野の天神様、神であられるならどうか哀れと思い知ってください。人（女房）こそ人（仁俊）の社会に生きてゆく道を絶つようなことをするにしても。『後拾遺集』巻二十に載る。ただし、初句「哀れとは」。

とよみたりければ、かの女房あかき袴《はかま》[一]ばかりをきて、手に錫杖《しやくぢやう》[二]をもちて、「仁俊にそらごといひつけたる報いよ《仁俊をにせ聖だと申し上げたばちですよ》」とて、院《鳥羽院》の御前に参りて舞ひくるひければ、あさまし《驚くべきこと》とおぼしめして、北野より仁俊をめし出して見せられければ、神恩のあらた《あらたか》なる事に涙を流して、一《ひと》たび慈救の呪をみてければ《不動明王の呪文を唱えたところ》、女房もとの心地になりにけり。院いみじく《大変に》おぼしめして《感心なされて》、薄墨《うすずみ》といふ御馬を〔仁俊に〕たびてけり。

一八八　月次御屏風の歌に平兼盛擣衣を詠じ、紀時文これを難じて恥をみる事（抄入）

天暦[三]の御時、月次《つきなみ》[四]の御屏風《びやうぶ》の歌に、擣衣《きぬた》[五]の所に兼盛[六]詠《よ》みて云はく、

秋深き[七]雲井の鴈《かり》の声すなり衣うつべきときやきぬらん

紀時文[八]、件《くだん》[九]の色紙形を書く時、筆をおさへていはく、「〔兼盛の〕衣うつを見て、うつべき時やきぬらん[一〇]と詠ずる如何《詠ずるのはどんなものか》」。兼盛にやがて《即座に》たづねらるるところに、申していはく、「貫之《つらゆき》が延喜[一一]の御時、同じ御屏風《月次の御屏風》に駒迎《こまむか》[一二]への所に、

一　女官や巫女《みこ》の着用する緋色の袴だけを着《つ》けて、上半身は裸の物狂いのいでたちをいう。

二　行脚僧・修験者の持つ杖。先端は塔婆形で錫製、金属製の数個の環が付き、振って音を出す。

＊**北野天神の霊験譚**　北野天神の霊験譚は、説話集の類に二十数例みられ、すぐれた政治家であるとともに、詩文に秀でていた道真にふさわしい和歌や漢詩にかかわるものである。『江談抄』の四話、『十訓抄』の三話に対し、『著聞集』には五話（一一〇・一二〇・一三二・一七七・一八七）ある。

三　九四七～九五七年。村上天皇の時代。

四　各月毎に年中行事の絵柄を画き分けた屏風。

五　擣衣の図柄で、九月の絵。「擣衣」は、肌ざわりをよくし光沢を出すために、布地を木槌《きづち》で打つこと。

六　平兼盛。三十六歌仙の一人。『拾遺集』等に八十三首入集。

兼盛の「秋深き」を難じ逆に父貫之の「会坂の」で反論された時文

七　秋深くなり空高く鴈の声が聞えてくる。擣衣を打つ季節が来たのであろう。

八　貫之の子。大膳大夫。『後撰集』の撰者の一人。

九　屏風に貼る色紙形の紙に詠歌を書き入れる際。

一〇　「らん」は推量を表す。

一一　九〇一～九二三年。醍醐天皇の時代。

一二　旧暦八月に紫宸殿の南庭で行われる駒牽《こまひき》に用いる

[一三]会坂《あふさか》の関の清水に影見えて今やひくらん望月《もちづき》の駒

と詠ず。この難ありや如何《おっしゃるような難点がありますか》」。時文、口をとづ。しかも時文は貫之が子にて、かくなんそしりける《このように非難したということは》、いよいよ浅かりけり《ますますあさはかなことであった》。

一八九　崇徳院、百首歌に同じ五文字の句を詠まざるか否かを左京大夫顕輔に問はせ給ふ事（抄入）

左京の大夫《だいぶ》顕輔《あきすけ》[一四]、新院[一五]に参りたりけるに、「百首よむやう《百首歌の詠みかた》はならひたるか」と仰せごとありければ、「ならひたる事候はず。顕季《あきすゑ》[一六]も教へず候ふ」と申しければ、「まことにや《本当であろうか》、百首には同じ五字の句をば詠まざるなるは《詠まないというのは》」と問はせ給ひければ、顕輔、「いかが候ふらん《どうでございましょうか》、百首までよむものにて候へば、よみもやし候ふらん《詠んでしまうこともございましょう》」と申しければ、「[一七]公行がよまぬよしを申すなり」と仰せごとありければ、顕輔かへり、[一八]堀河院の御百首をひきて見るに、春宮《とうぐう》の大夫《だいぶ》公実《きんざね》[一九]卿の歌に、薄《すすき》・刈萱《かるかや》の両題に、秋風といふ第一句さしならびてありければ[二〇]、[二一]両首を畳紙《たたうがみ》《懐紙》に書きて、九月十三夜の御会に持ちて参りて、公行卿に、

詠まずという公行にその祖父公実の詠みたる例を示して答えた顕輔

献上の駒を官人が逢坂山に出迎える儀式。

一三　逢坂の関の清水に影が映って、今その名も月にゆかりの信州望月の牧《まき》から奉献した馬を満月の下に逢坂の関で駒迎えの使が引いていることであろう。『拾遺集』巻三に載る。「望月の駒」は、信濃の望月（長野県北佐久郡望月）の牧から献上される駒で、その駒牽は八月二十三日に行われた（江馬務『新修有職故実』）。

一四　藤原顕輔（一〇九〇～一一五五）。『詞花集』撰者。

一五　崇徳上皇。永治元年（一一四一）十二月、近衛天皇に譲位。一一四四年、『詞花集』撰進の院宣を下す。

一六　顕輔の父。保安四年（一一二三）没。

一七　藤原公行。太政大臣実行の次男。公実の孫。参議・右衛門督。久安四年（一一四八）、四十四歳没。

一八　堀河百首。「太郎百首」とも呼ばれ、組題百首の嚆矢《こうし》で、後世、百首歌の規範とされた。四季・恋・雑の百題を十四人の作者が百首ずつ詠んだもの。

一九　藤原公実（一〇五三～一一〇七）。参議・権大納言。数々の歌合せや百首歌の作者として重きをなした。『後拾遺集』等に五十七首入集。

二〇　底本「ば」なし。伊木本にて補う。

二一　薄の題の冒頭歌「秋風にはらむ薄のある野べはうつしの露や色にまがへる」と刈萱の題の冒頭歌「秋風になびくほどなき刈萱は下葉を上にふきみだるかな」。

一「堀河百首」の詠者であり、しかも百首の中に同じ五字の句を二度詠んでいる公実の孫の公行が、身近な先例があるのに、なんとも軽率なことを言うものではないか、という批判。

季節外れの歌材を見事に纏めて歌った侍と紀友則の先例

二 源有仁。左大臣就任は、保延二年（一一三六）、時に左大将を兼ね、三十四歳であった。
三 新しく仕える主人に臣従の意を表するために差し出す名札。
四 特別の才能は歌詠である、の意。あえて端書きしたところに相当な自負心を見せる。
五 格子をおろしに誰か参れ。
六 蔵人で五位の者。六位の蔵人で五位に昇り、五位の蔵人に欠員がないため殿上を退いたもの。五位の蔵人とは違う。
七 まあそういうことなら。
八 格子をおろし参らせたところ。
九 「さようでございます」と応えて、の意。
一〇 「青柳」は春の景物。
一一 秋の初めの時節にはまるで似つかわしくない物言いだ、とんでもない初句の詠みようだ、という気持。

「これ御覧候へ」といひたりければ、閉口せられにけり《返答につまってしまわれた》。[一]公行は公実の孫なり。用意あるべきことにや。

一五〇 花園左大臣家の侍が青柳の歌と紀友則が初鴈の歌の事（抄入）

[二]花園の左大臣の家に、はじめて参りたりける侍の、[三]名簿《みやうぶ》のはしがきに、「[四]能は歌よみ」と書きたりけり。大臣《おとど》、秋のはじめに南殿に出でて、はたおり《きりぎりす》の鳴くを愛しておはしましけるに、暮れければ、「[五]下格子《げかうし》に人参れ」と仰せられけるに、「[六]蔵人の五位たがひて《居合せず》、人も候はぬ《どなたもおりません》」と申して、この侍参りたるに、「[七]たださらば汝おろせ」と仰せられければ、[八]参りたるに、「汝は歌よみな《お前は歌よみだったな》」とありければ、[九]かしこまりて御格子おろしさして候ふに《おろしかけたままでいると》、「このはたおりをば聞くや《このきりぎりすの鳴くのが聞えるか》。一首つかうまつれ《一首詠じてみよ》」とおほせられければ、[一〇]「あをやぎの《青柳の》」と、はじめの句を申し出《いだ》したるを、さぶらひける《お側にいた》女房達、[一一]折にあはずと思ひたりげにて《思った様子で》笑ひ出したりければ、（大臣）「物

を聞きはてずして笑ふやうやある《笑うことがあるか》」と仰せられて、「とく《早く》つからま《〔その先を〕詠ん》つれ《でみよ》」とありければ、

一二青柳のみどりの糸をくりおきて夏へて秋ははたおりぞ鳴く

とよみたりければ、大臣《おとど》感じ給ひて、一三萩おりたる御直垂をおしいだ《〔御簾の下から〕押》して《出して》たまはせけり。

一四寛平の歌合せに、「一五はつ鴈」を、一六友則、

一七春霞かすみていにしかりがねは今ぞ鳴くなる秋霧の上に

とよめる、左方にてありけるに、五文字《〔最初の〕》を詠みたりける時、右方の人、こゑごゑに笑ひけり。さて次の句に、「霞みていにし」といひけるにこそ音もせずなりにけれ。一八おなじ事にや。

一九一　藤原長能、三月尽の夜の詠歌を四条大納言公任に難ぜられて病死の事（抄入）

一九公任《きんたふ》卿の家にて、二〇三月尽《さんぐわつじん》の夜、人々あつめて、「暮れぬる春を惜しむ心」の歌よみけるに、二一長能、

一二 青柳の緑の糸を繰り置いて夏にそれを綜《へ》て秋に機を織るというわけで、秋の機織虫が盛んに鳴いている。「へて」に「経て」と「綜《へ》て」を掛ける。「綜る」は、経糸《たていと》を引き延ばし織機にかけること。

一三 萩の図柄を織り出した直垂。「直垂」は武家の日常着から、この当時は公卿の私服ともなっていた。

一四 宇多天皇の時代。この期の著名な「寛平御時后宮歌合」にも「亭子院歌合」にも、この歌は見えない。

一五 その年の秋、北の国から初めて渡ってきた鴈。

一六 紀友則。大内記。『古今集』撰者の一人。

一七 春霞の中に霞んで見えなくなって飛び去っていった鴈が、今秋になって秋霧の中に姿を見せないままに鳴くのが聞える。『古今集』巻四、『古今和歌六帖』には人麿の作として載り、『袋草紙』では、凡河内躬恒の作とする。

一八 『十訓抄』第四の類話では、この後に「物を聞きもはてず、ひたさわぎにわろふ事、あるまじきことなり……」の評語を載せる。

一九 藤原公任。歌論『新撰髄脳』『和歌九品』の著者。

二〇 陰暦三月末日。また、春の終る日。

二一 藤原長能。倫《とも》寧《やす》の子。上総介・伊賀守。『拾遺集』等に五十首入集。

「心うき年」の歌を公任に批難され帰宅して発病、翌年死んだ長能

[一]心うき年にもあるかな二十日《はつか》あまり九日《ここぬか》といふに春の暮れぬる

大納言《公任》うち聞きて、思ひもあへず《深く考えもせずに》、「[二]春は三十日《みそか》やはある」といはれたりけるを聞きて、長能、披講をも聞きはてず《自分の歌が披露されるのを最後までも聞かず》、いでにけり《退出した》。[三]さてまたの年《その翌年》、病《やまひ》をして[四]限りなりと聞きて、とぶらひに《〔公任が〕見舞に》人を遣はしたりければ、悦びて、「うけたまはり候ひぬ《〔長能〕お見舞ありがとう存じました》。この病は去年の三月尽に、春は三十日やはあると仰せられしに、心うきことかな《まことに情けないことだ》と承りしに病になりて、その後いかにも物のくはれ侍らざりしより《どうにも物が食べられなくなりましてから》、かく《こん》まかりなりて侍るなり《なふうになってしまった次第です》」と申しけり。さてまたの日《その翌日》うせにけり。大納言、ことのほかになげかれけり。[五]これはさうなく《分別もなく》難ぜられたりけるゆゑにや。

一九二 別当惟方、配所にて述懐の歌を詠じ召還の事（抄入）

別当惟方《これかた》[六]卿は、[七]二条院の御めのと《お守り役》にて、世におもく聞えける《まことに重々しい人に思われていたが》が、[八]あしく振舞ひけるによりて、後白河院御[九]いきどほり深かりければ、

一 今年は何と心憂い年であることか。三月が小の月で三月二十九日で春が終りになってしまう。「二十日あまり九日」は、その月が小の月（三十日より少ない日数の月）であることを意味する。長能としては、気の利いた着眼で惜春の情を詠み得たつもりであった。

二 春が三十日ということはなかろう。春は三月《みつき》あるはずではないか、の意。

三 底本「とぶらひに」までを欠く。伊木本にて補う。

四 もう時間の問題だ。『袋草紙』の類話は、「万死一生の由（九分通り駄目だ）」とする。

五 『袋草紙』では、以下を「執人の事は荒涼に（不注意に）難ずべからざるか」とし、話頭から、長能をはっきり「道に執する人」として扱っている。

六 藤原惟方。検非違使別当就任は、平治元年（一一五九）。時に三十五歳で、従三位・左兵衛督。

七 後白河天皇の皇子。在位一一五八～六五年。

八 藤原経宗と共に、後白河院を押え、二条天皇の権勢の伸長強化のために策動した。

九 後白河院は清盛に、「ワガ世ニアリナシハ、コノ惟方、経宗ニアリ。コレヲ思フ程イマシメテマヰラセヨ」と仰せられたという（『愚管抄』巻五）。

一〇 永暦元年（一一六〇）三月十一日、長門国（山口県）へ配流。即日（一説にそれ以前）出家。法名寂信。

「この瀬にも」の歌で許された惟方

[一〇]出家して配所へおもむかれけり。その後おなじく流されし人々ゆる[一一]されけれども、身ひとりは《自分だけはまだ許されまいということを》なほ浮みがたきよしを伝へ聞きて、

[一二]この瀬にも沈むときけば涙川流れしよりもぬるる袖かな

とよみて故郷へおくられたりけるを、法皇《後白河院》伝へ聞しめして御心やよ《弱っ》わりけん《たのだろうか》、さしも罪深くおぼしめし《あれほど許しがたくお思いなさっていたのに》けるに、この歌によりて召しか[一三]へされけるとかや。

葦田鶴の歌で子の定家の出仕が許された俊成

一九三　後鳥羽院の御時、俊成和歌を奏して定家勅勘を免ぜらる事（抄入）

[一四]後鳥羽院の御時、定家[一五]卿《ていか》殿上人にておはしける時、いかなる事にか勅勘に《天皇の勘気を蒙って》よりて籠[一六]りゐられたりけるが、あからさま《わずかの間》と思ひけるに、その年もむなしく暮れにければ、父の俊成卿この事をなげきて、かくよみつつ職事[一七]《しきじ》につけ《取次ぎをたのんだ》たりけり。

[一八]あしたづの雲井にまよふ歳暮れて霞をさへやへだてはつべき

職事、この歌を《〔天皇に〕》奏聞《そうもん》せられければ、御感ありて、定長[一九]朝臣《あそん》に仰せて

一一　応保二年（一一六二）、藤原経宗、教長《のりなが》、成親《なりちか》等が配所から召還された。

一二　この度の赦免《しゃめん》の機会に外されてそのまま罪人として配所に残されることになったと聞くと、ここに流されることになった時よりも一層悲しくつらく、涙が涙川のように流れ、袖がすっかり濡れてしまった。『千載集』巻十七に載る。『平治物語』によれば、「瀬」は長門国名浜の瀬。「沈む」「涙川」「流れ」「ぬるる」は「瀬」の縁語。「涙川」は、三渡川（三重県）の異称。

一三　永万二年（一一六六）三月のこと。なお、『平治物語』には、経宗や源師仲も配所での詠歌によって赦免されたことが見える。

一四　在位一一八三〜九八年。

一五　藤原定家。昇殿を許されたのは、寿永二年秋。

一六　文治元年（一一八五）十一月、殿上で少将源雅行と争い、昇殿を停止された。

一七　蔵人頭と五位・六位の蔵人の総称。この時、五位蔵人は、藤原親雅、定長、親経、定経、宗隆の五人。

一八　鶴が高い空で迷うように、我が子の定家が宮中でお叱りを受けてさまよっておりますが、その今年も暮れ来年春霞の立つ頃までへだてられたままでいるのでしょうか。『千載集』巻十七に載る。ただし、二句「雲路迷ひし」。

一九　藤原充房の子。この時、左少弁、三十六歳。

ぞ御返事ありける。

一あしたづは雲井をさして帰るなりけふおほ空のはるるけしきに

やがて殿上の出二仕ゆりられ《許されなさった》にけり。

一九四　壬生家隆、臨終に七首の和歌を回向の事（抄入）

壬生《みぶ》の二位三家隆卿、四八十にて五天王寺にてをはり給ひける時、六七首の歌をよみてぞ回向《ゑかう》せられける。七臨終正念にて、その志むなしからざりけり。かの七首の内に、

八契りあれば難波の里にやどりきて浪の入日《いりひ》ををがみけるかな

一九五　大納言宗家の室右衛門佐、詠歌によりて再び迎へらるる事（抄入）

九宗家大納言とて、神楽《かぐら》・催馬楽《さいばら》うたひて、やさしく神さびたる人《優美で古雅な感じのする人》おはしき。北の方は後白河法皇の女房、一〇右衛門の佐《すけ》と申しける。一一宗経の中将うみなどして後、かれがれになりて《〔宗家の〕来訪が途切れがちになって》遠ざかり給ひけるに、

歌を詠じ臨終止念に往生した家隆

一時来宅が途絶えたが「あふことの」の歌で迎えとられた右衛門佐

一　鶴は高い空をめざして帰っていきます。今日大空の霞がとれて晴れ渡りますように、晴れて勅勘が許されましたこのよい季節に。『千載集』巻十七は「葦たづは霞をわけて帰るなり迷ひし雲路けふやはるらむ」。

二　文治二年（一一八六）三月のこと。時に定家、二十五歳。

三　藤原家隆（一一五八〜一二三七）。知足院関白忠実の弟。『新古今集』撰者の一人。家集は『壬二集《みにしゅう》』。

四　嘉禎三年四月九日没。前年十二月二十三日出家。

五　大阪市天王寺区の四天王寺。この寺の西門は、極楽浄土の東門に対しているとの信仰があり、家隆もそこで死を迎えるべく赴いていた。

六　四月八日に詠じたという。下巻四六九話参照。

七　臨終時に妄念なく往生極楽を念ずること。四六九話には「端座合掌して終られにけり」とある。

八　前世からの因縁で難波の里に宿って西海の浪の向うに沈む入日を拝み西方極楽浄土を願い奉る次第である。他の六首も四六九話に見える。

九　藤原宗家。内大臣宗能の子。管絃に通じた。文治五年没。一三一話参照。

一〇　二条后妹子の女官。左馬権頭藤原能定の娘。

一一　宗家の長男。左衛門権佐・職事・左中将を歴任。

一二あふことの絶えば命の絶えなんと思ひしかどもあられける身を
とよみて《詠んで》やられたりければ《〔宗家に〕遣わされたところ》、返事はなくて、車を遣はして迎へとり
て、一三また年比《としごろ》になりけるも、一四やさしくこそ。

一九六　徳大寺右大臣実家、獅子形の枕に歌を隠し入れて女房に
贈る事（抄入）

一五徳大寺の右大臣、うちまかせては《普通の状態では》言ひ出でがたかりける女房《〔恋情を〕切り出して伝えがたかった女官》のもとへ、一六獅子のかた《かたち》を一七つくれりける茶碗の枕《唐風の磁器の枕》を奉るとて、一八薄様の中重《なかへ》を破《や》りてこの歌を書きて、思ひがけぬはざま《すき間》にかくして入れられたりける、

一九わびつつはなれだに君にとこなれよかはさぬ夜半《よは》の枕なりとも

女房、この枕ただにはあらじ《尋常の枕ではあるまいと思って》とて、とかくして《いろいろに探して》この歌を求め出《いだ》されたりける、いみじく色ふかし《たいそうな好き心ぶりである》。これらは歌を遣はして、心中をあらはせるなり。

一二　お逢いすることが途絶えたら私の命は絶えてしまうだろうと思っておりましたのに、こうやって生きておられますのが不思議に思われます。『続古今集』巻十五に載る。ただし、二句「絶えば命も」。
一三　再び長きにわたって関係が復活したというのも。
一四　右衛門佐の歌に感じた宗家の情のこまやかさを讃えた語。
一五　藤原公能（一一一五～六一）。ただし、『千載集』巻十四によれば、公能の子の実家（一一四五～九一）。実家の極官は正二位・大納言。

気兼のある女房の許に陶器の枕に歌を入れて贈り思いを伝えた実家

一六　底本「師」、『十訓抄』により改訂。
一七　底本「つくりけり茶院」、『十訓抄』にて改訂。
一八　薄く漉《す》いた鳥の子紙を何枚か重ねたものの中の一枚、ということか。
一九　わたしは独り悶々《もんもん》としてつらい思いに耐え兼ねているが、それにつけても枕よ、せめてお前だけでもあの方の床に近づき、慣れ親しんでくれよ。ただの枕のお前は、あの方と枕を交わす仲とはなり得ないにしても。『千載集』巻十四は、「忍びて物申し侍りける女の消息《せうそこ》をだに通はしがたく侍りけるを、唐《から》の枕のしたに師子つくりたるが口のうちにふかくかくして遣はし侍りける　権大納言実家」との詞書を持つ。

一九七　大江定基、鏡売の女の歌に依りて道心を固め、出家入唐の事（抄入）

愛人の死に無常を覚り鏡売の女の歌に感銘出家入唐した定基

三河の守定基《さだもと》[一]、心ざし深かりける女のはかなくなりにければ、世を憂きものに思ひ入れたりけるに、五月《さつき》[二]の雨はれやらぬ比《ころ》、ことよろしき女の、いたうやつれたりけるが、鏡を売りてきたれるをとりて見るに、そのかがみの包み紙に書ける、[三]

深く愛情をよせていた女が死んでしまったので
人品のいやしくない女で
ひどく疲れはてた様子のひとが

[四]けふのみと見るに涙のます鏡なれにしかげを人にかたるな

これを見るに涙とどまらず。かがみをば返しとらせて、さまざまに[五]あはれみけり。道心もいよいよ思ひさだめけるは、この事によれり。

出家の気持をいよいよかたくしたのは

出家[六]の後、寂照上人とて入唐《につたう》[七]しける。かしこにては円通大師とぞいはれける。清涼山[八]の麓《ふもと》にてつひに往生の素懐をとげられけり。

極楽往生の初志

一九八　宗順阿闍梨、醍醐の桜会にて童舞の美童に歌を贈る事（抄入）

一 大江定基。大学頭斉光の次男。従五位下・図書頭。『後拾遺集』等に入集。長元七年（一〇三四）没。

二 五月雨が続き空がすっきり晴れ渡らない時節に。

三 『今昔』巻二十四の類話は、「五寸許《ばかり》なる押覆ひなる張筥《はりばこ》の、沃懸地《いかけぢ》に黄に蒔《ま》ける、陸奥紙の馥《かうば》しきに裹みて有り。開《ひら》きて見れば、鏡の筥《はこ》の内に薄様を引《ひ》き破《や》りて、可咲《をか》し気《げ》なる手を以《つ》て、此《か》く書きたり」と、極めて精細な前置きで、零落した女の過去を覗かせる。

四 今日限りと思って見るにつけても涙がいよいよ出てとまらない。澄んだ美しい鏡よ、長年うつし慣れてきた私の姿や形を決して他人に語らないでほしい。『拾遺集』巻八に「よみ人しらず」として載り、初句は「けふまでと」。

五 『今昔』の類話では、雑色に命じて女の居宅まで米十石を添えて送り届けさせている。

六 寛和二年（九八六）出家して、名を寂照と改め、寂心や源信、さらには醍醐寺の仁海に学んでいる。

七 長保五年（一〇〇三）入宋（「入唐」ではない）。北宋の真宗皇帝から、円通大師の号を賜った。

八 一般には、中国山西省五台県東北の五台山をいう。しかし、ここは、一旦帰国しようとした寂照が江蘇省の呉門寺（あるいは報恩寺）に留まったことから推して、江蘇省江寧県の清涼寺をさすとも考え得る。

美童に魅惑され歌を唱和その話を中院僧正入道右府に噂された宗順

[九]醍醐《だいご》の桜会《さくらゑ》に、[一〇]童舞《わらべまひ》おもしろき年ありけり。[一一]源運といふ僧、その時少将の公《きみ》とて見目《みめ》もすぐれて、舞もかたへ《傍輩》にまさりて見えけるを宇治の[一二]宗順阿闍梨みて、思ひあまりけるにや《愛慕の心をおさえきれなかったものか》、あくる日、少将の公のもとへいひやりける、

[一三]昨日みしすがたの池に袖ぬれてしぼりかねぬといかでしらせん

少将の公、返事、

[一四]あまた見しすがたの池の影なればたれゆゑしぼる袂《たもと》なるらん

といへりける、時にとりてやさしかりけり《当座に似合わしく風雅であった》。[一五]中院の僧正見物し給ひけるが、これを聞きていみじと思ひしめて《まことに風流な振舞だと感心して》、[一六]同じ入道の右府に対面し給ひけるついでに、この事をかたりいで給ひて、「やさしくこそ《風雅な応対に思われた》おぼえ侍りしか《ことでございました》」とありけれど、入道殿、「歌はおぼえさせ給はじ《歌はおぼえておられますまい》」とのたまひけるを、「そればかりは《それぐらいのことは》、などか《どうして》」とて、「少将の公がもとへ宗順阿闍梨つかはし侍りし、『きのふ見しにこそ袖はぬれしか』とよめるに、少将の公、『荒涼《くわうりやう》にこそぬれけれ《すさまじくぬれました》』とぞ返して侍りし」

九 京都市伏見区の醍醐寺で三月中旬に行われる観桜を伴う法会。元永元年（一一一八）に始まるという。

一〇 子供が演ずる舞楽。面をつけず、天冠をつけて舞う。演目には、迦陵頻《かりようびん》・五常楽・胡蝶等がある。

一一 醍醐寺の僧となった人物か。伝未詳。

一二『撰集抄』巻七に、叡山僧として出る人物か。

一三 昨日見たあなたの美しさにすっかり魅惑されてしまった。あの菅田《すがた》（姿）の池に落ちこんで袖が濡れたように涙に濡れた袖をしぼり兼ねていることを何とかしてお知らせしたい。「すがたの池」は、大和国生田郡、現在の大和郡山市の菅田神社近くにある池。

一四 あなた様は美しい人を大ぜい見ておられる。あの菅田の池にうつった影をみてそうおっしゃるのでしょうから、誰のことで袂をしぼっておられることか、よくわかりません。

一五 東寺長者定遍。長承二年（一一三三）生れ。長寛二年（一一六四）権律師、元暦二年（一一八五）僧正。

一六 源雅定。応保二年（一一六二）に没しているので、本話は定遍が権律師になる以前のこと。

〔中院流〕源顕房
├ 太政大臣 雅実
│　├ 顕通 ― 明雲（天台座主）
│　└ **雅定**（中院入道右府）
└ 権大納言 雅俊 ― 左馬頭 顕定 ― **定遍**（法務僧正）

と語り給ひけるに、堪[一]へがたくをかしくおぼしけれど、さばかりの《これほどの》生仏《いきぼとけ》[二]のねんごろにいひいで給ひけることなれば《愛情をこめておっしゃったことなので》、しのび給ひけるなん《笑いをこらえなされたというのは》、ずちなくおはしけり《何ともつらいことでした》。和歌[三]の道は顕密知法にもよらざりけりと、なかなかいとたふとし《それだけに和歌が尊ばれます》。昔[四]の遍昭《へんぜう》[五]、いまの覚忠[六]・慈円《じゑん》[七]などには似給はざりけるにや。

一九九　丹波守玉淵が女白女、歌を詠みて禄を賜る事（抄入）

亭子院《ていじゐん》[八]、鳥養院《とりかひ》[九]にて御遊ありけるに、「とりかひ」といふことを人々によませられけるに、あそび[一〇]あまた参り集まれり。その中に歌よくうたひて声よきもののありけるを問はるるに、「丹波の守玉淵《ぎよくえん》[一一]がむすめ白女《しろめ》[一二]」となん申しけり。御門《みかど》、御船めしよせて、玉淵は詩歌《しいか》にたくみなりしものなり、その女《むすめ》ならばこの歌よむべし、さらば《そうすれば》まこととおぼしめすべきよし仰せらるるに、ほどへず《たちどころに》よみける、

ふ[一三]かみどりかひある春にあふときは霞《かすみ》ならねど立ちのぼりけり

一　案の定、宗順の歌の記憶も少将の公の歌の記憶もまったくでたらめであったので。
二　生身の仏のような高徳の尊者。
三　顕教密教の教義に深く通暁している人物にも、歌道のことは別の事なのだ、の意。
四　以下、定遍との対比で、高僧にして和歌にも堪能であった人物を挙げる。
五　良岑宗貞《よしみねのむねさだ》（八一六～八九〇）。八八五年、任僧正。六歌仙の一人。『古今集』等に三十五首入集。
六　関白藤原忠通の子（一一一八～七七）。第五〇代天台座主。『千載集』等に十首入集。
七　忠通の子（一一五五～一二二五）。第六二代天台座主。『愚管抄』の作者。家集に『拾玉集』がある。

「ふかみどり」の歌が叡感に与り御衣を賜った白女

八　宇多天皇（八六七～九三一）。『大和物語』によれば、本話は、天皇在位時（八八七～八九七）の出来事と思われる。
九　大阪府摂津市鳥飼の地の淀川べりにあった離宮。
一〇　遊女。『大和物語』では、「うかれめども」。
一一　大江玉淵。参議音人の子。従四位下・少納言。
一二　玉淵の娘（『尊卑分脈』）。『古今集』巻八に、右近少将源実《さね》の旅立ちに餞《はなむ》けた歌が載る。
一三　緑が深くなってゆき、生き甲斐のある春にめぐりあいましたので、霞ならぬ私ではございますが、春の霞が立ちのぼりますように、この鳥飼の御殿にのぼる

御門ほめあはれみ給ひて、一四御袿一重《おんうちぎひとかさね》たまはせけり。一五その外、上達《かんだち》部《め》・殿上人《てんじやうびと》おのおの衣《きぬ》ぬぎてかづけられければ、一六二間ばかりに積みあまりけるとなん。

褒美として掛け与えたので

二〇〇　河内重如、自ら女房の許に往きて艶歌を贈る事（抄入）

品高き女を想い艶書を自ら持参して望みを達したすき者の重如

一七河内重如《しげゆき》をば、一八山の次郎判官代《はうぐわんだい》と申しけり。その一九品《しな》賤しきものなりけるが、われより高き女房を思ひかけて、艶書をてづから持ちてゆきてんげり。

身分の低い者であったが
身分の高い女性に思いをかけて
懸想文を自分自身で持って
行ったそうである

二〇人づてはちりもやすると思ふまにわれが使《つかひ》にわれは来つるぞ

女めでてしたがひけり。この人、河内より夜ごとに二一住《すみ》の江《え》にゆきて夜をあかしけり。いみじきすき者にてぞありける。死ぬるとても歌をよみてんげり。

女はこの歌に感心して求愛に応じた
たいそうな風流人であった
死ぬという間際にも

二二たゆみなく心をかくる弥陀仏人やりならぬちかひたがふな

ことができたのでございます。一句と二句にかけて「とりかひ」を詠みこんだ物名歌。「かひ」に、「甲斐」と「峡」を掛ける。

一四 内着《うちぎ》。直衣《のうし》・狩衣《かりぎぬ》の内に着るのでこの名がある。『大和物語』は「帝、御袿一襲《ひとかさね》・袴《はかま》たまふ」とする。

一五『大和物語』は、「ありとある上達部・皇子たち・四位五位、『これに物ぬぎてとらせざらむ者は座より立ちね』とのたまひければ、かたはしより上下みなかづけたれば」と、宇多天皇の強制があったとする。

一六 柱間が二つある部屋。

一七 姓は山口。河内の住人なのでこう称した。『後拾遺集』に入集。

一八「山」は、山口。「判官代」は院の庁の判官。また、荘園の管理職にある者をもさす。

一九 地位。六位という（『勅撰作者部類』）。

二〇 人づてではよそにもれてしまうとこまる、などと心配している間にと思って、わたしの使にわたし自身が来たのです。

二一 摂津国の住吉（大阪市住吉区）。

二二 寸暇も怠ることなく弥陀の浄土を願って来ました。阿弥陀さま、どうかこの私の心からなる願いをお聞きとどけ下さい。

時雨の折襖を借りた童、翌日艶書を持参、奥へ呼び入れた和泉式部

二〇一　和泉式部田刈る童に襖を借り、童式部に艶歌を贈る事（抄入）

一和泉《いづみ》式部、しのびて《人目を忍んで》二稲荷へ参りけるに、三田中明神《みやうじん》の程にて時雨《しぐれ》のしけるに、いかがすべきと《どうしようかと》思ひけるに、田刈りける童の四あをといふものを借りてきて〔稲荷に〕参りにけり。下向《げかう》の程に晴れにければ、このあをを返しとらせてけり。

さて次の日、式部、五はしのかたを見いだしてゐたりけるに《屋内から眺めつつ坐っていたところに》、大きやかなる童の、文もちてたたずみければ《手紙を携えてたたずんでいるので》、「あれは《そなたは》何者ぞ」といへば、「この御ふみ参らせ候はん《進上申しあげます》」といひて、さし置きたるを《さしだして置いたのを》ひろげて見れば、

六時雨する稲荷の山のもみぢ葉は青かりしより思ひそめてき

と書きたりけり。式部あはれと《いじらしい》思ひて、この童を呼びて、「おくへ」といひて、呼び入れけるとなん。

一　一七四話参照。
二　伏見稲荷大社。稲荷山の西麓、京都市伏見区にある上中下の三社をいう。それに境内の外にある田中明神・四大神の二摂社を加えて、稲荷五社と称する。
三　京都市東山区本町にある田中神社。伏見街道に面し、京より稲荷大社への街道筋にあたる。一説に、往昔は田野の中にあったので、かく称したとする（『拾遺都名所図絵』）。
四　茅《かや》・菅《すげ》・藁《わら》などで編んだ雨をしのぐ蓑《みの》の類をいうか。『袋草紙』では、「牛飼童のあををぬぎてきせたりけるを」とあるので、袷《あはせ》・綿入れ、または狩襖《かりあを》（狩衣のこと）の意にとれるが、ここではその解釈は不自然。
五　きざはし。庭への階段。
六　時雨が降る稲荷の山のもみじ葉のように美しい貴女は昨日私から襖をお借りになりましたが、そのもみじ葉がまだ青かった頃から私は貴女をお慕いしておりました。「青かりし」に「あを借りし」を掛けた。
七　藤原師実《もろざね》（一〇四二～一一〇一）をさすか。太政大臣、堀河天皇の外祖父、摂政・関白。和歌・詩文・管絃に秀れ、家集に『京極前関白集』がある。
八　藤原顕輔（一〇九〇～一一五五）。歌道六条家二代目当主。一八九話参照。師実の生存年代からすれ

家の侍女に懸想し秀歌をよこした顕輔にその女を遣わした宇治入道

二〇二　宇治入道、顕輔の秀歌に感じその侍女を遣はす事（抄入）

[七]宇治の入道殿にさぶらひける《お仕えしていた》「うれしさ」といふはしたもの《雑仕女》を、[八]顕輔《あきすけ》卿けさうせられけるに《思いをお寄せになったが》、つれなかりければ《冷たくそ知らぬ態度だったので》、遣はしける《歌をおくった》、

[九]われといへばつらくもあるかうれしさは人にしたがふ名にこそありけれ

入道殿聞かせ給ひて、「秀歌に返事なし《返事は無用だ》。とくゆけ《急いで行け》」とて、遣はし《〔女を顕輔の許へ〕》けり。

盛大な尚歯会の模様と誦詠歌を記し遺した清輔

二〇三　前大宮大進清輔、宝荘厳院にて和歌の尚歯会を行ふ事

[一〇]承安二年三月十九日、前《さき》の大宮の大進[一一]清輔朝臣《だいじんきよすけあそん》、[一二]宝荘厳院《ほうさうごんゐん》にて和歌の[一三]尚歯会《しやうしくわい》を行ひけり。七叟《七人の老人》、散位《さんゐ》[一四]敦頼《あつより》八十四・神祇伯《じんぎはく》[一五]顕広《あきひろ》王七十八・[一六]日吉《ひえ》の禰宜《ねぎ》成仲《なりなか》の宿禰《すくね》七十四・式部の大輔《たいふ》[一七]永範《ながのり》七十一・右京の権の大夫《だいぶ》[一八]頼政朝臣六十九・清輔朝臣六十九・前《さき》の式部の少輔《せふ》[一九]維光《これみつ》朝臣六

ば、顕輔の父、顕季がふさわしい。

九 わたしにとってはお前は「うれしさ」どころか「つらさ」でしかない。「うれしさ」という名は他の人にとっての名だったのだな。『拾遺集』巻十九の藤原長能の歌「我といへば稲荷の神もつらきかな人の為とは祈らざりしを」を踏まえる。

一〇 一一七二年。

一一 藤原清輔（一一〇四～七七）。顕輔の子。太皇太后宮大進。歌学書に『袋草紙』『奥儀抄』がある。

一二 鳥羽院が白河の大炊御門殿の前に建立した御堂。

一三 高齢者が相寄り、詩歌を作るなどして風雅を楽しむ会。

一四 藤原敦頼。道因法師。「暮春白河尚歯会和歌并序」には「八十三」とある。一六三話、一六五話参照。

一五 花山源氏。源姓をやめ、王氏に復す。弟に園城寺長吏・天台座主公顕がいる。

一六 日吉山王社の神官、祝部《はふりべ》成仲。参議頼定の義父。

一七 藤原永範。時に、散位・宮内卿。一一五話参照。

一八 源頼政（一一〇四～八〇）。武人。家集がある。

一九 大江維光。大学頭維順《これより》（匡時《まさとき》）の子。文章生。

十二。清輔朝臣、仮名序書きたりけり。

敦頼、衣冠に桜のあつぎぬ（綿入れ）二をいだして（少し裾端を出して着て）、鳩杖《はとづゑ》をつきて久利皮《くりかは》の沓《くつ》をきたり。清輔朝臣は布袴《ほうこ》をぞ着たりける。進退のあひだ（席に着くまでのあいだ）、大弐重家卿、裾をとり（裾を持ち）、皇后宮の亮季経《すけすゑつね》朝臣、沓をはかせけり。両人清輔朝臣が弟なれども、座次《ざなみ》の上臈《じやうらふ》にてありけるに、このかみをたふとみて（長兄を敬して）深くこの礼ありけり。〔清輔は〕悦びにたへず、後日に父顕輔卿、子孫の中にこの道にたへたり（歌の道に堪能である）とて、清輔朝臣に伝へたりける人丸の影（絵像）・破子《わりご》の硯《すずり》を、重家卿の子息中務《なかつかさ》権の大輔経家朝臣に譲られけり。和歌の文書、季経朝臣に譲りてけり。

すべて尚歯会、おほくは詩会にこそ侍るに、和歌はめづらしき事なり。上古に一度ありけるよし、その時も沙汰ありけれども、たしかならぬ事にや。その日の日記に侍りけるは、池の水千年《ちとせ》の色をたたへ、いはの苔万代《こけよろづよ》を経たるけしきなり。梢《こずゑ》の花落ちつきにければ（そのまま残っていたので）、庭の面には春なほのこれり（春がまだとどまっている）と見ゆるばかりありて、清輔朝臣誦しけ

一　その日の催しの趣旨・次第を叙した和文の序。
二　桜襲《さくらがさね》。表が白、裏が赤（または葡萄染《えびぞめ》）。正月から三月に用いる若・中年者用の色目。従って、年齢に比して若々しい装い。
三　頭に鳩の飾りのある杖。鳩は飲食にむせないといわれ、老人の健康を祈る意味で、八十歳以上の老臣に下賜された。
四　烏皮《くりかわ》の沓。礼服の時履く黒革の靴で、爪先《つまさき》が高くそる形。内側は赤地の錦。赤い組紐で結ぶ。
五　束帯に次ぐ礼装。束帯の大口《おおぐち》、表袴《うえのはかま》に替えて、下袴、指貫を着用する。
六　藤原重家。顕輔の子。清輔の異母弟。大宰大弐。時に四十五歳。
七　重家の同母弟。時に四十二歳。後、宮内卿に至る。
八　座順は清輔の上位であったのに。
九　底本「る」、伊木本により改訂。
一〇　中に仕切りのある蓋付きの器に入った硯の意か。
一一　重家の長男。後、正三位・宮内卿に至る。
一二　わが国の尚歯会は、元慶元年（八七七）の大納言南淵《みなぶち》年名の山荘での詩賦《しふ》の会以来、この時まで詠歌の会が催されたという記録はない。
一三　「暮春白河尚歯会和歌幷序」をいう。
一四　千年もの年を経たような、いかにも古びた色合い。
一五　数えようとするがどんどんと疾《はや》く過ぎ去って止ら

る、
[一五]かぞふれどとまらぬものを年といひて今年はいたく老いぞしにける
また誦して云はく、
[一六]老いぬとてなどか我が身をせめぎけん老いずはけふにあはましものか
[一七]宮内のかみ、また敦頼、こゑを助けけり《声を合わせてこの歌をとなえた》。敦頼の主、
[一八]おしてるや難波のみつに焼く塩のからくも我は老いにけるかな
また宮内のかみ、
[一九]鏡山いざ立ちよりて見てゆかん年へぬる身は老いやしぬると
また清輔朝臣、
[二〇]老いらくの来んとしりせば門さしてなしと答へてあはざらましを
いづれをも、人々あひともに誦し[二一]けり。次に七叟《しちそう》の歌を講じ《披露した》けり。

ぬものを「疾《と》し」（年《とし》）と言うのかも知れないが、私も今年はずいぶん年をとったものだ。『古今集』巻十七に「読人しらず」として載り、初句は「かぞふれば」。

一六 年をとり役に立たなくなってしまったといって、どうして私は我が身を責めさいなんだのだろうか。もし年をとり生きながらえていなかったら、今日のような楽しい栄えある日に遇えなかっただろうに。『古今集』巻十七に藤原敏行の詠として載る。

一七 季経をさす。

一八 難波《なにわ》の港の近所で焼いた塩の辛いことよ、その塩に劣らずからくつらく私は年をとってしまった。『古今集』巻十七に「読人しらず」として載る。「おしてるや」は、難波の枕詞。上句は序。

一九 さあ、鏡山にちょっと寄って私の姿を映してみてゆこう。年をとった私の姿が老いこんでいないかと思って。『古今集』巻十七に大伴黒主の作とする左注を伴って、載る。「鏡山」は歌枕。滋賀県蒲生郡竜王町と野洲郡野洲町との間にある山。

二〇 老年というものが私のところに訪ねて来て私を老人にしてしまうことがわかっていたのなら、私は門を固く閉ざして、「今うちにおりません」と答えて面会しないようにしただろうに。『古今集』巻十七に載る。その左注に、注一五・注一八の歌と共に、「昔ありける三人《みたり》の翁のよめるとなむ」とする。

二一 底本「り」、「暮春白河尚歯会和歌幷序」により改訂。

[一]講師《かうじ》成仲《なりなか》の宿禰《すくね》、[二]読師《どくし》頼政朝臣なり。序者《序を記す役》清輔朝臣、

[三]散る花は後の春ともまたれけりまたも来《く》まじきわがさかりはも

散位藤原敦頼、[四]一座

[五]待てしばし老木の花にこと問はん経にける年はたれかまされる

[六]大常卿《たいじやうけい》顕広王、

[七]年をへて春のけしきはかはらぬに我が身はしらぬ翁《おきな》とぞなる

[八]前《さき》の石州別駕《せきしうべつか》祝部《はふりべ》成仲、

[九]ななそぢによつ余るまで見る花のあかぬは年にさきやますらん

[一〇]李部《りほう》の侍郎《じらう》永範《ながのり》、

[一一]いとひこし老いこそ今日はうれしけれいつかはかかる春にあふべき

予《永範》、[一二]三代の侍読となり、七旬《七十》の頽齢《たいれい》に迫る。位、[一三]三品《さんぽん》に昇り、今、七叟に列す。故にこの句あり。

右京の権の大夫源頼政、

一 新作の和歌を朗誦・披露する役。
二 披露する歌を順番に講師に渡す役。
三 今こうして散って行く花は、また来年再来年と春が来れば咲く日を待つことができる。しかし私の一生の花盛りはもう決してめぐってはこないのだ。『続古今集』巻十七に載る。
四 第一の上席者。
五 ちょっと待ってくれよ。老木の桜に尋ねてみよう。積み重ねたよわいは誰が一番かと。『新千載集』巻十六に載る。
六 「大副《おおいのすけ》」の唐名。ここでは神祇官の次官。
七 何年たっても、年ごとに花が咲いて春の景色は変らないのに、何と私は若い折とは似てもつかぬ老人になってしまったことよ。
八 前石見介《さきのいわみのすけ》。「別駕」は「介」の唐名。
九 七十四歳になるまで春ごとに見てきた桜に飽きないのは、花は年々に咲いては散るが、年齢が増せば増す程花の美しさを感じとるようになるからであろう。四句、底本、「あかぬは年は」。「暮春白河尚歯会和歌幷序」により改訂。
一〇 式部大輔。「李部」は「式部省」の唐名。
一一 いやだいやだと思い暮してきた老いも、今日だけは嬉しく思う。何時これ程に楽しい尚歯会が催される春にめぐり逢うことができるだろうか。これも年をとったおかげである。賀茂重保撰『月詣集』巻七に「宮内卿永範」の詠として載る。

一四 むそぢあまり過ぎぬる春の花ゆゑになほ惜しまるる我が命かな

散位大江維光《これみつ》、

一五 年ふりてみさびおふえにしづむ身の人なみなみに立ちいづるかな

垣下《ゑんが》〔相伴の席〕の座につく人々、重家卿・季経朝臣・盛方一六・仲綱一七・政平一八・憲一九盛・允成《まさなり》二〇・尹範《ただのり》二一・頼照二二、おのおのみな歌あり。別紙にこれを注す。

この日、左馬《さま》の権《ごん》の頭《かみ》隆信二三、さはりありて〔さしつかえがあって〕来ざりけり。またの日〔翌日〕、送れりける、

二四 よはひをも道をもしたふわが心ゆきてぞともに花をながめし

返事《かへりごと》、

（敦頼）二五 思ひやる心や来つつたはれけん面影にのみ見えし君かな

大弐〔重家〕、下襲《したがさね》二六の尻をとり、皇后宮の亮《すけ》〔季経〕、沓《くつ》をはかするを感歎して、弁二七の阿闍梨《あざり》おくりける、

一二 後白河・二条・六条天皇の三代。
一三 従三位昇進は、仁安三年（一一六八）三月。
一四 六十歳を過ぎた今年の春の桜花である故に、その美しさを見るにつけ一層わが命が惜しまれることです。『従三位頼政卿集』には見えない。
一五 年をとって水の銹《さび》の生いた江に沈むように、おちぶれていましたが、今日の尚歯会にお招きいただいて人並々に出席しました。二句、底本は「みさびおふて」、「暮春白河尚歯会和歌并序」により改訂。
一六 藤原盛方。前民部少輔。時に三十六歳。
一七 源仲綱。頼政の子。時に伊豆守、四十七歳。
一八 賀茂政平。神主成平の子。この時、禰宜《ねぎ》。
一九 別名藤原敦中。道因法師の子。時に式部大輔。
二〇 祝部允成。成仲の子。時に散位。
二一 永範の孫。時に給料学生。後に文章博士・摂津守。
二二 「顕昭」の誤伝。顕輔の子、清輔・重家の弟で歌学者。『袖中抄』『古今集註』等の著者。
二三 藤原隆信。為忠の孫。似絵の名手。時に三十一歳。
二四 尚歯会に出席できませんでしたが、年の上でも歌道についてもお慕い申し上げている方々の所へ私の心はとんでご一緒に花を眺めたことでありました。
二五 なるほど尚歯会のことを思いやっている貴方の心がとんできて遊び興じたのでしょう。あの日まるであなたがそこにおられるように感じられたことでした。
二六 束帯の時、半臂《はんぴ》の下に着る衣。
二七 性阿上人。大学助藤原雅親の子。叡山僧。

[一]つるの髪かしづくことはいにしへのかせぎの園のふることぞこれ

返事、(敦頼)[二]

つるの羽《はね》かきつくろひしうれしさはしかありけりな鹿の園にも

二〇四　清輔所伝の人丸影の事

かの清輔朝臣の伝へたる人丸の影《えい》《絵像》は、讃岐《さぬき》の守兼房《かねふさ》[三]朝臣、ふかく和歌の道を好みて、人麿のかたちを知らざる事をかなしみけり。夢[四]に人丸来て、われを恋ふるゆゑにかたちを現はせるよしを告げけり。兼房、画図にたへずして《絵筆に堪能でないので》、後朝《こうてう》《次の朝》に絵師をめして教へてかかせけるに、夢に見しにたがはざりければ《夢に見た姿に相違がなかったので》、悦びてその影《えい》をあがめてもたりけるを《尊重して所持していたのを》、白河院[五]、この道《歌道》御このみありて、かの影をめして勝光[六]明院の宝蔵に納められにけり。修理《すり》の大夫《だいぶ》顕季《あきすゑ》[七]卿、近習《きんじゅ》にて所望しけれども《お願い申し上げたが》御ゆるしなかりけるを、あながちに《無理にと》申して、つひに写しと[八]

清輔の伝えた人丸の影像とその伝承

一 みなさま、鶴のような白髪の老人にかしずいておられますが、これぞ鹿野苑《ろくやおん》で釈迦が説法に立つところそのままでございます。「かせぎの園」は鹿野苑。釈迦初説法の故地。

二 年寄りの鶴の羽根をかきつくろい皆さまにお世話いただいた嬉しさはまさに昔の鹿野苑でのよろこびもかくやと思われました。「しかあり」に「然あり」と「鹿あり」とを掛ける。

三 藤原(粟田)兼房。粟田関白道兼の孫。中宮亮。讃岐守就任は、元久年間(一二〇四~〇六)。

四 夢中の人麿の姿については、『十訓抄』第四に、「……年たかき人あり。直衣に薄色の指貫、紅の下の袴をきて、なえたる烏帽子をして、えぼしの尻いとたかくて、常の人にも似ざりけり。左の手に紙をもち、右の手に筆を染めて物を案ずるけしきなり」と精細に語られている。

五 白河上皇(一〇五三~一一二九)。在位一〇七二~八六年。譲位後、長く院政を執る。鳥羽離宮を造営、『後拾遺集』『金葉集』を勅撰せしめ、『後拾遺集』等に二十九首入集する。

六 鳥羽離宮内に設けられた御堂。二〇八頁注五参照。

七 藤原顕季。母の親子《ちかし》が白河天皇の乳母であった関係から寵愛を受け、近侍した。

八 『十訓抄』には、「信茂を語らひて、書写してもたりつ。顕季卿の一男中納言[九]長実《ながざね》卿、二男参議家[一〇]保卿、この道にたへ〔歌道に才能がないと〕ずとて〔して〕、三男左京の大夫顕輔卿にゆづりけり。

兼房朝臣の正本〔原本〕は、[一一]小野の皇太后宮申しうけて御覧じけるほどに、[一二]焼けにけり。貫之が自筆の「古今」もその時おなじく焼けにけり。口惜しき事なり。されば顕輔卿本が正本になりにけるにこそ。実子なりともこの道にたへざらん者には〔歌道に才能のないような者には〕、伝ふべからず、写しもすべからず。[一三]起請文《きしやうもん》あるとかや。件《くだん》の本、[一四]保季《やすすゑ》卿つたへとりて、[一五]成実卿にさづけられけり。今は[一六]院にめしおかれて、[一七]建長の比《ころ》より[一八]影供《えいぐ》など侍るにこそ。[一九]供具《くぐ》は、家衡《いへひら》卿（経家子）のもとに伝はりたりけるを、家清卿（家衡子）伝へとりてうせてのち〔亡くなってのち〕、その子息〔盛家〕のもとにありけるも、同じ院〔後嵯峨院〕にめしおかれにけり。[二〇]長柄《ながら》の橋の橋柱にてつくりたる文台《ぶんだい》は、[二一]俊恵《しゆんゑ》法師がもとより伝はりて、後鳥羽院の御時も、御会などにとりいだされけり。一院〔後嵯峨院〕の御会に、かの影〔人丸の絵像〕の前にて、その文台にて和歌披講《ひかう》せらるるなる、いと興ある事なり。

れたりけり」と見える。

九 保安年間に二度の歌合せを主催。『金葉集』等に十首入集。長承二年（一一三三）没、五十九歳。

一〇 越前・丹後・但馬・丹波・伊予等の国司を歴任した。修理大夫。保延二年（一一三六）没、五十七歳。

一一 藤原歓子（一〇二一～一一〇二）。関白教通《のりみち》の娘。後冷泉天皇の皇后。承保元年（一〇七四）、天皇の崩御に伴い出家。以後没時まで小野の山荘に住んだ。

一二 小野山荘に起った火災によるか。未詳。

一三 神仏に対して約束したことを記した誓紙。

一四 藤原保季。顕輔の孫。季経の長男（実は重家の四男）。非参議・従三位で、承久三年（一二二一）出家。

一五 藤原成実。大宰大弐親実の子。非参議・従二位で康元元年（一二五六）出家。

一六 後嵯峨院（一二二〇～七二）。和歌に長じ、二条家の藤原為家に『続古今集』を撰進せしめた。

一七 一二四九～五六年。

一八 人麿の絵像を掲げて供養すること。詳しいその模様については、一七八話参照。

一九 供養に用いる道具。飯一坏、菓子、さまざまの魚鳥の作り物等をいう。代々の正統（顕輔、重家、経家、家衡、家清、盛家）に伝えられたようである。

二〇 歌枕である難波の長柄川の橋の古材によって作られた由緒ある文台。「文台」は、短冊等を載せる高さ二～三寸の小台。後鳥羽院が作らせたものもある。

二一 源俊頼の子。歌林苑を主催。『林葉集』がある。

二〇五　賀茂神主重保、尚歯会を行ふ事

[一]養和二年春、賀茂の神主重保、[二]また尚歯会《しやうしくわい》を行ひたりけり。七叟《七人の老人》、[三]成仲《なりなか》の宿禰《すくね》八十四・[四]勝命法師七十一・俊恵《しゆんゑ》法師七十・[五]片岡の禰宜《ねぎ》家能《いへよし》六十五・[六]祐盛《すけもり》法師六十五・重保六十四・敦仲六十二。勝命《しようみやう》法師、仮名の序書きたりけり。[七]このたびは、ことなる事なかりけるにや《格別な事はなかったのであろうか》。そもそも七叟の中に僧まじはりたる事おぼつかなし《どんなものであろうか》。

二〇六　隆信朝臣、和歌を大納言実国に贈る事

[八]高倉院の御時、八月二十日比《ごろ》に、人々神楽《かぐら》をし侍りけるが《神楽の演奏をしたところ》、いとおもしろくて《まことに上々の出来で》、名残おほかりければ《忘れがたく思い出されるので》、なが月《九月》の十日あまりの比《ころ》、隆《たか》[九]信《のぶ》朝臣のもとより、[一〇]実国《さねくに》大納言のもとへ〔歌を〕送りける、

[一一]あかぼしのあかで入りにしあか月をこよひの月に思ひいでずや

返し、

僧をもふくむ七叟をつどえて尚歯会を催した重保

一 一一八二年、春三月。
二 重継の子（一一一九～九一）。俊成門下。俊恵との親交も篤く、祐盛の協力で一一八二年、『月詣集』を完成。『千載集』等に十八首入集。
三 祝部氏。二〇三話参照。この時の歌は「むかしにもかはらぬものを花の色は老の姿のかからましかば」。
四 藤原親重。佐渡守親賢の子。美濃守。その詠歌は『月詣集』に多く収められている。
五 上賀茂神社の境内摂社片岡御子神社の神官。「家能」は成家の子。
六 一説に源俊頼の子、叡山の阿闍梨とする。『尊卑分脈』に見える俊盛の法名か。『千載集』等に入集。
七 承安二年の清輔主催の尚歯会に対していう。

八月の神楽の名残りに九月明星の歌を実国に贈って唱和した隆信

八 在位一一六八～八〇年。何年のことかは不明。
九 藤原隆信。二六一頁注一三参照。
一〇 藤原実国。嘉応二年（一一七〇）十二月、三十一歳で任権大納言。高倉院の笛の師。
一一 徹宵の神楽のおもしろさは飽きることなく、明けの明星と共に月も西の空に消えていったあの日の暁の気分を今宵の月につけて思い出されますかどうか。「あかぼし」に神楽歌の「明星」を掛けていう。

[一二]ただここにただにとこそは思ひしに逃げしは月のかひもなかりき

二〇七　中納言実国、和歌を三位中将実定に贈る事

[一三]建春門院、皇太后宮にておはしましける時、公卿・殿上人《てんじやうびと》・女房どもさそひて、[一四]大井川の紅葉《もみぢ》見にむかはれけるに、三位の中将実定[一五]卿さはる事《差し障りがあって》ありてとどまられたりければ、中納言実国[一六]卿よみてつかはしける、

[一七]もろともに君と見ぬまの紅葉《もみぢば》は心のやみの錦《にしき》なりけり

返し、

[一八]さそはれぬ身こそつらけれもみぢ葉はなにかは闇《やみ》の錦なるべき

二〇八　左衛門督実国家歌合せにおける頼政の秀歌に実国和歌を贈る事

同じ卿《実国卿》、左衛門《さゑもん》の督《かみ》にて侍りける時、家に歌合せ[一九]し侍りけるに、

一二 ただここにこのままでと思っていましたのに、あなたが逃げるように帰ってしまったのは、せっかくの美しい月の甲斐もないことでした。底本、二句「ただにとこそ」。伊木本により「は」を補う。注一一の歌と共に『前大納言実国集』に載る。

一三 平滋子（一一四二～七六）。後白河天皇の皇后。一一六一年、高倉天皇を生み、仁安三年（一一六八）、皇太后となり、翌年四月、院号宣下をうけた。

大井川紅葉見物に不参の実定に和歌を贈り唱和した実国

一四 嵐山の麓を流れる川。保津川の下流、桂川の上流。

一五 藤原実定。時に、三十歳。散位、正二位・前大納言・皇后宮大夫。三位中将時代は保元元～二年。

一六 藤原実国。時に、二十九歳、中納言。七月に左衛門督になっていた。

一七 あなたとご一緒に見ることのできなかった大井川のもみじ葉は、錦のように美しかったけれど、物足りなくて心の闇の錦のようなものでした。

一八 大井川の紅葉は闇の錦の筈はなく、まさに美しかったと思いますが、おさそい戴くことのできなかった私の身の上こそつらく思われます。

一九 嘉応二年五月二十九日催会。

頼政の「めづらしき春」の歌に感銘「雪の下水」の歌を贈った実国

[一]頼政朝臣、立春の歌に、

　[二]めづらしき春にいつしかうちとけてまづものいふは雪の下水《したみづ》

と詠み侍りけるがおもしろく聞えければ、またの朝《その翌朝》、亭主かの朝臣《実国が頼政に》のもとへ申しつかはしける、

　[三]さもこそは雪の下水うちとけめ人にはこえて見えし浪《なみ》かな

賀茂祭の勅使隆房の車に感銘　父に「色ふかき」の歌を贈った実国

二〇九　大納言実国、少将隆房の車の風流に感じ、その父隆季に歌を贈る事

少将隆房《たかふさ》[四]、賀茂の祭の使[五]つとめけるに、車の風流よく見えければ《車の飾りつけが風雅に見えたので》、またの朝、大納言実国、父の大納言隆季《たかすゑ》[六]のもとへ申しおくり侍る、

　[七]色ふかき君が心の花ちりて身にしむ風のながれとぞ見し

返し、

　[八]子を思ふ心の花の色ゆゑや風のながれもふかく見えけん

一　源頼政。時に六十九歳。

二　早く来てほしいと思っていた春が来たのか、いつの間にか雪が解け始め、春の最初の訪れを告げるように雪の下を流れる水音が聞えてくる。「左衛門督実国卿家歌合」立春・四番右歌。清輔の判で勝歌。

三　いかにも、春の訪れとともに雪が解けて、下水となって流れ始めたのでしょう。あなたの「雪の下水」の歌は、あたかもその波が岸を越えるように、他の人々の作には超えて、立ちまさって見えましたよ。

四　藤原隆房（一一四八～一二〇九）。平清盛の女婿。家集がある。

五　近衛少将・中将が任じられ、行列に従った。承安三年（一一七三）四月十七日の隆房の車には、右側に楽器・舞装束、車簾に蝶鳥の舞姿を付けた凝ったもの。

六　隆房の父。この年、権大納言・中宮大夫。

七　趣味のいい貴君の心の花が散ったとでもいうような隆房様の車の飾付けはまことに見事で、風流な尊宅の伝統の流れと深く感銘しました。「風のながれ」に「風流」と「家風（家の伝統）」とを掛ける。

八　親として子を思う心からの飾付けでしたが、それが風流な私の家の伝統と見て戴けたのでしょうか。

九　『玉葉』によれば、治承三年（一一七九）三月二

二〇　修理大夫経盛、和歌を大納言実国に贈る事

高砂辺りの船中の実国に風浪見舞の歌を贈った経盛

治承《ぢしよう》[九]の比《ころ》、人々安芸《あき》の厳島《いつくしま》へ参られけるに、風あらくて高砂《たかさご》[一〇]の辺にありと聞きて、修理《すり》の大夫《だいぶ》経盛[一一]、実国大納言のもとへ申しおくり侍りける、

[一二]とまりする湊《みなと》の風もけあしきに浪たかさごの浦はいかにぞ

返し、

[一三]高砂の浪のかからぬ折ならば風のつてにもとはれましやは

二一　仁和寺の佐法印、山吹着たる童と和歌の唱和の事

醍醐の桜会見物の折、美童二人と「花色衣」の歌を唱和した法印

[一四]仁和寺《にんなじ》の佐《すけ》の法印成海法印の師なり[一五]、わかくて醍醐《だいご》[一六]の桜会《さくらゑ》見物のついでに、寺中巡礼しけるにや、山吹《やまぶき》[一七]の衣《きぬ》きたる童二人、おなじすがたにて花見て侍りける《桜を見ておりましたのが》、いづれもいみじく《どちらもたいそう》艶《えん》に覚えければ、堪《た》へかねて歌読みかけける、

十九日。左大臣経宗、左大将実定、権大納言実房・実国、権中納言実家、さらに中納言源資賢等が官位昇進祈願のために厳島へ出立した。平氏の氏神である厳島神社に参詣することは、清盛への追従でもあった。二〇話参照。

一〇 兵庫県高砂市。高砂の松で知られた歌枕。

一一 平経盛。清盛の弟。治承三年三月には、散位、大宮権大夫で五十六歳。修理大夫就任はその年の十一月十七日。

一二 停泊する港の風も険悪の由、浪が高いという高砂の浦は如何ですか、心からお見舞申し上げます。「浪たかさご」は「浪高」と「高砂」を掛ける。

一三 高砂の浦では高い浪がかかって海が荒れておりますが、こんな折でなくては、あなたはわたしに風のつて（物のついで）にすら声をかけてはくださらなかったでしょうに（お見舞ありがとうございます）。

一四 仁和寺の法印権大僧都隆海をさすか。

一五 少納言・皇后宮亮藤原成隆の子。叔父に隆海、兄に琵琶の名手・尾張守孝定、弟に仁和寺僧仁隆、覚尋等がいる。

一六 醍醐寺の三月の行事。二五三頁注九参照。

一七 山吹色の着物。

一山吹の花色衣見てしより井手《ゐで》のかはづのねをのみぞなく

みづからかくいひかけて逃げける袖《〔童が〕》をとらへて、ちと案じて《ちょっと思案して》、則ち《すぐに》返し侍りける、

二山吹の花色衣あまたあれば井手《ゐで》のかはづはたれと鳴くらん

二三　西行法師の御裳濯歌合と宮川歌合の事

三円位《ゑんゐ》上人、昔よりみづからが詠《よ》みおきて侍る歌を抄出《抜き出して》して、三十六番につがひて《組み合せて》、四御裳濯《みもすそ》歌合と名付けて、色々の色紙をつぎて、五慈《じ》鎮《ちん》和尚に清書《浄書を願い》を申し、六俊成《しゅんぜい》卿に判の詞を書かせけり。また一巻をば七宮川歌合と名づけて、これもおなじ番《三十六番》につがひて、八定家《ていか》卿の五位の侍従にて侍りける時、判せさせけり。諸国修行の時も九おひに入れて身をはなたざりけるを、一〇家隆卿のいまだわかくて、坊城《ばうじやう》の侍従とて一一寂蓮《じやくれん》が聟《むこ》にて〔寂蓮の家に〕同宿したりけるに、〔円位が〕尋ね行きていひけるは、「円位は往生の期《ご》すでに近付き侍りぬ。この歌合せは愚詠《私の詠んだ歌を集めましたが》をあつめたれども、

両歌合せに俊成定家の判を乞い家隆の才を見抜いて託した西行

一　山吹の花の色の衣を着た美しい童姿のあなたをお見かけしてから、井手のかわずのように、私は慕わしくてひとり泣いております。「井手」は京都府の井手町で、「山吹」や「かはづ」（河鹿）の歌枕。

二　山吹の花の色の衣を着た童は大勢おります。井手のかわずのように泣いているとおっしゃる貴方は誰のことを思って泣いておられるのですか。

三　西行の名で知られる佐藤義清《のりきよ》（一一一八～九〇）の別の法名。西行には、大宝房の法名もあった。

四　「御裳濯河歌合」。伊勢の内宮に奉納するために編まれたもの。御裳濯川は五十鈴川の異称。西行の晩年、一一八七年以後に成立。自選歌七十二首を、左・山家客人、右・野径亭主による歌合せに構成した。

五　慈円（一一五五～一二二五）。九条兼実の弟。後鳥羽院の和歌所寄人。『新古今集』に九十二首入集。

六　藤原俊成（一一一四～一二〇四）。『千載集』の撰進時にあった。「御裳濯河歌合」に、判詞の他に歌合せの沿革・西行との親交についての文も寄せた。

七　自選歌七十二首を、左・玉津島海人、右・三輪山老翁の両名の歌合せとしたもの。一一八九年の成立。「宮川」は五十鈴川の異称。

八　藤原定家（一一六二～一二四一）。「宮川歌合」には、判詞の他に跋文も寄せている。

秘蔵《ひさう》の物なり。末代《まつだい》に貴殿ばかりの歌よみはあるまじきなり《あなたほどの歌人は二人と出るはずがありません》。おもふところ侍れば、付属したてまつるなり《お譲り申しあげるのです》」といひて、二巻の歌合せをさづけけり。げにもゆゆしく《まことに見事に》ぞ[一二]相《さう》したりける《判断したものである》。

かの卿《家隆》、[一三]非重代《ひぢゆうだい》の身なれども、よみくち《歌の詠みよう》、世[一四]のおぼえ人にすぐれて、「新古今」の撰者《せんじや》に[一五]加はり、重代の達者定家卿に[一六]つがひてその名をのこせる、いみじき事なり。まことにや、後鳥羽院はじめて歌の道御沙汰ありける比《ころ》、[一七]後京極殿《ごきやうごくどの》に申し合せまゐらせられける時《ご相談なされました時》、かの殿奏せさせ給ひけるは、「家隆は末代の人丸にて候ふなり。彼が歌をまなばせ給ふべし」と申させ給ひける。これらを思ふに、上《円位》人の相せられける事思ひ合せられて目出たくおぼえ侍るなり。かの二巻の歌合せ、[一八]小宰相《こざいしやう》の局《つぼね》のもとに伝はりて侍るにや《伝わっておりましょうか》。

御裳濯《みもすそ》歌合の表紙に書き付け侍るなる、

(円位)

[一九]藤浪《ふぢなみ》をみもすそ川にせき入れて百枝《ももえ》の松にかけよとぞ思ふ

返し、俊成卿、

九 笈。底本「おい」、伊木本により改訂。

一〇 藤原家隆。一一八九年には、三十二歳。

一一 藤原定長。俊成の養子。和歌所寄人、『新古今集』の撰者の一人。

一二 家隆の歌人としての秀れた器量を見抜いたこと。

一三 代々すぐれた歌人を出し続けている家柄の出身ではないこと。家隆は権中納言光隆の次男。曾祖父因幡《いなばの》守《かみ》隆時がわずかに歌人の名を残しているのみ。

一四 底本「の」を欠く。伊木本により補う。

一五 建仁元年（一二〇一）七月、和歌所寄人となり、十一月、後鳥羽院の院宣によって『新古今集』の撰者の一人に加えられた。

一六 匹敵する歌人として。双璧として。

一七 藤原良経（一一六九～一二〇六）。関白兼実の子。摂政・太政大臣に至る。俊成門下。後鳥羽院の信任篤く、和歌所の筆頭であり、『新古今集』の仮名序も執筆した。『新古今集』に七十九首入集。

一八 家隆の娘。土御門院小宰相。後鳥羽天皇の后で土御門天皇の生母在子に仕えたので、承明門院小宰相とも称した。『続後撰集』等に三十五首入集。

一九 御裳濯川の川波にも似た藤波（藤の花）を、伊勢大神宮の名木百枝の松に懸けるように、私が今日まで詠みためておいた歌草に俊成卿が判詞を加えてくださったものを、すべて集めて、大神宮に奉納させて戴きたいと思います。

一 藤原氏ももとは大中臣《おおなかとみ》氏で、いわば天照大神の御子孫同様なのですから、その末流である私もあなたにあやかって、大神宮の御神慮に掛けて戴きたいと思います。五句、「御裳濯河歌合」では、「松のもも枝に」。

二 あの和歌の浦の海辺のあまの藻汐木《もしおぎ》を焼く製塩の火に、さらに藻汐木を添え加えて焼き上げるように、わたしを西方浄土へ導いて戴く御約束の上に添えて、あなたのお歌にわたくしの判詞を添え加えて置きましょう。五句、「御裳濯河歌合」では「もしほ木」。

三 この仏道というものがたいへん悟り難いものであることを思うにつけても、あなたの胸の蓮の花が開いたならば（悟りを開いたならば）、まっ先に私のことを尋ねて導いてください。

四 和歌浦で藻汐木を重ねて焼くように、和歌の世界で重々親しくおつきあいしてきたあなたとの間柄の深さを、私の歌に対してあなたが書き付けてくださった判詞によって改めて知りました。「たくも」は塩をとるために焼く海草。

五 私が開悟して真如《しんにょ》の境《きょう》に達したならば、あなたをお尋ねする前に、私自身の言葉に美しい色が添うでしょう。しかし、まだとてもそこまでは達してはおりません。五句、「御裳濯河歌合」では、「そむべき」。

六 俗名貞慶《じょうけい》。少納言貞憲の子。能説家、安居院の澄憲の甥。六一話参照。

素行不良の従僧信濃を歌によって退散させた解脱上人

一藤なみもみもすそ川の末なればしづ枝もかけよ松のもと葉に

また二首をそへて侍りける。同じ卿、

二契りおきしちぎりの上にそへおかん和歌のうらぢのあまのもしほ火

三この道のさとりがたきを思ふにもはちすひらけばまづたづねみよ

返し、上人、

四わかの浦にしほ木かさぬる契りをばかけるたくものあとにてぞしる

五さとりえて心の花しひらけなばたづねぬさきに色ぞそふべき

二三　解脱上人、思ひ余りての詠歌の事

六解脱《げだつ》上人のもとに、七信濃《しなの》といふ僧ありけり。いまいましきえせ者（腹立たしいほど性根の悪い者）にてなん侍りけれども、上人慈悲によりておかれたりけれども、思（思案）

ひあまりてや《にあまってか》、硯《すずり》のふたに歌を書かれたりける、

[八]おそろしや信濃うみけんははきぎのそのはらさへにうとましきかな

この僧、この歌を見て、あからさまに立ちいづるやうにて《ただなんとなく出ていったように見えてそのまま》、ながく失せにけり。さすがに恥はありげにこそ《恥じる心はあったようだ》。

二四　前右大将頼朝、自筆の和歌にて下文を賜る事

[九]鳥羽の宮、天王寺の別当にて、かの寺の[一〇]五《ご》智光院《ちくわうゐん》に御座ありける時、鎌倉の[一一]前《さき》の右大将[一二]参ぜられたりけり。[一三]三浦十郎左衛門義連《よしつら》・[一四]梶《かぢ》原景時《はらかげとき》ぞ供には侍りける。御対面の後、退出の時、[一五]尩弱《わうじやく》の尼一人いできたり、右大将に向ひて、ふところより[一六]文書を一枚とりいだして云はく、「和泉《いづみ》の国に[一七]相伝《さうでん》の所領の候ふを、人に押し取られて候ふを《無法に奪い取られましたのを》、[一八]沙汰し候へども《訴訟しておりますが》、身の尩弱に候ふによりて事ゆかず候ふ《思うように参りません》。たまたま君《頼朝》御上洛《ごしやうらく》候へば、申し入れ候はんと仕り候へども、申しつぐ人《取り次ぐ人》

七　伝未詳。

八　恐ろしいことだ。信濃国の園原には帚木《ははきぎ》があるということだが、信濃という男を生んだ母親のその腹までもうとましく思われる。「ははきぎ」に「帚木」と「母」を、「そのはら」に「園原《そのはら》」と「その腹」を掛ける。

九　後白河天皇の皇子。定恵。初め園城寺に入った。天王寺別当就任は、寿永三年（一一八四）二月。

一〇　四天王寺内の灌頂堂と通称される一院。本尊は大日如来。「五智光」は、大日如来の五種の知恵の光をいう。鎌倉将軍家代々の霊牌を安置することになり、後には、御霊屋《おたまや》とも称した。

一一　源頼朝。建久元年（一一九〇）、権大納言・右大将、翌年、任征夷大将軍。

所領安堵を直訴した尼に我が扇に和歌を記し下文として与えた頼朝

一二　建久六年五月二十日、三月に上洛していた頼朝は北条政子以下を伴って参詣した（『吾妻鏡』）。

一三　三浦義明の子。将軍の行列の先陣の一員であった。

一四　景清の子。鎌倉幕府の要職（侍所所司・厩別当）を歴任し、この時は、行列の後陣の奉行であった。

一五　弱々しい様子の尼。

一六　地頭職の本領安堵状をさすか。

一七　代々伝えられてきた領地。

一八　底本「御こし」、他本により改訂。

も候《さぶら》はねば、ただ直《ぢき》に見参に入り候はんとて〔直接にお目にかかろうと思いまして〕参りて候ふ」とて、その文書を捧《ささ》げたりければ、大将みづからとりて見給ひけり〔自身が受け取って読まれた〕。「文書のごとく、一定《いちぢやう》相伝の主にてあるか〔確かに所領を伝えられた当人であるか〕」と問はれければ、「いかでか〔どうして〕偽《いつは》りをば申しあげ候ふべき。御尋ね候はんに〔お尋ね下されば〕、さらにかくれあるまじ〔少しもあやしいところはないはずです〕」と申しければ、義連に「硯《すずり》たづねて参れ〔捜してまいれ〕」と仰せられて、尋ね出して参りたりければ、墨をしすりて筆染めて、うち案じて、わが〔自分が〕持ち給ひたりける扇に〔お持ちになっていた扇に〕一首の歌を書き給ひける。

[一]いづみなる信太《しのだ》の杜《もり》のあまさぎはもとの古枝《ふるえ》に立ちかへるべし

かく書きて、義連に「これに判[二]加へ[三]て尼にとらせよ」とて、なげつかはしたりければ、義連、判加へて尼にたびて〔与えた〕けり。年号月日にもおよばず〔年号月日を記すまでもなく〕、右大将殿自筆の御書下しなれば子細にやおよぶ〔文句の出ようはずがなく〕、もとのごとく、かの尼領知《りやうち》[四]しけるとぞ[五]。

その後、右大臣[六]家の時、件《くだん》の尼がむすめ、この扇の下文《くだしぶみ》[七]をささげて沙汰に出て侍りけるに〔訴え出ましたところ〕、年号月日なきよし[八]奉行いひけれども、か

＊ **歌徳説話再説**　歌徳説話においては、必ずしも歌のよしあしによらず、その歌の効果が問題となる。そして歌を詠んだ人自身が幸福になり、願望が達せられるのが一般だが、雨乞いの場合などのように、干天に苦しむ人々が雨に恵まれることになるものもある。この二一四話の頼朝の「いづみなる信太の杜のあまさぎ」の歌も、尼と尼鷺の掛詞というだけで、何の変哲もないが、将軍直筆の威光によって、一人の弱い尼に、横領された和泉国の所領が返還されるという歌徳は印象深い。二一八話の家隆の歌も「十三日」を詠み込んだまでだが、行意僧正の病気回復に大きく貢献した。

一 和泉なる信太の森の尼鷺はもとの古枝に立ち帰るのがよい。尼は相伝の所領を公認され、そこに住むがよい。「信太の杜」は、大阪府和泉市にあった森。尼鷺は、若鳥のうちは喉から頭にかけて赤く、頭の長い鷺で、後には全身白色となる。近江辺に生棲した。

二 書き判（花押《かおう》）を加えること。義連が証人として署名・書き判をしたことをいうか。

三 底本「へ」を欠く。伊木本により補う。

四 領有し、支配すること。

五 底本「て」。文意の上から改訂。

六 源実朝（一一九二～一二一九）。頼朝の子。建仁三年（一二〇三）、任征夷大将軍。建保六年（一二一八）十二月、右大臣に昇進した。

七 官・庁発行の証拠の文書。ここは将軍が所領主に

の自筆その[九]かくれなきによりて[一〇]安堵《あんど》しにけり。件《くだん》の扇、[一一]檜《ひ》の骨ばかりは彫《ゑ》りて、そのほかは細骨にてなん侍りける。まさしく見たるとて《たしかに見たといって》、人の語り侍りしなり。

二二五　右大将頼朝、北条時政と連歌の事

同じ大将《頼朝が》、[一二]守山にて狩せられけるに、いちごのさかりになりたるを見て、供に[一三]北条《ほうでう》四郎時政が候ひけるが、連歌をなんしける。

[一四]もる山のいちごさかしくなりにけり

大将、とりもあへず《間をおくこともなく》、

[一五]むばらがいかにうれしかるらん

二二六　生侍の許にて草売り詠歌の事

或るなま[一六]侍がもとに、[一七]草を売りてきたりけるを、「ただいまかはり《代金が》なかりければ《ないので》、その草かしおけ。かはりは後にとれ《代金は後で払うからとれ》」といひける

宛てて書き与えた文書をいう。
八 ここは、鎌倉幕府で、訴訟の裁判に当った引付衆。
九 頼朝のものに紛れもないこと。
一〇 所領の領有権を幕府から承認されること。
一一 扇の両外側の太い骨は、檜で彫刻が施してあり、内側の骨は彫刻のされていない細い檜の骨でありました、ということか。
一二 伊豆の国北条の時政の館の南にあった丘をさす。
一三 頼朝の義父、政子の父（一一三八～一二一五）。頼朝の伊豆流謫時代からの庇護者。一一八五年義経逮捕を口実に大挙上京し、守護・地頭の設置を実現させるなど、鎌倉幕府の創成期に大きく貢献した。

守山の狩の折頼朝の立身を苺にたとえて連歌を唱和した時政と頼朝

一四 守山の地のいちごが成熟時を迎えたことだ、の意と、自分の養育する大人物が今や生涯の盛時を迎えている、の意をこめた。「もる」に、「守山」と「守り育てる」を、「いちご」に「苺」と「一期」を掛ける。
一五 （実がつき）茨《いばら》がどんなに嬉しがっていることか、の意と、乳母達がどんなに喜んでいることか、の意をこめた。「むばら」に、「茨」と「乳母等」を掛ける。

代金を貸しておけと言われ「あさましや」と詠んだ草売り

一六 官位の低い若い侍。
一七 秣《まぐさ》。馬の飼料とする草。

を、草うりうち聞きて、

一 あさましやかりとはいかに朝ごとに草にかけたる露の命を

二七 藤原家隆、土御門院御百首の合点を藤原定家に乞ひ、また後嵯峨院の百首に感涙を流せる事

二 土御門院《つちみかどゐん》、はじめて三 百首をよませおはしまして、宮内卿四 家隆朝臣のもとへ見せにつかはされたりけるが、あまりに目出たく不思議におぼえければ、御製のよしをばいはで、なにとなき人の詠のやうにもてなして、五 定家朝臣のもとへ六 点を請ひにやりたりければ、七 合点して褒美《ほうび》の詞など書き付け侍るとて、懐旧の御歌を見侍りけるに、

八 秋の色をおくりむかへて雲のうへになれにし月も物わすれすな

この御歌に、はじめて御製のよしを知りて、おどろきおそれて、裏書にさまざまの述懐の詞ども書き付けて、よみ侍りける、

九 あかざりし月もさこそは思ふらめふるき涙も忘られぬ世に

誠にかの御製は、およばぬ者の目にもたぐひ少なくめでたくこそ覚

すばらしくて信じがたく思われたので
格別どうということのない人の作のようによそおって
懐旧と題する御歌
かしこまって
歌に堪能でない者が見ても例の少ないすばらしい出来の作と思われます

一 朝ごとに露は草に命をかけて宿りますのにその草を刈るとは無残な、私も草を売ることに命をかけて生きています。それを借りにするなど、殺生なことはおっしゃらないで下さい。「かり」に、「刈り」と「借り」を掛ける。朝・草・命は「露」の縁語。

二 後鳥羽天皇の皇子（一一九五～一二三一）。注三の『御百首』のほか、承久の乱以後の作を収めた『土御門院御集』がある。

土御門院御百首のすばらしさに驚き、定家の合点を乞うた家隆

三 『土御門院御百首』をさす。建保四年（一二一六）三月成立。家隆・定家の点、定家の詞・裏書がつく。

四 建保四年には、非参議・宮内卿で、五十九歳。

五 建保四年には、参議・治部卿で、五十五歳。

六 作品の批判・添削・評価等を求めること。

七 良歌に爪《つめ》や墨で点をつけ、批評を記《しる》すこと。

八 年毎の秋の美しい景色を送り迎えて、宮中で親しんだ月よ、どうか長の年月馴れ親しんだ私のことを忘れないでほしい（私もお前のことは忘れないから）。『続後撰集』巻十八、『増鏡』おどろの下に載る。

九 院と飽かずお別れした月も、懐旧の涙忘れ難く、さぞかし当時のことどもをあれこれと思っていることでしょう。『増鏡』おどろの下に載る。ただし、五句「忘られぬ世を」。

後嵯峨院御幼時の百首に感泣した家隆

え侍れ。管絃《管絃の音につれて》のよくしみぬる時は《深い感銘を与えている時には》、心なき草木のなびける色までも《なびき従う気配までも》かれに従ひて見え侍るなるやうに、何事も世にすぐれたる事には、見知り聞き知らぬ道のことも耳にたち《耳に残り》心にそむは《心にしみるのは》、ならひなり《世の常のことである》。

一〇 当院の御製も昔に恥ぢぬ御事にや。そのゆゑは、そのかみ、一一 御めのとの大納言のもとにわたらせおはしましける比《ころ》《お住まいになっていらっしゃった頃》、はじめて百首をよませおはしましたりけるを、大納言《通方》感悦のあまりに、密々に一二 壬生《みぶ》の二品《にほん》のもとへ見せにつかはしたりけり。二品、御百首のはし《初めの部分》、春の程ばかりを見て《春の歌のところだけを見て》、見もはてられず《終りまで読み通されず》前にうちおきて、はらはらと泣かれけり。ややひさしくありて、涙をのごひていはれけるは、「あはれに《まことにもって》不思議なる御事かな。一三 故院の御歌にすこしもたがはせ給はぬ」とて、ふしぎの御ことに申されけり。その時は《〔後嵯峨天皇が〕》、いまだむげにをさなくわたらせ給ひける御事なり《ずいぶんご幼少でおいでなされた折のことである》。まして当時の御製《現今の御詠は》、さこそめでたき御ことにて侍らめ《さだめてご立派なことでありましょう》。かの卿《通方》、いまだ存せられたらましかば《ご存命であられたならば》、いかに色をもそへて《見事な言葉を加えて》目出たがり申されましと、哀れに覚え

一〇 後嵯峨天皇（一二二〇～七二）。土御門天皇の皇子。一二四六年譲位。後、二十七年間、院政を執った。深く仏教に帰依し、和歌に秀れ、『続後撰集』等に入集。また、藤原為家等に『続古今集』を撰進せしめた。

一一 少年期の後嵯峨天皇を養育した源通方《みちかた》。天皇の母方の祖父通宗の弟。土御門大納言と号した。暦仁元年（一二三八）没、五十歳。

一二 藤原家隆をさす。

一三 亡くなられた先の院、すなわち土御門院。

＊ **歌学書と和歌説話** 歌学書に例話として和歌説話が数多く含まれていることは周知の通りで、『奥義抄』『袋草紙』『和歌童蒙抄《どうもうしょう》』『無名抄』『井蛙《せいあ》抄』など説話研究の側から研究すべき書物が少なくない。一例を挙げれば、『無名抄』の登連法師のますほのすすきの話は、当時和歌説話として歌人の間にひろく知られていたらしく、兼好は『徒然草』一八八段に無常の世に寸陰を惜しむべしとする例話に適切に引いている。この二一七段の土御門院（新院）の御歌を宮内卿家隆が京極中納言定家のもとに送って定家が感嘆したことは『井蛙抄』にも見えるが、家隆や定家に関する和歌説話は『十訓抄』『著聞集』『今物語』などの他、歌学書の『井蛙抄』『桐火桶』『愚秘抄』『徹書記物語』などに多数収載されている。

侍り。

二八　松殿僧正行意の夢に鬼神家隆の歌を詠吟の事

赤痢を病み夢に鬼神家隆の長月の歌を詠吟すると見て病癒えた行意

[一]松殿の僧正行意《ぎやうい》、赤痢病を大事にして《こじらせて》、存命殆《ほとん》どあぶなかりけるに、ちとまどろみたる夢に《うとうと眠った折の夢に》、[二]志貴《しぎ》の毘沙門《びしやもん》へ参りたりける。[三]御帳《みちやう》の戸を押しあけて、よに《まことに》おそろしげなる鬼神出でて、僧正を「やや」《やあやあ》と呼び申しければ、おそろしながら見向きたりければ、鬼神、一首の和歌を詠みかけける、

　[四]長月《ながつき》の十日あまりのみかの原川浪《かはなみ》きよくすめる月かな

詠吟のこゑ、堪《た》へずめでたく心肝にそみて《心にしみて》覚えけるほどに、夢さめぬ。その後、病たちまちやみて、例のごとくになりにけり《いつもの健康な状態に復したのであった》。この歌、[五]建保元年九月十三夜、内裏《だいり》の百首の御会に、「河の月」を家隆卿つかうまつれるなり《お詠みになったのである》。かの卿の歌は[六]諸天も納受し給ふにこそ。不思議の事なり。

一　園城寺《おんじやうじ》の僧（一一七七～一二一七）。山階《やましな》と号した。摂政関白藤原基房（松殿）の子。大峰・那智に修行、験徳顕著といわれ、一二〇六年、土御門天皇の護持僧、一二一六年、園城寺長吏となった。

二　信貴山寺。真言宗の寺院、朝護孫子寺とも。奈良県生駒郡平群町信貴山にあり、毘沙門天（多聞天）を本尊とする。

三　毘沙門天像の安置所の扉。

四　九月十日あまり三日、瓶《みか》の原《はら》あたりの和泉川《いずみ》（木津川）の川浪に映じて清く澄み渡っている十三夜の月であることよ。「みかの原」は、京都府相楽郡加茂町の地、和泉川（木津川の古称）の北岸にあり、聖武天皇の恭仁《くに》の京の故地。

五　一二一三年。時に家隆は五十六歳。ここは百首歌であるが、順徳天皇の建保期は、内裏歌合せの最盛期といわれるほどに歌会の催しが多かった。底本「元」を欠く。伊木本にて補う。

六　仏法を守護する天上界の神々。

七 土御門天皇の皇后、麗子（一一八五〜一二四三）。太政大臣藤原頼実の娘。承元四年（一二一〇）三月、女院号宣下。本話は、一条兼良《かねら》『古今集童蒙抄』では、後鳥羽院が、定家・家隆に『古今集』中の秀歌を尋ねた折の話となっている。

八 中宮となったのは、元久二年（一二〇五）七月。

九 有明の月が空にさりげなくかかっているように見えたあの朝、あなたが私を平然と拒絶なさった。あの有明の別れがあってからというもの、私には暁時ほどつらく悲しいものはない。『古今集』巻十三に、「題しらず　壬生忠岑《みぶのただみね》」として載る。忠岑は、『古今集』撰者の一人。

一〇 藤原孝道。琵琶藤三と称された琵琶の名手孝博の孫。楽所預・尾張守。後鳥羽院の琵琶の師、定輔の好敵手。

一一 建久九年（一一九八）一月の土御門天皇への譲位をさす。

一二 塵などは絶対につけまいとお預かりしたこの琵琶を奉るにつけても昔からの御庇《ひ》護を思い老いの涙を拭うことでございます。「四つの緒」は四絃で、琵琶をいう。

六事の題に「有明の」の古歌を書いて奉った定家と家隆

御譲位の折お預かりした琵琶に歌を付けて院に奉った孝道

二二九 陰明門院中宮の時、六事の題を賜り、定家・家隆同じ古歌を書きて参らせたる事

陰明門院《おんめいもんゐん》[七]、中宮[八]の御時、六事の題を出して《六つの題を出して》人々に思ふ事を書かせられけり。定家卿・家隆卿なども同じくめしけるに、古歌に、

有明[九]のつれなくみえし別れよりあか月ばかりうきものはなし

この歌を両人おなじく書きて参らせたり。同心のほど、いと優《いう》に興あるよし、その沙汰ありけるとぞ。

二三〇 後鳥羽院の御時、木工権頭孝道琵琶に付けて和歌を奉る事

後鳥羽院の御時、木工《もく》の権《ごん》の頭《かみ》孝道[一〇]朝臣《あそん》に御琵琶《おんびは》をつくらせられけるを、世かはり[一一]にける時、やがて《そのまま》その御琵琶をかの朝臣に《孝道に》預けられたりけるを、程へて御尋ねありければ、御琵琶につけて奉りける、

ちり[一二]をこそすゑじと思ひし四《よ》つの緒《を》に老いの涙のごひつるかな

三一　順徳院御位の時、藤原知家の和歌叡感を蒙る事

（詠歌が叡感を蒙り、厚紙を賜った知家）

一順徳院御位の時、当座二の歌合せありけり。作者の名をかくして衆《しゅう》三議《ぎ》判《はん》にて侍りけるに、「古寺の月」といふことを知家四朝臣つかうまつりける、（お詠みになった）

五昔おもふたかのの山のふかき夜に暁《あかつき》とほくすめる月かげ

この歌叡慮《えいりよ》にかなひて頻《しき》りに御感ありけり。（たいへん感心なさった）厚紙（鳥の子紙）を懸物《かけもの》六に積まれたりけるに、事はてて人々まかりいでけるに、（歌合せの催しがすんで参会者が退出した時に）蔵人《くらうど》左兵衛の権の少尉《せうじよう》七橘親季《ちかすゑ》を御使《みつかひ》にて、知家朝臣いでけるに追ひつかせて、「古寺の月の歌殊《こと》に叡感あり。よりて八勅禄をたまふなり」とて、かさねて紙をたまはせけり。知家朝臣申しけるは、忝《かたじけな》く勅禄に給はる紙、いかでか私用つかまつるべき、（どうして自分の事に用いられましょうか）明日やがて（さっそく）九住吉の御幣《おんぬさ》に奉るべきよし、披露すべきよし申して、（［院に］申し上げる旨）まかりいでにけり。

一 後鳥羽院第二皇子。在位一二一〇〜二一年。
二 事前に作った歌でなく、その場で詠じる歌による歌合せ。
三 歌合せで、勝負の判定を、特定の判者によらず、多数の参加者が行う方式。
四 藤原知家（一一八二〜一二五八）。正三位・中宮亮。法名蓮性。定家に師事したが、定家の子の為家には批判的であった。
五 弘法大師以来の長い伝統が想い起される高野山の夜は深く、暁まで遠く全山に澄み渡っている月光のすばらしさはたとえようもない。『後撰集』巻十七に、「古寺の月といへるこころを」の題で載る。「たかのの山」は、和歌山県伊都郡高野山。空海が弘仁七年（八一六）に金剛峰寺を創建した。
六 歌合せの勝者への褒賞の品。
七 『琵琶血脈』に、藤原孝道の弟子として「散位橘親季」の名が見える。『蔵人補任』嘉禄元年（一二二五）の条に、右近将監として見える橘季長の縁者か。
八 天皇からの褒美。
九 和歌の神である住吉神社へ幣帛に作って奉納しよう、ということ。

三三　西音法師の秀歌叡感を蒙り、後鳥羽院の宸筆を賜る事

[一〇]西音《さいおん》法師は、昔後鳥羽院の[一一]西面《さいめん》に平時実《ときざね》とて、をさなくより候ひし者なり。[一二]世かはりて後、[一三]嘉禎《かてい》の比《ころ》、五十首の歌をよみて、[一四]遠所の御所に[一五]藤原友茂が候ひけるに送りたりけるを、君《後鳥羽院》聞しめして叡覧ありて、みづから十余首の御点をくだされける中に《ご選歌をなされた中に》、

[一六]見ればまづ涙ながるる水無瀬川《みなせがは》いつより月のひとりすむらん

この歌をことにあはれがらせおはしましけりとぞ。さて御自筆に、[一七]阿弥陀《あみだ》三尊を文字にあそばしてくだし《〔西音に〕》給はせける、今に忝《かたじけな》き御かたみとて、常に拝みまゐらせ侍るとなん。

三四　法深房孝時、父孝道と不快の比、笛を取り返されて出家を遂げる事

[一八]法深房、そのかみ《その昔》、父の朝臣《孝道と》と不快の比《ころ》《不仲だった頃》、譲り得たりける笛[一九]大穴を取り返されける時、[二〇]うれへなげきて詠み侍りける、

一〇　歌人。俗名平時実。ただし、権大納言平時忠の長男とは別人。『続古今』以下『新千載集』までの勅撰集に七首入集。
一一　西面の武士。後鳥羽院が新設した院警護の武士。
一二　承久の乱後、鎌倉方の世に替ったことをさす。
一三　一二三五～三八年。四条天皇の時代。
一四　後鳥羽院の配所、隠岐《おき》国阿摩郡の御所。
一五　嘉陽門院（後鳥羽院の第二皇女礼子）の判官代。後鳥羽院に従って隠岐にあった能茂の子。
一六　水無瀬川を見ると何よりもまず涙が流れてくる。上皇が隠岐に配流されて、この水無瀬の離宮は何時から月だけがひとりすむようになったのであろうか。『続千載集』巻十八に載る。「水無瀬川」は、天王山の麓、旧水無瀬離宮（大阪府三島郡島本町）の辺を流れ、宇治川・桂川の合流点近くの淀川に注ぐ川。
一七　図像の代りに、「阿弥陀如来・観音菩薩・勢至菩薩」と並べて文字で書いたもの。
一八　藤原孝時の法名。孝道の子。蔵人・右馬助。
一九　「長慶が大穴」とも。小枝《さえだ》・蟬折《せみおれ》などと共に知られた笛の名器。
二〇　底本「こ」。伊木本により改訂。

隠岐に奉った歌が叡感に与り、宸筆を賜った西音

父と不仲となり詠歌出家した孝時

一思ひ出のふしもなぎさにより竹のうきねたえせぬ世をいとふかな

やがてその比《ころ》出家をとげてけり。二うきはうれしき善知識となりにけり。

二三四　藤原家隆七十七歳の七月、九条前内大臣良通の許に和歌を贈る事

三家隆卿七十七になられける年、七月七日、四九条の前《さき》の内大臣のもとへつかはしける、

五思ひきや七十七の七月《ふみづき》のけふの七日にあはんものとは

さだめて返しありけんかし。尋ねてしるすべし。

きっと返事があったことだろうよ

見つけ出して書き加えたい

二三五　後嵯峨天皇、雪の暁に冷泉前右府に御製を賜ふ事

六寛元元年二月九日、雪三寸ばかりつもりたりける暁、七冷泉《れいぜい》の前《さき》の右府《うふ》参内《さんだい》し給ひける。雪の降りかかりたる松の枝を折りて御硯《すずり》の蓋《ふた》

一　楽しい思い出もなく、渚《なぎさ》に流れ寄る竹の浮き根のような憂い事の絶えないこの世を厭うてわたしは出家する。「より竹」は流れ寄った竹。「なぎさ」に、「無き」と「渚」を、「うきね」に、「憂き音」と「浮き根」を掛ける。「ふし（節）」と「より竹」は縁語。

二　笛を取り返されてつらかった事が、かえって喜ばしい出家をうながす機縁となったのであった。「善知識」は、ここでは人を仏道に導く良い機縁をいう。

三　天福二年（一二三四）のこと。時に、非参議・正三位であった。翌々年、出家。定家は、天福元年十月に出家していた。

七十七歳のよろこびを詠じた家隆

四　藤原良通。この時、既に故人。ここは久我前内大臣（源通光）か。

五　七十七歳の七月の今日の七日に生きてあえるだろうなどと思ったであろうか。まったく思ってもみなかった長生きのよろこびである。

六　一二四三年。ただし、仁治四年から寛元元年への改元は、二月二十六日。

七　西園寺実氏。太政大臣公経の子。時に五十歳。

八　後嵯峨天皇が御自身の詠歌を。

「九重に」の御製に「かしらの雪」の返歌を奉った実氏

九　後嵯峨院大納言局。正二位・大納言源通方の娘。

一〇　藤原（西園寺）実氏をさす。

におきて、八御製を紅《くれなゐ》の薄様《うすやう》に書かせおはしまして結びつけて《お書きあそばされて〔その松の枝に〕》、九大納言の二位殿して一〇大臣《おとど》に給ひける、

一一九重《ここのへ》に降りかさなれる白雪はこれや千年《ちとせ》の松のはつ花

大臣《おとど》、一二中宮の御かたへ参りて、御硯を申しいだして《拝借して》、一三尾張の内侍をして御返事を奉られける。

一四降りかかるかしらの雪を払はずはかかるみことの色を見ましや

三六 前太政大臣西園寺実氏、五代帝王の御筆を後嵯峨上皇に献上の事

一五宝治元年二月二十七日、一六西園寺《さいをんじ》の桜盛りなりけるに、一七御幸なりて御覧ぜられけり。一八大臣《おとど》、さまざまの御贈物《おんおくりもの》を奉られけるうち、一九五代の帝王の御筆を参らせらるるとて《ご宸筆を献上されるについて》、

二〇つたへきく聖《ひじり》の代々のあと見てもふるきをうつす道ならはなん

御返し、

二一知らざりし昔に今や帰るらんかしこき代々のあとならひなば

一一 宮中に降り積った白雪は、これこそ千年の長寿を保つ松の初花である。「はつ花」は、その年の春の最初に咲く花をいうが、ここでは、珍しくめでたい松の初花という点が強調されている。

一二 実氏の娘姞子。大宮院。後深草・亀山両天皇の生母。後嵯峨天皇の中宮になったのは、一二四七年。

一三 尾張守藤原孝道の娘。聞えた琵琶の名手。

一四 白髪になった頭に降りかかる今日の雪を払うように齢を重ねなかったら、只今のようなありがたい御言葉を拝することはなかったでありましょう。

一五 一二四七年。寛元四年から宝治への改元は、二月二十八日。『続後撰集』は宝治二年とする。

一六 西園寺実氏邸。現在の金閣寺の地。

一七 後嵯峨院（時に二十八歳）が臨幸されて。

一八 実氏はこの時、散位、前太政大臣で五十四歳。

五代帝王の御筆を献上、「知らざりし」の御製を賜った実氏

一九 『続後撰集』の詞書は「代々のみかどの御本」。

二〇 昔から伝え聞く聖天子のご手跡を拝見するにつけ、昔の立派なご治世のことを映す鏡として歴史の跡に倣って戴きたいと存じます。『続後撰集』巻二十、『増鏡』に載る。ただし、三句「あとを見て」。

二一 昔の賢いご聖代のご手跡に倣ったならば、今からでも知らなかった昔の聖代に帰ることになるであろう。『続後撰集』『増鏡』は三句「帰りなん」。

この事、昔は天暦《てんりやく》[1]の御門《みかど》いまだ御子にておはしましける時、貞信[2]公の御もとにわたらせおはしましたりける時《おでましになられた時》、〔貞信が〕御贈物に御手本参らせられける時、[3]

君[4]がため祝ふ心のふかければ聖《ひじり》の御代にあとならへとて

御返し、

（村上天皇）をしへ[5]おくことたがはずは行末《ゆくすゑ》の道遠くとも跡はまどはじ

この御歌ども「後撰」に入りたり。このためし《先例》を思《おぼ》しめしけるにこそ。

三七　住吉神社の修理に当り、古来の詩歌失せ果てたるを見て或る人詠歌の事

住の江に御幸[6]なるべしとて、神主[7]、修理を加へけるに、大略みな新造になしたりければ、昔より書きつけおける人々の詩歌《しいか》、みなあとかたなくなりにたるを見て、たれか詠みたりけん《だれが詠んだのであろうか》、柱に書きつけ侍りける、

一　村上天皇（九二六〜九六七）をいう。「天暦」は、その治世の最も長く続いた年号。

二　藤原忠平（八八〇〜九四九）。村上天皇の伯父に当り、村上天皇が二十三歳の時まで、摂政・関白を勤めた。

三　「今上、帥のみこと聞えし時……」という『後撰集』の詞書によれば、村上天皇が大宰帥に任ぜられた天慶六年（九四三）、十八歳の頃のこと。

四　君のために将来よきご治世をと求め祝う気持が深うございますので、歴代の聖天子のご政道の跡をふみならうように、このお手本をさしあげます。注五の歌と共に『後撰集』巻二十に載る。ただし、四、五句「聖の御代のあとならへとぞ」。

五　教えられてあることをよく守るなら、将来進むべき道は遠くても、歴代のご治世の跡をふんで迷うことはあるまい。

社殿の新造修理による詩歌の亡失

六　後嵯峨院の御幸。『増鏡』によれば、宝治の頃（一二四七〜四八）の十月、『続千載集』巻九に見える詞書によれば、建長五年（一二五三）のこと。院は、一二四六年に後深草天皇に譲位していた。

七　安貞二年（一二二八）に神主に補せられ、宝治元年には四十歳であった津守国平、あるいは、安貞二年から文永六年（一二六九）まで権神主であった津守国

[八]かきつくる跡は千とせもなかりけり忘れずしのぶ人はあれども

三八　中間法師常在の詠歌に女房ども沈黙の事

[九]成源僧正は連歌を好む人にて、その房中《ばうちゅう》の者ども皆たしなみければ、[一〇]中間法師常在《ちゅうげんほふしじやうざい》といふあやしのものまで《素姓のはっきりしない者まで》、かたのごとくつらねけり《きまりの通りに句をつけた》。[一一]法勝寺《ほつしょうじ》の花のさかりに、件《くだん》の常在法師、[一二]いと桜のもとにたたずみて侍りけるを、わかき女房四五人花見て侍りけるが、この法師を見て「[一三]あれも人なみに花見んとてあるにや《花見をするつもりでいるのかしら》」なむどあざけりつつ、「やや《もし》御房《お坊さん》、この花一枝折りてたびてんや《折ってくださいませんか》」といへりければ、この法師、うち案じて《ちょっと考えて》、

[一四]山がつはをりこそ知らね桜花さけば春かと思ふばかりぞ

といひかけたりければ、わらひつる女房どもいらふることなし《応答することができなかった》。あきれてぞ立てりける《啞然として立っていたという》。

範をさすか。

八 社殿に書きつけられた詩歌は千年ともたなかった。忘れないで昔をしのぶ人はいるのだけれども。

からかった女房どもを「山がつは」の歌で沈黙させた中間法師

九 叡山の僧。葉室僧正。蔵人・従五位下藤原忠頼の子。祖父は、正三位・修理大夫・参議成頼。

一〇 寺院の雑用に従った下級の僧。下法師ともいい、多く妻帯していた。「常在」は伝未詳。

一一 白河院の勅願により京都市左京区岡崎の地に建立された寺。金堂・講堂・阿弥陀堂・法華堂・薬師堂等数々の堂宇や池中の中島の八角九重塔の壮観ぶりは、六勝寺中随一といわれた。数度の大震・大火により廃寺となった。

一二 糸桜。枝垂桜の異称。

一三 とても風流を解せそうに見えないあの下法師が、まあ、人並みに、と侮った。

一四 私のような武骨な山男は季節も花の折り方も知りません。桜の花が咲けば春かと思うだけです。桜の枝を折り取るのを巧みに歌で拒絶し、あざけった女房たちに一矢を報いた。「をり」に、折る意の「折り」と季節の意の「折」を掛けた。

三九　真観法師、仙洞の御会を固辞し一首の和歌を奉る事

入道の右大弁真観[一]を仙洞《せんとう》[二]の御会にたびたびめし[三]ありけれども、参らずして一首の歌を奉りける。

[四]勅なればそむくにはあらず捨てはてし身をいでがてに思ふばかりぞ

御返し、

[五]この比《ごろ》のならひぞつらき古《いにしへ》は勅にぞ人は身をもすてける

この御返しをたまはりて、おそれ思ひて、やがて《ただちに》その夜参りて、北[六]面の辺にて少将雅言[七]につけて《言伝てて〔歌を〕》申し入れ侍りて、御返しをばうけたまはらずしていでにけり《退出してしまった》。寛平《くわんぺい》[八]の御時、素性《そせい》[九]法師が外に、[一〇]かかるためしなきよし、入道うちうち《真観が内々に》申し侍りけるとかや。

度々の召しにも参らず「勅なれば」の和歌を奉った真観

一　葉室光俊（一二〇九～七六）。権中納言光親の子。承久三年配流、翌年帰京。一二三六年出家、高野山に入る。後、一二六〇～六三、六五年に鎌倉の将軍宗尊親王に、和歌の点者として仕えた。

二　後嵯峨院の御所での和歌の会をさす。

三　底本「めし」を欠く。伊木本により補う。

四　勅命なのですから決してそむく積りはございませんが、この世を捨てて出家してしまいました身の上で御会には出にくく思う、それだけのことなのでございます。

五　昔は勅命というと人は身をも捨てたものでしたが、このごろはどうもこういうならわしになってしまったのはつらいことです。

六　院の御所の北面。北面の武士の詰所の近く。

七　源雅言（一二七二～一三〇〇）。権中納言雅具の子。『続古今集』等に入集の歌人。寛元元年（一二四三）左少将に任じ、建長六年（一二五四）右少弁に転じているので、本話の一件は、その間のことと思われる。

八　八八九～八九八年。宇多天皇の時代。

九　僧正遍昭の子。『古今集』等に六十一首入集。いつの事であったかは不明。

一〇　院の御返歌を聞かずに逃げ帰った例。

古今著聞集　巻第六

管絃歌舞　第七

二三〇（序）管絃は讃仏敬神の庭、礼義宴飯の筵に欠くべからざる事

管絃の起源とその効用

管絃《くわんげん》[一一]のおこり、そのつたはれる事ひさし《その伝統は古い》。清明天[一二]にかたどり、広大地にかたどる。始終四時[一三]にかたどり、周旋風雨にかたどる。宮《きゆう》[一四]・商《しやう》・角《かく》・徴《ち》・羽《う》の五音あり。或いは五行《ごぎやう》[一五]に配し、或いは五常《ごじやう》[一六]に配す。或いは五事《ごじ》[一七]に配し、或いは五色《ごしき》[一八]に配す。凡《およ》そ物として通ぜずといふことなし《一切の物事に通じないということはない》。また変宮《へんきゆう》[一九]・変徴《へんち》の二声あり。合はせて《〔五音と〕》七声とす。また調子の品《種類》、その数おほしといへども、清濁[二〇]のくらゐ、みな五音[二一]をいでず。讃仏敬神の庭《仏神の祭祀の場》、礼義宴飯《えんよ》[二二]の筵《むしろ》も、このこゑなければ《この管絃が奏でられないと》、その儀を《その雰囲気が》

＊ **管絃歌舞篇**　管絃歌舞に関する五十四話を収める。醍醐天皇延喜の頃から近衛天皇の久安六年（一一五〇）にわたっている。昔の宮廷における御遊のすばらしさと音楽に情熱をかけた人々の話が中心であるが、説話の主題が行事の進行や内容の盛大さそのものにある場合が多いのが特色である。

一一 笛・笙《しよう》等の管楽器や琴・箏・琵琶等の絃楽器を奏すること。音楽のこと。

一二 楽音の清明さは、天空を模し、その広大さは、大地を模したものである。

一三 楽音に始めと終りのある事は、四季に倣い、周《まわ》り旋《めぐ》る変化は、風雨のさまを写し取ったものである。

一四 中国の音階に学んだ日本音楽の音階。宮音を主音とする。五声。

一五 天地万物の構成元素である木・火・土・金・水。

一六 儒教で、人間の常に守るべき仁・義・礼・智・信の五種の徳。

一七『書経』にいう貌・言・視・聴・思。礼節上の五大要目。

一八 基本となる五種の色。青・黄・赤・白・黒。

一九 宮音より半音低い音と徴音より半音低い音。

二〇 楽譜に示された音の高低。

二一 あくまでも五音が音階の基礎となっている。

二二 典礼儀式・酒宴の場。

ととのへず《できあがらない》。かるがゆゑに《こうしたわけで》興福寺の常楽会《じやうらくゑ》、百花匂《にほ》ひをおくり、石清水《いはしみづ》の放生会《はうじやうゑ》、黄葉《もみぢ》衣におつ。しかのみならず《それだけではなく》、清涼殿《〔宮中の〕》の御遊《管絃の遊び》には、ことごとく治世の声を奏し、姑射山《こやさん》の御賀には、しきりに万歳《ばんざい》のしらべをあはす《帝王の長寿を祈る楽を奏でる》。心を当時にやしなひ《心を今この時に慰め》、名を後代に留むる事《名声を後の世に残すのは》、管絃にすぎたるはなし。

天冠の影となって現れた廉承武

三一　貞保親王桂川の山庄にて放遊の時、廉承武が霊現はるる事

貞保《さだやす》親王、桂川の山庄《さんざう》にて放遊し給ひけるに《気ままに管絃をなさった時》、平調《ひやうでう》にしらべて五《ご》常楽《じやうらく》をなす間、ともし火のうしろに天冠の影、顕現しけり《はっきりと映った》。人々おぢ恐れければ、所現の影みづからいはく《現れた影が語ることに》、「我は唐家《唐朝の》の廉承武《れんしようぶ》の霊なり。五常楽の急百反《ぺん》におよぶ所には《百回奏するに至った所には》、かならず来侍るなり」とて失せにけり。

三二　延喜四年大井川行幸の折、雅明親王万歳楽を舞ひ給ふ事

一 興福寺の涅槃会《ねはんゑ》。陰暦二月十五日に行われた。春の仏事。行道《ぎやうだう》・供花《くげ》時に、数々の楽が奏された。
二 様々な花が咲き匂うように華やかに楽が奏され。
三 石清水八幡宮の放生会。陰暦八月十五日、魚鳥を放つ法会。秋の例祭。雅楽寮《うた》の楽人・舞人が唐・高麗楽を奏した。延久二年（一〇七〇）からは左右の官人が舞人・陪従《べいじゆう》を勤めていた。
四 黄葉が衣に散り掛るような風情の楽が奏される。
五 院の御所。
六 清和天皇の皇子。二品式部卿。南宮、桂親王と号し、管絃に長じた。延長二年（九二四）没。
七 雅楽の六調子の一。平調（洋楽のE音）を主音とする律旋の音階。
八 中国唐の太宗の作。仁義礼智信の五常を五音にあてて作った。序破急の三段からなる。二六二話参照。
九 皇帝の用いる冠。仏・天人また高貴な人の宝冠。
一〇 唐の琵琶博士。わが国の琵琶の祖藤原貞敏（八〇七〜八六七）に、琵琶の秘曲を伝授した。廉氏は、五帝の一人顓頊《せんぎよく》の曾孫大廉の子孫の姓なので、天冠を着け、王族を象徴する姿で現出したか。
一一 延長四年（九二六）の誤伝。この日、親王・卿相《けいしやう》（因みに左大臣は藤原忠平、右大臣は定方）以下の群臣、それに宇多院も同行した。

[一一]延喜四年十月、〔醍醐天皇が〕大井川に行幸ありけるに、[一二]雅明《まさあきら》親王、御船にて棹《さを》をとどめて（船をとどめて）、[一三]万歳楽《まんざいらく》を舞ひ給ひける。七歳の御齢にて曲節にあやまりなかりける、ありがたきためしなり（珍しいことであった）。叡感にたへず（〔醍醐天皇は〕たいへん感心なさり）、[一四]御半臂《ごはんぴ》をたまはせければ、親王給はりて[一五]拝舞《はいむ》し給ひけり。この日勅ありて、親王（雅明親王の）、[一六]舞剣をゆり給ふ（お許しなされた）。[一七]天暦の聖主、童親王の御時の例とて沙汰ありける（童親王でいらした時の先例にならい）。

二二三　延喜二十一年十月、八条大将保忠勅を受け舞を奏する事

[一八]同じき二十一年十月十八日、[一九]八条の大将保忠中納言の時、勅をうけ給ひて、日ごろ奏せざる舞を御覧ぜられけり。[二〇]貞信公、右大臣にて参り給ふ。[二一]参入音声《まゐりおんじやう》には、[二二]聖明楽《せいめいらく》をぞ奏しける。[二三]刑仙楽・西河・蘇志摩《そしま》・傾坏楽《けいばいらく》・放鷹楽《はうようらく》・弓士《きゆうし》・採桑老《さいさうらう》・林歌《りんが》・蘇莫者《そまくしや》・泔洲《かんしう》・胡《こ》飲《ん》酒《じゆ》・輪台《りんだい》・甘酔《かんずい》、これらを御覧ぜられけり。この中、[二四]雅楽《うた》の属《さくわん》船木氏有《うぢあり》は、放鷹楽を奏しけり。[二五]帽子に[二六]摺衣《すりごろも》をぞ着たりける。舞の

七歳で万歳楽を舞われた雅明親王

一二　諸系図は醍醐天皇の皇子とするが、実は宇多天皇の皇子（九二〇～九二九）。母は藤原時平の娘褒子。底本「雅朝」。伊木本により改訂。

一三　唐の則天武后（一説に隋の煬帝《ようだい》）の作。鸚鵡（一説に鳳凰）の囀《さえず》りを写したとされる祝賀の曲。舞人は四人、襲装束の右肩を脱いだ姿で舞う。

一四　束帯時、袍の下、下襲の上に着る袖なしの短い衣。

一五　禄を賜った時に、それを捧持して舞う謝礼の舞。

一六　『西宮記』等によれば、帯剣。武官でない者に勅により特に帯剣を許すこと。

一七　村上天皇。ただし、延長四年の誕生なので誤伝か。

平生演奏しない舞楽を奏した保忠

一八　延喜二十一年（九二一）。『西宮記』等は二十年。

一九　藤原保忠。この年、権中納言に昇任。三十歳。

二〇　藤原忠平。この時、左大将を兼ね、四十二歳。

二一　楽人が所定の位置に参入する時奏する曲。

二二　唐楽、黄鐘調《おうしきちよう》で舞のない曲。今は伝わらない。

二三　以下、雅楽の曲名。「蘇莫者」・「甘酔」の外は、すべて唐楽。ただし、「林歌」は高麗楽にもある。

二四　雅楽寮《うたりよう》の四等官。この日、氏有は鷹飼の装束を着け、鶻《はいたか》を臂《ひじ》に据えて、独り舞をした（『西宮記』）。

二五　舞踏用の長い総《ふさ》と紅・萌黄《もえぎ》の緒《ひも》のついた帽子。

二六　染め草で摺って模様をつけた衣。

一 この日、新羅琴師船木良実が犬飼の装束で、犬は連れずに氏有に随ったという（『西宮記』）。
二 犬飼を連れて放鷹楽を奏するということ。放鷹楽は、左手に鷹を据え、右手に楚《ずわえ》（細枝）を持つ独り舞。
三 八三四～八四八年。『教訓抄』には、弘仁・天長・承和の野の行幸に奏されたと見える。
四 宮中で饗膳を司る役所（大膳職・内膳職）に属して調理の任にあたった品部《ともべ》。
五 小子部百雄。この時、雅楽《うた》の大允《じよう》（正七位相当官）から助《すけ》（次官、正六位相当官）に昇進した。「氏有」は大属《さかん》（正八位相当官）から少允《じよう》（従七位相当官）に昇進した。
六 大石峰吉。この時、左兵衛大志《さかん》（正八位相当官）から権少尉《じよう》（正七位相当官）に昇進した。
七 功を賞して官位などを授けること。
八 九二六年。『日本紀略』は二月十八日。『醍醐天皇御記』では、二月十七日とする。
九 母屋の庇の外にさらに出し添えた庇。
一〇 文章博士藤原公統以下七人が召された（『御記』）。
一一 音楽を奏する人。楽所から四、五人が召された。
一二 清和天皇の皇子貞真親王。時に常陸太守。
一三 九二八年。『日本紀略』によると、三月二十九日。

作詩と管絃のめでたい御遊

あひだに、心にまかせて鳥をとらせければ《〔鷹に〕自由勝手に鳥を取らせたので》、見るもの目を驚かしけり。また犬飼[一]一人を具したりけり。これは[二]もとよりあるべきものにはあらざる事とかや。この舞、承和《じようわ》[三]に奏したりける。その後聞えず《その後の例は聞いていない》。この装束、中納言ぞ調ぜられける《この鷹飼の装束は中納言が調達されたのであった》。舞の後、中納言《保忠》庭におりて、氏有が《〔鷹に〕》とらするところの鳥をとりて、膳部《かしはで》[四]にたまはせけり《お与えなさった》。その日の舞人百雄《ももを》[五]・氏有・峰吉[六]、勧賞《けんじやう》[七]をかぶりけり。峰吉は篳篥《ひちりき》の上手にて賞をかうぶり、大臣《貞信》は和琴《わごん》をぞしらべ給ひける《弾じなさった》。

二三四 延長四年正月、桜花宴の御遊の事

延長[八]四年正月十八日、内裏にて桜花《あうくわ》の宴ありけり。主上《醍醐天皇は》、清涼殿の孫庇《まごびさし》[九]に出御ありけり《お出ましになった》。文人[一〇]詩を献じ、伶人《れいじん》[一一]楽を奏しけるに、暁に及びて、常陸親王《ひたちのみこ》[一二]箏《さう》を弾じ、八条の中納言保忠琵琶《びは》を弾ず。主上和琴をひかせおはしましける、めでたかりける事なり。

三五　延長六年三月尽の宴の事

常寧殿での管楽器だけの御遊

同じき六年、常寧殿《じやうねいでん》[一四]にて三月尽《さんぐわつじん》[一五]の宴ありけり。右大臣定方[一六]・按察《あぜち》[一七]の大納言・左衛門の督《かみ》伊望[一八]・中宮[一九]の大夫参り給ひたり。楽所《がくしよ》[二〇]には笙《しやう》四人・篳篥《ひちりき》一人・唱歌《しやうが》[二一]のもの数人などありける。また（時には）、かならず絃（必ずしも箏や琵琶）を調《ととの》へねども（そろわなくても）、吹物一両にても（笙や篳篥一二だけでも）、かやうの事ありけるにこそ（管絃の遊びは行われたものであった）。

三六　延長七年三月、踏歌後宴の御遊の事

まけわざに続く管絃の遊び

同じき七年三月二十六日、踏歌後宴《たふかごえん》[二二]のまけわざ[二三]、次第の事どもはてて（予定の行事が済んで）、御遊ありけり（音楽が奏された）。敦忠《あつただ》[二四]笛をふき、義方《よしかた》[二五]和琴を弾じけり。時々御酒《みき》参りて、弾正親王[二六]笙をふく。重明《しげあきら》[二七]親王笛をふき給ひけり。また勅によりて和琴をも弾じ給ひけり。右中弁希世《まれよ》[二八]朝臣・左中弁淑光《よしみつ》朝臣、立ちて舞ひ侍りけり。

一四 後宮。皇后・中宮・女御のための御殿。九間四方で内裏の北方（承香殿の北）にある。
一五 三月の終り。陰暦では、春の終りを意味した。
一六 藤原定方。時に、右大将を兼ね、五十四歳。
一七 藤原仲平。時に、按察使で、五十四歳。
一八 平伊望。ただし、この時、中宮権大夫。ここは、「保忠」とあるべきところ。
一九 藤原扶幹《すけもと》。時に大宰大弐を兼ね、六十五歳。
二〇 この日のための臨時の楽人の演奏所。
二一 楽に合わせて楽の譜を唱うこと。
二二 正月十六日の踏歌の宴の後の小宴。二～三月に行われた。天皇・親王・公卿以下の侍臣が、弓矢を携えて月華門から紫宸殿の南の橘の辺に到り、内蔵寮の調えた酒饌の後、天皇以下が順に懸的を射、さらに左右に分れて的を射合い、命中数によって勝負が争われ、命中者には懸物が与えられた。
二三 勝負に負けた者が勝者にする供応・謝事。
二四 藤原敦忠。時平の子。時に二十五歳。左兵衛佐。
二五 良岑《よしみね》義方。僧正遍昭の甥。
二六 代明親王、醍醐天皇の皇子。中務卿。重明親王の兄。
二七 醍醐天皇の皇子、時に二十四歳。
二八 平希世、雅望王の子。「淑光」は藤原利邦の子。

三三七　右近将曹伴野貞行、帰徳曲に松を棄てて舞ふ事

帰徳曲と聞き松を捨てて舞った貞行

一天慶八年正月五日、二右大臣家にて饗をおこなはれけるに、はてつかたに《終りの時分に》、三式部卿の親王と大臣《おとど》と四帰徳曲を唱《とな》へられたりけるに、五右近の将曹《しやうさう》伴野貞行、六狛桙《こまぼこ》と思ひつつ松をとりて《松を手にして》進みけるを、大臣帰徳のよしを告げ給ひければ、松をすてて舞ひけり。貞行は高麗《こま》の舞人なりけり。この事不審。帰徳ならば、松をばなど桙には用ゐざりけるにか《松をどうして桙の代りには用いなかったのだろうか》。

三三八　天暦元年正月、内宴に重明親王琴を弾ずる事

第七絃が切れたがそのまま弾き終えた親王

七天暦元年正月二十三日、八内宴を行はれけるに、九重明親王《［村上天皇の］》、勅をうけたまはりて琴《きん》を引き給ひけり。一絃ゆるかりければ《第一絃がゆるかったので》、一〇右兵衛の佐《すけ》一一清正に仰せて張らせられけり。まづ一二春鶯囀《しゆんあうでん》を奏し、後に一三席田《むしろだ》をとなふ。次に一四酒清司《しゆせいし》をぞ奏しける。この間、琴の武絃たえたりけれど《第七の絃が切れてしまったが》、

一　九四五年。底本「天暦」。他本により改訂。
二　藤原実頼。時に四十六歳。前年四月、右大臣に任じられた。大臣に就任した者は、初めて迎える正月に、他の大臣以下の殿上人を招き大規模な饗宴を催した。
三　敦実《あつざね》親王。宇多天皇の皇子、五十三歳。
四　高麗楽、壱越調《いちこつ》。面・甲《よろい》をつけ裲襠《りようとう》を着、太刀をはき、鉾《ほこ》を持って舞う。貴徳とも。
五　右近衛府の主典《さかん》。「伴野貞行」は、伝未詳。
六　高麗楽、壱越調。桙を持ち、高麗の貢物を積んだ船を棹で操って入港させるさまを舞う。花釣楽、棹持《さおもち》舞とも。底本「狛杵」。伊木本により改訂。
七　九四七年。ただし、天慶から天暦への改元は四月。
八　正月二十日前後の子《ね》の日に、天皇が公卿・文人等を仁寿殿に召して行う内輪の宴会。
九　村上天皇の兄。時に四十二歳。
一〇　底本「兵」を欠く。他本により補う。
一一　藤原清正。中納言兼輔の子。三十六歌仙の一人。
一二　唐楽。高宗が鶯の囀《さえず》りを模して作らせたという。
一三　催馬楽、呂の歌。「席田」は、美濃国の旧郡名。
一四　唐楽、壱越調。催馬楽の「眉止自女《まゆとじめ》」に合うとされた。

なほ弾じはて給ひけり。

二三九　天暦三年四月、藤花宴の御遊の事

同じき三年四月[一五]十二日、[一六]飛香舎《ひぎやうしや》にて[一七]藤花の宴ありけり。[一八]右大臣・[一九]左衛門の督《かみ》・[二〇]左兵衛の督候ひ給ふ《参上なさった》。和歌糸竹の興などはてて《詠歌管絃などの遊びがすんで》、[二一]女御、[村上天皇に]御おくり物ありけり。先皇《醍醐天皇》の[二二]勤子《きんし》内親王にたまひける箏譜《さうふ》三巻、[二三]貞保《さだやす》親王の用ゐたりける笛・[二四]螺鈿《らでん》の箏などをぞ奉り給ひける。件《くだん》の箏、奇香あるよし、[二五]李部王記《りほうわうしる》し給ひたるとかや。いかなるにほひにてか侍りけん。ゆかしき事なり《その匂いが知りたいものである》。

二四〇　天暦五年正月、内宴に重明親王等管絃の事

同じき五年正月二十三日、宴おこなはれける《内宴が行われた際に》に、式部卿重明親王琴、[二六]左大臣箏、中務《なかつかさ》の大輔《たいふ》[二七]博雅朝臣《ひろまさあそん》和琴《わごん》、侍従[二八]延光朝臣琵琶《びは》、散位[二九]朝忠《あさただ》朝臣・右近の中将[三〇]藤原朝臣笙。[三一]安名尊《あなたふと》・春鶯囀《しゆんあうでん》・席田《むしろだ》・葛城《かづらき》な

一五 この日の未《ひつじ》の刻（午後二時頃）に始まった。
一六 後宮五舎の一。庭に藤樹があるので藤壺ともいう。清涼殿の西北、陰明門の東北にあり、五間四方。
一七 供膳、御酒の後、楽人の演奏、続いて詠歌、公卿侍臣の管絃があった。その次第は『西宮記』に詳しい。
一八 藤原師輔《もろすけ》（九〇八～九六〇）。時に右大将を兼ねていた。
一九 源高明《たかあきら》。村上天皇の弟。時に検非違使別当を兼ね、三十六歳。公事典礼の書『西宮記』の著者。
二〇 藤原師尹。時に権中納言、三十歳。
二一 師輔の娘安子（九二七～九六四）か。女御となったのは九四六年。冷泉・円融両天皇の生母。
二二 醍醐天皇皇女。師輔の妻。九三八年没、三十四歳。
二三 清和天皇皇子。管絃に長じた。二三一話参照。
二四 胴に螺鈿をちりばめてある箏。
二五 式部卿重明親王。『吏部王記』の著者。「李部」は式部省の唐名。

箏譜・笛・螺鈿箏を贈呈した中宮

二六 藤原実頼。師輔の兄。時に兼右大将で五十二歳。
二七 兵部卿克明《かつあきら》親王の子。三十四歳。
二八 源延光。中務卿代明親王の子。
二九 藤原朝忠。右大臣定方の子。一週間後に任左中将。
三〇 藤原朝成《あきひら》。朝忠の弟、笙の名手、時に三十五歳。
三一 葛城と共に、催馬楽、呂の歌。

琴・箏・和琴・琵琶・笙の合奏

どをぞ奏しける（奏された）。その後、平調《ひやうでう》[一]の曲もありけり。

二四一　天暦七年十月、庚申の御遊の事

同じき[二]七年十月十三日、内裏にて庚申《かうしん》[三]の御あそびありけり。女蔵人《にょくらうど》[四]、菊の花の檜破子《ひわりご》[五]を奉る。大納言高明卿・伊予《いよ》の守《かみ》[六]雅信朝臣、御前に候ふ。楽所の輩《ともがら》は御壺（御庭）にぞ候ひける。大納言琵琶を弾じ、朱雀《すざく》院《ゐん》のめのと備前の命婦《みやうぶ》[七]、簾中《れんちゅう》にて琴《きん》を弾じける。むかしはかやうの御遊つねの事なりけり。面白《おもしろ》かりける事かな。

二四二　藤原実資童の折、納蘇利を舞ふ事

康保三年[八]十月七日、舞御覧ありけるに、小野宮[九]の右大臣童にておはしけるが、天冠[一〇]をして納蘇利《なそり》[一一]を仕うまつり給ひけり。舞終りて、御倚子《ごいし》[一二]のもとにめして、〔村上天皇が実資を〕御衵《あこめ》[一三]をたまはせければ、左大臣清慎公[一四]かしこまり悦び給ひて、立ちて舞ひ給ひけり。拝舞はなかりけり（謝礼の所作はしなかった）。ゆゑ

一　たとえば、万歳楽、甘州、五常楽、地久、敷手、皇仁庭、林歌、太平楽等の曲をいう。

二　天暦七年（九五三）。

高明の琵琶と備前命婦の琴の演奏

三　庚申の日の夜、人々が集まり、酒宴・詠歌・管絃などして徹夜で過すこと。道教で、その夜眠ると人間の体内に宿る三尸《さんし》虫《ちゅう》が、人体を出て天に昇り、天帝にその人間の罪悪を告げ、命を失うという俗信があり、それを避けるための行事。

四　内侍・命婦の下位の女官。宮中の諸事に奉仕した。

五　檜製の仕切りのある蓋《ふた》つきの折箱に菊の花を入れたもの。鑑賞用に美しく作られた弁当箱。

六　源雅信。敦実親王の子、時に三十四歳。

七　伝未詳。

八　九六六年。『日本紀略』によれば、この日は、殿上の侍臣・小舎人等の舞であったという。

九　藤原実資。実頼の孫。時に十歳。

童舞を嘉賞され衵を賜った実資

一〇　二三一話の例とは違い、童舞の舞人が用いる冠。金銅で唐草の透《すか》し彫《ぼり》があり、額に当てて両端の緒を後頭部で結ぶ山形の冠。

一一　高麗楽《こまがく》、壱越調《いちこつ》。童なので面の替りに天冠、裲襠《りょうとう》を着て、銀の桴《ばち》を持ち、龍の遊び戯れるさまを舞う。

一二　天皇用の椅子。紫宸殿及び殿上の間におかれた。

ありけるにや。

二四三　大宮右府俊家の唱歌に多政方舞を仕る事

いづれの比《ころ》の事にか、[一五]大宮の右大臣（[一六]龍吟抄には[一七]堀河右府頼宗なりと云々）、殿上人《てんじやうびと》の時、南殿《紫宸殿》の桜さかりなるころ、うへぶしより《宮中に宿直したままで》、いまだ装束もあらためずして《まだ装束も替えないままで》、御階《みはし》のもとにて《階段の下で》、ひとり花をながめられけり。かすみわたれる大内山《内裏》の春の曙《あけぼの》の、よに知らず心すみければ《えもいわれず清々しい気持になったので》、高欄《かうらん》によりかかりて《欄干にもたれて》扇を拍子《ひやうし》に打ちて、[一八]桜人《さくらびと》の曲を数反《すうへん》うたはれけるに、[一九]多政方《おほのまさかた》が[二〇]陣直《ぢんのとのゐ》つとめて候ひけるが、歌の声を聞きて、花のもとに進みいでて、[二一]地久《ちきう》の破をつかうまつりたりけり《舞ったのであった》。花田《薄藍色》の狩衣袴《かりぎぬばかま》をぞ着たりける。舞ひはてて入りける時《〔政方が〕》、桜人をあらためて《〔俊家は〕桜人に替って》[二二]蓑山《みのやま》をうたはれければ、[二三]政方また立ち帰りて同じ急《地久の急》を舞ひける。終りに花の下枝を折りてのち、をどりてふるまひたりけり《おどって見せたのであった》。いみじくやさしかりける事なり《〔それは〕まことにもって優美なことであった》。この事いづれの日記《何という日記》に見えたるとは知らねども、

一三　束帯の時、下襲の下に着る紅色の衣。
一四　藤原実頼。関白忠平の子。実資の祖父で養父。
一五　藤原俊家（一〇一九～八二）。長暦二年（一〇三八）参議に補任されるので、それ以前の事であろう。
一六　『龍鳴抄』のこと。横笛に関する楽書。一一三三年成立。著者は大神基政。

催馬楽を唱う俊家とそれに合わせて舞う政方

一七　俊家の父（九九三～一〇六五）。道長の子。寛弘八年（一〇一一）、非参議・従三位に昇進。
一八　催馬楽、呂の歌。歌詞は「桜人《さくらびと》　その舟止《ちぢ》め　島つ田《だ》を十町《とまち》つくれる　見て帰り来むや　そよや　明日《あす》帰りこむ　そよや　言《こと》をこそ明日ともいはめ　遠方《をちかた》に妻ざる夫《せな》は　明日もさね来《こ》じや　そよや　さ明日もさね来じや　そよや」というもの。
一九　神楽の歌い手の名人。右近将監。長久元年（一〇四〇）十一月、内侍所の御神楽で「宮人」を歌って朝臣の称を得た。
二〇　右近衛府の詰所での宿直。
二一　高麗楽、双調。正式には、甲《よろい》・大赤鼻の面をつけ、襲装束を着て舞う。この曲の破（中間部）は「桜人」に、急（終結部）は「蓑山」に合うとされる（『教訓抄』巻五）。
二二　催馬楽、呂の歌。歌詞は「蓑山に　繁《しじ》に生ひたる　玉柏　豊《とよ》の明《あかり》に会ふが愉しさや　会ふが愉しさや」。
二三　底本「る」。伊木本により改訂。

古人申し伝へて侍り。

二四　博雅三位生誕の時、天上に音楽ある事並びに信義双調の君と呼ばれたる事

[一]博雅卿《ひろまさきやう》は上古《しやうこ》にすぐれたる管絃者《くわんげんしや》なりけり。むまれ侍りける時、天に音楽の声聞えけり。その比《ころ》、東山に聖心上人[二]といふ人ありけり。[三]天を聞くに微妙《みめう》の音楽あり。笛二、笙《しやう》二、箏《さう》・琵琶《びは》各一、鼓《つづみ》一聞えけり。世間の楽にも似ず（世に行われている音楽に似ず）、不思議にめでたかりければ（見事であったので）、上人あやしみて庵室《あんじつ》を出《い》でて、楽《がく》の声に付きて行きければ（楽の音の移るのについて行ってみると）、博雅の[四]むまるる所にいたりにけり。むまれ終りて楽のこゑはとどまりぬ。上人、他人に語る事なし。数日をへて、また、かの所へ向ひて、その生児の母に、この[五]瑞相《ずいさう》を語り侍りけるとなん。

かの卿は子息[六]二人ありけり。一人は[七]信義、笛の上手なり。一人は[八]信明、琵琶の上手なりけり。信義をば[九]双調《さうでう》の君とぞ号しける。そのゆゑは、[一〇]式部卿の宮、時の管絃者・伶人《れいじん》等を率して[一一]河陽にあそび給

＊『教訓抄』の伝える話では、二四四話と異なり、藤原公任と多政資（政方の子）のやりとりになっている。

一　源博雅（九一八～九八〇）。従三位・皇后宮大夫。『懐竹抄』に「琵琶、横笛、大篳篥《ひちりき》之上手」と見える。『江談抄』は、横笛の第一人者で、「皇帝」「団乱旋」を伝えたこと、横笛の音によって鬼を吹き落したこと、三年間、逢坂山の盲人のもとに通いつめて、遂に琵琶の秘曲を承け得たことを載せる。笛譜『長竹譜』の著者。四二九話参照。

生誕の時微妙の音楽が聞えた博雅

二　伝未詳。

三　天空から何か聞えるような気がして、耳を傾けてみると、妙なる音楽であった。

四　博雅の母が実家（藤原時平邸）でお産をしたとすれば、中御門大路の北・堀河小路の東にあった本院。

五　めでたい前兆。底本「瑞想」、伊木本により改訂。

六　『尊卑分脈』には、信貞・信明・信義・至光《ゆきみつ》の四人の名が見え、至光に「称双調君」の左注がある。

七　典薬頭・雅楽頭。「管絃君」と称された。

八　大蔵大輔。博雅の琵琶技の継承者（『琵琶血脈』）。

九　雅楽の音階名、洋楽のG音。

河霧の中の笛にその名を得た信義

一〇　敦実親王。宇多院の皇子。『郢曲相承次第』には「源家音楽元祖也」と見える。康保三（一説四）年没。

一一　河陽離宮。淀川の起点近くの山崎の地にあった。

ひけるに、明月の夜、暁にのぞみて川霧ふかきうちに《夜明けにさしかかって川面に霧が深く立ちこめる中を》、[一二]双調の調子をふきて過ぐる舟あり。そのふね、やうやう来たり近づくを聞くに《だんだん近づいて来る舟から流れる笛の音を聞くと》、まことに[一三]神妙《しんべう》《すばらしい》なりけり。我が朝に比類なき笛なり《並ぶもののない笛の音である》。誰人ならんと、人々あやしう《いぶかしく》思ひあへるに、船は〔相手の舟は〕霧にこめられて見えず。[一四]打ち櫂《かい》の[一五]音ばかり聞えて、すでに《ちょうど》舟と船と行きちがふ時、親王、「たれにか《だれであるぞ》」と問ひ給ひければ、「信義」と名乗りたりけり。宮、感情にたへず《感激の思いにたえず》、「双調の君なりけり〔これこそは〕双調の君だ」とのたまはせけり。それより天下みな〔信義を〕双調の君と号しけるとぞ。

二四五　秘曲其駒の事

殿上の[一六]其駒《そのこま》は知りたる人すくなし。[一七]能信《よしのぶ》大納言、[一八]法成寺《ほふじやうじ》の[一九]修正《しゆしやう》に、南門を入りて参りて、退出の時、西門へまはされけるほど、立ちや《たたずんで》すらひける間《いるあいだ》に、かの曲を《其駒を》唱《とな》へられたりけり。大宮の右府[二〇]俊家の、頭の中将にておはしけるが、ついがき《土塀》にそひて、ひそかに立ち聞き

一三 双調の調子の曲。双調の種々の奏法を組み合せた曲。三〇〇頁注四参照。

一三 底本「神に」、伊木本により改訂。

一四 水を打つ櫂の音。

一五 底本「おとこ」、伊木本により改訂。

＊ **楽書と管絃説話**　正続『群書類従』の管絃部などの楽書を通覧すると、専門的な理論や奏法、楽人や楽器に関する記載が多いのは当然だが、それらに交って管絃説話というべき伝承が収載され、『著聞集』と同文もしくは同話の関係にあるものもある。『教訓抄』（一二三三年成立）『続教訓抄』（一二七〇年頃成立）『体源抄』（一五一二年成立）など、説話文学研究の側からもっと注意されていい。二四三・二四四話は、『体源抄』にこの順序に同話同文で連載されており、『著聞集』の管絃説話が楽書に採られた一例である。二五五話と、『続教訓抄』の異伝（三〇六頁＊印）との対比もおもしろい。

一六 神楽歌。歌詞は「その駒ぞ　や　我に我に草乞《こ》ふ草は取り飼はむ　水は取り草は取り飼はむや」。

秘曲其駒のきびしい伝授

一七 藤原能信（九九五～一〇六五）。道長の子。一〇二一年から没時まで権大納言であった。

一八 治安二年（一〇二二）、藤原道長の建立。

一九 修正会。正月に一年の平安を祈る法会。

二〇 能信の甥。頭中将だったのは一〇三五～三六年。

給ひけるを、能信卿見付けにけり。中将（俊家）おどろきさわがれけるを、能信卿その志を感じて、扇を拍子に打ちてこの曲を授けられにけり。

その後[一]かの家につたはれり。

[二]堀河院、[三]中御門《なかみかど》の右大臣に〔其駒を〕習はせ給ひける時、〔宗忠が〕申されけるは、一説はまことにおぼしめす人あらば教へさせ給ひて（一説は心から伝えたいとお思いの人物がいたらお教えなされて結構ですが）、今一説は教へ給ふまじくは（もう一説の方はお教えなさらないならば）、さづけまゐらすべきよし奏し給ひければ（ご伝授申しあげましょうと奏上なされたところ）、「申す旨に（言う通りに）たがふべからず（するであろう）」と勅定ありて（仰せがあったので）、両説ながらつたへさせ給ひて（両方の説を伝授なさった）けり。[四]嘉承二年（堀河）崩御の後、右府（宗忠）人々に、「たれか[五]かの曲習ひ給はりたる」と尋ねられけれども、習ひまゐらせたる人なかりけり。「[六]劣れる説をもなほ秘せさせ給ひけるにこそ」とて、[七]悲涙を流されけり。

[八]中御門の内大臣、子息大納言[九]宗家卿、外孫同じく（外孫で同じく大納言の）[一〇]定能卿にさづけられたりけり。六波羅の太政入道（平清盛）、[一一]厳島《いつくしま》の内侍《ないし》につたふべきよし、宗家卿に示されければ、歎きながら世にしたがふならひ（無念に思っても力ある者には順わざるをえずに）、力およば（やむをえず）

一 藤原俊家の家。『催馬楽師伝相承』には、子孫次第相伝のことが左のように見える［（　）は非実子］。

大宮右府 俊家——按察大納言 宗俊——中御門 宗忠——内大臣 宗能——大納言 宗家——大納言（定能）

二 白河天皇の皇子。在位一〇八六〜一一〇七年。八歳で即位。白河院が院政を行ったので政務をみることは少なかった。和歌・管絃に秀れ、神楽を多資忠、笙・笛を豊原時元に学んだ。

三 藤原宗忠（一〇六二〜一一四一）。右大臣就任は、保延二年（一一三六）。詩文・音楽に通じた。

四 一一〇七年七月十九日。

五 催馬楽「其駒」をさす。

六 二説の中の秘説でない方の説までも、そのまま（義理堅く）人に教えずに秘したままにしていらっしゃったのか。

七 院が自分との約束を固く守られた、殊勝なお気持に対する感激の涙。

八 藤原宗能（一〇八五〜一一七〇）。宗忠の子。内大臣就任は、永暦二年（一一六一）。

九 藤原宗家（一一四九〜八九）。大納言就任は、治承三年。笙の師は、豊原利秋。

一〇 大宰大弐で篳篥《ひちりき》の名手であった藤原季行の子。母は宗能の娘。底本「宗能」を改訂。

一一 平氏の氏神である安芸の厳島神社の巫女《みこ》。

で劣る説を伝へられにけり。ただし他人に教ふべからざるよしを《教えないという旨の》、まづ起請《きしやう》をぞ書かせられける《誓紙をお書かせになった》。多好方《おほのよしかた》[一二][一三]これを聞きて、かの内侍にとひければ、知らざるよしをぞ答へける。この曲は、宗家卿、冷泉《れいぜい》[一四]の内府《内大臣》にも教へられたりけるとかや。

二四六　前筑前守兼俊、笙の試に管中の平蛛を喉にのみ入るる事

管絃はよくよく用心あるべき事なり。前《さき》の筑前《ちくぜん》の守《かみ》[一五]兼俊、殿上に笙吹《しやうふき》なきによりて、昇殿を免《ゆる》さるべきよし沙汰ありけり。まづ試[一六]ありける日、蚶気絵《きさきゑ》[一七]をたまひて吹かせられけるに、用心なくして《不用意に》吹き出しけるほどに、管中に平蛛《ひらぐも》[一八]のありけるが、喉《のど》にのみ入れられにけり。むせてはつきまどひけるほどに《吐いたりして苦しんだので》、主上[一九]・群臣もわらひ給ひて腸《はらわた》を断ちけり。おほきに嗚呼《をこ》を表はして《醜態をさらして》、[二〇]昇殿の沙汰もとどまりにけり《昇殿の許しも見送りになった》。かかるためしあれば《こうした事例があるので》、事におきて《事に当る時には》よくよく用心あるべき事なり。なかにも御物《ぎよぶつ》[二一]のつねにも吹かれざらむをば、まづ小息にて心

一二 近衛将監多近方の子（一一四〇～一二二一）。祖父資忠が殺害されたため、父の近方は教えを受けることができず、神楽四事を堀河院から伝えられた。二十二年間、多家の筆頭者であった好方は、家の伝承を充実させることに懸命であった。

一三 厳島神社の内侍が、宗家から「其駒」の秘伝を受けられたこと。

一四 藤原良通《よしみち》。兼実の長子。文治二年（一一八六）、二十歳で内大臣となったが、翌々年、急逝。

平蛛を飲み込む失態で、昇殿沙汰止みになった兼俊

一五 源兼俊。式部卿敦実親王の後裔。兵部少輔。笙を豊原時光に学んだ。また父の越前守経宗から和琴を承け、「琴公」と称した。

一六 兼俊の笙の技倆が試された日。

一七 笙の名器。大蚶気絵《きさきえ》・小蚶気絵という大小二つの蚶気絵があった（『拾芥抄』『続教訓抄』）。

一八 体長一センチ位で卵形、腹部がやや扁平なくも。背は灰白色に黒斑がある。

一九 堀河天皇か。

二〇 ただし後日、兼俊は、従四位下まで昇る。

二一 皇室の所蔵品で（秘蔵されていて）不断は吹かれることのないような楽管を吹くような場合には。

見るべきなり。

二四七　多政資、平等院一切経会に秘曲を奏する事

[一]宇治殿、[二]平等院《びやうどうゐん》を建立《こんりふ》させ給ひて、[三]延久元年（白河、[四]後三条か）夏の比《ころ》、はじめて[五]一切経会《いつさいきやうゑ》を行はせ給ひけり。法会の儀式・堂の荘厳（阿弥陀堂の飾付け）、心こと葉もおよびがたし。[六]大行道楽《だいぎやうだうがく》に[七]渋河鳥《しむがてう》を奏しけるに、[八]多政資《おほのまさすけ》[九]一《いち》の者《もの》にて、[一〇]一鼓《いつこ》かけて（頸にかけて）池辺をめぐるとて、[一一]鴨《かも》のむなそりといふ秘曲をつかうまつりける、時にとりていみじく（時宜を得ていてすばらしかった）なん侍りける。

二四八　大外記中原貞親、白河院の花宴に殿上人と並びて奏楽の事

[一二]後冷泉院の御時、[一三]白河院に行幸ありて、花の宴（観桜の宴）侍りけるに、殿上人、楽を奏して南庭をわたりけるに、笙にはかにさはる事ありて（笙の奏者に急にさしつかえが出来て）参らざりければ、すでに（もはや）事闕《か》けなんとしけるに、[一四]大外《だいげ》記《き》中原貞親《さだちか》は笙ふくものなりければ、「もし笙や随身《ずいじん》したる（携えているか）」と御尋ねありけるに、

一　藤原頼通（九九〇～一〇七四）。
二　永承七年（一〇五二）三月、頼通が宇治の別荘を寺院としたもの。
三　一〇六九年五月二十五日（『教訓抄』）。この前年、頼通は関白職を弟の教通に譲り、引退していた。
四　後三条天皇は治暦四年（一〇六八）四月に即位。
五　大蔵経を供養する法会。

秘曲鴨のむなそりを奏した政資

六　僧が列をなして読経・散華しながら仏座の周りを回り歩く儀式に奏する楽。
七　唐楽、壱越調。隋の煬帝《ようだい》の作といわれ、「鳥向楽」と共に行道に奏された。
八　政方の長男（一〇〇四～七七）。右近将監。
九　楽所の首席の楽人。
一〇　細腰鼓《くれのつづみ》の一。頸《くび》に懸《か》け、右手に桴《ばち》を持って打つ。大小により一鼓・二鼓の名がある。
一一　一鼓を打つ時の所作。うつ向いて細かに歩き、止って胸を反らせ、うずくまるようにしては一鼓を打ち、左右に六手まで打つ特殊な奏法。
一二　後朱雀天皇の皇子。在位一〇四五～六八年。ここは、康平三年（一〇六〇）三月二十五日（『扶桑略記』）のこと。

笙の奏者欠員の代役を果した貞親

一三　白河院の御所。藤原良房の旧山荘。南は二条大路に面し、賀茂川の東の景勝の地にあった。
一四　詔勅の起草や記録に当り、除目などの公事を執行

すなはち《ただちに》朱紱《しゆばつ》[一五]の懐より〔笙を〕とりいだして侍りければ、叡感《えいかん》ありて、殿上人の奏楽につらなりて南庭[一六]をわたりける、時にとりてめづらしく《急場をしのぐのにまことにふさわしく》いみじくなん侍りける。

二四九　大弐資通、管絃者を伴ひて金峰山に詣づる事

大弐資通《すけみち》[一七]卿、管絃者どもを伴ひて金峰山《きんぷせん》[一八]にまうづる事ありけり。下向の時、路次《ろし》《道中に》にふるき寺あり。その寺におりゐて[一九]やすみけるついでに、その辺を見めぐりけるに、一人の老翁のありけるを呼びて、「この寺をばなにといふぞ」と問ひければ、翁、「これをば豊等寺《とよらでら》[二〇]と申し侍り」とこたふ。また寺のかたはらに井あり。「これ榎《え》の葉井《はゐ》[二一]と申す」といふ。また、「うしろの山はなに山といふぞ」と問ふ。「この山は葛城山《かづらきやま》[二二]なり」とこたふ。人々これを聞きて感涙[二三]をたれて、おのおの堂に入りて寺をうちはらひて《掃き清めて》、葛城[二四]を数反《すうへん》うたひて帰りけり。

した外記の上位のもの。「貞親」は、大外記師任の子。
一五 朱色の祭服、すなわち、五位の者の着る浅緋の袍をさす、とみておく。底本「朱俊」を改訂。
一六 底本「南殿」、伊木本により改訂。
一七 源資通。済政の子。笛・琵琶・和琴の名手。大宰大弐となったのは、永承五年（一〇五〇）、時に四十六歳。『無名抄』は、資通の孫の有賢が、殿上人を伴って大和の方へ遊びに出かけた折のこととする。
一八 奈良県吉野郡の大峰山にある役小角《えんのおづぬ》創建の金峰山寺をさす。

下向の路次に豊等寺に参詣、感激して葛城をうたった資通

一九 馬から下りて腰をおろして。徒歩ではなく、馬に乗っての道中であることがわかる。
二〇 豊浦寺、葛城寺とも。推古朝、五九三年に奈良県高市郡明日香村の地に蘇我氏の建立した寺院。
二一 豊浦寺の西にあったとされる井戸。
二二 奈良県の西南と大阪府の境にある山。役小角ゆかりの修験霊場。
二三 催馬楽の歌詞で知っていた場所を思いがけなく実地に教えられたため。
二四 催馬楽、呂の歌。歌詞は「葛城の　寺の前なるや　豊浦の寺の　西なるや　榎の葉井に　白璧《しらたま》沈《しづ》くや　真白璧《ましらたま》沈くや　おおしとど　おしとど　しかしてば　国ぞ栄《さか》えむや　我家《わいへ》らぞ　富《とみ》せむや　おおしとど　としとんど　おおしとんど　としとんど」。

二五〇　篳篥吹遠理、篳篥を吹きて雨を祈請の事

国の社で篳篥を吹奏し豪雨を降らせた遠理

篳篥吹遠理《ひちりきふきとほまさ》[一]が父[二]、阿波の守にて下向の時、遠理その供におなじく下向しけるに、その年旱魃《かんばつ》の愁へ（ひでりの嘆きが）ありければ、とかく祈雨をはげめ（あれこれと雨乞いをしたが）どもかなはず（雨が降らなかった）。七月ばかりに、遠理その国の社[三]その神尋ぬべしへ参りて奉幣の後に、調子[四]を両三反《りやうさんべん》吹きて（二三回吹いて）祈請のあひだ、にはかに唐笠《からかさ》ばかりなる雲、社の上におほひて（広がって）、たちまちに雨下りて洪水に及びにけり。神感のあらたなる事（神の感応のいちじるしいこと）、秘曲の地に落ちざる事（威力を失っていないこと）かくのごとし。

二五一　志賀僧正、用枝の篳篥を聴き初めて感涙の事

明月の夜湖上の吹奏を聞いて感動、篳篥嫌いを悔いた志賀僧正

志賀[五]の僧正明尊（道風の孫、兵庫の頭奉時の子なり）、本《もと》より篳篥《ひちりき》をにく[六]む人なりけり。或る時、明月の夜、湖上に三[七]船をうかべて、管絃・和歌・頌物（漢詩文）の人を乗せて宴遊しけるに、伶人《れいじん》等（楽人たち）その舟に乗らんとす

一 源遠理。右近将監。法名惟円。「篳篥」は、竹製の竪笛《たてぶえ》。長さ一八・五センチ、管の内径は約一センチ強。雅楽の合奏では主旋律を吹く。

二 源惟正（九〇六～九八〇）。備中播磨介・近江・備前・大和権守等に任じられているが、阿波守のことは不詳。蔵人頭・東宮亮を経て、天延二年、参議。極官は従三位・修理大夫。

三 阿波国（徳島県）の古い大社には、麻殖《おえ》郡徳島（一説に宮島）に忌部《いんべ》神社、板野郡板東に大麻比古《おおあさひこ》神社があるが、ここは阿波国の一宮《いちのみや》である後者をさすか。

四 調子の曲。平調の調子、壱越《いちこつ》の調子というふうに、唐楽の六調子にそれぞれ調子の曲がある。種々の奏法が組み合された難曲で、中には秘曲とされるものもあった。

五 園城寺僧（九七一～一〇六三）。長暦二年（一〇三八）、大僧正。永承三年、天台座主となったが、山門派の反対にあい三日間で辞退した。

六 きらう人。清少納言も「篳篥はいとかしがましく、秋の虫をいはば、轡虫《くつわむし》などの心ちして、うたて、け近くきかまほしからず」（『枕草子』笛は）と記している。

七 管絃者、歌人、詩文人が別々に乗る三隻の舟。

る時いはく、「この僧正は篳篥にくみ給ふ人なり《お嫌いな方だ》。しかあれば《だから》用枝《もちえだ》[八]は乗るべからず《乗らないほうがよい》。事にがりなんず《面倒なことになるだろう》」とて乗せざりければ、用枝、「さらば《それなら》打物《うちもの》[九]をもこそ仕らめ《打楽器でも勤めましょう》」とて、しひて乗りてけり《無理に乗ってしまった》。やうやう深更《真夜中》におよぶほどに、用枝ひそかに篳篥をぬきいだして、湖水にひたしてうるほしけり[一〇]。人々見て、「篳篥か」と問ひければ、「さにはあらず。手あらふなり」とこたへて、なにとなきていにて居たり《なんでもない様子で坐っていた》。しばらくありて、つひに音取出《ねとりいだ》[一一]したりければ、かたへ《かたわらの》の楽人ども、「さればこそいひつれ《だからこそいったのだ》。よしなきものを乗せて《始末の悪い人を乗せてしまって》興さめなんず[一二]」と、色を失ひて《青くなって》なげきあへるほどに、その曲めでたく妙《たへ》にしてしみたり《心にしみた》。聞く人みな涙おちぬ。年比《としごろ》これをいとはるる僧正《ずっと篳篥を嫌われていた僧正が》、人よりことに泣きていはれけるは、「正教《しやうげう》[一三]に、篳篥は伽陵頻《かりようびん》[一四]の声を学ぶといへる事《述べられている》あり。この言[一五]を信ぜざりける、口惜しき事なり。今こそ思ひ知りぬれ《今に至って始めてよくわかった》。今夜の纏頭《てんとう》[一六]は他人に及ぶべからず《ほかの人に授けることはならぬ》。用枝一人にあるべし《授けるべきだ》」とぞいはれける《〔僧正は〕》。この事を後々までいひ出して泣かれけるとぞ。

八　和邇部《わにべ》氏。用光または光枝の誤伝か。『篳篥師伝相承』に、「正枝―用光―光枝」と見え、用枝の名はない。用光（茂光）については、篳篥を吹いて海賊を改心させた話（下巻四三〇話）がある。

九　打楽器。鞨鼓《かっこ》・壱鼓《いっこ》・鉦鼓《しょうこ》・銅拍子《どうびょうし》等をさす。

一〇　篳篥の芦舌《ろぜつ》（吹き口）の二枚の舌は、乾燥時には密着しているので、吹く時お茶等で湿らせて適度に離し、同時に、筒との間に隙間ができないように二枚の舌の下方の舌を巻いている和紙にも湿りを与える必要があった。ここは、芦舌を筒に挿入してある状態で湿りを与えようとしたもの。

一一　音取《ねとり》の曲を吹奏し始めたので。「音取」は、楽器の調子を見るための幾通りかの奏法を組み合せた短い楽曲で、「壱越調音取」のように、六調子それぞれにあり、また「迦陵頻音取」のように、単独の楽曲にもある。

一二　折角の催しが台無しになってしまうぞ。

一三　釈迦の教え。経典。

一四　迦陵頻伽。好声・美音（の鳥）の意。元来は、ヒマラヤ山中にいる美声の鳥の名であるが、仏教では、極楽浄土に住む妙音鳥をいう。

一五　底本「哥」とあり、「言」と傍記。傍記に従う。

一六　舞・歌等の好演者に褒美として与えられる金品、特に衣類。当初、与えられた衣類を頭に纏《まと》った作法からいわれる。

二五二　後三条院、中御門大納言宗俊の箏に叡感の事

後[一]三条院は、管絃をば御沙汰なかりけり《たしなまれなかった》。さりながら、中御門《なかみかど》の大納言宗俊[二]の箏《さう》を聞しめしては《お聞きなさっては》、「この卿が箏はただものにあらず。道[三]において上《うへ》なきものなり」とて、御顔色も変じましまして御感ありけり。白河[四]院もこの人《宗俊》の箏を聞しめしては、御落涙ありて感ぜさせ給ひけり。按察《あぜち》の大納言宗季[五]に仰せられけるは、「我、宗俊が箏を聞きて、おほく罪障[六]を滅するに、非管絃者[七]は、嗚呼《をこ》のおぼえとるべきなり」とぞ御叡感《ごえいかん》ありける。さてことに御憐愍[八]《ごれんびん》ありけり。知足[九]院殿は、かの卿参られければ《宗俊卿がおいでになると》、いかなる奏事[一〇]ありけれども、聞しめされず、御箏沙汰ありて、毎度に興に入らせ給ふなり《聞きほれておいでであった》。

二五三　御琵琶、牧馬・玄象勝劣無き事

永保[一一]三年七月十三日、主上《白河天皇》・殿下[一二]《てんが》、南殿《紫宸殿》の巽《たつみ》の角《東南の角》に御座ありて、

後三条院・白河院・関白忠実などを感動させた箏の名手宗俊

一 後朱雀天皇の皇子（一〇三四～七三）。深く学問を好み、政治の改革に情熱的に取り組み、摂関政治にかえ、天皇親政を実現した。
二 藤原宗俊。権大納言。後三条天皇より十二歳年少。『秦箏相承血脈』によれば、貞重親王の孫山城守為堯の弟子。また笙をよくし、笛にも堪能であった。
三 箏の演奏にかけては、無上の名手である。
四 後三条天皇の皇子（一〇五三～一一二九）。摂関家を押える父帝の方針を承け、院政を開始した。
五 「実季」の誤伝。『公卿補任』にも、宗季の名は見えない。藤原実季（一〇三五～九一）は、白河天皇の生母藤原茂子の兄にあたる。
六 心の洗われるような思いがするが。
七 管絃をたしなまない者は、愚かしいと思われてもやむをえまい。
八 情けをかけられた。
九 藤原忠実（一〇七八～一一六二）。白河院政下の関白・摂政。日記に『殿暦』がある。
一〇 天皇に奏上すべき政治上の要件。

いずれ劣らぬ宮廷の名器

一一 一〇八三年。
一二 摂政・関白、藤原師実《もろざね》をさす。白河天皇の中宮・堀河天皇の生母である賢子の養父。

蔵人盛長《くらうどもりなが》[一三]をして御琵琶牧馬《ぼくば》[一四]をめしよせらる〔お取り寄せになった〕。即ち錦の袋に入れて持て参りたりけり。〔白河天皇が〕御覧ののち、大納言経信《つねのぶ》[一五]卿に引かせられけり〔お弾かせになった〕。聞しめして、「玄象《げんじやう》といかに」〔どちらがよろしいか〕と仰せられければ、大納言申されけるは、「むかし、前《さき》[一六]の一条院の御時、信明[一七]・信義[一八]等をめして、この御琵琶どもをひかせられけるに、信明は玄象、信義は牧馬を弾ず。牧馬すぐれて聞ゆ。その時とりかへて〔信義に〕玄象をひかせらるるに、玄象すぐれたり。その時、琵琶の勝劣あらず。弾人《ひくひと》[一九]によりけり」と奏せられけるを聞しめして、〔経信に〕玄象をとりいでてひかせられけるに、まことに勝劣なかりけり。この事[二〇]、〔経信〕かの卿たしかに記[二一]しおかれ侍り。

二五四　琵琶の明匠大納言宗俊の事

[二二]大宮の右相府《うしやうふ》薨去《こうきよ》の後、七々忌はてて〔四十九日忌が終って〕人々分散しけるに〔ちりぢりに別れたが〕、大納言宗俊[二三]卿ひとり旧居にとどまり居て、心ぼそく思はれけるにや、鬢《びん》〔髪〕かかれける〔をくしけずられる折〕ついでに、草子筥《さうしばこ》[二四]のふたを拍子に打ちて、万秋楽《まんじうらく》[二五]の序を唱《しやう》

一三 源盛長。少納言長季の子。従四位下・左衛門権佐。
一四 玄象（玄上）と共に醍醐天皇が朝夕に愛翫《あいがん》した琵琶の名器（『順徳院御琵琶合』）。俊鏡の『糸竹口伝』に「牧馬ハ槽（琵琶の背面の円盤部分）ニ四角アル馬ノ形ヲ木絵ニ彫入タリ。延喜帝ノ御物也。玄象ヨリマサリテナルトナン。或人、撥面ノ絵ニ牧ノ馬ヲ書タリト云、僻事也」と見える。
一五 源経信。兵部卿源資通に琵琶を学ぶ。この時、権大納言・民部卿で六十九歳。
一六 一条院。後一条院に対していう。
一七 源博雅の子。源資通の琵琶の師。二四四話参照。
一八 源博雅の子。二四四話では笛の上手とする。
一九 信義の弾奏が、牧馬・玄象のどちらにも信明に勝《まさ》ったのでいわれた。ただし、『拾芥抄』『音律具類抄』等では、琵琶の技倆は、信明が信義に超え、琵琶は玄象が牧馬に勝《まさ》るとする。
二〇 底本「中」とし、「事」と傍記。傍記に従う。
二一 源経信は日記『帥記』を残している。ただし、この年月の条、伝存しない。
二二 藤原俊家。永保二年十月二（一説二十二）日没。

病弱ではあったが白河院の御時の明匠八人の一人に数えられた宗俊

二三 俊家の長男。この時、権中納言、三十七歳。
二四 草子類を収納しておく箱。
二五 唐楽、盤渉調《ばんしき》。仏世界の曲とされる（『教訓抄』）。

歌《が》にせられける。一句をしては涙をおとしてぞ居給ひたりける。ことに風病[一]おもき人にて、笛のつか[二]にも紙を巻きてぞつかはれける。然れども紫檀《したん》[三]の甲《かふ》の琵琶を、よくさむき時もひかれければ、近習《きんじゆ》者《しや》どもは《お側の者たちは》、「このものはそら風[四]をやみたまふにこそ」などぞいひあへりける。また、「物狂《ものぐる》ひの気のおはするにや《気がおふれになっていらっしゃるのか》」などいひけり。琵琶は、箏[五]・笛ほどの堪能《かんのう》にはあらざりけるとぞ。さりながら白河院の御時、承暦[六]年中に、飛香舎《ひぎやうしや》にして《藤壺において》琵琶の明匠八人[七]をめしける中に、この大納言は入れられけるを、不堪《ふかん》のよしを申して《未熟だと申されて》再三辞し申されけれども、なほその清選に入りにけり《厳密な選に入られた》。その八人は、経信・宗俊・政長[八]・基綱[九]・院禅[一〇]。いま三人、誰々にて侍るにか、尋ぬべし。

二五五　源義光、足柄山にて笙の秘曲を豊原時秋に授くる事

源義光[一一]は豊原時元[一二]が弟子なり。時秋[一三]いまだをさなかりける時、時元はうせにければ、大食調入調《たいしきてうにふでう》[一四]の曲《秘曲》をば時秋にはさづけず、義光に

一　頭痛、四肢の疼痛、運動障害等の症状を伴う病気。
二　笛の手に持つ部分。管の冷たい感触が身体に伝わらぬようにとの用心。
三　甲《こう》が硬質の材の紫檀で冷感があるのに、寒い時にもそれを抱えて演奏されたので。「甲」は琵琶の胴の背のふくらんだ部分。
四　風病病《や》みだと仮病を使っておいでではないか。
五　箏は後出の院禅、笙は父の俊家から、師伝を承けている（『秦箏相承血脈』『鳳笙師伝血脈』）。
六　一〇七七～八一年。
七　学芸・技芸にすぐれた人。
八　源政長。参議資通の子。刑部卿。蹴鞠《けまり》・郢曲《えいきよく》・和琴・笛・琵琶のいずれにも堪能であった。堀河院の郢曲・笛の師。
九　源基綱。琵琶の師は、父経信。承暦年中には蔵人であった。永久五年（一一一七）没、六十九歳。
一〇　小倉供奉。西院、善興寺とも号した。嵯峨供奉賢円の弟子。「琵琶の譜タシカニシタタムル事ハ、院禅ノ時ヨリ……」と、『吉野吉水院楽書』に見える。
一一　頼義の子、新羅三郎。左兵衛尉。豊原時光より笙の師伝を承け、相伝の荒序を時元に伝えた（『鳳笙師伝相承』『大家笛血脈』）。大治二年（一一二七）没。

足柄山まで随行した時秋にその父時元から伝授の秘曲を授けた義光

一二　時光の子。笛の名手。左近将監。一一二三年没。

はたしかに教へたりけり。

陸奥《むつ》の守《かみ》[一五]義家朝臣、[一六]永保年中に武衡《たけひら》[一七]・家衡《いへひら》等を攻めける時、義光は京に候ひてかの合戦の事をつたへ聞きけり。いとまを申してくだらんとしけるを、御ゆるしなかりければ、兵衛《ひやうゑ》の尉《じよう》を辞し申して、[一八]陣に弦袋《つるぶくろ》をかけて馳《は》[一九]せ下りけり。近江の国鏡《かがみ》[二〇]の宿につく日、花田《はなだ》[二一]のひとへ狩衣《かりぎぬ》に襖袴《あをばかま》[二二]きて、引入烏帽子《ひきいれえぼし》[二三]したる男、おくれじ《おくれまいとして》と馳せ来《き》たるあり。あやしうおもひてみれば、豊原時秋なりけり。「あれはい《そなたどうし》かに《たのだ》。なにしに来たりたるぞ」と問ひければ、[二四]とかくの事はいはず、「ただ御供仕るべし」とばかりぞいひける。義光、「このたびの下向、物さわがしき事侍りて《火急のことがあって》馳せ下るなり。ともなひ給はん事もつとも本意なれども《連れて行ってあげたいのはやまやまなれど》、このたびにおきてはしかるべからず《今度にかぎってはそういうわけには参らない》」と、頻《しき》りにとどむるを聞かず、強《し》ひて従ひ給ひけり。力およばでもろともにくだりて《やむをえずに一緒に下向して》、つひに足柄[二五]の山まで来にけり。かの山にて義光馬を控へていはく、「とどめ申せども《お止めしたのに》、用ゐ給はでこれまで伴ひ給へる事《聞きいれられずここまで付いて来られたことは》、その心

一三 時元の子。笙の名手。三〇七頁注一四参照。
一四 三〇六頁注五参照。
一五 源頼義の子（一〇三九～一一〇六）。義光の兄。諸国の国司を歴任。前九年後三年の役に勲功をたてた。
一六 永保三年（一〇八三）、陸奥守兼鎮守府将軍として、出羽国の清原氏の内紛を清衡を援けて鎮定した（後三年の役）。なお、永保年中には、時元は在世。時秋はまだ生れていない。『文机談』は、義光が時忠（時元の兄）に入調を教えたとする。
一七 清原武則の子で家衡の叔父。「家衡」は清原武貞の子。ともに出羽の金沢柵（横手市郊外）に拠って清衡・義家連合軍と戦い、寛治元年（一〇八七）十二月に敗死した（『本朝世紀』）。
一八 陣に弦袋を返還して辞意を表すこと。「陣」は、左兵衛府の武士の詰所。「弦袋」は、掛けかえ用の弓の弦を巻きおく道具。箙《えびら》の脇皮につける。弦巻。
一九 義光が、兄義家の支援に陸奥へ下向したのは、寛治元年九月下旬。時に四十三歳であった。
二〇 東海道筋の古い宿駅。滋賀県蒲生郡龍王町。
二一 薄い藍色で裏地のつかない狩衣（公家の略服）。
二二 裾を紐で括る狩襖の袴、指貫《さしぬき》。
二三 懸緒を用いずに烏帽子を頭に深く引き入れてかぶること。激しく動く時のかぶりかた。
二四 これという理由は言わないで。
二五 東海道筋にある山。神奈川県足柄上郡内。『続教訓抄』所載の別伝では、逢坂の関。

ざしあさからず。さりながら《しかしながら》この山には、さだめて[一]関もきびしくて、たやすく通す事もあらじ《容易に通してはくれないだろう》。義光は[二]所職《しよしよく》を[三]辞し申して都をいでしより、命をなきものになしてまかりむかへば《命をすてる決心で下向しているので》、いかに関きびしくともはばかるまじ《障害にはならない》。かけやぶりてまかり通るべし。それにはその用なし《そなたにはその必要がない》。すみやかにこれより帰り給へ」といふを、時秋なほ承引せず《やはり聞きいれない》。またいふこともなし《何も言わない》。その時、義光、時秋が思ふところをさとりて《心中の願いを察知して》、関所にうちよりて《目立たぬ場所に進み寄って》馬よりおりぬ。人を遠くのけて《遠ざけて》、柴を切りはらひて楯《たて》二枚を敷きて一枚には我が身座し、一枚には時秋をすゑけり。[四]うつぼより一紙の文書をとり出《い》でて、時秋に見せけり。「父時元が《汝の父の時元が》自筆に書きたる[五]大食調入調《たいしきてうにふでう》の曲の譜。また笙はありや」と、時秋に問ひければ、「候《さふら》ふ」とて、ふところより取り出したりける用意のほど、まづいみじくぞ侍りける《まずは感心な心がけであった》。その時、「《(義光)》これまでしたひ来たれる心ざし、さだめてこの[六]料にてぞ侍らん《いくさという大事のために下向するので》」とて、則ち《直ちに》入調の曲をさづけてけり。「《(義光)》義光はかかる大事によりてくだれば、身の安否知りがたし。

一 関所。底本「閑」。伊木本により改訂。
二 公の職務。左兵衛尉を自ら辞職したことをさす。
三 底本「三拝」。伊木本により改訂。
＊ **義光秘曲伝授の異伝** 『続教訓抄』に、「時忠ガ弟子ニ、刑部丞義光トイヒシ源氏ノ武者ノコノミ侍リシニヲシヘテ、其笛（交丸）ヲモトリコメテ侍リケルホドニ、義光アヅマノカタヘマカリケルニ、時忠モ争《いかで》カ年来ノ本意ヲオクリ申サザラントテ、ハルバルト行ケルヲ、会坂関ニ至リテ、此笛ノ事ヲ思ニヤト心エテ、『我身ハイカニモアリナン、道ノ人ニコソ此笛ヲイカデカ伝ヘザラン』トテ、カヘシ給リタリケレバ、ソレヨリコソ、イトマコヒテ、カヘリノボリニケレ」とある。なお、『続教訓抄』は、他にこの類話を二話載せる。
四 腰に帯びる矢入れ。
五 雅楽の六調子の一。基本は平調と同じく洋楽のE音で、呂旋《りよせん》。大食調の曲には、秦王破陣楽《じんのうはじんらく》、傾盃楽、太平楽、還城楽《げんじようらく》、抜頭等がある。「入調」は、入調子の略。唐楽の舞楽の際、舞人が舞い終ってから楽屋に入るまでの間に奏でる調べ。六調子それぞれにあるが、大食調入調は秘曲として重んじられた。
六 秘伝である大食調入調の曲の伝授をうけるためであろう。

万《まん》が一安穏《いちあんをん》ならば都の見参を期すべし（都でまたお目にかかりましょう）。貴殿は豊原数代の楽工[七]（楽人）、朝《てう》[八]家要須《けえうす》の仁《じん》なり。我に心ざしをおぼさば（私に恩義を感じられるなら）、すみやかに帰洛して道を（笙の道に）またうせらるべし（専念されるように）」と、再三いひければ、〔時秋は〕理に折れてぞのぼりける。

裏書[九]

*[一〇]宇治の左府の御記に云はく、

[一一]保延五年六月十九日丁卯、[一二]入学の吉日たるに依《よ》りて、[一三]平調《ひやうでう》の入調《にふでう》習ひ畢《をは》んぬ。即ち吹くこと十返《じつぺん》、[一四]時秋を以《も》て師となす所望《しよまう》なり。昨《きのふ》、消息（書簡）を以て[一五]権の大納言に触れて云はく、「明日、入調を習ふこと如何《いかん》」と。返報に云はく、「もつとも然るべし（至って結構なことです）」者《てへ》り。同じき二十日戊辰、大食調入調を習ふ。時秋に習ふなり。習ひ了《をは》りて、則ち吹くこと十返。昨日、吉日を以て平調を習ふ。仍《よ》りて大食調は日次《ひなみ》を尋ねず。[一六]昨《きのふ》、平調の入調を習ひ了《をは》んぬ。訖《をは》りて後、権の大納言に申して消息を以て申す曰く、「平調の入調已《すで》に習ひ了んぬ。この後、一両月を経て大食調の入調を習ふべきか如何」と。

七 時秋は、笙《しやう》の楽家としての豊原家を中興した有秋から数えて、五代目に当る。
八 朝廷が必要とする大事な人物である。
九 紙の裏面に書かれた文。
一〇 藤原頼長（一一二〇～五六）の日記『台記』。
一一 一一三九年。時に頼長は内大臣・右大将。
一二 『胡琴教録』上に、「はじめ師説をうくる時、かならずよき日をもちふべし」とある。「胡琴」は琵琶。ここは笙の場合だが、事情は同様であったと思われる。
一三 平調の入調子の曲。大食調の入調に次ぐ秘事とされた（『教訓抄』）。
一四 豊原時秋。一〇九七年生れ。雅楽頭《うたのかみ》・楽所勾当《こうとう》。当時、笙の第一人者で、笛・篳篥の名手。
一五 源雅定《まささだ》。太政大臣雅実の子、中院右大臣。頼長の笙・笛の師。時に権大納言、四十三歳。
一六 以下、冒頭部からの記述の補足的再説。当初、頼長は、平調の入調を習って後、一、二か月を経てから大食調入調を習うつもりでいたが、御意のままにという雅定の返事によって、翌日に習うことにしてしまった。入学時に吉日を選んだのだから、以後は勝手だとの理屈で、「秘曲を伝へうけんことにおいては、名ある日（八月十五夜、九月十三夜、七夕、端午、重陽、曲水宴の日）をもちゆべきなり」（『胡琴教録』上）という慣習をあえて無視したようである。

返報に云はく、「只《ただ》意に任《まか》すべし」者《てへ》り。仍《よ》りて習ふ所なり。時秋を南庭に召し、栗毛の馬一疋《いつぴき》を給ふ。鞍を置く。下﨟の随身これを取る。上手下手、既の舎人これを取る。時秋、一拝して退出す。件《くだん》の馬並びに舎人《とねり》等は外宿《ぐわいしゆく》[一]なり。然《しか》れども予、簾中《れんちゆう》に有りて之《これ》を給ふ。

[二]入調に至る者禄有りと云々《うんぬん》。昔、時光[三]、平調の入調を時信[四]に習ふ。時信云はく、「入調は四天王[五]の常に守護せしむる所なり。仍《よ》[六]りて必ず禄を給ふ」と。時光、清貧にして財無し。古泥障《ふるあふり》[七]二枚を以て時信に奉ると云々。習ひ訖《をは》れる由、権の大納言（源雅定）に告ぐ。返事を相《あひ》副《そ》へて、故左近の将監《しやうげん》時光の自筆の譜[八]二枚を送らる。一枚は平調の入調、一枚は大食調。大食調の入調の奥書に、黄鐘調[九]の調子の秘説を載す。予、これを披見し、一拝し捧げ持ちて賞翫す。

二五六　藤原博定、池の中島にて太鼓を打ち大神元正感じ入る事

音の伝導の間合いを考えて太鼓を打ち元正を感心させた博定

[一〇]堀河院の御時、[一一]六条院に朝覲《てうきん》[一二]行幸ありけるに、池の中島に楽屋（演奏所）を

一 馬は他所へ連れて行かれる馬であり、舎人等もそれについて他所へ行く者たちだ、という意か。
二 入調の秘曲を伝授された者は、それに対する謝礼の品を進上するしきたりがあるということ。典拠未詳。「禄」は底本「縁」、文意により改訂。なお、頼長は時秋から「荒序」を相伝しているが（『豊原系図相承次第』）、入調伝授の記事は未見。
三 豊原時光。村上天皇の笙の師時延（一説に時信）の子。笙の名匠。右大臣頼宗、源義家等の笙の師。
四 時光の父の時延をいうか。
五 仏法・仏徒を守護する神。東方の持国天、西方の広目天、南方の増長天、北方の多聞天。
六 そういう功徳ある曲を授けられたという意味で。
七 鞍の下に用いる馬具。衣服にはねる泥よけに、馬の左右の脇腹に垂らす大型の皮。古くは熊の皮、後には漆塗りの皮などを用いるようになった。
八 雅定の師は時元（時光の子）。時元が所持していた笙の譜を、ある機会に雅定が相伝したのであろう。
九 種々の奏法を組み合せた黄鐘調の難曲の秘事。
一〇 在位一〇八六～一一〇七年。
一一 白河院が承保二年（一〇七五）に藤原顕季に造営させた六条内裏。
一二 堀河天皇の白河院拝謁のための行幸。

構へられたりけるに、御所《天皇の御座所》、水をへだててはるかに遠かりけり。[一三]博《ひろ》定《さだ》勅をうけたまはりて太鼓[一四]をつかうまつりけるが《演奏しましたが》、壺[一五]よりも進めて《早めに》撥《ばち》をあてけり。後日に博定、元正[一六]《もとまさ》にあひて、「昨日の太鼓はいかがありし」といひければ、元正、「めでたくうけたまはりき《立派な出来ばえと拝聴しましたが》。但し、すこし壺より進みてぞ聞えし」といひければ、また問ひけるは、（博定）「壺[一七]はうち入れたるたびやまじりたりし。はじめをはり同じほどに進みて侍りしか」といふ。元正、「始終進みて終りにき」とこたへければ、博定、「さて[一八]は意趣に相叶《あひかな》ひにたり。そのゆゑは、楽《曲節》こそ引きはなれぬ事なればかすみわたれ《切れ目のないことなので目立たないが》、遠くて物をうつは、ひびきのおそくきたるなり。され[一九]ば御前にては、壺にうち入りて《間合いがぴったり合って》、よくぞ聞《よい出来とお》しめしけん《聞き頂けたはずです》」とぞいひける。「この心ばせ《この心くばりは》、思ひよらざる事なり《思いもかけないことであった》。めでたし《立派である》」とぞ、元正感じける。

一三 藤原博定。兵庫頭知定の猶子。民部大輔・楽所預。一一〇三年没。院禅の弟子（『秦箏相承血脈』他）。
一四 管絃の合奏用の釣太鼓か。直径五五センチ、幅一二センチの木の胴の両面に皮を張ったもので、円形の木の枠に釣り下げてある。
一五 桴《ばち》を当てる本来の間《ま》合い。
一六 大神基政（一〇七九～一一三八）。鳥羽天皇の笛の師。一一二二年、雅楽属、一一二八年、楽所勾当。
一七 早い間合いの桴は、打ち始める時にだけ交じって聞えましたか。それとも終始同じ早めのテンポに聞えましたか。
一八 それでは、ねらい通りに音を出すことができた。
一九 終始同じ早めのテンポに打てたとすれば。

＊ **秘曲の伝授と演奏** 管絃歌舞篇五十四話のうち、秘曲や名曲の伝授や名演奏、見事な舞い方とその秘説などの説話が十数話含まれていることは、当然かもしれないが、やはり注目に値する。其駒（二四五話）・鴨のむなそり（二四七話）・陵王の乱序（二六八話）・蘇合香の序（二七六話）の演奏の話も印象深いが、豊原時秋が出陣する源義光を追って足柄山まで随行し、亡父時元が義光に授けた笙の秘曲の伝授を受けた話（二五五話）は最も感動的である。数奇者源頼能は、奈良の瓜畑で名手玉手信近から横笛の伝授を受け（二六四話）、年老いた大神元政は、早朝出向いて、多近方父子に笛と舞の秘曲秘伝を授ける（二七一話）。

二五七　前所衆延章、太鼓を打ち拍子を過つ事

元正が面笛を正清に合わせた為、太鼓を打ち損じて訓戒された延章

前《さき》の所《ところ》[一]の衆延章《しゅうのぶあき》は名誉の者なり《名の聞えた者である》。白河院[二]の御時、六条の内裏に行幸ありけるに、朱雀[三]の大納言俊明、延章を頻《しき》りに挙げ申されければ《推挙申されたので》、はじめてめされにけり。勅定によりて右[四]の太鼓をつかうまつりけるに、皇仁《わうにむ》[五]に拍子[六]をあやまちにけり。笛は正清[七]・元正[八]なりけり。元正が吹くところの皇仁、年比《としごろ》聞くに、延章[九]が説にたがはざりければ、その旨を存ずる所に《そのように承知していたところ》、今度異説を吹きたりけるに《〔元正が〕違った吹き方で吹いたので》、《〔延章は〕》度を失ひ、拍子をあやまりにけり。延章、楽屋に入りて元正をうらみていひける、「年比《としごろ》貴説をうけたまはるに、愚説にたがはず《私の吹き方と同じでした》。それにこのたびは《それなのに》異説を吹き給ひて拍子[一〇]をおとさしむる事、生きながら首を切らるるなり」といひければ、元正云はく、「またくあやまたざる事なり《〔私の吹き方に〕全然間違いはありません》。申さるるがごとく、つたふる所まことにかはらず《あなたと私の伝え受けた吹き方は同じです》。されども面笛《おもぶえ》[一一]正清なり。その休息[一二]のほど、笛を元正にゆづる。吹出《ふきだし》[一三]にはかの人《正清》の説

一　蔵人所の衆。蔵人所で雑役に従事する者。定員は二十人で、五、六位の者から選ばれた。「延章」は、伝未詳。太鼓の名手であった。
二　在位一〇七二～八六年。譲位後、一一二九年まで院政を執った。
三　源俊明。隆国の子。白河院の近臣。白河天皇の譲位時には、権中納言・右衛門督《かみ》で四十三歳。
四　右方、すなわち高麗楽の太鼓。
五　高麗楽、壱越調《いちこつちょう》。破・急の二楽章からなり、破は四拍子で拍子（太鼓を打つ箇所）十九、または二十七か二十八。急は唐拍子で拍子十、または十四。仁徳天皇の即位時に王仁《わに》が庭上で舞った様を表した曲とされる（『教訓抄』）。
六　太鼓を打つべき箇所をはずしてしまった。
七　戸部正清（一〇四九～一一一九）。雅楽允《うたのじょう》正近の子。白河院北面。基政の父惟季と共に正近に学ぶ。
八　大神基政。前話参照。
九　延章の心得ている譜と異なる所がなかったので。
一〇　太鼓を打つ箇所を省かざるを得ないように笛を吹かれたこと。
一一　笛の首席奏者。
一二　底本「伏」。『教訓抄』により改訂。
一三　入れ替って吹き始めるからには、の意。
一四　角《かど》だたず立派でありました。延章の抗議を巧みに

かわした対応ぶりへの讃辞。
一五 太鼓の拍子を打ち損じたことをさす。『教訓抄』巻十には、打物の中で太鼓は第一の大事（難物）であり、「自レ昔至レ今、名誉之管絃者、皆毎二太鼓一顕二瑕瑾一、有二其数一歟」として、頼吉・能元・延章《い》・惟成・有安・家長の名を挙げ、「此等皆以、失錯アヤマリ毎度ノ事ナリ」とあり、太鼓を打って拍子を誤らぬことは、手だれの奏者にも至難の業《わざ》であったようである。
一六 笛の奏者と協調せずに。

一七 一〇九五年。
一八 閑院。この年の六月、新造成った白河院の御所。
一九 七月二十六〜二十九日の宮中での相撲節会の直後にあたるので、在京中の相撲人が召されたものか。
二〇 大江匡房《まさふさ》。この時、権中納言で五十五歳。
二一 興福寺に属した楽人（一〇二五〜一一一二）。唐楽の名手、楽所一の者、従五位上・左近将監。
二二 唐楽、平調の祝賀の曲。
二三 唐楽、壱越調。特別な甲を被り直面《ひたおもて》で、右肩（又は諸肩《もろかた》）をぬいだ襲装束を着た舞人四人で舞う（『教訓抄』）。
二四 祝賀の曲という点では。
二五 高麗楽、双調調。鼻高朱面をつけた舞人六人の舞。
二六 上皇の御所。

江師に万歳楽をやめて賀殿をと進言、賀殿・地久を奏した光季

を吹かずして、豈《あに》他説をもちゐんや。太鼓の撥《ばち》をとらるるばかりにては、何《いづれ》の説をもたしかにこそは存知《ぞんち》し給はめ」とぞいひける。な[一四]だらかに目出《めで》たくぞ侍りける。これ[一五]笛吹《ふえふき》[一六]を背《そむ》きて、われかしこにもてなすがいたすところなり。太鼓の撥をとる日は、笛吹とよくいひあはせて存知すべき事なり。これ古人の伝ふるところなり。

（どうして他の吹き方ができましょう／とられるほどの方ならば／独り合点で勝手にきめた振舞がもたらす結果である／充分に申し合せて）

二五八 嘉保二年八月院に行幸の折、狛光季賀殿地久を奏舞の事

嘉保《かほう》[一七]二年（堀河）八月八日、院[一八]に行幸ありて相撲《すまひ》[一九]を御覧ぜられける。江師《がうそつ》[二〇]、兼日《けんじつ》に式をつくりて奉りける時、舞人狛光季《こまのみつすゑ》[二一]申しけるは、「万歳楽《まんざいらく》[二二]をとどめて賀殿《かてん》[二三]を奏せんと思ふ。その故《ゆゑ》は、一には万歳楽は毎年に御覧ぜらるる曲なり。一には説《よろこび》[二四]は賀殿おなじかるべし。一には舞興、賀殿まされり。一にはこの院、新造たり。賀殿の儀あひ叶へり」。江師このよしを奏せられければ、しかるべきよし勅定ありて、まづ賀殿・地久[二五]を奏しけり。その時の内裏は堀河院、仙《せん》[二六]

（事前に式楽の次第を作成して奉った時に／やめて／舞の興趣／賀殿の曲趣がぴったりです／それでよいとの仰せがあって／里内裏は）

洞《とう》は閑院《かんゐん》にて侍りけり。[一]程ちかければ、かち(徒歩での御幸でありました)の行幸にてぞ侍りける。

二五九　長治二年正月朝観行幸の折、中院右大臣雅定童舞の事

童にて胡飲酒を舞い法皇主上の叡感を蒙った雅定

[二]長治二年正月五日、[三]朝覲行幸《てうきんぎやうかう》ありけるに、[四]胡飲酒《こんじゆ》、[五]中院の右大臣、童にて舞ひ給ひけり。[六]左衛門《さゑもん》の督《かみ》・[七]右大弁宗忠・[八]宰相の中将忠教《ただのり》、糸竹にたへたる(管絃に堪能であるということで)によりて、楽屋(演奏所)の前に座を敷きて着座せられけり。[九]舞いまだ終らざりけるに、法皇(白河院)の召しによりて胡飲酒の童(雅定)参りけり。靴をぬがず、御前の簀子《すのこ》に候ひければ、[一〇]主上(堀河天皇)、[一一]紅の御衵《おんあこめ》をたまはせけり。[一二]右大臣つたへ給はせ(取りついで下賜された)けり。童、庭におりて舞ひてしりぞき入りければ、[一三]父内大臣、庭におりて拝舞し(お礼の舞を舞われた)給ひけり。[一四]一家《いつか》の人々みな下殿《げでん》せられける(殿上から下りられたが)、ゆゆしく(壮観に見えた)ぞ見え侍りける。[一五]御遊《ぎよいう》に忠教卿笛をふかれけるを、主上とどめさせおはしまして、みづから吹かせ給ひける。胡飲酒の童(雅定)は[一六]笛吹き給ひけり。めづらしくやさしくぞ侍りける。

一　閑院は二条大路南・西洞院西、堀河院は二条大路南・堀川東と近接していた。
二　一一〇五年。
三　大炊御門・東洞院の白河院の御所への行幸をさす。
四　「こいんず」とも。唐楽、壱越調。胡国の王が酔舞する様を忙しげに舞う。
五　源雅定。この時、小舎人《こどねり》で十二歳。
六　源雅俊。時に権中納言で東宮権大夫を兼任。
七　藤原宗忠。時に参議で伊予守を兼ね、四十四歳。
八　藤原忠教。時に参議で左中将を兼ね、三十一歳。
九　この舞について宗忠の日記『中右記』は、「舞体誠以絶妙。衆人感嘆」と記す。
一〇　底本「かければ」。他本により改訂。
一一　束帯時に、下襲《したがさね》の下に着用する。表裏とも紅。
一二　藤原忠実。時に皇太子傅を兼ね、二十八歳。
一三　源雅実。時に左大将を兼ね、四十七歳。
一四　大伯父の左大臣俊房・その子の師頼（参議・右兵衛督）、叔父の顕仲（左京大夫）・雅俊・国信（権中納言）・顕雅（参議）、兄の顕通（右中将）等をさすか。
一五　この時の奏者は、笛・堀河天皇および忠教、箏・忠実、拍子・宗忠、琵琶・基綱、篳篥・敦兼、笙・雅定、付歌・宗通および宗能であった（『中右記』）。
一六　『中右記』は「笙」とする。

二六〇　嘉承二年三月、堀河天皇鳥羽殿に行幸ありて御遊の事

和歌・管絃・盃酌・朗詠・今様・舞楽・贈物・勧賞などの盛儀

[一七]嘉承二年三月五日、[一八]鳥羽殿《とばどの》に行幸ありて、六日、和歌の興ありける。[一九]序代《じよだい》は中納言[二〇]宗忠《むねただ》ぞ書かれける。次に御遊《管絃》、主上《堀河天皇》笛をふかせおはしましけり。[二一]殿下《てんが》箏、宗忠卿拍子、[二二]宗通卿《むねみち》[二三]付歌《つけうた》、新中納言[二四]基綱卿琵琶、左京の大夫《だいぶ》[二五]顕仲卿《あきなか》笙《しやう》、[二六]俊頼朝臣篳篥《ひちりき》、[二七]有賢朝臣《ありかた》和琴《わごん》、[二八]家俊朝臣付歌《つけうた》。呂《りよ》、[二九]安名尊《あなたふと》三反、桜人《さくらびと》一反、席田《むしろだ》二反、[三〇]鳥の破・急、賀殿《かてん》の急。律、[三一]青柳二反、[三二]万歳楽、五常楽の急。糸竹《管絃》のしらべことに面白かりけり。法皇《白河院》、簾中にてぞ聞しめしける。感興のあまり、[三三]密々に北面の御所のかたに、中納言[三四]顕通卿《あきみち》以下をめされたりけり。殿下《忠実》も参らせ給ひけるとぞ。盃酌《はいしやく》、朗詠、[三五]今様などありけり。八日、主上、御船にめして御遊ありけり。その後、舞楽、御贈物、勧賞《けんじやう》などありて還御《くわんぎよ》ありけり。

一七 一一〇七年。この年七月、堀河天皇崩御。
一八 白河院が譲位後に洛南の鳥羽（京都市伏見区）に造営した広大な離宮。
一九 歌会の趣旨などを叙した序文。序題。
二〇 前年十二月、参議から権中納言に昇進。
二一 藤原忠実。長治二年十二月に関白となっていた。
二二 藤原宗通。時に権中納言・右衛門督で三十五歳。
二三 管絃に合わせて神楽・催馬楽などを歌うこと。
二四 源基綱。経信の子。前年十二月、宗忠と共に権中納言に昇進していた。琵琶・郢曲《えいきよく》の名人。
二五 源顕仲。雅実の弟。時に兼越前権守で四十三歳。
二六 源俊頼。基綱の弟。篳篥・和歌に秀れた。
二七 源有賢。政長の子。和琴・笛・笙等の名人。また今様・郢曲に堪能であった（『郢曲相承次第』）。
二八 源家俊。権中納言・宮内卿家賢の子、陸奥守。
二九 以下の桜人・席田と共に催馬楽、呂の歌。
三〇 迦陵頻。次の賀殿と共に唐楽、双調の渡物の曲。
三一 催馬楽、律の歌。歌詞は「青柳を片糸によりて　おけや　鶯《うぐひす》の　おけや　鶯の縫ふといふ笠は　おけや　梅の花笠や」というもの。
三二 五常楽と共に、唐楽、平調の曲。
三三 底本「蜜」、伊木本により改訂。
三四 源顕通。雅実の子。時に権中納言・皇后宮権大夫。
三五 平安末に流行した歌謡。普通、七五調の四句。

立楽の時皇帝を吹出された堀河院

二六一　堀河院、節会に急ぎ入御ありて皇帝を吹き給ふ事

堀河院の御時、節会《せちゑ》[一]に常よりも急ぎ入御《じゆぎよ》[二]ありけるを、人々あやしう思ひけるほどに、御膳宿《おものやどり》[三]の方にて、立楽《りふがく》[四]の時になりて、皇帝《わうだい》[五]を吹き出《いだ》させおはしましたりけり。めづらしくいみじかりける事なり《すばらしかったことである》。かの右府[六]の記しおかれたるとかや。尋ぬべし。

妙音草木舞うと感銘の場で風が吹くと言い満座の失笑を蒙った顕雅

二六二　堀河院の御時、平調の御遊に非管絃者顕雅笑はるる事

季通《すゑみち》[七]のいはれけるは、非管絃者《管絃を解さない者は》は口惜しき事。堀河院の御時、平《ひやう》[八]調《でう》にて御遊ありしに、物の音よくしみて《楽の音がしみじみと感じられて》、やうやう暁に及ぶに《次第に明け方に近づいたころ》、「五常楽[九]の急百反に及べば、草木も舞ふなるものを《舞いはじめるということだが》。あるべし《やってみよう》」とて、あそばされ侍りしに《演奏なさいましたところ》、五十反ばかりにて天明けければ、時元[一〇]、排《おしひら》きて見るに《妻戸を開いて見ると》、庭樹のうごくを見て、「さて舞ふめるは《なんと盛んに舞っているなあ》」と申しけるを「目出《めで》たき心ばせかな《見事な心づかいである》」と、人々いひて感じ思しけるに、顕《あき》[一一]

一　宮中で行われる節日、及び立太子・任大臣、白馬・相撲等の公事の日に天皇が臨席して催される宴会。
二　天皇の御退場。
三　宮中での儀式や宴会に用いる食器類を収納しておく所。紫宸殿の西廂にあった。
四　楽人が庭上に立って奏楽すること。
五　皇帝破陣楽。唐楽、壱越調の曲。唐の太宗（一説に玄宗皇帝）の作とされる。武徳太平楽とも。
六　右大臣藤原宗忠。「記しおかれたる」ものとは、『中右記』をいうか。
七　藤原季通。生没年不詳。権大納言宗通の子。和歌・管絃に秀れ、『千載集』に十四首入集、箏は孝博から相承された（『秦箏相承血脈』）。琵琶・笛にも長じた。
八　雅楽の音階で、主音が洋楽のE音にあたる。白色の秋を思わせる細い金属音とも、さびしい西方からの亡国の音とも形容される（『教訓抄』）。
九　唐楽、平調の曲。礼義楽とも。序（詠）、破（延八拍子、拍子十六）、急（早八拍子、拍子八）の三楽章からなる大曲。
一〇　豊原時元（一〇五八～一一二三）。笙・笛の名手。

一一 源顕雅。右大臣顕房の子。詩文も作らぬ者が卿相に昇った初例といわれる人物。一〇八七年正月、十四歳で従五位上に叙されている。その頃のことか。

一二 管絃の演奏くらべ。

一三 堂上人たち。清涼殿への昇殿を許された人々。

一四 三台塩。唐楽、平調の曲。天寿楽とも。唐の則天武后の作。『遊仙窟』の世界の情調を写した曲とされる。仁明朝に犬上是成が序を忘れて破・急のみを伝えたという。

一五 地下人たち。ここは昇殿を許されていない六位以下の官人をいう。

一六 五常楽の序と破の間の舞人による三度の詠楽。

一七 天皇のご意向。

地下の勝をもたらした時元の笛

一八 雅楽寮の後身として天暦二年（九四八）に設けられた雅楽の教習所。「預」は別当（長官）の下位の官。

一九 中務省に属する諸庫の出納係。正七位相当官。底本「小監物」を改訂。「源頼能」は、天下無双と称された笛の名手。玉手延近の弟子。笛の譜「綿譜」をのこす。頼吉、王太とも。

二〇 玉手延近。薬師寺の楽人。戸部吉多の猶子となって笛を学び、雅楽允戸部正近、頼能等に伝授した。

ひたむきな音楽修業に励んだ頼能

雅《まさ》卿、いまだ殿上人にて、無能《管絃もできずその座にいるのさえ》にてその座に候ふだにかたはらいた《見苦しいのに》きに、奏して云はく、「あれは風の吹き候へば動くに侍り《風が吹きますから動いているのです》」と申したりけるに満座わらひけり《一座の人々はどっと笑ったという》。

二六三　堀河院の御時、殿上と地下の楽敵に地下勝つ事

同院《堀河院》の御時、楽敵[一二]の事ありけり。殿上[一三]、三台《さむだい》[一四]を奏す。主上《しゆしやう》、御笛あそばしけり。破二反《へん》、急三反《べん》、さらにまた急数返あり。この答《こたへ》に、地下《ぢげ》[一五]、五常楽を奏す。笛時元、序の後詠[一六]の段々、常のごとし。破六反畢《をは》りて急を奏するに、殊に叡感ありて、「楽とどむべからず《奏楽を止めてはならない》」と、天気[一七]ありけり。その間に、夜の月窮《きは》めて昇りぬ《中天に昇った》。地下の勝《〔勝敗は〕》になりにけり。

二六四　数寄者源頼能、玉手信近に従ひ横笛を習ふ事

楽所《がくしよ》[一八]の預《あづかり》少監物《せうけんもつ》[一九]源頼能《よりよし》は、上古《しやうこ》に恥ぢざる数寄の者なり《風流に一途な者》。[二〇]玉手

信近に順ひて横笛を習ひけり。信近は南京《なんきやう》[一]にあり。頼能、その道の遠きをいとはず、或は隔日にむかひ、或は二三日を隔ててゆく。信近、ある時には教へ、ある時は教へずして、遠路をむなしく帰る折もありけり。ある時は信近、瓜田《うりた》[二]にありてその虫をはらひければ、頼能もしたがひて朝《あした》より夕《ゆふべ》に至るまで、もろともにはらひけり。さて帰らんとする時、たまたま《思いがけなく》一曲を授けけり。ある時はまた、豆を刈《か》る所にいたりて、またこれを刈り、かり終りて後、鎌《かま》の柄《え》をもて笛にして教へけり。《〔頼能は〕こうして笛の修業をしたのである》かくしてその業をなせるものなり。さらに《少しも》下問[三]を恥ぢず。貴賤を論ぜず訪学《訪ねては学んだ》しけり。天人楽《てんじんらく》[四]をば、八幡宮寺[五]の橋上[六]にて大童子《だいどうじ》[七]にならひたるとぞいひ伝へたる。頼能は博雅三位[八]の墓所を知りて、時々参向して拝しける。まことによく数寄《芸道に徹していたからである》たるゆゑなり。

二六五　知足院忠実、大権房をして咤祇尼の法を行はしむる事並びに福天神の事

満願の日夢に美女を見、現に狐の尾を得て栄進の宿願を達した忠実

知足院殿[九]、何事にてか、さしたる御のぞみ《心に深く決めた願いごとがあった》ふかかりける事侍りけ

一 平城京（奈良）をさす。平安京の北都に対していう。
二 瓜畑。甜瓜《あまうり》・西瓜《すいか》の類と胡瓜《きゆうり》・越瓜の類とに大別される。二九五話の、南都から道長に早瓜が献上されたという例などから推量すれば、ここは甜瓜（真桑瓜）のことか。
三 目下の者にものを問い尋ねること。
四 唐楽、大食調の曲。雅楽権大允和邇部太田麿（七九八～八六五）の作。東大寺の供養の日、天童の行進時に初めて奏されたという。
五 八幡神宮寺。石清水八幡宮の麓にある真言宗の寺院。光仁天皇の時、八幡宮の供僧のために造られたという（『雍州府志』五）。
六 放生川にかかる反橋《そりばし》をさす。
七 寺院に仕える童子で、上童子と中童子との中間に位する者。
八 源博雅。管絃の名匠。九八〇年没。二四四話参照。
九 藤原忠実（一〇七八～一一六二）。一一〇五年、関白、翌々年、摂政、その後、太政大臣と栄達した。

り。御歎きのあまり、[一〇]大権房《だいごんばう》といふ効験《かうげん》の僧のありけるに、[一一]吒祇尼《だきに》の法を行はせられけり。日限をさして《幾日と日を決めて》、しるしある事なりけり《効験をあらわすとのことであった》。[一二]せめての懇切のあまりに、件《くだん》の僧をめして仰せ合せられけるに、僧の申しけるは、「この法[一三]いまだ疵《きず》つかず候ふ。七日の中にしるしあるべし。もし七日になほしるしなくは《七日を経てまだ効験がなかったならば》、いま七日を延べらるべく候ふや《延期していただけませんか》。それにかなはずは《それでも効験がなければ》、すみやかに《さっそく》流罪に行はれ候へかし」と、[一四]きらびやかに申してけり。よりて供物《くもつ》以下の事、[一五]注進にまかせて給ひてけり。

さて初め行ふに、七日にしるしなし。その時、（忠実）「すでに七日に験《しるし》なし。いかに《どうしたのか》」と仰せられければ、「道場を見せらるべく候ふや《〔誰かに〕道場を見せさせていただけましょうか》。たのもしきしるし候ふなり《期待のもてそうな徴候がありますので》」と申しければ、すなはち人を遣はして見せられければ、[一六]狐一疋《きつねいっぴき》来たりて供物等をくひけり。[一七]さらに人におそるる事なし《まるで人をこわがる気配がない》。さてその後七日を延べ行はるるに、満ずる日《満願の日》、知足院殿、御昼寝ありけるに、容顔美麗なる女房、御枕《御枕辺》を通りけり。そ

一〇 真言僧。伝未詳。
一一 吒祇尼の真言。古代インドで盛行した呪法。わが国では、東寺・寺門および山門の黒谷に伝習された。「吒祇尼」は、六か月前に人の死を知り、その心臓を食べるという夜叉・鬼神。それを祭り、その法を行う者に神通力を与えるとされる。その本体が狐魅の類とみられたことから、伏見の稲荷山に祭られ、稲荷権現と称される。
一二 きわめて差し迫った、抑えがたい心情であったので。「懇切」はしきりに願うこと。切に乞い求めるさまなどをいう。
一三 いまだかつて法験が現れなかった例はありません。
一四 自信たっぷりに。きっぱりと。
一五 大権房から申し出てくる通りにお与えなさった。
一六 吒祇尼が忠実の願望を聴きとどけようとしている意思表示と解される光景。
一七 ただの野狐ではないと判断させる振舞。

の髪、[一]かさねの衣のすそ《裾先》よりも三尺ばかりあまりたりけり。あまりにうつくしう艶《えん》におぼしける《お思いになられて》ままに《ふと》、その髪にとりつかせ給ひぬ《〔忠実は〕手をのばしてその髪をつかまれた》。女房、見帰りて《ふりかえって》、「さまあしう《お見苦しい》、いかにかくは《なぜそのようなことを》」と申しける声・けはひ《様子》・顔のやう、すべてこの世のたぐひにあらず。[二]天人のあまくだりたらんもかくやとおぼえさせ給ひて《こんなであろうかとお思いになられて》、[三]いよいよしのびあへさせ給はで、つよくとりとどめさせ給ひける《つかまえられたところ》を、女房、あらく《手荒く》引きはなちて通りぬとおぼしめしけるほどに、その髪きれにけり。かた腹いたく《気はずかしく》、あさましくおぼすほどに《あきれて意外にお思いになるうちに》御夢さめぬ。うつつに《現実に》御手にものの具[四]してあるを《にぎられてあるのを》御覧じければ、狐の尾なりけり。不思議におぼしめして、大権房をめして、そのやうを仰せられければ、「さればこそ中し候ひつれ《それだからこそ申し上げたのです》。[五]いかにむなしかるまじく候。年比《としごろ》厳重のしるしおほく候ひつれども《あらたかな霊験がたくさんございましたが》、これほどにあらたなる事のいまだ候はず《これほど霊験の顕著なことはかつてございません》。御望《おんのぞみ》の事、明日午《うま》の刻《正午》に必ずかなひ候ふべし。この上は、流罪の事は候ふまじくや《流罪にされることはございますまいね》」と、[六]狂ひ申して出《い》でにけり。かつがつ《とりあえず》とて、女房の装束一襲《かさね》か

一 数枚を重ねて着た衣。季節によって重ねる色目《いろめ》（色の組合せ）にきまりがあった。

二 天人が天降って人間界に姿を現すとすれば、その姿はちょうどこんなふうかと、の意。

三 ますます手だしをせずにはいられなくなられて。「あふ」は「敢ふ」で、こらえる・耐える、の意。

＊ **知足院忠実と説話集** 忠実は富家殿とも呼ばれ、位人臣を極めたが、その姿が優美で、琴や朗詠に秀で、博覧強記よく典礼故実に通じていた。その談話を筆録したものに『中外抄』『富家語』があり、『古事談』その他後続の説話集に伝承されている。それとともに、忠実自身に関する説話が、数多く見られるが、特に『著聞集』では十三話に及ぶ。中でも、二六五話の大権房の咤祇尼の法により、狐美人出現、昇進の願いが叶えられ、福天神として祭った話は、荒唐的だが印象深い。

四 底本「かに」。伊木本により改訂。

五 かならず（祈りの）効験があるはずです。

六 物にとり憑かれて現《うつつ》ならぬ様子で申しあげて。

七 嘉承二年七月、鳥羽天皇の受禅により、忠実が関白兼右大臣から摂政兼右大臣に転じたことをさすか。

づけ給ひけり《お与えになった》。

申すがごとく、次の日午の刻に、[七]御悦びの事、公家より申されたりけるとて、摂籙《せつろく》[八]の一番の御まつりごとに、大権《大権房》をば有職[九]になされけり。件《くだん》のいき尾は、きよき物に入れて《本物の狐の尾はけがれのない入れ物》ふかく収めにけり。やがて[一〇]その法を習はせ給ひて、さしたる御望《これという格別な願望》などのありけるには、みづから行はせ給ひけり。かならず験ありけるとぞ。［いき尾は］[一一]妙音院の護法殿《ごほふでん》[一二]に収められける、いかがなりぬらん《どうなっているであろうか》。そのいき尾の外も、また別の御本[一三]尊ありけるとかや。［忠実が］花園の大臣《おとど》[一四]の御跡、冷泉東洞院に御わたりありし時も《お住いでいらっしゃった時にも》、ほこらを構へて《祠を作って》いははれたりけり《お祭りなさったという》。福天神[一五]とて、その社当《たし》時もおはしますめり《か現在も鎮座しておいでのはずである》。

狐の尾を祭る福天神をめぐる音楽への執念狂気の不思議の数々

この福天神の不思議[一六]おほかる中に、寛喜元年[一七]の比《ころ》、七条院[一八]に式部の大夫《だいぶ》国成[一九]といふものあり。越前の目代《もくだい》[二〇]にて侍りしかば、その時、目代の入道とぞ申しける。その子息に、左衛門の尉なにがしとかやといひて、四条[二一]の大納言家に祇候《しこう》のあひだ、夕暮にかの亭《邸》冷泉万里《までの》

時に忠実は三十歳。因《ちな》みに鳥羽天皇の皇太子傅は、内大臣で四十九歳の源雅実であり、楽観は許されなかった。

八 摂政の別名。天皇に代って籙（符）を摂《と》る者。

九 「有識」の転。已講・内供奉・阿闍梨の総称。

一〇 吒祇尼の法。

一一 冷泉・東洞院の花園左大臣の旧邸に隣接して鎮座した神社か。後にその地に住んだ忠実の孫師長が妙音院と号したことも示唆深い。

一二 未詳。妙音院内にあった護法童子の祭殿か。

一三 吒祇尼天の御本尊。

一四 源有仁。都合二十六年間、大臣職にあり、一一四七年、四十五歳で没した。その旧邸は現在の中京区、冷泉小路の北・東洞院大路の東にあった。

一五 福大神、福大明神とも称した。

一六 底本「儀」。伊木本により改訂。

一七 一二二九年。

一八 白河院の最後の御所。三条大路の北・烏丸小路の西にあった。後、数代を経て後鳥羽院の生母七条院殖子に伝えられ、七条院と呼ばれた。

一九 伝未詳。

二〇 国司の代官。

二一 藤原隆房、その子隆衡の邸宅。冷泉小路の南・万里小路の西にあった。

小路より退出の時、[一]大炊御門《おほひみかど》高倉辺にて立ちとどまりて、「あな《ああ》おもしろの箏の音や《おもしろい箏の音かな》」といひて、行きもやらず《先へ進みもせず》、うちかたぶきておもしろがりけり《軽く首をかしげて聞き入った》。それにある男に《そこにいた男に》、「これは聞くか《この箏の音は聞えるか》」といふ。「さらに聞かず《まるで聞えない》」と答へければ、「いかにや《どうしてだろう》、これほどにおもしろき箏をば聞かぬ《聞えぬとは》」とて、なほ《引き続き》ひとり心をすましてたちたりけり。さて家に行きつきて、やがて胸をやみ出してあさましく大事なり《まもなく胸苦しさを訴え始めてたいへんな苦しみようである》。そのうへ物《物が》狂はしくて《とり憑いた様子で》、西をさして走りいでむとしければ《走りだそうとするので》、したたかなる者ども《腕っぷしの強い者たち》六人してとりとどめけるに《とり抑えたが》、その力のつよき事いふばかりなし。たかくをどりあがりて、かしらをしもになして《頭を下にして》肩を板敷につよくなげければ《強くぶつけるようにするので》、ただいまに身もくだけぬとぞ見えける《今にもからだがばらばらになりそうである》。

その時、[二]法深房《ほふじんばう》、いまだ俗にて、[三]大炊御門東洞院の[四]山かの中納言の局《つぼね》の家の[五]北の対《たい》を借りうけてゐられたりけり。この病者が家はただ[六]東《すぐ東》にてぞ侍りける。そなたへ《法深房の居宅の方へ》指をさしてゆかんとするを、父《父の国成が》、「たがもとへゆかんと思ひて《誰の所へ行こうと思って》ゆびをばさすぞ」。西[七]には[八]藤馬の助こそ

一 藤原師長邸、すなわち妙音院があったと推測される地の東北の角にあたる地点。

＊ **『古今著聞集』における妙音院師長の説話**　師長は知足院忠実の孫、保元の乱で敗死した頼長の子である。従一位・太政大臣の高位に昇ったが、音楽に堪能で、琵琶・箏の奥義を極め、『三五要録』『仁智要録』などを著した。忠実・頼長ともども、『十訓抄』『古事談』『続古事談』『教訓抄』『今物語』『著聞集』などの説話集に出てくる。『著聞集』には九話あるが、鳥羽院五十賀の法会の楽行事を勤めた話（下巻四五一話）、重病の楽人藤原孝博のため演奏して病を直した話（四八九話）の他、奏法や秘伝を指導・伝授した楽人としての活躍が伝えられている。

二 俗名藤原孝時。出家前は蔵人・右馬助。父は楽所預・尾張守孝道。師長から琵琶・箏を相承された名手。孝時は、その孝道から、奏絃の伝習を受けていた。二二三話参照。

三 旧藤原師実邸の地。この時は大炊御門内裏があった。一一〇七年の鳥羽天皇の受禅もここで行われた。

四 未詳。あるいは叔母の後鳥羽院中将局の家か。

五 寝殿造りの母屋の北に位置する建物。

六 権大納言藤原経宗の旧宅の地にあたる。

七 底本「には」を欠く。文意により補う。

八 藤原右馬助、すなわち出家前の法深房をいう。

＊法深房と橘成季　法深房孝時は、楽匠孝道の子で、順徳天皇の頃は蔵人、後堀河天皇の寛喜元年（一二二九）には右馬助、その後出家して法深房となった。成季の音楽の師で、ともに宮廷に出仕していた時期もあったらしく、年は十歳位上かと推測される。『著聞集』には彼をめぐる話が十話もあり、数奇者としての活動やその人柄がにじみ出ており、成季との関係で『著聞集』成立の事情も伺われ、興味深い。父孝道との不仲の話（二二三話）や、熊野へ参って、「父の芸に及ばなかったら命を召してほしい」と祈った話（四九七話）、仲間の蔵人たちとの会飲に遅参、席次でもめた話（六二五話）、内裏の花合せに大鼻の非蔵人孝道が大花を出した話（六六四話）もおもしろいが、この二六五話の狂執の病者の心を療す演奏をしてやった件には文学としての切実さがある。また、「法深房と申し合」せた太鼓の打ち方（二七六話）や、持仏堂の額の件で「法深房語り申されしうへ」とある二九一話は、説話の語り手と編者のかかわり合い、説話集形成の機微を示す重要な例である。

九　あなたさまのお住いの近くに住んでいる者でございます。妙音院に祭られている身であることを物語る言葉。妙音院、すなわち師長邸の地は、大炊御門東洞院の大炊御門大路を隔てたすぐ南にあたる。

おはすれ。かれへ《そこへ》ゆかんと思ふか」と問ひければ、病者うなづきけり。「さらば呼び申さんはいかに《それならここへお呼びするのはどうだ》」といへば、よろこびたる気色に《様子で》てうなづきけり。その時、《〔その父が〕》馬の助のもとへ行きて、このやうを《この有様を》いひければ、「あやしき事なり《いぶかしいことだ》」とて、則ちあひ共に病者のもとへ行きぬ。病者、馬の助を見て、さしも狂ひつるが《あれほど猛り狂っていたのが》、しめじめとしづまり《すっかり神妙になって》て、みづから《自分で》烏帽子《えぼし》をとりてうちかづきて《頭にかぶって》、ふかくかしこまりたり。あたりに六七人居たりける看病の者どもを次第に《次々に》にらみけり。《〔病者が〕》よにあしげに思ひたりければ《いかにも不快そうに見えたので》、みな退《の》けてけり。父の入道ばかり片隅に引き入りてゐたりけるを《坐っていたのを》、なほあしげに思ひてにらみければ《まだ不快げに思ってにらんだので》、それをも退《の》けてけり。馬の助とただ二人むかひて、その気色、ことに事《格別に何事も》よく心ゆきたる気色なり《思いの通りに運んだという様子である》。なほかしこまり恐れたることかぎりなし《ずっと恐縮している態度をとり続けて変らない》。さて《そこで》馬の助、「なにしにめされ候ひけるぞ」といへば、いよいよふかくかしこまりて、はじめて詞を出していひけるは、「[九]御辺ちかく候ふものにて候。見参《げんざん》に入りたく候ひて《お目にかかりとうございまして》」といふ。馬の助、「さ候《それです》へば（から）、めしに随ひて参りて候。何事も仰せられ候へ」といへば、病者、「あまりに御箏・御琵琶・御[一]こゑわざなどのうけたまはりたく（拝聴いたしとうございます）候」といふ。馬の助、「やすき事に候。[二]その道にたづさはりたる身にて候へば、人をきらふことなし（人を選り好みはいたしません）。ただ聞きたがる人を悦びに（聞きたがる人のあるのを喜びに）つかうまつれば、仰せにしたがふべし」とて、則《すなは》ち琵琶をとりよせて引きて聞かするに、うちうなづき、うちうなづきて左右へ身をゆるがして心とけたるさま（うっとりしている様子が）あらはなり。引きはてて置き（弾じ終って〔琵琶を〕）ければ、また「御箏の承りたく候」といふ。則ち、いふがごとくに引きけり。おもしろがる事、先のごとし。その後、[三]朗詠・[四]催馬楽《さいばら》など、さまざまのこゑわざども所望《しょまう》にしたがひて[五]つくしければ、あさましくうれしげに（狂喜するばかり）思ひたり。さて馬の助いひけるは、「仰せにしたがひて諸芸どもつかうまつりぬ。この御望は、いくたびなりともやすき事なり。聞きたくおぼさん時は、はばかり給ふべからず（ご遠慮なさるにはおよびません）。かやうに尋常ならぬ御気色ならで（こんなただならぬご様子になられずに）、いまよりは（これからは）のどまりて（平静になって）仰せられよ」といへば、病者また

一 声技。神楽・催馬楽・朗詠・今様などのうたいものをいう。

二 たとえば、『琵琶血脈』より摘記すると、

孝定——孝道——尾張局（内侍）——六条姫宮
　　　　　　　├散位孝時（右馬助）——孝頼
　　　　　　　│　　　　　　　　　└土御門少将通行
　　　　　　　├播磨局
　　　　　　　└散位孝行

とあり、孝時も家の芸である絃楽を伝えていることがわかる。孝定以来、代々嫡男が尾張守に任じられているが、孝時の代では孝時の出家によって弟の孝行が勤めている。しかし、それは再び孝時の子の孝頼に承け継がれており、孝時が出家以前に、家嫡として家芸の伝習に精励したことは確かなようである。

三 漢詩や和歌に曲節をつけてうたうもの。その詞章は『和漢朗詠集』『新撰朗詠集』に収められている。

四 主として奈良時代の民謡を雅楽にとり入れたうたいもの。一説に、諸国から朝廷への貢物を運ぶ馬を催した歌が起源、という。

五 技をつくして歌ってみせたので。

六 お目通りする好機がございませんで。

七 鮑《あわび》の肉を薄く細長く切り、打ち延ばして干物にしたもの。儀式の肴《さかな》や祝い事の贈り物の飾りなどに用い

かしこまりつつ、「かやうの身がらにては《手前どものような身分では》、かくうるはしからでは《こんなふうに目立たないことには》[六]見参の便宜《びんぎ》候はで」といふ。馬の助、「さ候はば《それでは》、いとま給はりて《おいとまを頂戴して帰り》まかりなん《ましょう》。ちと物をめし候へかし《少し食べ物を召しあがって下さいまし》」といへば、承伏しけり《それに従った》。則ち、白き米《こめ》をかはらけ《素焼きの食器》に入れたるを、[七]打鮑《うちあはび》とを[八]折敷《をしき》に入れてとりよせ勧むれば、米をうちくくみて《口の中にふくんで》、ことに歯音よげに[九]からからとくひけり。打鮑をとりあはせて、ただ一両口に《ひと口かふた口で》やすやすとくひてけり。そのくひやうも[一〇]普通の儀にあらず。さて酒を勧むれば、日来《ひごろ》はすべて一かはらけ《まったく盃一杯さ》だにもえ飲まぬ下戸なりけるが《えも飲めないほどの下戸であったのが》、大きなる白かはらけにて《大きな白い酒盃で》二度飲みてけり。(馬の助)「いま一度」と勧めてまた一度飲みつつ、「[一一]このうへは、さらば」とて、馬の助はかへりぬ。

さるほどに暁に及びて、父入道《国成》また来たりていふやう、「御帰りののち、またくるひ候ふなり《そういう次第ですので》。さりとては、いま一度御渡り候ひて《おいで下されて》御覧ぜよ」といふ。すなはち《さっそく》したがひて来ぬ。げにもそのくるひやう《なるほどその荒れ狂いぶりは》、おびたたしく《はげしく》おそろしかりけり。馬の助来たりて、「いかにき《どうして軽々》

た。のしあわび。

八 片木《へぎ》を折り曲げて四方の縁を囲ってある盆。

九 堅い生米を噛み砕く音。炊いた飯でなく、生米であるのは、周りの人々が、病者が常人でなく、人間でない何かがとりついていると考えて対応していることを物語る。この後、酒を勧めるのも同様。

一〇 食べ物を口に運ぶ速さ、量の多さ、頻繁なせわしないさま等をいうか。底本「普通の乃儀」を改訂。

一一 もうこれで心配はないようですから、おいとまします。

＊**美女と狐**　狐はよく美女に化ける。『今昔』には、美女狐の話が特に多い。年若の美人に化けた狐の家(塚)に迎えられ、子までなした賀陽良藤(巻十六―十七話)、美しい女の童になって、男の馬の尻に乗っていたずらをしたが、遂にとらえられた高陽川の狐(巻二十七―四十一話)などの話はそれぞれにおもしろいが、妙齢の美女となって出現し、美青年に口説かれ、死を覚悟して一夜を共にし、翌朝武徳殿の中で、昨夜与えられた扇で面を覆って死んでいた狐の話(巻十四―五話)は特に哀れが深い。この話は、『法華験記』を原話とするが、『著聞集』の六八一話にも同話があり、この二六五話の髪の長い美女となって忠実の昼寝の夢に出て来て、うつつには生きた尾の毛を残し、福天神として祭られた狐の話とともに、『著聞集』における美女狐の双璧である。

やうきやう《しく》に人をばすかさせ給ふぞ《人をあざむかれますのか》。何事も仰せらるるにしたがひて、もろもろの事ほどこして聞かせたてまつりぬ《いろいろのものを弾奏してお聞かせ申し上げました》。いまは御心ゆきて《今しがたお気持が晴れて》、いとまをたまはりて帰りつれば、心やすくこそ思ひ給ふに《これで安心と思っておりましたのに》、やがて《たち》いつしかかくおはすべき事かは《まち早くもこんなふうになられるとは合点がいきません》」と、はしたなげに《強い口調で》いひければ、「その事に候。なほ所望の事ども残りて候ふなり《まだお願いしたいことが》。琵琶《びは》には手[一]と申して、めでたき事の候ふぞかし《すばらしい奏法がございますそうですね》。それがうけたまはりたく候ひて」といふ。馬の助、「やすき事。さらば一度には仰せられで」とて、則ち風香調[二]《ふかうでう》の手一両《一二返》引きて聞かせけり。まめやかに《心から》おもしろげに思ひて、うちかたぶきうちかたぶき聞きけり。その時《(馬の助)》、[三]「琵琶の手は聞かせ給ひぬ。箏[四]の調子はいかに《いかがですか》。これほどすかせ給ひたれば《こんなにお好きでいらっしゃるのですから》、心おちて《じっくりと》引きて聞かせたてまつらん」とて、三段[五]ののぼりかきあはせ、ならびに梅花[六]といふ撥《ばち》合せなど引きて聞かせければ、たな心あはせて《両手を合わせて》おもしろがりけり。かくするほどに夜すでにあけて、壁のくづれより日影の《朝日の光が》さし入りたる穴より、犬の鼻をふきてうちをかぎけるを《犬が鼻いきの音をたてて部屋の中を》、

一 特殊な調べ。「掻合《かきあはせ》を秘すといへども、手にはしかず」（『胡琴教録』）といわれる秘曲。

二 『枕草子』に「弾くものは琵琶。調べは風香調」とある。風香調の曲を弾く時には「ばちをうかべてやはらかにあつべきなり。…もろもろの曲ゆるゆるとやはらかにひきなすべきなり」（『胡琴教録』）とされた。『更級日記』にも、「琵琶の風香調、ゆるるかに弾き鳴らしたる、いといみじく聞こゆるに」と見える。

三 「琵琶ニハ手ヲヒカンナンドイヒテ、タガヒニ心ウチトケントキ、琵琶ノ手ノ次ニ箏ノ調子ヲバヒク也」（『糸竹口伝』）という指示にかなった手順。

四 「琵琶ノ手ヲバ人常ニヒケドモ、箏ノ調子ヒク箏《さう》弾《ひき》十人ニ一人モヤアルラン」（『糸竹口伝』）とされるほどに高度な弾奏術が要求される調べ。

五 長秋吟とも。太絃から細絃へ調べ下り、巾の絃から次第に調べ上る手づかい（『糸竹口伝』）。「かきあはせ」は弾奏の手づかい。

六 梅鶯吟とも。「撥合ノ中ニハ為ノ絃ノカキアハセガ能也。師長公ニハ梅花トイハレタルニヤ」（『糸竹口伝』）。「撥合せ」は高度な箏の奏法。『糸竹口伝』の「荒クカキ、静カニマサグリ、漸ク由リ、サハヤカニ押シ、浅ク取リ、細ニ結ヒ、緩クウスヤカニ、広キ間狭キ間ノアルベキナリ」という奏法の指示は、そのまま、この時の馬助の弾奏ぶりを思わせる。

この病者見て、肩をする《肩を怒らせ》、顔の色かはり、おそれをののきたる気色なり。ここに《この時に》、〔馬の助は〕かの福天神の所為《しよゐ》とさとりて、犬をおひのけつ。そののち気色なほりてけり。「今は心ゆきぬらん《もはや満足しておいでのはず》。まかり帰らん《おいとまするとしましょう》。見参に入り候ひぬるうれしく候《お目にかかれて嬉しゅうございました》。御社《おやしろ》へも参りて、物の音《ね》あまたそろへて楽《がく》して聞かせまゐらすべし《楽を奏してお聞かせ申しましょう》」といへば、〔病者〕「昔つねに承る事にて、その御名残なつかしく候ひて、恐れながら申して候ひつるなり」とぞのたまひける。さて馬の助帰りぬ。その後、病者うち伏して、申《さる》の刻ばかりまで《午後四時頃までは》はおきもあがらざりけり。この事あはれにおぼえて、[七]尾張の内侍・讃岐[八]などさそひて、かの社に詣でて、箏・琵琶引きて聞かせたてまつりけるとぞ。

蹴鞠の帰途雨宿の折、頼まれて今様をきかせ女房の病を直した成通

二六　侍従大納言成通、今様を以て物の怪の病を治する事

侍従の大納言成通[九]、雲林院《うりんゐん》[一〇]にて鞠《まり》を蹴《け》られけるに、雨俄《には》かに降りたりければ、階隠《はしがくし》[一一]の間《ま》に立ち入りて、階《きざはし》に尻をかけて、しばし晴れ

七　法深房の姉妹。琵琶の名手。父の孝道に師事した。長い間自分が伝習した曲を秘して他に伝えなかったが、年老いて大原の寂光院に籠って後、思い返して、六条姫宮・大納言藤原公持・伊予局等に相伝した（『胡琴教録』『琵琶血脈』）。

八　尾張内侍の姉妹。大外記中原師朝の妻。箏の名手。父の孝道から、楽の秘伝『新夜鶴抄』を授けられた。

九　郢曲《えいきょく》の名手資通《すけみち》の弟。龍笛・郢曲、殊に蹴鞠に長じ、神変の名人と称された。鞠の伝書『成通卿口伝日記』がある。平治元年（一一五九）出家、六十三歳。

一〇　現在の京都市北区、船岡山の東の地にあった淳和・仁明天皇の離宮を、僧正遍昭が元慶寺《がんぎょうじ》の別院としたもの。歌枕。

一一　寝殿造りの雨を防ぐために建物の階段の前に二本の柱を立て、それに庇を作り掛けた所。

間を待たれける《待っているあいだ》程、

一 雨降れば軒の玉水つぶつぶといはばや物を心ゆくまで

といふ二 神歌《かみうた》を口ずさまれけるほどに、格子の中よりおしあげて《［格子を］押して上げて》、女房の声にて、「このほどこれに候ふ人の三 物《もの》の気《け》をわづらひ候ふが、ただいまの御こゑをうけたまはりて、あくびて気色かはりて見え候ふに《あくびが出て気分がよさそうに見えますので》、いますこし候ひなんや《もう少し歌い続けていただけませんか》」と勧めければ、沓《くつ》をぬぎて四 堂の中へ入りて、五 几帳《きちやう》の外にゐて、

六 いづれの仏の願《ぐわん》よりも　千手《せんじゆ》のちかひぞたのもしき
かれたる草木もたちまちに　花さき実なると説きたれば

といふ句をとり返しとり返しうたひて、また、

七 薬師の十二の誓願は　衆病悉除《しゆびやうしつぢよ》ぞたのもしき
一経其《いつきやうご》耳《に》はさておきつ　皆令《かいりやう》満足すぐれたり

これらをうたはれけるに、物の気わたりて《物の気があらわれて》、やうやうの事どもいひ《さまざまなことを言って》てその病やみにけり。かならず法験ならねども《必ずしも仏法の霊験力ではなくても》、通ぜる人《道の奥義に通達した人》の芸には、

一 雨が降ると軒の雨だれがぼたぼたと落ちるが、そのように心の中にたまったことをぼつぼつと気のすむまで言おうではないか。

二 神事の際、神前で奏される歌。ここは短歌形式であるが、他に今様形式（二句および四句の神歌）のものもあった。

三 鬼霊に取り憑かれて病悩していること。

四 雲林院の本堂か。雲林院の本尊は千手観音。

五 台に一メートル余の二本の柱を立て、横木を渡して帳《とばり》を掛け垂らしたもの。室内に置く仕切り。

六 どんな仏の願よりも、千手観音の誓願はたのもしい。一度千手観音におすがりすれば、枯れた草木さえも忽ちに生き返って花が咲き実がなるとお説きになっておられるので。『梁塵秘抄《りようじんひしよう》』巻二に載る。ただし、初句は「よろづの仏の」、末句は「説いたまふ」。

七 薬師如来の十二の誓願のうち、「衆病悉除」のお言葉がたのもしい。「一経其耳」はもちろんのことだが、「皆令満足」がすぐれた誓いである。『梁塵秘抄』巻二に載る。ただし、初句は「薬師の十二の大願は」。「衆病悉除」は、諸病をことごとく除くという願。「一経其耳」は、南無薬師如来の名号がひとたび耳に聞えたら、の意。「皆令満足」は、衆生の願いを全て満足させること。

八 一一一二年。

九 白河院の六十歳の祝賀の催し。

霊病《ふしぎな病気》も恐れをなすにこそ。

二六七　天永三年三月、御賀の後宴に御遊の事

[八]天永三年三月十八日、御賀《おんが》[九]の後宴《ごえん》[一〇]に、舞楽はてて御遊の時、中納言宗忠《むねただ》[一一]卿拍子、治部卿《ぢぶきやう》基綱[一二]卿琵琶、中納言の中将（法性寺殿）[一三]箏、中将信通《のぶみち》[一四]朝臣笛、少将宗能《むねよし》[一五]朝臣笙、伊通《これみち》[一六]和琴《わごん》、越後の守敦兼《あつかね》[一七]篳篥《ひちりき》。呂《りよ》、安名尊《あなたふと》[一八]・席田《むしろだ》・鳥の破。律、青柳・更衣《ころもがへ》[一九]・鷹《たか》[二〇]の子・万歳楽。主上《鳥羽天皇》、催馬楽《さいばら》を付けうたはせ給ひ《楽に合わせてお歌いになられた》ける、めづらしく目出たかりける事なり。仰せによりてさらにまた更衣《ころもがへ》・鷹の子など数反《二三返歌った》ありける、興ありける事なり。

二六八　京極太政大臣宗輔、陵王の乱序を吹きて神感ある事

京極の太政大臣宗輔[二一]、内裏よりまかり出で給ひけるに、月おもしろかりければ、心をすまして車の内にて陵王《りようわう》[二二]の乱序[二三]を吹き給ひける

一〇 大宴の後に行われる小規模な遊宴。
一一 藤原宗忠。この時、権大納言、五十一歳。『中右記』の筆者。
一二 源基綱。時に権中納言・治部卿。
一三 藤原忠通。時に権中納言・右中将、十六歳。
一四 藤原信通。宗通の子。時に左中将、二十二歳。

音楽に堪能な殿上人と御遊、自ら催馬楽を唱われた鳥羽天皇

一五 藤原宗能。宗忠の子。時に鳥羽院蔵人、二十九歳。『中右記』は、「右少将雅定笙」とする。
一六 信通の弟。この時、左少将、二十歳。
一七 藤原敦兼。時に三十四歳。三一九話参照。
一八 催馬楽の曲名。二四〇・二六〇話参照。
一九 催馬楽、歌詞は「更衣せむや　さきむだちや　我が衣《きぬ》は　野原篠原　萩の花摺や　さきむだちや」。
二〇 催馬楽、歌詞は「鷹の子は　余《まろ》に賜《たば》らむ　手に据ゑて　粟津の原の　御栗林《みくるす》の　廻りの鶉《うづら》狩らせむや　さきむだちや」。
二一 藤原宗輔。『教訓抄』によれば、久寿二年（一一五五）の事。時に大納言・民部卿、七十九歳。
二二 北斉の蘭陵王長恭の勇姿を写した勇壮な舞。舞手は、龍頭の面に毛縁裲襠《けべりりようとう》を着、右手に金色の桴《ばち》を持つ。

陵王の装束をした小人の出現

二三 壱越調の曲で追吹《おいふ》きという序曲。

に[一]近衛万里小路《このゑまでのこうぢ》にて、[二]ちひさき人の陵王の装束をして、車の前にて
めでたく《見事に》舞ふ見え《舞うのが》けり。あやしくおぼえて《ふしぎなことに思って》、車をかけはづして《車から牛を取り放して》[三]榻《しぢ》に
尻かけて、一曲みな吹き通し給ひにけり。曲の終りに、この陵王、
[四]近衛より南、万里小路より東の角なる社のうちへ入りにけり。笛の
曲も神感《じんかん》ありけるにこそ。やむ事なきことなり《まことに尊いことであった》。

二六九　久我雅実胡飲酒を多忠方に伝へ、秦公貞採桑老を多近方
　　　に伝授の事

舞人[五]多資忠《おほのすけただ》死去の後、[六]胡飲酒《こんじゆ》・[七]採桑老《さいしやうらう》の曲、かの氏《多氏》に絶えにけ
れば、[八]久我《こが》の太政大臣、胡飲酒を[九]将曹《しやうさう》[一〇]多忠方に教へ給ひけり。採桑
老は教ふる者なかりけるに、天王寺の舞人[一一]秦公貞《はたのきんさだ》、この曲を伝へた
りければ、院《白河院》の仰せによりて右近の将曹[一二]多近方に教へてけり。

二七〇　多近方、採桑老を舞ひたる事

[一三]保安五年正月、朝覲《てうきん》行幸に、近方、採桑老をつかうまつるべきに《舞うことになっていたので》

一 近衛大路と万里小路とが交差する地点。
二 後出のように、その地の神社に祭られている神の化現したもの。『教訓抄』には、「中御門・東洞院角ニ社アリ。其ノ社ヨリ物出デキテ」と見える。
三 牛車の轅《ながえ》の軛《くびき》を置き掛ける台。牛車の乗り降りの際の踏台ともされた。
四 『教訓抄』は、「富小路ニイタリテ、南ノツラナル小社へ入給ニケリ。牛飼御供ノ物ニ一切見ザリケル」とする。
五 神楽の楽人（一〇四六～一一一〇）。堀河天皇に秘曲を伝えた。秘曲の伝授を拒んだため、傍輩の山村政連《まさつら》に殺害された。

胡飲酒と採桑老の伝授絶えず

六 胡王の酒に酔ったさまを写した一人舞の曲。
七 百済の採桑翁の老衰のさまを写した一人舞の曲。
八 源雅実（一〇五九～一一二七）。舞楽に長じた。
九 令制の四等官の最下位、主典《さかん》の近衛府における呼称。
一〇 資忠の三男（一〇八五～一一三五）。父・長兄の没後、三年間、堀河天皇から伝習を受け、神楽の家を継いだ。
一一 伝未詳。「採桑老」は初め四天王寺に伝えられた。
一二 忠方の弟（一〇九〇～一一一五

朝覲行幸の前に仙洞で舞った近方

四)。
一三 一一二四年。
一四 鳥羽天皇は、この年正月二十八日、崇徳天皇に譲位。二月二日に太上天皇すなわち新院となっていた。
一五 この時の白河院の御所(大炊御門殿)をさすか。
一六 源能俊(一〇七一～一一三四)。大納言隆国の孫、俊明の長男。時に権大納言・治部卿・中宮大夫。
一七 後見人として控えていたことをいう。

元賢に終日笛を吹かせ成方近久に舞わせ高麗楽の秘曲を伝えた元政

一八 笛の家、大神家の祖惟季の養子(一〇七九～一一三八)。基政《もとまさ》、元正《もとまさ》。雅楽属・允を経て、一一二八年、楽所勾当。横笛の名手。『古事談』には、備中の石清水八幡宮の領地へ下向の折、吉備津の宮の託宣によって「皇帝」以下の秘曲を吹奏したことが見える。『龍鳴抄』の著者。
一九 石清水八幡宮。
二〇 元政の子(一一一五～七四)。長承三年(一一三四)内舎人。後、左近将監。
二一 高麗笛《こまぶえ》。高麗楽を奏する笛。後には、東遊《あずまあそび》を奏するのにも用いた。管の長さ約三六センチ。鋭く甲高《かんだか》い音が出る。
二二 理由の如何《いかん》を問わず落第です、の意。

てありければ、四年[一四]十二月一日、仙洞《せんとう》[一五]にて近方、採桑老をつかうまつりて、一院《白河院》・新院《鳥羽院》御覧ぜられけり。能俊卿[一六]以下《いげ》、御前に候ひけり。近方、庭中にいでける時、楽人公貞、扶持《ふち》[一七]しけり。舞終りて、公貞をも舞はせられけり。

二七一 大神元政、秘曲を多近方に伝授の事

大神《おほみわ》[一八]元政、多近方がもとへ早朝に来たれる事ありけり。近方いそぎ出合《いであ》ひたりけり。元政、「八幡[一九]へまかる便に《ついでに》、きと《ちょっと》申すべき事ありてまうでたる《参上したのです》」といひければ、しばらくとどめて、盃酌《はいしゃく》《酒など》勧めけるに、元政云はく、「八幡へはまかり侍らず《参りません》。けふは元賢《もとかた》[二〇]に狛笛《こまぶえ》[二一]ふかせん料《吹かせるために》に参れるなり。百千の秘事を教へたりといふとも、舞人の御心にかなはざらん《かなわないような》笛吹《ふえふき》、何[二二]にてもあるまじ。元政年たけて《年をとり》、命けふあすとも知らず。しかれば、これを聞かせ申さん《この秘事を〔あなたに〕》と思ひて、けふは具して《〔元賢を〕連れて来ました》参れり。大事ありとも《難しい所があっても》違《たが》はずして《聞き違えずに聞いて下さい》聞き給へ」といひけれ

ば、近方興に入りて、[一]成方《なりかた》ならびに[二]近久《ちかひさ》がいまだ小童にてありけるを呼びいだして、舞はせて笛を聞きけり。終日ふかせて（一日中元賢に吹かせて）、[三]拍子をあぐる所のことを[四]したためき（すっかり仕上げた）。近方ことに感じ申しけり。元政、涙をながして悦ぶ事かぎりなし。さて元政云はく、「右の楽（高麗楽）は今日したたまりぬ。秘曲をばみな伝へ教へ候ひ了《をは》んぬ。このうへはおのづから不審ならん事をば（ひょっと不審に思われるような事については）、[五]いもうとの女房にいひあはすべし（相談したらよいでしょう）」とぞいひける。件《くだん》の妹は女房ながら、元政に劣らぬものなり。安井の尼とぞいひける。夕霧が事か。

二七　保延元年正月、朝覲行幸に多忠方胡飲酒を舞ひて叡感を蒙る事

叡感を蒙り、狛光則とともに位一階を賜った多忠方

[六]保延元年正月四日、[七]朝覲《てうきん》行幸に、[八]多忠方、胡飲酒《こんじゅ》をつかうまつりけるに（舞ったところ）、この曲たびたび御覧ぜられつるに、今度ことにすぐれたるよし、おほやけ（公式にも）・わたくし（私的にも）沙汰ありけり（取り沙汰された）。左大臣[九]（花山家忠）、勅をうけたまはりて、[一〇]一階をたぶよし仰せ下されければ、忠方、再拝し

一　多成方。近方の長男。右近将曹を経て、応保元年（一一六一）右近将監。仁安元年（一一六六）没。
二　多近久（一一二四～一二一三）。近方の子。崇徳院武者所・内舎人《うどねり》を経て、一一八二年右近将監。
三　高麗楽特有の揚拍子。
四　「したためる」は、整える意。
五　現存する系図では、元政の妹のことは不明。しかし『糸竹口伝』に、「夕霧ト云ハ八幡ノ楽人大神基政ガ女《むすめ》ナリ。此夕霧ニ父ガ笛ノ骨ヲ以テ探リテ私ニヲシヘケリ」とあり、『楽家録』横笛大神氏相伝之統にも、基政の子の将監基賢の左注に「於レ道夕霧相伝」と見え、「いもうとの女房」とは元賢の妹のことで、「安井の尼」が夕霧である可能性は強い。
六　一一三五年。
七　崇徳天皇の鳥羽院の御所二条殿への行幸。
八　時の権中納言源師時の日記『長秋記』には、「多忠方、伝二習此曲一、度々備二叡覧一。然而今度摩娑最上之由、人々被二褒誉一。関白蒙レ勅、伝二左大臣一、被レ加二一階一」と見える。「摩娑」は手を上下してこする意。転じて「舞」をいう。
九　藤原家忠。この時、左大将を兼ね、七十四歳。
一〇　官位を一段階進めること。
一一　忠方は右近将監で、右方すなわち高麗楽の舞人。『長秋記』によれば、「忠方……上臈たるぞや」は、前

て舞ひて入りけり。かかるほどに、忠方[一一]右の舞人たりといへども、左舞[一二]を奏して勧賞《けんじやう》をかうぶる。左かならず賞をおこなはれずとも《だから左方に必ずしもこの上更に賞を与えなくても》、何事かあらんや《何のさしつかえがあろうか》。また狛光則《こまのみつのり》[一三]・多忠方、いづれ上臈《じやうらふ》たるぞや《どちらが上位の身分であるか》のよし、議定《ぎぢやう》ありければ、左衛門[一四]の督雅定卿申されけるは、「光則・忠方、同日に勧賞をかぶりて叙爵[一五]す。多は《多姓は》朝臣《あそみ》[一六]なるによりて内位《ないゐ》[一七]に叙す。狛は下姓《げしやう》[一八]によりて外位《げゐ》[一九]に叙す。忠方、上臈たるべし」とぞ申されける。「勧賞[二〇]の事、或は舞の善悪によるべし。忠方すでによく舞ふによりて賞をかぶる。光則よく舞はばおこなはるべし《賞をいただけるでしょう》。幽《いう》[二一]ならずは、行はるべからず」と申しけり。或は左右[二二]共に行はるべきよしをも申しけり。光則[二三]、七旬に及べり《七十前後になっている》。哀憐ありけるにや、つひに散手《さんじゆ》[二四]を奏する時、一階を給ひてけり。むかしはかく芸によりて賞の沙汰ありけり。近比《ちかごろ》より、その善悪の沙汰までもなくて、ただ一の者になりぬれば《筆頭の舞人になると》、左右《さう》[二五]なく賞をおこなはるる習ひになれば、頗《すこぶ》る無念の事なり。

太政大臣・前関白藤原忠実の提言。

一二 胡飲酒は、唐楽、壱越調、すなわち左舞。

一三 左近将監（一〇六九～一一三六）。この時、六十七歳。この日の舞楽の初めに、忠方と共に左右の一の者（筆頭の舞人）として「振桙《えんぶ》」を舞っていた。

一四 源雅定。時に従二位・中納言、四十二歳。

一五 従五位下に叙せられること。

一六 阿曾美《あそみ》すなわち吾兄臣《あせおみ》のつまったもので、親しみ崇めていう称であった（『古事記伝』）。天武十三年（六八四）に改められた八色姓《やくさのかばね》のうち、真人に次いで第二に位する姓。

一七 内官（在京の官吏）、外官（地方官）の別なく姓氏の高い者に賜る位。外位の対。

一八 下位の姓。狛は八色姓のうち、第三の宿禰《すくね》の姓。

一九「外」のつく位階。地方官や姓氏の低い者は、まず外位に叙せられ、ついで内位に叙せられた。

二〇 以下は、『長秋記』によれば、参議等の発言。

二一 舞いぶりが優雅でなければ、の意。『長秋記』では、「其体不㆑優者」。

二二 左右の舞人に共に賞を与えるべきであること。藤原宗能の発言（『長秋記』）。

二三 この時、藤原実能が、「光則・忠方相並浴㆓勧賞㆒已及㆓数度㆒。加㆑之奉公年尚、齢七旬者《てへり》。共預㆓勧賞㆒、有㆓何事㆒哉」と発言したことによる（『長秋記』）。

二四 唐楽、大食調。鉾《ほこ》をとっての勇壮な一人舞。

二五 あれこれ考えることもなく。

二七三　豊原時秋、垣代の笙の音取を勤むる事並びに大神正賢垣代の笛を吹く事

[一]同じき三年正月四日、朝覲《てうきん》行幸に[二]輪台《りんだい》いでんとしける《奏し出されようとした》。左の[三]楽行《がくぎやう》事《じ》にて[四]大炊御門の右府の中将とておはしけるが、進みまゐりて、輪台の[五]垣代《かいしろ》の笙吹《しやうふき》、雅楽《うた》の[六]属《さくわん》清方・左近の将曹[七]時秋、[八]音取《ねとり》《音取りの役》を相論のよし《を争っていることを》奏せられければ、[九]殿下《てんが》《鳥羽院》、院に申させ給ひけり。院、おぼしめし得ざる《判断がおつきにならぬ》よし仰せありけり。殿下、[一〇]左大臣に尋ね申されければ、左府申されけるは、「笙、事の外に勝劣あり《笙には格別に順列というものがある》。先例《先例では》、官の[一一]上下臈《じやうげらふ》によらず、[一二]譜代をえらび用ゐらるる事なり。もし清方を用ゐられれば、笙の《笙道に》ためきたなき事なり《とっては不当なことである》」と申されければ、殿下、このよしを楽行事の司に仰せられけり。これを聞きて、[一三]中院の右大臣の大納言にておはしけるをはじめとして、悦ぶ人々おほかりけり。かの右府《雅定》は、時秋が弟子にてなんおはしけるゆゑなり。

[一四]建長五年正月二十七日に、八幡《石清水八幡》行幸の還御《くわんぎよ》のついでに、鳥羽殿に

保延三年正月朝覲行幸に相論の上譜代として笙の音取を勤めた時秋

建長五年正月鳥羽殿朝覲の折請願して垣代の笛を勤めた正賢

一 保延三年（一一三七）。
二 唐楽、盤渉調。輪台は中国西域地方の名。輪台青海波、また単に青海波とも。古くは前後二列に並んだ垣代四十人の中から前後の二人ずつが出て舞った。序が輪台、破が青海波で、共に垣代に囲まれて舞う。
三 左楽すなわち唐楽の奏楽責任者。
四 藤原公能（一一一五〜六一）。時に左中将、二十二歳。底本「太煩」。伊木本により改訂。
五 輪台青海波を舞う時、舞人を囲んで輪を作り、楽を奏し、拍子をとる楽人たちをいう。
六 藤井清方。この時、笙の一の者で六十一歳。
七 豊原時秋。時元の子。時に二十七歳。
八 演奏の初めに管楽器の音調を試みるための小曲。唐楽では、笙が吹き始め、篳篥、笛と吹き出す。
九 関白藤原忠通。時に四十一歳。
一〇 源有仁。時に三十五歳。左大将を兼ねていた。
一一 官位の上下。ここでいうと、清方が上になる。
一二 代々続いている家柄の者。時秋は笙の家である豊原家の嫡流。一方、清方は石清水八幡宮の所司の子で重代の楽人ではなかった。
一三 源雅定。舞楽の名手雅実の子、時に四十四歳。
一四 一二五三年。
一五 後深草天皇の後嵯峨院に対する年賀

入らせおはしまして、二十八日に朝覲[一五]の礼あり。垣代《かいしろ》の笛、雅楽《うた》の大夫戸部《だいぶこべ》[一六]政氏は笛の一〔一の者〕にて侍れども、左近の将監大神正賢[一七]、立ちよりうたへ申して吹きたりしは〔私が吹くべきだと言い張って吹いたのは〕、保延のためしにて侍りけるにや〔保延の先例にならったためでありましょうか〕。戸部氏こそ本体にて侍りしに〔本家でありましたのに〕、近代〔近来〕、大神氏に帆風《ほかぜ》をとられて〔勢力を奪われて〕、かやうに正賢にもうたへられけるにこそ。

二七四　保延三年六月、宇治左府頼長の宿所並びに院の御所にて御遊の事

同じき三年六月二十三日、宇治の左府[一八]、内大臣におはしましける時、院の御所（鳥羽殿）ちかかりける御宿所にて、大殿[一九]箏《さう》を、大臣《おとど》[二〇]・権の大納言笙《しやう》、六条の大夫基通《もとみち》[二一]笛にて御あそびありけるに、孝博《たかひろ》[二二]、月にのりて参じて〔月の美しさにひかれてやってきて〕琵琶を弾じけり。天曙《あけ》てぞ〔明け方になって〕大納言帰り給ひける。

同じき二十六日、院の御所にて御遊ありけり。大殿・女房右衛門[二三]の佐箏《すけ》、新大納言宗能[二四]・孝博琵琶、内大臣・権の大納言雅定笙、左衛門の尉元正〔大神基政〕笛、能登の守季行《すゑゆき》[二五]篳篥、宮内卿有賢《くないきやうありかた》[二六]拍子にて、双調《さうでう》[二七]・

の礼。前太政大臣近衛兼経、左大臣二条道良以下が従った（『百錬抄』）。御遊の拍子は前参議有資、付歌は左少弁宗雅、笙は四条隆親であった（『御遊抄』）。

一六　左近府生好親の子（一一九五〜一二六八）。右兵衛尉。嘉禎三年（一二三七）、雅楽允（『大家笛血脈』）。

一七　伝未詳。『体源抄』では、大神延賢。「延」の旁《つくり》「正」だけが誤写されたものか。延賢は、仁治元年（一二四〇）、大神家の者としては初めての左近将監に任じられていた。大神家は笛の家。

一八　藤原頼長。時に兼右大将、十八歳。

一九　藤原忠実。頼長の父、前関白。

二〇　源雅定。

二一　基通は、六条摂政基の子で、永暦元年（一一六〇）生れであり、当らない。おそらく成通の誤伝であろう。成通の母方の祖父は、六条修理大夫顕季。成通は康治三年（一一四四）正月の朝覲行幸で笛を奏している笛の達者（『光房卿記』等）。

うち続く盛大な夏の管絃の御遊

二二　藤原孝博。琵琶の名手。小倉供奉院禅の弟子。

二三　高松院の女房、従四位上左馬権頭藤原能定の娘。

二四　藤原宗能。ただし、正しくは実能。前年十二月に権大納言となっていた。この時、四十二歳。

二五　藤原季行。刑部卿敦兼の子。時に二十四歳。

二六　源有賢。時に六十八歳。二六〇話参照。

二七　呂で、春の調子。春鶯囀、胡飲酒等の曲がある。

[一]盤渉調《ばんしきてう》の曲を奏せられけり。夜ふけて[二]折櫃《をりびつ》のうへに[三]折敷《をしき》を置きて、削り氷《けづりひ》をするゑて公卿の前に置かれけり。院には[四]御台にてぞ供せられける。寝殿の南面にてぞ、この御あそび《管絃の遊び》はありける。孝博・元正は、[五]砌《みぎり》のもとに畳を敷きて候ひけり。夜あくるほどにぞ出《い》でにける《退出した》。これほどに[六]道にたれる人々のうちつづき管絃の興ありける、いかに目《め》出《で》たかりけん。ありがたきためしなり《めずらしい出来事である》。

二七五　宇治の一切経会に、清延牙の笛吹く事

忠実の仰せで牙の笛を試吹した清延

[七]同じき五年の、[八]宇治の一切経会《いつさいきやうゑ》に雨降りて、四日行はれけり。[九]大殿・[一〇]尼北の政所・[一一]内大臣殿御わたりありけり。大殿、[一二]牙《げ》の笛《ふえ》を[一三]清延に吹きこころみさすべきよし仰せられければ、内大臣、[一四]皇后宮の亮《すけ》[一五]顕親《あきちか》朝臣をして清延をめして、たびける《〔牙の笛を〕渡された》。事はてて《吹き終って》返上すとて、「所々[一六]こはき穴候へども、心得てつかうまつり候へば《その点を心得て吹きますならば》、神妙《すばらしゅうござ》に候ふなり《います》」とぞ申しける《時にかなった申し様であった》。つきづきしかりけり。清延は正清が子、笛の

一　律で冬の調子とされ、鳥向楽・宗明楽・千秋楽等の曲がある。
二　檜《ひのき》や竹の薄板を折り曲げて作る四角形・六角形の箱。餅・酒の肴等を盛るのに用いた。
三　片木《へぎ》を折りまげて四方を囲んだ盆。
四　食物を載せる台。
五　水限《みぎ》り、の意。殿舎の軒下の溝の近くの石敷になっている辺り。孝博・元正は地下の楽人であった。
六　管絃の道を究《きわ》めた手だれの人々。この時の演奏者は、箏・琵琶・笙・笛・篳篥のいずれをみても、それぞれに名のある当代きっての人々であった。
七　保延五年（一一三九）三月三日。
八　平等院で毎年春三月に行われることになっていた大蔵経の供養の法会。
九　藤原忠実。
一〇　忠実の室、師子。右大臣源顕房の娘。
一一　藤原頼長。
一二　象牙の笛。中国伝来の、当時としては珍貴な笛。
一三　戸部清延（一〇九三〜一一五〇）。父の正清に笛を学んだ。左近府生、八幡の楽人。
一四　皇后宮職の次官。
一五　源顕親（一〇八八〜一一六〇）。権大納言雅俊の子。後に正四位下、右京権大夫に進む。
一六　生硬な音の出る、操作のむずかしい穴の意か。

一のもの《筆頭の楽人》にてぞ侍りける。

二七六　蘇合香演奏につき諸説ある事

或る所にて会遊《くわいいう》[一七]ありけるに、時元[一八]、笙《しやう》を吹きけるが、しばらくやすみけるに、時廉《ときかど》[一九]、蘇合《そかふ》[二〇]の序を吹きけり。時元聞きて、「あはれ《ああ》正《しやう》念《ねん》なく吹くものかな。かからんには興なくや《こんなふうでは面白くあるまい》」とて、笙終りて、中[二一]間に両所[二二]かさねてあげて《両名が揃って調子を張って》吹きたりける、誠に優美なりけり。

[二三]侍従の大納言のいはれけるは、「蘇合[二四]の序は二十拍子なり。しかあるを、今の世には十二拍子を用ゐて、残り八拍子をばもちゐぬ、いはれなき事なり《理由のない事である》。舞また足らず[二五]。そのゆゑは、舞は手のあひかはる五拍子なり。この五拍子を、初めは東にむきて舞ひ、次に南に向きて舞ひ、次に西に向きて舞ひ、次に北に向きて舞ふ。各々五拍子を舞ふなり。おなじ手を方をかへて《方角をかえて》舞ふなり。しかあるを[二六]、近代は南に向きて三拍子、北に向きて五拍子を舞はざるなり」といはれけ

一七 管絃の遊びをする集まり。

一八 豊原時元（一〇五八〜一一二三）。左近将監。

一九 豊原時廉。時元の子。永久四年（一一一六）、内舎人《うどねり》。『楽所補任』天治〜長承（一一二四〜三五）の頃の条に、右近府生「時兼」として、その名が散見する。

蘇合香の拍子と演奏法の色々

二〇 蘇合香の略。天竺楽《てんじくがく》。唐を経て、延暦年間に遣唐舞生和邇部《わにべ》島継が本朝に伝えたとされる。阿育王が薬草の蘇合香を服して病気が平癒したのに感じて作らせた曲。その序段。

二一 蘇合の序の途中にかかったところで。

二二 時元と時廉の父子両人をさす。

二三 藤原成通。龍笛・郢曲《えいきょく》の達者。二六六話参照。

二四 『教訓抄』にも、蘇合の序は五帖からなるが、その中の一、二帖の拍子は各々二十であったが、現在（十三世紀初葉）は一帖十二拍子に奏する、残りの末八拍子は、伝来の間に忘失された、とある。

二五 舞の手も、序の拍子の場合と同様に、現行の手は本来の手に比べて不足である。

二六 元来は五拍子の手を東西南北に向って舞うものであるのに、近来は南向きの舞は三拍子、北向きの舞は五拍子をそっくり省略している。

れば、舞人光近《一》聞きて、「五拍子、方をかへて舞ふ事、またくさる《まったくそういう》事なし」《ことは伝えにない》とぞいひける。

そもそも序の奥八拍子《二》は、たえて久しくなれり《伝えられなくなってから久しい》。しかるを、かの《三》亜相《あしやう》ひとりつたへられたる事もおぼつかなき事なり《不審なことである》。《四》されば元正はつたへたりけるにや《伝えていたのであろうか》、この事覚つかなし。

蘇合三、四の帖《でふ》《五》ともに奏する時、籠拍子《こめびやうし》《六》両帖にうたずして、四帖に用ゐる事は、頼能《よりよし》《七》・是季《これすゑ》《八》・時元等の説なり。しかあるを、季通《すゑみち》《九》朝臣いはれけるは、「蘇合は三帖を肝心とするがゆゑに、必ずこの帖に打つべし」とぞ侍りける。明暹《みやうせん》《一〇》・宗輔《むねすけ》《一一》等は、両帖共に打つべきよし申されけり。堀河院の御時、御遊ありけるに、蘇合一具通されけり《蘇合を一曲通して演奏なさった》。三帖を奏して後、宗輔卿［籠調子を］奏すべきよしを仰せ下しけり。これ天《これは堀河天皇》気なりけるにや《のお考えだったのだろうか》。この時の楽人元正以下、宗輔の与奪を聞きて《指図を聞いて》、「この人心おとりす」《意外に物を知らない》とぞつぶやきける。［楽人たちが］これは三帖にうたずして四帖にうつべきよしを思ひて、さらば三帖の時こそいはれめと思ひ《それなら三帖の時に言えばよいのにと思って》

一 狛《こま》光近（一一一六～八二）。興福寺の楽人。二十三年間、一の者であった。『教訓抄』の著者狛近真《ちかざね》（一一七七～一二四二）の外祖父にあたる。

二 二十拍子のうちの後半の八拍子。

三 成通をいう。「亜相」は大納言の唐名。

四 成通のように笛の譜を伝えている人がいるというのであれば、笛の家の嫡孫元正（基政）は、の意。

五 雅楽で、大曲中の楽章の一。

六 八々々、四々々、二々々と進む型の拍子で、三帖・四帖にそれぞれ二回ずつ含まれる。『教訓抄』は、「此ノ籠拍子ハ両帖ナラブ時ニハ、三帖ヲバトドメテ四帖ニウツベシ」という古老の説を伝えつつ、「サレバ、サヤニヨリヨリ打侍トモ、舞家ニハサハナラハヌ事ニテ侍バ、両帖ニ打候ベシ」とする。

七 戸部頼能。笛の名匠延近の猶子。二六四話参照。

八 大神惟季（一〇二六～九四）。戸部延近の孫弟子。笛の名手。『懐竹譜』の著者。

九 藤原季通。琵琶・箏・笛・郢曲《えいきよく》に通じた人物。

一〇 藤原明衡《あきひら》の子。『大家笛血脈』に「興福寺僧也。……碩才。楽譜・舞曲・笛以下の名師。鈔物・秘譜等多以書出之」と見える。

一一 藤原宗輔（一〇七七～一一六二）。堀河太政大臣。ただし、堀河天皇の没時（一一〇七年）には、まだ正四位下・左中将で、参議就任は、後年（一一二二）のこと。ここには、管絃に長じた父の宗俊か、兄の宗忠（一〇九九年、参議）がふさわしい。

て、かくつぶやきけるなるべし。この条は、いはれなき事にや《この楽人たちの文句は根拠のない事ではないか 二四》。両帖《帖》共に打つ事、これまた正説なり。[一二]妙音院殿《めうおんゐん》も両帖ともに打つべきよし、たしかにしるし置かれたり。これによりて、[一三]その御流をうけたるもの、みな両帖にうち侍り。[一四]宝治三年六月、[一五]仙洞《せんとう》の御講《管絃会》に蘇合一具《一曲》侍りしに、[一六]予、[一七]太鼓つかうまつりしにも、両帖にうち侍りき。かつこれ《しかもこの事は》、[一八]法深房に申し合する所なり《相談したところである》。

二七七　頼能・宗俊・宗能等万秋楽を責伏せて吹く事

[一九]知足院殿仰せられけるは、[二〇]万秋楽《まんじうらく》はゆるるかに《ゆるやかに》吹くべしと、人はみな知りけれども、真実は《本当は》、[二一]責め伏せて吹くべきなり。頼能《よりよし》もさぞ《そのように吹いた》吹きける。あひつぎて《後を承けて》大納言[二二]宗俊卿も、[二三]けすらふ時、責め伏せて吹くなり。

白河院の御時、[二四]新院、[二五]三条殿にわたらせ給ひしに、中門の廊にして、新院件《くだん》の序《万秋楽の序》を吹かせ給ふに、[二六]宗能卿御供してつかうまつる《吹かれた》。そ

一二　藤原師長（一一三八～九二）。頼長の子。音曲全般に長じたが、殊に琵琶・箏の達人。孝博・院禅に師事。
一三　妙音院殿の弟子たち。左大臣藤原兼雅、権中納言藤原家通、右馬頭源資時、木工頭藤原孝道等をさす。
一四　一二四九年。三月に建長と改元されていた。
一五　後嵯峨院の御所。
一六　橘成季。本書の編著者。時に四十六歳か。
一七　底本「大」。伊木本により改訂。
一八　藤原孝時。孝道の子。従って、師長の流れを汲む一人。二六五話・三二一頁頭注＊印参照。
一九　藤原忠実（一〇七八～一一六二）。
二〇　唐楽、盤渉調の曲。『教訓抄』に忠実の仰せとして「当曲ハ実ノ仏世界ノ曲也。然者、舞人モ楽人モ心ヲスマシテ、天上界ノ曲ヲオモヒヤリテ舞ベシ。アラアラシキハ、ココロエヌ事ナリ」と見える。
二一　万秋楽は責伏せて吹くべきもの　責めたてるような急な調子で、の意か。『教訓抄』にも、「（五帖の）第十一拍ヨリ、殊ニ早ク成ル」とか、「第六帖ノ始ヨリ、殊ニ早ク成ス」といった説が紹介されている。
二二　藤原宗俊（一〇四六～九七）。笙・笛の名人。
二三　本式に奏する時は。「けすらふ」は、よそおう意。
二四　後三条院。延久四年（一〇七二）十二月、譲位。
二五　関白藤原師実邸。寛治六年（一〇九二）焼亡。
二六　宗能は一〇八四年生れ。宗俊とあるべきところ。

の時も責め伏せてぞ吹かせ給ひける。白河院、寝殿[一]の御簾《みす》を褰《かか》げて、再三御感ありて、「今一度《もういちど》、今一度」と仰せらるる事、五六度に及びけり。故実[二]を知ろしめして御感ありけるこそいみじき御事《立派なお振舞であった》なれ。

二七八　白河院、箏を弾じ給ふにその音鐘の声に似たる事

同じ院《白河院》、箏をひかせ給ひける折、「初夜[三]《しよや》の鐘はつきぬるか《打たれたか》」と御尋ねありけるに、聞きたるものなかりけるに、釜殿[四]《かなへどの》が申しけるは、「御所のかたに《院の御所の方角に》こそ鐘の声は聞え侍りつれ《鐘の音が聞えました》」と申しけるを、人つた[五]へ申しければ、「我が箏はいたりにけり《上手の域に達した》。よき箏は《よい箏の音は》鐘の声に似たるなり」とぞ仰せられける。

二七九　鳥羽院八幡に御幸、御神楽の笛を吹かせ給ふ事

鳥羽院、八幡《石清水八幡宮》[六]に御幸ありて御神楽[七]《かぐら》おこなはれけるに、みづから御笛をふかせ給ひけり。本拍子[八]《もとびやうし》、徳大寺[九]の左府、納言にてとり給ひけ

一　寝殿造りの中央にある母屋。東西の対の屋から南方にのびて泉殿・釣殿に通じる中門の廊とは、中庭（または小庭）を隔てて遠からぬ位置にある。
二　「万秋楽」の後半は、早いテンポで奏されるという古来の演奏作法を存じておられて。
三　夜を初・中・後に三分した最初の時点、すなわち戌の刻（午後八時頃）をいう。
四　湯を沸し供するための釜のある湯殿の職員。宮中の大嘗宮《だいじようきゆう》・内膳司・主殿寮《とのもりよう》にあった。
五　取り次いで白河院にお伝えしたところ。

よき箏は鐘の声に似たるなり

六　保延七年（一一四一）二月二十五日のこと。
七　神前で楽を奏して神に奉じる儀式。夕刻、人長《にんじよう》が楽人を連れて出、笛・篳篥《ひちりき》・琴の役に順に一曲ずつ音《ね》取《とり》を奏でさせ、歌人《うたびと》を加え、庭燎《にわび》の曲を合奏させる。続いて本拍子方・末拍子方と左右に列座する楽人とによる採物歌《とりものうた》、人長による韓神の舞がある。その後、催馬楽などが歌われ、暁に及んで、神上《かみあげ》の歌で終る。
八　本方《もとかた》の側の歌唱者の長で、笏を持つ。
九　権大納言藤原実能。時に右大将・東宮大夫を兼ね、四十六歳。
一〇　源資賢。『神楽血脈』『催馬楽師伝相承』に名が見える。この時は、従四位上・左少将・

院の笛にともなう神楽歌のうたい方に秘説を守った季兼と近方

越中守。
一一 藤原季兼。『篳篥師伝相承』によれば、父の刑部卿敦兼の弟子。備後守就任は久安五年（一一四九）。
一二 神楽歌。歌詞は「み山には　霰《あられ》降るらし　外山《とやま》なる　まさきの葛《かづら》　色づきにけり」（『古今集』巻二十）。上句の「外山なる」までを本歌と称したか。
一三 時の関白藤原忠通の随身。兼久の子。
一四 神楽の楽人（陪従《べいじゅう》・召人《めしうど》）の長《おさ》。
一五 諸歌《もろうた》を歌うことを命ずとて。「まさきの葛」以下の下句を歌うこと。通常は下句は歌われなかった。
一六 採物歌《とりものうた》の一つ。本の歌の歌詞は「榊葉の　香をかぐはしみ　求《と》め来れば　八十氏人ぞ　円居《まどゐ》せりける」、末の歌の歌詞は「神垣《かみがき》の　御室《みむろ》の山の　榊葉は　神の御前に　茂りあひにけり」。
一七 鳥羽の作道。九条朱雀の四塚から鳥羽に至る。
一八 右舞の楽人。早くに父を失い、神楽を堀河院、催馬楽を天王寺の楽人秦公貞から伝習した。
一九 諸歌の時には、人長が輪を冠に掛けて指図するという故実があった。兼弘がそれをしなかったので、季兼は末句を歌わなかった。輪は枝を丸めて作られ、径八寸。それに一尺八寸の柄がつき、白粉が塗られる（『楽家録』）。
二〇 秦兼方。兼弘の祖父。右近将曹。

春鶯囀の舞い方の秘説

二一 一一四二年。
二二 平等院が正しい。

り。末拍子、[一〇]按察資賢《あぜちすけかた》卿の殿上人にてとられけり。備後《びんご》の前司[一一]季兼《すゑかね》朝臣、[一二]庭火《にはび》の本歌をとなへけるに、[一三]秦兼弘《はたのかねひろ》、[一四]人長《にんぢやう》にて、[一五]もろ歌を仰すとて、「外山《とやま》なる」とうたふ時仰せけるにも、末句をうたはで季兼朝臣しりぞきにけるを、「その説を知らぬにこそ《諸歌ということを知らないからだ》」と、世の人いひけり。[一六]榊《さかき》のふりに《榊の歌で》末句をうたはざるは、故実にて侍るとなん。季《すゑ》兼《かね》朝臣帰洛しけるに、[一七]作道《つくりみち》にて後《うしろ》の方より馳せ来るものありけり《追ってくるものがいる》。見帰りたれば、[一八]多近方なり。馳せ付きていひけるは、「あなかしこ《まことに恐縮ですが》。この事陳じ給ふな《この事を陳弁なさいますな》。ただ知らざるよしにておはしますべし《ただ知らなかったということにしていらして下さい》。もし陳じ給はば[一九]秘説あらはれぬべし《世に知られてしまいましょう》」とぞいひける。[二〇]兼方が知らざりければ《知らなかったのだから》、兼弘は知らぬことわりなり。拍子とりて出でたつ時、人長、輪を冠にかけて引きとどむるとかや。これ秘説にて侍り。

二八〇　仁和寺の一切経会に狛光時、颯踏・急声二反を舞ひ、狛行則一反を舞ふ事

[二一]康治元年（近衛）三月四日、[二二]仁和寺《にんな》の一切経会に、両院（鳥羽・崇徳）

御幸ありけるに、入道殿下[一]参らせ給ひけり。春鶯囀《しゅんあうでん》[二]を舞ひける時、行則[三]申しけるは、「光時[四]、颯踏《さつたふ》[五]・急声《きつしやうに》二反《へん》を舞ひ、行則一反《いつぺん》を舞ふ。第二[六]の切《せつ》絶えたり〔途切れた〕」。入道殿仰せられけるは、「第二反のたび、則ち舞ふべからず〔舞わぬほうがよい〕」。これによりて第二反[七]の時は、ひざまづきて候ひけり。京極の大相国宗輔《むねすけ》[八]、その時大納言にて候はれけるが申されける、「康和[九]の御賀に光時が曾祖父光季《みつすゑ》[一〇]、第二反たゆるよし申し侍りき〔二返目の舞の伝承は絶えていると申しました〕。いま光時二反を舞ふ、如何〔どうしたことか〕。もし光季秘蔵しけるにや〔隠し伝えていたのだろうか〕」。宇治の左府の御記〔台記〕には「件《くだん》[一一]の卿、もとより光時をにくみていはれけるにや」とぞ書き給ひて侍るなる。

二八一　崇徳院青海波を御覧の折、垣代不足にて武者所を召し立てられたる事

同じき二年[一二]八月、新院〔崇徳院〕、青海波《せいがいは》[一三]を御覧じけり。垣代《かいしろ》[一四]の不足に武者〔北面の〕所〔武士〕をめしたてられけるに、胡簶《やなぐひ》[一五]を負はざりけるを見て、舞人光時申しけるは、「白河院の御時〔垣代に北面の武者を動員した際〕、この儀ありしかば、武者所みな胡簶を

一　藤原忠実。保延六年十月、出家。法名、円理。この時には六十五歳。
二　唐楽、壱越調の曲。舞人は襲《かさね》装束の両肩をぬぎ、裾を長く引き、鳥甲を冠って雄大に舞う。
三　狛行則（一一〇二～六三）。左近将曹。
四　狛光時（一〇八七～一一五九）。左近将監。
五　「春鶯囀」の舞は、遊声《ゆせい》・序・颯踏《さつとう》・入破《じゆは》・鳥《てつ》声《しよう》・急声《きつしよう》という構成。
六　急声の二度目の舞。「切」は最後の一節。
七　永久二年（一一一四）頃の白河殿への朝覲行幸で、当時、左方の一の者であった行則の父行高は、急声を一切に舞い、二返目の際には庭上にひざまずいていたという前例があった（『教訓抄』）。
八　藤原宗輔。この時、権大納言、六十六歳。
九　康和四年（一一〇二）三月の白河院五十の御賀の折に「春鶯囀」が舞われた。
一〇　狛光季（一〇二五～一一一二）。左近将監。七代の天皇に仕え、三十八年間、左方の一の者であった。
一一　『台記』には、「余、この事を案ずるに、件《くだん》の卿は本《もと》より光時を窘《くる》しめんことを願へり。今言ふ所、もし詐《いつは》りて光時を貶《おとし》むるか」と見える。

胡簶を負う故実を上申した光時

一二　康治二年。
一三　唐楽、盤渉調の曲。「輪台」の破をいう。
一四　「青海波」の時、舞人を囲んで円陣を作る人々。
一五　矢を入れて背に負う武具。

負ひて侍りき。いまその儀なし。世の陵遅《りようち》[一六]、ことにおきてかくのごと（この点にあきらかである）し」。そののちまた〔崇徳院が〕この舞を御覧じける時には、武者所に仰せて胡籙を負ひたりけるは、光時が一言上聞に及びけるにや（院のお耳に達したからであろうか）。光時に御馬をぞたまはせける。

二八二　久安三年九月、鳥羽法皇天王寺へ御幸、念仏堂にて管絃の事

御自ら笛を吹き朗詠の御発言をなさった鳥羽法皇

久安三年[一七]九月十二日、法皇[一八]（鳥羽）、天王寺へ御幸ありけり。内大臣[一九]、御供に候はせ給ひけり。十三日[二〇]、念仏堂にて管絃ありけり。歌ならびに笛資賢《すけかた》[二一]、笙《しやう》内大臣、篳篥《ひちりき》俊盛朝臣[二二]、ただし不堪《ふかん》[二三]のよしを申して吹かざりけり。琵琶信西[二四]、箏六波羅の別当覚暹《かくせん》[二五]。法皇、笛[二六]をふかせおはしますとて、「沙門の身にてこの事（出家の身で笛を吹くことは）、あざけりあるべし（物笑いになるであろう）」とて、障子に居かくれさせおはしましけり。御出家の後、このたびはじめてふかせおはしましけり。まづ双調《さうでう》、鳥の破[二七]・同じ急・賀殿《かてん》[二八]の急・安名尊《あなたふと》・妹《いも》と我《あれ》[二九]。次に平調《ひやうでう》、万歳楽《まんざいらく》[三〇]・慶雲楽[三一]・三台[三二]の破・同

一六 物事の衰微すること。
一七 一一四七年。
一八 永治元年（一一四一）三月、出家。法名空覚。
一九 藤原頼長。時に二十八歳。
二〇 「暗《くれ》に及びて念仏所に幸し、行法し了《をは》んぬ。群臣に勅して管絃を奏さしむ」（『台記』十四日の条）。
二一 源資賢。時に正四位下・備後守で三十二歳。
二二 藤原俊盛。時に従四位下・越前守で二十八歳。
二三 吹奏に堪え得ないことを申し上げて。俊盛は、篳篥の名手敦兼の外孫。
二四 藤原通憲の法名。通憲は諸道に通じた碩学。
二五 『琵琶血脈』によれば、六波羅蜜寺別当長慶の弟子、楽所預藤原孝博の弟。
二六 この時の鳥羽法皇の演奏について『台記』は、「御笛の音を聞く者、上下、嘆美せざるなし」と記す。
二七 壱越調の「迦陵頻《かりようびん》」を双調に移調した曲名。
二八 壱越調から双調に移調した「賀殿」をいう。
二九 催馬楽、呂の歌。「婦《いも》と我《あれ》と　いるさの山の　山《やま》蘭《あららぎ》　手な取り触れそや　貌優《かほまさ》るがにや　速《と》く優るがにや」。
三〇 二八七頁注一三参照。
三一 慶雲年間（七〇四～七〇八）に伝来したので、この名がある。行道や祝賀の楽として用いられた。
三二 三一五頁注一四参照。

じ急・五[一]常楽・同じ急・扶南《ふなむ》・老君子《らうくじ》・廻忽《くわいこつ》・甘州《かむしう》・陪臚《ばいろ》・伊勢[二]の海・我が門・更衣《ころもがへ》・浅水《あさむづ》の橋《はし》・[三]鴛鴦《をし》。盤渉調《ばんしきてう》、[四]秋風楽初一帖、後二三帖・鳥向楽《てうかうらく》・万秋楽一帖・蘇合《そがふ》三五帖の急・採桑老《さいしやうらう》・蘇莫者《そまくしや》の破・青海波・竹林楽二三帖・拍柱《はくちゆう》・千秋楽、この外なほ[五]催馬楽《さいばら》ありけるとかや。朗詠・今様・風俗《風俗歌》など数反ありけり。資賢朝臣ぞつかうまつりける。朗詠は、法皇御発言《ご発声なさった》ありけるとぞ。その後、俊盛朝臣、読経つかうまつりけり。人々興に乗りて、覚暹・信西、[六]揚真操《やうしんさう》弾じけり。法皇の仰せに、「資賢は催馬楽の道の長者なり」と叡感《えいかん》ありけるは、このたびの事なり。いかに面目に思ひけん。

二八三　久安三年十一月、鳥羽院にて舎利講並びに御遊の事

内大臣以下に管絃の調子につき御下問盛んな御遊を催された鳥羽院

同じき三年十一月三十日、[七]院にて[八]舎利《しやり》講《こう》をおこなはれけり。人々参りて後、信西をもて平調《ひやうでう》・盤渉調《ばんしきてう》の間、定め《どちらかに》申すべきよし《〔頼長に〕》仰せられければ、[九]内府（宇治）は、「この道《管絃の道》にふかからず」とて、定め申さ

一　以下、「陪臚」まで、唐楽、平調の曲。「五常楽」は二八六頁注八参照。「扶南」は隋の煬帝《やうだい》の時の作。「老君子」は天皇の六十の賀宴に奏される曲。「廻忽」は葬礼時の曲。一説に回紇《ウイグル》国の楽とも。「陪臚」は別名、陪臚破陣楽。天平八年に伝えられた林邑（国名）の楽。出陣時、仏誕会等に奏された。

二　以下、「浅水の橋」まで、催馬楽、律の歌。「伊勢の海」の歌詞は「伊勢の海の清き渚《なぎさ》に　しほがひになのりそや摘まむ　貝や拾はむや　玉や拾はむや」。「我が門」には、「我が門に」「我が門を」の二種類の歌詞があり、「浅水の橋」と共に、求婚を歌った歌。

三　風俗歌。宮廷歌謡となった摂津地方民謡。

四　以下、「千秋楽」まで、盤渉調（洋楽のロ音を主音とする調子）の曲。「鳥向楽」は船遊、行道時の楽。「秋風楽」は嵯峨天皇の時に作られた曲。「蘇莫者」は役の行者の吹く笛に合わせて山神の舞うさまを写した曲。「竹林楽」は「拍柱」と共に葬送の曲。

五　底本「外」を欠く。他本により補う。

六　琵琶の秘曲。

七　鳥羽法皇の御所。白河の小御堂。

八　仏舎利を鑽仰、供養する法会。

九　『台記』によれば、頼長は戌の刻に参院している。

一〇　源雅定。時に権大納言・皇后宮大夫、五十四歳。

一一 藤原宗輔。権大納言、七十一歳。底本「定輔」、伊木本により改訂。
一二 藤原成通。権中納言・皇后宮権大夫、五十一歳。
一三 藤原公教。権中納言・検非違使別当、四十五歳。
一四 藤原季行。『篳篥師伝相承』に父敦兼の弟子として見える。時に従四位上、三十四歳。
一五 底本「はてて」を欠く。伊木本により補う。
一六 藤原伊通。按察大納言宗通の子。時に五十五歳。
一七 この時の右衛門督は藤原家成。『台記』は公能とする。藤原公能は、時に権中納言、三十四歳。
一八 藤原季兼。『神楽血脈』に季行と共に、父敦兼および多近方の弟子として名が見える。
一九 二三九頁注一八参照。
二〇 風俗歌をさす。
二一 戸部清延。時に五十五歳。二七五話参照。
二二 「帖」は序破急の楽章を構成する小節。万歳楽は、中古には三十拍子一帖半で、その半帖の演奏法は秘説。
二三 一一五〇年。
二四 藤原隆季。正四位下・越後守、時に二十四歳。
二五 天王寺の楽家に伝えられた唐楽。「面形」は、その曲の舞人のつける恐ろしい形相の仮面。
二六 褐衣《かちぎぬ》に冠をつけた姿。衛府官人・蔵人所の衆の装い。褐衣は狩衣の両腋《わき》を縫い合せたもの。

夢に現れた褐冠したものに催促され、抜頭の面形を返した隆季

れず。左大将雅定[一〇]・中御門の大納言宗輔[一一]ぞ、「平調よろしかるべし」（平調がよろしいでしょう）と申されける。侍従の中納言成通[一二]は、盤渉調たるべきよし（盤渉調でやるべきことを）申されけるとかや。平調たるべきよし、勅定《ちよくぢやう》ありけり。内大臣・左大将笙、侍従の中納言・左衛門の督《かみ》[一三]笛、季行《すゑゆき》[一四]朝臣篳篥、事はてて[一五]読経ありけり。大納言伊通《これみち》[一六]卿、朗詠せられけり。右衛門の督[一七]公教・季兼[一八]朝臣、今様をうたふ。次に壱越調《いちこつてう》、また盤渉調の曲などもありけり。左大将、多近方[一九]に命じて国風《くにぶり》[二〇]をうたはせられけり。さても今度万歳楽三反ありけるに、その第三反に、雅楽《うた》の大夫《だいぶ》清延[二一]、なほ半帖[二二]を用ゐたりける、人あやしみとしけり。

二八四　久安六年十二月、大宮隆季夢に依りて抜頭の面形を左近衛府に返す事

同じき[二三]六年十二月、大宮の大納言隆季《たかすゑ》[二四]卿、殿上人の時、左近府（左近衛府）の抜頭《ばとう》[二五]の面形《おもかた》を借り請けて置かれたりけるに、八日の夜の夢に、褐冠《かちかぶり》[二六]したるもの来たりて、「かの面形はやく府に返すべし。久しくわた（自分の）

くしに置く事なかれ《所にとどめおいてはならぬ》」といふと見て、さめにけり。おどろきて、その面形を見ければ、裏の銘に、「[一]右相撲《すまひ》の司《つかさ》、[二]延暦二十一年七月一日造」と書きたり。恐れをののきて、やがて府に《すぐに左近衛府に》返されにけり。

一　右近衛府側を代表して相撲の節会を司る公卿。臨時の官で、参議以上の者が任じられた。
二　八〇二年。

古今著聞集　巻第七

能書第八

二八五　（序）　尺牘の書疏は千里の面目なる事

尺牘《せきとく》[三]の書疏《しよそ》は千里の面目《めんぼく》なりといへり。およそ六文[四]八体[五]のすがた（種々の書体の文字を書き残す人）をあらはす輩《ともがら》、驚鸞《きやうらん》[六]・反鵲《へんじやく》のいきほひをならふ人、わづかに一字の跡をのこして、はるかに万代のほまれをいたす（久しい後代に名誉をとどめる）。もろもろの芸能の中に、手跡《しゆせき》まことにすぐれたり（書はことにまさっている）。

能書の意義とその効用

二八六　嵯峨天皇、弘法大師と手跡を争ふ事

秘蔵の一巻が実は空海在唐中の書とわかり兜をぬいだ嵯峨天皇

嵯峨《さが》[七]天皇と弘法《こうぼふ》[八]大師とつねに御手跡〔の巧拙〕をあらそはせ給ひけり。或る

＊**能書篇**　書道説話八話からなる小篇。嵯峨天皇と弘法大師との手跡の争い以下、道風、行成などの名家の話から、行成七代の孫行能の逸話を成季の友人法深房が語った事にまで及んでいる。篇末に抄入の二話が追加されている。

三　書状の筆跡の美しく巧みな者は、千里の遠方にまで面目を施す、の意。中国、江南の諺。『顔氏家訓』雑芸による。「尺牘」「書疏」は共に手紙、書簡の意。「牘」は方形の木札の短いもの。長いものは「簡」といった。

四　六書《りくしよ》。漢字の六種の構成法（象形・指事・会意・形声・転注・仮借）。転じてさまざまな漢字の意。

五　書の八体。大篆《だいてん》・小篆・刻符・虫書・摹印《ばいん》・署書・殳書《しゆしよ》・隷書。また一説に、古文・大篆・小篆・隷書・飛白《ひはく》・八分・行書・草書をいう。

六　文字の筆勢・巧妙な筆法をいう。「驚鸞」は、驚きさわぐ鸞（想像上の美鳥）、「反鵲」は、はね返る鵲《かささぎ》。

七　桓武天皇の皇子。在位八〇九～八二三年。漢詩文に長じた。また、空海、橘逸勢《はやなり》と共に「三筆」、空海と並んで「二聖」と仰がれた能書家。二八話参照。

八　空海（七七四～八三五）。五筆和尚とも称された能書家。東寺・金剛峰寺に拠り、わが国に真言宗を興した。

時、御手本[一]をあまた《たくさん》取り出《いだ》させ給ひて、大師に見せまゐらせられけり。その中に殊勝[二]の一巻ありけるを、天皇仰せごとありけるは、「これは唐人の手跡なり。その名を知らず。いかにもかくは学びが《どのようにまねてもこのようには》たし《書き難い》。めでたき重宝《ちょうほう》なり[三]」と、頻《しき》りに御秘蔵ありけるを《ただもう大切にしていらっしゃるのを》、〔帝に〕大師よくいはせまゐらせて後《十二分に讃辞を語らせなさってから》、[四]「これは空海がつかうまつりて候ふものを」と奏せさせ給ひたりければ、天皇さらに御信用なし《まったくお信じにならなかった》。大きに御不審ありて、「いかでかさる事あらん《どうしてそういうことがあろうか》。当時書かるる様に《近頃書いておられる筆法と》、はなはだ異する《まるで違っている》なり。はしたててもおよぶべからず《はしごを立てても届きようがあるまい》」と勅定ありければ《仰せられたので》、大師、「御不審まことにその《もっともで》謂《いはれ》候ふ《ございます》。軸を《〔紙から〕》はなちて《〔軸との〕》あはせ目を叡覧《えいらん》候ふべし」と申させ給ひければ、則ちはなちて御覧ずるに、「その年その日、青龍寺《せいりようじ》[五]においてこれを書す、沙門《しやもん》[六]空海」と記せられたり。天皇この時御信仰《しんがう》ありて《お信じになって》、「誠に我にはまさられたりけり《まさっておいでである》。それにとりて《それにしても》、いかにかく当時のいきほひにはふつとかはりたるぞ《どうしてこのようにこの頃の書きぶりとはがらりと変っているのか》」と尋ね仰せられければ、「その事は国によりて書きかへて候ふなり。唐《もろ》

一 嵯峨天皇御所持の臨書用の手本。
二 格別にすぐれた手跡。
三 讃嘆のほかはない大事な宝物である。
四 これは私、空海が書きましたものでございますのに。それを唐人の手跡とご覧なさるのは誤解でございます、という意をこめている。
＊**『古今著聞集』における弘法大師**　弘法大師説話は、『三宝絵詞』『今昔』『打聞集』『古事談』をはじめ、大師の伝記類その他の諸書に、おそらく百話以上収載され、大師の高徳や仏教上の行蹟・効験が称えられている。ところが、本書所収五話は、重源の夢の話（二六話）以外の四話は、平安初期の三筆の一人としての大師の話である。しかも二八六・二八七・二九三の三話はいずれもこの能書篇にある。成季の大師に関するイメージの傾斜や学芸重視の態度を示すものである。
五 唐の長安にある寺。空海は、延暦二十三年（八〇四）、遣唐使藤原葛野麻呂の船に同乗して入唐。翌年六月、青龍寺の恵果阿闍梨について法門を修め、灌頂を受けている（『弘法大師御伝』上）。
六 梵語の音訳。僧侶・出家者の意。
七 現今のような書き方。すなわち、唐土で書いたものに比べて筆勢の弱い書法。
八 内裏の外郭、東西南北に三門ずつある門の総称。
九 美福門・朱雀門・皇嘉門。

土《こし》は大国《大国なので》なれば、所に相応していきほひかくのごとし《その地にふさわしく筆勢がこのように強いのです》。日本は小国なれば、それにしたがひて当時[七]のやうをつかうまつり候ふなり」と申させ給ひければ、天皇おほきに恥ぢさせ給ひて、そののちは御手跡あらそひなかりけり。

二八七　弘法大師等大内十二門の額を書く事並びに行成美福門の額を修飾の事

[八]大内《おほうち》十二門の額、南面三門は[九]弘法大師、西面三門は[一〇]大内記《だいないき》[一一]小野美材《よしき》、北面三門は[一二]但馬《たぢま》の守《かみ》[一三]橘逸勢《はやなり》、おのおの〔嵯峨天皇の〕勅をうけたまはりて、垂《すい》[一四]露《ろ》の点をくだしけり。[一五]東面三門は嵯峨天皇書かせおはしましけるなり。実《げ》にや、[一六]道風朝臣《たうふうあそん》、大師の書かせ給ひたる額を見て、難《非難して》じていひける、「[一七]美福門《びふくもん》は田広し。朱雀門は米雀門」と、[一八]略頌《りやくじゆ》につくりてあざけり侍りけるほどに、やがて《間もなく》中風《ちゆうふう》して手わななきて手跡も異様《ことやう》になりにけり。

かかるためしおそれられけるにや、[一九]寛弘年中に、[二〇]行成卿、美福門

一〇 談天門・藻壁《そうへき》門・殷富《いんぶ》門。『拾芥抄《しゆうがいしよう》』は、書き手を小野道風、一説では弘法大師。

一一 「内記」は中務省に属し、詔勅・宣命の起草、位記・宮中の記録等を司る職。大・少があった。「小野美材」は、小野篁《たかむら》の孫。儒者ながら詩・和歌にも長じた。大内記就任は寛平九年（八九七）。延喜二年（九〇二）没。弘仁元年（八一〇）、殿閣諸門の名称を唐風に改称した。本話をその際のこととすれば、それは美材出生前の事となる。

一二 安嘉門・偉鑒《いかん》門・達智門。『拾芥抄』は、嵯峨天皇の書とし、逆に東面三門の額の書き手を逸勢とする。

一三 橘奈良麻呂の孫。空海と共に入唐。隷書に長じた三筆の一人。但馬守就任は、八四〇年。翌々年承和の変に主謀者の一人として捕えられ、伊豆へ配流の途上で没した。

大師の額を難じ中風となった道風

一四 書の筆法の一。ここは、文字を書いた、の意。

一五 陽明門・待賢門・郁芳門。

一六 小野篁の孫（八九四～九六六）。三蹟の一人。晩年、木工頭・山城守・内蔵頭に至る。

一七 「福」、「朱」の字の欠点をあげつらった句。

一八 短い詩の形の謡いもの。

一九 勅を受けたのは、寛弘三年（一〇〇六）十二月。一条天皇の時代。

二〇 藤原行成。世尊寺流の書家の祖。

寛弘の世尊像の前に香花を捧げ祭文を読んだ上で修復した行成

の額の字を修飾すべきよし、宣旨《せんじ》をかうぶりける時は、弘法大師の尊像の御前に香花《かうげ》の具をささげて、[一]驚覚《きやうかく》して[二]祭文《さいもん》をよまれけり。件《くだん》の文は、[三]江以言《もちとき》ぞ書きたりける。

*今、[四]明詔《めいせう》を蒙《かうぶ》りて墨を下さんと欲すれば（筆を執ろうとするに際して）、則ち疑ふ、[五]聖跡を黷《けが》すの冥譴《めいけん》有らんことを。更に聖跡を憚《はばか》りて将《まさ》に筆を閣《お》かんとすれば、また恐る、[六]明詔を辞するの朝章《てうしやう》に拘《かかは》らんことを。[七]晋退《しんたい》心に慚《は》ぢ、[八]胡尾《こび》歩を失ふ。[九]伏して乞ふ、尊像、許否を以て示したまへ（お許し下さるか否かをお示しください）。もし[一〇]請ふ所を許すべくは、痕跡（大師の筆跡）を尋ねて粉墨を添へん（筆を加えることにしたい）。もし[一一]請ふ所を許さずば、形勢に随ひて（時の状況に応じて）思慮を廻《めぐ》らさん。[一二]王事盬《もろ》きこと靡《な》し。[一三]なんぞここに鑑《かんが》みざる。ねがはくは饗《う》[一四]けよ。

とぞ書かれて侍りける。この門ども或は焼失《せうしつ》し、或は顚倒《てんたう》して今はわづかに安嘉《あんか》・待賢門《たいけんもん》のみぞ侍るめる。実《げ》にや、この[一五]安嘉門の額は、むかし人をとりける、おそろしかりける事かな。

一　真言を唱え、諸仏を禅定から醒《さ》まし降臨を乞うこと。
二　神を祭って告げ申すことば。「為ニ員外藤大納言一、請レ修ニ飾美福門額字一、告ニ弘法大師一文」（『本朝文粋』巻十二）をさす。
三　大江以言。文章博士。一一四話参照。
四　「美福門の額の字を修飾すべし」との宣旨をさす。
五　無二の書跡を汚《けが》した咎《とが》で、冥界の大師の怒りにふれることになろうかと。
六　勅旨にそむくのは、朝廷の掟《おきて》にふれることになろうかと。
七　進退谷《きわ》まること。『本朝文粋』は、「晋退非レ心」。
八　『毛詩』豳風《ひんぷう》の句による。狼が胡に跪《つまず》き、尾を踏んで進退の困難なさまをいう。「胡」は獣のあごの下に垂れさがった肉。
九　『本朝文粋』には、この前に王羲之や唐帝の書跡に修飾が加えられた先例が挙げられている。
一〇　底本「可」、『本朝文粋』により改訂。
一一　底本「不」、『本朝文粋』により改訂。
一二　勅命にかかわる事は厳しい。ここは、美福門の額の字を修飾せよとの勅命は絶対である、ということ。『毛詩』小雅の「王事靡レ盬」による。
一三　なにとぞ今度の事は先例に徴してお考え下さい。
一四　供え物を受けて下さい。すなわち、願いをお聴き届け下さい、の意。
一五　昔、安嘉門の前を通る者が、その額の字の霊により時々踏み仆《たお》されたので、密かに額の字の中央をすり消した。また、空海が書いた皇嘉門の額も霊あって人を害したという（『江談抄』第二）。

勅定で真草両様に書き、南大門に草が掲げられて感動した道風

一六 京都市伏見区醍醐伽《が》藍《らん》町にある真言宗の寺院。貞観十六年（八七四）、聖宝《しようぼう》による草創。延喜七年（九〇七）、醍醐天皇の勅願寺となった。ここは、醍醐天皇の勅願による延長四年（九二六）の釈迦堂の建立をさす。

一七 檜皮葺《ひわだぶき》、八足一宇。金剛力士（仁王）像を擁する。

一八 檜皮葺、八足一宇。西大門とも。

一九 ある目的のために用意された物品。

二〇 醍醐寺を代表する門。正門。南大門をさす。

二一 『醍醐寺雑事記』は、醍醐天皇の「南大、西大両門のいずれを晴とするか」との問に、聖宝が「西大門を晴とする」と奏上したので、楷書の額が西大門に掛けられることになったという伝説を伝える。

二二 藤原忠実（一〇七八〜一一六二）。富家入道。

二三 藤原忠通（一〇九七〜一一六四）。忠実の長男。

二四 久安四年（一一四八）七月、忠実は荘園十八か所を次男の頼長に譲ったり、翌々年十月には、一旦忠通に譲った荘園や家邸を鳥羽法皇に献上したりしている。

小筆で大字を書き、不仲の父忠実に重物と感心された忠通

二八八　小野道風、醍醐寺の額を書く事

延喜《えんぎ》の聖主、醍醐寺《だいごじ》[一六]を御建立《ごこんりふ》の時、道風《たうふう》朝臣に額書き進《まゐ》らすべきよし仰せられて、額二枚をたまはせけり。一枚は南大門《なんだいもん》[一七]、一枚は西[一八]門の料《れう》[一九]なり。真草《しんさう》両様に書きて奉るべきよし、勅定ありければ、仰せにしたがひて両様に書きて進《まゐ》らせたりけるを、真に書きたるは南大門の料なるべきを、草の字の額を、晴れ[二〇]の門にうたれたりけり。道風これを見て、「あはれ賢王や」とぞ申しける。そのゆゑは、〔道風も〕草の額ことに書きすましておぼえけるが、叡慮《えいりよ》に叶ひて、かく日比《ひごろ》[二一]の儀あらたまりてうたれける、誠にかしこき御はからひなるべし。それをほめ申すなるべし。

醍醐天皇
楷書と草書の二様に書いて差しだすように仰せがあったので
楷書で書いた額は南大門に
掛けるためのものであったが　草書で書いた額の方を
ああ　賢王であられる
立派に書きあがったと思っていたところ
平生の方式とは違うように額が掛けられたのは

二八九　法性寺忠通、小筆を以て屏風に大字を書く事

知足院《ちそくゐん》[二二]の入道殿、法性寺殿《ほふしやうじどの》[二三]と、久安[二四]の比《ころ》より御中《おんなか》心よからずおは

しましける時、法性寺殿参らせ給ひたりけるに、一心見申されん料にや、二四枚屏風《びやうぶ》を一帖《でふ》めし寄せさせ給ひて、「これに物書きて給へ」《これに何か書いて下さい》と申されたりけるに、御硯《おんすずり》引き寄せさせ給ひて、墨をしばしすらせ《しばらくおすりにな》給ひて《られてから》、三中にも小さかりける筆をとらせ給ひて、四「紫蓋之峰嵐疎」と云ふ句を大文字にて四枚に書き充てさせ給ひて《紙面いっぱいにお書きになって》、進《まゐ》らせられたりければ、五禅閤《ぜんかふ》御覧じて、「これは重物なり」《これは大切な宝である》とて、やがて《そのまま》宝蔵に収《をさ》められけるとぞ。

二九〇　大納言の大別当、清水寺の行成筆の額を修復の事

六大納言なる人の若公《わかぎみ》を、七清水寺の法師に養はせけり。父も知らざりければ《父が子として扱わなかったので》、母の沙汰にてやしなはせけるに《生母のはからいで里子に出して養わせていたが》、乳母《めのと》、法師になして、清水寺の寺僧になして、名をば八大納言の大別当とぞいひける。こちなかりける名なりかし《仰々しく無風流な名前である》。件《くだん》の僧、以《もつ》ての外《ほか》に能書を好みて、心ばかりはたしなみて《一応はたしなみがあって》、「われは」《われこそは》とぞ思ひたりける。当寺の額は、侍従《じじゆう》

一　心底を見きわめられようというためにか。
二　四枚つなぎの屏風。「帖」は屏風を数える語。
三　小筆で見事な大文字を書く能書家ぶりを示す。忠通は、「法性寺関白出現之後、天下一向此様に成て」(『入木抄』)と評されるほどの能筆であった。
四　紫蓋の嶺から嵐がざあっと吹き下りて。「紫蓋」は、中国湖南省衡山県の湘水の西南にある山。『本朝文粋』巻八の詩序、藤原惟成「秋日於河原院同賦山晴秋望多」に見える句。ただし、忠通は『和漢朗詠集』下「晴」の「紫蓋之嶺嵐疎　雲収七百里之外　曝布之泉波冷　月澄四十尺之余」の四句を、四枚の屏風一枚ずつに書き、それによって、自分の心境は雲の吹き払われた空、清冷な滝の水、澄みわたる月のようで、父上に対して含むところは全くない、と伝えようとしたのであろう。
五　仏門に入った摂政。忠実をいう。
＊**藤原忠通のこと**　忠通は説話文学に関係の深い忠実の長子、保元の乱で敗死した頼長の兄であるが、忠実が頼長を偏愛したので、父とも弟とも不仲であったことは余りにも有名。本書でも三〇八話に詳しい。しかし、保安二年（一一二一）二十五歳で内大臣・関白になってから、ずっと左大臣・太政大臣・摂政などを歴任、保元三年（一一五八）六十二歳で関白を嫡子基実に譲るまで、摂関の最高

雷電豪雨で修復した額の墨が流失、本人も若死した大別当

位にあり続けた。法性寺殿と呼ばれ、能書家として有名で、所々の額を書いたことなど『古事談』にも出ているが、二八九話は「紫蓋之峰嵐疎」の名筆で、さしも不仲であった父の忠実をも感服せしめた逸話として感銘深い。

六 大納言の地位にある人の子息。
七 京都市東山区にある寺院。一説には大同二年（八〇七）、坂上田村麻呂の創建とされる。
八 大納言の子の大別当たらん者、の意か。「大別当」は、神社に付属する寺院の僧官で、検校に次ぐ地位。
九 藤原行成（九七二〜一〇二七）。長保三年（一〇〇一）以来、侍従（天皇に近侍する官）。寛仁四年（一〇二〇）、権大納言に就任。
一〇 底本「複」、伊木本により改訂。
一一 下地を塗り直して。「彩色」は底本「粉色」、伊木本により改訂。

の大納言[九]行成の書き給へるなり。年久しくなりて、文字みな消えて、かたばかり見ゆるを《墨跡がわずかに見えるのを》、この大納言の大別当、「文字のみな消え失せぬとき《消え失せてしまわないうちに》、われ修復[一〇]せん」といへば、古老の寺僧等、「さしもやむごとなき人の筆跡をば《あれほどにすばらしい名人の筆跡を》、いかがたやすくとめ給はん《どうして容易になぞることができましょうや》」と、かたぶきあひければ《首をかしげあったところ》、「いかなる聖跡重宝なりとも、あとかたなく消え失せんには《消え失せてしまっては》、なにの益かあらん。別してわたくしの点をも加へばこそ憚《はばか》りもあらめ《ことさらに勝手な筆でも加えるのでしたら差し障りもありましょうが》、かたばかりもその跡の見ゆる時《かすかにでも行成の筆跡の見えている時に》、もとの文字の上をとめてあざやかになさんは《なぞって鮮明にしようというのは》、なにの難かあらん《何の不都合がありましょう》。ふるき仏にも《古い仏像にも》箔《はく》をばおすぞかし《金箔をはるでしょうに》」などいへば、「まことにさもあり《もっともだ》」とて許してけり。その時、額をはなちて《はずして》、あらたに地彩色[一一]して、文字のうへをとめてけり《なぞったのだった》。かかるほどに《そうしたところが》、つぎの日俄《には》かに雷電おびたたしくして、その額を雨そそぎて、みな墨を洗ひて《すっかり墨を洗い流して》、ただ《まったく》もとの様になしてけり。不思議の事なり。「いかなる横雨にも《どのような横なぐりの雨にも》、かく額のぬるる事はなきに、そのうへ、たとひ雨にぬれんからに《雨にぬれたとしたところで》、やがて《たちまち》すこしももとにたがはず彩色も文字も消え失すべき事かは《消え失せてしまう事があろうか》。これはただ事にあらず。おそろしきわざなり《薄気味のわるい出来事だ》」といひて、ののしる《大騒ぎをしているうちに》ほどに、四五日をへて、かの大納言の大別当天亡しにける《若死にしてしまったということである》となん。

二九一　法深房、持仏堂楽音寺の額を行成七代の孫行能に依頼の事

因縁の夢想と両家道の双璧故とて
重病ながら揮毫を引受けた行能

法深房[一]が持仏堂[二]をば楽音寺《がくおんじ》[三]と号して、管絃の道場《練習場》として、道をたしなみける輩《ともがら》たえず入り来たる所なり。後には阿釈妙楽音寺《あしやくめうらくおんじ》[四]と三字を加へてちひさき額を書きて、仏の帳《ちやう》[五]にうちたるなり《掛けたという》。阿弥陀・釈迦・妙音天[六]などを安置して、常に法花経《ほけきやう》を転読[七]して音楽を供するゆゑに、かくは名付けたるなり。

件《くだん》の額あつらへ申さんがために、建長三年[八]八月十三日《〔法深房が〕》、綾小路《あやのこうぢ》[九]の三位入道行能《ゆきよし》のもとへむかはれたりければ、禅門[一〇]日来所労《ひごろしよらう》にて侍り《病床にあり》けるが《ましたが》、その比《ころ》ことに大事にて《特に症状の重い状態で》、立ちゐることだにかなはざりければ《起居することさえ思うようにできない有様だったので》、臥したる所へ請じ入れて《病床へ招き入れて》、寝ながら対面せられけり。所労の体《てい》《病状が》

一 藤原孝時。管絃の上手。二二三・二六五話参照。
二 朝夕きまって礼拝する仏像を安置してある堂。
三 所在地不明。持仏に音楽を手向《たむ》ける寺の意。
四 後出のように阿弥陀・釈迦・妙音天の頭の一字ずつをとって「阿・釈・妙」と続けたもの。その三体の仏像を安置してあがめる意。
五 仏像の前に張り垂らしてある布。
六 妙音楽天。弁才天の異称。古くはインドの河神。仏典では『金光明経』に説かれ、音楽・弁才・財福・智慧《ちえ》の徳を施す女神とされる。
七 狭義には、経題や経中の主要な部分数行を略読することをいうが、ここは、読誦する意。
八 一二五一年。『古今著聞集』成立の三年前。
九 藤原行能。行成の後裔。「行成卿以来累家の庭訓相続」（『入木抄』）すといわれた。修理大夫・右京大夫を経て、嘉禎《かてい》二年（一二三六）、左近衛府の額の賞で従三位に昇るが、仁治元年（一二四〇）、六十二歳で出家。法名は寂能。没年未詳。
一〇 仏門に入った男子。行能をさす。

誠に大事げなりけり《すこぶるお悪いようであった》。腹ふくれて息だはしき[二]とて、物いはるるも分明ならざりけるが《おっしゃることもはっきりしなかったが》、からくしていはれけるは《つらそうにしておっしゃったことには》、「かかる病床へ入れ申して、寝ながら見参する事は、その憚《はばか》り侍れど、かつは最後の見参なり《これはまた最後のお目通りです》。御渡りめづらしくうれしく侍る《お越しいただき思いがけなく嬉しゅうございます》。さるにても来たり給へるゆゑ《それにしましてもおいでになられたのは》、何の料にて侍るぞ《どういうご用件でございますか》」と問はれければ、法深房こたへられけるは、「およそかくほどの御事にておはしましける《何ともこのように臥せっておられるなどとは》、つやつや知りたてまつらず《まったく存じあげませんでした》。いささか所望《しょまう》のこと侍りてまうでつれども《少しばかりお願いしたいことがあって参ったのですが》、この御やう見まゐらせては《このご様子を拝見いたしましては》、更にその事思ひよるべからず。今《今度》、御平癒《ごへいゆ》の時こそ申さめ《お願いしましょう》」といはれければ、禅門《行能》、「所労はさる事なれども《病気はこんなふうですが》、ただ仰せられよ《ともかくおっしゃって下さい》[三]。たまたまの見参にいかでか」と、しひていはれければ《強くおっしゃるので》、法深房、この額の事をいはれてけり。

その時、禅門、大きに驚きて掌《たなごころ》をあはせ涙を流して、「不可思議の事に侍り」とて、語られけるは、「先年、近江《あふみ》の国より僧来たりて申す事侍りき。『浅猿《あさまし》くふるくなりたる寺あり《ずいぶん古びてしまった寺がある》。その寺をすこし《すこしでも》

二 息切れがして苦しいということで。

＊ **行能の祖父伊行の『夜鶴庭訓抄』のこと**　藤原伊行は、行成卿五世の孫で、定信の子。官は宮内権少輔、保元二年（一一五七）従五位上になったが、生没年不明。伊行・伊経・行能・経朝・経尹・行房と続いた書道の名家世尊寺家の始祖。代々朝廷の書き役を勤めたが、伊行の『夜鶴庭訓抄』、伊経の『才葉抄』、室町時代に入っての尊円親王の『入木抄』各一巻は、古典書道の代表的著作といってよい。「夜鶴」の名は、子を想う親の心を述べた白楽天の詩句に基づき、「庭訓」は教訓の意、女官として出仕することになった娘のために、書道の故実を記した秘伝書で、安元三年（一一七七）の『才葉抄』以前の成立。内容は、草子・歌・辞表・屏風・額などの書き方から、硯・水・墨・筆の良否に及び、雨中の灯前での執筆の注意、番帳・戒牒・経文・年中行事障子の作法、主君の前で書く場合の心得、さらには宮中諸門の名、諸大寺の額の筆者名にまで及ぶ詳しい心遣いに、深い知見と親心が伺われる。なお他に、伊行には『源氏物語』の出典や故実を考証した初期の研究書『源氏釈』の著がある。

三 思いがけなくお越しいただきましたのに、どうしてご用件をおっしゃらないという法がありますか、の意。

＊**行能の父伊経の筆録した『才葉抄』のこと**　『筆体抄』『筆法才葉抄』の名もあり、筆の使い方などを中心とする書道の秘伝書。巻頭に「宰相入道教長口伝、安元三年七月二日、於二高野山庵室一密談云々」、巻末に「三月　日　伊経」とある。教長は、鳥羽法皇の信任が篤く、参議・正三位に昇ったが、保元の乱に伴い失脚、剃髪して高野山に入った。歌人で書道にも造詣が深く、本書は安元三年（一一七七）に、密談の口伝を伊経に筆録させたものと見られている。なお、さらにその後の奥書に、「右一巻千代丸依二所望一、書二写之一畢、承元三年五月八日、行能」とあり、三十年後の一二〇九年には、この二九一話で活躍する行能が、父伊経から受け継いでおり、『才葉抄』が世尊寺の家に伝承されたことがわかる。内容は、新しい筆の下し方から、墨のつけ方、字形、書体、点の打ち方、書写の精神、手習い等々についての注意など微細な点にまで及んでおり、「額、色紙形、中文、願文、諷誦、叡山四番帳、戒牒、一品経等可書次第は、広く夜鶴庭訓といふ書にみえたり」とか、「物語草子書事は、能書のいとせざる事也、夜鶴に次第見えたり」など、父伊行の著書を踏まえている辺り、やはり伊経の筆録であることを思わせる。一口に言って、『夜鶴庭訓抄』が啓蒙的で懇切であるのに対し、本書は専門家向きで、高踏的と言えようか。

もあがめ《尊崇し》興隆《こうりゆう》すれば《栄えだすと》、魔妨《さまた》げをなして、住僧も怖畏《ふゐ》《おそれ》をなし、田園をも損亡《そんまう》せしむる事、年を追ひて甚だしきなり。この事をまのあたり見れば、そのおそれ侍れども《魔に対する恐怖がありますが》、たちまちに荒廃せん事《〔寺が〕みるみる荒れ果ててゆく様子は》かなしく侍れば、なほ興隆の思ひあり。額書きて給へ』と申し侍りしかば、則ち書きてあたへ侍りき。その後、四五年をへて、件《くだん》の僧また来たりて申し侍りしは、『この額をうちてより《掛けてから》魔の妨げなし。住僧も安堵《あんど》し、寺領も豊饒《ほうぜう》なり《豊作である》。喜悦の思ひをなす処に、この額のゆゑなりと夢想の告げあり。この事のかたじけなさに《ありがたさに》参りて事のよしを申し入れ侍るなり』とて掌を合はせて去り侍りにき。

しかるに去る八日、この病につかれて臥したるに、暁に及びて夢に見るやう、天人とおぼしき人、額を持ちて来たりて、『この額の文字損じたる、直して給へ』とてたぶと見れば《手渡されて見ると》、先年書きたりし近江の国の額なり。げにも《なるほど》文字少々消えたる所あり。夢の中に直して奉りつ。天人悦べる気色にて《様子で》帰り給はんとするが、見返りて、『今《いま》五ケ日がうちにまた額あつらへたてまつるべき人《額の揮毫をお願いするはずの人》あり。必ず書き給ふべし。[一]一仏浄土の縁たるべきなり』とてさりぬと思ふほどに夢さめぬ。この事によりて、心のうちに日ごとに相待つ処に《一日一日と待ち設けておりましたが》、[二]けふ五ケ日に満つるなり。[三]しかるを〔あなたが〕この額あつらへ給ふ。これ[四]一仏土の縁なり。やがても書き侍るべきに《早速にも筆をとるべきですが》、この額におきては[五]精進して書き侍るべし。いかにもこれ書きはてんまでは《どうあろうとこれを書きあげてしまうまでは》、よも死に侍らじ《よもや死ぬことはありますまい》」とて泣く泣く随喜せられけるなり《お喜びなされたのであった》。「そもそも天下に、道《芸の道》にたづさはる人おほけれども、[六]御辺《ごへん》の道におきてはまた[七]対揚《たいやう》なし。それにつきては我が道こそ侍りけれ《書の道も同様でございます》。そのゆゑは、今度[八]閑院殿遷幸《かんゐんどのせんかう》に、[九]年中行事の障子を書くべきよし[一〇]宣下《せんげ》せられたりしを、入道はこの所労のあひだかなはず《病気のために書くことができません》。[一一]経朝朝臣《つねともあそん》は訴訟によりて関東に下向《げかう》す。これによりて古き障子を用ゐらるべきよし、その沙汰《論議があったのを》ありけるを、[一二]武家よりその儀《そのような》然るべからず《ことは宜しくない》、いかやうなりとも《どんなふうな字であろうとも》、[一三]かの家の子孫書き進《まゐ》らすべきなり、と申すによりて、経朝朝臣が子[一四]、生年九歳の小童《こわらは》、忝《かたじけ》なく勅定

一 「一仏浄土」は、一仏のおわす浄土、阿弥陀仏の西方浄土。そこに往生するための機縁となるであろうということ。
二 今日はその五日目にあたります。
三 そういう事情のあるところへ。
四 「一仏浄土」の略。底本「一仏書」、他本により改訂。
五 精進潔斎して。一定期間、飲食・行為に気をつけて身の清浄を保つこと。
六 あなたの専念しておられる道。管絃の道をさす。
七 あなたの地位・家柄に匹敵する者はおりません。
八 二条の南、西洞院の西にあった旧摂関家の邸宅。高倉天皇の践祚以来、里内裏となった。ここは、建長元年の火災の後、新造されて建長三年六月二十七日の後深草天皇の遷幸を控えていた頃のこと。
九 清涼殿の南廂、殿上の間の東に置かれる衝立障子。表裏両面に年中行事の項目が書かれてある。
一〇 後深草天皇の宣旨が下ったこと。
一一 行能の子（一二一五～七六）。従二位・左京権大夫。
一二 新しい閑院の里内裏は武家（鎌倉幕府）が造進するものであった。従って古い障子で間に合わせることに異を称えたのである。
一三 世尊寺家をいう。道風・佐理以後、最高の権威を持つに至った和様書道の家。行成を祖とする。
一四 藤原経尹か。ただし、経尹はこの時、五歳。

をうけたまはりて書き進《まゐ》らせ了《をは》んぬ。これをもてこれを思ふに《こうした事から考えてみると》、御辺《あなたの》の道と入道が道とこそならぶ人なかりけれ《［われわれに］肩を並べる人がいない》、と自讃せられ侍るなり《と自讃されることでございます》。世に管絃者《音楽家》おほかれども、誰か御辺とひとしき人ある。手かき《能書家》またおほけれども、朝の御大事にあふも《朝廷の大事を勤めるのも》、ただこの家《世尊寺家》ばかりなり。されば《そうであればこそこうした夢想もあって》かかる夢想もありて、一仏土の縁となり申すべきにこそ」とて、感涙をたるる事限りなし。この事更にうける事にあらず《けっしていい加減な話ではない》。[一]法深房語り申されしうへ、三位の入道《行能》、この事を記したる状に判を加へて法深房のもとへ送りたる状を書き侍るなり。

三九二　行成・伊房能書の誉れの事（抄入）

[二]行成《ゆきなり》卿いまだ[三]殿上人《てんじやうびと》の比《ころ》、殿上にて[四]扇合《あふぎあは》せと云ふ事ありけるに、[五]人々珠玉をかざり、金銀をみがきて、我おとらじといとなみあへり《競いあった》けり。かの卿は[六]くろく塗りたる細骨に黄なる紙はりて、[七]楽府《がふ》の要文を真草《楷書と草書》にうちまぜて、ところどころ書きていだされたりけるを、御《一条》

一　本書の編著者橘成季は、法深房から直《じか》に話を聞いている上に、夢想の事を叙した行能の書状をも見ているということ。なお、法深房については、二六五話三二一頁頭注＊印参照。

二　藤原行成（九七二〜一〇二七）。一条摂政伊尹の孫、三蹟の一人。『大鏡』巻三に所伝が詳しい。

三　寛和二年（九八六）の昇殿以後、長保三年（一〇〇一）の参議就任以前の時期。一条天皇の時代。

四　左右二組に分れ、骨、地紙から絵、詩、和歌の文字に至るまで、趣向をこらした扇を出し合い比べて勝負を競う遊戯。

五　『大鏡』によれば、人々は、骨に蒔絵をしたり、金・銀・沈《じん》・紫檀《したん》の骨に象眼《ぞうがん》や彫りものを施したり、えもいわぬ紙に、わざと人の知らぬような詩や歌などを書いて参らせたという。

六　『大鏡』には、「黄なる唐紙の下絵ほのかにをかしきほどなるに、表のかたには楽府をうるはしく真に書き、裏には御筆とどめて草にめでたく書きて」奉ったと見える。

殿上扇合せで細骨の扇に楽府要文を書き叡感に与った行成

七　長句・短句の一定しない古体の漢詩。「要文」は大切な文句。

春日大明神の示現で書き置いた額が死後御経蔵に掛けられた伊房

門（天皇）、御覧ぜられて、「この扇こそいづれにも（どの扇よりも）すぐれたれ」とて、御前に留められけるとかや。

かの卿（行成）の孫に、帥《そち》の中納言伊房《これふさ》[八]とておはしけるも、いみじき手書《てかき》なりけり（能書家だった）。[九]春日大明神《かすがだいみやうじん》の[一〇]示現《じげん》によりて[一一]、御経蔵といふ額を一枚書きて置き給ひたりければ、只今《ただいま》うつべき経蔵もなければ（今すぐにそれを掲げるような経蔵もなかったので）、「いまある（何か）やうあらんずらん（事情があるのだろう）」とて置きたりけるほどに、帥も失せ給ひてのち[一二]遥《はる》か年月隔たりて、思ひのほかに、公家より（朝廷から）[一三]一切経《いつさいぎやう》を安置してまゐらせられける時、「たれか額をば書くべき（だれが経蔵の額を書いたらよいか）」と沙汰ありけるに（あれこれ論議があった時）、かの帥の子孫の中より、「かかる事ありて、かの帥（伊房）書き置ける額あり」とて取り出《いだ》されたりければ、うたれけるこそ（掛けられたことこそ）、神慮に叶ひてありける事（神の思し召しにかなっていたことで）、やむごとなくおぼゆれ（嘆賞すべきことに思われる）。

昔、[一四]佐理《すけまさ》の大弐《だいに》、任はててのぼられけるに、道にて[一五]伊予の三島明神の[一六]託宣ありて、かの社の額[一七]書かれたりけるも、めでたかりけり。

八 藤原伊房（一〇三二〜九六）。行成の子行経の長男。権中納言・治部卿・太皇太后宮大夫。寛治二年（一〇八八）、任大宰権帥。寛治六年帰洛。
九 奈良市にある春日大社に祭られる藤原氏の氏神。
一〇 神が夢などに現れて、その意向を示すこと。
一一 底本「と」。他本により改訂。
一二 伊房は、嘉保三年九月十六日に没した。
一三 経・律・論等の一切の仏典の総称。大蔵経とも。
一四 藤原佐理（九四四〜九九八）。参議・兵部卿。正暦二年（九九一）、任大宰大弐。長徳元年（九九五）、帰京。三蹟の一人。
一五 愛媛県越智郡大三島に鎮座する大山祇《おおやまつみ》神社の神。
一六 『大鏡』によれば、「よろづの社《やしろ》に額のかかりたるに、おのれがもとにしもなきがあしければ、かけむと思ふに、なべての手して書かせむがわろくはべれば、われ（そなた）に書かせ奉らむと思ふにより、……とどめ奉りたるなり」とのお告げがあったという。
一七 佐理は「湯度々あみ、いみじう潔斎してきよまはりて、日の装束して」神前で書いたという（『大鏡』）。

二九三　弘法大師を五筆和尚と称する事（抄入）

口と左右の手足に五筆を保持同時に運筆した弘法大師

[一]弘法大師は筆を口にくはへ、左右の手に持ち、左右の足にはさみて、一同に真草《同時に楷書と草書の文字》の字を書かれけり。さて《それゆえ》五筆和尚とも申すなるとかや。ふしぎなる事なり。

術　道　第九

二九四（序）　推古天皇以来の術道の伝承の事

秘術験を現し奇異多く聞ゆ

[二]術道、一にあらず《一通りではない》。その道まちまちにわかれたり《さまざまに多様である》。[三]推古天皇の十年、百済《くだら》の国より暦本・天文・地理・方術書を奉りてよりこのかた、道をならひ伝へて、今にたゆる事なし。その中に秘術験《げん》をあらはして、奇異《不思議な話》多く聞ゆ。くはしくしるすにいとまあらず。

一　空海。二八六話参照。『弘法大師御伝』上に、「唐宮内壁下、勅令レ書。大師執レ筆五処、左右手足口也。五行同時書レ之。仍唐帝下レ勅、号二五筆和尚一」とある。一説に、空海が在唐中、執管・簇管・撮管・握管・搦管の五種の執筆法に長じた韓方明に学んで、それに通達していたことによる呼称とする（『桂林漫録』）。しかし、韓方明に師事したという、空海自身の記録はない。

＊術道篇　陰陽道の占い、人相見、地震予知、医術の勘文《かんもん》、紛失物の発見などに関する術道の効果を示す六話を集めた篇。有職故事・詩歌管絃・能書に次ぐ宮廷生活における文化の精華とみなされたのが術道技芸であったが、集められた説話は意外に少ない。

二　陰陽道、神仙・修験道の術、その他の諸術の法。

三　六〇二年。この年十月、百済僧観勒《かんろく》が暦・天文・地理・遁甲（神仙・占星の術）・方術の書を伝え、大友村主高聡が天文・遁甲を、山背臣日立が方術を学んだという（『日本書紀』）。

四　藤原道長（九六六～一〇二七）。後一条天皇の摂

政で関白職には就いていないが、寛弘三年（一〇〇六）、法性寺（御堂）を建立したことから、こう称された。

五　物の怪や悪夢に悩まされる者や神事や仏事にかかわる者が、一定期間、籠居などしながら、禁欲的に過して身心の不浄をさり、身の安全を保つこと。

六　道長の帰依した修験僧。大僧正。道長の姉の詮子の創建した解脱寺を長保年間に再興した。寛弘五年（一〇〇八）寂。

七　安倍晴明（九二一～一〇〇五）。天文博士。式神《しきがみ》（式占を司る鬼神）を自在に駆使するといわれた陰陽家。

八　丹波忠明。『医心方』の著者丹波宿禰康頼の孫。典薬頭・丹波介で、丹波朝臣と称した。

九　源義家。ただし、「時代不審也」とあるとおり、道長没後の人で時代があわない。道長に近く仕えた武将には、源頼光（九四八～一〇二一）がいる。

一〇　ここは、広く大和地方をさす。

一一　はしりの甜瓜《あまうり》。唐瓜《からうり》とも。夏季、暑気をさり、渇きをいやし、酒毒を解くと歓迎された。

一二　底本「し」、伊木本により改訂。

一三　加持祈禱。祈りによって呪力を加えること。

一四　武士が護身用に携帯した鍔《つば》のない一尺たらずの短刀。鞘巻《さやまき》。

晴明の占観修の加持忠明の針
義家の刀、名家達人至妙の術

二九五　陰陽師晴明、早瓜に毒気あるを占ふ事

御堂関白殿《みだうくわんぱくどの》[四]御物忌《おんものいみ》[五]に、解脱寺《げだつじ》の僧正《そうじやう》観修[六]・陰陽師晴明《はるあき》[七]・医師忠明《ただあき》[八]・武士義家《よしいへ》[九]朝臣（時代不審也）参籠して侍りけるに、五月一日、南[一〇]都より早瓜《はやうり》[一一]を奉りたりける《献上してきたが》に、「御物忌の中に取り入れられん事い《外からの物を受けとられるの》かがあるべき《はどういうものか》」とて、晴明に《［吉凶を］》うらなはせられければ、晴明うらなひて、一つの瓜に毒気候ふよしを申して、一つをとり出《いだ》[一二]したり。「加《か》[一三]持《ぢ》せられれば、毒気あらはれ侍るべし」と申しければ、僧正に仰せて加持せらるるに、しばし念誦の間に《わずかに祈りを加えるうちに》、その瓜はたらき動きけり《ゆらゆらと動いた》。その時、忠明に毒気治すべきよし《毒気をおさえるようにと》仰せられければ、瓜をとりまはしとりまはし見て、二ところに針をたててけり。その後、瓜はたらかずなりにけり。義家に仰せて瓜をわらせられければ、腰刀《こしがたな》[一四]をぬきてわりたれば、中に小蛇わだかまりてありけり《とぐろを巻いてうずくまっていた》。針は蛇の左右の眼《まなこ》に立ちたりけり。義家なにとなく《無造作に》中をわると見えつれども、蛇の頸《くび》を切

一 この話は、『撰集抄』巻八の、「祈二空也上人手一事」の中に、「平等院僧正行尊、晴明、雅忠三人の「時の面目ゆゆしき話」として見え、『元亨釈書』《げんこうしゃくしょ》巻四の勧修の条にも、勧修、晴明、重雅三人の「術に精《すぐ》れたるを嘆ずる話」として載るなど、広く流布していたようだ。

二 安倍吉平。晴明の長男。主計頭《かずえのかみ》・陰陽博士。藤原頼通についた物の怪を祈伏し（『宝物集』）、正暦二年（九九一）、寛仁四年（一〇二〇）には五龍祭（請雨の祭）を勧める（『日本紀略』『小右記』）、といったような活躍が見られる。

三 丹波雅忠。忠明の子。正四位下・右衛門佐・典薬頭・主税頭等を歴任。康平五年（一〇六二）、丹波権守となり、その後、再任された。

四 藤原伊通《これみち》（一〇九三～一一六五）。参議に任じられた保安三年（一一二二）以前、侍従となった一一〇五年から権右中弁となる一一一五年あたりのことか。「大相国」は太政大臣の唐名。

五 常寧殿。井戸は、そこから南の承香殿に到る土間の廊（后町廊）の傍らにあった。

りたりけり。名を得たる人々《世に知られた人々》の振舞かくのごとし。ゆゆしかりける《すばらしいことだった》事なり。この事いづれの日記に見えたりと云ふ事を知らねども《何という記録に見えているということは知らないけれども》、一あまねく申し伝へて侍り。

二九六 陰陽師吉平、地震を予知する事

地震を予知、盃を干せといった吉平

陰陽師吉平《よしひら》二晴明が子、医師雅忠《まさただ》三と酒を飲みけるに、雅忠盃をとりてうけてしばしもたりけるを《しばらく持ったままでいるのを》、吉平見て、「御酒《みき》とく参り給へ《急いでお飲みなされ》。只今《ただいま》なゐのふり候はんずるぞ《地震がやって参りましょうぞ》」といひけり。その言葉たがはず《よくぞ見事に予言したものである》、やがてふりければ《すぐさまぐらっときたので》、酒がぶときてこぼれにけり《盃の酒ががぶっとゆれて》。ゆゆしくぞかねていひける。

二九七 九条大相国伊通浅位の時、井底を望みて丞相の相を見る事

井底深く丞相たる我が相を見後年大臣となったすぐれた相人の伊通

四九条の大相国浅位の時《位階の低かった頃》、なにとなく后町《きさきまち》五の井《ゐ》を、立ちよりて底をのぞき給ひけるほどに、丞相の相見えける《大臣の人相が見えた》。うれしくおぼして帰り

六　自分の顔を鏡に写して近くで見ると。
七　伊通は、保元元年（一一五六）九月、六十四歳で内大臣に就任。その後の昇進はめざましく、翌年八月に右大臣、翌々年には左大臣に転じ、永暦元年（一一六〇）八月には、ついに太政大臣に昇る。
八　人相を見てその人の将来の運勢を占う人。
九　年代から推して、ここは藤原頼長（一一二〇〜五六）。保元の乱で非業の死を遂げる。
一〇　大分県宇佐市に鎮座する宇佐八幡宮。豊前国一《いちの》宮《みや》。その神官の長たる人物。
一一　癩菌の伝染による慢性病。ハンセン病。
一二　解任して別の人物を任命すること。
一三　和気氏。清麻呂の子孫。代々医家として朝廷に仕えると共に、宇佐使に任ぜられた家柄。
一四　丹波氏。和気氏と同じく侍医・典薬頭の家柄。
一五　和気貞相の門弟・養子。典薬属《さかん》。久寿二年（一一五五）、後白河天皇の即位に際し、宇佐使に立てられた。

宇佐大宮司の白癩の病に非重代ながらすぐれた勘文を奉った貞説

給ひて、鏡をとりて見給ひければ、その相《さう》なし。いかなる事にかとおぼつかなくて《不審に思われて》、また大内《内裏》に参りて、かの井をのぞき給ふに、さきのごとくこの相見えけり。その後しづかに案じ給ふに、[六]鏡にて近く見るにはその相なし。井にて遠く見るには《井戸の水に写して遠くに見ると》その相あり。この事、大臣《大臣》にならんずる事遠かるべし《になるというのが遠い先の事なのだろう》。つひにはむなしからじ《いずれは必ず大臣になれるのであろう》、と思ひ給ひけり。はたして《案の定》[七]はるかに程へてなり給ひにけり。この大臣《おとど》は、ゆゆしき《すばらしい》[八]相人《さうにん》にておはしましけり。[九]宇治の大臣《おとど》も、わざと相せられさせ給ひけるとかや《特に依頼して占ってもらいなさったということだ》。

二九八　中原貞説医書に通ずる事

[一〇]宇佐《うさ》の大宮司《だいぐうじ》なにがしとかや、[一一]癩病《らいびやう》をうけたるよし聞えありて《うわさがたって》、一門の《「大宮司の」》ものども、[一二]改補せらるべきよし訴へ申しければ、大宮司馳せのぼりて《急ぎ上京して》、医師に見せられて実否《じつぷ》をさだめらるべき《事実かどうかを》よし、奏し侍りければ、[一三]和気《わけ》・[一四]丹波のむねとある《主要な人々》輩《ともがら》に御尋ねありけり。[一五]中原貞説《さだとき》も

同じくめしに応じて、御たづねにあづかりけり。おのおの白癉《はくたん》[一]といふ病のよしを奏しけり。療治すべきよしの勘文《かんもん》[二]を奏るべきよし、仰せ下されければ、面々にまかりいでて（めいめいそこから退出して）、しるして参らすべきよし申しける（〔自宅で〕書きあげて奏上したいと口々に）に、貞説申しけるは、「非重代《ひぢゆうだい》[三]の身にて一巻の文書のたくはへなし（ただ一巻の書物も持ち伝えておりません）。知りて侍るほどの事は（承知しておりますだけのことは）、当座[四]にて勘《かんが》へ申すべし」とて、則ちしるし申しけり。もろもろの医書ども、みなことごとくひきのせて（引用して書き載せて）、ゆゆしく注し申したりければ（見事に注を加えて説き述べてあったので）、叡感《えいかん》ありて、申しうくる[五]にしたがひて、和気の姓を給はせける。後には諸陵[六]の正《かみ》になりて、子孫[七]いまにたえず。

二九九　播磨の相人、野宮左府公継を幼時に相する事

将来左大臣たるべき人と幼時相人に言われ、後年左府となった公継

野宮《ののみや》[八]の左府をさなくおはしける時、母儀《ぼぎ》[九]さまをやつして（めだたぬように姿を変えて）具したてまつりて（〔公継を〕おつれになって）、播磨の相人とて名誉の者（評判の高い者）ありけるにゆきて、相せさせられけり（人相を占わせられた）。相人よくよく見申して、必ず一《いち》[一〇]の上《かみ》にいたり給ふべきよし

一　白癬《はくせん》か。糸状菌による皮膚病。たむし、みずむしの類。かゆみがひどく湿疹状を呈しもする。要するに大宮司は癩病でないとの全員一致の診断であった。
二　「白癉」と診断した根拠と療法を諸書によって調べただして草する上奏文。
三　代々の医家に生れた者ではないので。
四　今この場において考証・上奏申しあげます。
五　（和気姓を）賜りたいとの願いにまかせて。
六　諸陵司の長官。諸陵司は治部省に属し、天皇家の陵墓の管理や喪葬・凶礼の事などを掌った役所。
七　貞説の子には、権侍医貞経、孫には、侍医貞宗、典薬助貞基、典薬権介貞幸等がいる。
八　藤原公継（一一七五～一二二七）。実定の子。建久元年、十六歳で参議。後、五十歳で左大臣となる。
九　上西門院（鳥羽天皇皇女・統子）の女房備後。
一〇　太政官の第一の官、すなわち左大臣の異称。ただし、左大臣が摂政・関白の場合には、右大臣をいう。一二二四年八月に左大臣近衛家通が没し、上位者は関白近衛家実だけとなったので、十月に右大臣の公継が一の上となった。

を申しけり。母儀あらがひて《抗弁して》、「これは《この子は》さほどの位にいたるべき人にあらず。[一一]侍ほどの者の子にて侍るなり」と、のたまひければ、相人申しけるは、「まことに侍にておはしまさば《侍の子供でいらっしゃるのなら》、[一二]検非違使《けびゐし》などにもなり給ふべきにや。いかにも大臣の相おはしますものを《明らかに大臣になる人相がおありになるのですが》」と申しけり。後徳大寺《ごとくだいじ》の左大臣《藤原実定》のするゐの子にておはしけるが、[一三]このかみみな失せ給ひて、家をつぎて、[一四]大将をへて左大臣従一位にいたりて、天下《てんが》の権をとり給ひける、ゆゆしく相し申したりけるなり《まことによくぞ占ったものだ》。この事を大臣《おとど》聞きたもち給ひて《聞きおぼえておられて》、相《人相学》をならひて、めでたくし給ひけるとぞ《立派に相しなさったという》。わが《自分の》寿限《寿命》などをも鏡を見て相して、兼て《前もって》知り給ひたりけるとぞ。

三〇〇　後鳥羽院、陰陽頭在継をして千手経の紛失を占はしめ給ふ事

[一五]後鳥羽院、御熊野詣《みくまのまうで》ありけるに、[一六]陰陽の頭在継《ありつぐ》をめし具せられけるに、毎日《御日課として》御所作に[一七]千手経をあそばされける《読誦なさった》。件《くだん》の御経を御経筥《おんきやうばこ》に入れられたりけるをとりいだされけるに、その御経見えず。いかに《どんなに》

一一 身分の高い人の側に仕える程度の者の子。相人に対して、あえてわが子の正体を偽った物言い。

一二 京中の非法の徒の取締りに当った役所の役人。警察官・検察官・裁判官を兼ねたような職掌。

一三「このかみ」は兄。公継には、公綱・公守・公広という三人の兄がいた（『尊卑分脈』）。たとえば、公守は落馬により文治二年（一一八六）に二十五歳で早世している。ちなみに、公守の母は太政大臣師長の娘であり、もし彼が存命ならば、当然、実定の後継者となっていたはずである。

一四 建永二年（一二〇七）、三十三歳で右近衛大将に任じられた。建保三年（一二一五）、右大臣の時、上表して一旦散位となり、承久三年（一二二一）十月、還任して、元仁元年（一二二四）十二月、左大臣、翌年正月、従一位に至った。

一五 高倉院の皇子（一一八〇～一二三九）。その熊野詣は、正治八年から承久三年までに、実に二十八度に及んだという。承久の乱により、隠岐で没した。

一六 陰陽寮の長官。「在継」は加茂在継。造暦・文章博士・大膳大夫。

経筥の蓋にはまり行方不明の千手経を占で発見し叡感を蒙った在継

一七 千手陀羅尼経。千手観音の功徳を説く根本の陀羅尼で、八十二句から成る。大悲呪。

求むれどもなかりければ《探しても見つからなかったので》、在継をめしてうらなはせられけるに、いかにも失せざる《けっしてなくなってはいない》よしを申して、「なほよくよく求めらるべし《お探しになって下さい》。あやまりて《手違いで》いまだ箱の中に候ふものを」と申しけり。その後、また求められければ、御経筥の蓋《ふた》に軸つまりてつきたりけるを《千手経の軸が詰って付いていたのを》、え見ざりけり《見逃していたのであった》。叡感ありて、御衣《おんぞ》を給はせける《お与えなさったという》となん。

一　底本「に」を欠く。伊木本により補う。

＊**『古今著聞集』における後鳥羽院**　後鳥羽天皇は在位十四年、院政二十二年、その間広大な御領からの収入によって、水無瀬・宇治に優雅な離宮を営み、各地に度々御幸なされ、和歌・音楽・絵画・競馬・蹴鞠などの文化面ですぐれた資質と識見を示して、華やかに活躍された。承久の乱に敗れ、御領も没収されて、隠岐に遷幸、在島十八年、延応元年（一二三九）淋しく崩御された。和歌は特に秀でられ、『新古今集』の完成は言うまでもないが、多くの詠歌や残された宸筆の懐紙や消息などから、院の高雅な風格が偲ばれる。中世以降の史書・歌書・説話集などに厖大な量の逸話や伝説が残されているが、本書においても、登場回数最も多く、二十六話に及んでいる。専修念仏・宮廷作法・賭弓・和歌・熊野詣・競馬・絵画・音楽・蹴鞠・強盗逮捕・化物退治など多彩な話題が展開するが、政治向きの話はなく、大体文化活動の面の話である。上巻所収のものでおもしろいのは、一〇三・一〇四・一〇五話と連続する、内弁の作法の習得、白馬節会の予行演習、賭弓の真似の行き過ぎ叱正の話や、院と俊成・定家（一九三話）や良経・家隆（二〇四話）をめぐる秘話であろう。

古今著聞集　巻第八

孝行恩愛　第十

三〇一 （序）　孝の意義とその価値の事

孝は天の経なり、地の誼なり

孝[二]*は天の経《けい》[三]なり、地の誼《ぎ》[四]なり、人の行《かう》[五]なり。故に天地[六]人民有りてより以来《このかた》、斯道《しだう》[七]著《いちじる》し。蓋《けだ》し乃《すなは》ち身を立て名を揚《あ》ぐるの本《根本》、五常[八]百《あらゆる行為に優先する》行の先なり。父[九]、父たらずといへども、子、以《もつ》て子たらざるべからず。孝の至りて深きこと、もつとも貴《たつと》ぶべし。

三〇二　赤染右衛門大江挙周母子が恩愛の事

母は子の、子は母の命に代りたいと祈り、共に救われた母子

式[一〇]部の大輔《たいふ》大江匡衡《まさひら》朝臣の息、式部の権《ごん》の大輔挙周《たかちか》[一一]朝臣、重病《重い病気に》を

＊ **孝行恩愛篇**　赤染衛門母子の恩愛の話から、成季の友人法深房が琵琶の秘事・口伝・故実のすべてを尾張内侍に授けた話まで親子師弟の恩愛や老父母への孝行の話十三話を収める。篇末の四話は著名な孝行恩愛の話であるが、『十訓抄』からの抄入である。

二 父母によく仕《つか》えること。古来、中国では、史書の中に、孝行伝・孝友伝・孝義伝等の多くの孝子列伝を載せる。我が国の書では、『今昔』巻九、巻十九などが孝養話を収載する。

三 たて糸、正しい筋。

四 正しい道、道理。

五 踏み行うべき行為。

六 天地《あめつち》が創《はじ》まり、そこに人間が住むようになってから。

七 孝行の道。

八 儒教で、人が常に踏み行うべき五つの普遍的な徳目。仁・義・礼・智・信。

九 たとえ父が父の道に外《はず》れることがあろうとも、子は子の道を踏み外してはならない。『古文孝経』序による。

一〇 本話の前半は、一七六話に同じ。「匡衡」は、文章博士。一条・三条天皇の侍読。

一一 匡房の祖父。

うけて《かかって》、たのみすくなく見えければ《余命いくばくもないように見えたので》、母[一]赤染右衛門《あかぞめゑもん》、[二]住吉《すみよし》にまうでて、七日籠りて《参籠して》、「このたびたすかりがたくは《〔挙周の命が〕》、すみやかにわが命《私のいのち》にめしかふべし《と引き換えて下さい》」と申して、七日に満ちける日《〔願の〕》、[三]御幣《みてぐら》のしでに書きつけ侍りける、

[四]かはらんと祈る命《いのち》は惜しからでさても別れんことぞかなしき

かくよみて奉りけるに、[五]神感《じんかん》やありけん、挙周《たかちか》が病よくなりにけり。母下向《げかう》して、喜びながらこの様を語るに《このいきさつを話すと》、挙周いみじく歎きて《ひどく嘆いて》、「我《われ》生きたりとも《自分が生き残っても》、母を失ひては何のいさみかあらん《〔生きる事に〕何の励みがありましょう》。[六]かつは不孝の身なるべし」と思ひて、住吉に詣《まう》でて申しけるは、「母われにかはりて命終るべきならば、速《すみや》かにもとのごとくわが命をめして、母をたすけさせ給へ」と泣く泣く祈りければ、神あはれみて[七]御たすけやありけん、母子共に事ゆゑなく侍りけり《何事もなかったといいます》。

三〇三　久我大相国雅実幼少の時、外祖父隆俊の沓を懐中の事

一　大隅守赤染時用の娘。藤原道長の妻倫子や、上東門院に仕えた女房。三十六歌仙の一人。一七六話参照。

二　住吉神社。大阪市住吉区にある。摂津国一宮《いちのみや》。和歌の神・航海の守護神とされる。

三　串に挟み神に奉る幣帛《へいはく》の布（ここは紙か）。

四　身代りになって死にたいと祈る私の命は惜しくはありませんが、子が死んでも母が死んでも、別れ別れになることが悲しいのです。『詞花集』巻十に載る。『赤染衛門集』では、下句「わかると思はん程ぞ悲しき」。

五　神が感応して願いを聴きとどけること。『赤染衛門集』の同歌の左注に「たてまつりての夜、人の夢に、ひげいとしろき翁、このみてぐらをみながら（そっくり全部）とるとみて、おこたりにき」とある。

六　その上、親の命を縮めるのですから、親不孝をした身となるはずです。

七　子の挙周の命に代えるはずの母赤染衛門の命をお救い下さったのだろうか。

八　源顕房（一〇三七～九四）。師房の子。右大臣。相《そう》人《にん》としても知られていた。母は藤原道長の娘尊子。娘賢子（師実の養女となる）は白河天皇の中宮、堀河天皇の生母。

九　源隆俊（一〇二五～七五）。隆国の子。中宮大夫・治部卿。その娘隆子が顕房に嫁していた。

一〇　源雅実（一〇五九～一一二七）。顕房の子。治暦

四年（一〇六八）三月、従五位下、翌年正月、侍従となっていた。「大相国」は、太政大臣の唐名。

童殿上の折、父と外祖父の沓を懐中して随行、隆俊を悦ばした雅実

二 母方の祖父。

三 隆子。従二位。『後拾遺集』等に入集の歌人。

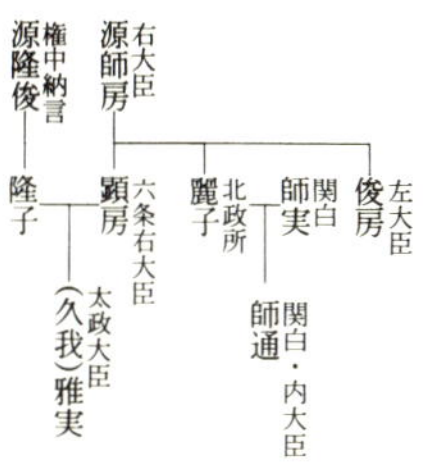

一三 藤原師実（一〇三二～一一〇一）。関白・左大臣。

病床の見舞に兄の左右大臣子の内大臣が伺候した北の政所麗子

一四 摂政・関白の妻の尊称。ここは、源師房の娘麗子。

一五 底本「倒」、伊木本により改訂。

一六 白河院。応徳三年（一〇八六）十一月、堀河天皇に譲位していた。

一七 ここは縁長押《えんなげし》。縁に面する敷居と縁板との間にあるもの。切目《きりめ》長押ともいった。

一八 左大臣源俊房、右大臣顕房と麗子の子の内大臣藤原師通の三人。

[八]六条の右大臣、〔義父の〕隆俊《たかとし》[九]の中納言と大内《おほうち》を見ありき給ひけるに《内裏を見歩いておられた時に》、大内には、子孫の殿上人《てんじやうびと》を具せざる人は《伴わない人は》、はだしにて庭をあゆむ所のあんなるに《あるということだが》、[一〇]久我の大相国《だいしやうこく》（雅実）幼少の時、両人の沓《くつ》を懐中《くわいちゆう》して、かの所にて《その場所で》はかせられたりけり。幼少の人、外祖父[一一]をも思ひすてられざりけること、ありがたき事なり《殊勝なことである》。隆俊卿、感涙を流して、母儀《ぼぎ》[一二]のもとに行きて、悦《よろこ》び申されけるとなん。

三〇四　京極大殿師実の北の政所の不例に大臣三人伺候の事

京極《きやうごく》[一三]の大殿《おほとの》（師実）の北の政所《まんどころ》[一四]、例ならぬ事[一五]おはしましけるに《ご病気でいらっしゃった時に》、六条の右府（顕房）、御とぶらひに参り給ひて《お見舞においでなさって》、則ち《すなは》院[一六]へ参り給ひけるに、御対面ありて、「世間に何事かある《面白い話があるか》」と仰せられければ、「関《くわん》白《ぱく》の北の政所の不例のとぶらひに《病気の見舞に》まかりむかひて候ひつるに、病者のかたはら、長押《なげし》[一七]のしりに大臣三人[一八]候ひつる。以《もつ》ての外《ほか》の事なり《思いもよらぬことです》」と申されければ、「これらにさほどの事はありがたし《病気見舞にそれほどの顔ぶれが揃う事はめずらしい》」とぞ御返事

ありける。誠にゆゆしかりける事なり《まことに格別なことであった》。堀河[一]の左大臣（俊房）、六条の右大臣は北の政所の御せうと《ご兄弟》なり。後二条殿[二]は御子にておはします。その時は内大臣にてぞおはしける。

三〇五 笛の名手大納言重通、重病の楽人頼能の病床を親しく見舞ふ事

輒人監物頼能《てつにんけんもつよりよし》[三]、重病をうけたりける時《重い病気にかかったとき》、大納言重通卿《しげみちきやう》[四]みづから行き向ひて訪《と》はれけり。大方精進せられざりける人の《平生まったく精進潔斎をなさらぬ人であったのが》、頼能早世《さうせい》の後は、その忌日毎《きにちごと》に魚肉を食せられざりけり。夢中に頼能清談[五]する事、その数を知らず多かりけり。

三〇六 宇治内大臣頼長、師恩を重んずる事

後白河院在藩[六]の御時、保延《ほうえん》[七]五年十二月二十七日、待賢門院《たいけんもんゐん》[八]の御所、[九]三条殿にて御元服ありけり。仙院《鳥羽院》も御座ありけり。左大臣[一〇]（花園有仁）ぞ加冠《かくわん》[一一]はし給ひける。御遊《ぎよいう》の笙《しやう》の事、内大臣[一二]（宇治頼長）に仰せ

一 源俊房（一〇三五～一一二一）。顕房の兄。
二 藤原師通（一〇六二～九九）。応徳三年の白河院の譲位以後は、寛治八年（一〇九四）三月の関白就任まで、内大臣であった。
三 抜きん出てすぐれた人物。頼能が、笛の名手であることをいう。「監物」は中務省に属する官人。「頼能」は源頼能。本姓は王。頼吉とも。後三条天皇に仕えた楽人。楽所預・内膳正。「千秋楽」の作者。笛の譜『綿譜』の著者でもあった。二六四話参照。没年未詳。

頼能死後は忌日毎に精進した重通

四 藤原重通（一〇九九～一一六一）。父宗通について笛・笙・神楽等を修めた。一一五六年、権大納言。九八話参照。
五 俗事に関わらぬ話、ここは音楽の話をすること。
六 親王の時代。「藩」は藩王（親王の唐名）。後白河院は一一二七年九月生れ。十一月に親王宣下。
七 一一三九年。
八 後白河院の生母。藤原公実の娘、璋子。
九 待賢門院の実家。
一〇 源有仁。時に左大将を兼ね、三十七歳。

師の師頼の死の直後故と御遊の笙の吹奏を辞退した頼長

一一 元服の式で冠をかぶらせる役目。
一二 藤原頼長。時に内大臣・右大将、二十歳。
一三 源師頼。正二位・大納言。保延五年十二月四日

られけるに、去る四日、春宮《とうぐう》の大夫《だいぶ》師頼卿《もろよりきやう》[一三]失せられにしに、いく程もなくて笙《しやう》を吹かん事憚《はばか》りありとて、手に所労のよしを申されて（故障があることを申されて）、吹き給はざりけり。漢書《かんじよ》[一四]の説は、近代よみ伝[一五]へたる人まれに侍るに、かの大夫《だいぶ》、江家《がうけ》の説をつたへられたりければ（大江匡房の訓釈を伝え受けていたので）、内府[一六]（頼長）習ひ給ひけり。師をおもんずる礼、いみじくぞ侍る。

三〇七　左中弁師能、夢に亡父師頼より逸書の所在を教へられたる事

師能《もろよし》[一七]の弁、漢書[一八]の文帝紀置き失ひて、なげき思ひけるに、先親（亡父）春宮の大夫師頼、夢の中にかの書のあり所を告げられたりけり。次の日、その所より求め出《いだ》して侍りけり。あはれなる事なり。

三〇八　宇治左府頼長、父忠実に寵愛せらるる事

宇治[一九]の左府の御記《ぎよき》に、「頼長、初め母[二〇]の賤《いや》しきを以《もつ》て寵愛無し。而《しか》るに長ずるに及びて九経[二一]を誦習し、五音[二二]を嗜好《しかう》し、酒を受けず、

没、七十二歳。喉頭部の疾患によるという。

一四　班固（三二〜九二）の『前漢書』をさす。漢の高祖から平帝に及ぶ二世紀余の紀伝体の史書。百巻。

一五　訓読法と解釈を伝習している人。師頼が孔子を祭る釈奠《せきてん》を上卿として取りしきった時、その作法進退の不審について人に問うたのを嘲笑した成通に師頼は『論語』の一節を引いて応じ、成通は一言もなかったという話（『古事談』第二）は、その漢籍への通暁ぶりをよく伝えている。

一六　『今鏡』藤波・中に、この件の記事が見える。

一七　源師能。師頼の子。蔵人・中務大輔を経て、保延六年、左少弁、久安五年（一一四九）左中弁に転じ、一一五四年まで在職した。

漢書文帝紀を見つけ出した師能

一八　『前漢書』は、十二帝紀・八表・十志・七十列伝から成る。その十二帝紀の中の一巻。

一九　藤原頼長の日記『台記』をいう。

二〇　土佐守藤原盛実の娘。兄忠通の母は右大臣顕季の娘。

二一　五経に『周礼』『儀礼』『公羊伝』『穀梁伝』を加えたもの。いずれも儒学の書。

二二　宮・商・角・徴・羽の五音。管絃の道をいう。

弟ながら氏長者にされ、摂政関白忠通と兄弟仲の悪かった頼長

遊戯を事とせず。これを以《もっ》て[一]禅閤《ぜんかふ》予に及びて《私に心を寄せて》、以《もっ》て家宝となし、尊重すること甚《はなは》だし云々」。かかる御おぼえにておはしましける、ゆゆしき御孝養なりかし《〔父忠実から〕こうしたご寵愛を蒙っておられたとは、たいへんに親孝行なことであった》。御母は陸奥《むつ》の守信雅《かみのぶまさ》[二]の女《むすめ》なり。御童名《おんわらはな》、[三]太郎御前とぞ申しける。

[四]久安の比《ころ》、[五]法性寺殿《ほふしやうじどの》[六]摂籙《せつろく》にておはしましけるを、宇治の左府《頼長》にゆづりたてまつるべきよし、知足院殿《ちそくゐんどの》御結構ありけれども《ご計画なさったけれども》、申しゆかざりけり《実現できなかった》。[七]氏の長者には、左府つひになり給ひぬ。[八]内覧の宣旨《せんじ》もかうぶらせ給ひてゆゆしかりけり《大変勢いがよかった》。法性寺殿、御恨《おんうら》みふかくて、兄弟の御中《おんなか》心よからざりけりとなん。その後、[九]殿下《てんが》・左府、院《鳥羽院》の拝礼に参りあひ給ひたりけり《たまたま同座なさった》。人目をおどろかしけり《〔それは〕世間の関心をひいたという》。

三〇九　高倉天皇、御母建春門院に朝覲行幸の事

[一〇]建春門院《けんしゆんもんゐん》は、兵部《ひやうぶ》の大輔《たいふ》時信《平時信》が女《むすめ》なり。[一一]小弁《せうべん》とて後白河院にさぶらはせ給ひけり。御寵愛《ごちようあい》ありて、[一二]高倉院を産《う》みたてまつらせ給ひに

一　摂政・太政大臣の位にある人が出家した後の呼称。ここは、藤原忠実（知足院殿）をさす。
二　源信雅（一〇七九〜一一三五）。顕房の子。ただし、信雅の娘は、頼長の室、師長の生母。頼長の母は、前頁注二〇参照。
三　頼長の幼名は「あやぎみ」（『今鏡』藤波・中）。
四　一一四五〜五一年。近衛天皇の時代。
五　藤原忠通。頼長の兄。二八九話参照。
六　摂政・関白。忠通は、永治元年（一一四一）十二月以来、近衛天皇の摂政であった。
七　宣旨によって定められる氏の長《おさ》。久安六年九月、前月に頼長に摂政を譲与せよとの父忠実の命を拒否した忠通は義絶され、左大臣頼長が藤原氏の氏長者《うじのちょうじゃ》となった。同年十二月、忠通は摂政を辞したが、即日、関白の宣旨を蒙った。
八　天皇に先んじて政務上の文書を内々に閲覧し、処理できること。頼長がこの宣旨を蒙ったのは、久安七年（一一五一）正月十日。
九　摂政・関白に対する敬称。ここは関白忠通をさす。
一〇　平滋子（一一四二〜七六）。平清盛の妻時子の妹。後白河天皇の女御。二〇七話参照。
一一　「院内小弁」と呼ばれた（『女院記』）。
一二　応保元年（一一六一）生れ。憲仁親王と称した。

後白河院の寵をうけ高倉天皇の行幸を迎え至福に恵まれた建春門院

けり。東宮《とうぐう》[一三]にたたせ給ひて、仁安三年[一四]御譲位ありけり。御即位の日、女院《にようゐん》、皇太后宮《くわうたいごうぐう》に立ち給ひて後、朝覲《てうきん》[一五]の行幸ありけるに、宮、簾中《れんちゆう》[一六]におはしますを、主上（高倉天皇）拝しまゐらせさせ給ひけるを、むかし（女房時代に）肩をならべまゐらせられたりける上臈《じやうらふ》[一七]の女房たれとかや、宮の御そばへ参りて、「この御めでたさをば（このおしあわせをば）、いかがおぼしめす（どのようにお思いですか）」と問ひまゐらせられければ、「さきの世の事なれば（前世に定められた事ですから）[一八]、何ともおぼえず」とぞ仰せられける。ゆゆしかりける御心なるべし（ご立派なお考えというべきである）。

歌を添えすべてを伝授した法深房

三〇　法深房、秘事口伝を尾張内侍に伝授の事

法深房[一九]、当道[二〇]の秘事・口伝《くでん》・故実、のこる事なく書きて、[二一]二女尾張の内侍にさづくとて、奥にかくぞ書きつけ侍りける。

[二二]忘るなよわが四つの緒《を》はよるの鶴子《つる》の道にこそ音《ね》をばをしまね

[二三][これ以後、抄入す]

一三 皇太子。仁安元年（一一六六）十月、六条天皇の皇太子となる。
一四 一一六八年。この年二月十九日に譲位を受けたが、即位式は三月二十日、大極殿で行われた。
一五 天皇が年始に院の御所または皇太后の宮居へ拝謁のために赴く行事。ここは、臨時のもので、即位後の最初の訪礼。八月四日に行幸があった。
一六 建春門院。
一七 身分の高い女房。尚侍《ないしのかみ》・典侍《ないしのすけ》等の女房をいう。
一八 仏教的な運命観。天皇は前世において不殺生・不偸盗等の十種の善を行った果報としてこの世で天子の位に即くのだとされ、「十善の君、十善の主」と呼ばれるが、それと同様の因果観。
一九 藤原孝時の法名。ただし、ここはその父孝道とあるべきところ。
二〇 ここは、琵琶の演奏に関すること。
二一 孝道の娘。琵琶の名手。因《ちなみ》に孝道が三女播磨局《はりまのつぼね》に書き与えた伝書が『新夜鶴抄』。
二二 忘れるなよ、わたしの琵琶の道の秘伝の数々は、夜の鶴が子を思って鳴くように、我が子の修練のためにすべてを惜しまないものであることを。「四つの緒」は琵琶をいう。
二三 以下の四話が、第一次編成後に増補された話であることを示す。

三二　元正天皇の御時、美濃国の賤しき男孝養に依りて養老の
酒を得たる事（抄入）

昔、元正《げんしやう》[一]天皇（女帝、文武姉・草壁皇子女）の御時、美濃《みの》[二]の国にまづしく賤《いや》しき男ありけり。老いたる父を持ちたりけるを、この男、山の木草をとりて、そのあたひを得て《それを売った金で》父を養ひけり。この父、朝夕あながちに《たって》酒を愛《め》でほしがりければ、なりびさこ[三]といふ物を腰につけて、さけ売る家にのぞみて《出向いては》、常にこれをこひて《酒を求めて》父をやしなふ。或る時、山に入りて薪《たきぎ》をとらんとするに、苔《こけ》ふかき石にすべりて、うつぶしにまろびたりけるに《ころんだところ》、酒の香のしければ、思はずにあやしくて《思いがけなく不思議に思って》、そのあたりを見るに、石の中より水ながれ出づる所あり。その色酒に似たりければ、汲みてなむるに《なめてみると》、めでたき酒なり《すばらしい酒である》。うれしく覚えて、その後日々にこれを汲みて飽くまで《思う存分に》父をやしなふ。

時に御門《みかど》、この事を聞しめして、霊亀三年[四]九月日、その所へ行幸ありて、叡覧《えいらん》ありけり。これ則ち至孝[五]のゆゑに、天神地祇《てんじんちぎ》あはれみ

一　天武天皇の孫（六八〇～七四八）。名は氷高。母は元明天皇。在位七一五～七二四年。

二　岐阜県南部一帯の地。

三　ひょうたん。「瓢。和名奈利比佐古」（『和名抄』）。

酒好きの親のために心をくだき養老の滝の恵みを得た孝子

＊**養老の滝の伝説について**　元正天皇が多度山の美泉に行幸、病気治癒の奇瑞を愛《め》で、「美泉以て老を養ふべし」と、叙位・免租・大赦の令を発し、年号を「養老」と改めたのが起源であるが、柳田国男の「孝子泉の伝説」に詳しく述べられているように、古来宮廷では、清泉・霊水が求められていた。また、『播磨風土記』や『今昔』（巻三十一―十三話）にあるような酒泉伝説が、『十訓抄』『著聞集』の養老の滝の孝子説話に展開し、『養老寺来由略縁起』の孝子源丞内の話などになった他、「強清水」「子は清水」など、多くの孝子酒泉伝説を生んでいる。

四　七一七年。この年九月、元正天皇は美濃国に行幸、当耆《たき》郡（多芸郡）の多度山中の美泉を訪ねている（『続日本紀』）。

五　この上ない孝養ぶりのゆえに。

て、その徳をあらはすと《その霊験を示したのだと》感ぜさせ給ひて《〔天皇は〕感心なさって》、〔男を〕六美濃の守になされにけり。家ゆたかになりて、いよいよ孝養《かうやう》の心ふかかりけり。その酒のいづる所を養老の滝と名づけられけり。これによりて、同じき十一月に、七年号を養老と改められけるとぞ。

三二 白河院殺生禁断の時、貧僧孝養の為に魚を捕ふる事（抄入）

老母の食事に必須の魚をとり捕えられたが孝心に免じ許された貧僧

八白河院の御時、九天下殺生禁断せられければ、国土に魚鳥のたぐひ《〔食用にする〕魚鳥の入手》たえにけり《がおぼつかなくなった》。その比《ころ》まづしかりける僧の、年老いたる母を持ちたるありけり。その母、魚なければ物をくはざりけり。たまたま《まれに入手できた》求め得たるくひ物もくはずして、やや《次第に》日数《ひかず》ふるままに《日を追って》、老の力いよいよ弱りて、今はたのむ方なく見えけり《もはや余命いくばくもなく見えた》。僧かなしみの心深くして、〔魚を〕尋ね求むれども得がたし。おもひあまりて、つやつや魚とるすべも知らねども《まったく魚のとりかたも知らなかったけれども》、みづから一〇川の辺にのぞみて、衣に玉だすきして《たすきがけをして》、魚をうかがひて、一一はえといふ小さき魚を一つ二つとりて持ちたりけり。禁制

六 実際には、慶雲三年（七〇六）七月に美濃守に任ぜられた笠麻呂が、和銅元年（七〇八）三月に再任され、引続き在任していた。

七 七一七年十一月十七日に改元があった。

八 後三条天皇の皇子（一〇五三〜一一二九）。一〇八六年の譲位後も院政を布《し》き、没時まで君臨した。

九 『今鏡』釣せぬ浦々に、「又生きとし生けるものの命をすくはせ給ひて、かくれさせ給ふまでおはしましき。皐月《さつき》の狭山《さやま》に、ともしする賤《しづ》の男《を》もなく、秋の夕ぐれ、浦に釣するあまも絶えにき」等々と見える。天治二年（一一二五）頃から殊に厳しく、翌年六月には、魚網の廃棄、鵜飼の鵜の解放も断行された（『百錬抄』）。また、この禁制によって焼却された密網は二万八千八百二十三帖に及んだという（『宝物集』巻五）。次頁＊印参照。

一〇 『十訓抄』第六の同話には、「桂川」とある。

一一 鮠《はや》の訛り。一般に追河《おいかわ》・鯎《うぐい》等をいう。

おもき比《ころ》なりければ、官人[一]見あひて、からめとりて《捕縛して》、院の御所へゐてまゐりぬ《引き連れて行った》。まづ子細[二]を問はる。「殺生禁制世にかくれなし《周知のことである》。いかでかそのよしを知らざらん《どうして殺生禁制のことを知らぬはずがあろう》。いはんや法師のかたちとして《ましてや僧のいでたちとして》、その衣《僧衣》をきながらこの犯《をかし》をなす事、一かたならぬ科《とが》のがるるところなし《許されるものではない》」と仰せ含めらるるに[三]、僧、涙をながして申すやう、「天下にこの制おもき事、みなうけたまはる処なり《承知いたしております》。たとひ制なくとも、法師の身にてこの振舞さらにあるべきにあらず《決してなすべきことではありません》。但《ただ》しわれ年老いたる母を持てり。ただわれ一人のほか、たのめるものなし《頼りにする者もありません》。よはひたけ《年をとり》身おとろへて朝夕の喰《くひもの》[四]たやすからず《養うだけの力がありません》。我また家まづしく財持たねば、心の《思いの》ごとくに《ままに》やしなふに力たへず。中にも〔老母は〕魚なければ物をくはず。このごろ、天下の制によりて、魚鳥のたぐひいよいよ得がたきにより て、〔母の〕身の力すでに弱りたり。これをたすけんために、心の置き所なくて《居ても立ってもいられず》、魚とる術《すべ》も知らざれども、思ひのあまりに川のはたにのぞめり。罪をおこなはれん事《処罰されるであろうことは》、案のうちに侍り《覚悟の上でございます》。但《ただ》しこのとる処の魚、

一　見回りの役人に見とがめられて。「見あひて」は、たまたま行き会って、の意。

二　禁制を破った理由。

三　噛んで含めるように事をわけて話し聞かせると。

＊　**白河法皇殺生禁断の御願文**（『宝物集』所載）「観念の窓の中　心は三明の月に繫《つな》がり　坐禅の床の上　眉は八字の霜に垂《なんなん》とす　旦《あした》に密網を焼かしむること　二万八千八百三十帖に預《およ》ぶ　卒《しもべ》に馳道（天子の通る道）を掘らしめて　四万五千三百余所を烈《き》く　縦《たと》ひ微小の形たりと雖《いへど》も　命を惜しむは泰山よりも重し　縦ひ暴悪の形たりと雖も　子を思ふは人界よりも勝《まさ》れり」起草者は式部大輔藤原敦光（一〇六二～一一四四）。『新猿楽記』等の著者明衡の子。文章博士。作文に長じ、『柿本影供記』を残し、晩年には仏教に帰依し、『三教指帰注』等を著した。一七八話参照。なお、右の願文の賞として、子息の長光が昇殿を許されたという。

四　口に合う食べ物が少なくて難儀なことをいう。

いまははなつとも《もはや川に放しても》生きがたし。[五]身のいとまをゆりがたくは、この魚を母のもとへ遣[六]はして、今一度あざやかなる味を進めて《新鮮な味の魚を食べていただいて》、[七]心やすくうけたまはりおきて、いかにもまかりならん」と申す。

これを聞く人々、涙をながさずといふ事なし。院聞しめして《お聞きになって》、孝《かう》[八]養《やう》の志あさからぬをあはれみ感ぜさせ給ひて《深く感動なさって》、さまざまの物どもを馬車につみて給はせて、ゆるされにけり。ともしき事あらば《不自由することがあったら》、かさねて申すべきよしをぞ仰せられける。

三二三　随身公助、逃げずして父の随身武則に打たるる事並びに孝養の道の事（抄入）

賭弓の出来悪しとて人々の面前で父に打たれたが逃げなかった公助

[九]武則《たけのり》・[一〇]公助《きんすけ》（[一一]法興院殿[一二]随身・御鷹飼）といふ随身父子ありけり。[一三]右近《うこん》の馬場の[一四]賭弓《のりゆみ》わろくつかうまつりたりとて《下手に射た》、［武則が］子公助を晴なかにて《衆人環視の中で》打ちけるを、にげ退《の》く事もなくてうたれければ、見る人、「いかに逃げずしてかくはうたるるぞ《どうして逃げないであのように打たれたのだ》」といひければ、「若《も》し逃げ侍りなば《逃げましたら》、衰老《すいらう》の父おはんとせんほどに《追いかけようとする時に》、たふれなどし侍らば、きはめて不便《気の毒》

五　私をしばらく自由にして頂くことが無理でしたら。「ゆりがたし」は、許しがたい、の意。
六　使者を立てて、届けてもらい。
七　母がその魚を食べたということを聞いて安心した上で、どのような処罰をもお受けしたい。
八　父母を敬い、孝行、扶養しようとする誠意。「きょうよう」とも。
九　秦武則。『二中歴』にその名が見える名随身。『古事談』第六の同話にも「何《いづれ》ヲ父、何ヲ子トハ不二分明一、父子之間也」とあるが、公助は下野氏で、両者は血縁関係にはない。『今昔』巻十九の同話では「敦行」とする。敦行は公助の祖父。
一〇　下野公助。父は重行。円融～後一条朝にかけての名随身。一〇一六年まで右近将監として在職した。
一一　藤原兼家（九二九～九九〇）。一条天皇の外祖父。道長の父。摂政・関白。
一二　貴人の外出時に護衛として随う近衛府の官人。
一三　右近衛府の馬場。大内裏の東北、上京区の北野神社の東南にあった。
一四　賭《か》け物《もの》をかけて行う弓の勝負。『古事談』には、「騎射」とある。

なりぬべければ《なことになってしまうので》、かくのごとく心の行くほど《〔父の〕気のすむまで》うたるるなり」と申しければ、世の人、「いみじき孝子なり」といひて、世[一]のおぼえこれよりぞ出できにける。〔公助は〕聖徳太子[二]、用明天皇の御杖の下にしたがはせ給ひけるを思ひいれたりけるにや。孔子《こうし》の弟子曾参《そうしん》[三]といひけるは、父のいかりて打ちけるに、逃げずしてうたれけるをば、孔子聞き給ひて、「もしうちも殺されなば《打ち殺されてしまったら》、〔子殺しという〕父の悪名をたてん事、ゆゆしき不孝《たいへんな親不孝》なり《である》」といましめ給ひける、これもことわりなり《これもまたもっともである》。おやの気色《けしき》によるべきにや。

すべて父母につかうまつるべき道、委《くは》しく孝経《かうきやう》[四]に見えたり。二十[五]二章の終りの段を喪親章《さうしんしやう》[六]となづけて、喪礼の儀式までしるせり。これらも見るべし。聖教《しやうげう》には《仏典では》、「父母に孝養し、師長《しちやう》に仕《つか》へ奉る」[七]をもて、往生のもととせり。身体髪膚《はつぷ》[八]を父母にうけたり《父母から授けられた》。生の始めなれば、恩徳の最高なる、父母にすぐべからず《父母にまさるものはない》。およそ人は、上《かみ》には忠貞のまことをつくし、下《しも》には憐愍《れんみん》の思ひを深くし、父母親類には

一 孝行な人物だという世間の評判。
二 厩戸皇子《うまやど》（五七四〜六二二）。一説に生年は敏達元年（五七二）。用明天皇の皇子。敏達四年正月、第中で諸王子と口論しているのを皇太子であった後の用明天皇が聞きつけ、笞を持って出向くと、他の王子たちがみな逃げ去ったのに、太子一人は衣を脱いで進み出たという故事（『聖徳太子伝暦』上）をさす。
三 中国春秋時代の人。耕作中、誤って瓜の根を断ち斬った曾参は、父の曾皙から大杖でさんざんに打たれ、殆んど半死の状態になった。後に孔子がそれを聞き、父を不義に陥れんとする者だと、曾参が打たれるままだったことを怒った故事（『孔子家語』）。
四 孝の理念と実践法を説いた孔子と曾参の問答を集めた書物。成立は紀元前四三〇年頃とされる。
五 『孝経』には「今文」と「古文」の二種があり、『今文孝経』は十八章、『古文孝経』は二十二章から成る。
六 『孝経』の最終章。父母の死後の葬礼・祭祀や、生前は愛敬をもって、死後は哀戚をもって仕《つか》えるべきこと等を説く。
七 たとえば『観無量寿経』には、世尊の韋提希《いだいけ》への教えとして、極楽往生を欲する者の修すべき三法の第一に、「孝㆓養父母㆒、奉㆑事㆓師長㆒、慈心不㆑殺、修㆓十善業㆒」を挙げている。
八 『孝経』の第一章、開宗明義章中に見える文。

孝行の心をむねとし、友にあらそはず、人をかろしめずして、仁義礼智信の五常をみだらざるを徳とすべし。また[九]夫婦の中をば、[一〇]忠臣のみちにたとへたり。女はよく夫に志をいたすべきなり（心を用いるべきである）。さればかしこき女は、[一一]たがへにそなへる日、つつしみしたがふのみにあらず、なき跡《あと》までも、[一二]ひとり貞女峡《ていぢよかふ》の月をながめ、[一三]ながく燕子楼《えんしろう》の中にとぢこもるたぐひ、あまた聞ゆ（数多く聞いている）。またこの世一つならず、おなじ道に（死出の旅に同道）ともなふためしおほかり（する例も多い）。委《くは》しくしるすに及ばず。

三二四　中納言顕基、出家の後子の俊実を思ひ遣る事（抄入）

後一条天皇崩御の後出家、頼通に俊実のことを頼み込んだ顕基

中納言顕基卿《あきもときやう》[一四]は、後一条院ときめかし給ひて（お目をかけられて）、わかくより官位《つかさくらゐ》につけて恨《うら》みなかりけり。御門《みかど》におくれたてまつりにければ、「忠臣は二《じ》君《くん》につかへず」とて、天台[一五]楞厳院《りようごんゐん》にのぼりて、[一六]かしらおろしてけり（出家してしまった）。[一七]御門かくれ給へりける夜（お亡くなりになられた夜）、火をともさざりければ、「いかに」とたづぬるに、[一八]主殿司《とのもづかさ》、新主（後朱雀）の御事をつとむとて参らぬよ

九 「夫唱婦随」に通ずる夫婦間の倫理。「憑良字君卿、志行高整、非レ礼不レ動。遇二妻子一如二君臣一。郷党以為二儀表一」（『後漢書』）。
一〇 『十訓抄』には「君臣」とある。
一一 死別までの添い暮している日に、の意か。『十訓抄』には「たがひに」とある。
一二 貞女峡がひとり閨《ねや》の中で月を眺め。「貞女峡」は中国広東省連県にある峡の名。それを擬人化している。峡中、貞女山の裾に女性の姿に似た人形《ひとがた》石があるという。『和漢朗詠集』下の「貞女峡空しうして唯《ただ》月の色、窈娘堤《えうぢやうてい》旧《ふ》りて独り波の声」（源為憲）に拠る。
一三 徐州《じよしゆう》の尚書張の愛妓は、張の死後も他に嫁《とつ》がず、彭城にある張の旧邸の小楼（燕子楼《えんしろう》）に十余年も籠居したという（『白氏文集』）。『和漢朗詠集』上に、「燕子楼の中《うち》の霜月の夜、秋来つて只《ただ》一人のために長し」（白楽天）とある。
一四 源顕基（一〇〇〇～四七）。大納言俊賢の子。後一条天皇の寵臣。長元八年（一〇三五）、権大納言。
一五 比叡山横川の首楞厳院。嘉祥元年の建立。
一六 顕基の出家は、初七日をすませた四月二十二日。ただし『左経記』は二十一日とする。
一七 後一条天皇は、長元九年四月十七日崩、二十九歳。
一八 宮中の清掃、燭火、薪炭関係のことを司る役所。

し申しけるに、出家[一]の心つよくなりにけるとかや。

あなたこなたにておこなはれけるが《あちこち場所を変えて修行をなさったが》、大原[二]に住みける比《ころ》、宇治殿[三]、かの庵室《あんじつ》にむかひ給ひて《お訪ねになられて》、終夜《よもすがら》御物語ありけり。宇治殿、「後世は《善知識として必ず後世の手引きをして下さい》かならずみちびかせ給へ」など示し給ひて、暁帰りなんとし給ひける時《〔頼通が〕帰途につこうとなさった間際に》、《〔顕基が〕》「俊実[四]は不覚[五]のものにて候ふ」と申されけり。その時は何とも思ひわかせ給はで《どういうこととともお判りにならずに》、帰りて後、しづかに案じ給ふに、させるついでもなきに《これというきっかけもなかったのだから》、子息の事よもあしきさまにはいはれじ《まさか非難がましくは言われまい》。見はなつまじきよしなりけり《〔頼通に〕見放さないでほしいということであったのだ》。思ひとりて世をのがるといへども《強く決心して遁世したとはいいながら》、恩愛[六]はなほ《やはり》すてがたき事なれば、思ひあまりていひ出でられけりと、あはれにおぼして《いじらしいとお思いになって》、事にふれて芳志《はうし》[七]を至《いた》されければ、大納言までなられにけり。

美濃の大納言とは、この人の事なり。

一 死せる先帝に対する宮中の人々の対応ぶりから、人の世にあることとの空しさを思い知らされたため。

二 『古事談』第一には、「此人先登二横川一、落飾ノ後住二大原一云々。出家ノトキ宇治殿訪二問其室一」とある。

三 藤原頼通。顕基出家の時には、関白・左大臣。

四 源俊実。顕基の甥隆俊の子。嘉承元年（一一〇六）十二月、任権大納言。美濃大納言と号した人物。しかし、後に「子息の事よもあしきさまにはいはれじ」とあり、ここは当然、顕基の子であるべきで、「俊実」は誤伝であろう。

源俊賢
- 顕基
  - 資綱
  - 俊長
  - 俊相
- 隆国 ― 隆俊 ― 俊実

五 思慮分別のたりない者。

六 親子の愛情。肉親への心ひかれる気持。

七 目をかけ、引きたてようという好意。

＊ **好色篇**　中関白道隆と馬内侍の結婚話以下、大原の辺の尼や慶澄注記の伯母の話のように著者に身近な話に至るまで、夫婦の契りや男女の恋愛・好色に関する説話十七話を収める。篇末の二話は、異本『なよ竹物語』と『十訓抄』とから抄入された著名な好色恋愛談。

八 神代七代の最後の神々。「伊弉諾」は男神、「伊弉

好色第十一

三一五（序）伊弉諾・伊弉冊二神以来の陰陽和合婚嫁因縁の事

伊弉諾《いざなぎ》[八]・伊弉冊《いざなみ》二《ふたり》の神、磤馭盧島《おのころじま》[九]におりゐて、ともに夫婦となり給ふ時、陰神《めがみ》まづ、「よきかな」[一〇]ととなへ給ふ。一書に云はく、「鶺《せき》[一一]鴒《れい》飛び来たりて、その首尾をうごかすを見て、二神まなびて、まじ[一二]はる事を得たり」。それよりこのかた、婚嫁[一三]の因縁あさからずなりにけり。

三一六　中関白道隆、馬内侍に忍びて通ふ事

中[一四]の関白、馬[一五]の内侍に忍びて通ひ給ひけるを、父成忠《しげただ》[一六]卿、うけぬ事に思ひける《こころよからず思っていたが》に、或る時、〔道隆が〕出で給ひけるを伺《うかが》ひ見て、かならず大位にいたるべき人なりと相《さう》[一七]して、その後ゆるしたてまつりてけり。

冊」は女神。共に磤馭盧島に天降り、大八州国《おおやしまのくに》、海・川・山・木・草を生み、天照大神《あまてらすおおみかみ》・月夜見尊《つくよみのみこと》・素戔嗚《すさのおの》命《みこと》を生んだ（『日本書紀』神代・上）。

九 伊弉諾・伊弉冊の二神が、天浮橋の上に立ち、天《あま》之瓊《のぬ》矛《ほこ》を指し下して滄溟《あおうなばら》を得た後、その矛先から滴り落ちた潮がおのずからに凝固してできた島。州生《くにう》みの舞台となった。『古事記』は、淤能碁呂島とする。

一〇『日本書紀』には、「憙哉《あなうれしや》、可美少男《うましをとこ》に遇《あ》ひぬること」とある。

一一 和名、ニワクナブリ、イシタタキ、また、トツギオシエドリ。底本「鶺鴒」。伊木本により改訂。

鶺鴒にまなびて交はる事を得たり

一二 二神が男女の交わりをすること。

一三 男女が夫婦となること。夫婦が共寝すること。

一四 藤原道隆（九五三～九九五）。関白・摂政就任は永祚《えいそ》二年（九九〇）。

一五 左馬権頭源時明の娘。東三条院詮子の女房。三十六歌仙の一人。『馬内侍集』がある。ただし、次の一文によれば、「高内侍」とあるべきところ。

一六 高階成忠（九二六～九九八）。式部大輔。その娘が高内侍（貴子）で、伊周・隆家・皇后定子の生母。『後拾遺集』等に入集の歌人。

道隆を大位に至る人と見て娘との結婚を許した成忠

一七 人相から占って。

三二七　儀同三司伊周、三条后宮の女房暁に罷出づるを導きて詠詩の事

暁に相応しい朗詠で三条后宮の女房を導いた伊周

一一条院の御時、二三条の后《きさい》の宮のぼり給ひけるに、御おくりの女房暁に及びてまかり出でけるを、三儀同三司《ぎどうさんし》みちびき給ふとて、

昇殿なさった時に

四佳人尽飾㆓於晨粧㆒
魏宮鐘動
遊子猶行㆓於残月㆒
函谷雞鳴

佳人尽《ことごと》く晨粧《しんさう》を飾りて
魏宮《ぎきゆう》に鐘動く
遊子《いうし》なほ残月に行き
函谷《かんこく》に雞《にはとり》鳴く

と詠じ給ひけるに、人みなめであへりけりとぞ。

賞讃しあったということである

三二八　後向きに車に乗りたる道命阿闍梨、和歌を以て和泉式部に答ふる事

正面に向って座ると戒律を破ると和泉式部に歌で答えた道命

五道命阿闍梨《あざり》と六和泉式部と、ひとつ車にて物へ行きけるに、道命うしろむきてゐたりけるを、和泉式部、「など、かくはゐたるぞ」といひければ、

同じ車に乗ってある所へ出かけた時に
なぜ
そんなふうに座っているの

一　在位九八六〜一〇一一年。
二　従二位藤原妍子《けんし》（九九四〜一〇二七）。道長の次女。一〇一二年二月、三条天皇の中宮となった。
三　準大臣の唐名。「三司」は大臣。大臣の下、大納言の上という特別の位階。藤原伊周《これちか》（九七三〜一〇一〇）が、寛弘二年（一〇〇五）二月以後、自ら称した呼称。
四　魏の後宮に楼上の鐘の音が響いて、後宮の美人は、みな起き出して早朝の化粧をしている。函谷関に鶏の鳴き声が聞えて、旅人の孟嘗君《もうしょうくん》は、まだ残月の空の下を先へ行こうとしている。『和漢朗詠集』下に載る。一・二句は『斉書』斐后伝に拠り、三・四句は『史記』孟嘗君伝を踏まえている。
五　藤原道綱の子（九七二〜一〇二〇）。慈恵僧正の弟子。名誦経者として知られ、長和五年（一〇一六）、天王寺別当に就任。三十六歌仙の一人。『宇治拾遺物語』巻頭に和泉式部との交渉話が載る。
六　大江雅致《まさむね》の娘（九六六頃〜一〇三六頃）。上東門院の女房。一七四話参照。

七 よしやよしむかじやむかじいが栗《ぐり》のゑみもあひなば落ちもこそすれ

三九 刑部卿敦兼の北の方、夫の朗詠に感じ契を深うする事

容貌醜怪夫人に嫌われていたが深夜の今様で仲睦まじくなった敦兼

八 刑部卿敦兼《ぎやうぶきやうあつかね》は、九 見めのよににくさげなる人なりけり。その北の一〇 方は、はなやかなる人なりけるが、一一 五節《ごせち》を見侍りけるに、とりどりにはなやかなる人々のあるを見るにつけても、まづわがをとこのわろさ心うくおぼえけり。家に帰りて、すべて物をだにもいはず、目をも見あはせず、うちそばむきてあれば、しばしは何事のいできたるぞやと、心も得ず思ひゐたるに、一二 しだいに厭《いと》ひまさりて、かたはらいたきほどなり。さきざきの様に一所にもゐず、方をかへて住み侍りけり。或る日、刑部卿出仕《しゆつし》して、夜に入りて帰りたりけるに、一三 出居《いでゐ》に火をだにもともさず、装束はぬぎたれども、たたむ人もなかりけり。女房どももみな御前のまびきにしたがひて、さしいづる人

夫人
きわだって美しい人であったが
ともかく自分の夫の見劣りする容貌をなさけなく思った
いっさい口もきかず
そっぽを向いているので
どういう事が起ったのかと
〔敦兼は〕
合点できずにいたところ
いとわしさがつのり 目にあまるほどである
それまでのように同じ部屋にもおらず
住む部屋をかえて
灯さえともしておらず
着衣は脱いだが
夫人の目くばせに従って
顔を出す人もなかっ

七 ああどうしようか、向うか向くまいか、やはり向かないでおきましょう。貴女に向き合って座り、栗のいがが笑み割れるようににこっとされたら、栗の実が落ちるように車から落ちかねませんし、戒律を破ることになってしまいましょうから。底本、一・二句の横に「おそろしやむきともむかじ」と傍記がある。

八 刑部省の長官で正四位相当官。

「敦兼」は藤原敦兼。篳篥《ひちりき》の名奏者。『篳篥師伝相承』によれば、父伊予守敦家に師事。子に季兼《すえかね》・季行等の後継者がいる。二六七話参照。

九 容貌のいかにも醜い人。ひどい醜男《ぶおとこ》。

一〇 修理大夫藤原顕季の娘。季兼・季行の生母。

一一 五人の舞姫による新嘗祭《にいなめさい》、大嘗祭の行事。十一月の中の丑《うし》・寅・卯・辰の四日間にわたった。丑の日に帳台の試、寅《とら》の日に御前の試、卯《う》の日に五節の童女御覧、辰の日に五節の舞が行われた。ここは、辰の日のことか。

一二 底本「したかひ」、伊木本により改訂。

一三 寝殿造りで、母屋の外の廂《ひさし》の間に設けられ、来客用等に使われた一室。

もなかりければ《たので》、せんかたなくて《致し方がなくて》、一車寄せの妻戸《つまど》をおしあけて、独りながめ居たるに《物思いにふけっていたが》、二更闌《かうた》け、夜しづかにて、月の光・風の音、物ごとに身にしみわたりて、人のうらめしさも取りそへておぼえけるままに《夫人への恨めしさも思い合されるままに》、心をすまして《心をしずめて》、三篳篥《ひちりき》をとりいでて、四時の音《ね》にとりすまして、

五ませのうちなるしら菊も　　うつろふみるこそあはれなれ
我らがかよひて見し人も　　かくしつつこそ枯れにしか

と、くり返しうたひけるを、北の方聞きて、六心はやなほりにけり。それよりことになからひめでたくなりにけるとかや《夫婦仲は円満になったということである》。優なる《殊勝な》北の方の心なるべし。

三〇　左大弁宰相源経頼の撰びたる二人の聟君の事

左大弁の宰相七経頼卿、八さきの妻の腹に最愛の九小女《娘》ありけるを、車にのせて行幸《ぎやうかう》を見物すとて、供奉《ぐぶ》の人の中に、「いづれをかとのにせんずる《どの人を夫にしたいかな》」といひて、人ごとに《一人一人》、「これは《この男はどうか》」と問ひければ、みなか

先妻と後妻の娘のためにえらんだ二人の聟隆国と資仲

一 牛車を寄せて乗り降りする中門廊の妻戸。「妻戸」は、板製の両開き（観音開き）の扉。

二 夜もふけてきて。「更」は日没から日の出までを、初更から五更に五等分した時間の単位。

三 ペルシアに起り、中国を経てわが国に伝来した管楽器。雅楽・神楽《かぐら》・催馬楽《さいばら》・朗詠等の主旋律を吹く。

四 時の調子。ここは、夜更けの時刻にふさわしい、静かなしみじみとした調子をさす。

五 ませ垣の中の白菊も枯れて色香が衰えてしまったのを見るのはわびしい。私が通ってつれ添っていた貴女の心もこの白菊のように枯れ、私から離れてしまったのは何とも悲しい。「ませ」は、ませ垣。竹や木で作られる丈《たけ》の低い、目の粗い垣根。「枯れ」に「離《か》れ」を掛け、妻の容色の衰えと心変りとを諷した。

六 夫の容貌をうとましく思う心もすぐにおさまってしまった。

七 源経頼。蔵人頭・兵部卿・勘解由長官。長元三年（一〇三〇）、参議、長暦二年（一〇三八）、左大弁となり、翌年、没した。

八 権大納言藤原行成の娘か。

九 源隆国の妻となり、中納言隆俊・隆基・参議隆綱・大納言俊明を生む。

しらをふりけるに、隆国卿[一〇]（宇治大納言）のわたるを見て《通るのを見て》、「これをせ《この方を夫に》ん《します》」といひければ、まことにこれに過ぎたる人はあらじと思ひて《これ以上の人は見つかるまいと思って》、聟《むこ》にとりてけり。北の方[一一]、「わがむすめには、隆国よりもよからん《よいような》人をあはせよ」と責めければ、それよりまさらん人はありがたけれ《隆国にまさるような人はめったにいないので》ば、才学につきて《才能と学問を見込んで》資仲卿《すけなかきやう》[一二]をあはせてけり。かの卿《資仲》、しきりに隆国をあらそひ思ひけれども、昇進[一三]およばず、その子息にて隆俊卿[一四]にさへ、従上《従四位上》の四位の所は越えられてけり。隆俊[一五]、中納言の時は、資仲卿は、いまだ蔵人の頭にだにもならざりけり。

三二 尾張守孝定、朗詠によりて曙を告げ申す事

妙音院《めうおんゐん》[一六]の大臣《おとど》、忍びたる女《人目を忍んで逢う女》をむかへさせ給ひて、尾張《をはり》の守孝定[一七]に、「夜のあけんほど、はからひて申せ《頃合をみて知らせよ》」と仰せられたりけるに、やうやうよくなりにける時《よい頃合になった時》、

酒軍[一八]在レ座《酒軍座に在り》

一〇 源隆国（一〇〇四～七七）。権大納言俊賢の子。正二位・権大納言に至る。検非違使別当・右兵衛督・大宮大夫・大蔵卿・左衛門督・按察使等を歴任。

一一 経頼の後妻にあたる現夫人。資仲の妻となる女子の生母。

一二 藤原資仲（一〇二一～八七）。権大納言資平の子。正二位・権中納言に至る。修理大夫・蔵人頭・左兵衛督・左衛門督・東宮権大夫・大宰権帥等を歴任。『青陽抄』『節会抄』の著者。

一三 資仲は、治暦四年（一〇六八）十二月、四十八歳でようやく参議となった。その時、隆国は散位ながら権大納言であった。

一四 隆国の長男。康平二年（一〇五九）、三十五歳で参議に就任。時に、資仲は三十九歳で正四位・左中弁。

一五 隆俊の権中納言就任は、治暦元年（一〇六五）十二月。その時、資仲は修理大夫。資仲が蔵人頭になったのは、治暦四年八月。

一六 藤原師長（一一三八～九二）。頼長の子。従一位・太政大臣。琵琶・箏に長じた。

主君に朗詠で曙を知らせた孝定

一七 藤原孝定。楽所預孝博の子。淡路・阿波・尾張守を歴任。『琵琶血脈』によれば、師長の弟子。

一八 以下、紀斉名「望月遠情多」（『新撰朗詠集』上）。酒席にはまだたくさんの人が残っている。「酒軍」は、大勢の酒飲み仲間。

[一]菟園之露未ㇾ晞　　菟《と》園《ゑん》の露いまだ晞《かは》かず

僕夫待ㇾ衢　　僕夫衢《みち》に待ち

雞籠之山欲ㇾ曙　　雞籠の山曙《あ》けなんと欲す

この句を朗詠にしたりけり《朗詠で吟じたのであった》。孝定が所為《しよゐ》、[二]かくこそあらまほしき事なれ《このようにありたいものである》。いといみじき事なりかし《たいへんすばらしい事であった》。

三三　後白河院の御所にして小侍従が懺悔物語の事

後白河院[三]の御所、いつよりものどかにて、近習《きんじふ》[四]の公卿《くぎやう》両三人、女房少々候ひて雑談ありける時、仰せに、「身にとりて《(院)自分にとって》、いみじくおもひ出でたるしのび事《いかにも忘れがたく思い出される秘密の事》、何事かありし。かつは《ひとつには》懺悔《さんげ》のため、おのおののありの[五]ままに語り申すべし」と仰せられて、法皇より次第に《順番に》仰せられけるに、小侍従《こじじゆう》[六]が番にあたりて、「いかにも《きっと》、ここにぞ優なる事はあらんずる《こちらには艶っぽいことがありそうだ》」など、人々申しければ、小侍従うちわらひて、「おほく候ふよ《たんとございますよ》。それにとりて生涯の忘れがたき一ふし候ふ《一件がございます》。げに《まこと》

一　御苑に降りた朝露は、まだ干《かわ》かずにそのまま。御者は四つ辻で主人を待っており、雞籠山の背後からまさに朝日が昇ろうとしている。「菟園」は中国、梁の孝王の御苑の名。「衢」は、底本「菴」。『新撰朗詠集』により改訂。「雞籠之山」は雞籠状の山。固有名詞としては、湖北省陽新県の東にあるのが著名。底本「之」を欠く。『新撰朗詠集』により補う。

二　あからさまな呼びかけでなく、朗詠の句に託した風雅な連絡法を選んだ奥ゆかしさをいう。

三　鳥羽天皇の皇子（一一二七～九二）。保元・平治から治承・寿永の乱に至る動乱期に院として朝廷の勢威を守るべく辣腕《らつわん》を揮った。また、今様を好み、『梁塵秘抄』二十巻を編述した。その御所は、永暦元年（一一六〇）から数年を要して造営された法住寺殿。

昔のすばらしい情交の相手が院御自身だったことを打明けた小侍従

四　院の側近の公卿。三条中納言藤原朝方、参議藤原脩範（通憲の子）等をいうか。

五　底本「ままに」を欠く。伊木本により補う。

六　石清水八幡宮の別当紀光清の娘、待宵小侍従。後白河院および二代の后多子に仕えた。その才気煥発ぶりは、『平家物語』巻五「月見」等に詳しい。

妄執にもなりぬべきに《に死後の妄執にもなりそうですから》、御前にて《院の御前で》懺悔《さんげ》候ひなば、罪かろむべし《罪も軽くなりましょう》」と
て、申しけるは、
そのかみ《ずうっと以前》、ある所より迎へに《〔車を〕》給はせたる事ありしに、すべておぼ《まったくうつつ》えぬほどに《ないほどに》いみじく執し侍りし事にて《心底から思い焦れておりました方のこととて》、心ことに《格別に心を尽して》いかにせんと思ひしに、月冴《さ》えわたり、風はだ寒きに、さ夜もやや深《ふ》け行けば、千々におもひくだけて《あれこれと思いみだれて》、心もとなさ《心細さ》かぎりなきに、車の音はるかに聞えしかば、「あはれ《ああ》これにやあらん《これがそれに違いない》」とむねうちさわぐに、七からりとやりいるれば《からりと車が門内に入ってきたので》、いよいよ心まよひせられて《心もうわの空になって》、人わろき程に《体裁が悪いほどに》急ぎのられぬ《急いで乗りこみました》。さて《〔先方に〕》行きつきて、《〔車を〕》車寄せにさしよするほどに、御簾《みす》のうちより、にほひことにて《たき物の香も格別に》、なえらかになつかしき人出でて《衣服の感じも柔らかに慕わしい方が出てきて》、《〔車の〕》すだれ持てあげておろすに、まづいみじううらうたく覚ゆるに《たいへんいとおしく思われましたが》、立ちながら《立ったまま》きぬごしにみしといだきて《着物の上からしっかと私をかき抱いて》、「いかなるおそさぞ《なんという遅さぞ》」とありしことがら《おっしゃったことなど》、なにと申しつくすべしともおぼえ候はず《どのように申しましても述べつくせようとも思われません》。
さて、しめやかにうち語らふに《しんみりと睦言をかわしているうちに》、《〔秋の〕》長夜もかぎりあれば、《〔暁の〕》鐘の音も

＊**『古今著聞集』にみる後白河院**　後白河院については、暗愚不徳の君主とする見方（『玉葉』）もあるが、院は賢明敏腕で、頼朝が「日本第一の大天狗」と評した（『吾妻鏡』）ように、権謀術数に長け、源平動乱期の院政を五代にわたって維持した有力な専制君主であった。また仏教を信じ、今様を愛し、絵画・音楽・蹴鞠など芸能に秀で、学芸文化を愛好した。院をめぐる説話は、『著聞集』には十五話もあり、院を中心とする種々の話柄を伝えているが、中でもこの三二二話は、好色篇を代表する秀逸で、院のにくめない人間的な一面が鮮やかに描出されている。他の十四話の中に、清盛関係二話、頼朝関係二話があるのは、動乱期の法皇の政治家としての振幅の広さを示すものである。承安二年（一一七二）清盛主催の千僧による法華経転読に御幸、自ら行道に加わった話（五九話）は清盛盛時のこと。治承四年（一一八〇）頼朝挙兵をめぐる群議で、法皇の復権が認められるに到った話（八七話）は、落目の清盛との関係である。頼朝が百頭の馬を法皇に献上した話（三六三話）や、上洛した頼朝が、法皇秘蔵の名画に恐懼した話（四〇〇話）は、法皇の晩年にかかわる。絵を愛し、批評をされた話（三九七・三九八話）や、承安の鵯合せの話（六九〇話）には、風雅を好まれた法皇の俤がしのばれる。

七　底本「かかり」、他本により改訂。

はるかにひびき、鳥の音《ね》もはや聞ゆれば、むつごともまだつきやらで、あさ置く霜《しも》よりもなほ消えかへりつつ、おきわかれんとするに、車さしよする音せしかば、たましひも身にそはぬ心地して、我にもあらず乗り侍りぬ。帰りきても、又寝《またね》の心もあらばこそあかぬなごりを夢にも見め、ただ世に知らぬにほひのうつれるばかりを形見《かたみ》にて臥《ふ》ししづみたりしに、その夜しも、人に衣置きかへられたりしを、朝にとりかへにおこせたりしかば、うつり香の形見さへまたわかれにし心のうち、いかに申しのぶべしともおぼえず、せんかたなくこそ候ひしか。

と申したりければ、法皇も人々も、「まことにたへがたかりけん。このうへは、そのぬしをあらはすべし」と仰せられけるを、小侍従《こじじゅう》「いかにもその事はかなひ侍らじ」と、ふかくいなみ申しけるを、「さては懺悔《さんげ》の本意《ほい》せんなし」とて、しひて問はせ給ひければ、小侍従うちわらひて、「さらば申し候はん。おぼえさせおはしまさぬ

＊ **待宵小侍従のこと**　平安末鎌倉始めの女流歌人として、殷富門院大輔と並び称される。一一六〇年頃二条天皇に出仕、その崩後、太皇太后宮多子に仕えて女流歌人として活躍、後には高倉天皇に出仕したが、治承三年（一一七九）頃出家した。「広田社歌合」「千五百番歌合」その他数多くの歌合せに加わり、建仁年間八十歳位になる頃まで作歌を続け、『小侍従集』を残した。八幡小侍従・待宵小侍従などと呼ばれ、『今鏡』『無名抄』『井蛙抄』『十訓抄』等の諸書に歌話を残しているが、『著聞集』では、一六二話のいろは連歌の会で、ゐ文字の難句を見事につけた話もおもしろいが、この三二二話は秀逸で才女の面目躍如である。彼女は、『新古今集』巻十四の「待つ宵のふけ行く鐘の声きけば飽かぬ別れの鳥はものかは」の歌によって待宵小侍従と呼ばれたのだが、『平家物語』巻五の徳大寺実定の月見の話は、動乱の時期における一服の清涼剤のような佳話である。ただし、実定の太皇太后宮多子訪問は治承四年のことで、彼女が出仕をやめた後のことだったと考えられ、『平家物語』の虚構とする他あるまい。しかし、物かはの蔵人との唱和は、『今鏡』『十訓抄』にも載っており、いかにも小侍従らしい人柄を伝える有名な語り草として、喧伝・伝承されたものと思われる。

か。一君の御位《みくらゐ》の時、その年その比《ころ》、たれがしを御使《みつかひ》にてめされて《〔私を〕》候ひしは、よも御あらがひは候はじ《よもやご否定はなさいませんでしょう》。申し候ふむねたがひてや候《申しあげましたことに違いがございましたか》」と申したりけるに、人々とよみにて《一座はどっとわき》、法皇はたへかねさせ給ひて《居たたまれなくなられて》、にげいらせ給ひにけるとなん。

三三　仁和寺覚性法親王の寵童千手・三河の事

二紫金台寺《しこんだいじ》の御室《おむろ》（覚性法親王）に、三千手《せんじゆ》といふ御寵童《ごちようどう》ありけり。みめ《容貌》よく心ざま優なりけり《が美しく心ばえも殊勝であった》。笛をふき、四今様《いまやう》などうたひければ、御いとほしみ《大変な》甚だしかりけるほどに《ご寵愛ぶりだったが》、また《もう一人》五三河といふ童、初参《うひざん》したりけり《お目見えした》。箏《さう》弾き、歌よみ侍りけり。これもまた寵ありて、千手がきらすこしおとりにければ《千手のかげが少しうすくなったので》、面目なしとや思ひけん《人に合わす顔がないと思ってか》、退出して久しく参らざりけり。

或る日、酒宴の事ありて、さまざまの御あそび《管絃や歌唱の御遊》ありけるに、御弟子の六守覚法親王《しゆかくほふしんわう》などもその座におはしましけり。「千手はなど候は《千手はどうしておらぬの》

一　後白河天皇の在位期間は、久寿二年（一一五五）七月から保元三年（一一五八）八月。天皇の二十八〜三十一歳の時。

二　覚性法親王の号。鳥羽院の皇子（一一二九〜六九）。後白河天皇の弟。保延元年（一一三五）、仁和寺覚法法親王に入室、十二歳で出家、受戒。仁安二年（一一六七）仁和寺総法務となった（『仁和寺御伝』）。「紫金台寺」は、初め西山の物集《もずめ》庄に建てられた寺。覚性法親王が仁和寺内に移築し、法金剛院と並ぶ自らの御所の一つとした。底本「紫金堂寺」、伊木本により改訂。

三　伝未詳。男色の対象となった少年。

四　主に七五調四句の歌詞による謡いもの。平安末から白拍子によって歌われ、大いに流行した。

五　伝未詳。

六　後白河院の皇子（一一五〇〜一二〇二）。喜多院御室と号した。永暦元年（一一六〇）出家、仁安三年（一一六八）の灌頂の師僧が覚性法親王であった。

ぬやらん《かしらん》。めして笛ふかせ、今様などうたはせ候はばや《うたわせたいものだ》」と申させ給ひければ、則《すなは》ち御使を遣はしてめされけるに、「このほど所労《しよらう》[一]の事候」とて、参らざりけり。御使再三に及びければ、さのみは子細《そうそう断りを言い》申しがたくて《続けることができずに》、参りにけり。顕紋紗《けんもさ》[二]の水干[三]に、袖[四]にむばらこきに雀《すずめ》のゐたるをぞ縫ひたりける[五]。紫の裾濃《すそご》の袴《はかま》をきたり。ことに《ことさらに》あざやかにさうぞきたれども《目のさめるように装いをこらしていたけれども》、物を思ひいれたる気色あらはにて《物思いにひたっている様子があきらかで》、[六]しめりかへりてぞ見えける。御室《おむろ》の御前に、御さかづきをさへられ《とどめられた》たるをりにて《折であったので》ありければ、人々[七]、千手に今様《いまやう》を勧めければ、

[八]過去無数の諸仏にも　すてられたるをばいかがせん
現在十方の浄土にも　往生すべき心なし
たとひ罪業《ざいごふ》おもくとも　引接《いんぜふ》し給へ弥陀仏

とぞうたひける。諸仏に捨てらるる所をば、すこしかすかなるやうにぞいひける《抑えた声で弱々しく》。思ひあまれる心の色あらはれて《堪えかねている心中のつらい気持がうかがわれて》、あはれなりければ、聞く人みな涙をながしけり。興宴《きようえん》の座も事さめて《興ざめになって》、しめりかへりけ《しんみりと沈みきって》

一 からだの具合が悪うございます。

二 紗《うすぎぬ》の地に文様を平織で織り出した布地。

三 狩衣《かりぎぬ》を簡素にした衣服。盤領《まるえり》の掛け合せを紐で結び合せて着る。胸・袖・袖つけ等の縫目がほころびないように菊綴《きくとじ》（菊状の組紐飾り）がついている。

四 袖には茨の若枝に雀のとまっている絵柄を刺繡してあった。

五 底本「けり」。伊木本により改訂。

六 しめっぽくふさぎ込んでいるように見受けられた。

七 人々は、今こそ千手が気を引き立てて今様を歌い、御室の機嫌をとり結ぶ好機であると考えて、勧めた。

八 過去世の無数の諸仏にも捨てられてしまった身の上をどうしたらよかろう。現在十方の浄土にも往生できるほどの心の修行ができていない。たとい罪深い私でも、どうぞ来世では阿弥陀様よ、極楽浄土へお連れ下さい。「過去無数の諸仏」は、これまでこの世に来現して衆生を済度した数々の仏たち。「十方の浄土」は、東西南北、艮《うしとら》・巽《たつみ》・坤《ひつじさる》・乾《いぬい》、上下の十方に限りなく存在する諸仏の浄土。「引接」は、臨終時に阿弥陀仏が迎えに来て極楽浄土に伴うこと。

れば《しまったので》、御室はたへ[九]かねさせ給ひて、千手《せんじゅ》をいだかせ給ひて御寝所《ごしんじょ》に入御《じゅぎょ》ありけり。満座《まんざ》[一〇]いみじがり、ののしり《大騒ぎとなったが》けるほどに、その夜もあけぬ。御室、御寝所を御覧じければ《見回してご覧になると》、紅《くれなゐ》[一一]の薄様《うすやう》のかさなりたるをひきやりて、歌を書きて、御枕屏風《おんまくらびやうぶ》[一二]におしつけたりける《張りつけてあった》。

尋《たづ》[一三]ぬべき君ならませば告げてまし入りぬる山の名をばそれとも

あやしくて《いぶかしく思って》、よくよく御覧じければ、三河が手なりけり《三河の筆跡であった》。〔御室が〕今様にめでさせ給ひて、またふるきにうつる御心の花を見て《昔の御寵童に移った御室の心変りを見て》、かくよみ侍りけるにこそ。〔三河を〕さて御たづねありければ、行くかたを知らずなりにけり。高野《かうや》[一四]にのぼりて、法師になりにけるとかや聞えけり。

歌で相手の心を引止めた宮腹の君

三四　或る宮腹の君、うとくなりたる上達部に和歌を贈る事

ある宮ばら《宮腹の女性》[一五]に忍びて参り通ひ給ふ、しかるべき《相当な生れの》上達部《かんだちめ》[一六]おはしけり。君《女君も》もしのび、我も《上達部も》人目[一七]をつつみ給ふとて、うとく[一八]や御中《おんなか》のなりにけん、宮より、

九　千手に対するいとおしさに耐えきれなくなられて。
一〇　御室のあまりに性急で唐突な行動に驚いた気持。
一一　紅色《くれないいろ》の薄手の紙の二枚重ねになっているのを引き裂いて。「薄様」は、薄く漉《す》いた雁皮紙《がんぴし》。
一二　枕許に立てて用いる低い小屏風。
一三　後を追って尋ねて下さるような君でしたら、私が入ります山の名が何という名の山なのか、お知らせ申し上げるのですが。御室のつれなさを恨み、出家の決意を告げた歌。
一四　和歌山県伊都郡、金剛峰寺のある高野山。
一五　皇女の子として生れた女性。
一六　公卿。三位以上の大臣・大中納言・参議（四位も含む）。
一七　人目にふれるのを憚《はばか》りなさるということから。
一八　お二人の間柄が疎遠になったのであろうか。

一しのぶかなたかたの山の峰にゐる雲のよそにてありし昔を
［上達部は］いとあはれにおぼしたりければ、さだめてまた二御心あらたまりにけんかし。

三五　頭中将忠季、督典侍に絵を贈り逢ひ初めたる事

頭の中将三忠季《ただすゑ》朝臣、四督《かう》の典侍《すけ》（五法勝寺執行能円法印女）を心がけて（思いを懸けて）年月をかさねけれども、いかにもなびかざりけるに（どうしても忠季の意に従ってくれなかったが）、或る夜、雪のいたく降りたりけるに、家より馬に乗りて参内《さんだい》しける道のありさま、雪のおもしろさなどを六始めより絵にかきて、六位をかたらひて（六位の蔵人に言いふくめて）、かの局《つぼね》へなげ入れさせたり。督の典侍、取り見て、［その振舞を］あはれとや思ひけん、また絵にやめでけん（感心したのであろうか）、七それよりあひにけり。その後久しく通ひて、少将八親平《ちかひら》は、かの腹になんまうけける（督の典侍が生んだのであった）。

三六　大宮権亮女房の局を出る時、直衣を後ろ前に着用の事

一　たかたの山の峰にかかっている雲のように、近くなってかえってつらい思いの今、遠く離れた仲であった昔のことを思い出してなつかしく思います。「たかたの山」は未詳。「たかまの山」（葛城山中の一峰）とする本もある。あるいは「よそにのみ見てややみなむ葛城のたかまの山の峰の白雲」（『和漢朗詠集』下）を踏まえたか。
二　女から離れていた男の御心も以前のような心に戻ったことであろう。

参内途上の図柄の絵を贈り恋を得た忠季

三　藤原忠季。『山槐記』の著者、内大臣（中山）忠親の子。建久六年（一一九五）七月、蔵人頭・左中将に叙され、翌年正月に没した。
四　皇后宮亮《すけ》藤原顕憲《あきのり》の子能円の娘。忠季に嫁して少将親平を生み、忠季の死後は関白忠通の娘を生んだ。
五　「法勝寺」は、一〇七七年に創建された白河天皇の勅願寺。底本「法性寺」を『尊卑分脈』により改訂。「執行」は寺務総括者。
六　道中の始め。馬に乗って家を出るところから。
七　忠季の言うことを聞いて逢うようになった。
八　藤原親平。正五位下・右少将。

九大宮の権《ごん》の亮《すけ》といひける人、ある宮ばらの一〇御方違《かたたがへ》の御《み》車寄《くるまよ》せに参りたりけるに、女房の局《つぼね》へしのびて入りにけり。一一還御《くわんぎよ》のよしを聞きて、あわてまどひて、おきて一二直衣《なほし》をきけるほどに、なにとしたりけるにか《何としたのであろうか》前をうしろにきてけり《うしろまえに着てしまった》。いかにをかしう見えけんとおしはからる。

女房の局にしのび、還御と聞き周章後ろ前に着て供奉した大宮権亮

九 姓名未詳。太皇太后職もしくは皇太后職の次官。従五位に相当する官職。
一〇 陰陽道の説で、天一《なかがみ》神・太白神《たいはくじん》・金神《こんじん》等のいる方角へ直接向うことは災厄を招くとされ、忌むべき方角を変えるため、前夜、一旦他の方角の場所へ赴いて泊り、翌日、目的地へ向う、という風習。「御車寄せ」は、その方違えによる立寄り宿泊先。
一一 ここは、宮腹の皇族の自邸への帰還をいう。
一二 貴族の常用した略服。

三七　野宮公継、内裏の女房と契りて我願既満の句を誦する事

一三野宮《ののみや》の左大臣（公継公）、わかくおはしましける時、内裏の女房に物いひわたり給ひけれども《親しくつきあっていらっしゃったけれども》、一四うちとけざりけるに、或る夜、本意《ほい》をとげて《目的をとげて》、局《つぼね》よりいづとて、「一五我が願ひ既に満つ。衆望もまた足れり」と誦せられけるを、局ならびに住みけるふるき女房が《並びの部屋に住んでいた年かさの女房が》これを聞きて、かの女房にあひて、「はや今宵《こよひ》うちとけ給ひにけるな《あの方にお許しになりましたね》」と問ひけるを、さなきよしあらがひければ《そんなことはないと抗弁したので》、「一六さるにてはこの文《もん》を誦せらるべしやは」とて、文の心《詩句の趣旨》をいひければ、あらがはずなりにけり《それ以上抗弁できなくなった》。

「我願既満」の句で人に知られた公継

一三 藤原公継（一一七四〜一二二六）。左大臣就任は、元仁元年（一二二四）十二月。二九九話参照。
一四 契りを結ぶところまで心を許してくれない状態が続いていたこと。
一五 私の宿願はもはや達せられた。数々の望みもまた充たされた。典拠ある句のように思われるが、未詳。
一六 もし、あなたがあの方にお許しにならないのだったら、この詩句を朗詠されるはずがないではありませんか。

嫄捨山の歌を疎遠になった愛人の甥に送った宮内卿

三八　宮内卿、男疎遠になりける時和歌を詠む事

宮内卿《くないきやう》[一]は、甥《をひ》[二]にてある人に名たちし人なり《甥に当る人物と浮名が立った人である》。をとこかれがれになりにけるとき《途絶えがちになってしまった時》、よみ侍りける、

　都にもありけるものを更級《さらしな》やはるかに聞きしをばすての山[三]

男に手籠めにされ「世をいとふ」の歌を遺し身を隠した尼

三九　大原の辺の尼、手籠めにされ後身を隠す事

或る人、大原の辺[四]を見ありきけるに、心にくき《奥ゆかしい》庵《いほり》ありけり。立ち入りて見れば、あるじとおぼしき尼《庵の主と思われる尼》ただひとりあり。すまひよりはじめて、事におきて《すべてにわたって》優に恥づかしき[五]気《け》したり。しかるべき前《さき》の世[六]の契《ちぎり》やありけん、またこの人を《この尼を》たぶらかさんとて、魔や心に入りかはりけん[七]、いかにも《どうしても》、このあるじを見すぐして立ち帰るべき心地せざりければ《この庵主の尼を見ながらそのまま通り過ぎる》、近くよりてあひしらふに[八]《言葉をかけると》、この人思はずげにおもひて《この尼はとんでもないことに思って》、ひきしのぶをしひてとりとどめてけり《身を引いて奥へ入ろうとするのを無理やり取り押えてしまった》。あさましう心憂げに《いかにもなさけなそうに》思ひた

一　右京権大夫源師光《もろみつ》の娘。後鳥羽院の女房。元久元～二年（一二〇四～五）頃、二十歳未満で没した。女流歌人として俊成卿の娘と並び称された。

二　甥には、長兄俊信の子の侍従俊平、次兄具親の子の左中将輔通・左少将輔時がいた。歌に長じた俊平をさすか。

三　信州更級の姨捨《おばすて》山のことは遥かに聞いて、今までは他人事のように思っていたが、この都にも姨捨山があることが分った。今の私の身の上もまさに姨捨山の叔母である。「をばすての山」は、長野県更級郡にある月の名所で知られた歌枕。「をば」に「姨」と「叔母」とをかけた。

四　京都市左京区大原町。『方丈記』の鴨長明が出家してこの地に隠棲したことからもうかがえるように、遁世者の庵居修行の地であった。

五　あまりに優雅で、こちらが気恥かしくなるほどであった。

六　そうなるべき前世の因縁があったのであろうか。

七　男の心に魔の心が入れ替ったのであろうか。

八　相手をする、相対《あいたい》する、の意。

るさま、いとことわりなり《まことにもっともであった》。九なにとすとも只今《ただいま》は人もなし。あたりちかく聞きおどろくべき庵《いほり》《物音がとどくような庵》もなければ、いかにすまふとても《[尼が]どんなに抵抗しようとも》、むなしからじと思ひて《手ごめにできないはずはあるまいと思って》、ねんごろにいひて《しきりに口説いて》、つひに本意とげてけり《目的をとげてしまった》。力及ばで《致し方なく》ただ泣き居たる気色《けしき》、ひとへにわがあやまりなれば、かたはらいたき事《気がとがめることといったら》かぎりなかりけり。したしくなりて後は《肉体関係ができてからは》、[男は]いよいよ思ひそふ心たちまさりて《いとおしく思う心がつのって》、すべきかたなかりけれども《どうしようもなかったけれども》、さてしも《かといって》、やがて《そのまま》ここにとどまるべき事ならねば、よくよくこしらへおきて《言い慰めてから》、男帰りにけり。

さてまた二三日ありて、たづねきて見れば、もとのすみか少しもかはらで、あるじはなし。隠れたるにやと、あなぐり求むれども《探しもとめたけれども》、つひに見えず。さきにあひたりし所に《さきごろ契りを交わした部屋に》歌をなん書きつけたりける、

一〇世をいとふつひのすみかと思ひしになほうきことは大原の里

つひに行きがたを知らずなりにけり。悪縁にひかれて思はざる振舞をしたれども、一一実《げ》に思ひ入りたる人にこそ侍りけれ。

九　自分がこれから尼に何をしかけても、いまは辺りに人かげもなく、見咎《みとが》められる心配はない。

＊**好色篇の説話文学史上の位置**　色好みの風流貴公子の恋愛談の系列が、王朝の物語文学となったのに対し、『記紀』『霊異記』『今昔』『宇治拾遺』と続く説話文学の流れの中で、肉体的な交情にまつわるさまざまの好色の物語が、鮮烈な印象を残して語りつがれてきた。時には、仏教的な背景・罪業の物語として記載されたものも少なくない。しかし、この「好色篇」のような形で、伊弉諾《いざなぎ》、伊弉冊《いざなみ》二神の陰陽和合の序にはじまり、心の結合や和歌の贈答などの恋愛談をも交えながら、好色をめぐる男女の生きざまが、興味深く集中的に類纂されたのは、『著聞集』が最初である。

一〇　ここそ世を厭い出家した私にとりまして永く安心して住める住居と思っていましたのに、やはりいやな事の多い大原の里でした。

一一　ひたすら仏道に帰依して仏の救いにあずかろうと精進していた人。

三三〇　慶澄注記の伯母、好色によりて死後黄水となる事

山《延暦寺》に慶澄《けいちよう》[一]注記といふ僧ありけり。件《くだん》の僧が伯母[二]にて侍りける女は心すきずきしくて《色恋を好んで》、好色甚だしかりけり《好色の振舞がはなはだしかった》。[三]とし比《ごろ》のをとこにも、すこしもうちとけたるかたちを見せず《気を許した様子を見せず》、事におきて《万事につけて》色ふかくなさけありければ、心を動かす人おほかりけり。病をうけて命終りける時、念仏勧めけれども申すに及ばず《称えようとはせず》、枕《枕もとの》なる棹《さを》[四]にかけたる物をとらんとするさまにて、手をあばきける《手をばたばたさせたが》が、やがて《そのまま》息たえにけり。法性寺《ほふしやうじ》[五]辺に土葬にしてけり。

その後、二十余年を経て、建長五年[六]の比《ころ》、改葬せんとて墓を掘りたりけるに、すべて物なし《なに一つなかった》。なほふかく掘るに、黄色なる水の油のごとくにきらめきたるぞ涌《わ》き出でける。汲《く》みほせども干《ひ》ざりけり。その油の水を五尺ばかり掘りたるに、なほ物なし《やはり何もなかった》。底に棺《ひつぎ》[七]やらんとおぼゆる物、鋤《すき》にあたりければ、掘りいださんとすれども、いかに《どうしても》

好色の一生を送り土葬後二十余年
改葬したら黄水となっていた伯母

一　伝未詳。「注記」は、延暦寺の六月会等に行われた竪義《じゆぎ》（論議による学僧の資格試験）の際、筆記役を勤める僧。
二　陵本では「伯女」。ならば、長姉。
三　長い間つきあっている相手の男に対しても。
四　衣紋棹。竹製の衣紋かけ。棹のものをとろうとする形で、手をのばしたまま死んだということに欲望や執念が表現されている。
五　延長三年（九二五）、時の左大臣藤原忠平により創建された。現在の京都市東山区東福寺の辺り。
六　一二五三年。
七　底本「せん」。他本により改訂。
八　死後に至っても、このように罪の報いがあらわれ

もかなはざりければ《掘り出せなかったので》、そのあたりを手を入れてさぐるに、頭の骨わづかに一寸ばかり割れ残りてありけり。好色の道、罪深き事なれば、跡《あと》[八]までもかくぞありける。その女の母[九]をもおなじ時改葬しけるに、遥かにさきだちて死にたりける者なれども、その体かはらで《その遺体はいたんでおらず》、つづきながらぞありける《そのままの姿であったという》。

三二　後嵯峨天皇、なにがしの少将の妻を召す事（抄入）

［抄入す］

[一〇]第八十七代の皇帝、後嵯峨《ごさが》[一一]天皇と申すは、土御門《つちみかど》[一二]天皇の第三[一三]の皇子なり。父の御門《みかど》、寛喜三年遠所にて御事ありし後は《崩御なさった後は》、御めのと大納言通方《みちかた》[一四]卿のもとに、かすかなる御すまひにてわたらせ給へば《ひっそりとした住みなしようでいらっしゃいましたので》、御位の事は《皇位につく事は》おぼしめしもよらず。大納言さへ身まかりにければ、仁治[一五]二年の冬の比《ころ》、八幡《石清水八幡宮》へ参らせ給ひて、御出家の御いとま申させ給ひけるに、暁、御宝殿のうちに、「徳[一六]はこれ北辰《ほくしん》、椿葉《ちんえふ》の影ふたたび

たのである。

九　慶澄の伯母の母ということになり、次行の「遥かにさきだちて死にたりける者」であることが納得される。しかし、改葬を行った人物を慶澄と考えると、自分の長姉と母との改葬をしたとみる方が自然なので、注二の「伯母」は「伯女」とあるべきかとも思われる。

一〇　後嵯峨天皇を八十七代とするのは、『本朝皇胤紹運録』『一代要記』等。ただし、『帝王編年記』等では、八十八代。現行は八十八代。

一一　土御門天皇の皇子（一二二〇～七二）。在位一二四二～四六年。第四皇子（『本朝皇胤紹運録』）恒仁親王（後の亀山天皇）を溺愛して、持明院・大覚寺両統対立の原因を作った。

一二　後鳥羽天皇の皇子（一一九五～一二三一）。承久の乱により、初め土佐、のち阿波に移され、その地で没した。

幕府指示による後嵯峨天皇の即位

一三　一説に、第一皇子、第二皇子、第七皇子。

一四　源通方（一一八九～一二三八）。内大臣通親の子。後嵯峨天皇は、通方の長兄通宗の娘通子の子。

一五　一二四一年。

一六　帝徳は北極星が諸星の中心にあるごとくであり、長寿万年にたとえられる椿の葉色も改まるほどに悠久である。『新撰朗詠集』下、大江朝綱「聖化万年春」の前半。後半は「尊猶《なお》南面、松花之色十廻」。

改まる」と、鈴のこゑのやうにて、まさしく〔はっきりと〕聞えさせ給ひければ、これこそ示現《じげん》[一]ならめと、うれしくおぼしめして還御《くわんぎよ》ありけり。もと〔旧居である〕の通成《みちなり》[二]中将の亭へはいらせ給はで、御祖母承明門院《しようめいもんゐん》[三]の土御門《つちみかど》[四]の御所へいらせ給ひて、その年も暮れにけり。

同じき三年正月九日、四条天皇[五]十二歳、禁中〔宮中で〕にして御事あるよしののしりければ〔崩御なさったと喧伝されたので〕、後堀河院[六]の御方には、御位につかせ給ふべき宮もおはしまさず。さだめて〔きっと〕佐渡院[七]の宮たちぞ践祚《せんそ》あらんずらん〔即位するであろうと〕とて、聞きわきたる事はなけれども〔たしかな情報で判断したわけではないけれども〕、時の卿相雲客《けいしやううんかく》、四辻[八]の修明門院《しゆめいもんゐん》[九]へ参りつどふといへども、天照大神《あまてらすおほみかみ》の御はからひにや侍りけん、同じき十九日、関東より城《じやう》の介義景《すけよしかげ》[一〇]、早打《はやうち》にのぼりて〔急使として上洛して〕、ひそかに承明門院へ参りて、「御位《みくらゐ》は阿波院《あはゐん》[一一]の宮とさだめ申し侍るなり。公家にはいかが御はからひも侍らん〔朝廷ではどんなふうにお決めなさるでしょうか〕」と申して、やがて〔ただちに〕法性寺殿《ほふしやうじどの》[一二]、一条の大相[一三]国へも申し入れてくだりぬ。京中の上下あわてさわぎて、いまさらに土御門の女院〔承明門院〕へ、我も我もと参りつどふ。或る人、御直衣《おんなほし》をとり

一 石清水八幡宮の神のお告げであろうと。
二 源通成（一二二四〜八六）。通方の次男。当時、蔵人頭・左中将。後、内大臣に昇る。
三 源在子（一一七一〜一二五七）。通親の娘。土御門天皇の生母。建仁二年（一二〇二）、院号宣下。
四 土御門大路の南、万里小路の西にあった。
五 後堀河天皇の皇子（一二三一〜四二）。二歳で即位。一二三三年に母藻壁門院竴子《そんし》、翌年には父天皇を失っていた。
六 守貞親王（高倉天皇の皇子）の皇子（一二一二〜三四）。在位一二二一〜三二年。四条天皇の他はみな皇女であった。
七 順徳院の皇子たち。尊性法親王、道深法親王、茂仁親王。
八 修明門院の御所。後鳥羽院の旧居。
九 藤原重子（一一八二〜一二六四）。後鳥羽院の皇后、順徳院の生母。一二〇七年、院号宣下。
一〇 安達義景（一二一〇〜五三）。秋田城介・従五位下。鎌倉幕府の評定衆。この時、執権北条泰時の指示を伝達するために上洛した。
一一 土御門院の皇子。邦仁親王（後嵯峨天皇）をさす。兄の宮たちは既にみな出家してしまっていた。
一二 九条道家（一一九三〜一二五二）。四条天皇の外祖父。当時、その子頼経が鎌倉の将軍であった。
一三 藤原実経。時に右大臣、二十歳。寛元四年（一二四六）、関白から摂政、氏長者となる。

あへず参らせたりければ〔献上なさったところ〕、「この〔(邦仁親王)〕直衣は、ことのほかに〔あまりに〕ちひさし[一四]〔小さすぎる〕。[一五]こと人の料《れう》にやあらん」とぞ仰せられける。「佐渡院〔順徳院の皇子〕の宮へ参らせん料にてこそありつらめとおぼしめし知らせ給ひけるにや」と、涙をおさへて、とかく申す人なかりけり〔ものを言う人はなかった〕。

同じき二十日の夜、御元服[一六]、やがて内裏へいらせ給ふ。四条の大納言隆親《たかちか》[一七]卿の家、冷泉万里《れいぜいまで》の小路《こうぢ》の里内裏《さとだいり》[一八]なり。三月十八日、御とし二十三にて、太政官庁《だじやうくわんちやう》にて御即位《しよくゐ》[一九]あり。六月六日、前《さき》の右大臣(実氏公)の女《むすめ》[二〇]、女御《にようご》に参り給ふ。後には大宮の女院と申して、二代の国母《こくも》におはします。女御にも、しかるべき人々〔相当な家格の人々だけが〕のかぎり参り給ふ。いやしき女などは、御目にだにもかからず。昔立ちかへりて、御《おん》政《まつりごと》めでたく、御心もちゐも、よろづたくみに〔万事趣向好きでおいでの結果〕おはしますあまり、[二一]大井の山庄《さんざう》を仙居にうつしおはします〔院の御所としておいでになった〕。造営の事は、権の大納言実《さね》[二二]雄《を》卿の沙汰とぞ聞えし。水の心ばへ山の気色〔水の流れる様子や山のたたずまいが〕、めづらかにおもしろき所がらなり。東は広隆寺[二三]・ときはの森[二四]。西は前《さき》[二五]の中書王《ちゆうしよわう》のふる

一四 底本「さいさし」。伊木本により改訂。
一五 別人のために作られたものであろうか。『五代帝王物語』には、「京には又いかにも順徳院の宮にておはしますべし、子細あるまじとて、内々御装束の寸法までさだめられ、した用意してぞ有ける。此宮をば世には広御所の宮と申。其時はいまだ童体にておはします。後には元服して忠成王とぞ申」とある。しかし、実際には、忠成王はこの時、二十二歳。
一六 元服式は土御門殿で行われ、加冠役は左大臣良実、理髪役は左大弁定嗣《さだつぐ》朝臣(『五代帝王物語』)。
一七 藤原隆親。隆衡の子。時に権大納言、四十一歳。その邸宅は、三条坊門の南、万里小路の西にあった。清涼殿は改造中、閑院は四条天皇の葬礼で使えなかった。
一八 皇居のほかに一時仮に設ける皇居。
一九 因みに、この即位の後、隠岐法皇の追号を顕徳院から後鳥羽院と改められた(『帝王編年記』)。
二〇 藤原姞子(一二二五~九二)。母は隆衡の娘貞子、隆親の姪。後深草天皇、亀山天皇の生母。
二一 『五代帝王物語』によれば、亀山殿。大井川に桟敷を設け、対岸の山には吉野山の桜を移し植え、「自然の風流、求めざるに眼をやしなふ」と評された。
二二 藤原実雄。実氏の弟。姞子の叔父。のち、内大臣。
二三 京都市右京区にある真言宗の寺院。太秦寺《うずまさでら》。
二四 京都市右京区双ケ岡《ならび》の南西、源常《ときわ》の山荘の旧地。
二五 二尊院の南の醍醐天皇の皇子兼明《かねあきら》親王の山荘跡。

消えた「なよ竹」の美女

き跡・小倉山《をぐらやま》[一]のふもと。わざと山水《さんすい》を湛《たた》へざれども、自然の勝地《景勝地》なり。南は大井川遥《はる》かに流れて、法輪寺《ほふりんじ》[二]の橋斜めなり。北は[三]生身《しやうじん》[四]二伝の釈尊《しやくそん》、清涼寺《せいりやうじ》[五]におはします。眺望四方《よも》にすぐれて、仏法流布の所なり。かかる藐姑射《はこや》[六]の山《やま》をしめ給ふ御事も《お定めになられたことも》、この院の御時なり。

いづれ[七]の年の春とかや。やよひ花のさかりに《陰暦三月の桜の盛時に》、和徳門[八]の御つぼに《中庭で》て、二条[九]の前《さき》の関白・大宮[一〇]の大納言・兵部卿《ひやうぶきやう》[一一]・三位[一二]の頭の中将など参りて、御鞠《おんまり》侍りしに《蹴鞠がありました時》、見物の人々に交りて、女どもあまた見え侍る中に、内の御心よせにおぼしめすありけり《後嵯峨天皇が御心をよせられた女性があった》。鞠は御心にもいれさせ給はで、かの女房のかたを頻《しき》りに御覧ずれば、女わづらはしげに《うるさくいとわしく思っ》思ひて、うちまぎれて《群衆の中へ紛れこんで》、左衛門[一三]の陣のかたへ出でにけり。六位をめ《六位の蔵人》して、「この女の帰らん所見置きて申せ《見届けて知らせよ》」と仰せられければ、蔵人追ひ付きて見るに、この女房心得たりけるにや、いかにもこの男すかしやりてん《どうにかしてこの男をだましてまいてしまおうと》と思ひて、蔵人をまねきよせ、うちわらひて、「なよ竹の、と申させ給へ。あなかしこ《必ず》、御返事うけたまはらんほどは《ご返事をおうかがいするまでは》、

一 京都市右京区、大井川（保津川）の北側にある山。歌枕。川の南側の嵐山に相対し、標高約二八〇メートル。

二 渡月橋。法輪寺が橋の南にあったので、法輪寺橋とも称し、嵐山の麓の橋なので、嵐橋とも称した。

三 底本、「は」を欠く。伊木本により補う。

四 奝然《ちようねん》が宋から持ち伝えた赤栴檀《せんだん》の釈迦如来像。「生身」は、肉身。「二伝」は、インドから中国へ、中国から日本への再伝をいう。

五 京都市右京区にある浄土宗の寺。奝然の弟子の盛算が、左大臣源融の山荘に由来する棲霞寺の釈迦堂に右の釈迦像を安置して五台山清涼寺と号した。再度の焼亡を経て、一二二二年、往生院の念仏房が再建した。

六 院の御所の美称。「藐姑射の山」は、中国で不老不死の仙人の住むという想像上の山をいう。

七 流布の『なよ竹物語』はここから始まる。

八 内裏の綾綺殿の北にあった門。

九 藤原良実。関白を辞したのは一二四六年正月。

一〇 藤原公相《きんすけ》。建長二年（一二五〇）、任権大納言。時に二十八歳。公相は建長四年十一月に内大臣に就任する。この一件は、それ以前のこととなる。

一一 源有数。仁治三年には、すでに兵部卿。建長二年には五十九歳。兵部卿であったのは、建長四年まで。

一二 藤原師継。建長二年には、蔵人頭・左近中将・権中納言、正三位。時に二十九歳。

ここにて待ちまゐらせん」といへば、すかすとは《〔女が〕だまそうとしているとは》思ひもよらず、ただすきあひまゐらせんとするぞと心得て《風流なやりとりをしたいと望んでいるのだと思いこんで》、いそぎ参りてこのよし申せば、「さだめて古歌の句《古歌中の一句》にてぞあるらん」とて、御尋ねありけれども、その庭にては知る人なかりければ《その場では承知している人がなかったので》、一四為家卿のもとへ御尋ねありけるに、とりあへぬほどに《待つほどもなく》、ふるき歌とて、

一五たかしとてなににかはせんなよ竹の一夜二夜のあだのふしをば

と申されければ、いよいよ心にくくおぼしめして《奥ゆかしくお思いになって》、御返事はなくて、「ただ女の帰らん所をたしかに見て申せ」と仰せありければ、《〔六位は〕》立ち帰りありつる門を見るに《さきほどの門の所へ来てみると》、一六なじかはあらん、見えず。また参りて《帰参して》「しかじか」と奏するに、御気色あしくて《ご機嫌ななめで》、《〔女を〕》尋ね出さずは科《とが》あるべきよし仰せらる。蔵人青ざめてまかり出でぬ。この事によりて、《〔帝は〕》御鞠もことさめて《興がさめて》《〔殿内に〕》いらせ給ひぬ。その後は、にがにがしくまめだたせ給ひて《気分が晴れず真剣に思い詰めなさって》、心ぐるしき御事にぞ侍りける《お気の毒など様子であった》。

天皇の御物思いと陰陽師の占い

ある時、一七近衛殿・二条殿《藤原良実》・花山院の大納言一八定雅《さだまさ》・大宮の大納言公《きん》

一三 建春門近くの左衛門府の武官の詰所。

一四 藤原為家（一一九八～一二七五）。定家の子。『続後撰集』の撰者。当時の歌壇の権威者。建長二年には、散位で、前権大納言・民部卿。

一五 御身分がどんなに高くとも何になりましょうか。なよ竹の節のような一夜二夜のかりそめの契りでは。『大和物語』『新勅撰集』巻十二等に載る。ただし、初句は「たかくとも」、三句が「くれ竹の」。「なよ竹の」は、「ひとよ」を導き出すための語。「一夜」に竹の「一節《ひとよ》」をかけた。類例、「なよ竹のよながきうへに初霜のおきゐて物を思ふころかな」（『古今集』巻十八）。また、「ふし」に「節」と「臥」とをかける。

一六 どうして女がいるはずがあろう、その姿は見えなかった。

一七 藤原兼経《かねつね》。摂政・関白・太政大臣家実の子。建長二年には、従一位・摂政・関白、四十一歳。

一八 藤原定雅。右大臣忠経の子。建長二年には、正二位・権大納言、三十三歳。

相《すけ》・権の大納言実雄《さねを》[一]・中納言通成《みちなり》[二]など参り給ひて御遊ありけれども、さきざきのやうにもわたらせ給はず《以前のように快活な感じではなくなってしまわれて》、物をのみおぼしめすさまにて、御ながめがちなれば《物思いに沈みがちでおいでなので》、近衛殿《兼経》、御かはらけを《酒盃を》勧《すす》め申させ給ふついでに、「まことにや、ちか比《ごろ》[三]ゆくかた知らぬ宿のかやり火にこがれさせおはします聞え侍り。高力士《かうりきし》[四]に御《み》ことのりして《お命じになって》尋ねさせ給はん。かくれあらじものを《見つからぬことはありますまい》。蓬萊《ほうらい》[五]までも通ふまぼろしのためし《先例》も侍り。ましてみやこの内の事なれば、さすがやすかりぬべし《何といっても容易に見つかりましょう》」とて、御酒《みき》参らさせ給ふに、内《主上》もすこしうちわらはせ給へども、さして興ぜさせ給はず、そぞろかせ給ひて《心ここにないご様子で》、いらせ給ひぬ。

その後、蔵人《六位の蔵人》は、いたらぬくまなく《〔都の内外を〕》、もしやあふ[六]とて求めありきつつ、仏神にさへいのり申せども、かひなし。思ひわびて《思いあぐねて》、文平《ふみひら》[七]と申す陰陽師《おんみやうじ》こそ、この比《ごろ》、掌《たなごころ》[八]をさして推察まさしかなれ《占いがはずれることがないそうだ》。この事うらなはせんと思ひて、まかりむかひて《出かけて行って》問ひければ、「これは内々承り及べり。ゆゆしき大事なり《おそれ多い一大事です》。文平が占ひは、これにて心み給ふ《いまここで試みて進ぜまし》

一 藤原実雄。建長二年には、正二位・権大納言、三十四歳。『なよ竹物語』には見えない。
二 源通成。土御門大納言通方の子。建長二年には、従二位・権中納言・右衛門督で二十九歳。
三 どことも分らない所に住む、蚊遣りの煙のように消えた女性、の意。「なよ竹」の女をさす。
四 唐の玄宗に仕えた宦官《かんがん》。玄宗の命を受け、ひそかに外宮に美女を求め、楊貴妃を得たことが、『長恨歌伝』に見える。
五 蓬萊山まで往来する幻術士。「蓬萊山」は、中国の神仙思想で説かれる仙境。山東半島の東の渤海の中にあり、不老不死の仙人が住むとされた。「まぼろし」は、神仙の術を行う方士。ここは、道士楊通幽が死者となった楊貴妃を尋ねて、渤海中の三神山（蓬萊山を含む）へ至ったことをいう（『長恨歌伝』）。
六 ひょっとしてあの女に出会うことがあるかも知れないと。
七 紀文平。『明月記』に、嘉禄元年（一二二五）四月、従五位上、嘉禎元年（一二三五）十月、正五位下として、その名が見える。
八 掌中の物を指し示すように、物事が正確・明白であることをいうたとえ。

べし《よう》。[九]火の曜《えう》を得たり。[一〇]神門《しんもん》なり。今日は[一一]巳《み》の日なり。巳はくちなはなり《蛇のことである》。この事を推するに、一旦のかくれなり《一時だけの行方不明である》。つひにはあはせ給ふべし《結局はお会いになるでありましょう》。但《ただ》し火の曜は、夏の季にいたりて御悦びあるべし。くちなはなれば、もとの穴に入りて《もとの穴にもどって》、もとの所に出づべし。夏のうちにかくれけん所にて《姿をくらました場所で》、必ずあはせ給ふべし」といひけり。文平も凡夫なれば《ただの人間なので》、一定《いちぢやう》たのむべきにはあらねども《頭から信頼してしまうわけにはいかないが》、[一二]むげにうはの空なりつるよりは、たのもしきかたいできぬる心地して《心強い見通しが出てきた気持がして》、常《いつも》は左衛門の陣の方にぞたたずみける。

美女の再現、なにがしの少将の里

五月十三日、[一三]最勝講《さいしようこう》の開白《かいびやく》の日、この女、ありしさまをあらためて《この前と装いをかえて》、五人つれてふと行き合ひぬ《五人連れで歩いてくるのにばったり出会った》。蔵人あまりのうれしさに、夢うつつともおぼえず。あやしまれじと《怪しまれまいと》思ひて、人にまぎれて見ければ、[一四]仁寿殿《じじゆうでん》の西の庇《ひさし》になみゐて《並んで坐って》聴聞《ちやうもん》す。講はてて[一五]ひしめかん時、また失ひてはいかがせんと思ひて、[一六]経俊《つねとし》の、殿上の口《殿上の間の入口》におはする所にて、「この事しかじか《これこれと》奏し給へ」とかたらへば、「ただいま、宮ひと所に《中宮とご一緒に》

九 歳星（木）・熒惑星《けいこく》（火）・鎮星（土）・太白星（金）・辰星（水）の五星と日月とを合わせた七曜による占術で、火の星の占相が出たこと。

一〇 陰陽道で、乾《いぬい》の方角を天門、巽《たつみ》を地門、坤《ひつじさる》を人門、艮《うしとら》を鬼門とするが、神門はなく、ここは「讖文《しんもん》」（未来を予言する文）の誤用。

一一 底本「己」、他本により改訂。

一二 まるで手掛りのつかめない状態であったのに比べると。

一三 毎年五月中の吉日を選び、五日間にわたって清涼殿に南都北嶺の高僧を招いて行われた法会。一条天皇の時代に始まるとされ、朝夕二座に『金光明最勝王経』が講説され、国家の安穏が祈られた。「開白の日」は法会の初日。

一四 清涼殿の東にある殿舎。その西側の庇《ひさし》の間。庇の間は、寝殿造りの母屋の外側に設けられた細長い部屋。

一五 人々が押し合いへし合い、混雑している時。

一六 藤原経俊。正五位下・左衛門権佐。底本「経任」、『なよ竹物語』により改訂。

一 社寺・摂家・武家等々からの申し状を、天皇や上皇に取り次ぎ言上する役の者。

二 右中弁棟範の娘で、はじめ兵衛内侍といい、後に従一位・准后となった人をいうか。

＊ **説話と物語――『なよ竹物語』にふれて――** 説話は伝承的、物語は創作的と、その発想に自ずから相違があるが、『今昔』『宇治拾遺』その他説話集の中には、短篇の物語と言っていいような創作的要素を含む説話があるし、逆に物語の中に、伝承された説話が取り込まれている場合もある。三三一話の場合、前半Aは、後嵯峨天皇の即位と大井の山荘亀山殿をめぐる史話、後半B（三九八頁五行目以降）は、事実談の形ながら、「いづれの年の春とかや」の冒頭から、美女の出現、某の少将の家、天皇からの御文に「を」文字の奉答、美女の参内、少将（鳴門中将）の困惑という具合に、創作物語的雰囲気の中で話が進んでいく。現存の『鳴門中将物語』（別名『なよ竹物語』）には、金刀比羅神社蔵の絵巻をはじめ、絵巻・写本・活字本があり、Bの部分だけで、短篇の物語としてまとまっているが、AからBへと話が続いているのは、永積安明氏が紹介したように、『著聞集』の他には、池田亀鑑氏の桃園文庫旧蔵の異本『なよ竹物語』である。『著聞集』は、この異本の系統の本から抄入されたものとみられ

天皇の御文に「を」文字の奉答

御聴聞のほどなり。こちたし《目立っては具合がわるい》」と申しければ、力及ばず《どうしようもない》。[一]伝奏の人やおはすると見れども、おはせず。[二]一位殿、我が御局《みつぼね》の口《部屋の入口で》に女房と物仰せらるるを見あひまゐらせて《見つけ申しあげて》、畏《かしこま》りて申しけるは、「推参に侍れども《ぶしつけでございますが》、天気にて侍り《帝のご意向であります》。しかじかの事、いそぎ奏し給へ」と申しければ、かねて聞えある事なれば《噂に聞えていたことなので》、やがて《すぐに》奏し申させ給ふに、女房して、「神妙《しんべう》なり《殊勝である》。かまへてこのたびは不覚せで《心して今度はしくじらないように》、ゆくかたをたしかに見置きて申せ」と仰せらるるほどに、講はつれば《法会が終ると》、夕暮にもなりぬ。この女ども、ひとつ車にて帰るめり。蔵人、我が身はあやしまれじと思ひて《自分が乗りだして怪しまれまいと思って》、さかさかしき女をつけて見いれさすれば《賢くしっかりした女にあとをつけて見届けさせると》、三条白川に、なにがしの少将といふ人の家なり。

このよしを奏するに、やがて御ふみあり《すぐに帝はお手紙を遣わされた》。

[三]「あだに見し夢からうつつかなよ竹のおきふしわぶる恋ぞくるしき

この暮にかならず《今晩かならず》」とばかりあり《とだけ書いてあった》。蔵人、御書《おんふみ》を給ひて、かの所に持てゆくに、をとこある人なれば《夫のある人だったので》、わづらはしうて歎くに《〔女は〕困惑してぐずぐずしているのを》、御使《みつかひ》心《待》

る。Bだけのものがもとで、異本はBにAが接着されたものか、ABと続く古い絵巻のAが切断されてBとなったものか、AとBとの発想には明らかに乖離があり、機を得て改めて検討してみたい。なお、桃園文庫旧蔵の異本は、今日所在がわからない。

三 はかなく見た夢だったのでしょうか、それとも現実でしたのか。なよ竹の節のように起き伏し私はあなたの幻をお慕いして苦しんでいます。

四 不断は物に動じない少将も、このたびはいかにも無理難題だと困りきった様子で、の意。

五 いくら天皇の仰せとはいえ、自分の妻を簡単に差し出すというのは、世間への聞えが悪い。

六 (自分の妻が天皇のもとへ参上するのを) 恐れながらといさめるのも、臣下としては具合の悪いことである。

七 夫のあなたのお許しがあっても、妻として私にはそういうことはできないといって。

八 前世からこの世へと続いていた二人の因縁だといえるだろう。

九 浅くない前世からの天皇とおまえとの御因縁であるのかも知れない。

一〇 もったいをつけているふうにして参上しないでいると。

一一 お前がとがめを受けるだけでなく、私も宮中に仕えていくのが難かしいことになってしまうだろう。

もとなくて《ちかねて》返事を責むれば《せかしたので》、いかにもかくれあらじと思ひて《どうにも隠しきれまいと思って》、ありのままに語れば、少将、四さすがにわづらはしげに思ひて、「をとこの身にて《夫の立場として》、五左右《さう》なく参らせんもはばかりあり。六あなかしこといさめんも、便《びん》なかるべき事なり。人によりて事ことなる世なれば《事情がさまざまある世の中だから》、ひとつは名聞なり《一つには名誉なことである》。人のそしりは《他人の非難は》、さもあらばあれ《どうあろうとも構わない》、とくとく参らせ《急いで参上しなさい》給へ」と勧むるに、女うちなげきて《ため息をついて》、七かなふまじきよし、返す返す《繰り返しこと》いなびければ《わったので》、少将申しけるは、「この三とせがほど《この三年ばかり》、おろかならず《一通りでなく》思ひかはして過ぎぬるも《互いに思い合って過してきたのも》、八世々の契《ちぎり》なるべし。今またためされ給ふも九あさからぬ御契ならんかし。一〇やうやうしくて参り給はずは、さだめてあしざまなる事にて《思わしくないことになって》、一一我が身も置き所なき事にもなりぬべし。よもあしくは《決して悪いようには》、はからひ申さじ《ことを進めないつもりだ》。とくとく参り給へ」と勧めければ、女、うち涙ぐみて、御文をひろげて、「この暮にかならず」とある下に、「を」といふ文字をただ一つ、墨《すみ》ぐろに《黒々と》書きて、もとのやうにして御使にたまはせてけり。

御文もとのやうにてたがはぬを（自分が遣わしたそのままのものであるのを）御覧じて、むなしく帰りたるよと（はかない結果をもって帰ったなと）本意《ほい》なくおぼしめすに（期待外れの思いであられたが）、この「を」文字あり。とかく（あれこれ）御思案ありけれども、おぼしうるかたなかりければ（ご判断がおつきにならなかったので）、女房たちを少々めして、この「を」文字を御尋ねありけるに、承明門院に[一]小宰相《こざいしやう》の局[二]とて、[三]家隆卿の女《むすめ》のさぶらひけるが申しけるは、「むかし、[四]大二条殿（教通公）、[五]小《こ》式部《しきぶ》の内侍《ないし》のもとへ、月といふ文字を書きて遣はされたりければ、[六]さるすきもの[七]和泉式部《いづみしきぶ》がむすめなりければ、[八]やすく心得て、月の下に『を』といふ文字ばかりを書きてまゐらせたりける、その心（それと同じ）なるべし（謎でしょう）。月といふ文字は、よさり待つべし（夜待っていよう）、いでよ（顔を出せ〔との意〕）、と心得けり。また人のめす御いらへには（高貴な方が召した時のご返事には）、男は『よ』と申し、女は『を』と申すなり。されば小式部の内侍、その夜、[九]上東門院《じやうとうもんゐん》にさぶらひけるが、参りたりければ（〔約束の場所に〕）、[一〇]いよいよ心まさりして、めでおぼしめしけり。これ（今度）も一定参り侍りなん（の場合もきっと参りますでしょう）」と申しければ、御心地よげにおぼしめして、したまたせ給ひけり（心待ちにお待ちになられた）。

一 土御門天皇の生母在子のもとに仕える女房。土御門院小宰相とも。生没年未詳。『新勅撰集』『続後撰集』等に三十七首入集。二一二話参照。
二 底本「に」、他本により改訂。
三 藤原家隆（一一五八～一二三七）。一六二話参照。
四 藤原教通《のりみち》（九九七～一〇七五）。道長の子。関白太政大臣。小式部内侍との間に静円僧正をもうけた。
五 和泉式部の娘。一七五話参照。
六 恋の駆け引きに長じた名だたる色好み、の意とも、歌句等の技巧・読解法に通じた、すぐれた歌よみ、の意ともとれる。
七 大江雅致《まさむね》の娘。三十六歌仙の一人。一七四話参照。
八 たやすくその意味がわかって。
九 藤原彰子《しようし》（九八八～一〇七四）。一条天皇の中宮、後一条・後朱雀両天皇の生母。小式部内侍は、母の和泉式部と共に仕えていた。
一〇 ますます予想以上の人だと惚れこまれた。

美女の参内

夜もやうやう《しだいに》ふけぬれど、[一一]よるのおとどへもいらせ給はず、[一二]とのゐ申しの聞ゆるは、[一三]丑《うし》になりぬるにやと、御心をいたましむるほどに、蔵人しのびやかに、この女房参り侍るよし奏し申しければ、うれしくおぼしめされて、やがて《ただちに》めされにけり。[一四]漢武の李夫人《りふじん》にあひ、[一五]玄宗の楊貴妃《やうきひ》を得たるためしも《迎えることができた例も》、これにはまさり侍らじと、〔お思いになる〕御心のうちもかたじけなく《もったいないことだが》、さまざまかたらひ給ふほどに《あれこれと思いのたけをお話しなさるうちに》、明けやすき短《みじか》夜《よ》なれば、暁ちかくなりゆくに、この女房、身のありさまをかきくどき《自分の身のつらい立場を訴え》、こまかにはあらねど、心にまかせぬ事のさまを《思いのままにならない事情を》申しければ、まづ《とりあえず》返し遣はされてけり。[一六]御心ざし浅からねば、やがて[一七]三千の列にもめしおかれて、九重《ここのへ》のうちのすみかをも《宮中の居所をも》、御はからひあるべきにてありけるを、〔女は〕まめやかに《心の底から》歎き申して、[一八]さやうならば中々《なかなか》御なさけにても侍らじ。[一九]淵瀬《ふちせ》をのがれぬ身ともなりぬべし《なってしまうでしょう》。ただこのままにて、人のいたく知らぬほどならば《たいして人目に立たない程度でしたら》、たえずめしにもしたがふべきよしを申しければ、つひにもとのすみかへ返されて、時々ぞ忍びて《人目を忍んで》め

一一 清涼殿内にある天皇の寝所。
一二 宿直者の名のる声。宮中警護のための夜勤の滝口の武士、六位の蔵人等が、巡回時に所定の場所で、上官に自分の姓名を名のった。
一三 はや丑《うし》の刻（午前二時）になってしまったかと。
一四 漢の武帝（前一五九～前八七）。世宗とも。「李夫人」は、その寵妃。夫人が甘泉殿に死するや、武帝はその肖像を壁面に描かせて追慕し続けたといわれる（『漢書』外戚伝）。
一五 唐朝第六代皇帝（六八五～七六二）。治世の前半は善政を布いたが、後半は朝政を忘れて楊貴妃を寵愛、安禄山の乱を招くに至る。妃の死後も、方士を遣わして冥界にその行方を尋ねさせたという（『長恨歌伝』等）。
一六 天皇の女に対する御愛着の情は浅いものでなかったので。
一七 後宮のたくさんの女性の一人に召し加えられて。「後宮佳麗三千人、三千寵愛在二一身一」（『長恨歌』）。
一八 私を宮中に召し置かれようというのでしたら、かえって愛情をかけて下さることになりません。
一九 天皇の寵愛の移り変りに一喜一憂する身。「淵瀬」は、「世の中は何か常なる飛鳥《あすか》川きのふの淵ぞ今日は瀬となる」（『古今集』巻十八）の古歌から、世の中や人事の変遷して極まりないことをいう。

されける《お召しになった》。

かの少将は[一]隠者なりけるを、あらぬかたにつけて《ほかのことにかこつけて》めし出されて、よろづに《あれこれと》御情をかけられて、近習《きんじゅ》[二]の人数に加へられなどして、程なく中将になされにけり。つつむとすれど《隠そうとしても》、おのづから世にもれ聞えて、人の口のさがなさ《世の人の口は意地悪いもので》は、その比《ころ》[三]のことわざには、「なるとの中将」とぞ申しける。[四]鳴門《なると》のわかめとて、よきめののぼる所なれば、かかる異名《いみやう》を付けたりけるとかや。

およそ君と臣とは水と魚とのごとし。上としても[五]おごりにくまず、下としても[六]そねみみだるべからず。もろこし《唐土》には、[七]楚《そ》の荘王《さうわう》と申す君は、寵愛《ちようあい》の后《きさき》の衣をひくものをゆるして情をかけ、[八]唐の太宗《たいそう》と申すかしこき御門《みかど》は、すぐれておぼしめしける《たいへん寵愛しておられた》后をも、臣下の約束ありとて、くだし遣はされけり。我が朝にも、かかるふるきためしもあまた《数多く》聞え侍るにや。今の後嵯峨の御門の御心もちゐ《御心遣いのありがたさ》のかたじけなさ、かの中将の《［妻の参上を］》ゆるし申しけるなさけの色、いづれもまことに優《いう》に

鳴門中将のなさけの色

一 立身出世もはなばなしくない目立たない人物。
二 天皇のそば近くに仕える役。「きんじゅ」とも。
三 言いはやされた揶揄《やゆ》のことば。
四 阿波の鳴門は、鳴門の若布《わかめ》といって、味のよい海草を京へ送り出す所なので。裏に、美しい若妻《わかめ》を帝に献上した、との意をこめる。
五 思いあがっていたずらに臣下を非難するようなことをせず。
六 うらやみ妬《ねた》んで秩序を乱すようなことをすべきではない。
七 荘王（在位、前六一四～前五九一）が群臣に酒を賜った夜、灯燭が消えた折に、荘王の寵愛する美妃の衣を引いた者がいた。美妃はその者の冠の纓《えい》を引き切って荘王に示した。が、荘王は、酒を勧めて士を辱かしめるのは不本意だと、同座していた百余の群臣の冠の纓を絶ち切らせて、衣を引いた者を咎めなかった（『説苑』復恩篇）。
八 唐朝第二代皇帝李世民（五九八～六四九）。貞観の治という善政をしいた名君とされる。鄭仁基の娘を召そうとしたが、すでに婚約者のいる身であるとの魏徴の諫言をいれ、思いとどまった（『新唐書』魏徴列伝）。

ありがたきためしには申し伝ふべきものをや。君とし臣としては、何事もへだつる心なくて、たがひになさけふかきをもととすべきにこそと昔より申しつたへたるも、ことわりにおぼえ侍り《まことにもっともだと思われた》。

三三　或る男、局の辺にて扇のかなめを鳴らすに、女房、歌にて不都合を告げたる事（抄入）

いつの比《ころ》の事にか、男（九忠度が事にや）ありけり。一〇内の女房を、し《こっ》のびて物いひわたりけるが《そり契りを交わしていたが》、ある夜、局のあたりにたたずみて、〔自分が〕ここにあり《ここにいる》と知られんとて、一一扇のかなめを鳴らしてつかひければ《扇のかなめをぱちぱち鳴らして扇をつかったところ》、女房聞きて、をりふし《たまたま》便宜《びんぎ》あしき事やありけん《不都合なことがあったのだろうか》、なにとなきやうにて、局の内にて「一二野もせにすだく虫の音《ね》よ」とうち詠《なが》めたりければ《詠吟したので》、男聞きて、扇をつかひやみてけり。

一三かしがまし野もせにすだく虫の音よ我だになかで物をこそ思へ

この心なるべし。男も女もいと一四優にありけるにや。

「野もせにすだく虫の音」と言われ扇を使い止めた優しい男

九　平忠度《ただのり》（一一四四～八四）。忠盛の子、清盛の異母弟。左兵衛佐。一一八〇年、薩摩守。源平の合戦で一の谷に没した。武芸と共に歌に長じ、『千載集』『新勅撰集』等に十一首入集。『平忠度朝臣集』がある。

一〇　宮中に仕える女房。『今物語』は「宮ばらの女房」とする。

一一　『十訓抄』は、「扇をはらはらつかひならして」とする。

一二　後出の「かしがまし」の歌の一節。

一三　やかましいほどに野原一面に鳴き立てている虫の音だけれど、私だけは鳴かないで心の中でただ一筋にあなたのことを思いつめております。『新撰朗詠集』上に載る。底本、四句「だに」以下の横に「も物をはいはて」との傍記がある。

一四　底本「な」、他本により改訂。

古今著聞集　巻第九

武　勇　第十二

三三三（序）武の七徳とその意義の事

[＊一]武は暴を禁《いま》しめ、[二]兵《いくさ》を戢《をさ》め、[三]大を保ち、[四]功を定め、民を安んじ、衆を和し、[五]財を豊かにす。これ武の七徳なり。征戦の場に臨《のぞ》みて、[六]死を一寸に去り、[七]矍鑠《くわくしやく》の勇を振ひて、名を万代に貽《のこ》すは、蓋《けだ》し、この道なり。

乱暴を押え
人民の不平を除き
死を一寸に去り、名を万代にのこす

三三四　嵯峨天皇と坂上田村丸、白河院と平忠盛の事

嵯峨天皇・白河院の頼もしい護衛だった田村丸と忠盛

[八]嵯峨《さが》天皇をば、人思ひかけまゐらせたりけるに、[九]田村丸を[一〇]近衛《こんゑ》の

ある者が殺害申そうと機会をうかがっていたが

＊**武勇篇**　田村丸・頼光・義家など王朝盛時の武将と、番・貞綱・頼業など鎌倉期初頭の武人の武勇談九話を収める。保元・平治・治承・寿永の源平争乱の勇戦談を含まず、平常時の武勇談が多いところに編者の意識のあり方が伺われる。

一　以下、「これ武の七徳なり」まで、『春秋左氏伝』宣公（在位、前六〇九～前五九一）十二年の条に見える楚子《そし》の言葉。

二　武器を収め、兵乱を止めること。

三　国政の大業を保持すること。

四　勝利を確定すること。

五　人民がそれぞれの職業に専念でき、衣食に不自由のない状態にすること。

六　死の危険を巧みにかわすこと。

七　すばやく目ざましい身のはたらき。底本「瞿鑠」、伊木本により改訂。

八　桓武《かんむ》天皇の皇子（七八六～八四二）。蔵人所・検非違使の新設など、令制を改革した。一四三話参照。

九　坂上田村麻呂（七五八～八一一）。桓武・平城・嵯峨三代に仕えた武将。

一〇　近衛府の三等官、正六位相当の官職。

一一　近衛中将就任は、桓武天皇の治世の延暦二十年（八〇一）十二月。時

将監《しやうげん》になし給ひて、御身近く候ひければ、〔田村丸が〕この官のきて《しりぞいて宮中を去る時を》退出の時を待ちけるほどに、少将になして、なほ《さらに》祗候《しこう》す。四位してのかむ時を《四位に昇って退官する時を待っていたが》待つに、[一一]中将になり、[一二]大将に成りて、御身をはなれたてまつらざり《天皇のおそばを離れ申しあげなかったので》ければ、[一三]逆臣、〔殺害の計画は〕おもひよらざりけりとぞ申し伝へて侍る。[一四]

また[一五]白河院、御代を筵《むしろ》のごとくに巻きて持たせおはしましたりし《筵を巻いて持つように完全に握っておられたが》が、なほ武者をたてて《武者を護衛に立てて》、凡《すべ》てたゆませおはしまさざりけり《まったくご油断なさることがなかった》。仰せ事ありけるは、「[一六]小一条院は、世のをこの人にてありけるが《まことにたわけた人であったが》、[一七]頼義《よりよし》を身を放たで《身辺から離さずに》持たりけるが、きはめてうるせく覚ゆるなり《ご立派な心遣いと思われる》。今はわれ《お前が》が侍れば《いるから》」とこそ、[一八]忠盛朝臣には仰せ事ありけれ。[一九]「さもあらん武《適当な頼もしい》士一人をば憑《たの》みて、持たせおはしますべき事なり」とぞ、[二〇]九条の大《だい》相国《しやうこく》の、二条院へは申し給ひける。

三三五　源頼光、鬼同丸を誅する事

恨みを抱き鞍馬の道に待伏せて襲った兇猛な鬼同丸を誅した頼光

[二一]頼光《よりみつ》朝臣、寒夜に物へありきて《ある所へ出かけて》帰りけるに、[二二]頼信《よりのぶ》の家近くよりた

に征夷大将軍・按察使《あぜち》・陸奥守《むつのかみ》。

一二　右近衛大将。平城天皇の治世の大同二年（八〇七）四月就任。同年十一月、兼兵部卿。嵯峨天皇の治世となった翌々年九月、大納言となり、その翌年に没した。

一三　主君に反逆する心を持つ臣下。

一四　本話は藤原伊通が二条天皇に提出した上表書、『大槐秘抄』に拠ったものとみられるが、同書には、この後次行との間に、「さも候はむ武者一人は、たのみてもたせおはしますべきなり。おほよそ臣下にも、たのもしからむ人をばもたせおはしますべき事にて候也云々」とある。

一五　後三条天皇の皇子（一〇五三～一一二九）。院に直属する北面の武士を新設した。

一六　三条天皇の皇子、敦明親王（九九四～一〇五一）。一〇〇三年、立太子。翌年辞して院号を受けた。

一七　源頼義（九八八～一〇七五）。安倍氏の乱を鎮定。

一八　平忠盛（一〇九六～一一五三）。白河院に仕えた武将。諸国の国司を歴任し、刑部卿に昇った。

一九　注一四参照。

二〇　『大槐秘抄』の末尾に「九条大相国伊通公意見、進二条院云々」との注記がある。

二一　源頼光（九四八～一〇二一）。道長に仕えた武将。

二二　源頼信（九六八～一〇四八）。武将。頼光の弟。

れば、公時《きんとき》[一]を使にて、「只今《ただいま》こそ罷《まか》り過ぎ侍れ。この寒さこそはしたなけれ。美酒侍りや」といひやりたりければ[二]、頼信朝臣、折ふし酒飲みてゐたりける時なりければ、興に入りて、「只今見む様に申し給ふべし。この仰せ殊に悦び思ひ給ひ候ふ。御渡りあるべし」といひければ、頼光則ち入りにけり。盃酌《はいしやく》の間、頼光厩《うまや》の方を見やりたりければ、童を一人いましめて置きたりけり。あやしと見て、頼信に「あれにいましめておきたるものはたそ」と問ひければ、「鬼[三]同丸なり」とこたふ。頼光驚きて、「いかに鬼同丸などを、あれていにはいましめ置き給ひたるぞ。をかしあるものならば、かくほどあだにはあるまじきものを」といはれければ、頼信、「実《げ》にさる事に候」とて、郎等《らうどう》を呼びて、なほしたたかにいましめさせければ、金鏁《かなぐさり》を取り出《いだ》して、よく逃げぬ様にしたためてけり。鬼同丸、頼光ののたまふ事を聞くより、「口惜しきものかな。何ともあれ、今夜のうちに、この恨みをばむくはんずるものを」と思ひゐたりけり。

一　坂田公時。金時とも。綱・貞光・季武と並ぶ頼光の四天王の一人。天延四年（九七六）、上総国から任はてて帰洛途上の頼光に、相模国足柄山にて見出されたといわれる。

二　底本「け」、他本により改訂。

三　未詳。したたかな悪党で超人的な怪力の持主であったことに由来する通称か。

＊**武士説話の展開**　武士のたくましい人間像や華々しい活躍を描く軍記物語の流れがある一方で、『今昔』以降の説話集の中にも、類纂もしくは雑纂の形で、武士説話が多数収載されている。武士が当時新興の階層として、社会の表層に有力に進出しつつあったことの反映であったと言ってよい。中で、『今昔』巻二十五における源平の武将談十四話、『古事談』第四「勇士篇」における二十九話に続いて、『著聞集』のこの武勇談九話の類纂が注目される。なお、『続古事談』の現存諸本に共通して欠巻となっているその第三篇も、『古事談』の篇目と対比すると「勇士篇」ではなかったかと考えられる。この、『今昔』から『著聞集』にいたる武士説話の展開の根底には、王朝後半から源平争乱の時期にかけての武士の活躍をめぐる種々の口誦の伝承や、実戦の場から流れ出したさまざまの戦語りの採録があったとみられる。

盃酌《盃を》数献《すこん》になりて《幾度か重ねて》、頼光も酔《ゑ》ひて臥《ふ》しぬ。頼信も入り《〔寝所に〕》にけり。夜の《夜中に》中しづまるほどに《皆が寝しずまった頃》、鬼同丸、究竟《くつきやう》のものにて《剛力の持主で》、いましめたる縄《なは》・金鏁ふみ切りてのがれ出でぬ。[四]狐戸《きつねど》より入りて、頼光の寝たるうへの天井《てんじやう》にあり。この天井ひきはなちて《引きはがして〔上から〕》落ちかかりなば《飛び下りて攻めかかれば》、勝負すべき事《決着をつけるのは》、異義あらじと思ひためらふほどに《むずかしくあるまいとあれこれ考えていると》、頼光も[五]直人《ただびと》にあらねば、早くさとりにけり《すばやく感づいた》。落ちかかりなば大事なり《面倒だ》と思ひて、「天井に、[六]いたちよりも大きに、[七]貂《てん》よりも小さきものの音こそすれ」といひて、「誰か候《誰かいるか》」と呼びければ、[八]綱、なのりて参りたりけり。「明日は[九]鞍馬《くらま》へ参るべし。いまだ夜を籠《こ》めて《まだ夜は深いが》、これよりやがて《いまからすぐに》参らんずるぞ。[一〇][一一]某々《それがし》供すべし」といはれければ、綱奉《うけたまは》りて、「皆これに候《一同そろいました》」と申してゐたり。鬼同丸この事を聞きて、ここにては今は叶《かな》ふまじ、酔ひ臥したらばとこそ思ひつれ、なまさかしき事しいでてはあしかりなん《へたな手だしをしてはしくじるかもしれない》、と思ひて、明日の鞍馬の道にてこそ、と思ひかへして、天井をのがれ出でて、鞍馬《鞍馬山》のかたへ向きて、[一二]市原野《いちはらの》の辺にて、[一三]便宜《びんぎ》の処を求む

四 屋根の破風の妻にとりつける格子戸。正方形の格子の裏に板を張ったもの。妻格子とも。
五 後出のようにわずかに異様な物音にも耳聡く、隙のない人物であることをさす。
六 鼬。雄は体長約三五〜四五センチ。脚は短かく、尾は長く太い。黄褐色で夜行性の食肉小獣。
七 体長約五〇センチ。体毛は黒褐色。木登りのうまい夜行性の食肉小獣。
八 渡辺綱（九五三〜一〇二五）。嵯峨源氏。頼光の四天王の一人。大江山の酒呑童子・羅生門の鬼退治の伝説で知られる。
九 鞍馬寺。松尾山金剛寿命院とも。京都市左京区の鞍馬山の中腹にある天台宗の寺院。ただし、本話の頃には真言宗。本尊は毘沙門天。宝亀元年（七七〇）、鑑真の弟子鑑禎の創始とも、延暦十五年（七九六）、藤原伊勢人の創建ともいわれる。
一〇 底本「と」、他本により改訂。
一一 誰々は供をせよ。「某々」は他称複数の代名詞。人物の名を出さずに数えあげていう際に用いる。
一二 鞍馬山への登り口の辺り。底本「一原野」、伊木本により改訂。
一三 襲撃するのに具合のよさそうな場所。

るに、立ち隠るべき所なし〔身をかくすのによい物かげがなかった〕。野飼ひの牛のあまたありける中に、ことに大きなるを殺して路頭に引き伏せて〔道端に引き倒して〕、牛の腹をかきやぶりて、その中に入りて、目ばかり見出《いだ》して侍りけり。

頼光、あんのごとくに〔思ったとおりに〕来たりけり。浄衣《じやうえ》[一]に太刀をぞはきたりける。綱・公時・定道[二]・季武《すゑたけ》[三]等、皆供《とも》にありけり。頼光、馬をひかへて〔とどめて〕、「野のけしき興あり。牛その数あり〔充分な数が揃っている〕。おのおの〔諸君〕牛おふもの[四]あらばや〔牛追物をしようではないか〕」といはれければ、四天王《してんわう》の輩《ともがら》、我も我もと懸《か》けて射けり。実《まこと》に興ありてぞ見えける。その中に、綱いかが思ひけん〔なんと思ったか〕、とがり箭《や》[五]をぬきて死にたる牛に向ひて弓を引きけり。人あやしと見る所に〔いぶかしく思って見ていると〕、牛の腹のほどをさして矢をはなちたるに、死にたる牛ゆすゆすとはたらきて〔死んでいた牛がゆさゆさと体を動かして〕腹の内より大の童《わらは》、打刀《うちがたな》[六]をぬきて走り出でて、頼光にかかりけり。見れば鬼同丸なりけり。矢を射たてられながら、なほ事ともせず〔依然としてひるむ事なく〕敵に向ひけり。頼光もすこしもさわがで太刀をぬきて、鬼同丸が頸《くび》を打ち落してけり。やがてもたふれず〔すぐには倒れもせず〕、打刀をぬきて鞍《くら》のまへつわ[七]を

一 寺院参詣者としての禊《みそぎ》の装束。白の狩衣《かりぎぬ》仕立て。

二 碓井貞光をいう。頼光の四天王の一人。

三 卜部季武。頼光の四天王の一人。三四七話参照。

四 騎乗の武士が、牛を追い回して馬上から蟇目矢《ひきめや》で射ること。鎌倉時代に武士の間に流行する犬追物のさきがけ。底本「牛おもの」、伊木本により改訂。

五 鏃《やじり》の先端が鋭く尖《とが》った四立《よつたて》の羽をはいだ矢。対象物に深く射込んで致命傷を与える威力がある。

六 刃渡りの短い護身用の腰刀に対して、手もとに鐔《つば》のついた、刃渡りの長大な大刀。

七 前輪。馬具で鞍の鞍骨《くらぼね》の一部、前方の半輪形に高くなっている部分。

突きたり。さて頸《くび》は、むながい[八]に食ひつきたりけるとなん。死ぬるまで武《たけ》くいかめしう《勢いはげしく》侍りけるよし、語りつたへたり。実《まこと》なりける事にや。[九]さて頼光は、それより《そこから》帰りにける。

三六 源義家、衣川にて安倍貞任と連歌の事

「衣のたて」と詠みかけ「年をへし」の答に貞任を許した義家

伊予《いよ》の守《かみ》[一〇]源頼義朝臣、貞任《さだたふ》[一一]・宗任《むねたふ》[一二]等を攻むる間、陸奥に十二年[一三]の春秋をおくりけり。鎮守府[一四]をたちて秋田の城《じやう》[一五]にうつりけるに、雪は《はら》だれに降りて《はらと降って》、軍《いくさ》のをのこどもの鎧《よろひ》みな白妙《しろたへ》になりにけり《真っ白になった》。衣川《ころもがは》[一六]の館《たち》、岸高く川ありければ、楯《たて》をいただきて《高くかかげて》甲《かぶと》にかさね、筏《いかだ》をくみて責め戦ふに、貞任等たへずして《持ちこたえられずに》、つひに城の後よりのがれおちけるを、一男八幡太郎義家《はちまんたらうよしいへ》[一七]、衣川に追ひたて攻めふせて、「きたなくも《卑怯にも》、うしろをば見するものかな《敵に背を見せて逃げる気か》。しばし引きかへせ。物いはん《言いたいことがある》」といはれたりければ、貞任、見帰りたりけるに《後ろを振り返ったので》、

衣のたてはほころびにけり[一八]

八 鞅《むながき》の音便。馬具。馬の胸から鞍の前輪の四緒手《しおで》にかけ渡す革の緒または組紐。

九 鬼同丸を討ち果したので。頼光の鞍馬詣は、その参詣路に鬼同丸を誘《おび》き寄せるための手段であった。

一〇 頼信の子。陸奥守兼鎮守府将軍として前九年の役に従い、子の義家の働きと出羽の清原武則の協力により、康平五年（一〇六二）、平定に成功、その功により翌年、伊予守に任ぜられた。

一一 安倍貞任（一〇一九～六二）。奥六郡の俘囚長安倍頼時の子。岩手郡厨川《くりやがわ》の柵（現在の盛岡市内）に拠り、厨川二郎と称した。

一二 貞任の弟。胆沢《いざわ》郡鳥海の柵（現在の金崎町）を根城とした。

一三 一〇五一～六二年の十二年間。陸奥守として赴任して以来の年数。

一四 延暦二十一年（八〇二）以降、胆沢城に置かれた。

一五 出羽の国府の置かれた地。秋田市寺内町大畑。

一六 胆沢郡の南端（現在の平泉町）にあり、難攻不落とされた安倍氏の本拠。

一七 頼義の子（一〇三九～一一〇六）。一〇六三年、前九年の役平定の功により、陸奥守に任ぜられた。

一八 衣の経糸《たていと》はほころびてしまった。衣川の館《たて》はいまや陥落した、の意を掛ける。

といへりけり。貞任くつばみをやすらへ《馬のくつわをゆるめ》、錏[一]《しころ》をふりむけて、

　年[二]をへし糸のみだれのくるしさに

と付けたりけり。その時義家、はげたる[三]箭《や》をさしはづして《弓の弦からはずして》帰りにけり。さばかりのたたかひの中に《これほどの激戦の渦中だというのに》、やさしかりける事かな《風雅な振舞であったことだ》。

三三七　源義家、大江匡房に兵法を学ぶ事

同じ朝臣[四]、十二年[五]の合戦の後、宇治殿[六]へ参りて、たたかひの間の物語申しけるを、匡房卿[七]《まさふさきやう》よくよく聞きて、「器量は賢き武者なれど《力量はたしかな武者であるが》も、なほ《まだ》軍《いくさ》の道《道理》をば知らぬ」と、独《ひと》りごとにいはれけるを、義家の郎等《らうどう》聞きて、けやけき事をのたまふ人かな《妙なことをおっしゃる人だ》と思ひたりけり。さるほどに《そのうちに》、江帥[八]《がうそつ》いでられけるに、やがて義家も出でけるに、郎等、かかる事をこそのたまひつれと語りければ、「定めて《きっと》様《やう》あらん《訳があるのだろう》」といひて、車に乗られける《〔匡房が〕》所へ進みよりて、会見せられけり《会って挨拶をなさった》。やがて《その場で》弟子になりて、それより常にまうでて学問[九]せられけり。

一 首を振り向けて。「錏」は、兜の鉢の左右と後方に垂れて首筋をおおう部分。鉄の小板や厚革を綴り合せて作る。

二 歳月を経た古糸がばらばらになり、耐えきれずに。長期にわたる戦いの意図（作戦）の乱れのために持ちこたえられなくて、の意を掛ける。

三 弓につがえた矢を。「矧《は》ぐ」は、引っ掛ける、はめる、の意。

匡房の批判に弟子となり飛雁の乱れに伏兵を知り戦に勝った義家

四 源義家をさす。

五 前九年の役の旧称。

六 藤原頼通（九九〇〜一〇七四）。永承七年（一〇五二）、宇治の別荘を仏寺とし、平等院と称した。時に、関白・左大臣。

七 大江匡房（一〇四一〜一一一一）。天皇に『帝範』『左氏伝』『漢書』『後漢書』等を進講し、『江家次第』を著すなど、内外の故実に通じた人物。

八 匡房をいう。ただし、大宰権帥に任じられたのは、一〇九七年で、永保の合戦（一〇八三〜八七）の後。

九 『史記』『六韜』『孫子』等の漢籍中の軍略に関する記事の講釈をきいたのであろう。

その後、一〇永保の合戦の時、一一金沢の城を攻めけるに、一二一行《ひとつら》の鴈飛びさりて、一三刈田《かりた》の面におりんとしけるが、俄《には》かにおどろきて、つらをみだりて《飛列をみだして》飛び帰りけるを、将軍《義家》あやしみて、一四くつばみをおさへて、先年江帥の教へ給へる事あり。「一五それ軍《そもそも軍兵が》、野に伏す時は、飛鴈《ひがん》つら《列を》をやぶる《みだす》」。この野にかならず敵伏したるべし《敵がひそんでいるに違いない》。一六からめ手をまはすべきよし、下知《げぢ》せらるれば《命ぜられたので》、手をわかちて《軍勢を分けて》一七三方をまく時、あんのごとく〔敵軍は〕三百余騎をかくし置きたりけり。両陣みだれあひてたたかふ事限りなし《敵味方入り乱れて果てしなく戦い続けた》。されども、一八かねてさとりぬる事なれば、将軍のいくさ勝《かつ》に乗りて、武衡《たけひら》等がいくさ破れにけり。「(義家)江帥の一言なからましかば《なかったならば》、あぶなからまし《危いところであったろう》」とぞいはれける。

三三八　源義家、安倍宗任を近侍せしむる事

十二年の合戦に、一九貞任《さだたふ》はうたれにけり。宗任《むねたふ》は降人《かうにん》になりて来たりければ、優《いう》してつかひけり《優遇して召しつかった》。〔頼義の〕嫡男義家朝臣のもとに朝夕祗候《しこう》しけ

一〇 いわゆる後三年の役をさす。出羽の清原武貞の子の家衡と武貞の義理の子清衡との家督争い。家衡には叔父の武衡、清衡には陸奥守義家が加担し、結局、清衡側が勝利をおさめた。

一一 雄勝城と並ぶ清原氏の居城。現在の横手市の地にあり、この時には、武衡の拠点であった。

一二 列をなした雁のむれ。

一三 刈り入れのすんだ稲田。

一四 馬のくつわをおさえて。馬をとどめること。

一五 『孫子』行軍篇に、「鳥起者伏也。獣駭者覆也」(鳥が飛びたつのは、その近くに伏兵がいるからである。獣が駭《おどろ》いて走るのは、近くに覆兵がいるからである)とあるのに拠るか。

一六 搦手《からめて》(背後)をつく一隊を派遣せよと。

一七 三方から取り巻いてみると。

一八 伏兵を用いて相手を挟《はさ》み撃《う》ちにしようという武衡方の作戦を、義家が事前に見破っていたので。

一九 康平五年(一〇六二)九月、源頼義・清原武則の連合軍との厨川の柵(一説には、嫗戸《おばと》の柵)での戦いで戦死した。時に三十四歳。

背を向けて矢を靫に差させるなど、宗任を近侍させた義家

り。

或る日、義家朝臣、宗任一人を具してものへ行きけり（供に連れてある所へ出かけた）。主従ともに狩装束《かりさうぞく》にて、一うつぼをぞ負へりける。ひろき野を過ぐるに狐《きつね》一疋《ぴき》走りけり。義家、うつぼより二雁股《かりまた》をぬきて、きつねをかけけり（追いかけた）。射殺さんはむざんなりと思ひて（かわいそうだと思って）、（〔狐の〕）左右の耳の間をすりざまに（かするようにして）、しりへ（後方から）射たりければ、箭《や》は狐の前の土にたちにけり。狐その矢にふせがれて（行く手をふさがれて）、たふれてやがて（そのまま）死ににけり。宗任、馬より下りて、狐を引きあげて見るに、「箭もたたぬに死にたる」（矢も立っていないのに死んでいる）といひければ、義家見て、「三臆して死にたるなり（恐ろしくて死んでしまったのだろう）。殺さじとてこそ射はあてね（殺すまいとして射当ててはいないから）、いま生き帰りなん（すぐに生き返るだろう）。その時ははなつべし（放してやれ）」といひけり。則《すなは》ち（〔地面から〕）箭を取りて参らせければ、やがて宗任して（そのまま宗任に命じて）、うつぼにささせ給ひけり。他の郎等これを見て、「あぶなくもおはするものかな（あぶないことをなさるものだ）。降人に参りたりとも、四本の意《い》趣《しゅ》は残りたるらんものを（残っているだろうものを）。五脇《わき》をそらして矢をささする事、あぶなき事なり。おもひきる害心もあらば（思い切って殺害しようという気があったら）、いかが（どうなろうかと）」とぞかたぶきける（無用心ではないかと難じた）。さ

一 矢を差して背負う道具。矢が雨露にぬれないように筒形に作られる。

二 先端が二股に開き、その内側に刃のある鏃《やじり》のついた矢。殺傷力が強い。

三 底本「憶」、伊木本により改訂。

＊ **源家の武将の説話㈠** 『今昔』巻二十五の源頼信・頼義父子が馬盗人を暗夜に追って射殺した話は、軍記物語の精粋にもまさるすぐれた武人描出であるが、説話集に描かれた源家の武将歴代の中では、『今昔』では頼信が、『古事談』では頼義と義家が、そして『著聞集』では義家が、それぞれに話数も多く、花形となっている。なお他に、頼信の兄頼光が三書に登場している。『今昔』の頼信説話は、平忠恒の討伐、平貞道に命じて人を殺させた武威、藤原義孝の子を人質にした強盗を圧伏させた「兵《つはもの》ノ威」などの三話に続く、例の馬盗人の話に示された「兵ノ心バヘ」など、いずれも剛勇な武将としての迫力満点の話ばかりである。『古事談』の頼信の話は短いが、主君藤原道兼のために、その兄の道隆を殺そうと広言して、長兄の頼光に戒められた話で、彼を廻る話にはどこか暗い殺人者としての俤《おもかげ》がつきまとっている。

四 兄の貞任や一族の者たちが討たれたという恨み。

五 体の脇を宗任にさらしたまま、すなわち、宗任にすきを見せたまま、の意。

れども義家は殆《ほとん》ど[六]神に通じたる人なりけり。宗任いかにも[七]思ひよるべくもなかりければ、たがひにかく身をまかせけるにや《このように気を許し合っていたのだろうか》。

或る夜また、宗任ばかりを具して《宗任だけを供に連れて》女のもとへ行きたりけり。家ふるくなりて、築地《ついぢ》くづれ《土塀はくずれ》、門かたぶけり《門もかしいでいた》。[八]車寄せの妻戸をあけて、その内にて逢《あ》ひたりけり。宗任は[九]中門に侍りけり。[一〇]五月闇《さつきやみ》の空、墨《すみ》をかけたるごとくにて、雨降り神なりて《雷が鳴って》、おそろしき事限りなし。いかにも今夜、事あらんずらん《なにかが起りそうだ》と思ひたる所に、案のごとく強盗《がうだう》数十人[一一]きほひ来にけり。門の前に[一二]よそのひてあり。火をともしたる影より見れば、三十人ばかりあり。宗任、いかがはからふべき《どう対応したらよかろうかと》と思ひゐたるに、中門の下より犬一疋《ぴき》走り出でて、ほえけるを、宗任、小さき[一三]引き目をもて射たりけるに、犬射られて、けいけいとなきて《きゃんきゃんと鳴いて》はしるを、やがておなじさまに矢つぎばやに射てけり《間をおかずに小ぶりの蟇目矢を立てつづけに射放った》。その時、義家朝臣「誰候ふぞ」《何者であるか》と問ひたりければ、「宗任」と名乗りたり。「箭《や》つぎのはやさこそはしたなけれ《見事なものだな》」といはれけり。強盗ども、この詞《ことば》を

六 神にもまがうほどの超人的な勇武の人。
七 どう見ても義家の殺害を企てようなどとは思いつきようもなかったので。
八 車寄せは寝殿造りの東西の門内、中門の廊にあり、車からの出入りには、その妻戸（両開きになる開き戸）を用いた。
九 寝殿造りの東西の中門の廊の中央部にあり、南庭に通じる門。屋根はあるが、車の通れるように冠木《かぶき》や閾《しきみ》はない。
一〇 さみだれの頃の暗い夜。
一一 先を争うようなたいへんな勢いでやってきた。
一二 少し離れて集まっていた。忍び込むための手はずを打ち合せていたのであろう。「よそのふ」は「装う」に同じ。
一三 蟇目矢《ひきめや》。鏃《やじり》は朴《ほお》や桐で作られ、中は空洞で数個の穴があけてあり、鋭く高い音を発して飛ぶ。

聞きて、「八幡殿《義家》のおはしましけるぞ。あなかなし《ああ しゃくだ》」とて、はふはふ《あたふたと》逃げ失せにけるとなむ《逃げ去ってしまったということだ》。

三三九 源義家、或る法師の妻と密会の事

同じ朝臣《源義家》、若ざかりに、或る法師の妻を密会しけり[一]。件《くだん》の女の家、[二]二条猪隈《みのくま》の辺なりけり。築地に桟敷《さじき》[三]を造りかけて、桟敷の前に堀ほりて、そのはたに、おどろ[四]などをうゑたりけり。頗《すこぶ》る武勇たつる法師《武勇をもっぱらとする法師であったので》なりければ、用心[五]などしける所なり。法師《［義家が］》のたがひたる《外出している》隙《すき》をうかがひて、夜ふけてかの堀のはたへ車を寄せければ、女、桟敷のしとみ[六]をあけて、簾《すだれ》を持ちあげける。その時、とびの尾[七]より越え入りにけり。堀のひろさもまうなりけるに《一通りではないのに》、うへざまに飛び入りけん《高く飛んで入ったらしい》早態《はやわざ》のほど、凡夫《ぼんぶ》[八]の所為《しよゐ》にあらず。この事たびかさなりにければ、法師聞きつけて、妻をさいなみせためて問ひければ《折檻して責めたて問いつめたので》、ありのままにいひてけり。「さらば、れいのやうに《いつもの通りに》我なきよしをいひて《私は留守だといって》、件《くだん》の男を入

牛車のとびの尾から桟敷へとび込んで通い法師をおそれさせた義家

一 底本「蜜」、伊木本により改訂。
二 二条大路と猪隈小路との交差するあたり。木工《もくの》寮《りよう》の近く。現在の京都市中京区。
三 数段高く作った物見の建物。
四 荊棘《けいきよく》。いばら等のとげのある灌木。
五 外からの侵入への備え。
六 蔀《しとみ》。格子組みの裏に板を張った戸。主に雨風を防ぐのに用いた。大抵は、上下二枚の戸で、下の戸ははめ込み、採光のために上の戸を釣りあげる様式のもの。
七 鵄《とび》の尾。牛車の後方の左右に出ている短い棒の部分。
八 普通の人間のしわざではなかった。
九 底本「しらぬ」、伊木本により改訂。
一〇 堀を飛び越えて入ってくるところを斬りつけてやろうと。

れよ」といひければ、のがれがたなくて《〔女は〕言いのがれようがなくて》、いふままにことうけし《〔法師の〕承諾した》ぬ。[九] 栈敷をあげて《栈敷のしとみをあげて》、れいのやうに入らむ所をきらんと思ひて、この法師その道に囲碁盤《ゐごばん》のあつき《厚いのを》を楯《たて》のやうにたてて、それにけつまづかせんとかまへて《仕掛けをして》、太刀をぬきて待つ所に、案のごとく車を寄せければ、女、れいの《いつもの》定《ぢやう》にしけるに《通りにしたところ》、とびの尾の方より飛び入りざまに、鳥の飛ぶがごとくなり、小さき太刀をひきそばめて持ちたりける《身に引きつけて持っていたのを》をぬきて飛びざまに、碁盤のすみを五六寸ばかりをかけて、とどこほりなく《すっぱりと》切りて入りにけり。法師、ただ人にあらずと思ひて、いかに《どうしよ》すべしともなく《うもなく》恐ろしく覚えければ、はふはふくづれ落ちてにげにけり《あたふたとしっぽを巻いて逃げてしまった》。〔後になって〕くはしく尋ね聞けば、八幡太郎義家《はちまんたらうよしいへ》なりけり。いよいよ臆《おく》する事かぎりなかりけり。[一〇]

三四〇　渡辺番、所縁による赦免を拒み、奥州攻めの勲功に依りて許さるる事

義弟の取成しも拒み幽閉十五年奥州攻めの勲功で本領安堵帰郷の番

[二一] 九郎判官《くらうはうぐわん》義経、右大将の勘気の間《源頼朝のとがめを受けたので》、[二三] 都を落ちて西国の方へ行きけ

＊源家の武将の説話（二）——八幡太郎義家——　義家の父頼義の話は、『今昔』に二話、『古事談』に二話あり、臨終正念の極楽往生を遂げた話は印象深い。しかし、源家の嫡流として王朝世界の中で華華しく活躍し、多くの逸話を残した代表的武将は義家である。『古事談』には、美濃に出陣し源国房を懲らしめた話、義家の名を聞いただけで犯人が降参した話、義家の弓を白河院の枕上に立て物の怪から守護した話など四話の後に、死去の暁、女房の夢に義家が無間地獄に堕ちたよしが見えた話があって、頼義の場合と対照的である。『著聞集』では、二五五・二九五話の他に、この武勇篇の三三六話に続く四話において、貞任との連歌唱和の雅懐、大江匡房に教えを乞うて飛雁の乱れに伏兵を察知した戦略、降人宗任を近侍させ背を向けて箭をうつぼにささせた放胆と信頼、密会した法師の妻の家での飛燕の早業など、学芸・武道に通じた智略兼備の名将として、思慕尊敬された義家について、源家の棟梁にふさわしい人間描写を成季は見せてくれている。

二一　源義経（一一五九〜八九）。頼朝の異母弟。平家討滅に戦功をたてたが、梶原景時の讒言《ざんげん》と後白河院への接近により、頼朝の咎めを受け、奥州平泉に没した。

二三　文治元年（一一八五）十一月のこと。

る時、渡部《わたなべ》[一]の緩《ゆるぶ》[二]源次馬の允番《じようつがふ》がもとによりて、事のよしをいひければ、番あはれみて見おくりけり。後に[三]その事聞えて、番、関東へめされて《鎌倉へ召喚されて》、梶原[四]にあづけられにけり。十二年[五]まで置かれたりけるに、番、毎日に本鳥《もとどり》を取りて、今日やきられんずらん《今日こそは斬られるだろうか》とぞ待ちける。

さるほどに、右大将《頼朝》、高麗国《かうらい》[六]を責めし時の追討使に、あま野[七]の式部の大夫遠景《とほかげ》向ひけり。大将家のきりものにて《信頼の篤い切れ者で》、次官《すけ》の藤内《とうない》といはれし藤内はこれなり。西国九国を知行《ちぎやう》の間、そのいきほひいかめし《その威勢は盛大であった》。[八]高麗国うちしなへて《平定して》上洛《じやうらく》の時、渡部にて、番が妹にとつぎにけり。相具して関東に下向《げかう》しければ、番が親類・郎等ども悦《よろこ》びをなして、さりとも今は《もはやこの上は》馬《番》の殿の召籠《めしこ》めはゆり給ひなん《監禁は許されるであろう》と、悦びあへりけり。遠景も、「宿縁《［番との］》あさからず。このうへは、かの御気色におきては《頼朝公のご機嫌によっては》、いかにも申しゆるすべし《なんとかしてお許しをお願いしよう》。御承引なくは《ご承諾がなかったら》、遠景申しあづかるべし《遠景がお願いして身柄を預るようにしよう》」といひければ、いよいよ悦ぶ事かぎりなし。

さて関東にくだりつきて、いつしか《早速に》使を番がもとへ遣はしていひ

一 摂津国の難波江に面した渡辺の地（現在の大阪市浪速区一帯）。源氏の武士団渡辺党の根拠地。「渡部の緩」は、源番の通称か。「緩」は底本「後」、伊木本により改訂。

二 嵯峨源氏、滝口惣官・左衛門尉親《ちかし》の次男。

三 罪人の義経にあわれみをかけたということ。

四 梶原平三景時。石橋山の合戦で頼朝の危急を救ったことから信任された。平家追討に従い、義経と対立して讒訴、失脚させた張本人。侍所所司・厩別当・侍所臨時別当等を歴任。後、頼家の世に追放され、正治二年（一二〇〇）に没した。

五 文治元年（一一八五）から数えると、建久七、八年の頃。

六 『吾妻鏡』文治三年九月二十二日の条によれば、中原信房が、天野藤内遠景と協力して、貴海島に隠れているらしい義経の同調者を追討せよとの頼朝の厳命を受けて、鎮西に下向している。その後、同書文治四年二月二十一日の条に、「降㆓伏三韓㆒者、上古事也。至㆓末代㆒者、非㆓人力之所㆒㆑可㆑覃。彼島境者、日域太難㆑測㆓其故実㆒。為㆓将軍㆒、定有㆑煩無㆑益与。宜㆘令㆓停止㆒給㆖之由云々」との九条兼実の遠征に対する諷諫の言葉が見え、貴海島を高麗国の一部とみる見方があったことがわかる。

七 天野遠景。頼朝の旗挙げ以来の古参の臣。左衛門尉・民部丞。文治二年十二月、鎮西奉行に任ぜられた。

八 『吾妻鏡』文治四年五月十七日の条に、遠景等が

けるは、「思ひがけず、[九]かく侍るゆかりになりまゐらせて候ふ。今《これ》においては《からは》、ひとへに親とも憑《たの》みたてまつるべし。[一〇]内外《ないげ》に付きて疎《おろ》略を存ずべからず《そかにはいたしません》」といひやりたりけり。番《つがふ》、多年の召人《めしうど》にて、今日きらるべし《斬られるだろう》、今日きらるべしといひて十余年に及びけれども、方《かた》[一一]人《うど》一人もなければ、[一二]申しなだむるものなし。たまたまかかる縁出で来たる事は、いかばかり《どんなにか》かはうれしかるべきに、番がいひけるは、「弓矢とる身《武士たる者が》の、かかる目にあひて召籠《めしこ》めに預る、恥にてあらず。さこそ無縁の身なれども《このように縁者もない身の上であるが》、[一三]あながちにそのぬし、こひねがふべき聟《むこ》にあらず」とて、返事にいひけるは、「悦びて奉《うけたまは》りぬ。誠に傍輩《ただの同輩》として申し奉らん事《としてお話を承るのが》、もつとも本意候《ざうらふ》《なによりも本望です》。[一四]したしくならせ給ふよしの事、存知《ぞんち》しがたく候《承服いたしかねます》。番は独身《ひとりみ》のものにて候へば、[一五]御ゆかりになりまゐら[一六]すべき事候はず」と、あららかに《語気も荒々しく》いひたりければ、遠景おほきにいきどほり、やすからぬ事《許しがたい侮辱だと思って》に思ひて、ともすれば《折にふれては》大将に、「番は極めたるしれもの《どうしようもない愚かな男です》にて候。いかにも、[一七]なほあしき事しいださんず

貴賀井島を征討したとの報告が見える。「うちしなへて」は『類聚名義抄』に「順シタガフ　シナフ」とある。

九 こうして捕われておいでのあなたの身内の者になりました。

一〇 私的なことであれ、公的なことであれ、何事につけても。

一一 番《つがふ》の立場に同情を寄せる者。『吾妻鏡』によれば、頼朝は、文治五年二月にも、義経追捕に対する後白河院の態度が手ぬるいとして、早急に厳しい沙汰を下されるように要請しているほどに、義経の逃亡にいらだっていた。したがって、内心ではともかく、表だった番への同情は反逆に加担する者と見なされる危険が高く、それは許されない幕府部内の雰囲気であった。

一二 頼朝に番の免罪をとりなす者もいなかった。

一三 その人物（天野遠景）は、強いて縁者に望まねばならぬ聟ではない。

一四 妹と結婚して、番と親類縁者になったこと。

一五 あなたの縁者になる道理はありません。

一六 底本「せ」、伊木本により改訂。

一七 （放免すれば）さらに始末の悪いことをしでかす者です。

るものにて候。はなちたてらるまじきなり（赦免なさるべきではありません）」と申しければ、いよいよおもく（〔監禁が〕厳重に）なりまさりにけり。されども番はすこしもいたまず（悲嘆せず）、「をのこ（男子たる者は）の身はいついかになるべしとても、人わろかる[一]べき事はなし」とて、物ともせざりけり。

かかるほどに、大将（頼朝は）、康衡《やすひら》[二]を打つとて、奥責《おくぜ》め[三]を思ひたちて、兵をそろへらるべき事出で来にけり。その時、番を召して、のたまひけるは、「汝をとうにいとまとらすべかりしかども（とっくに断罪すべきであったのだけれども）、この大事を思ひて、今日まで生けておきたるなり。身の安否は（一命の有無は）、このたびの合戦によるべし」とて、鎧《よろひ》・馬・鞍《くら》など給はりければ、畏《かしこ》み悦びて向ひけり。実《まこと》に身命を惜しまず、ゆゆしかりければ（見事な働きぶりであったので）、勘気[四]ゆるして本領《ほんりやう》返し給ひて、二度《ふたたび》旧里《きうり》に帰りき。

この番は無双《むさう》[五]の手ききにて侍りけり。渡部にてしかるべき客人《まらうど》（大事な客）の来たりける時、鯉《こひ》[六]はぜをしけるには、箭《や》をたばさみて（手に挟み持って）、をどる鯉を一《ひと》つもはづさで射けり。網[七]に入るにはもるる方もおほし。これは（番は）、

一 体裁や外聞が悪いと恥ずかしく思うこと。
二 藤原泰衡。秀衡の嫡子。文治三年十月、出羽・陸奥の押領使《おうりようし》に就任。義経隠匿《いんとく》の咎で頼朝が自分に対する追討の宣旨を朝廷に要請していることを知った泰衡は、頼朝の歓心を買うために、父秀衡の遺言を無視して、文治五年閏四月三十日、衣川の館に義経を襲って自殺せしめ、六月には、その首を鎌倉にとどけさせた。しかし、七月中旬に鎌倉を発った頼朝軍に八月に至って攻められ、惨敗、九月三日、逃亡先で郎従の河田次郎に殺された。時に三十五歳。
三 奥州攻めをさす。
四 頼朝から、義経にあわれみをかけた咎も許され、没収されていたもとの領地も返されて。
五 肩を並べる者のない弓技・剣技の巧者。
六 鯉が水面から跳ね上るのを矢で射とめる遊び。
七 網ですくい入れようとしてさえ、網からもれて逃げる鯉も多い。

一つもらさず射とどめければ《射とめたので》、皆人目を驚かしけり《感嘆したという》。

白拍子と共寝の折には強盗に逃げ君の御大事に勇戦自害した貞綱

三四一　左衛門尉貞綱、強盗に逢ひて逃ぐる事

[八]ふるこほりの左衛門の尉《じよう》平[九]貞綱《さだつな》が京の家に、強盗《がうだう》入りたりけるに、貞綱は酒に酔《ゑ》ひて、[一〇]白拍子《しらびやうし》[一一]玉寿と合宿したりけり《一緒に寝ていた》。思ひもよらぬに寝所《ねどころ》に打ち入りたりければ、貞綱太刀をぬきて打ちはらひて、玉寿を引きたてて後薗《こうゑん》へしりぞきて《裏庭へのがれて》、[一二]檜墻《ひがき》より隣へ越して、我が身も共に逃げにけり。その事世に聞えて、「強盗に逃げたる、わろし《情ない》」など沙汰しけるを、貞綱帰り聞きて、「今より後なりとも、強盗にあひて命失ふまじ《命は失うまい》。幾度も君の御大事にこそ《何度でも主君の一大事の時にこそ》、命をば惜しむまじけれ《命をば惜しむまい》」といひけるにあはせて《といった言葉どおりに》、[一三]和田左衛門《わださゑもん》の尉義盛《じようよしもり》が合戦の時、昼は紅《くれなゐ》の[一四]ほろをかけて黒き馬に乗り、夜は白きほろをかけて[一五]葦毛《あしげ》の馬に乗りて、軍のさきを懸けける、まことに一人当千《いちにんたうせん》とぞ見えける。日来《ひごろ》の詞にあはせて《違うことなく》、ゆゆしくぞ侍りける《見事な武者ぶりであった》。つひに組みあふものな《最後まで組み合うほどの相手がな》

八　甲斐国都留郡古郡郷。底本「ふるこほりの……京の家に」までを欠く。他本にて補う。
九　未詳。和田合戦の参加者の中にもこの名は見えない。古郡左衛門尉保忠とあるべきところか。『吾妻鏡』建仁二年（一二〇二）八月の条に、舞女微妙は保忠と比翼連理の契りを交していたが、保忠が本拠地の古郡に下向中、亡父の菩提を弔うために出家、後日、それを知った保忠が、微妙を落飾させた祖達房の僧房を訪れ、従僧等を打擲《ちようちやく》したので、保忠の主筋に当る和田義盛・結城朝光が、政子から注意を受けたことが見える。保忠は横山党の武士。和田合戦に参戦し、敗れて、甲斐国坂東山波加利《はかり》の東競石《きそいし》郷二木《につき》で自害した。
一〇　水干・立烏帽子《たてえぼし》に白鞘巻《さやまき》の太刀という衣装で、今様・朗詠等を歌いながら舞うのを職とした遊女。
一一　未詳。
一二　檜の薄板を斜めに編み合せた垣根。
一三　三浦義宗の子（一一四七〜一二一三）。鎌倉幕府の初代侍所別当。甥の胤長《たねなが》の処分をめぐって北条氏と対立し、建暦三年（一二一三）五月二日、幕府・北条義時邸・大江広元邸を急襲、激戦のすえ、三日に義盛とその子息等が戦死、大敗した。
一四　騎馬武者の背にかけて敵の矢を防いだ袋状の布。
一五　白い毛に黒・茶褐色等の毛が少し交じった毛色の馬。

かりければ《かったので》、自害[一]してけり。

三四二　宇都宮頼業、宇治川の水底にて鎧を脱ぐ事

承久三年[二]のみだれに《戦乱に》、宇津宮越中《うつのみやえつちゆう》[三]の前司《ぜんじ》頼業《よりなり》、未《いま》だ無官なりけるが、宇治川[四]を渡すとて《馬で渡ろうとして》押しながされて、水の底へ入りたりけるに、石にかき付きて《とりすがって》、鎧《よろひ》をぬがんとしけるが、上帯《うはおび》[五]しめてとけざりければ《上帯をしめていたのが解けなかったので》、引きちぎりてぬぎて、およぎあがりたりけり。さしもはやき河《あれほど流れの速い》の底にて、かく振舞ひたりける、ゆゆしき事《感嘆すべきことであった》なりけり。水練なりけり《泳ぎの名手であったそうだ》。

弓　箭　第十三

三四三　（序）弓箭の芸は、その勢専一なる事

*弓矢の芸、その[六]勢専一なり。ただ上弦の月を《ただ上弦の月の形を》省《かへり》みて心に当て《心に思い浮べて》、弦[七]

一　保忠の自殺は、建暦三年五月四日。底本「自容」、伊木本により改訂。

承久の乱に渡河の際押流されたが鎧を引きちぎり浮上した頼業

二　承久三年（一二二一）五月の、後鳥羽院を中心とする討幕軍と北条泰時・時房の率いる幕府軍との戦い。

三　宇都宮頼綱の子。後に検非違使・越中守・伊予守護を歴任する。宇都宮氏は、関東の土豪、北条氏と姻戚関係にあり、幕府の評定衆の一員を世襲していた。

四　琵琶湖に発し、京都盆地を流れて木津川と合し、淀川に至る川。

五　鎧の上から腰の辺にしめる白布の帯。

＊**弓箭篇**　延長五年の内裏の小弓の話に始まり、賭弓《のりゆみ》や競射、鳥を射落した話など九話を収める。弓箭とは言いながら、戦場における弓矢の話が全くないところに、前篇と同じように、日常生活の中の技芸としてとらえた編者の意識構造が伺われる。

六　そのめざましさは、一発必中ということにある。

七　弦を再び引きしぼり直さなければ。

矢虚しく発せず、百発百中

再び控へずは、矢虚《むな》しくは〔無駄には〕発《はな》れず、百中《ももたびあた》る。古《いにしへ》の上手、多く[八]芳誉《はうよ》を伝ふ。

三四　延長五年四月、内裏にて小弓の負態の事

〔負態後の小弓の会に勝ってかけ物をとった弾正親王〕

[九]延長五年四月十日、[一〇]弾正《だんじやう》の親王《みこ》、内裏にて[一一]小弓の負態《まけわざ》せさせ給ひける。酒肴《しゆかう》などはてて夕《ゆふ》べになりて、清涼殿の東の[一二]廂《ひさし》にてまた小弓ありけり。前には弾正の親王重明《しげあきら》、後には[一三]三品《さんぼん》の親王・[一四]清貫民部卿、この外の人々も仕うまつりけり。女装束〔女物の衣装〕一重《ひとかさね》、[一五]懸物《かけもの》に出《いだ》されたりけるを、弾正の親王の宮とり給ひにけり。勝方《かちかた》の拝〔感謝の舞〕などありけりとかや。そのまけわざは二十三日にこそし給ひけれ。

三五　長暦二年三月、野宮にて小弓の会の事

〔会の後の蹴鞠・管絃・和歌の遊び〕

[一六]長暦二年三月十七日、殿上人十余人、[一七]野宮《ののみや》へ参りたりけるに、御殿の東の庭に畳を敷きて、小弓の会ありけり。また蹴鞠もありけり。

八　たくさんの手柄話が伝わっている。
九　九二七年。
一〇　式部卿親王とあるべきところ。醍醐天皇の皇子、重明親王（八八八～九五四）。母は大納言源昇の娘。三品式部卿。「弾正の親王」は章明《のりあきら》親王をいうが、この時、まだ四歳。
一一　貴族間で行われた小型の弓による遊戯。「負態」は、勝負に負けた側が、罰として勝った相手方に饗応すること。
一二　母屋の外周に一段低く作られた、天井の張られていない細長い一間。
一三　克明親王（三品兵部卿）、式明親王（三品中務卿）、有明親王（三品兵部卿）がおり、特定しがたい。
一四　藤原清貫。保則の子。時に正三位・大納言・民部卿で、六十歳。
一五　勝負の賞品。
一六　一〇三八年。
一七　皇女あるいは王女が、斎宮・斎院に立つ前に、一年間、潔斎生活を送るための宮居。斎宮の宮居は京都市右京区嵯峨、斎院の宮居は紫野にあった。

夕《ゆふ》べに及びて膳《ぜん》を進められけるあひだ、簾中《れんちゅう》より管絃の御調度を出されたりければ、即ち糸竹・雑芸《ざふげい》の興もありけり。また和歌もありけるとかや。昔はかく期せざる事も、やさしく面白き事、常の事なりけり。いみじかりける世なり。

食事のもてなしがあった時　管絃　このように予期しない事をも優雅に面白くして楽しむのはいつものことであった　すばらしい時代であった

三四六　寛治八年八月、滝口大極殿にて賭弓の事

寛治八年八月三日、滝口、大極殿《だいごくでん》にて賭弓《のりゆみ》の事ありけり。前の方は退紅《たいこう》の狩衣《かりぎぬ》をぞ着たりける。後は心にまかせたりけり。故《ふる》き人等も催しありければ、公清卿等、衣冠にて参りたりけり。七双はてて虎《とら》の皮を懸物《かけもの》にて、一度射させられたりけるに、あたらざりける、本意《ほい》なかりける事なり。

滝口の武士　前の組の人　後の組の着衣はまちまちだった　召集があったので　七組の勝負が終って　残念なことであった

三四七　弓の手利き季武が従者、季武の矢先を外す事

頼光朝臣の郎等季武《すゑたけ》が従者、究竟《くつきやう》の者ありけり。季武は第一の手

弓の

一　底本「饍」、伊木本により改訂。
二　この時の簾中の人、すなわち斎宮・斎院は、後朱雀天皇の即位により、長元九年（一〇三六）十一月に選ばれ、斎宮は後朱雀天皇の長女良子内親王、斎院は同天皇の三女娟子内親王。いずれも幼少であった。
三　今様・朗詠・早歌《そうか》等の歌謡をいう。
四　一〇九四年。
五　大内裏の中心をなす八省院の北部中央にあった正殿。広さは九間四方。元来はここで天皇が政務を執ったが、後には即位・拝賀等の典儀の場となった。治承元年（一一七七）四月の焼失後は再建されなかった。
六　左右に分れての弓射の勝負。賭物《かけもの》が争われた。
七　薄くれないの狩衣。
八　未詳。『公卿補任』にも見えない。
九　公卿の略礼服。袍《ほう》・単《ひとえ》に指貫《さしぬき》をつけ、浅沓《あさぐつ》をはき、蝙蝠扇《かわほりおうぎ》を持った出立ち。
一〇　源頼光。三三五話参照。
一一　卜部季武。頼光の四天王の一人。『今昔』巻二十八—二話は牛車での祭見物の折の失敗を伝える。

七双の競射虎皮の懸物

従者を失いたくない季武の心理を利用して賭に勝った季武の従者

利きにて《名手で》、[一三]さげ針をもはづさず射けるものなりけり。件《くだん》の従者《その従者が》、季武にいひけるは、「さげ針をば射給ふとも、この男が《この私めが》[一四]三段ばかり退《の》きて立ちたらんをば《離れて立っているのをば》、[一五]え射給はじ」といひけるを、季武、「やすからぬ《おだやかでないことを言うやつだ》事いふやつかな」と思ひて、[一六]あらがひてけり。「もし射はづしぬるものならば、汝がほしく思はんものを所望に《望むままに》したがひてあたふべし」とさだめて、「おのれはいかに《おまえはどうする》」といへば、「[一七]これは命をまゐらするうへは」といへば、「さいはれたり《そういえばそうだ》」とて、「さらば《それなら》」とて、「たて」といへば、この男、いひつるがごとく三段退きて立ちたり。

季武、「[一八]はづすまじきものを。従者一人失ひてんずる事は《失ってしまうことは》損なれども、[一九]意趣なれば」と思ひて、よく引きてはなちたりければ《弦を引きしぼって矢を放ったところ》、左の脇《わき》のしも五寸ばかり退きてはづれにければ《それてはずれてしまったので》、季武負けて、約束のままに、やうやうの物どもとらす《さまざまの望みの品物を与えた》。[二〇]いふにしたがひてとりつ。その後、「[二一]今一度射給ふべし」といふ。やすからぬままに《だまっていられず》またあらがふ。季武、「はじめこそ不思議にてはづしたれ《どうしたわけかはずしてしまったが》、この度はさりとも《今度は決して射はずすまい》」と思

一二 卓越した武人。
一三 糸でつり下げた縫い針。
一四 約三二メートル。一段は六間、一間は約一・八メートル。
一五 射当てることはおできにならないでしょう。
一六 「そんなことは断じてない」と、従者の挑発的な物言いに抗弁した。
一七 私の方は、悪くすれば命をさしあげるのですから、それ以上の必要はございますまい、の意。
一八 自分はこの程度の的《まと》を射はずすことはないのに。
一九 武士の意地で、もはやあとに引けないから、の意。
二〇 従者は本人が言う通りに品物を与えられ、与えられたものを受け取った。
二一 「ご得心がいかないのでしたら、もう一度射てごらんになりますか。何度やってみても結果は同じことだと思いますが…」という、季武にとっては侮辱的で聞き捨てにできない従者のことば。

ひて、[一]しばし引きたもちて、[二]ま中《なか》にあてて放ちけるに、右の脇のしたをまた五寸ばかり退きてはづれぬ。その時この男、「さればこそ《ですから申し上げた》申し候へ《でございましょう》、え射給ふまじきとは。[三]手利きにてはおはすれども《殿は弓の上手ではおいでになるけれども》、心ばせのおくれ給ひたるなり。人の身ふとき《太いとはいっても》といふ定《ぢやう》、一尺には過ぎぬ《一尺ほどに過ぎません》なり。それをま中《なか》をさして《ねらって》射給へり。[四]弦音《つるおと》聞きて、そとそばへをどるに《さっと横へ飛びますと》、五寸は退くなり。[五]しかればかく侍るなり。かやうのものをば《こうしたことをば》、その用意をしてこそ射給はめ《対応する策をお考えになった上で矢は射るべきものでしょう》」といひければ、季武、[六]理に折れて、いふ事なかりけり。

三四八　源むつる、勅定に依りて殺さぬやうに鯉とみさごを射る事

[七]一院、[八]鳥羽殿《とばどの》にわたらせおはしましける比《ころ》《ご滞在になっておいでのころ》、[九]みさご日ごとに《毎日》出できて《やってきて》、[一〇]池の魚を取りけり。或る日、これを射させんとおぼしめして「武者所に誰か候ふ《だれぞいるか》」と御尋ねありけるに、折節、[一一]むつる候ひけり《詰めていた》。召しにしたがひて参りたりけるに《お召しのままに御前に参上すると》、「この池にみさごのつきて《ついて離れず》、お

一　引き絞ってすぐには射放たずに、しばらくねらいすまして。
二　従者のからだの真中にねらいを定めて。
三　射手としての分別が不足しておられるのです。
四　矢が弦を離れた音を聞いてから。
五　そういうわけで、こうした結果になるのです。
六　従者の言うことに道理があると了解して。
七　後鳥羽院（一一八〇～一二三九）。建久九年、土御門天皇に譲位して院となったが、承元四年（一二一〇）、土御門天皇が順徳天皇に譲位して新院となったので、このように称した。
八　白河院が一〇八六～八七年に洛南の鳥羽に造営した離宮。
九　雎鳩。体長六〇センチほどのワシタカ科の猛禽。河海の近くに住み、鋭い爪を持ち、巧みに水中の魚を捕食する。
一〇　鳥羽殿には、東西六町（六六〇メートル）、南北八町（八八〇メートル）、水深八尺余の池があった。
一一　源むつる。

鯉をつかんで飛び上ったみさごの足先を見事に射切ったむつる

ほくの魚をとる。射とどむべし。但《ただ》し射殺さん事は無慙《むざん》なり。鳥も殺さず、魚をも殺さじと思しめす《殺したくないと思っておられる》なり。あひはからひてつかうまつるべし《よろしく分別して射てもらいたい》」と勅定ありければ、いなみ申すべき事なくて《お断り申すこともできなくて》、即ち《ただちに》罷《まか》り立ちて《退出して》、弓矢を取りて参りたりけり。矢は[二三]狩俣《かりまた》にてぞ侍りける。池の汀《みぎは》の辺に候ひて、みさごをあひ待つところに、案のごとく来て《予想どおり飛んで来て》、鯉を取りてあがりけるを、よく引きて《よく引きしぼって》射たりければ、みさごは射られながらなほ飛び行きけり。鯉は池に落ちて、腹白にてうきたりけり《白い腹をみせて浮いていた》。則ちとりあげて叡覧《えいらん》にそなへければ《院の御覧に供したところ》、みさごの魚をつかみたる足を射きりたりけり。鳥は足はきれたれども、ただちに死なず《すぐには死なない》。魚もみさごの爪たちながら死なず。魚も鳥も殺さぬやうに勅定ありければ、かくつかうまつりたりけり《このように射たのであったた》。凡夫《ぼんぶ》のしわざにあらずとて、叡感のあまりに禄を給ひけるとなん《褒美の品をお与えになったという》。

二三 蛙が股を開いたような形の鏃《やじり》のついた矢で、鏃の内側には刃がついている。雁股。

* **源むつるについて** 本人もその一党も、図抜けた弓の名手であったことが、三四八・三四九・三五〇の三話でよくわかるが、その伝記には疑問が残る。三四八話の「一院」を鳥羽院（一一〇三～五六）と見、源むつるを源頼光（九四八～一〇二一）の四天王の一人渡辺綱と兄弟の源眤とする説は、生存年代に差があり過ぎるし、眤はムツフでムツルではない。『類聚名義抄』に「馴ムツル」とあるので、このむつるは、三五一話の源左衛門尉翔《かける》と系図の上で近く、『平家物語』巻四で活躍する渡辺競の子で、滝口の武者である源馴《なれる》を当てるべきかと考える。『尊卑分脈』の故実叢書本の注に引くように、『吾妻鏡』の寛元三年（一二四五）十二月二十五日の条に、源馴が九州で 族の源授と土地争いをした記事があるのは、治承四年（一一八〇）に戦死した競の子として、最晩年のことと考える他ないし、源翔は馴のごく若い大叔父として三五一話に配置されたものであろう。なお、この話の「一院」は注七に示したように承元四年に一院となった後鳥羽院のことであろう。

嵯峨天皇―(源)融…（六代略）…伝┬満―省―授
　　　　　　　　　　　　　　　　├昇―競―馴
　　　　　　　　　　　　　　　　└翔

二四九　上六大夫、たうの鳥の羽を損ぜぬやう遠矢にて射落す事

このむつるの兵衛《ひやうゑ》[一]の尉《じよう》、懸矢《かけや》[二]をはがすとて、たう[三]の羽を求めけるが、足らざりければ《枚数が足りなかったので》、郎等共《ども》に「もしや持ちたる《持ち合せていないか》」と尋ねければ、[四]上六大夫と云ふ弓の上手聞きて、「この辺にたうやは見候《ときを見かけないか》、見よ《見てこい》」といひければ、下人《げにん》立ち出でて見て、「只今《ただいま》、河より北の田には見候」といふを聞きて、則ち弓矢を取りて出でたるに、たう立ちて《ときが飛びたって》南へ飛びけるを、上六、矢をはげて《矢をつがえて》、左右《さう》なくも射ず《すぐには射放たずに》、「[五]いづれかはこがれたる」といひければ、「しりに飛ぶをこがれたる《一番あとに飛んでいるのがほしい》」といふを聞きて、[六]なほも急がず。はるかに《〔ときが〕》遠くなりて、河の南の岸のうへ飛ぶほどになりにける時、よく引きてはなちたるに、あやまたず射落してけり。むつる感興のあまり、不審をいたして《不可解に思って》問ひけるは、「など《どう》近かりつるをば射ざりつるぞ《して近くに飛んでいるのを射なかったのだ》。はるかには遠くなしては射るぞ。心得ず《合点がいかない》」と尋ねければ、「その事候ふ《その事でございます》。近かりつるを射落したらば、

むつるの懸矢を矧ぐための鵠を河に落さぬよう遠矢で射た上六大夫

一　兵衛府の三等官。六位相当の官職。
二　射捨ての征矢《そや》をいう。羽のいたむのを避けるために、十筋、十五筋とたばねて壁などに懸けおくことからの呼称、また、空を翔ける鳥を射るのに用いる矢だからともいう。「矧《は》ぐ」は竹に矢尻《やじり》や羽などをつけて矢に作ること。
三　鴇《とき》、また桃花鳥の異名。古名は「つき」。体長七〇～八〇センチ。羽毛は白く、翼と尾羽は淡紅色、嘴は黒く、顔・脚は赤い。水田や湿原に出て小魚介類を捕食する。
四　伝未詳。
五　いま飛んでいるうちのどの鴇の羽がほしいとお思いか。
六　むつるの望みを聞いても、やはりすぐには矢を射放とうとはしない。

河に落ちて、その羽ぬれ侍りなん。向ひの地につきて射おとしたればこそ、かく羽は損ぜね〔この通り羽はぬれていません〕」とぞいひける。[七]心にまかせたるほど〔思い通りに射当てるとは〕、誠にゆゆしかりける上手〔すばらしい弓の名手であった〕なり。

三五〇 賀次新太郎弓の上手の事

同じ人〔むつる〕のもとにまた、賀《が》次《じ》新太郎[八]といふ弓の上手ありける。年始に弓[九]を射けるに、九度[一〇]の弓射つるたび、「今矢二つあまりたりけり。賀次が矢は一筋なり。あたらん事は不審なけれども〔射当てるであろうことは疑いないけれども〕、今二つ[一一]の矢が数あまりぬれば、射ても用事なし」と左右ともにいひけるを〔左右双方の者が言ったのに対して〕、賀次がいはく、「狩俣《かりまた》をゆるされ給ひたらば、をづけ[一二]をつかうまつりて〔射当てまして〕、持《ぢ》にし侍らん〔引分けに致しましょう〕」といふを、主人〔むつる〕、「あしくいふものかな〔えらいことをいうものだ〕。もしはづ〔ひょっとして〕るる事もあるに〔射損うこともあるのに〕」と思ひけれども、諸人目をすまさんがためにゆるして〔一同が目をこらして見ようとしている気持を思って〕、狩俣[一三]をとらせてけり。賀次、よく引きて放ちたるに、いふが〔広言した〕ごとく〔通りに〕緒《を》付《づ》けを射切りて、的、土〔地面に〕に落ちにけり。緒付け射つれば、

七 底本「心の」、伊木本により改訂。

年始の競射で狩俣を乞い緒付けを射切って分けとした新太郎

八 伝未詳。
九 弓の競射で、左右二手に分れて、それぞれ九回ずつ矢を射て、数多く的に射当てた方が勝となるもの。
一〇 賀次の相手方が九回目を射終った段階で、八回目を射終っていた賀次の側より三回多く射当てていた。底本「はつるたび」、伊木本により改訂。
一一 結局、相手方が的を射当てた矢の数は二本多いことになるから、賀次が射てみてもしようがない。
一二 的をつるしている緒の付根の部分。そこを射切ると、的中数三回に数えるきまりがあった。
一三 特別に雁股の矢を与え、それで射ることを許した。

矢数三つに用ゐるならひなれば《数える慣例なので》、一三つの数を矢一筋にて、持《〔勝負は〕引分け》になり
にけり《になったという》となん。

三五一　左衛門尉翔、的串の前後を射る事

或る所に、二的弓射けるに、晩に及びければ、「明日や勝負すべき《あしたに勝負を持ち越そう》」など人々いひける所へ、三源三左衛門の尉翔《じょうかける》来たりけり。四この沙汰を聞きていひけるは、「翔は、五いづかたの方人《かたうど》もすまじ。矢を六一手《ひとて》給へかし。その七的串《まとぐし》の前うしろを射ん。あたりたらん方を《あたった方を》勝にし給へ」といへば、人々興に入りて《おもしろがって》、則ち箭《や》をとらせたりければ、つい《すっと》たちて《立って》八甲矢《はや》を射るに、まへの串にあたりぬ。方の人ののしりあへり《その組の人々が大さわぎをしている》けるに《と》、九乙矢《おとや》にてまた後《うしろ》の串を射てけり。《(翔)》「一〇このうへは、さやうにてこそ候はめ」とて、やみにけり《決着がついたという》。かやうに名を得たる上手のふるまひ、目おどろく事なり《驚嘆するような事ばかりである》となん。

一　三という的中数を一筋の矢でかせいで。

夕暮に来て矢一対で前後の的串に射当て引分けにさせた名手翔

二　射手が二手に分れ、一定数の矢を持って、的を射当てた矢の数によって勝負を競う射技か。くわしい方式は未詳。
三　源翔。生没年不詳。頼光の四天王の一人綱《つな》の後裔。滝口大夫惣官伝《つたう》の子。兄弟多く、長兄重《しげる》は滝口惣官・左衛門尉・鳥羽院の北面、次兄満《みつる》と三兄昇《のぼる》とは滝口武士・右馬允であった。「翔」は底本「朔」、伊木本により改訂。
四　勝負を明日に延ばそうかというやりとり。
五　どちら側の味方もしますまい。
六　甲矢《はや》と乙矢《おとや》の二本、一対。
七　的を掛けたり、挟み立てる支えの棒の手前のものと後《うし》ろのもの。
八　端矢とも。二本のうちの第一の矢。
九　二本のうちの第二の矢。
一〇　勝負なしということになりましょう。

三五二 左衛門尉助綱、射を能くせざるに冥加によりて誤たずにたうを射落す事

家の棟に来た不吉の鳥鵇を射て運よく射落した助綱

左衛門の尉平[一一]助綱は、[一二]つやつや弓引きはたらかす事叶《かな》はざりけるものなりけり。[一三]家の棟に[一四]たうの飛びきてゐたりけるを、[一五]忌《い》むなるものを、と思ひて、立ち出でて見るほどに、下人《げにん》[一六]左右《さう》なく弓矢をとりてあたへたりければ、[一七]なほざりにとりて射たりけるほどに、あやまたず射落してけり。[一八]上手《じやうず》そらなほ大事なり。さしもの弓ひかずの身にて射あてたる事、[一九]身の冥加《みやうが》のいたり。されば、つつがなかりけりとなんいへり。

（これほどの弓の下手が）（一矢に射当てたということは）（無事な生涯であ）（ったということである）

一一 伝未詳。
一二 まるで弓を射ることのできない者であった。
一三 屋根の背にあたる最も高いところ。
一四 鵇《とき》。三四九話参照。
一五 縁起が悪いといわれているのに、いやなことだわいと思って。
一六 （下男は、主人の助綱は弓の引けない人だということをふと忘れてか）ためらうことなく。
一七 （助綱もまた、下男の差し出した弓を）こだわりも見せずに、何気なく受け取って。
一八 弓の上手にとってさえ、やはり難かしいことである。「そら」は「すら」の転訛。
一九 助綱に対する神仏の加護のお蔭である。

古今著聞集　巻第十

馬　芸　第十四

三五三　（序）　神事には競馬を先とし公事には白馬を始とする事

[一]神事《じんじ》の庭には[二]競馬《くらべうま》を先とし、[三]公事《くじ》の砌《みぎり》には[四]青馬《あをうま》をはじめとす。し《それ》かのみならず《ばかりでなく》、[五]武徳殿に御幸なりて、さまざまの馬芸をつくさる。また[六]信濃の駒《こま》を引きて、[七]左右の寮《左右の馬寮》に給ひて、礼儀《儀式》にそなへらる。およそこの芸《馬芸は》は、[八]乗尻《のりじり》の好むところなり。[九]随身《ずいじん》の専らにするところなり。

三五四　正暦二年五月、右近馬場の競馬に尾張兼時初めて負くる事

＊**馬芸篇**　正暦二年（九九一）の右近の馬場の競馬《くらべうま》の話以下、宮廷関係の競馬の話を中心に、悍馬《かんば》を乗りこなした名手の話など、建保五年（一二一七）までの馬芸談十六話を含む。時に乗馬の機微が描出され、編者の馬芸に対する嗜好が伺われる。

一　天神地祇を祭る儀礼の総称。「しんじ」とも。

二　ここは上賀茂神社の競馬をさす。毎年、五月上旬境内の馬場で行われた。「競馬」は、左右二頭の馬の遅速を争う競技。

三　宮中での儀式や行事の場合には。

四　白馬《あおうま》の節会をいう。正月七日、天皇が紫宸殿に出御して、左右の馬寮《めりょう》の舎人《とねり》のひく白馬（本来は青馬）二十一頭（平安末には十頭）を御覧の後、廷臣に宴を賜った儀式。この白馬を見れば年中の邪気が払われるという中国の故事による。

宮廷における馬芸の尊重

五　大内裏殷富門《いんぷもん》内、右兵衛府の東にあった御殿。その東面の広場で、五月五日、天皇が出御して、左右の近衛府の官人の騎射、群臣の競馬が行われた。

六　八月十六日、紫宸殿で天皇が信濃の御牧（勅旨牧）等から献上された馬を引き出させて御覧の上、それを馬寮・王卿等に賜った儀式。

七　官馬の飼育、調教、馬具の調製を司る役所。

八　馬術の名手。手綱に頼らず、鞍を尻で押し回して馬を乗りこなしたことからの呼称。

九　摂関・公卿の外出時の警護に供奉《ぐぶ》した近衛の武人。

一〇正暦二年五月二十八日、一一摂政殿、一二右近の馬場にて競馬十番を御覧じけり。一三山井《やまのゐ》の大納言・一四儀同三司《ぎどうさんし》、共に一五中納言にておはしける、左（左の方人と）右にわけて（右の方人に分れ［それに］）、公卿おほく参られけり。一番、左一六将曹《しやうさう》尾張兼時、右将曹同じく一七敦行《あつゆき》つかうまつりける（乗ったが）が、兼時が轡《くつわ》たびたびぬけたりけれども、一八おつる事はなかりけり（落馬はしなかったが）。さりながらも、つひに敦行勝ちにけり。兼時、敦行にむかひて、一九「負けてはいづかたへ行くぞ」（負けたらどこへ行くのだ）といひたりけり。人々その詞を感じて二〇纏頭《てんとう》しけるとなん。いまだ競馬に負けざりけるものにて、かくいひける、いと興あるいひやうなるべし。

三五五　寛治五年五月、二条大路にて放飼の馬を取りて競馬の事

二一寛治五年五月二十七日、二条大路にてはなちがひしける馬を取り（諸国の牧場で放し飼いしていた馬を）て二二移《うつ》しを置きて、競馬六番ありけり。殿上人ぞつかうまつりける。二三東の陣の前より、西の中門にむけてぞ馳せける。主上（堀河天皇）、太鼓（競馬の太鼓）を打たせ給ひける、たはぶれ事なれども、めづらしかりける事なり。

敗者は何方へと敦行に質《たた》した兼時

一〇 九九一年。
一一 藤原道隆。時に氏長者で内大臣を兼ね、三十九歳。
一二 一条大路と西洞院大路との交差する辺にあった。底本「右近場」、伊木本により改訂。
一三 藤原道頼（九七一～九九五）。道隆の長男。時に従三位・参議で、左中将・伊予守。
一四 藤原伊周《これちか》。道頼の三歳下の弟。時に正四位下・参議で、右中将。「儀同三司」は三八〇頁注三参照。
一五 道頼・伊周は、この年九月七日に権中納言となる。
一六 左近衛府の四等官。「尾張兼時」は、一条天皇の名随身（『続本朝往生伝』）。九九八年、将監に昇進。
一七 敦行の姓は実は、尾張ではなく、下野。馬術に長じた朱雀・村上天皇の名随身。『今昔』巻十九では、公助の子とある。
一八 『今昔』巻二十三等には、兼時はこの時、宮城《みやぎ》という名だたる悍馬に乗ったと見える。
一九 敗者の退場の作法を尋ねたもの。
二〇 衣服等を褒美として被《かず》け与えること。

移鞍を置いた殿上人の競馬六番

二一 一〇九一年
二二 移鞍《うつしぐら》。乗り替え用の移馬《うつしうま》に用いる鞍。鞍骨《くらぼね》が平文《ひょうもん》（金銀・貝などの薄片をはめこむ漆塗り）、鐙《あぶみ》が半舌形、鞍骨の下に敷く大滑《おおなめ》が斧形であるのが特徴。
二三 一般に宣陽門内の左兵衛の陣をいうが、ここは、二条南・堀川東の里内裏、堀河院内の東の詰所。

三五六　悍馬雲分、中門の廊に爪形を付けて飛び出す事

[一]いづれの摂籙《せつろく》（摂政関白）の御時にか、東三条《とうさんでう》[二]にて、雲分《くもわけ》[三]といふあがり馬を乗られけるに、中門の廊《らう》[四]の中に爪形《つまかた》（蹄の跡形）を付けて、車寄せの戸[五]の外へ飛び出でたりけり。「その足のあと、のごひな失ひそ（ぬぐい消してはならぬ）」と仰せられて、ちかくまで侍りけるとかや（最近まで残っていたとかいうことだ）。

三五七　天治元年十月、鳥羽院高野より還御の途次に競馬の事

天治元年[六]十月二十一日、鳥羽院[七]、寛治[八]の例を尋ねて（先例にならって）、高野《かうや》に御幸ありけり。道のほどおぼつかなく思《おぼ》しめして（道中をご心配になられて）、白河院[九]よりひまなく（ひっきりなしに）御使ありけり。二十七日にぞ中の院[一〇]につかせおはしましける。二十八日に奥の院[一一]に参らせおはしましける。晦日《みそか》、還御《くわんぎよ》のみち、長坂の東野[一二]にて、御馬をおさへて（とめて）競馬《くらべうま》の事ありけり。一番、左兵衛の督《さひやうゑのかみ》[一三]・権《ごん》の右中弁顕頼朝臣《あきより》[一四]、左勝ち。二番、

一　堀河・鳥羽天皇の頃ならば、藤原忠実か。
二　藤原良房の旧邸。二条大路南の町の西、南北二町に及んだ。貞信公忠平以来、兼家、道長と摂関家に伝領された。長久四年（一〇四三）、焼失。
三　名だたる馬の名。『江談抄』第三にも、恋地・若菜・三日月・和琴といった風雅な馬の名が見える。「あがり馬」は、気の荒い暴れ馬。

爪形のあとを保存された雲分

四　寝殿造りで、東西の門内にあり、母屋から釣殿または泉殿に通じる長廊下。
五　車の乗降時に出入りした中門廊の妻戸をさすか。
六　一一二四年。
七　前年、崇徳天皇に譲位していた。時に二十二歳。
八　寛治二年（一〇八八）二月の白河院、同五年二月の堀河院の高野山御幸をさす。

長坂の東野で催された三番の競馬

九　鳥羽院の祖父。時に法皇、七十二歳。
一〇　大塔の北東に位置する弘仁十年建立の堂舎。
一一　弘法大師の霊廟のある寺域の最奥部。この時、白河院の例に倣い、ここで仏事が営まれた。導師は三井寺の権大僧都勝覚であった（『高野山御幸御出記』）。
一二　未詳。
一三　藤原実能《さねよし》。時に従三位・権中納言、二十九歳。
一四　藤原顕頼。時に丹波守を兼ね、三十一歳。
一五　藤原長実。歌学六条家の祖顕季の長男。時に大宰

大弐を兼ね、五十二歳。
一六 佐藤公俊。検非違使・兵衛尉。その子には、八条院侍長兼俊とその弟公経がいた。「公俊」は底本「公種」。「種」の横に「俊」と傍記、傍記に従う。
一七 藤原顕輔。顕季の三男。美作守就任は元永元年（一一一八）。『詞花集』の撰者。時に三十五歳。
一八 左近衛府の四等官の下に位する役人。「秦兼信」は、のちに右近将曹となる。父の兼方は左近将監。

一九 一一三七年。
二〇 大津市坂本にある日吉大社。
二一 「内競馬」の略。内輪で行われる予行の競馬。
二二 藤原璋子《しようし》（一一〇一～四五）。鳥羽天皇皇后。
二三 一番新しい親王の意ならば、三歳の六宮。後の道恵法親王。
二四 本仁《もとひと》親王。後の覚性法親王、この時、十歳。
二五 上西門院統子。母は待賢門院。時に十二歳。四～七歳の間、賀茂斎院であった。
二六 源有仁。時に左大将を兼ね、三十五歳。
二七 時の関白藤原忠通の随身。「兼久」は兼方の子。
二八 敦信か。敦信は藤原忠実の随身。白河院の随身、敦言の子。「敦高」は、敦言の誤写からきた誤伝か。
二九 鳥羽院の北面、番長。「敦利」は左近将監。
三〇 伝未詳。
三一 しきりに首を振るう暴れ馬であったが、の意か。

[一五]修理の大夫《だいぶ》・左近の将曹公俊[一六]が子、右の馬いでず（走り出さず）、左勝ち。三番、美作《みまさか》の守顕輔《あきすけ》[一七]朝臣・左近の[一八]府生《ふしやう》秦兼信兼方が子、勝負如何《いかが》なりけるやらん、いと興ある事なり。

院の仰せで技を競い、負けた兼弘と勝って憎まれ口をきいた敦延

三五八 保延三年八月、仁和寺の馬場にて日吉御幸の内競馬の事

保延[一九]三年八月六日、仁和寺殿（仁和寺の境内の馬場）の馬場にて、日吉《ひえ》[二〇]御幸の内くらべ[二一]七番ありけり。一院鳥羽・女院《にようゐん》待賢門院[二二]・今宮[二三]・五の宮[二四]・前《さき》[二五]の斎院、御覧ぜられけり。左大臣[二六]以下《いげ》、参り給ひけり。一番、左、院の将曹秦[二七]兼弘兼久が子、右、府生下野《しもつけの》敦延《あつのぶ》[二八]敦高が子、仕うまつりけるに、〔馬場を〕三遅の後（三周の後）、敦延が馬の膝《ひざ》より血はしりければ、他の馬を乗せかへられんがために入れられにけり。二番、左、府生下野敦方[二九]敦利が子、右、府生秦兼則[三〇]、うちいでけるほどに、兼則おこり心地（発熱のために）おこりて、勝負の心なかりければ、〔馬場の埒外に〕追ひ入れられて、兼弘・敦延また打ち出でにけり。左の馬もとより口[三一]をうちけれども、兼弘ならびなき上手なりけ

れば、馬の失をかへりみず《馬の欠陥をものともせず》、ちかくまうけて《相手を近くに引きつけて》、おりかくる事《寄せかけることが》、十度にあまりけれども、敦延追はざりけり。兼弘おはんとしければ、敦延ちかくよせず。かくて時をおくるほどに、かならず勝負すべき《勝負の決着をつける》よし仰せ下されける時《ようにと院が命令を下された時》、兼弘おひてけり《追いかけた》。敦延がかちの袖[一]をとりて引《引っ》きほころばかしたりけれども《張って縫い目をほどけさせてしまったが》、敦延勝ちにけり。兼弘はじめて負け《負けを》にけり《経験した》。大方乗りやう《総じて乗馬ぶりには》、上下目[二]をおどろかしけり。院ことに御感ありて、両人共にめされけれども、兼弘あとをくらみて《行方をくらまして》失せにけり。敦延に方人《かたうど》[三]纏頭《てんとう》[四]せざりければ、院頻《しき》りに方人をめされけれども、参るものなかりけり。右方の奉行の将[五]にて、大炊御門《おほひみかど》[六]の右大臣の中将にておはしけるぞ、女郎花《をみなへし》[七]の織《おり》ひとへを、なまじひに《いやいやながら》うちかけられける。敦延、その禄《かずけ物》を鞭《むち》にかけて、肩[八]にはかけざりけり。したしきものどものありける所にて、「獅子にや似たる」《獅子舞にそっくりだろう》といひたりければ、誰にてかありけん、「など」《どうしてだ》と問ひたりければ、「くれぬ物をこひとりたればよ」《くれようとしない物をねだり取ったからよ》といひける、にくながら興あり《憎らしいやりかただが面白い》とも沙汰ありける。

一 濃い藍色の装束の袖。
二 身分の上下を問わず、観衆はみな、その技の見事さに感嘆した。
三 応援する味方。ここは右の方人。
四 勝者とはなったものの、積極的に勝負をしようとしなかった敦延に対する批判の気持があって、進んで褒美を与えようとする者がいなかった。
五 右方の出場者・応援者をとりしきる任にあった近衛府の将官。
六 藤原公能（一一一四〜六一）。左大臣実能の子。前年の保延二年十二月、左中将に任ぜられていた。大炊御門と号し、永暦元年（一一六〇）八月、右大臣に就任した。
七 表が黄、裏が青（または表のたて糸が青でよこ糸が黄）の女郎花《おみなえし》色に織りあげた生地で仕立てられた単《ひと》衣《え》。十七、八歳から壮年の者が、七、八月に着用した。因みに公能は、この時、二十四歳。
八 普通、引出物として貰った衣服は、首に巻くか、肩にかけるのが作法であった。

三一九　下野敦近、緑を鞭の前に懸けて後鳥羽院の不興を蒙る事

敦延をまねて憎まれ口をきいた敦近

九後鳥羽院の御時の競馬《くらべうま》に、院の左の一〇番長《ばんぢやう》秦頼次兼平が子・府生《ふしやう》一一下野敦近つかうまつりけるに《〔の二人が〕出場したが》、頼次が乗りたる馬、鞭を打ちたりけるに《鞭をあてたところ》、一二馬場もとへ走り帰りたりけるに、敦近勝ちにけり。勝負普通ならず《勝負が尋常でない》と沙汰ありて《と問題になって》、ほどへて《時間がたって》敦近をめされたりけるに、一三保延の敦延が事を思ひ出でて、緑を鞭の前にかけて、したしきものどもにむかひて、「獅子にや似たる」といひたりければ、御気色あしくなりて《〔院の〕ご機嫌が斜めになって》、一四所帯も相違してけるとかや。かやうの言葉は、人によりていふべきなり。

三二〇　秦公景・下野敦景、小五月会の競馬を勤仕の事

持となって叡感あり、広言した公景

一五承安元年一六小五月会《こさつきゑ》にて侍りけるにや、一七秦公景公正が子・一八下野敦景敦則が子あはせられたりけるに、公景はまうけ上手《〔相手を〕待ち受けて競うのが得手》、敦景はおひ上《追いかけて》

九　在位一一八三～九八年。
一〇　左近衛府の舎人の長。随身となった場合には、前駆を勤めるので、弓馬の技に長じた者が選ばれた。「秦頼次」は、後鳥羽院の北面。伝未詳。「兼平」は、左近衛府の将曹。伝未詳。
一一　近衛府・兵衛府・衛門府・検非違使庁の四等官の下位の役人。「下野敦近」は、白河院の北面、藤原忠通の随身。敦忠の子。後に豊原時成と改名。
一二　馬を走り出させる地点。馬場末の反対。
一三　前話参照。
一四　恩賞のあてがはずれてしまったということである。「所帯」は、本来は知行地・財産をいう。
一五　一一七一年。高倉天皇の時代。
一六　新日吉《いまひえ》神社で五月九日に催された法会。後世、承元元年から三か年にかけても、北面の武士と近衛府の舎人との競馬が行われたという。三六七話参照。
一七　後鳥羽院時代の近衛の舎人か。伝未詳。「公正」は伝未詳。
一八　高倉院・後白河院の北面。「敦則」は、鳥羽院の北面、藤原忠実・頼長の随身。右近将監敦利の四男。

手なりければ《競うのが得手だったので》、案のごとく敦景追ひて、とりくみて《組みついたまま》馬場末まで通りにけり。ともに[一]興ありければ、〔院の御前に〕両人めされにけり。公景はもとより《以前から》院[二]の召次所《めしつぎどころ》に候ひけり。敦景、叡感《えいかん》のあまりに、次の日召次所に候ふべきよし、大宮[三]の大納言隆季《たかすゑ》卿の奉行にて《院の命を奉じて》仰せ下されけり。公景この事を聞きて、院の中門[四]に、主典代《さくわんだい》[五]・庁官《院の庁の官人》などが候ひける中にて「誠にや、敦景、公景に持したりとて《自分と引き分けになったからとて》御所へめされ侍るなり。公景に勝ちたらん者は《勝ったような者は》、いかほどの目にかあふべき《どういう待遇をうけることになるのだろう》」といひたりける、いと興ある申し事なり。

三六一 平重盛内大臣拝賀の夜、番長佐伯国方悍馬に乗る事

小松[六]の内大臣、右大将にておはしける時、佐伯《さへき》[七]国方重文が子、一座にて侍りけり。治承元年[八]三月五日、〔平重盛が〕内大臣になり給ひける時、番[九]長になされにけり。拝賀[一〇]の夜、くせもなき馬《気性のおとなしい馬》を移馬《うつしうま》[一一]にひかれたりけるに、国方、近習《きんじゆ》者を呼び出《いだ》して申しけるは、今夜、国方さだめて《きっと》

一 どちらもそれぞれに持ち味があり、優劣をつけがたい騎馬ぶりを見せたことをいう。
二 院の庁の召次の詰所。召次は、時刻の奏などの庁内の雑事を勤める下級の役人。召継とも。
三 藤原隆季。四条または大宮と号した。時に権大納言、四十五歳。後、治承四年に新院（高倉）の別当となる。
四 寝殿造りで東西の門内にあり、廊の中ほどを切り通しにして作られた門。来客の車はここまで入る。
五 院の庁の四等官。庁務の記録・文書作成を司る。
六 平重盛（一一三八～七九）。太政大臣清盛の長男。右大将であったのは、承安四年（一一七四）七月から安元三年（一一七七）正月まで。
七 右近府生。『玉葉』によれば、番長中臣重長の祖父重近の外孫。元暦二年（一一八五）六月の競馬で、左方の下毛野厚澄に勝つなど、騎馬に長じていた。「重文」は、後白河院の院庁に仕えた下臈（『玉葉』）。

衆目の中で請うて荒れ馬を乗りこなし、重盛を感心させた国方

八 一一七七年。
九 近衛府の舎人《とねり》の長《おさ》。定員は左右の近衛府に各六人。
一〇 内大臣任官のお礼言上のため宮中に参内する夜。
一一 供奉《ぐぶ》の際、乗り替え用とされる馬。移鞍《うつしぐら》を置いて引いた。

一二 くせものに乗り侍らんずらんと《乗っているに違いないと》、近衛《こんゑ》の舎人《とねり》等、目をすまして見侍《目をこらして見ているであ》らんずるに《ろうに》、一三 無念の馬を仕うまつらん事、なげきおもふよしを申しければ、一四 大臣《おとど》、こよひは祝ひの夜にてあるに、もし一五 不慮の事もあらば、公私いまはしかりぬべし《自他ともに忌わしい事態になるだけだ》。後々《のちのち》乗せらるべきよし仰せられければ、国方かさねて申しけるは、「もし落馬仕うまつりて侍らば、国方《国方》が怪異になし侍りて暇を給ふべし《の不届きな振舞ということにしておひまを出して下さい》。一六 なほくせものに乗せらるまじくは、番長にはすみやかに他人をなさるべし」としひて申しければ《強引に言い張ったので》、大臣ちからおよばで《やむをえず》、一七 あがり馬をひかれにけり。一八 なか道に口をはづさせてあげけり。まことに違失なし《失敗がなかった》。大臣、感にたへず、帰り給ひて一九 纏頭《てんとう》せられけるとぞ。

三六三 播磨府生貞弘、陰陽師の馬を乗り試みて返さざる事

播磨《はりま》の府生貞弘《ふしやうさだひろ》二〇 が家ちかく、二一 陰陽師《おんみやうじ》ありけり。馬をまうけたりける《手に入れたので》を、貞弘を呼びて、乗り心見るべき《試みに乗ってみるように》よしいひければ、貞弘、奇怪

一二 容易に手に負えないような暴《あば》れ馬。
一三 舎人等の期待にそぐわないおとなしい馬。
一四 平重盛。この年正月二十四日、右大将から左大将に遷任されていた。
一五 思いがけなく負傷者を出すような騒ぎ。
一六 こう申しあげても、やはりくせものの馬に乗せるわけにはいかないということでしたら。
一七 気性の荒い暴れ馬。
一八 途中から馬の轡《くつわ》を外させて走らせた。「あぐ」は歩かせていた馬の速度をあげること、すなわち疾走させること。底本「なか道」、他本により「に」を補う。
一九 労をねぎらい、褒美に衣服などを与えること。
二〇 秦貞弘。左近衛府生。久寿二年（一一五五）には左大臣藤原頼長の随身。
二一 中務省陰陽寮に属し、天文・暦数・占い等に従う者。また一般に、陰陽の術を行う者。

くれる積りだったのだろうと言って取上げてしまった貞弘

に思ひながら行きて乗りてけり。一うちまはして、やがて《そのまま》乗りながら家へ帰りにけり。陰陽師、「こはいかに《これはどうしたことです》」とて、馬をこひければ《馬を返すようにいうと》、「二さもあらず。汝ほどのもの《お前程度の者》が、三貞弘を呼びて庭乗りせさせて見る《庭先で試し乗りをさせてみるな》べき事かは《どとは無礼である》。馬をとらせんと思へばこそ乗せつらめ《馬を私にくれようと思ったからこそ乗らせたのだろう》」とて、やがて四領じてければ、ちからおよばでぞありける《いたし方なくてそのままになってしまった》。

三六三 後白河院の御時、前右大将頼朝馬百疋を献じ、下野敦近に試乗せしむる事

五後白河院の御時、六鎌倉の前《さき》の右大将、七御馬を百疋《ぴき》参らせたりける。八下野敦近《しもつけのあつちか》、召次所《めしつぎどころ》に候ひけるをめして乗せられけるに、冬の事なりければ、いとさむかりけるに、敦近、はだに九帷子《かたびら》ばかりをきて参りたりければ、寒げに見えけるが、御馬の数つかうまつりにければ《たくさんの馬を乗り試みたので》、汗ぐみ《汗ばんだ》にけり。かねて用意したるほど、いみじく見えけり《見あげた心ばえと思われた》。叡感ありて、一〇御馬一疋えりて給ふべきよし仰せられければ、うけたまはりける時、乗りたりける御馬を左右なく申し給ひにけり《〔その時〕乗っていた御馬をためらわずに請い申して頂戴した》。乗りはてて

一 さまざまに乗り回して乗り心地を試してみて。
二 そういうわけにはいかない。返すことはできない。
三 自分ほどの馬術の名手を呼びつけて、の意。貞弘が自信の強い騎手であったことは、頼長の賀茂詣に、六の葦毛というくせものの馬を移馬《うつしうま》として引き、何度も乗ろうとして一度も成功しなかったのに、後日、頼長から果敢に乗ろうとし続けた「心高さ」を賞《め》でられ、褒賞にあずかったという話（『続古事談』第五）からも窺うことができる。
四 自分のものにしてしまったので。

冬のさなかに帷子一枚汗だくで百頭を乗り試みて叡感に与った敦近

五 鳥羽天皇第四皇子（一一二七～九二）。
六 源頼朝（一一四七～九九）。右大将拝任は、建久元年（一一九〇）十一月。
七 文治三年（一一八七）二月、後白河法皇の熊野詣のための馬十疋を、頼朝は藤原親能を使者として献上している。あるいは、それをさすか。
八 藤原忠通の随身。三五九話参照。
九 裏のついていない一重物の着衣。
一〇 百疋の馬の中から好きな馬を一疋選べ。その選んだ馬を与えようとの仰せ。

後、中門に候ひけるに、宿衣《しゆくえ》[一一]一領給はせければ、肩[一二]にかけて出でけり。ゆゆしくぞ見えける《あっぱれに見えたという》。

三六四　都筑経家悪馬を御する事

武蔵《むさし》の国の住人、つづき[一三]の平太経家は、高名《かうみやう》の馬乗り・馬飼ひなりけり。[一四]平家の郎等なりければ《平家に仕える武士であったので》、鎌倉の右大将めしとりて《源頼朝が捕えて》、景時[一五]にあづけられにけり。その時、陸奥《みちのく》より勢大きにしてたけき悪馬《背丈が高く気性のはげしい暴れ馬》を奉りたりけるを、いかにも乗るものなかりけり《どうしても乗りこなせる者がいなかった》。聞えある馬乗りども《名の聞えた騎手たちに》に、面々《一人一人》に乗せられけれども、一人もたまるものなかりけり《乗りこなせる者がなかった》。幕下《ばくか》[一六]思ひわづらはれて、「さるにても《それにしても》、この馬に乗るものなくてやまむ事、口惜《くちを》しき事なり。いかがすべき《どうしたものだろう》」と、景時にいひあはせ給ひければ《ご相談になったので》、「東八ケ国[一七]にいまは心にくきもの候はず《今日これこそと頼める者はおりません》。但《ただ》し召人《めしうど》経家ぞ候ふ」と申しければ、「さらばめせ《それならば召しいだせ》」とて、則ち召しいだされぬ。白《しろ》水干《すいかん》[一八]に葛《くず》[一九]の袴《はかま》をぞきたりける。

一一 院の庁などでの宿直時に着る衣服。直衣の類《たぐい》。「一領」は、一重《ひとかさね》（一着）。

一二 底本「扇」、伊木本により改訂。

悪馬を御し頼朝に認められ厩別当となった馬乗り馬飼いの名手経家

一三 都筑（都築・綴喜）氏は、武蔵国都筑郡一帯を根拠とした氏族。藤原利仁の末裔《まつえい》で、斎藤氏の系族。都筑党は武蔵七党に数えられることもあった。

一四 治承四年（一一八〇）八月の源頼朝の旗揚げが、平家方の大庭景親等によって鎮圧されたことからも窺われるように、関東にも千葉氏・上総氏を初めとするかなりの平家勢力の広がりがあった。

一五 梶原平三景時。石橋山の合戦で頼朝の一命を助けたことから格別に重用された。経家を預けられたのは、景時も当初は平家方の武将であったことによるか。

一六 大将・将軍の敬称。頼朝をさす。頼朝は建久元年に右大将、翌々年に征夷大将軍に任ぜられていた。

一七 坂東八か国。武蔵・相模・安房・上総・下総・常陸・上野・下野。

一八 狩衣を簡略にした衣服。盤領《まるえり》の懸け合せを紐で結び、裾を袴に着こめる。

一九 葛《くず》の繊維で織った布で仕立てたごわごわした袴。

＊**競馬について**　古代の「くらべ馬の神事」は、競技ではなく、神の乗り物としての馬による年占いであった。やがて、「こまくらべ」「きそひうま」などと呼ばれ、天皇親臨の競技として、宮廷儀礼の一となった。大宝元年（七〇一）の記録が最も古い。十世紀中頃から貴族の私競馬が催され、賭物が出されたが、鎌倉時代以後は、武術競技の色合いが濃くなった。九世紀頃に武徳殿で諸衛の騎射とともに天覧された折の古い形式は、左右十騎ずつの十番の組合せで、馬場の馬出から標桙《ひょうし》（決勝点のしるしの木）まで走って勝負を争った。まず一騎が進んで相手を待ち、相手がこれを追う。前者の勝を儲勝《もうけ》ち、後者が勝つと追勝と言った。近衛の官人や随身、北面の武士などの有名な乗尻が騎手となり、場所も、神泉苑・朱雀院・賀陽院・鳥羽院・仁和寺の馬場、さては大臣の私邸や路上などでも行われるように変っていった。競馬の説話は『著聞集』に数多くあるが、ただ先着を争っただけでなく、走行中相手を妨害し、落馬させて勝を得るような争い方をしたことが、三五八・三六〇・三六六・三六七話などでよくわかる。勝者には纏頭《てんとう》が与えられ、栄誉がたたえられた。競馬は中世以降衰退したが、京都の賀茂神社では、毎年五月に「くらべ馬の神事」が行われ、古来の神事競馬や宮廷競馬の伝統が後世に伝えられた。

幕下《頼朝》、「かかる悪馬あり《見る通りの暴れ馬がいる》。つかうまつりてんや《乗りこなしてみるか》」と、のたまはせければ、経家かしこまりて、「馬は、かならず人に乗らるべき器にて候へば《人に乗られるはずのものでございますから》、いかにたけきも《どれほど気性の荒い馬でも》人にしたがはぬ事や候ふべき」と申しければ、幕下、入興《じゆきよう》せられけり《お喜びになった》。「さらばつかうまつれ《ならば乗ってみよ》」とて、則ち《さっそく》、あたりをはらひて《人をそばに寄せつけず》馬を引き出《いだ》されぬ。まことに大きにたかくして、跳《は》ねまはりけり。経家、水干の袖くくりて、袴のそばたかくはさみて《袴のもも立ちを高くはさんで》、一烏帽子《えぼうし》かけして庭におり立ちたるけしき《風姿は》、まづゆゆしくぞ見えける《まずもって頼もしく》。かねて存知したりけるにや《あらかじめ承知していたものと見えて》、轡《くつわ》をぞもたせたりける。その轡をはげて《〔馬に〕咬ませ》、二さし縄とらせたりけるを、すこしも事ともせず跳ね走りけるを、さし縄にすがりて《力をかけて》、たぐりよりて乗りてけり。やがてまりあがりて出でけるを《すぐに躍りあがって〔庭の外へ〕走り出たのを》、すこし走らせて、うちとどめて、のどのどとあゆませて《ぼくぼくと歩かせて》、幕下の前にむけてたてたりけり《〔顔を〕向かせて馬を立てた》。見るものの目をおどろかさずといふ事なし《目を見張って驚かせない者はなかった》。よく乗らせて《充分に乗りこなして》、「今はさやうにてこそあらめ《（頼朝）もうそのくらいでよかろう》」とのたまはせける時おりぬ《と仰せられた時に馬をおりた》。大きに感じ給ひて、三勘当《かんだう》ゆるされて、四厩《うまや》の別当になされにけり。
かの経家が馬飼ひけるは、（経家の馬の餌の与え方は）夜半ばかりにおきて、なにかあるらん白き物を一《ひと》かはらけばかり手づからもて来たりて、（素焼きのどんぶり一杯分ぐらいを自分で持ってきて）かならず飼ひけり。すべて夜々ばかり物をくはせて、夜あくれば、五はだけ髪ゆはせて、馬の前には草一把《いっぱ》もおかず、さわさわとはかせてぞありける。（きれいさっぱりと掃除させてあった）六幕下、七富士川あゐさは八の狩に出でられける時は、経家は馬七八疋に鞍《くら》置きて九手縄《てなは》むすびて、人も付けず打ち放ちて侍りければ、経家が馬の尻《しり》にしたがひて行きけり。さて狩庭（狩場）にて、馬のつかれたるをりには、めしにしたがひてぞ参らせける。（お召しによって〔別の馬を〕さしだしたという）

一〇今の代には、かくほどの馬飼ひも聞えず。（これほどすぐれた馬飼の名人の話も聞かない）その飼ひけるやうにつたへたるものなし。（経家が飼ったように〔馬を飼う法を〕伝えている者もいない）一一経家いふかひなく入海して死にければ、（情けないことに海にはまって死んでしまったので）知る者なし。（〔飼い方を〕）口惜《くちを》しき事なり。

一 烏帽子の紐を頷《あご》の下に結んで落ちないようにして。
二 轡に結び、手綱《たづな》に添えて用いる引き綱。
三 平家の郎等として頼朝に敵対する立場をとった罪科を許されて。
四 御厩の管理責任者。御厩は、文治五年（一一八九）十二月、奥州の上馬三十疋を入れるために新設された十五間という大規模のもので、初代別当は景時であった。しかし、実際には、都筑平太はすでに文治元年十月の勝長寿院の落成供養に列しており、御厩の設立以前に勘当を許されていたようである。
五 ばらばらに乱れているたてがみをきちんと結って。
六 建久四年（一一九三）五月、頼朝は藍沢の狩に出向いている（『吾妻鏡』）。
七 八ヶ岳に発し、甲府盆地で笛吹川と合し、富士山の裾野を流れて駿河湾に注ぐ全長約一三〇キロの川。ただし、ここは「富士野」とあるべきところ。
八 駿河国（静岡県）駿東郡藍沢。古くは富士の東の裾野の竹の下一帯の総称。
九 口取りが馬を引くための縄を結びつけて。
一〇 底本、「今の代には」から「飼ひける」までを欠く。陵本にて補う。
一一 『吾妻鏡』に都筑平太の名が最後に見えるのは、建久六年三月。したがって没時は、それ以後のこと。

三六五　秦敦頼、七十余歳にして悍馬に乗る事

一一条の二位の入道のもとに、高名の跳ね馬《うわさに高い暴れ馬》出で来たりけり。二秦頼久をめして乗せられたりけるに、ひとたまりもせず跳《は》ねおとされけるを、父敦頼《あつより》三が七十有余《いうよ》にて候ひけるが、これを見て、「わろくつかうまつる《下手な乗り方をするもの》ものかな《だ》。敦頼はよも落ちじ《私ならば落ちはすまいに》」とぞ申しけるを、老後に《年を取って》いかがとは《いるからどんなものかと》入道おもひながら、「さらば乗れかし《それならば乗ってみよ》」といはれたりければ、やがて《ただちに》乗りて、すこしも落ちざりけり。人々目を驚かしけり。

三六六　建仁三年十二月北野宮寺御幸の折、秦久清賀茂明神の冥護を蒙る事

四建仁三年十二月二十日、〔後鳥羽院が〕五北野宮寺に御幸ありて、競馬《くらべうま》十番ありけるに、五番めに、左、院の右の番長《ばんぢやう》六秦久清、右に、大将七花山院の右府の入道忠経公〔の方の〕、八下毛野敦文番《つが》はせられにけり《組み合されることになった》。久清は上手なり。敦文は不堪の者なりければ《下手な乗り手であったので》、久清合手《あひて》をきらひて《勝負をするのを嫌って》辞し申しけれども、か《聞き》

老齢悍馬を乗りこなした敦頼

一　藤原能保《よしやす》（一一四八～九八）。検非違使別当・左兵衛督・権中納言。その室は頼朝の妹。その娘は摂政藤原良経の室。鎌倉方に親しい公家として朝廷に重きをなした。建久五年閏八月出家、法名保蓮。

二　「秦」は誤伝。下野頼久であろう。建久七年に出家した藤原実房（一一四七～一二二五）の随身・番長。安元二年・文治四年の比叡の小五月会の競馬や元暦二年六月の日吉社での競馬に出場している（『玉葉』）。

三　『下毛野氏系図』では、敦依《あつより》。左大臣頼長（一一二〇～五六）の随身であった。

四　一二〇三年。『百錬抄』では十二月二十二日。

五　北野神社の神宮寺。右近の馬場の西北の地にあった。

明神の冥助により不堪の騎手敦文に接戦の末勝つ事のできた久清

六　伝未詳。

七　藤原忠経（一一七三～一二二九）。時に東宮大夫・右大将。前年、右馬寮御監に就任していた。

八　敦助の子。祖父は、忠通に仕えた武助。後白河院・九条兼実・忠経等の随身。

なはざりければ（入れて貰えなかったので）、心地あしく覚えながら（いやな気持のままに）番ふべきになりたりけるに（組んで競争する段になったが）、さてもなかなか不堪の仁に負けなば（それにしてもなまじ下手な乗り手に負けたならば）、なほ（よけい）本意《ほい》なかるべし（不本意なことになろう）、とおもひけり。

かくて久清、[九]北野の宿所にて出で立つほどに、僧一人来たりて、「申すべき事あり」といひけれども、競馬の[一〇]乗尻《のりじり》は、その日はことに[一一]物忌《ものいみ》をして、法師などにはあはぬ事にて、下人どもも聞き入れざりけり。この僧あながちにいひければ（どうしても会いたいとねばったので）、久清に告げてけり。久清、様こそあるらめと思ひて（わけがありそうだと思って）、出であひて尋ねければ、僧がいふやう、「過ぎぬる夜の夢に、〔北野の〕この馬場にて、賀茂の[一二]神人《じにん》とおぼしくて、馬場末に（馬場のはずれに）よこさまに縄を引きて（縄を横に引き張って）、[一三]勝負の鉾《ほこ》などをさばくりつるを（手ぎわよく用意しているのを）、夢の心地にあやしみ尋ぬれば、[一四]院の右の[一五]先生《せんじやう》の勝負の料《れう》なりといふと思ひてさめぬ。賀茂の大明神の御計《はから》ひにて、かたせ給ふべし（〔あなたが〕勝たれるでしょう）」と告げければ、久清をさなくより（幼少の時から）賀茂につかうまつるものなれば、うれしくたのもしくおぼえて、「勝ちて後、[一六]悦《よろこ》びは申すべし」といひて

九 北野神社（京都市上京区）付近にあったと思われる競馬関係者の宿泊所。左近の馬場（一条大宮より東）・右近の馬場（一条大宮より西）とも、北野神社に近かった。

一〇 騎手。四三四頁注八参照。

一一 北野神社の神事としての競馬に参加するので、身を潔《きよ》め、穢《けが》れや俗事に触れないように謹慎していたことをいう。

一二 神社の雑事や警備に従う下級の神官や寄人《よりゅうど》。神主・禰宜《ねぎ》・祝《はふり》の下位の神職。「じんにん」「しんじん」とも。

一三 決勝点に立てられた鉾。相手に先んじて、その鉾に到達することが争われた。

一四 久清をさす。「先生」は帯刀《たちはき》の筆頭者。帯刀は刀を帯して警護の任にあたった官人。

一五 勝負のためのものである。

一六 （賀茂明神へ）お礼に参上いたしましょう。

返してけり。

その期《ご》になりて、久清・敦文打ち番《つが》ひて[一]、敦文前にたちたりける《先に立って走っていたが》が、すこししどけなく見えけるを《無様に見えたのを》、久清かたきをあなづりて《相手を見くびって》、遠《とほ》[二]ながら追ひてけり。〔案に相違して〕敦文が馬よく出であひて《力走して》、はやく勝ちにけるほどに《もうすでに勝が決ったという時分に》、鞭《むち》[三]さして勝負の桙《ほこ》[四]のもとにて安堵して見かへりたりけるに《安心してうしろを振り返った時に》、久清追ひ着きて、敦文がくびかみ[五]に手をかけたりければ《手をかけて引いたので》、敦文落ちて《落馬して》、久清勝ちにけり。勝ちながらも《勝ちはしたものの》あまりに不思議にて、久清丈尺[六]にて打ちて見ければ《あててみたところ》、桙、例よりも《通常の地点より》一丈あまり遠くたちたりけり。かの僧が夢もおもひあはせられて、〔賀茂の〕大明神の御計ひかたじけなく《ありがたく》おぼえけり。例の寸法にて立ちたらましかば《〔桙が〕いつもの位置に立っていたとしたならば》、はやく負けなまし《とっくに負けていたであろう》。不思議なりける事なり。〔久清は〕この僧には、悦びいひたりけるとかや《お礼をいったということである》。敦文ほどの不堪のものに《技の劣る者に》、これほどの勝負しいだしたりとて《こうしたきわどい勝ち方をしたというので》、勝ちながら〔院の〕御気色あしかりけるとなん《ご機嫌はよくなかったということである》。まして負けなましかば《負けたとしたならば》、定めてよかるまじきに、神明の御はからひ、かたじけなかりけり。

一 一組になって馬を走らせて。
二 真剣に追い迫ろうとせずに距離をおいたままの状態で。
三 馬に鞭をあてるのを止めて。
四 底本「杵」、伊木本により改訂。
五 水干・狩衣などの、首のまわりを囲むように作られている襟の部分。
六 長さ一丈（約三メートル）のものさし。

＊**『古今著聞集』に見える賀茂明神の説話**　賀茂明神に関する説話は、『著聞集』ではその大多数の七話（うち三話は抄入）が、巻第一の神祇篇に集中しているのは当然のことであろう。そのほとんどが、叙任についての大明神の託宣や御利益の話で、いずれも短く、おもしろい話ではない。わずかに、一六話が今日の現地風景に移して想像しても楽しい。巻一から遠く離れた巻十の馬芸篇のこの三六六話は、九条道家の近習として競馬にも出走した成季が、勤務の間直接伝聞した話かも知れない。

この久清、たびたび競馬つかうまつりけれども、一度もまけざりけり。数すくなく乗りてまけぬものはおほかれども、[七]かかるためしはいまだ聞かざる事なり。

落馬した高遠に轡を摑まれたが外して轡手縄なしで走り勝った国文

三六七　新日吉小五月会の競馬に小男の佐伯国文、大男の大江高遠に勝つ事

[八]承元元年より三ケ年が間、[九]新日吉《いまひえ》の[一〇]小五月会《こさつきゑ》に、北面の下﨟《げらふ》に随《近衛》身を合せられけり《府の舎人を組み合せられた》。同じき[一一]二年の五番の乗尻《騎手》、左兵衛の尉《じよう》[一二]大江高遠、右大将[一三]野宮の左大臣公継の下﨟[一四]佐伯《さへき》国文とさだめ下されけり。高遠は馬にもしたたかに《たくみに》乗るうへ、大男にて強力《がうりき》の聞えありけり《評判があった》。国文は小男・無力の者なりければ《力の弱い者であったので》、うたがひなく取りてすてられなん《〔高遠に〕取り落されるであろうと》ずと、人々も思ひたりけり。高遠も傍輩《はうばい》にあひて、「高遠が小指と国文がかひな《腕と》と、いづれか太き《どっちが太いか》」などいひけり。

さるほどに、打ちちがひて《競い合って》、高遠前に立ちたりけるを、国文追ひて、やがて高遠を取り落しつ。高遠落ちさまに国文が馬の[一五]みづつき

七　騎手として数多く競馬に出場して、ただの一度も負けたことがないという例は、の意。

八　一二〇七年。

九　京都市東山区妙法院前側町にある新日吉神社。永暦元年（一一六〇）十月、後白河院がその御所法住寺殿の鎮守神として、近江の日吉社から勧請したもの。

一〇　法会。建暦二年（一二一二）からは、毎年五月九日に行われた。競馬・流鏑《やぶさめ》馬・獅子舞・田楽舞なども催された。三六〇話参照。

一一　『吾妻鏡』には、この日の競馬は七番勝負で、五番の左の高遠は取り落され、右の国文が追勝で禄を得たことが見える。

一二　伝未詳。

一三　藤原公継。実定の子。承元二年には、大納言で右大将・東宮大夫を兼ね、三十五歳。二九九話参照。

一四　三六一話に見える重文・国方の一族か。未詳。

一五　馬の轡《くつわ》の一部で、手綱を通して結びつける金具。

を取りて、ひざまづきたりけるを、国文とりもあへず、おのが馬の手綱《てなは》[一]おもがいをおしはづして、平頸《ひらくび》[二]を打ちてけり。高遠、轡を持ち（〔国文の馬の〕持った）ながら尻居にまろびぬ（まま尻餅をついてころんだ）。国文が馬、轡もなくて走りけるを、中の判[三]官親清《ちかきよ》、馬場末を守護して候ひけるが、その郎等《らうどう》[四]たかまとの九郎、国文が馬のくびにいだきつきて、桟敷《さじき》[五]におしあてて留めてけり。高遠むなしき（馬からはずれた）轡をもちて馬場末にありけるを、国文、下人をめして、「その轡よも御用候はじ（まさか御入用ではないでしょう）、申し給はらん（こちらへ頂きたい）と、江兵衛《がうひやうゑ》[六]殿に申せ」といひたりければ、国文が郎等進みよりて、そのよしをいひければ、高遠、「すは《そりや》」とてなげすてたりけり（投げすててよこした）。国文、轡はげてあげて参りたりけり（轡を馬の口にかませ走らせて御前に参じた）。舎人《とねり》[七]一人口に付きて（口取りについて）、禄二領給はりけり。ことに叡感ありけるとぞ（〔院は〕格別に感心なされたという）。かやうの時、おもがいおしはづす事は、江帥《がうそつ》[八]、記しおかれたるは、馳《は》[九]せ出《いだ》して百の術ありと侍るなる、その一《ひと》つなりとぞ。

三六八　坊門大納言忠信、一六と言ふ馬に乗りて、御禊の行幸並びに片野の御狩に供奉、二度の高名の事

一「おもがけ」の転。面懸。轡《くつわ》を固定するために、馬の頭頂から轡をつないだ緒。

二 馬のたてがみの下の平らな頸部。底本「平頭」、他本により改訂。

三 中臣とも中原ともとれるが、未詳。

四 高円《たかまと》か。伝未詳。

五 柱を組んで高く構え、床を張った見物席。

六 大江姓で兵衛尉である人。高遠をさす。

七『吾妻鏡』には、「龓《くちとり》二、禄三」と見える。「禄二領」は、褒美の衣服二重《かさね》。

八 大江姓で大宰権帥であった人。匡房（一〇四一～一一一一）をさす。八二話参照。

九 走り出してからさまざまの技術があるという、これはその一つだということだ。

御禊の折には奔馬を乗り静め、御狩では水没から脱出した忠信

一〇坊門の大納言忠信、一一左衛門の督《かみ》にて侍りける時、一二建暦の御禊《ごけい》の行幸に、一六といふ馬に乗りて供奉《ぐぶ》せられたりけるに、一三二条室町にて一四院の御桟敷の前の幔《幔幕が》、風に吹き上げられたりけるにおどろきて、御桟敷の東より〔幔幕を〕ひきて走りけるを、一五馬副《うまぞ》ひ、引きまろばかされて《引きずりころばされて》、馬をすててけり《手放してしまった》。一六留めけるほどに、轡も切れにけるに、しづかに一七靴をかたあしづつぬぎすてて、一八韈《したうづ》ばかりにて一九鐙《あぶみ》をふみおほせて《鐙にしっかり足をかけてから》後、馬の鼻をかきて《かきなでて》、二〇二条烏丸なる桟敷の前にてとどめられにけり。見るもの目をおどろかしけり。その桟敷ゆかりありける人〔忠信と〕にて、いそぎ轡をはげて奉りけり《かけてさしあげた》。すべて御禊には、などやらん《どういうわけか》馬よりおつるためしおほく侍り。よくよくつつしむべき《用心すべき》事にや。

かの大納言《忠信》、二一片野の御狩におなじ馬に乗りて、鹿に付きて《鹿を追って》馳せけるほどに、鹿、淀川に入りければ、馬もつづきて入りにけり。乗る人川にしづみて見えざりければ、上下おどろきあさみあへりける《さわぎあっていたところ》ほどに、しばしありて、二二物の具・水干・袴《はかま》みな浮き出でたりけり。そ

一〇 藤原忠信。この時、権中納言、二十五歳。一〇四話参照。
一一 就任は、建暦元年（一二一一）九月八日。
一二 建暦元年十月二十二日の順徳天皇の行事。「御禊」は、天皇が即位の後、十一月の大嘗会の前月に賀茂の川原に赴いてみそぎをする儀式。百官・女御以下が供奉した。
一三 二条大路と室町小路との交差する辺り。
一四 後鳥羽院は、その母の七条院殖子や皇女の春花門院昇子等と共に行列を見物していた（『百錬抄』）。
一五 口取りの縄を持って公卿の乗馬に付き添う従者。
一六 馬上の忠信が自分で手綱を引いて疾走する馬を止めようとしたところ、轡が切れてしまったので。
一七 革製の筒長な裂《きれ》のついた乗馬用のくつ。大納言以下は青地であった。
一八 指の股の切れていない足袋《たび》。束帯には白羽二重のものを用いた。
一九 「足踏《あぶ》み」の意。鞍の両側に垂れていて騎手の両足を支える鉄または木製の馬具。
二〇 二条大路と烏丸小路との交差する辺り。
二一 大阪府枚方市から北河内郡にかけての地。古代からの狩り場であった。
二二 烏帽子等の装身具や弓矢等の武具をさす。

の後はだかにて泳ぎあがりけり。水の底にて、のどかにぬぎとかれけり《ゆっくりと脱ぎ解かれたのであった》。水練のほどめでたかりけり《達者な泳ぎぶりは見事なものであった》。かやうの用意にや《こういう時の用心のためか》、かねて《以前から》たふさぎ[一]をなんかかれたりける《ずっとつけておられた》。この馬に乗りて二《ふた》たび高名《かうみやう》せられたりける《名を揚げられたことを》、くせ事[二]になん申しあへりける。

三六九　新日吉小五月会の競馬に秦頼峰落馬の事

建保五年[三]、新日吉《いまひえ》[四]の小五月会[五]に、新院[六]の番長《ばんぢやう》[七]秦頼峰、府生《ふしやう》[八]同じく武澄つかうまつりけるに、頼峰追ひて勝ちにけるが、馬場末にて落ちて死にたりけるを《気絶してしまったのを》、郎等走りて、父頼武[九]が御桟敷に候ひけるに、「先生殿《せんじやう》[一〇]の死なせ給ひて候ふ《死んでおしまいになりました》」とつげたりければ、頼武、「舁《か》いて捨て候へ《かつぎ出して捨てなさい》」といひたりけるに、また下人走りて、「いき出でさせ給ひて候ふが《生きかえりなさいましたが》、御冠のひしげて《つぶれて》、え参らせ給はぬ《ここへおいでになれません》」と告げたりければ、「おれらが烏帽子ぞかし《おまえたちの烏帽子があるではないか》」といひたりければ、則《すなは》ち下人が烏帽子を《下人の烏帽子を》引き入れて《かぶって》あげて参りたりける《〔馬を〕走らせてやってきたのが》、いみじう見えけり《立派に見えた》。

一　下のはかま。現在の越中褌《ふんどし》のようなもの。
二　めったにあり得ない珍しい事。

気絶の後蘇生し馬を走らせた頼峰

三　一二一七年五月九日。
四　四四九頁注九参照。
五　四四九頁注一〇参照。
六　土御門上皇をさす。本院である後鳥羽上皇に対していう。
七　近衛府の舎人の長。「秦頼峰」は伝未詳。
八　秦武澄か。九年前の承元二年の小五月会の競馬に（三六七話参照）、六番目の組で左方の助清と対戦し、追勝となっている（『吾妻鏡』）。
九　秦頼武か。伝未詳。
一〇　帯刀の筆頭。

相撲強力 第十五

三七〇（序） 相撲の特質と安元以来相撲の節絶えたる事

相撲《すまひ》は、最手《ほて》[11]・占手《うらて》[12]、或いは左、或いは右[13]、皆強力《がうりき》の致すところなりといへども、また〔下位の〕取手の相遮《あひさへぎ》る事あるにや（最手を負かすことがあるようだ）。昔は禁中にてその[14]節《せち》をおこなはれ、諸国[15]に強力のものを尋ねめされけり。安元[16]（高倉）より以来絶えて、その名のみ聞く、口惜しき事なり。

三七一 延長六年閏七月、中の六条院にて童相撲の事

延長[17]六年閏《うるふ》七月六日、中の六条院[18]にて童相撲の事ありけり（子供の相撲大会が催された）。二十番はてて舞を奏す。左（左楽）、蘇合《そかふ》、右（右楽）、新鳥蘇《しんとりそ》。次で新作の胡蝶楽《こてふらく》[19]を奏しけり。その曲、笛は忠房朝臣[20]、舞は式部卿の親王《みこ》[21]ぞ作り給ひける。舞終りて、船吉実[22]散楽《さんがく》[23]を供しけり。次で羅陵王《らりようわう》・駒形《こまがた》[24]を奏す。

＊**相撲強力篇** 延長六年（九二八）の童相撲の話に始まるが、以下に宮中の相撲取、民間の強力者の話などが十一話続く。頼朝と畠山重忠の登場する話が最も新しいが、年代の明示されていない話が多いこと、大井子と遊女金の近江国の強い女性にまつわる二話があることは注目される。

一一 相撲人の最強・最高位の者。
一二 もと相撲の節会で最初に手合せをする四尺以下の小童をいったが、十一世紀以降には、多く最手脇《ほてわき》（最手に次ぐ相撲人）を意味した。ここは後者。

強力者の闘技、節会の断絶

一三 最手・占手それぞれに左右があった。
一四 毎年七月下旬宮中で催された相撲の節会をさす。
一五 毎年二、三月頃、左右近衛府から相撲使が派遣され、強い者を探し出して相撲の節会に召し出した。
一六 一一七五～七七年。高倉天皇の時代。
一七 九二八年。閏八月が正しい。醍醐天皇が行幸した。
一八 六条大路の北、東洞院小路の西にあった御所。
一九 高麗楽、壱越調《いちこつ》の新曲。
二〇 藤原忠房。延喜二十年（九二〇）、大和守となり、右京大夫・左少将を歴任。

二十番の後の舞と散楽

二一 敦実《あつざね》親王。醍醐天皇の同母弟。二三七話参照。
二二 新羅から渡来した楽人か。
二三 祭儀の余興に行われた滑稽な物真似・曲芸の類。
二四 小馬形に乗って二人で舞う「狛竜」をさすか。

一 私市宗平。駿河国出身の相撲人。『小右記』正暦四年(九九三)七月二十八日の条に「左最手致平」とあり、『続本朝往生伝』に一条朝の異能として「私宗平」の名が見える。主命で宗平に挑戦し敗れた時弘三―二十三話は、鰐を海中から陸に投げあげた宗平の強力ぶりを伝える。

二 藤原伊周(九七三〜一〇一〇)の別称。「儀同三司」とは、その儀礼の格式が三司すなわち太政大臣、左右大臣に準ずる待遇を受ける者、の意。

三 備前国出身の相撲人。

四 藤原隆家(九七九〜一〇四四)。伊周の弟。長和三年(一〇一四)、長暦三年(一〇三九)と、大宰権帥に再任されている。在任中、寛仁三年(一〇一九)に五十余隻で来襲した刀伊(女真族)を撃退して武名を揚げた。

五 不本意な負けかたをしたことに立腹して。

六 源頼光(九四八〜一〇二一)。藤原道長に信任された武将。三三五話参照。

七 牛馬に引かせて土を掘り返す大型の農具。それを人間が引いていた。時弘の強力ぶりを物語る。

式部卿の親王に纏頭ありけるとかや。

三七一 宗平・時弘相撲の事

相撲宗平、儀同三司の御もとへ参りたりけり。帥の仰せによりて、時弘は、その御弟隆家の帥の御方へ参りたりけり。
宗平を手合せを求めてこひて、「もしまくるものならば、時弘がくびをきらん。首を斬られよう
宗平負けばまた、宗平がくびをきらん」など申しけるを、宗平あながちに固辞せずして、挑戦を受け則ち立つままに、時弘をかきだきて地になげ
立ちあがるやいなや
伏したりければ、時弘しばしはうごかざりけり。おとど、宗平に禄をたまはせける伊周は 襄美を
ぼしけん、涙を流して泣かれたという
涕泣し給ひけるとぞ。面目なく思われたのか 帥やすからずやおせてしまったところ
とな。時弘いづとて、いかりて門の関の木を折りてけり。かんぬきをへし折ってしまった引き上げる時

ある時、頼光朝臣、備前の守にてありける時、時弘が家に行きて見ければ、みづから梨を引くものありけり。頼光あやしみ見ければ、時弘にてぞありける。

三七三　勝岳、重義・常世と相撲の事

いづれの年にか、相撲の節[八]に、勝岳[九]〔右方〕と重義[一〇]〔左方〕とあひたりけるに《立ち合い勝負をした時に》、重義が尻を木にすらせけるを《尻を木にこすりつけているのを》常世[一一]《つねよ》見て、「ただいまに大事出できぬ《そのうちにえらい事がおこるだろう》」といひけるに、果して重義、木を踏みて《木を踏んでから》勝岳にかかりければ、勝岳まろびにけり《転倒してしまった》。小野宮[一二]の右府、腹立ちて[一三]出で給ひにけり。随身《ずいじん》をして人をはらはせられけるほどに《追い払わせた際に》、秦兼時[一四]が冠もうちおとされにけり。今年《この年》左の相撲おほく負けけるを、右府あざけらるるよしを聞きて、左の方より夜のあひだに勝岳負くべきよしの祈り[一五]をせさせられにけり。

またこの勝岳、常世にあひたりけるに《立ち合った時》、〔常世が〕勝岳を火焼屋[一六]《ひたきや》に投げつけたりけり。後のたびは《二度目の時は》、勝負を決せず。公保[一七]・常時[一八]聞きて、「奇異の事なり。かくばかりの相撲《これほどの相撲に》、声を出して《かけ声を》勝負せざる事、いまだ聞かざる事なり《いままで聞いたことがない》」。世の人、推する事の〔この点をいろいろ〕侍りけるとかや《取沙汰したことがあったという》。この事は、

倒れたり投げられたり勝負を決しなかったり種々取沙汰された勝岳

八 毎年、諸国から召し出された相撲人により、七月二十六日に仁寿殿《じじゅうでん》で内取《うちどり》、二十八日に紫宸殿で召合《めしあわせ》、二十九日に選抜された者たちによる抜出《ぬきで》が行われた。

九 この時、右方の相撲人。伝未詳。

一〇 伝未詳。底本「義」の横に「茂」と傍記。

一一 丹後国出身の相撲人で右の最手の海恒《あまの》（常）世（『続本朝往生伝』『今昔』巻二十三）、と越智常世（『二中歴』『小右記』『権記』等）がいるが、ここはおそらく後者。あるいは、前者と後者とは同一人か。

一二 藤原実資（九五七～一〇四六）。右大臣就任は、治安元年（一〇二一）七月。

一三 贔屓《ひいき》にしていた右方の取手が負けたので立腹した。

一四 尾張兼時であろう。村上～一条天皇の名随身。正暦四年（九九三）神楽人長、長徳三年（九九七）相撲人、翌年、左近将監となっている（『権記』）。

一五 重義が尻をこすりつけたり、踏んだりした木は、まじないがかけられた木であり、常世はそれをたちどころに察知したことになる。

一六 篝火《かがりび》をたいて夜警をする衛門府の衛士の詰所。

一七 伝未詳。

一八 伝未詳。

一 在位一〇一六〜三六年。
二 伝未詳。
三 前話参照。
四 「抓《つね》る」で、頭をつかんで捻《ねじ》るようにすることか。または「詰める」で、胴体にめり込むほどに頭を押えつけることか。

爪を長くした久光を悶絶させ近付いては命がないと恐れさせた常世

＊ **強力譚の流れ㈠** 卓越した剛勇強力の人物に対する憧れは、洋の東西、時の古今を問わない。今日も、力業・格闘技を主とするスポーツが人気を得ているが、説話の世界でも、『記紀』『霊異記』以来、強力譚の流れは一筋の強い糸となって、各説話集を貫いている。『記紀』の神々の強力譚の後を継ぐものとして、雷の報恩によって生れ、方八尺の巨石を投げとばし、霊鬼を退治した元興寺の道場法師の話と、その孫のもの凄い力女の話は、『霊異記』を代表する強力譚である。その頃までの話は、片足を神話的な超現実の世界に踏込んだままの力士・力女であるが、『今昔』巻二十三辺りから、話が現実的・人間的になっていく。

五 一〇九八年。堀河天皇の時代。

院の中止指令にそむき深夜勝負を争った滝口の武士と蔵人所衆

三七四 久光、常世に合ひて頭をつめられて悶絶の事

後一条院[一]の御時の事にや。

相撲の節に、久光[二]といふ相撲、爪をながくおほして《生やして》敵をかきけるに《相手をひっかいていたが》、常世[三]に合せられたりけるに《取り合せられた時に》、常世一両度顔のほどをかかれて後、久光が頭をつめて[四]責めたりけるに、久光悶絶しけり《もだえて気絶した》。あひはなれて《戦い終って》、「今より後はかかる事せじ《こんな事はごめんだ》」とぞいひける。その後あへてちかづかざりけり《〔常世には〕対戦しようとしなかった》。左大将《左近衛の長官》しきりにちかづきて勝負をすべきよしいはれけれども、なほ近づかざりけり。しからずは禁獄すべきよしを下知せられければ《もし挑戦しないのなら獄舎に入れると命じられたところ》、久光いはく、「禁獄は命失すべからず《命を失うことはあるまい》。常世に近づきては命あるべからず」とぞ申しける。

三七五 承徳二年八月、滝口・所衆方をわけて相撲の事

承徳二年[五]（堀河）八月三日、滝口《滝口の武士》・所の衆等《蔵人所の侍等が》、方をわけて《左右に分れて》、馬場《武徳殿》

殿にて相撲あるべしと沙汰ありけり。[六]念人《ねんにん》、左の方は[七]頭の弁基綱朝臣以下《いげ》、右の方、[八]頭の中将顕通《あきみち》朝臣以下を定められけり。当日にすでに《〔堀河天皇が〕》出御ありけるほどに、院《白河院》より[九]子細を申されて《〔相撲は〕》とどまりにけり。さりながら夜深《ふ》けて、御殿の南面にして[一〇]密々《ひそかに》にとらせられけるとかや。

三七六　おこま権守を踏みたる馬、足を損ずる事

尾張《をはり》の国の住人[一一]おこまの権《ごん》の守《かみ》、わかかりける時、京に宮仕へして侍りけるが、ある時、かの主人、行幸供奉《ぐぶ》のために内裏へ参りける供《とも》に侍りけり。すこし遅参したりけるに、[一二]陣頭《ぢんどう》に馬車ひしとたて《馬や車がびっしりと立ち》たるをわけて参るに《並んでいる間をかき分けて行くと》、或る[一三]舎人《とねり》、「あやまちせさせ給ふな《怪我をなさいますな》。この御馬は人をふみ候ふぞ」といふを、権の守すこしも事ともせず《気にもかけず》、主人よりさきに進みて、「御馬引きのけよ《その馬をうしろへ引き下げよ》。馬のあし損ずな《いためるな》」といひけり。舎人は馬をばなほさず《引っこめず》、なほ《またも》「あやまちせさせ給ふな」と、た

六　贔屓をする人。方人。競馬・相撲・賭弓《のりゆみ》あるいは歌合せ等に際して、一方の競技者の応援をする人。
七　蔵人頭で弁官を兼ねている人。「基綱」は源基綱。蔵人頭となったのは承徳二年正月。寛治八年（一〇九四）以来、右大弁であった。二五四話参照。
八　蔵人頭で近衛中将を兼ねている人。「顕通」は源顕通。蔵人頭となったのは基綱と同じ承徳二年正月。前年の永長二年正月、左近中将に就任していた。
九　不都合であるという理由。
一〇　底本「蜜」。伊木本により改訂。

悪癖ある馬に踏まれて、馬が足を損じ本人は何ともなかった権守

一一　名高い相撲人であったという小熊権守伊遠をいうか。「権の守」は国守の権官の意。三八二話参照。
一二　衛府の官人の詰所の前。
一三　摂関家以下の貴族の御厩に働く小者。ここは馬の口取りの小童。

びたびいひけり。おこま、張りうらの狩衣《裏地を張った狩衣で》の、ことにさやめきたる《ことさらにさやさやと衣ずれの》をなんきて《音のするものを着て》、馬の尻にわざとあたらんと通るを《当りそうにして通ると》、案のごとく馬ふみてけり《はたして馬は足をあげて踏んだ》。腰のほどにはあたりぬらんと見えつるに《当っているように見えたのに》、おこまはすこしも事なし《まるで何事もない》。馬はやがてあしを損じて《その場で足を傷めて》、ひらみ伏しにけり《べったり這い伏してしまった》。その時、おこま立ち帰りて、「さればこそいひつれ《だからこそ言ったではないか》。その御馬は損じぬるものを」といひて通りにけり。馬の足の損ずるほどにつよくあたりたるを事ともせで《もののともせずにいた》ありける、つよさのほど《［その］強さのほどは》おそろしき事なり。

三七　佐伯氏長、強力の女高島の大井子に遇ふ事並びに大井子、水論にて初めて大力を顕はす事

[1]佐伯氏長、はじめて相撲《すまひ》[2]の節にめされて、[3]越前の国よりのぼりける時、[4]近江の国高島郡石橋を過ぎ侍りけるに、きよげなる女《見目うるわしい女で》の、川の水を汲みて、身づからいただきて行く女ありけり《［桶に］自分で頭上にのせて運んで行く女がいた》。氏長きと見るに《ちらっと見ただけで》心うごきて、ただにうち過ぐべき心地せざりければ《そのままで通り過ぎてしまう気になれなかったので》、馬より下りて女の桶とらへたる《桶を支えていた》腕《かひな》のもとへ手をさしやりたりけるに《手をさしのばしたところ》、女うち咲《わら》

＊**強力譚の流れ㈡**　『今昔』巻二十三の十四話の大部分は強力譚で、個性味豊かな強力の男女の話が次々に展開し、力感溢れる強力譚の類纂をなしている。実因僧都・寛朝僧正の話にはユーモアがあり、成村・恒世・宗平など有名な相撲人が登場する他、美濃狐や尾張の力女二人、甲斐の相撲人光遠の妹など、男にもあり得ぬほどの力の強い女性の話などもあっておもしろい。『今昔』の他の巻にも、強力譚が散見するし、何篇かの同話が、『宇治拾遺』にも載っているが、『著聞集』の相撲強力篇十一話は、『今昔』に対応・匹敵する強力譚の雄篇である。宮廷の相撲節の話の他に、きびしい勝負の結果、悶絶したり重傷を負うなど、悲惨な話が増えてくる点、『今昔』と色合いを異にする。十一話中、近江の遊女金の強力はおもしろおかしいが、高島の大井子の話は、力女譚の白眉であろう。『今昔』の、大井の光遠の妹の力攻めの話や、情夫を飼立てて訓練した不思議な盗賊の女頭領の話（巻二十九―三話）を併せたおもしろさがある。篇末に近い畠山重忠と力士長居が、頼朝の命令で戦った話には、命がけの格闘の勇ましさより、暗いいたましさを感じる。

節会に上洛する氏長の悪戯を制し家に泊めて養い鍛え上げた大井子

一　伝未詳。

ひて、すこしもてはなれたる気色もなかりければ《いやがって避けるような様子に見えなかったので》、いといとわり《まことにいとおしく》なく覚えて《思って》、腕《かひな》をひしと《しっかと》にぎりたりける時、桶をばはづして《桶から腕を放して》、氏長が手を脇《わき》にはさみてけり。氏長興[五]ありておもふほどに、やや久しくなれども、いかにもこの手をはなたざりけり《どうしても挟んだ手を放さなかった》。ひきぬかんとすれば、いとどつよく《いっそう強く》はさみて、すこしも引きはなつべくもなければ《まったく引き抜けそうにもなかったので》、力およばずして《どうすることもできずに》、おめおめと《不甲斐なくも》女の行くにしたがひてゆくに、女、家に入りぬ。水うち置きてのち《水桶を下に置いてから》、手をはづして、うちわらひて[六]、「さるにても《それにしても》、いかなる人にて、かくはし給へるぞ《こんな戯れをなさったのですか》」といふ。気色[七]事がらちかまさりして、たへがたく覚えけり《たまらない気持になった》。「われ《(氏長)》は越前の国の者なり。相撲の節といふ事ありて、力つよきものを国々よりめさるる中に入りて参るなり」と語らふを聞きて、女うなづきて、「あぶなき事にこそ侍るなれ。王城はひろければ《都は広いので》、世にすぐれたらん大力も侍らん。御身もいたくのかひなしにてはなけれども《まったくの弱虫ともお見受けはいたしませんが》、さほど[八]の大事に逢ふべき器にはあらず。かく見参しそむるも《こうして出会いましたのも》然る[九]べき事なり。かの節の期《ご》、

二　七月下旬に宮中で行われた相撲の節会。諸国から上京した相撲人たちは節会の前に一か月間の稽古をするのが例であった。従って六月中～下旬の頃のことと思われる。

三　現在の福井県。

四　現在の滋賀県高島郡安曇《あずみ》川町字石橋の地。

五　自分が戯れに手出しをしたのを嫌がらないところをみると、初々しく見えるのにこの女も実はかなりの好き者なのかも知れない、おもしろい、などと思ったのであろう。

六　どうですか、女の私に手を挟みつけられっ放しでついてくるはめになるなんて、ちょっと意外だったでしょう、といった笑い。

七　女の器量や態度、物言いのさまなど、間近に接して見た方が、離れて見るよりすばらしく見えて。

八　相撲の節会に出るほどの力の持主ではありません。

九　前世からこうなる運命であったと考えられるということ。

日はるかならば《まだ先のことでしたら》、ここに[一]三七日逗留《とうりう》し給へ。その程に、ちと《少し》[二]とりかひたてまつらん」といへば、日数もありけり《日数もあるし》、苦しからず《さしつかえはない》とおもひて、[三]心のとどまるままに、いふにしたがひて《〔女の〕言葉に従って》とどまりにけり。その夜より、[四]こはき飯をおほくしてくはせけり。女身づからその飯をにぎりてくはするに、すこしもくひわられざりけり《まったく食い割ることができなかった》。はじめの七日は、すべてえくひわらざりけるが《まったく食い割ることができなかったが》、次の七日よりは《第二の七日目からは》、やうやうくひわられけり。第三七日よりぞ、[五]うるはしうはくひける。かく三七日が間、よくいたはりやしなひて《心をこめて食事の世話をして》、「今はとく《もはや急いで》のぼり《〔都へ〕》給へ。[六]このうへは、さりともとこそおぼゆれ」といひて、のぼせけり《上洛させた》。いとめづらかなる事なりかし。

村人と水争いをし大石で水口をふさぎ相手を困惑屈服させた大井子

[七]件《くだん》の高島のおほゐ子は、田などおほく持ちたりけり。田に水まかする《水を引く》比《ころ》《頃》、村人[八]水を論じて、とかくあらそひて《ああだこうだと争って》、おほゐ子が田にはあ《割り》てつけざりける時《当てなかった時》、おほゐ子、夜にかくれて《夜のやみにまぎれて》おもてのひろさ《表面の広さが》六、七尺ばかりなる石の、四方なる《四角なものを》を持て来たりて、かの水口《水門》に置きて、

一 二十一日間のことで、二十日ばかり、の意。
二 食事の世話をして、力のつくようにしてさしあげましょう。「取り飼う」で、飼い養う意。
三 滞在してみようという気持になったので。
四 米を甑《こしき》で蒸した歯応えのある飯。
五 見事に（何の苦もなく）食べた。
六 これまでになったからには、もうめったに負けるようなことはないと思います。
七 以下の話は、道場法師が少年時代、元興寺の田に引く水の件で諸王等と争い、強力にものを言わせて相手を屈服させた話（『日本霊異記』上巻）に類似する。
八 水をめぐって口論して。

人の田へ行く水をせきて《せきとめて》、我が田へ行くやうに横ざまに《〔石を〕横向きに》置きてければ、水おもふさまにせかれて《思いのままにせきとめられて》、田うるほひにけり《〔おほゐ子の〕田に水がたっぷり入った》。その朝、村人ども見て、驚きあさむ事《あきれること》かぎりなし。石を引きのけんとすれば、百人ばかりしてもかなふべからず《引き動かすことができない》、[九]させば田みなふみそんぜられぬべし《田はみな踏みあらされてしまうことになる》。[一〇]いかがせんずるとて、村人、おほゐ子に降《かう》をこひて《降参を願い出て》、「今より後は、おぼしめさんほど《必要とお考えになるだけ》、水をばまかせ侍るべし《水を引いて下さい》。この石退《の》け給へ」といひければ、「さぞおぼゆる《ではそうしましょう》」とて、また夜にかくれて引き退けてけり。その後はながく[一一]水論する事なくて、田やくる事なかりけり《田が乾ききることはなかった》。これぞ大井子が力あらはしそむるはじめなりける。件《くだん》の石、おほゐ子が水口石とて、かの郡にいまだ侍り。私に云ふ、この大井子はいかやうなるものとも見えず。尋ぬべし。

三七八　宇治左府頼長の随身公春が強力の事

宇治の左府《藤原頼長が》、随身《ずいじん》[一二]公春を不便《かわいい者に》なるものに思《おぼ》しめしたる事、めだた《かくれも》

九 もしも百人がかりで石を動かせば。『日本霊異記』中巻にも、百人力であったという女（美濃国方県郡の美濃狐という女）の話が見える。
一〇 どうしたものかと相談の結果。
一一 田圃に引く水の配分について争うこと。
一二 秦公春。『愚管抄』第四にも、「(頼長が）無二ニテアイシケル随身」とある。また『今物語』には、頼長と連歌をしたことが見える。

打擲しようとした頼長の手を強くつかみ謝罪させた随身公春

しきほどの事なり《ないようなことであった》。ある時、いかなる事かありけん、身づから《ご自身で》公春うたんとせさせ給ひけるに《なぐりつけようと》、公春、大臣《おとど》の御手をとりて、「もしうたせ給はば《お打ちになるのでしたら》御手を折るべし。君といふとも《ご主君であっても》、いかでかうたせ給ふべき《どうしてお打たせ申しましょうか》」と申しければ、大臣《おとど》、罪をこはせ給ひて《悪かったとあやまられて》、のがれ給ひにけり。公春わらひて申しけるは、「[一]君十人といふとも、公春一人にあたり給ふべからず。今より後も[二]かかる事なせさせ給ひそ」と申しければ、大臣承諾せさせ給ひけり。それより[三]御勘当《かんだう》なかりけり。公春は大力にてなん侍りけり。

三九　中納言伊実、相撲の上手腹くじりに勝ち、腹くじりは逐電の事

中納言[四]伊実《これざね》卿、相撲《すまひ》・競馬《くらべうま》などをこのみて、学問なんどをばせられざりけるを、父の大臣[五]伊通《これみち》公、つねに[六]勘発《かんぼつ》し給ひけれども、なほ[七]しひられざりけり。その時、相撲なにがしとかやいふ上手ありけり。敵の腹へ頭を入れて《頭を押しつけて》、かならずくじりまろばしければ《きまって腹をえぐるようにして転ばしたので》、これにより

一　ご主君のような方が十人がかりでかかってきても。「君」は底本「若」、伊木本により改訂。
二　私を打とうとするような振舞。
三　頼長が公春に対して怒りを発して処罰を加えようとすること。
四　藤原伊実。保元二年（一一五七）、権中納言、永暦元年（一一六〇）八月、中納言となるが、翌月、急逝。三十六歳（一説、三十七歳）。
五　保元元年（一一五六）、内大臣、翌年、左大臣、平治二年に太政大臣となっている。『大槐秘抄』の著者。三三四話参照。
六　譴責《けんせき》すること。公的にも、保元四年四月、故無く欠勤した咎で解官《げかん》、翌年二月に還任《げんにん》したりしている。
七　すっかり行動を改めさせることはできなかった。

相撲好きを止める為父が対戦させた腹くじりに勝ってしまった伊実

て腹くじりとぞいひける。件《くだん》の相撲を、しのびやかにめしよせて《ひそかに呼び寄せて》、「この中納言が相撲をしのびこのむがにくきに、くじりまろばかせ。さらば纏頭すべし《そうすれば褒美をやろう》。しからずは《勝たなかったら》、なくなさんずるぞ《［お前の］いのちを貰うぞ》」と仰せ含められにけり。則《すなは》ち中納言に《それから中納言に》、「汝《なんぢ》が相撲好むに、この腹くじりと番《つが》ひて勝負を決すべし。勝ちたらば《私も》、われ制止する事あるべからず《［お前の相撲を］とめだてはすまい》。負けたらむにおきては《負けたような場合には》、ながくこの事停止すべし《これからさき相撲をとる事をやめよ》」とのたまひければ、中納言、恐れをなして畏《かしこ》まりておはしけり。

さるほどに、腹くじりめし出《いだ》されて、やがて《すぐに》[八]決せられける《勝負が行われたが》ほどに、中納言は、腹くじりが好むままに身をまかせられければ、悦びてくじり入れてけり《腹に頭をつけてかかってきた》。その後、中納言、はらくじりが四辻《よつつじ》[九]をとりて、前[一〇]へつよくひかれたりければ、［腹くじりは］頸もをれぬばかりおぼえて、やがて《そのまま》てうつぶしにたふれにけり。大臣、興醒め給ふ《がっかりなさった》。腹くじりは逐電《ちくてん》[一一]しにけり。その後、中納言の相撲制止の沙汰《さた》なかりけり《命令は出なかった》。

＊ **九条大相国伊通にまつわる説話**　伊通は権大納言宗通の子で、才学優長、詩・書にすぐれ、六十四歳内大臣、翌年左大臣、六十八歳で太政大臣に任ぜられ、七十三歳で死ぬまで在職、位人臣を極めたが、はじめは出世が思わしくなく、一六七話にあるように、三十八歳の折には、中納言に任ぜられなかったのを恨んで、官を辞し、神崎の遊女の許に走った。この話は有名で、まず『古事談』に載り、『十訓抄』に採られ、『著聞集』に抄入された。他にも、その人柄については、子息の伊実の相撲好きをきびしく制して失敗したり（三七九話）、嵯峨天皇と田村丸や小一条院敦明親王と源頼義との関係のように、高貴の人は信頼できる身辺護衛の武士を持つべきであると二条天皇に勧めたり（三三四話）、武士の官加階は人殺しの結果だと痛論したり（『平治物語』上巻）、一族の絶えることを願う（『徒然草』第六段、藤原信長の言葉とする説もある）など、激しい性格を示す話を残している。

八　底本「す」、伊木本により改訂。

九　相撲人のまわしの尻の上方の結び目のあたり。よつゆい、とも。

一〇　自分の腹の方へ強く引き寄せ、腹くじりの頭を四辻を握った手と腹との間に挟みつけるようにした。

一一　（この上、命を召されてはかなわぬと）急いで跡をくらました。

三八〇　畠山重忠、力士長居と合ひてその肩の骨を折る事

頼朝の所望で傍若無人の広言をした長居と戦い肩の骨を砕いた重忠

[一]鎌倉の前《さき》の右大将家に、[二]東八ケ国うちすぐりたる大力の相撲出で《関東八か国の中で卓越した大力の相撲取りがまかり出て》来て、申して云はく、「当時《当世［この］》、長居《ながゐ》に手向ひすべき人おぼえ候はず《見当りません》。[三]畠山庄司次郎ばかりぞ心にくう《気にかかります》候ふ。それとても《その畠山にしても》、長居をばたやすくは、いかでかひきはたらかし侍らん《どうして引き動かすことができましょうや》」と、詞も憚らずいひけり《遠慮もない口ぶりで言った》。大将聞き給ひて、[四]いやましう思ひ給ひたる折ふし《いやなことを言うとお思いになったその折も折》、重忠出で来たりけり。白水干に葛袴《白い水干の狩衣に葛布の袴》、黄なる衣《きぬ》をぞ着たりける。[五]侍に[六]大名・小名所《すき》もなく居なみたる中をわけて《間もなく居並んでいる中をかきわけて進み》、座上にひしとゐたりけり《どっかと坐った》。大将《頼朝が》、な《もっ》ほちかく《とそばへ》、それへそれへとありけれども《近くへ近くへと促したのであったが》、かしこまりて侍りけり《恐縮して［同じ所に］控えていた》。さてものがたりして《そこで［頼朝が］話をして》、「そもそも所望の事の候ふを《ところで頼みたいことがあって》、申し出《いだ》さんと《言い出そうと》思ふが、さだめて不許にぞ侍らんずらむと思ひ給ひながら《きっと聞き入れては貰えないだろうと思いはするものの》、またた《言わ》だにやまむも忍びがたくて《ずに済ませるのもこらえがたくて》、おもひわづらひたる《思い悩んでいるところだ》」とのたまはせければ、重忠、とかく申す事はなくて《何とも申しあげずに》、畏《かしこ》まりて聞きゐたりけり。こ

一　源頼朝（一一四七〜九九）。右大将就任は建久元年。官職の下につく「家」は、敬意を示す呼び方。
二　足柄の関以東の八か国。
三　畠山重忠（一一六四〜一二〇五）。武蔵国秩父地方の土豪。「庄司」は荘園を管理し、雑務を司る者。頼家の後見を託されたほど、頼朝の信任が篤かった。元暦元年（一一八四）の義仲軍との宇治川の合戦では、馬を射られてから弓をついて川底を歩き渡り、途中で烏帽子子《えぼしご》の大串重親を川中から岸の上へ投げあげたと伝えられる剛の者。
四　底本には、「いやましう」の横に「此事ねたましう」との傍記がある。
五　鎌倉幕府の侍所。治承四年（一一八〇）十一月、開設。御家人の統制・検断、軍務を司った重要な機関。ここは、その役所内の広間。
六　名田《みようでん》を所有する武将の呼称。大名・小名の別は、その名田の所有の多少によった。

の事たびたびになりける時、重忠ちとゐなほりて《きちんと居ずまいを正して》、「君の御大事、何事にて候ふとも、いかでか子細を申し候はん《どうして否やを申しましょうか》」といひたりければ、大将入輿《じゆきよう》[七]し給ひて、「その庭に長居めが候ふぞ。貴殿と手合せをして心見ばや《力のほどを見たいと申しておる》と申し候ふなり。東八ケ国[八]打ち勝《まさ》りたるよし自称仕うまつるがねたましう《くやしく憎らしく》おぼえ候へば、〔この〕頼朝なりともいでて心見ばや《相手になってみよう》と思ひ給へども《かと思いもしたが》、[九]とりわきそこを手こひ申すぞ。心み給へ《相手になられよ》」とのたまはせければ、重忠、[一〇]存外げに思ひて、いよいよふかく畏まりて、いふ《返事を》事なし《しない》。大将、「さればこそ《やはり思った通りだ》、これは身ながらも《我ながら》[一一]非愛の事にて候ふ。さりながらも、我が所望この事にあり《わたしの頼みごととはこの事だ》」と侍りける時、重忠、座をたちて閑所《かんじよ》[一二]へ行きて、[一三]くくりすべ、[一四]烏帽子かけなどしてけり。長居は、庭に床子《しやうじ》[一五]に尻《しり》かけて候ひける。それもたちて、[一六]たふさぎかきて練り出でたり《悠然と出てきた》。まことにその体《てい》、[一七]力士《りきじ》のごとくに見えければ、畠山もいかがとぞおぼえける《大丈夫かなと思われた》。

さて、寄り合ひたりける《二人は相互に近付き》に手合せして、長居、畠山がこくびをつ《畠山の頸のあたりを》

七 大いに喜ぶこと。
八 自分にかなう者がいないと自称しておるのが、小憎らしく思われるゆえ。
九 名指しでそなたとの手合せを望んでいるのだ。
一〇 なんだ、そんなことであったか、自分はもっと困難で重大なことを依頼されるのかと思っていたのに、予想外だという面持を見せて。
一一 思慮を欠いて不躾《ぶしつけ》なこと。
一二 人目につかない物陰。
一三 指貫《さしぬき》の裾の紐をくくって締めること。
一四 烏帽子の紐を顎《あご》にかけて結ぶこと。
一五 腰掛けに用いる台。
一六 「たふさぎ」は、現在の越中褌《ふんどし》のようなまわし。「かく」は、腰部にまとう意。
一七 金剛力士、すなわち仁王のこと。

よく打ちて《強く打って》、袴《はかま》[一]の前腰をとらんとしけるを《取りにかかったのを》、畠山、左右の肩をひしとおさへてちかづけず《しっかと押えて近寄らせない》。かくて[二]程へければ、景時[三]、「いまは事がら《もはやなりゆきの大体》御覧候ひぬ《はご覧になりました》。さやうにてや候ふべかるらん《これくらいでよろしいのではないでしょうか》」と申しけるを、大将、[四]「いかにさるやうはあらん。勝負あるべし《勝負を続けよ》」とのたまはせはてねば《仰せもはてぬうちに》、〔重忠は〕長居を尻居にへし[五]すゑてけり。〔長居は〕やがて死に入りて《そのまま気絶して》足[六]をふみそらしければ、人々よりて、おしかがめてかき出し《押しまげてかつぎ出した》にけり。重忠は座に帰り着く事もなく、一言もいふ事なくて、やがて出でにけり《そのまま出て行ってしまった》。長居は、それより《それ以来》肩の骨くだけて、かたはものになりて《片端者になって》、相撲《すまひ》とる事もなかりけり。骨をとりひしぎ[七]にけるにこそ。目おどろきたる事なり《驚きいった話である》。

三八一　近江国の遊女金が大力の事

夫の不貞を房事の折責めて仮死させ奔馬を足駄で引き止めた遊女金

近比《ちかごろ》、近江[八]の国海津《かいづ》に、金[九]といふ遊女ありけり。その所の沙汰[一〇]《きた》のものなりける法師の妻にて、年比[一一]《としごろ》住みけるに《通っていたが》、件《くだん》の法師、またあらぬ《ほかの》君《遊女に》に心うつしてかよひけるを、金もれ聞きて、やすからずおもひけ

一　葛袴《くずばかま》の前、腹から腰にかけての辺。
二　そうして組んだ姿勢のまま、かなりの時間が経ったので。
三　梶原景時。頼朝に信頼され、侍所所司（次官）を勤めた武将。二一四話参照。
四　どうしてそういうことがあろうぞ。すなわち、まだ勝負はついていないぞ、の意。
五　尻餅をつくような格好に押し据えてしまった。
六　足を宙にのばして、そっくり返ってしまったので。
七　重忠の怪力は、長居の肩の骨を押え砕いてしまったのである。「拉《ひし》ぐ」は、押し潰す意。
八　滋賀県高島郡牧野町海津。
九　伝未詳。
一〇　あれこれ取沙汰される評判の人物。
一一　久しいあいだ。

り。或る夜、合宿《同衾していた際》したりけるに、法師なに心なく[一二]て例のやうにかの[一三]事くはだてんとて、〔金の〕またにはさまりたりけるを、その弱腰[一四]をつよく《強くはさ》はさみ《みつけた》てけり。しばしはたはぶれかとおもひて、（法師）「はづせはづせ」といひければ、なほはさみつめて《さらに強くはさみ絞って》、「わ[一五]法師めが、人あなづりして《私をばかにして》、人こそあらめ《人もあろうに》、おもてをならべたるもの《同輩の遊女に》に心うつして、ねたきめ[一六]見するに、物ならはかさん《思い知らせてやる》」と云ひて、ただしめにしめまさりければ《ひたすら締めに締め強めたので》、すでに《すんでのことで》あわをふきて死なんとしけり。その時はづしぬ。法師はくた《ぐった》くたと《りと気を失って》絶え入りて、わづかに息ばかりぞかよひける《虫の息である》。水ふきなどし《水を吹き掛けたりし》て《て》、一時[一七]《いっとき》ばかりありて生きあがりにけり《息を吹き返したという》。

かかりけるほどに、その比《ころ》、東国の武士、大番[一八]《おほばん》にて京上りすとて、この海津に日たかく宿しけり《日の高いうちに宿をとった》。馬ども湖[一九]に引き入れてひやしける。その中に竹の棹さしたる馬の、ゆゆしげなるが《大きく力も強そうなのが》、物に驚きて走りま《走り回った》ひける。人あまた取り付きて引きとどめけれども、物ともせず引き《引き払》かなぐりて走りけるに《いながら走ってくるのに》、この遊女行きあひぬ。すこしもおどろきた

一二　ほかの遊女に通っているのを後ろめたく思う気持はなくて。従って金の胸中を想像してみることもなくて、ということ。
一三　男女の交接をさす。
一四　帯絞《おびしぼ》りといわれる腰の左右の細い所。
一五　この糞坊主が。接頭語の「わ」は、ここでは相手を軽侮する気持を表す。
一六　くやしい目に合わせてくれたので。
一七　現在の二時間。ひととき。
一八　大番役の略。平安時代末期に衰えた衛士上番制に代るもので、鎌倉幕府の御家人の惣領が交替で勤めた。三か月から六か月間京都に滞在し、主として内裏・院の御所の諸門や行幸時の警護にあたった。底本「大従」とし、「従」の横に「番か」と傍記、傍記に従う。
一九　琵琶湖。「海津」は琵琶湖西北岸の地。

る事もなくて、たかき足駄（歯の高い下駄）をはきたりけるに、前を走る馬のさし縄[一]のさきをむずと[二]ふまへてけり（踏みつけた）。ふまへられて、馬かいこづみて[三]、やすやすととどまりにけり。人々目をおどろかす事かぎりなし。その足駄[四]、すなごにふかく入りて（砂の中に深くめり込んで）、あしくびまでうづまれにけり（うずまってしまった）。それより、この金、大力の聞えありて（評判がたって）、人おぢあへりける（人々は恐れ合った）。身づからい〔金が〕ひけるは、「童《わらは》をば（私を）、いかなる男といふとも（どんなに力の強い男であっても）、五六人してはえしたがへじ（五人や六人では押えつけられませんよ）」とぞ自称しける。ある時は、手をさしいだして、五の指ごとに弓をはらせけり。五張[五]を一度にはらせける指ばかりのちから（指だけの力でさえ）、かくのごとし。まことにおびたたしかりけるなり（ものすごい力であったそうである）。

三八二　小熊権守伊遠の息男伊成、酒席で広言せる相撲弘光を再度惨敗せしむる事　（抄入）

鳥羽院[六]の御代、相撲の節の後、帥《そち》の中納言長実《ながざね》[七]卿のもとへ、小熊《をぐま》[八]の権《ごん》の守伊遠《かみこれとほ》と聞ゆる相撲、息男伊成《これなり》を具して参りたり。さるべき方へめし入れて酒など進めらるるに[九]、弘光[一〇]といふ相撲また来けり。

一　馬の口につけて引いたり繋いだりする綱。丈夫な麻縄や組紐を用いる。
二　むんずと。ぐっと力を入れるさま。
三　つまずき、よろめいて。「かい」は接頭語「掻き」の音便。「偏《こず》む」は、姿勢がくずれる意。
四　底本「太」を改訂。
五　一本の指ごとに一張りの弓、つまり五本の指で五張りの弓に弦を掛けて一度に張ったこと。一張の弓を張るには、力の強い男が渾身の力をふりしぼって取りかかるのが普通であった。
六　在位一一〇七〜二三年。
七　藤原長実（一〇七五〜一一三三）。鳥羽天皇の治世には、播磨守・伊予守・内蔵頭であった。
八　伝未詳。益田勝実は「古事談鑑賞（七）」で、本話の伊遠、伊成父子を、『長秋記』天永二年八月の記事に見える最手《ほて》の豊原惟遠《これとお》とその子で白丁《はくちょう》の是成に比定する。

最手の脇を許されていた伊成を誹謗して惨敗髻を切り出家した弘光

九　底本「にに」とあるを改訂。
一〇　越智氏。『中右記』天永二年八月二十日の条に、

おなじくめし《同席させて》加へて[一一]盃酌《はいしやく》度々におよぶ間、弘光、[一二]酒狂のこと葉をいだすあまりに、亭主の卿《長実卿》にむかひて申す。「近代の相撲は、せいなど大きになりぬれば、左右なく《たやすく》[一三]最手《ほて》をも給はり、その[一四]わきにもまかりたつめり《昇格するようである》。昔は雌雄を決して《せり合いに勝って》、[一五]芸能あらはるるに付きて《はっきりしてから初めて》、昇進をもつかうまつりしかば、傍輩口をふさぎ《相撲取たちもとやかく言わず》、世の人これをゆるしき《世間の人もそれを承認したのだ》。近代は[一六]いさみなき世にも侍るかな」と申す。伊遠すこし居直りて、「これはひとへに伊成が事を申すなり《そういわれるのはきっと伊成のことをいうのでしょう》。不肖の身《ふつつかな者が》、今度すでに最手《ほて》の脇《わき》をゆるされぬ。誠に申さるる所のがれがたし《ご批判は甘んじて受けましょう》。[一七]但《ただ》しちと試み候へ」と申すに、弘光ほほゑみて、「ただ道理のおす所を《道理から判断される事を》申すばかりなり。心見られんはまたさいはひなり《それはまた願ってもないことです》」とて、左手を出《いだ》してこひけるを《挑んできたのを》、伊成は袖をかきあはせて畏まりて、なほ父の気色をうかがひけるを、父、「弘光かやうに申すうへは《弘光があのように言う以上は》、ただ心見候へ《ともかく相手になってみよ》」とたびたびいひければ、弘光がいだすところの左の手を、伊成が右手してひしと《しっかりと握った》とりてけり。弘光、ひきぬかんと身をうごかしけれども、ただ

「左越智弘光、申レ障免了」と見える。
一一 酒杯のやりとり。
一二 酒に酔って口走る言葉。『古事談』第六所載の類話には、「弘光頗酒気入テ、多言ニ成テ申云」とある。
一三 『中右記』天永二年（一一一一）八月十七日の条に、右の最手の光房の死去に伴う欠員を埋めるために、右方の脇の惟遠が最手に、同じく右方の相撲人惟利が脇に推挙されたことが見える。ただし、本話は伊成（是成）が脇に昇進した折の出来事となっているので、後年のこととなる。「最手」は、当時の相撲取の最高位、大関。左右に一人ずついた。
一四 最手に次ぐ地位の相撲取、関脇。最手脇《ほてわき》、助手《すけ》とも。同じく左右があった。
一五 すぐれた技能。
一六 本当に強い者のいない時代。
一七 しかし、愚息の実力をお疑いならば、ちょっとお試し下さい。

ろがざりければ、たはぶれにもてなして《〔弘光は〕戯れのように見せかけて》、右手を腰の刀にかけて、引きぬかんとする気色にて《引き抜こうとする様子で》、ずちなげに見えければ《困りはてているように見えたので》、「いまは《もはや》さばかりにて候へ《そのぐらいにしておきなさい》」と、伊遠申しければ、はなちて《〔伊成は〕》けり。

弘光、「かやうの手合せは《このような勝負のしかたでは》、さのみこそ侍れ《こんなことになりましょう》。勝負これによるべきにあらず。ひとさしつかうまつるべし《一番立合ってみましょう》」といひて、隠れ《物陰》の方《かた》へ走りよりて、一ふたつの袖を引きちがへ《袖と袖とを背中に回して紐でくくり》、袴《はかま》のくくりたかくからみあげ《裾についた紐を上の方へ巻きあげて》て二庭へあゆみ出でて、「これへおり候へ、おり候へ」と申す。伊成は、目かけながら《〔父を〕見遣りながら》畏《かしこ》まりゐたりけるを、父伊遠、「いかに《どうした》、かほど《これほどに》に申すうへは《言われるからは》、はやくまかりおりて一《ひと》さしつかうまつるべし《一番勝負しなさい》」と申すに、伊成も隠れの方にて三腰からみて、庭におりて、立ちむかひにけり。四形体抜群、勇力軼人《いつじん》、五鬼王のかたちをあらはして、力士《金剛力士が》のたちまちに来たるかとおぼえたり。弘光また敵対に恥ぢず《張り合うものとして見劣りしない》と見えける。

およそ亭主《長実》をはじめとして、諸人目をおどろかし、心をさわがしてさざめきあへるほどに《ざわめき合っていると》、伊成進みよりて、弘光が手をとりてまへ《手前へ》

一『古事談』には、この前に「肩脱テ」とあり、以下の伊成のいでたちから推しても、両者が上半身は裸になって立合ったことがわかる。

二『古事談』は「庭ニ出テ、ヒラヒラトネリテ」と、弘光の自信たっぷりな様子を写し、この後の負け方の不様さを際立たせる伏線としている。

三 諸肌《もろはだ》を脱いで、下に垂れた着衣の両袖を腰に巻きつけて括《くく》ること。

四 体軀の大きなことは群を抜き、雄々しい力強さもまた人にすぐれ、の意。この伊成の容姿にかかわる描写および弘光をそれと互角とする記述は、『古事談』には見えない。

五 閻魔大王をさす。

＊**『十訓抄』『古今著聞集』に見える藤原長実**　長実は藤原顕季の長子で、白河院政下に院の近臣として権勢のあった父から修理大夫を譲られ、正三位・権中納言・大宰権帥となって、長承二年（一一三三）五十九歳で死んだ。この三八二話の、伊成・弘光相撲の件で鳥羽院の御不興を蒙った話は、『古事談』『十訓抄』にあるが、『著聞集』は、『十訓抄』からの抄入である。ところで、長実にはもう一つ、人麿絵像のことで、白河院の御不興を蒙

ざまへつよく引きたるに、うつぶしにまろびぬ《うつ伏せに転んだ》。あへなき事《あっけないこと》かぎりもなし。弘光ほどなくたちあがりて、「これはあやまちなり《取りそこないだ》。いま一度さかふべし《立ち合おう》」とてあゆみよるに、伊成また父の気色をうかがひて進まぬを、伊遠、「ただせめよせて心み候へ《〔今度は〕どんどん攻め寄って戦ってみよ》」といひければ、また弘光が手をとりてうしろざまに《後方へ》あらく突きたるに《手荒く突いたところ》、とどこほりな《踏張ることもできず》くなげられて《に投げ飛ばされて》、このたびは、のけざまに《あおのけに》つよくまろびぬ。とばかり《ややしばらく》ありて《して》おきあがり、烏帽子のおちたるをおし入れて、帥《そち》《長実》の前にひざまづきて、ほろほろと涙をこぼして、「君の見参《げんざん》に入り侍らんも《お目にかかるのも》、今日ばかりに侍り《今日が最後でございます》」とて、走り出でにけり。その後、やがて[六]本鳥《もとどり》おしきりて法師になりにけるとぞ。法皇《鳥羽法皇》、この事を聞しめして、「甚《はなは》だ穏便ならず《穏やかでない話だ》。最手の脇などに昇進したるものをば、公家なほたやすく《朝廷においてさえ簡》雌雄を決せられず《単に勝負をさせてはならないのだ》。いかにいはんや《ましてや》、私の勝負《自分事の勝負で》に生涯を失はする、狼藉の至りなり《もってのほかの事である》」と仰せられて、長実卿、[七]御気色心よからざり《よくなかったという》けり。

った話が、『十訓抄』『著聞集』の両書にまたがって伝承されている。二〇三話は、藤原清輔が和歌の尚歯会を行った話で、次の二〇四話には、前話に出た清輔所伝の人麿絵像は、以前讃岐守兼房が、夢に人麿の姿を見て絵師に描かせたもので、白河院が召し上げて宝蔵に収めたのを、院の近臣顕季が無理に願って模写し、長男の長実や次男の家保はこの道に堪えないということで、三男の顕輔に譲ったが、その後兼房の正本が焼け、顕季本が正本となったとある。『十訓抄』第四第二話も、同じ話の別伝であるが、顕輔がこの絵を白河院に進上嘉賞されたのを、お前にいた長実が、そねみ心からその絵をけなしたため、院の御気色が大変悪くなって、長実はその後半年間謹慎したことが附加されている。院の御不興という点で、『十訓抄』のこの話は、『著聞集』の三八二話と併せて注目される。

六 髪を削り落すこと。「本鳥」は髪の頭上に結い束ねた部分。またその髪。

七 鳥羽法皇の長実に対する御心証。『古事談』には、「長実卿、暫被レ止二出仕一云々」とあって、長実が鳥羽法皇の不興を蒙ったことが明白である。また『古事談』では、この後に次のような逸話が続く。「父、伊成ヲ試《こころみ》バヤト思テ、或時於二塗籠《ぬりごめ》ノ中ニ一取合《とりあひ》ケリ。板《いた》敷《じき》ノ鳴《なる》ヲトヲビタヽシクテ、雷《いかづち》ノ落ルヤウニ顚《たふるる》音シケレド、勝負ハ敢《あへて》人不レ知云々」。

解説

西尾光一

一、説話文学の主題――人物中心――

『今昔物語集』や『宇治拾遺物語』が一種の文学であることは、今日ではほぼ認められているといってよい。すぐれた話柄があり、おもしろい作品である。ところが、『古今著聞集』になると、すこし事情が違ってくる。『今昔』や『宇治拾遺』に共通する物語的表現性は『著聞集』では後退し、別な観点から見直されるべき異質なものに覆われている。本書の校注を引き受けて、この数年来改めて丹念に読み返してみているが、この『著聞集』七百二十六話の説話のうちで、どれだけのものが文学といえるのか、説話とはどういうものなのだろうか、説話文学というものをどうとらえたらよいのか、といったような、極めて原初的な疑問におち込み、「抄録の文芸」という見方なども出されてはいるが、ここで新しく問い直してみずにはいられないような気持になっている。こんなふうに、この『著聞集』のあり方に、説話文学研究の上での問題性を強く感ぜずにいられないということ自体が、そのすぐれた点であるとまでは言えなくても、一種のおもしろさであると言ってよいのではなかろうか。校訂・注解の仕事を進めながら、多彩な『著聞集』の内容にとまどい、どのようにしてその特質を解明したらよいかと考えている。

ところで、はじめに説話という言葉の意味やこの言葉の使い方から考えていきたい。説話といえば、読んで字の通りで、古くから「ハナシ」の意味に使われてきている。しかし、近時の日本文学史研究の上では、ただの「ハナシ」ではなく、「伝承されたハナシ」の意味に使われるようになってきた。口から口への口承伝承そのものを説話という向きもあるが、文字・文章の介在する書承伝承によるものを説話という立場もある。そのいずれかの伝承方式を通じて伝えられた「ハナシ」が説話なのである。民俗学研究や口承文芸研究の立場では、口承の「ハナシ」が採録され研究されているが、日本文学史研究の側で説話や説話文学が問題とされる場合には、基本的には文字に書かれたものが対象となる。口がたりの特質がその発想に残っており、それぞれの時代の口承伝承の世界を後に背負っているにしても、ともかく説話集その他の書物に、書承の説話として文字化されて収載されているものについて考えていくことが、研究の本筋である。

こうした口承・書承の説話は多種多様であって、神話・伝説・昔話（民話・民譚）・世間話・逸話・思い出話・打聞話・史話・歌話・芸能談・童話などと呼ばれるべきものをすべて含む。そればかりではなく、記録・雑録の類や、伝記の一節や、見聞談の形をとったものや、作り物語の断片のようなものなど、雑多なものまで含めて考えなければならない場合もある。以上に列挙したものは、古代中世の説話集を形成し、その内容をなしている話柄で、これらをすべて説話であると認めてかかることが、説話文学研究の立場からは、必要でもあり、また便宜でもある。なお、説話集には、場合によると、その説話集の編者自身の直接の体験や見聞としての表現形式をとり、伝聞回想の助動詞「けり」ではなく、自己の体験を回想する助動詞「き」を用いて記述されている話柄がある。しかし、それらもよく調べてみると、表現形式がそうなっているだけで、本来は伝承された一種の説話とみなすべき性質を持つ場合が多く、総体としてみて、説話集その他の諸書に書承で伝承されている「ハナシ」を中軸に考えていくという事になる。

このように、説話が伝承された「ハナシ」である以上、説話集編者の多少の創作的改変はあるにしても、説話集を中心にする説話文学ジャンルは、創造的な文学ではなく、伝承性に培われた作品であることはいうまでもない。多種多面の素材を持つ『著聞集』の場合、ここに列挙した説話の各種類を多く含んでおり、その意味では典型的な説話集といえるのだが、『著聞集』の説話を文学として把握できるかどうか、一話一話の主題を読みとることから始めてみた。

とはいっても、伝承性をもとにしている説話に、創造的な文学作品と同じように主題があるとみてよいのだろうか。わたくしは、創造的な文学作品の主題は、作者がその作品の中で言おうと思っていることの中心的なもの、中軸のもの、つまり作者の主体的なものの集中的表現の核心であるものと考えている。それは作者の感動の中心であり、読者・享受者の側からいえば、その作品には結局何が書いてあったのかという、その作品を全体としてつかんで読みとった中心点に当るものである。詩や小説において、享受者がその作品の全体的な意味として感動をもって受けとめる主題は、創作者の側における主題感動と共鳴相即する。ところが、そうした一回限りのものとして創作された作品ではなく、伝承された「ハナシ」である説話の場合は、原作者もはっきりせず、伝承の間の変化もあって、創作作品の場合と同じ意味での主題はつきとめ難い。例えば、『宇治拾遺』の「鬼のこぶ取り」や「腰折雀」の話を考えてみても、あの話を作った最初の人の主題は、いつの間にか伝承者の主題に置きかえられ、享受者に受けとめられ、次々と繰返し伝承されていく間に、誰の主題でもない、説話それ自身の主題というべきものができて、伝承の中に生き続けているとみてよいと思う。説話というものは、創造の文学ではなく、受け売りの文学、受けとめ受け渡す文学なのであるから、主題も説話の中で渡され受けとめられ、また渡されるというふうに、伝承の中で生き続ける。『著聞集』の説話も、まさにそういう伝承の一こまである。

このように説話の主題を考えると、話自体が何かを自立的に語っているということになる。話自体にある訴えるものがあり、喜びや悲しみがこめられている。その中心が説話の主題であり、その主題が感動的なものを強く含みもっていればいる程、それが表現に強くあらわれていればいる程、その説話は文学的なものになるといってよい。

多年、数多くの説話集に親しんできて、一入《ひとしお》強く感じていることは、このように、説話にも説話それぞれに主題があるということと共に、その主題のあり方が、格別に人間というものに深くかかわって、説話の大きさや構造を規定しているものが大多数であることである。もちろん、文学が人間にかかわるものであることはいうまでもないが、物語にしても軍記にしても、全体の筋立ての中で、多くの人間やその家族が、数年ときには数十年にわたって、さまざまの運命にもてあそばれるいきさつが、作者の虚構を加えた創造をともなって構成・表現されるのに対し、説話は一話一話が短小で、物語や軍記のように長い年月にわたる複雑な構成を持つ長いハナシはないといってよい。事柄や事件、または事実そのものについての興味や関心が中軸をなしていることは確かだが、叙述の形式としては主人公の紹介から始まって、一人もしくは二、三人の主人公の言行・逸事として語られるのが常である。主人公がどういう人物であったか、どういうことをしたかということについての興味と関心が、説話の主題として伝承されている点を、多彩な『著聞集』を一貫する主題のあり方としてわたくしは追求してみている。本書で各説話ごとの主題を、できるだけ具体的にまとめて、各説話冒頭の頭注欄に色刷りで出してみたのも、そうした追求を理解して戴く一助ともなればと考えてのことである。ただ、十五字一行もしくは二行に収めることにしたので、字数の制限のため舌足らずになってしまったものや、本文の説話の標題と併せた形で主題を提示したものもある。また、主題といえるようなもののない、文学としてはまったく衰弱した説話の場合や、長文で頭注の中途にも色刷り見出しを出した方が読み易いと思ったものには、適宜な見出しを提示した。また、本書では一話として扱ったが、実は二つの説話が接着したものと見た方がよいものの場合は、二か所に提示した。

二、編者橘成季と著作年代

『古今著聞集』の作者は、序文に「余、芳橘《はうきつ》の種胤《しゆいん》を稟《う》けて」、「散木《さんぼく》の士橘南袁《きつなんゑん》」などとあり、跋文に、「朝請大夫《てうせいたいふ》橘成季」の署名があることによって、橘成季《なりすゑ》であることが明らかである。「南袁」は「南理須袁《なりすゑ》」のように、名前の頭尾二音をとった返名《かえしな》であり、「朝請大夫」は従五位上の唐名である。その伝記について詳しいことは分らないが、大森志朗・中島悦次・永積安明などの諸先学の指摘考察(四八三頁＊印参照)によって、その概要を摘記しておきたい。

第一は、藤原定家の『明月記』の寛喜二年(一二三〇)四月二十四日の条に、賀茂祭の供人として、関白九条道家の近習五人が催し遣わされたことが記されているが、その筆頭が「右衛門尉成季」で、「近習無双、故光季養子、基成清成等一腹弟」と割注にある点である。『橘氏系図』(群書類従本)には、成季・基成の名は出てこないが、光季・清成は出ている。『明月記』の割注を勘案《かんあん》し、その分を括弧に入れて表示すると次のようになる。

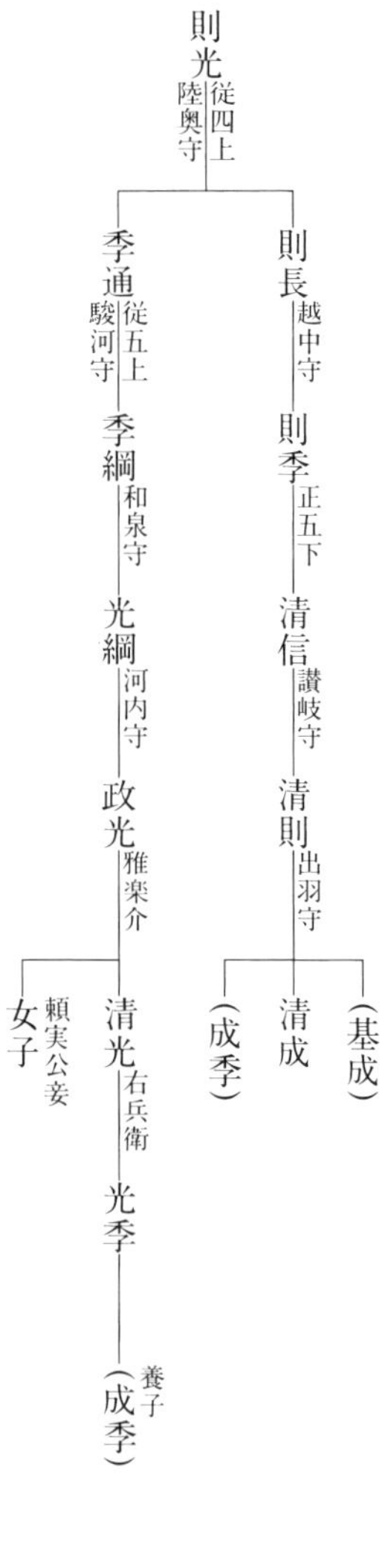

この系図の陸奥守則光は、八世紀の中葉天平の政界に権勢を振った橘諸兄《もろえ》（六八四〜七五七）九世の孫で、子の駿河守季通ともども、『今昔』『宇治拾遺』その他の説話集にしばしば登場する。諸兄の後、奈良麻呂・氏公・峯継あたりまでは、大臣や参議になったが、その後、一族は四位・五位止りとなり、地方官や宮廷の中下級の官人として活躍した。則光や季通は話題の多い人物としてその代表であったらしいが、則光からさらに五代後の成季に至って、多彩な話柄を書き集めたこの説話集の編者が出たわけである。

第二に、『明月記』には、その他にも寛喜二年五月二十五日、同三年八月十五日などの条に九条道家の近習として重用され、競馬でも一番で出走したことなどがでており、『著聞集』巻第十の馬芸についての説話の詳しさに、経験の裏付けのあったことが了解される。成季が、『著聞集』執筆の二十年ほど前には、中級の官人として宮廷に仕え、有識《ゆうそく》の知識をもって活躍したことが、『著聞集』の宮廷関係の記事の書きぶりからも伺われる。なお、成季が随身として近侍した九条道家は、土御門天皇の承元二年（一二〇八）左大将・権大納言となってから、四条天皇の嘉禎三年（一二三七）辞任して出家するまで、左大臣・関白・摂政の高位にあって、幕政とも協調し、宮廷の内外に勢威をはっていたが、成季が近侍したのは、寛喜を中心とする道家の極盛の時期であったと推測される。

第三は、藤崎俊茂「古今著聞集の時代性」（『古典研究』昭和十六年一月号）が問題にした跋文の「蘧《きょ》氏の非に似たり」の一句である。『淮南子《えなんじ》』の「蘧伯玉、年五十にして四十九年の非あり」を採ったもので、跋を書いた建長六年（一二五四）には、成季は五十歳前後、従って、生れたのは土御門天皇の元久二年（一二〇五）前後と考えてよいのではなかろうか。そうすると前の『明月記』の記載は、彼の二十歳代の半ば頃に当るわけで、若い働き盛りの随身であったということになる。

第四は、「序」に「琵琶は賢師の伝ふる所なり。たまたま六律六呂《りくりつりくりよ》の調べを弁《わきま》ふ。図画《とぐわ》は愚性の好む所なり。自ら一日一時の心を養ふ」とある点である。成季は音楽と絵画を好み、賢師の伝授を受けて、楽人と合奏し、自然の美景を画材として描き、画工に誂えたりした。また、巻第六の管絃歌舞第七の二七六話には、豊原時元・時廉の笙の話に附加して、宝治三年（一二四九）六月成季自身が後嵯峨上皇の仙洞御所で太鼓を仕ったこと、その打ち方について法深房藤原孝時に相談したとあるが、この藤原孝時こそ、「序」にいう賢師である。諸先学が指摘引用しているように、『文机談《ぶんきだん》』には孝時と成季の関係が記載され、成季は、孝時の琵琶の弟子として、多くの公卿に交って芸の伝統を受け継ぎ、また伝え渡した。それらの人の中で、花山院大納言長雅は、成季から伝授を受けたが、成季が死んでからは、孝時の子孝頼から灌頂を受けたとある点に関して、永積安明「古今著聞集の著者と名義」（大系本解説）が、

花山院は成季の没後には、孝頼に灌頂を受けられたとあるが、その孝頼も父孝時の没後間もなく、

文永九年五月十九日に卒している。したがって花山院が灌頂を受けたのは文永九年五月十九日以前であり（中略）成季の没年は、当然それ以前に遡る。

と推論しているのが、今の所最も拠るべきであろう。
第五には、「序」に「時に建長六年応鐘《おうしょう》中旬」とあり、「跋」に「建長六年十月十六日、終りの宴になずらへて、詩歌管絃の興をもよほす」、また、「建長六年十月十七日、宴の後朝、右筆これを記す」とある点である。「応鐘」は十月の異名。跋文は、『著聞集』編著の由来・方針を述べた後、十月十六日に、白楽天・人丸・廉承武《れんしょうぶ》の画影をかけ、供物をそなえ、本文の一部を読み上げ、音楽を奏し、漢詩・和歌の披講・朗詠をし酒数献に及ぶという、まさに勅撰和歌集のそれにもまがう竟宴で、『著聞集』著作の背景をなす成季の教養や嗜好が伺われる。

以上、第一から第五までをまとめると、橘成季は、元久二年（一二〇五）頃生れ、同族橘光季の養子となり、壮年の頃は右衛門尉ほどの身分で、関白九条道家の随身として、重用されて活躍した。漢詩文や和歌をよくし、音楽・絵画を好み、藤原孝時の琵琶の伝授を受け伝えた。「序」に「蓋《けだ》し居ること暇景《かけい》多かつしより以降《このかた》、閑《しづ》かに徂年《そねん》に度《わた》る」とあるように退隠閑暇の状況の中で、『著聞集』二十巻三十篇を編んだ。時に建長六年（一二五四）成季五十歳の頃のことであった。その後、文永九年（一二七二）までの十八年のどこかで、七十歳には達しない年齢で死去したものと考えられる。

なお、『著聞集』は、建長六年十月十六日に完成したが、四章に述べるように、後人によって追記補入された説話がある他に、成季自身によって成稿後補記されたかと思われるものもある。

例えば、「跋」のすぐ前の、原形本最後の説話と見られる巻第二十の七二一話「或る殿上人、右府生秦頼方の進じたる都鳥を橘成季に預けらるる事」に、預けられた成季自身も飼い方がわからず、小田河茂平という人物に頼んで飼育してもらったが、建長六年十二月二十日、後嵯峨上皇が藤原実氏の富小路邸へ行幸せられた折に叡覧にそなえられたという話は、竟宴から二か月も後のことである。大系本の補注には、序や一六四・二七六話など、成季自身のことを記述した他のすべての場合に、自分のことを「予」と書いているのに、この段だけは「成季」と三人称で記されているし、説話の置かれている位置も最後なので、後人の追記補入とするほうが妥当であろうとある。しかし、この話の前後の事情や、「よろづの虫をくはせ侍るも」とか、「飼はせ侍りしを」とか、「次の日一日御逗留ありし」というような表現法などからみて、成季の自記補入とみた方がよいのではないかと考えている。いずれにしても、『著聞集』の著作年次は建長六年であるといってよかろう。

＊大森志朗「古今著聞集考」（日本古典全集『古今著聞集』所収、昭和五年四月刊）、中島悦次『橘成季―国家意識と説話文学―』（昭和十七年十二月刊）、永積安明・島田勇雄　日本古典文学大系『古今著聞集』（昭和四十一年三月刊）その他。

三、百科全書的な構成

橘成季は、『古今著聞集』の自序の冒頭に、「それ著聞集といふは、宇《う》県《けん》の亜相《あしやう》が巧語の遺類、江家の都《と》督《とく》が清談の余波なり」と、自分の著作が、宇治大納言源隆国（一〇〇四～七七）の散佚《さんいつ》『宇治大納言物語』や、大宰権帥大江匡房《まさふさ》（一〇四一～一一一一）の『江談抄《ごうだんしよう》』の系列にある作物であることを誇らしげに述べている。説話文学についてのジャンル意識ともいうべきものがあったということになる貴重な言表であったといってもよさそうである。しかし、実際の説話の集め方を見ると、『江談抄』

からは、巻第四の文学篇に数話採用してあって、いちおう「清談の余波」と言えるが、隆国の物語の方からはほとんど何も採っていないらしい。隆国の物語は鎌倉末かおそくも室町中期には散佚してしまったらしいので、正確には分らないが、成季が実際に同書を手にしたかどうかさえ不確かで、「巧語の遺類」といっても、その程度は不明である。同書の佚文とみられるものなどを手がかりに、大胆な推測をすると、隆国の物語は現存の『古本説話集』や『宇治拾遺』に近い、物語説話を集めた雑纂的な説話集であったと思われ、類纂的な『著聞集』とはかなり色合いの違うものであったかと思われる。『著聞集』がこの隆国の物語から説話を採っていたら、同書と密接な伝承関係にあるとみられている『今昔』『打聞集』『古本説話集』『宇治拾遺』『小世継物語』などの諸書と『著聞集』との間に、相当濃厚な伝承関係が指摘されて当然の筈であるのに、それが見られないことは、成季が隆国の物語から採らなかったことの傍証となるであろう。

　事実、源隆国（九一・九二・三二〇・三九三・六五五話など）や大江匡房（八二・一一九・一二〇・一八四・三二七・四五七・六五七・六五八話など）の出てくる説話での扱い方をみても、先輩の編者としての特別な扱い方はしていない。さきほど、ジャンル意識とは書いたが、それは王朝以来の説話伝承上の名著に対する憧れのようなものだったと言った方がよかろう。それでは、成季はどういう目的や意図の下に、この『著聞集』を書いたのであろうか。

「序」では、「浅見寡聞《せんけんくわぶん》の疎越《そあつ》（書きもらしや書きすぎ）を愧《は》づ。偏《ひとへ》に博識宏達《はくしよくくわうたつ》の盧胡《ろこ》（笑われもの）を招く。ゆめゆめ蝸廬《くわろ》（自宅の謙称）を出《いだ》さざれ」とひたすらに謙退の辞を並べているが、「跋」の方では、本書編述の事情を、次のように書き起している。

　この集のおこりは、予そのかみ、詩歌管絃のみちみちに、時にとりてすぐれたる物語をあつめて

絵にかきとどめむがためにと、いそのかみふるきむかしのあとより、浅茅《あさぢ》がする〱の世のなさけに
いたるまで、ひろく勘《かんが》へ、あまねくしるすあまり、他の物語にもおよびて、かれこれ聞きすてず
書きあつむるほどに、夏野の草ことしげく、もりのおちばかずそひ侍りにけり。

この記述によると、成季は詩歌や音楽関係の佳話を集めて、作画の資料集とする予定であったのが、書き集めていくうちに他の話に及び、当時の文化事象の多彩な部面の多数の説話に興味をひかれ、次々に話が拡がっていったことがわかる。

これ、そこはかとなきすずろごとなれども、いにしへより、よきこともあしきことも、しるし置
き侍らずは、たれかふるきをしたふなさけをのこし侍るべき。

と、跋に続けて言っているような、古きを慕う伝承尊重の態度で、百科全書的とも言うべき多面的な項目を立て、年代順に説話を集め並べていったのであった。

跋は、それに続けて、

或いは家々の記録をうかがひ、或いは処々の勝絶をたづね、しかのみならず、たまぼこのみちゆ
きずりの語らひ、あまさかるひなのてぶりのならひにつけて、ただに聞きづてに聞く事をもしる
せれば、さだめてうける事も、またたしかなることもまじり侍らんかし。

とある。史書・記録の類を資料とし、さらに各地を訪ねて、口頭の伝承をもひろく採録するという方法をとったことは、現在の集自体をみれば首肯できる。

このようにしてでき上がった『古今著聞集』二十巻三十篇、七百二十六話（現存本）は、三十一巻（うち三巻欠）千四十話の『今昔物語集』に次ぐ巨大な説話集となったが、『今昔』において見られるあの強烈な編集意図が、仏教の尊信に基づく仏教説話の体系的類纂から多彩な世俗説話への興味の集

中となっていったのに近似している点と相違する点とがあり、両書の編集エネルギーの推移がおもしろい。

『今昔』は、巻一から巻七までが天竺《てんじく》・震旦《しんだん》の仏法部、巻十一から巻二十までが本朝仏法部であるのに対し、『著聞集』二十巻の中では、仏教説話は、巻第二釈教篇三十九話（序とも）の他は各巻に少々散見するだけである。天竺・震旦の説話がないことも、「序」に「敢へて漢家経史の中を窺《うかが》はず、世風人俗の製有り。只今《しこん》、日域古今の際を知つて、街談巷説の諺《ことわざ》有り」とあるのと一致している。しからば、量的・質的にも、『今昔』において全篇の三分の二を占める仏法に対応すべきものは『著聞集』では何であったか。『今昔』において、仏法は文学として附加貢献したものと、減価妨碍《ぼうがい》した面とがあるが、『著聞集』の場合はどうなのであろうか。

「序」に、源隆国や大江匡房のような王朝の著名な有識貴族を挙げ、「跋」で詩歌管絃の道々に関する物語を集めて絵に描きとどめるという、始めの編集目的を述べている成季が、何を優先させ、どういう気持や態度で説話を集めたかということは、二十巻三十篇の巻序構成に端的にあらわれている。

本書では第一・第二に神祇・釈教が来て、以下、政道忠臣・公事・文学・和歌・管絃歌舞・能書・術道と、宮廷貴族社会における文化の諸相に取材した篇が並ぶ。つづく孝行恩愛・好色・武勇・弓箭・馬芸・相撲強力・画図・蹴鞠などの諸篇においても、大部分の説話は、平安朝の宮廷や貴族にまつわる話柄である。武勇・弓箭・馬芸・相撲強力といっても、鎌倉武士の話はすくなく、王朝の名将源義家や、宮廷の賭弓・競馬・相撲節会に関する説話が中心で、王朝宮廷の文化や風習などを伝えようとする意識が濃い。さらにその後に並ぶ博奕・偸盗においても、宮廷における賭事や盗難・盗賊の説話が中心になっており、それに続く祝言・哀傷・遊覧は宮廷貴族社会における行事として、説話絵巻の文章のようでさえある叙述が重なる。

さらに、『著聞集』の最後尾に連なる宿執・闘諍・興言利口・怪異・変化・飲食・草木・魚虫禽獣の八篇においても、王朝関係の説話が巻初に出て来ることは相変らずであるが、さすがに興言利口・魚虫禽獣両篇では、前の偸盗篇とともに、鎌倉期の説話の方が多くなり、『古今著聞集』の「今」の意をまさにうけてとめ、強く示している。

しかし、以上みて来たように全体としては平安朝の宮廷貴族関係の説話が圧倒的に優先されており、『今昔』における仏教説話の優先と軌を一にする点がある。

『今昔』において仏教説話が何であったかは今は言わないが、編者の強い仏教への志向があの三十一巻千四十話の強烈な集中と配列を生んだばかりでなく、仏教文学としてのさまざまな内実と表現をもたらしたことを思う時、『古今著聞集』二十巻三十篇七百二十六話の百科全書さながらの蒐集が、成季の熱烈な平安朝宮廷文化への憧憬によって生み出され、ひたすらな王朝思慕の文章となっていることは、日本の説話文学世界の中で、大型の説話集のあり方として、大変おもしろい。成季のように、宮廷の官人としての経験を持った当時の一人の知識人が、開幕後半世紀、承久の乱（一二二一）から は三十年たって、北条執権政治も確立した鎌倉期中葉において、人文・社会・自然の各部面の諸事象を説話として把えたものが、この二十巻三十篇の百科全書的な構成となったわけであるが、全体として、王朝文化を思いやりつつ、その著作が「家々の記録をうかがひ」（跋）、「聊《いささ》かにまた実録を兼ぬ」（序）という態度でなされたことは、謙辞の中で述べられてはいるが信じてよいであろう。

たしかに、前述のように『江談抄』からの取材はあるが、それ以外の現存の平安朝や鎌倉初期の説話集を出典とするものはすくなく、むしろ、王朝の日記や記録を資料として、歴史的により確実な説話の集を自力でつくり上げようとしたものである。このことの持つ意義は大きい。それは、前述のように、「これ、そこはかとなきすずろごとなれども、いにしへより、よきこともあしきことも、しるし置き侍らずは、たれかふるきをしたふなさけをのこし侍るべき」（跋）と言っているような王朝文化を尊重思慕する思念に満ちている。ただ、そのような思念が、どれだけ説話を文学としていきいきしたものにしているかということになると、成季の気持ばかりが先に立ってしまい、王朝思慕の思いが表現を賑わしているようなケースはすくない。ただ、同じ篇目の下に、王朝宮廷の故事が淡々と記載されているのを読みつづけていると、『古事談』などの場合とも似て、抄録連載の作業の中に、一種の文学的雰囲気を読みとることができる。この点が、『著聞集』の構成にかかわる書物としての特色の第一点である。

『著聞集』の構成にかかわる特色の第二点は、各巻各篇の終末の部位に集め並べられている成季の生存年代に近い鎌倉期の説話の事件的・行動的・報道的な描写である。一口にいって、平安朝の人物に対する態度と違って、自信を持って生き生きと鎌倉期の人間を描き切っている場合がすくなくない。成季は、王朝文化志向の意識を中軸に二十巻三十篇を構成はしたが、『古今著聞集』の今につながる時代相として、各巻各篇の終末部に、自分に身近な感覚をもって描き得る、同時代人に近い人間を具体的に、おもしろく自由に書き加えたものとみたい。『著聞集』の文学としてのより大きな特色や価値は、こうした部分にあるといえるが、この傾向は巻第十二の偸盗篇以後において著しいので、さらに詳しくは本書下巻の解説で述べることにするが、上巻所収の巻第八好色篇における宮廷人たちの恋愛と好色の物語と、下巻所収の巻第十六興言利口篇の多数の雑多な人間の露骨な性描写との対照は、成季の心情の表層と低層を示すものとみなすべきか、成季ならざる人物の増補によるものとすべきか、本書の百科全書的な構成の中での興味ある問題点である。

四、本文と後記補入の問題

『古今著聞集』の本文研究としては、三十余年にわたる永積安明氏の業績「古今著聞集伝本考」（『国語と国文学』昭和九年七月号・九月号。『中世文学論』昭和十九年十一月刊に収録）と、「古今著聞集の本文批評」（神戸大学文学会『研究』三五号、昭和四十年三月刊）・日本古典文学大系『古今著聞集』解説（昭和四十一年三月刊）が、他に抜きん出てもっとも拠るべきものである。本書の校訂に当っても、多大の学恩を受けた。ことに、昭和四十八年本書校訂の依頼を受けて以後、底本を何にするか模索しつつあった折、同氏から大系本校訂の際には所在がわからなかった『古今著聞集』の最善本と認められる九条家本が、現在広島大学附属図書館に収蔵されていることを知ったから、その本を底本にするのが一番であろうと、懇切な御教示を受けた。さっそく広島に行き、稲賀敬二教授の御高配によって閲覧し、氏の御好意による写真版を検討し、それに拠って本書の底本を作製することができた。偏に永積・稲賀両氏のお蔭である。ここに重ねて厚く御礼申上げたい。

ところで、『古今著聞集』の現存諸本のあり方は、基本的には、

暦応二年十月十八日、六旬の老筆を染めて二十帖の写功を終りぬ。且つは当時の徒然を休めんが為《ため》、且つは後日の才学に備へんが為なり。秘蔵すべし、秘蔵すべし。　老桑門在判

という奥書を持つ二十冊の本が中心になっている。暦応二年（一三三九）という北朝光明院の年号

で、南朝ではその年八月後醍醐天皇が崩じ、十月に後村上天皇が即位されている。『著聞集』の成立から八十五年後のことで、この「六旬の老筆」を染めた「老桑門」が誰であるかは分らないが、さらに約百年後の『看聞御記《かんもんぎょき》』永享五年（一四三三）前後の記事に、『著聞集』の「禁裏本」「後崇光院本」「飛鳥井本」などを貸借して閲読した由が見え、また現存本巻第二の奥の注記に「竹園御本」の名が見えることと併せ、『著聞集』の読者圏が想定され、この老桑門は宮廷貴顕とも交わった教養のある老僧ではなかったかなどと考えられる。

『著聞集』の現存四十数本については、前記の永積氏の研究と解説がある。氏は紀貫之の「大井川行幸和歌序」を抄入附載する系統の諸本と附載しない系統のものとに二大別され、さらに四類八種に分類されている。そのうち、抄入の注記その他の記入が正確で、本文も整斉、古態を示すものとみられる善本としては、前述の九条家本を筆頭に、宮内庁書陵部蔵㈠本・近衛家本・彰考館蔵㈠本・学習院図書館本などがあるが、これにつづくものとして、彰考館蔵㈡本・静嘉堂文庫本・天理図書館本・宮内庁書陵部蔵㈡本などの写本十数本があり、刊本として、元禄三年版本とその後刷本があることが報告されている。次に、第二の系統の諸本としては巻第二十の跋文の署名が「朝請大夫橘成季」となっている三手文庫本など六本、「朝散大夫橘成季」となっている吉田幸一氏本など三本が報告されている（朝請大夫は従五位上、朝散大夫は従五位下の唐名）。今回の校訂に参考として使った架蔵の伊木本は三手文庫本などと同種の本である。他に、静嘉堂文庫・慶応大学図書館などにも別類の異本があり、また素行文庫本をはじめ、古書展目録に出た古写本や流布の板本に対校されてその形跡を残している写本も何点か存在する。架蔵のものにも、屋代弘賢が元禄三年版本に、「喜寿本」「永田町本」と呼ぶ写本との対校を朱記した阿波国文庫旧蔵の十七冊の欠本があるが、これらの異本の類についての調査はまだできていない。

なお、本書の底本は、稲賀敬二氏の談によると、書肆の手を経て広島大学に入ったのが、土井忠生氏の教授在任中のことであるという。

大系本の解説（昭和四十一年三月）で、永積安明氏は、九条家本について次のように述べている。

故池田亀鑑氏の蔵本で、各冊一面十行書写の袋綴本、氏によれば大永頃の書写、管見による現存本中最古の写本であるが、現在所在不明（中略）。なお、これと全く同種のものに神田本（「神田家蔵」の蔵印のある十冊本の欠本、袋綴五冊）があったが、これも現在は所在不明である。以上の二部は第一類のなかでも、校合字面から同一伝写群に属し、現存本中おそらく最も原典に近い系統の本文と認められる。

今回の本文校訂に際して底本を検討した所見も、まさにそのようであったので、底本として採用すると共に、宮内庁書陵部蔵㈠本を底本とする大系本を参照し、さらに、前記伊木本を第二の系統の参考本文として使用することにした。伊木本は岡山市伊木家の蔵書印があり、各冊一面十行書写の袋綴五冊本、寛文元禄頃の書写とみてよさそうである。

『古今著聞集』の成立は、前に述べたように建長六年（一二五四）十月のことであるが、その後現存本の奥書にある暦応二年（一三三九）までのどこかの時点で、一人もしくは何人かの手によって、建長の原形本にはあった筈のない約八十話が抄入追記されたと認められている。その決め手としては、『著聞集』構成の基本的な原則である年代順配列を乱して、篇末などに出典とほぼ同文の説話が集め並べられていることが指摘されている。永積氏は、大系本の解説で、
十訓抄からの抄入によるものが最高で六十一段、十訓抄以外の文献や口承説話と認められるもの

からの追記が十六段、さらに裏書の三段（一七段および二五五段の裏書は一段中の部分であるから除外する）を合計すると、八十段の大量にのぼる。つまり著聞集七二六段の説話のうち一割をこえる部分が、後の抄入によるものということになる。そのうえこれらの諸段が一般に著者の関知しない後人の作為であるとすれば、この事実は著聞集を読むものにとって、等閑に付しがたいことである。

と述べている。成季が完成後何年かして自ら補入した場合もあり得るが、後人の所為とみた方がよさそうである。

以下、後記抄入段のあり方について、巻第一から巻第十までの分を略述しよう。

まず、巻第一の三三話は、仁安三年（一一六八）四月の話で、年代順配列が、巻第一の二九話の承元四年（一二一〇）正月まで話が進んで来ているその後に置かれていることは、年代の序列違反で、出典不明ではあるが、まず間違いなく後記抄入と考えられる。ところで、その前の巻第一の三〇・三一・三二の三話も永積氏によって抄入の疑いあるものとされている。大系本の補注にもあるように、明確な年次はわからないが、巻第一の三〇話の前大和守重澄は治承四年（一一八〇）頃、巻第一の三一話の大夫史淳方は建久九年（一一九八）頃生存していた人物なので、巻第一の二九話の一二一〇年以前の話とみるのが自然であろう。つづく巻第一の三二話の二条宰相藤原雅経は、『公卿補任《くぎようぶにん》』によると、承久二年（一二二〇）に参議に任ぜられ、翌年没しているので、巻第一の二九話に対して年代的には後であるが、前二話に引き続く賀茂神社関係の話であり、三話一まとめに考えるのがよさそうである。生存年代の限度を考えると、年代的にかなり近接していて、年代順配列として絶対に不可能であるとも言い切れないが、二九話の賀茂神社の話につづいて三話賀茂神社の話が続く並び方はやは

り注目に値する。ことに三〇話の冒頭に、

前《さき》の大和《やまと》の守《かみ》藤原重澄《しげずみ》は、賀茂につかうまつりて大夫の尉までのぼりたるものなり。若かりける時、兵衛《ひやうゑ》の尉《じよう》になり侍らんとて、当社の土屋《つちや》を造進《ざうしん》したりけり。厳重の成功《じやうごう》にて云々。

と、「当社の土屋」というような言い方をしているところから、賀茂神社関係の何人かによって後記抄入されたものとみておきたい。以上をまとめ、後記抄入の可能性の最も強い話は巻第一の巻末の三三話であり、その前の三〇・三一・三二話について言えば、三二話はその位置で年代上の矛盾はないので、三〇・三一・三三の三話が後記補入の可能性がより強く、三二話には疑問を残しておく方がよさそうである。

次に巻第二釈教篇の後記補入についてである。『著聞集』の現存本には、裏書きが伝写の過程で本文の中に書き込まれたと思われるものが何か所かある。中でも、巻第一の一七話と巻第六の二五五話には、「裏書云」「裏書」と明確に注記して、宣命体・漢文体の文章が書き加えられているのである。『著聞集』には、序文・跋文・巻頭の小序以外には漢文や宣命体の全面的叙述は元来はなかったと考えられるので、巻第二の四〇・四二の両話のように、全体が漢文で書かれている段（本書では訓み下した）は、裏書きが一説話のような扱いで後記抄入されたものと考えられる。この両段は漢文であるということの他にも、巻第二の四〇話は三九話の伝教大師渡海作善宇佐八幡託宣の事に関連附随し、智証大師の帰朝の船中で新羅明神の託宣があった話で、次の位置に裏書きが独立した説話の形で置かれたものであろう。四二話の方は、四五話の貞崇法師火雷天神と問答の話に関連附随していた「吏部王記曰、貞崇禅師述金峰山神返云」に始まる漢文の裏書きの叙述が位置がずれてここに置かれたものであるとみる永積氏の推定が正鵠《せいこく》を得たものと思われ、この両段は後記補入として扱うべきであろう。

次に巻第四文学篇について述べたい。後記補入とみられる部分が二か所にある。第一は、一〇九話から一二〇話に及ぶ『江談抄』を出典とする部分の中の、一一三・一一五・一一六の三話である。一一三話は元慶三年（八七九）没の都良香《みやこのよしか》の話で、天徳元年（九五七）没の大江朝綱の話である一一二話の次に来ることは時代が著しく遡り、後記補入とみるべきである。一一四話には年代の矛盾がないが、一一五話は後徳大寺実定を主人公とする治承元年（一一七七）の話であるから、ずっと後に下げて、それがこの位置にあるのは後記補入とみるべきであろう。なお、一一五話だけはこの一連の説話の中で『江談抄』を出典としないが、一一四話と同じく詩文の会場に抄物を持ちこんだ話で、同類のものとして補入されたのであろう。一一六話は唐代の詩人元稹《げんしん》と嵯峨隠君子《いんくんし》にまつわる九世紀の話であるから遥かに時代が遡り、一一三話とともに『江談抄』から後記補入されたものと認めるべきであろう。第二の後記補入箇所は、巻末の一三四話から一四一話にいたる八話である。一三三話で文治三年（一一八七）になっており、一三四話以下、村上天皇・後三条天皇・中納言顕基・菅原道真と続く平安朝の話柄は、時代の上で大逆転であり、『十訓抄』を座右においてほぼその巻序に従って後記補入したものと考えざるを得ない。

巻第五和歌篇では巻の中央部一六六話から二〇二話まで三十七話が後記補入と認められている。そのうち一七八話が『柿本影供記』からの補入で、他の三十六話はすべて『十訓抄』からの同話同文的な補入と見るべきであろう。この両書からの補入は同時ではなく、大系本の補注にあるように、「一七八段は、まだ十訓抄からの抄入のなかった時に、人丸影に関する二〇四段の裏書あるいは裏書的な注記として記入」されたものが、独立の一話として扱われたもので、はじめは一七八話は二〇四話と近接した関係にあったとみる見方は正鵠を得たものと考えられる。その後、第二次の補入として『十訓抄』から三十六話が後記補入されたと考えられるが、その際なぜ一七八話がその真中あたりの位置に置かれたのか、わかりかねる。ともかく、一六五話の嘉応二年（一一七〇）十月の道因法師の住吉社歌合の話の次に、その同じ年に広田大明神の夢の告で、道因が広田社歌合をつくったという話が一六六話として続くが、その末尾に二条中納言実綱が弟に位を越えられた恨みの歌をよんだ話が『十訓抄』から同文的に抄入され、それがきっかけとなって一六七話以下三十五話が後記補入されたことは、『著聞集』の本文成立の上で最も注目すべき増補である。巻第四その他の『十訓抄』からの抄入者と同一人物なのか、またその時期は何時か、暦応二年（一三三九）以前であることは確かであるが、定かには知り難い。

巻第七能書篇の篇末に二話後記補入とみられるものがある。二九二話と二九三話である。その前の二九一話が成季の友人法深房の建長三年（一二五一）の話であるのに、この両話は平安朝の行成や弘法大師の話で、時代が大きく遡っている上に、二九二話は『十訓抄』と同文的な同話であり、篇末に追補記入されたものであることは確かであろう。

巻第八孝行恩愛篇の篇末に並ぶ三一一・三一二・三一三・三一四話は、その前の三一〇話が成季の同時代人である法深房の話であるのに、三一一話の元正天皇の時の養老の滝の話以下平安時代の話が『十訓抄』を出典として四話並んでおり、その直前の三一〇話の最後の行に「これ以後、抄入す」と、現存諸本に注記があり、成季が序文で「敢へて漢家経史の中を窺はず」と述べた点とも背馳し、これら四話が後記抄入であることは疑いのないところであろう。

また、巻第八好色篇の篇末三三一話として異本『なよ竹物語』（『鳴門中将物語』）が収載されていることは、物語研究の側からも注目されてきたが、書き出しの右肩に「抄入之」と注記した古写本があり、文中の「後嵯峨」の院号がおくられたのは、『皇年代略記《こうねんだいりやつき》』に「号《スルハ》二後嵯峨院《ト》一依《ル》二遺勅《ニ》一」とあるように、文永九年（一二七二）二月崩御の後とみられるので、『著聞集』成立の建長六年（一二五四）から十八年以上後に成立した物語ゆえ、当然何人かによる後記補入と考えられる。さらにその次の三三二話も例の『平家物語』にもある「かしがまし野もせにすだく虫の音」の話で、三三〇話の建長五年の話以前のもので、当然後記補入とみられる。

　上巻の最後として、巻第十相撲強力篇の篇末三八二話も三八〇話の畠山重忠の話や三八一話の「近《ちか》比《ごろ》」の金という遊女の話よりは明らかに時代の遡る「鳥羽院の御代」の話であるばかりでなく、『十訓抄』巻三第一〇話と同文的な同話であり、何人かが篇末に抄入したものに違いあるまい。

　以上、上巻の範囲の六十三話の後記抄入を表示すると次のようになる。

巻第一 神祇篇	30（不明）	31（不明）	32（不明）	33（不明）						
巻第二 釈教篇	40（裏書）	42（裏書）								
巻第四 文学篇	113（江四）	115（不明）	116（江四）	134（訓五2）	135（訓五3）	136（訓六11）	137（訓六14）	138（訓九5）	139（訓九6）	140（訓十30）
	141（訓十29）									

巻第五 和歌篇				巻第七 能書篇	巻第八 孝行恩愛篇	巻第八 好色篇	巻第十 相撲強力篇
166（訓九4）	176（訓十15）	186（訓三6）	196（訓十47）	292（訓十68）	311（訓六18）	331（なよ竹）	382（訓三10）
167（訓九8）	177（訓十16）	187（訓四6）	197（訓十48）	293（不明）	312（訓六19）	332（不明）	
168（訓十3）	178（柿本影供）	188（訓四11）	198（訓十73）		313（訓六20）		
169（訓十4）	179（訓六22）	189（訓四12）	199（訓十50）		314（訓六11）		
170（訓十5）	180（訓六22）	190（訓四14 15）	200（訓十42）				
171（訓十10）	181（訓五9）	191（訓四17）	201（訓十43）				
172（訓十11）	182（訓二4）	192（訓十35）	202（訓十45）				
173（訓十12）	183（訓三1）	193（訓十36）					
174（訓十13）	184（訓三2）	194（訓十53）					
175（訓十14）	185（訓三4）	195（訓十46）					

江は『江談抄』、訓は『十訓抄』の略。和数字は巻数、洋数字は各巻の説話番号を表わす

永積安明氏の検討に準拠しつつ、年代順配列の乱れと裏書きのまぎれ込みの二点を中心に巻第十までの後記抄入と認められる段を図示したが、この他にも、年代配列の点では矛盾はないが、後記抄入である段が皆無であるとは断言できない。また一段のうち、部分的な叙述に成季以外の後人の追記が

あり得ることも否定できない。それは書写によって伝えられる古典作品において免かれ得ぬ事情であるし、軍記や説話集においては特に著しく、伝承文学研究のあり方としては、そのようなものをも含みこめて把握する必要がある。そこで『著聞集』の読み方が二通りに分れるわけである。

第一は、序や跋文によって明確に示されているように、橘成季という個人によって、建長六年（一二五四）に完成された書物として成季の制作・叙述したと認められる部分を可能な限りつきとめ、後の補入や追記をでき得る限り除外して、成季の仕事としての説話集を解明論証する立場である。一般的にいって、説話集は伝承されたハナシである説話の蒐集記述を作品構成の主軸とするが、編者や成立年代のはっきりしているものについて、編者の編集の意図を見とり、説話の集め方や説話に附加した説話評論を通じて、編者が何を表現しようとしていたかを考察・解明できる事例は幸いと言わねばならぬ。『著聞集』の読み方の第一の側面はこの点にある。

第二の読み方は、より伝承性に順応した読み方である。成季による原形本が成立した建長六年から、現存本の祖本たる暦応二年（一三三九）までの八十五年の間に『著聞集』二十巻に、『十訓抄』から六十一話、『江談抄』『柿本影供記』『なよ竹物語』その他、出典を定め難い伝承などから十六話、それに裏書き三話計八十話が独立の説話として後記補入されたものとみられる。つまり六百四十六話の原形本に八十話が増補されて、現存本の七百二十六話となり、暦応以来近年まで『著聞集』そのものとして読まれて来たわけである。考えてみれば、後記抄入は大部分が建長四年（一二五二）成立の『十訓抄』からであり、その他裏書き抄入の文献も『江談抄』や『柿本影供記』（元永元年、一一一八年成）などの抄入文献もいずれも建長以前のものであり、その他の成立年次不明の抄入文献も、印象的には建長からそう下るものではないように思われるので、『著聞集』は建長の時点での説話伝承を示している書物であり、七百二十六話の説話集として把えることにしてもよいと思う。ただし、後記抄入の八十話については、そのことを明確にし、引用その他の場合には、増補抄入の章段であることに十分意をとめて扱うことが肝要である。そのために、本書では、後記抄入段はその旨を標題の下に注記し一目でわかるようにした。

五、文学としての特質——その一——

『古今著聞集』は、神祇篇第一に始まり、釈教篇第二、政道忠臣篇第三、公事篇第四へと進む。そこまでの説話数は百五話、全巻のほぼ七分の一に当る。この、巻頭の三巻四篇百五話は、言うまでもなく、当時の文化事象の中で、最も公的な、面正しい側面を示している。集められている説話も、その篇目にふさわしいまともな話が多い。こうした篇目構成は、先行の『江談抄』『古事談』『続古事談』などの、

公事・摂関家事・仏神事・雑事・漢詩・詩事・長句事（『江談抄』）
王道后宮・臣節・僧行・勇士・神社仏寺・亭宅諸道（『古事談』）
王道后宮・臣節・（欠巻）・神社仏寺・諸道・漢朝（『続古事談』）

のような篇目構成と相通ずるものがあり、当時の貴族や知識人の文化構造や社会機構の把握の仕方を示すものといってよい。ただ『著聞集』においては、神祇が巻頭に来ていて、「およそ我が朝は神国として云々」（一話）とあり、南北朝の『神皇正統記』などに流れている神国思想の根幹が成立してい

ることを示している。ただし、内容的には、神仏習合の性格が強く、神祇篇の中にも、大寺院や高僧の出て来る説話が多数含まれていて、釈教篇に接続している。神託を伴う神々の霊験談が大多数で、文学的な興趣の感じられるものはほとんどない。強いて挙げれば、徳大寺実能の熊野参詣と垢離棹《こりさお》の話（一九話）と、後徳大寺実定が昇任祈請のため春日・厳島両社に参詣して宿願を果した話（二〇話）あたりであろうか。

巻第二釈教篇の仏教説話は、質量ともに『今昔』の仏法部その他の仏教説話集とはくらべものにならないが、神祇説話にくらべ、話に厚味が感じられる。西行・清盛・頼朝など著名人の話が出ている点もおもしろいが（一二七頁頭注＊印参照）、法然上人（六三話）・文覚房と明慧上人（六四話）の長文の奇瑞の物語の後で、嘉禎二年（一二三六）寂の越後僧正親厳所持の小字の法華経の話を、

その後、日にしたがひて名誉ありて、東寺一の長者、法務大僧正、御持僧、牛車宣旨まできはめられたりし《い》、たふとかりし《い》事なり（六五）

とまとめ、これも同時代人と推定される大中臣親守・長家の大般若経書写の話の結びは、

「かかる不思議こそありしか」とて、親守語りし《い》を聞きてしるし侍るなり（六八）

となっているのは表現形式として注意に値する。『著聞集』の各説話は原則的には、他の説話集と同様に、伝聞回想の助動詞「けり」で叙述されているが、時にこの二話のように、成季の直接の体験・見聞の形をとって、「き」で叙述が結ばれているものがある。伝承された話として「けり」で叙述されている説話の部分の末尾にこのような成季の直接の見聞・体験であることを示す叙述が来る表現形式は、この後もしばしば『著聞集』に出て来る。口承の説話を採録した場合の編者のあり方を示す典型的なものと読みとることができよう。

巻第三は、政道忠臣篇十五話と公事篇十八話（双方序とも）とからなる。この両篇の説話は、神祇・釈教の篇のような超人間的な霊異効験の話でなく、宮廷での政治の実態に則した叙任や饗宴その他有職故実に関する話が大部分で、宮廷の儀式典礼の伝承として貴重な資料である。各説話末の評語を列挙してみると、

やむごとなき事なり（七四）・いみじく申したりけるものなり（七六）・興ある事にぞ世の人申し侍りし（七九）・昔なか比だにかやうに侍りけり。末代よくよく用心あるべきことなり（八二）・いみじかりける事なり（八三）・やむごとなかりける事なり（八四）……以上政道忠臣篇

有職の家にならひつたへて今は絶ゆる事なし。いみじき事なり（八八）・いみじくぞ侍りける（八九）・時に臨みていみじかりけり（九三）・淵酔の興ためしなくや侍るらん（九四）・人々、称美する事かぎりなし（九五）・正直なりける事かな（九七）・興ある事なり。永暦よりおこなはれずなりにける、口惜しきことなり（九八）・左府見とがめて、しきりに感歎の気色ありけり（九九）・あまりにいみじがりて、絵にかきて持たれたりけるとかや（一〇一）・あはれに目出たき御事かなと、時の人申しけるとなん（一〇二）・目も心もおよばずめでたかりける（一〇三）・いと興ある事なり（一〇四）……以上公事篇

といった調子で、ほとんどすべての説話が、宮廷や貴族社会の行事典礼のすばらしさについての追憶・感嘆の気持から発想されており、この事は、以後も『著聞集』の基本的な心情傾斜であり続ける。

文学として興趣ある説話としては、政道忠臣篇では八二話がある。大宰権帥大江匡房が帰任に当って、在任中に正当に手に入れた財物と、非道に入手した財物とを、それぞれ別の舟に積んだところ、途中で道理の舟は沈んでしまったという。匡房がそのようなことをしたかどうか、また沈没の事実が

あったものかどうか、資料がなくて分らない。『江談抄』『古事談』『続古事談』『俊秘抄』『古今著聞集』などに彼の卓抜した見識を示す話が伝えられており、生涯に、備中・美作《みまさか》・備前・周防《すおう》・越前などの地方官を歴任した経験のある匡房なら、そのようなこともあったであろうというところでこの話はできたものと考えられる。当時の国司たちの多くは、在任中に強欲に収奪し、財をなしたものらしいが、道理の舟は水没し、不当利得の舟の方が無事だったことについて、「世ははやくすゑになりにたり。人いたく正直なるまじきなり」という匡房の言葉は、そうした事態に対する匡房の逆説的な批判とみておいてよかろう。

　政道忠臣篇の篇末の平清盛の福原遷都（八六話）と源頼朝の挙兵にともなう宮中の群議（八七話）の両話も注目される。ともに治承四年のことで、前者は帥大納言藤原隆季が福原で見た遷都及び還都に関する夢の話、後者は、源頼朝の挙兵にともなう新院（高倉上皇）の殿上での会議で、左大弁藤原長方が、清盛に憚ることなく、正論を主張した話である。隆季・長方といった当代の有能な廷臣の言動に説話の主題が集約されていて、他の十三話ともども、人物中心に説話の主題が把えられている点、政道忠臣という篇目にふさわしい。

　次の公事篇十八話は、序とはじめの数話を除いて、すべて院政以後の宮廷の諸事である。おそらく成季が有能な随身として藤原道家に仕えて宮廷に出入していた頃に伝聞した説話が採録されているものとみてよかろう。一〇二話に、承元二年十二月九日の除目《じもく》の折に、十六歳で中納言の左大将であった道家が、先任の大納言が硯箱の置き方を間違えたのを、目立たぬように直したことを記し、

　人々ほめたてまつることかぎりなかりけり。その時、御年十六になり給ひにけるとかや。みなし子の御身にて、あはれに目出たき御事かなと、時の人申しけるとなん。

と述べているのは、主君の若き日の逸話を心ひそかに誇らしく思いながら記したものであろう。

巻第四から巻第七まで、詩歌・音楽・書道・術道など、成季の趣味や嗜好に関わる百九十五の話が続く。巻第四の文学篇第五というのは、漢詩文の篇のことである。漢詩・漢文をめぐり、その成立の由来や詞華の精妙を伝え、秀句佳言を引用する。漢詩文に熟達した宮廷の人々の高度の教養を紹介する成季の博識が認められるが、本篇三十六話の約三分の二では、古来有名な漢詩が引用されて説話の中心に置かれ、漢詩文そのものの持つ文学としての味わいが説話本来の記述を乗り越えて、享受者の心をとらえることになる。他の、漢詩文そのものを載せずに説話本来の構成や展開を持つ約三分の一の十二話についてみると、文学としての興趣のあるものはあまりない。一一七話に、菅原文時の家の前を疫病神たちが名詩句の作者の家として、礼拝して通ったと、ある人の夢に見えたとある話や、大江匡房が夢想によって安楽寺祭を始めた話（一二〇話）などが注目に値しようか。また、漢詩文が引用されて説話の中心に据えられているものの文学としての興趣は、どうしても漢詩そのものの鑑賞になってしまう。中でも、一一二・一一三（抄入）・一三六（抄入）・一三七（抄入）話などは、多年国民に親しまれた名句にかかわる感銘の深い説話である（一八四頁頭注＊印参照）。

和歌篇第六の八十八の和歌説話は、『著聞集』現存本三十篇の中で最大の類纂である。もっとも、後記抄入と見られる段が三十七話もあるので、成季の成稿の段階では、五十一話であったと考えられる。そうすると、巻第十六の興言利口篇七十二話（内四話後記抄入）に次ぎ、巻第二十の魚虫禽獣篇五十五話（内六話後記抄入）とほぼ並ぶことになる。いずれにしても集中の雄篇と言うべく、通読するだけで、十分その重味が感じ取られる。

説話と和歌とのかかわりあいについては、記紀の場合、『伊勢物語』や『大和物語』の場合などハナシとウタとのさまざまのあり方が考えられるが、説話集に採られた場合、収載和歌の説話の中でのあり方として、和歌そのものが説話の中心をなすものと、説話本来というべき構成や展開を持つものとがあることは周知の通りである。『著聞集』においても、この二種類があること、前の漢詩文の篇と同様である。和歌を含む段では、やや長い詞書と和歌という形で、そのまま歌集の中にあってもおかしくないような段と、説話的展開の中に歌が引用されているのでこの和歌篇に属することが認められるような類の段とがあるが、中には和歌と説話記述とが緊密に結合して、文学的な意義や興趣を持つものがある。一四五話「花山院、紅梅の御歌の事」などもその一つであろう。

花山院の「色香をば思ひもいれず梅の花つねならぬ世によそへてぞみる」の御製をめぐる話であるが、御製そのものは、『和漢朗詠集』巻上に、「紅梅　華山院御製」と出ているのが古く、『新古今集』巻十六にも「梅の花を見給ひて　花山院御歌」とある。それらに対して、『著聞集』では、花山院が御剃髪の後、叡山からの帰途、東坂本のあたりで美しい紅梅に心を引かれてしばし立止って御覧になっていたので、供奉の惟成に「王位をすてて御出家ある程ならば、これ体《てい》のたはぶれたる御振舞はあるまじき御事に候ふ」と言われて、この歌を詠まれたというのである。この御製にこういう説話がいつどのようにして付いたのかわからないが、『撰集抄』巻八(第九九話)には、「花山院の道心の御心のおこり給へりける比」として、御出家以前の歌として語られている。『新古今集』の旧注は出家後のことことみてこの歌を解しており、花山院が出家後修行のため行脚の折の作とする点、『著聞集』の伝承と同じであるが、惟成の「あるまじき御事」という言葉には、わたしたちの心に引掛かるものがある。というのは、花山院の出家については、藤原兼家や道兼の引きとめや教唆について、さまざまの伝説が、『大鏡』『江談抄』『古事談』『十訓抄』などに伝えられているからである。『著聞集』にも、巻第十三哀傷篇四七二話に、『十訓抄』からの抄入ではあるが、「花山院御出家の事」があって、「院の御出家にともなって出家した外戚の義懐と近臣の惟成」と「御出家をうながし申上げながら、本人は出家しなかった道兼」の二つの主題が抱合集約されているのをみると、この一四五話の惟成の言葉に一種の機微を感じる読み方が、文学的な把握としてあってもいいのではなかろうか。和歌篇八十八話の中には、他にもさまざまのおもしろい話があるが、今はこの一話だけを挙げておく。

次の管絃歌舞篇第七の五十五話は、文学篇第五、和歌篇第六と一つづきに、成季の跋文にいう「詩歌管絃のみちみちに、時にとりてすぐれたる物語をあつめて、絵にかきとどめむがために」とする本来の意図に適合した諸篇であり、画材としてふさわしい説話も散見する。話の内容としては、御遊や饗宴における演奏や舞歌、秘曲の伝授・修得、名器の伝承などの話が多い。はるかな天空からすばらしい音色が聞えてくるというイメージにつながるさまざまの音楽の奇瑞が語られ、ひたすらに音楽の精妙を希求した人々の上に、いろいろの霊験があったという類の芸能説話が語られる。日本の芸能史・音楽史そのものではないが、音楽行事の進行やその内容の盛大さを伝えて、その側面史の一翼を担うものであることは間違いない。二四四話は博雅三位の生れた時、東山の聖心上人が天上に微妙の音楽を聞いたことと、博雅の子信義が笛の名手で、明月の暁、深い朝霧の立ちこめた川面を行く舟の上で、素晴らしい双調の笛を吹いて、すれ違った舟の上の式部卿宮を驚歎させたこととの複合した説話であるが、まさに双幅の絵に仕立てるのにふさわしい構成である。

巻第七は、能書篇第八と術道篇第九とからなる。能書篇は、序とも九話、術道篇は七話の小篇である。話材に乏しく、成季の興味もそれほどこの分野に向けられていなかったと見る他ない。

能書篇は、序と篇末の後記抄入二話を除くと、本来の説話は六話となる。嵯峨天皇・弘法大師・小野道風・藤原忠通・藤原行成など名家の筆跡・掲額の話であるが、その後に続く二九一話「法深房、持仏堂楽音寺の額を行成七代の孫行能に依頼の事」は、内容・表現ともにおもしろい話である。長文なので、詳しくは本文を見て戴きたいが、

法深房が持仏堂をば楽音寺と号して、管絃の道場として、道をたしなみける輩《ともがら》たえず入り来たる所なり。

と、いきなり話の本題に入っていく書き方は、説話の冒頭文として例がすくない。こういう調子は、古い昔の話として伝承する場合の言い方ではない。果せるかな、その後に「建長三年（一二五一）八月十三日云々」と出てくる。まさに『著聞集』成立の三年前のことである。この日、法深房は楽音寺の掲額を書いて貰うために、当時世尊寺流の書家として名声の高かった、行成七代の孫である綾小路三位入道行能の許に出かけた。行能は重病の床にあったが、無理を押して面会してくれる。額のあつらえを聞き、掌を合わせ涙を流して、昨夜見た不思議な夢のことを語り（三五三頁本文参照）、特別に執筆を引き受けてくれ、法深房の管絃の道と行能の書道とは、それぞれ並ぶもののない立派な実力のある家柄なのだと、感動をこめて話したと、法深房が語ったという話である。説話の最後を、

この事更にうける事にあらず。法深房語り申されしうへ、三位の入道、この事を記したる状に判を加へて法深房のもとへ送りたる状を書き侍るなり。

と結んでおり、前の二七六話同様、法深房からの成季の直接の聞き書きの旨、資料の出所が示されている。内容的におもしろい話であるばかりでなく、話者と記者とが明らかで、説話記述の態度、表現の構造など、『著聞集』の一特質を示すものとして注目される。

術道篇は、序を除けば、僅かに六話である。序の中に、「秘術験をあらはして、奇異多く聞ゆ。く

はしくしるすにいとまあらず」といって、六話だけに止めているのだが、他の巻々をも含めて考えると、成季が術道といっているのは、宗教・科学・技術・迷信・卜筮《ぼくぜい》などをないまぜにした、一つの術であり、道であるとみてよい。そうした術道の中核にあったのが陰陽道であり、その道におけるエースが安倍晴明である。

晴明が陰陽道の達人として活躍した話は、『今昔』をはじめ、『宇治拾遺』『古事談』その他の説話集に数多く見えるが、瓜の中に蛇がいるのを見破って、危害を未然に防いだ話は、『著聞集』の二九五話の他に、『撰集抄』巻八第三十三話に載っている。両書は「御堂関白殿御物忌」と「一条院の御位の時」、「南都より」と「大和より」というような相違がある他に、晴明以外の関係人物の組み合せ方が違っている。『著聞集』では、「解脱寺僧正観修・陰陽師晴明・医師忠明・武士義家朝臣」の四人であるのに対し、『撰集抄』の方は、「平等院僧正行尊・晴明と云ふ陰陽師・雅忠と云ふ医師」の三人のこととなっている。もっとも源義家（一〇三九～一一〇六）だけは、道長（九六六～一〇二七）・晴明（九二一～一〇〇五）・観修（一〇〇〇年任大僧正）などと生存年代が一致しない。本文にあるように、源家の棟梁たる武将が、腰刀を抜いて、何となく瓜を割ったように見えたが、実は見事に蛇の頸を切っていたとするならば、源頼光（九四八～一〇二一）か、源頼信（九六八～一〇四八）あたりのことでなくてはなるまい。

『撰集抄』のこの話には武将は出てこない。また医師の役割も、『著聞集』の忠明の場合は「瓜をとりまはしとりまはし見て」針を二か所に打つと、それが見事に蛇の眼を刺していたとあるのに対し、『撰集抄』の雅忠は、毒のある瓜を鋭く指示し、それを食べると死ぬであろうと診断することになっている。しかし、この雅忠（一〇二一～一〇八八）の生没年代をみると、一条天皇（九八〇～一〇一一）

や、藤原道長などの生没年代と合致しない。『著聞集』の方の医師忠明は、丹波介・典薬頭などをつとめた人物であるが、雅忠の父であるから、こちらの方はどうやら年代的に合致するとみてよかろう。ところで、晴明と僧正との果した役割は、両書とも基本的には一致している。晴明は陰陽師として占ったのであり、観修と行尊とは、ともに加持祈禱をした。『著聞集』の観修僧正が念誦すると、その怪しい瓜は「はたらき動」く。『撰集抄』の行尊僧正が神呪で祈ると、「おほくの瓜の中、大きなる瓜一つ、板敷より二三尺ばかり躍りあがる事度々」とある。こうした違いは、伝承の間におのずからできたのであろうが、観修僧正の方は前述のように年代的に問題はないが、行尊僧正は『天台座主記』によると、鳥羽天皇の保安四年（一一二三）に六十九歳で第四十四代の天台座主になった人物で、年代的にまったく食い違っている。

この達人・名僧たちの術道の効験の物語を記した結びとして、成季は、

名を得たる人々の振舞かくのごとし。ゆゆしかりける事なり。この事いづれの日記に見えたりと云ふ事を知らねども、あまねく申し伝へて侍り。

と、当時有名な伝承であったという言い方をしている。一方、西行著作に仮託された書物である『撰集抄』の方は、

上古もかかる事を聞かず、末の世にもあるべしとおぼえ侍らぬ事に侍り。雅忠・晴明・行尊の時の面目ゆゆしくぞ申侍りける。今の世のくだりて、かかるめでたき人々もおはせぬこそ、世を背きける身なれども、悲しくおぼえて侍り。

と、出家後の西行の発言のような仮託の形をとっているが、本文からみても、説話末の批評からみても、両書のこの話の間に直接の伝承関係はなさそうである。書承か口承かわからないけれども、この

二つは、類話というよりは、どこかで伝承上のつながりのある同話とみたい。晴明を中心に、大和（南都）からの瓜の中に蛇がいるのを見事に見破ったという、術道の効験の物語であるという大筋においては、同じ話といえるのではなかろうか。『著聞集』の成立年代（一二五四）と、『撰集抄』の成立年代（一二五〇前後十数年もしくは数十年・岩波文庫『撰集抄』解説）とが、ほぼ同時代であるということ、同じ話でありながら晴明以外の人物に、年代の不整合などバラツキがあること、成季が「あまねく申し伝へて侍り」と言っていることなど併せ考えると、一二五〇年前後の口承説話の世界の中に、こうした術道の物語が、さまざまに好んで語られたものではないかと考えられる。それにしても、『著聞集』術道篇の話数がすくないのは解せないが、この代表的な好篇があることは貴重である。

『著聞集』巻第八は、孝行恩愛篇第十の十四話、好色篇第十一の十八話（双方序とも）からなる。孝行恩愛篇のうち、篇末四話は『十訓抄』からの後記抄入である。赤染右衛門が子の大江挙周の病気平愈を祈願して、「かはらんと祈る命は惜しからで」の歌を詠み、挙周は母の死を心配して住吉に詣でた話は有名であるが、巻第五和歌篇の一七六話に同じ話が載っているのは、『十訓抄』からの後記抄入である。孝行恩愛にまつわる文学として、厚味のある話は、「これ以後、抄入す」と断って附載されている『十訓抄』からの後記抄入四話に集中している。養老の滝の孝子（三一一話）・老母への孝養に禁断を犯して魚をとった貧僧（三一二話）・逃げないで衰老の父に打たれた随身公助（三一三話）・わが子俊実の将来を案じて宇治殿頼通に懇願した出家後の中納言顕基（三一四話）とつづく抄入四話は、孝行や恩愛の情を表現した古来著明な説話であるが、こうして並べてみると、成季が始めにえらんだ十話に比して教訓的な説得力があって、さすがに『十訓抄』がえらび載せただけのことがあると言える話の数々である。

好色篇の方に入ると、成季は固苦しさを脱して、自由にかつ雄弁になる。十八話の中には、長文で説話としては異例なまでに委曲を尽した力作も、ごく短篇のものもあるが、そのどれもが、男女の恋愛や好色の機微をおもしろく或いは的確に描き出しており、同性愛の物語も含まれている。巻第十六の興言利口篇七十二話の秀逸と併せ読む時、成季の表現の力倆と関心の向け方に、ある共通性が認められ、『著聞集』の文学としての特色やおもしろさを示している。一々紹介し切れないので、好色篇随一の秀作を紹介しておこう。

三二二話は後白河院の御所で、院と近習の公卿二、三人と女房たちとが、回り物語の形で恋愛や好色についての懺悔物語をした折の話である。順番が来て小侍従が語った話は、一同を感動させた。話というのは、昔、ひそかに慕っていた高貴な方からお迎えの車を戴き、すばらしい一夜を過したというのだが、迎えの車にいそぎ乗り込んでからの逢瀬の情感が詳しく見事に語られる。車で送られて帰宅した後、二度寝をする気持にもなれず、夢見心地でいるところへ、朝になってその方から「置きかへられた」衣を取り換えに使がよこされ、「移り香の形見」に別れることが何とも堪え難く思われたと話す。院や人々からその男性はいったいどういう方だったのかと問いつめられて、お忘れになりましたか、その方こそは、御在位当時の院御自身であらせられた、何年何月のことか、また迎えの御使がどなただったかも申し上げましょうかとの小侍従の答えに、「人々とよみにて、法皇はたへかねさせ給ひて、にげいらせ給ひにけるとなん」とこの話を結んでいる。なかなかの名文で、この類の説話においても成季は凡手ではない。この小侍従は、石清水八幡別当光清の女で、『平家物語』の待宵の小侍従として有名。はじめ後白河院に仕え、のち二代の后多子に仕え、女流歌人として、『小侍従集』があり、源頼政・藤原実定・平維盛などとの恋愛の歌を遺し、他にも逸話が多いが、この『著聞集』

の伝承はその中の白眉である。ふざけた話には違いないが、女心の一筋に、恋のあわれが語られており、その語り口には、長年の彼女の秘めた思いがこめられている。この他にも、刑部卿敦兼の北の方（三一九話）をはじめ、女性の思いを述べた恋愛談が多いが、一方、覚性法親王と寵童千手・三河の話（三二三話）や男に犯されて身を隠した尼の話（三二九話）や好色多淫の女が死後墓の中で黄水となっていた話（三三〇話）など、艶笑談めいた秀作もある。多彩な好色談を見てきて思うことは、好色は一面においてふざけた事柄、けしからぬ行為ではあるが、その反面に、どうにもしようのない、稚愚とでも言うべき無細工な人間と人間との結びつきであることである。なお、篇末に異本『なよ竹物語』が抄入されており、『著聞集』本来の諸話に比し長文であり、物語文学的発想による構成や内容が顕著である。『十訓抄』にせよ、『著聞集』の抄入部にせよ、物語の一節が説話の形で説話集の中に入って来ている一例である（四〇二頁頭注＊印参照）。

巻第九の武勇篇第十二・弓箭篇第十三、巻第十の馬芸篇第十四・相撲強力篇第十五の四篇は、武張った話の連続である。『今昔』巻二十三の力士談・強力談、同巻二十五の武将談や、『古事談』第四勇士の諸篇に続いて、一二五〇年前後に伝承されていた角逐する人間の迫力や技能が集中的に類纂されている。承久の乱（一二二一）を経て武士による封建政治が確立するが、この頃、武将というもの、武力というもの、強力な人間というものがどのように受けとめられ理解されていたかを示す説話群といえよう。意外なのは、保元・平治から治承・寿永に及ぶ源平争乱の中での勇戦談が含まれていないことである。『平家物語』の原型が成立しつつあった時期なのに、平常時における武勇談・弓箭談・馬芸談・相撲強力談を多く語り続けたところに、編者成季の意識のあり方が伺われる。

武勇篇の序とも十話のうち四話までが源義家の話であることは注目に値する。義家に関する説話は、

『今昔』以下各説話集に多いが、この四話は、衣川での安倍貞任との連歌、大江匡房に兵法を学び飛雁乱列に伏兵を知ったこと、安倍宗任を近侍させた豪胆、法師の妻と密会中危難をのがれた話であるが、王朝社会の中で活躍した代表的な武将たる義家のすぐれた人間像が形象されている。

文学的にまた人間的にもおもしろいのは、それに続く渡辺番の話（三四〇話）であろう。番は摂津国渡辺（大阪市浪速区）の渡辺党の一人であるが、義経が頼朝の勘気に触れて西国に落ちた時、あわれんで庇護したため、後に関東に呼びつけられて幽閉される。番は何時斬られてもよい覚悟で一日一日を過していた。その頃鎮西九国の奉行人として勢威を張った、頼朝の権臣天野遠景が上洛の途次、渡辺で番の妹と結婚したため、番の赦免を計ろうとするが、番は「弓矢とる身の、かかる目にあひて召籠めに預る、恥にてあらず。さこそ無縁の身なれども、あながちにそのぬし、こひねがふべき聟《むこ》にあらず」と言って、にべもなく断ってしまう。遠景をおこらせ、その後一段ときびしく監禁されたが、文治五年（一一八九）頼朝の奥州征伐が始まった際、番も召し出され、頼朝から、

汝をとうにいとまとらすべかりしかども、この大事を思ひて、今日まで生けておきたるなり。身の安否は、このたびの合戦によるべし。

と言い渡される。鎧・馬・鞍などを支給され、勇んで戦場に向い、身命を惜しまず勇戦したので勘気がとけ、本領を返されて故郷に帰ったという。平家が滅亡し、義経が頼朝にうとまれて、西国ついで奥州に走り、文治五年、頼朝が藤原泰衡・義経を衣川に攻め滅ぼすまでは数年間のことであるから、番が「関東へめされて、梶原にあづけられにけり。十二年まで置かれたりけるに」というのは誇張であるが、それにしても、源平合戦につづく時期の地方武人のたくましい生きざまの好標本ともいうべき渡辺番の人間像を見事に浮き彫りにして、武勇篇を飾っているといえる。

弓箭篇の序とも十話は、宮中の小弓や賭弓の話と武将の郎等や滝口の武士などの弓の名手の逸話とですべてである。『平家物語』その他の軍記に見られる戦場での華々しい弓矢の戦いぶりなどは、ここには全く取り上げられていない。成季がそういう話をまったく知らなかったわけはなかろうと思うが、彼はその類の話を弓箭篇の中に入れようとはしなかった。弓矢の道というものを、日常的生活の中の技芸として把える成季の気持が、このような説話の集め方と並べ方になったと考える他はない。

この十話のうちでは、頼光の郎等季武の従者が季武の矢先きを見事に外した話（三四七話）、源むつるが鳥羽院の勅定によって池の鯉をとりに来たみさごの足を射切って、爪を立てられた鯉もみさごも殺さぬように射た腕前（三四八話）、川の面を飛ぶたうの鳥を川面に落ちて羽根をいためぬように遠矢に射落した心づかい（三四九話）など、それぞれにおもしろいが、所詮は弓矢の技術に関する話で、人間性の機微にかかわってくる説話文学的な特質は持たない。なお、たうの鳥というのは伊勢貞丈の『貞丈雑記』によれば鴇《とき》の事だとあるが、今日絶滅に瀕している鴇があの頃は各地にたくさん居て、射落して矢の羽根に使うほどであったことは、今昔の感に堪えない。

巻第十は、馬芸篇十七話と相撲強力篇十三話（序とも）とからなる。この両篇は、数の割に話が多彩で、乗馬や相撲に関する種々の機微に触れたものがすくなくない。成季は馬芸については、昔の勤務の関係もあって、相当の知識と技量を持ち合せていたと推定されるし、相撲や力持ちの話にも興味を抱いていたらしい。

馬芸篇には、戦場における馬上勇戦の話は一話もなく、宮廷における競馬の話が主である。『明月記』寛喜三年（一二三一）八月十五日の条を見ると、随身侍として成季が、信季・為家・光兼その他と宮中の競馬に出場、ことに成季は、一番と五番とに再度出場、勝負には負けたが、最も活躍した一人であったらしい。こうした成季自身の体験が、『著聞集』の馬芸篇に反映して、競馬の勝負の微細な点までの詳しい解説を可能ならしめているとみてよい。保延三年（一一三七）八月の仁和寺の馬場での日吉御幸の内競馬の話（三五八話）や建仁三年（一二〇三）十二月の北野宮寺の競馬の話（三六六話）などその好例であろう。

馬芸篇の中では、悪馬に乗り荒馬を御した話に生彩に富むものが多い。平家の郎等だったため鎌倉に抑留中、悪馬を御して頼朝に認められ厩別当になった馬乗・馬飼の名手都筑経家の話（三六四話）と、御禊の行幸の折、一六という暴れ馬を乗り静め、又御狩の折には水没から脱出して高名を立てた坊門大納言忠信の話（三六八話）はその双璧であろう。

相撲強力篇冒頭の小序（三七〇話）に「昔は禁中にてその節をおこなはれ、諸国に強力のものを尋ねめされけり。安元（高倉）より以来絶えて、その名のみ聞く、口惜しき事なり」とある通り、この篇では、篇末の二話（三八〇・三八一）を除いて、すべて安元以前の相撲の節会や宮廷関係の相撲や強力の人物の話ばかりである。元来相撲は古代には一種の神占いとしての意義と機能を持つもので、その争いは命がけの激しいものであった。奈良朝以降、宮中における重要な儀式の一つとなり、相撲《すまいの》司《つかさ》が設置され、相撲によって豊作を祈り、また左方右方のどちらが勝つかによって、農業や漁業などを占った。相撲節会が最も盛んであったのは、平城天皇・嵯峨天皇以降平安中期頃までであったようだが、節会のために全国に使いが派遣され、強い相撲取が召し出された。『今昔』や『宇治拾遺』に伝承されている真髪成村《まかみのなりむら》・海恒世《あまのつねよ》・私市宗平《きさいちのむねひら》・大井光遠《おおいのみつとお》などは、相撲節会をめぐる説話世界の花形力士であった。その後相撲そのものは、室町時代・江戸時代さらには、明治以後現代まで、時に消長変化はあったが、しだいに発達して、土俵がつくられるようになり、諸国を巡業する興行相撲や、神社・

仏閣の建造・修築や道路・橋梁などの土木工事の勧進相撲も催され、やがて競技として、わざやきまり手が明確になり、名力士が多く出て、今日の国技館相撲の隆昌に至っている。

ところで『古今著聞集』はもとより、『吾妻鏡』などを見ても、相撲は実際の戦闘における格闘、つまり非常の場合を想定しての習練という面が、鎌倉時代には強くなったようである。両者が組み打ちをして、あらゆる格闘の手段を尽し、最後には相手を殺してしまいかねない、強烈な闘技であった。藤原伊周のもとでの宗平・時弘の取り組み（三七二話）や相撲節において、久光が爪を長くして相手の常世の顔を掻いたところ、逆に頭を抓《つ》められて悶絶した話（三七四話）などにも伺われる。文学としておもしろいのは、相撲の節に召されて越前から上京の途次、強力の美女と出逢い、女の家に三七日逗留、強化訓練を受けた佐伯氏長の話（三七七話）と畠山重忠が力士長居と対戦し、その肩の骨を折った話（三八〇話）とであろう。

ことに畠山と長居の話は、印象の強烈な感銘の深い話である。鎌倉右大将頼朝の下に、関東八か国から選りぬかれた相撲取りが集まっていたが、長居は図抜けて強く、相撲取りの中には相手になるものは居らず、武士の畠山重忠だけが心憎い相手だが、それとても何程の事もないと広言する。頼朝もいささか腹に据え兼ねたが、立場も地位も大きく違うこの二人を闘わせるのには困難があった。将軍頼朝でさえ、そう簡単には言い出せなかったのである。さすがの頼朝も、たいへん丁寧な言葉遣いで、「所望の事の候ふを、申し出《いだ》さんと思ふが、さだめて不許にぞ侍らんずらむ云々」と言うが、重忠は返事をしない。余り度重なったので、重忠も「ちとゐなほりて」君の御大事仰せを承りましょうということになって、やっと対戦が実現する。

二人は準備をととのえ、寄合って手合せをするが、「長居、畠山がこくびをつよく打ちて、袴《はかま》の前腰をとらんとしけるを、畠山、左右の肩をひしとおさへてちかづけず」という緊迫した組み合いがずっと続く。梶原景時が、もうその位でやめたらと言い出すが、将軍はわがままである。勝負をつけよと言う。そのやり取りの間に、長居に微妙な気持のゆるみが出たものか、頼朝の言葉が終るか終らないその瞬間、重忠は「長居を尻居にへしすゑてけり。やがて死に入りて足をふみそらし」てしまう。長居は気絶し、後に意識は戻ったが、「肩の骨くだけて、かたはものになりて、相撲《すまひ》とる事もなかりけり」ということになってしまう。一方、重忠の方は、「座に帰り着く事もなく、一言もいふ事なくて、やがて出でにけり」とあるが、武将の長としてこうした勝負をすることになってしまった重忠の、勝っても暗く重苦しい気持は、想像に余りがある。一点のゆるみもない叙述から読みとることのできる強烈で、やや陰惨でさえある事の成り行きは、相撲強力篇の白眉と言えよう。頼朝(一一四七〜九九)・畠山重忠(一一六四〜一二〇五)・梶原景時(〜一二〇〇)の時代と、『著聞集』成立の建長六年(一二五四)との間に、約五十年の隔りがあるが、この話の引き締まった表現が、その間どのようにして伝承され続けたのであろうか、それとも、執筆の際における編者成季の筆力なのであろうか。

以上、『著聞集』前半の十巻十五篇について、篇ごとに、その編成上の基本構造と文学的特質について通覧した。成季が、神祇・釈教・政道忠臣・公事と、まず第一に面正しい思想や文化のあり方から入って、文学・和歌・管絃歌舞・能書・術道と、文学や芸術に転じ、孝行恩愛・好色と人間の問題をとりあげ、つづけて人間の武勇・弓箭・馬芸・相撲強力と展開している。ここまでの前半と、巻第十一画図篇第十六以下との間に、意識された区別はないと見てよいが、説話の内容・傾向にやや微細な差違が出てくるように考えている。いわば表と裏であるが、それらの点については、下巻の解説で述べることにしたい。

付録

主要原漢文

一、本文中に＊印を付した原漢文を掲げる。
一、その箇所の話数と頁数を掲げ、見出しとした。
一、読解の助けとなるよう句点を付し、また傍記の形をとるものは（　）を付して組み入れた。

序（一七頁）

夫著聞集者宇県亜相巧語之遺類江家都督清談之余波也。余稟芳橘之種胤顧璅材之樗質而琵琶者賢師之所伝也。儻弁六律六呂之調図画者愚性之所好也。自養一日一時之心於戯春鴬之囀花下秋鴈之叫月前暗感幽曲之易和。風流之随地勢品物之叶天為悉憶彩筆之可写。繇茲或伴伶客潜楽治世之雅音或誂画工略呈振古之勝槩。蓋居多暇景以降閑度徂年之故抛勘此両端捜索其庶事。註緝為三十篇編次二十巻名曰古今著聞集。頗雖為狂簡聊又兼実録。不敢窺漢家経史之中有世風人俗之製矣。只今知日域古今之際有街談巷説之諺焉。猶愧浅見寡聞之疎越。偏招博識宏達之盧胡。努不出蝸盧謬比鴻宝。于時建長六年応鐘中旬散木士橘南袁慾課小童猥叙大較而已。

二（二二頁）

天徳四年九月廿四日申剋重光朝臣来申云火気頗消罷到温明殿求之瓦上在鏡一面。其鏡八寸頭雖有一瑕円規甚以分明。露出俯破瓦上見之者無不驚。

五（三七頁）

我是兜率天内高貴徳王菩薩也。為鎮護国家垂跡於当朝墨江辺。松林下久送風霜。時有受苦。自当北方有一勝地。願奏達公家建立一伽藍転法輪云々。

六（三八頁）

大弐朝臣兼式部大輔事又希有為家面目。大弐朝臣内外共末孫又存信心。依発造塔写経之大願我深信。廻謀令当任。暫停他事早遂此願。致合力之人々現世後生之大願皆成生々世々因果令熟云々。

一七（四八頁）

裏書云　　彼宣命詞

天皇《スヘラ》賀詔《ミコト》旨良麻止掛《カケマクモカシコ》畏支其大神《ソノオホンカミ》乃広前《ヒロマヘ》爾恐美恐美毛申給波久止申須。今年《イマ》之春東作《トウサクノ》之比爾雨沢順旬天年穀《ネンコク》有年倍支由乎令祈申給比支。而《シカレトモ》毛神明乃霊鑒《レイカン》爾依天稼穡《カショク》乃豊登《ホウトウ》天期給《コシタマフ》爾項月旱雲久凝膏雨不灑天百穀漸枯礼万民苦業都陪之。大神日域爾垂跡多末倍留遂窟雨師《ウシ》伝《ヘ》レ名《ヲ》太末倍留霊祠《レイシ》奈利。然《シカレハ》則名山大沢《メイサンタイタク》与利興《ヲコシ》レ雲《ヲ》之致《イタシ》レ雨《ヲ》之天赤土得二潤沢之応《ヨウヲ》一済疇誇《サイチウホコラン》二収穫《シウクワク》之功《コウニ》一牟古止波大神乃无《キ》レ限支冥助爾可レ在之土所念《オホシメシ》行天奈牟。故是以《ニコレ》吉日良辰乎択定天官位姓名乎差《サイ》レ使《ニ》天礼紙乃大《ミテ》幣《クラ》乎令二捧持一天黒毛乃御馬一匹乎牽副《ソヘ》天奉レ出賜布。掛畏大神此状乎平《タヒラケ》久聞食天炎気忽《ニ》散天嘉澍旁降《カタカタニフリ》天田園滋茂之天人民豊稔《ホウネン》奈良牟。天皇朝廷乎宝位無動久常石《トキハ》爾堅石《カキハ》爾夜守日守爾護幸《マモリサイハイ》奉《ツリ》給比食国《アケクニ》乃天下《アメノシタ》乎毛無為无事爾守恤《メクミ》給倍止恐美恐美毛申給波久申。

保延五年五月一日　作者少内記文屋相永

三八（七八頁）

于時弘仁九年春天下大疫。爰帝皇自染黄金於筆端擡紺紙於爪掌奉写般若心経一巻。予範講経之撰綴経旨之未待結願之詞蘇生族溢其途夜変日光赫々。是非愚身戒徳金輪御信力所為也。但詣仏舎輩奉誦此秘鍵。昔予陪鷲峰説法之莚親聞此深文。豈不達其儀而已。

四〇（八〇頁）

智証大師御起文云予依山王御語渡於大唐国受持仏法還本朝海中老翁現於予船而偁我新羅国明神也。和尚受持仏法至于慈尊出世為護持来向也者。如是言説之後其形既隠。予著岸中公家。即遣官使所持仏像法門被運納於太政官。于時海中老翁亦来云此日本国在一勝地。我先到彼地早以点定。申於公家建立一伽藍安置興隆仏法。我為護法神鎮加持矣。所謂仏法是護持王法。若仏法滅者王法将滅矣。予出登本山千光院従千光院到山王院受山王語。宣早法門運此所者明神偁此地者末代必有喧事歟。其奈何者各受北長下也。其内此山可盛事今二百歳哉。我見勝地末世衆生可為依所。興隆仏法護持王法到彼地可相定者明神山王別当西塔予到近江国滋賀郡園城寺案内於住僧等。爰僧等申之不知案内者一人之老比丘名謂教得出来云教年百六十二也。此寺建立之後経百八十余年也。有建立檀越子孫。去即教持呼彼氏人。姓名大友都堵牟麿。出来之都堵牟麿生年百四十七也。此寺先祖大友与多奉為天武天皇所建立也。此地先祖大友太政大臣之家地也。堺其四至被宛給。大略。教待大徳年来云挍可領此寺之人渡唐也。遅還来之由常語。而今日已相待人来也可出会者今以此寺家奉付属。此寺領地四至内専無他人領地。而時代漸移人心諂曲請国判称私領地。然而氏人無力弁定。早触国可被糺返者付属之後山王還給。明神住寺北野無量眷属囲遶他人之所不知見也。見知明住給野垂挙之人引率百千眷属来向以飲食奉饗明神之処老比丘教待到於彼明神之在所逓以喜悦。即比丘挙人形隠不見。于時問明神偁此比丘挙人忽不見。是何人耶。明神答之老比丘是弥勒如来為護持仏法住給此寺耶。挙人是三尾明神為訪我来也者。予還到寺教待之有様問都堵牟麿之専不知此老比丘案内。年来此比丘不魚不飲食。不酒不湯飲。常到寺領海辺之江取魚鱠為斎食之菜。而謁和尚忽隠之。悲哉々々不惜音哀泣。今大衆共見住房年来于置魚類皆是蓮華茎根葉也。於是知不例人之由。今教待已隠。我院早可被興隆者也者問之此寺名謂御井寺其情云何。氏人答云天智天武持統此三代之天皇各生給之時最初之時御湯料水汲於此地内井奉浴之由俗詞語来。件井水依経三皇御用号御井者予問此縁起漸見地形宛如大唐青龍寺。奉受付属畢。別当西塔共還本山。別当共参内裏奏申由。勅急造唐坊仏像法門運移此寺。予改御井寺成三井寺。其由何者件井水三皇用給之上此寺為伝法灌頂之庭可汲井花水之事令継弥勒三会暁。故成三井寺云々。

四二（八五頁）

吏部王記曰真崇禅師述金峰山神返（本変）云古老相伝之昔漢土有金峰山。金剛蔵王井住之。而彼山教移滄海而来。是間金峰山則是彼山也。

山有捨身谿。号阿古谷。有八体龍。昔本元興寺僧有童子名阿古。少而聡悟。誠経之時師使阿古奉試。及已得幾代度化人。如是両度。爰阿古恨悉捨身此谷。即得龍身。師聞捨身驚悲往看。于時已化龍頭猶人面光欲害師。菩薩冥護崩石圧龍。故師免害。貞観年中観海法師為見龍身往到彼谿。夢龍清之明朝将見也。比天々明興雲降雹見龍挙首高二丈許一頭八身。観海祈龍云奉写八部法華経将救汝苦。害於吾。龍猶吐気害将及身。観海大恐心神迷惑則帰命幷願写件経等。是雲霧冥失龍所在須臾雲霧廓除忽然看身至御在所幷在所也。観海祈感如願写経将供養之請善祐法師為講師。善祐法師固辞夢幷告曰我今請汝。勿苦推辞。須至方便品漢音読之。善祐感悟起請。如幷告比至方便品大風飄経不知所去。八部法華経今見一巻。

四九（九四頁）

興福寺東寺金剛峰寺別当職事

右定昭従若年之時誦法華一乗修念仏三昧。先年蒙往生極楽之記。而近曾夢中見可堕悪趣之由。定如依件等寺務所示現也。如往年告為往生極楽謹辞如件。

天元四年八月十四日　大僧都定昭

五三（一〇三頁）

阿弥陀仏示現云汝行不可思議也。一閻浮提之内三千界之間已為有一。是可無双。雖然汝順次往生誠以難有之事也。所以者何我土一向清浄之堺大乗善根之国也。以少縁人難生。如汝行業雖経多生未足往生之業因也。蓋可教速疾往生之法。所謂円融念仏是也。以一人行為衆人。故功徳広大。順次往生已以易果修因。已融通感果。盍融通一人令往生衆人。盍往生。阿弥陀如来示現粗如此。委細不遑毛挙矣。

天治元年甲辰六月九日　一乗仏子良忍

五六（一〇八頁）

崛請

閻浮提大日本国摂津国清澄寺尊恵慈心房

右来十八日於焔魔庁以十万人之持経者可被転読十万部法華経宜被参勤者依閻王宣崛請如件。

七三（一三三頁）

治世之政万方靡然。是則君以仁使臣々以忠奉君君者憂国臣者忘家君臣合躰上下和睦者也。

八七（一四三頁）

偏可被行徳政。漢高被掠六国承平年中有将門謀反。倭漢雖存先祖於今度者四ケ月中十余国皆反。当時之政若不叶天意歟。以之思之法皇四代帝王父祖也。無故不知食天下。如元可聞食政務歟。又入道関白被浴帰朝之恩者可為攘災之基哉。

一二〇（一七一頁）

桑田縦変日祭月祀之儀長伝。芥城縦空配天掃地之信無絶。況亦崐崘万歳三宝之桃矣。便充枌楡之珍羞崆峒一劫一熟之瓜焉。更代蘋蘩之綺饌。

一二〇（一七一頁）

社稷之臣政化雖高朝闕万機未必光姫霍。風月之主才名雖富夜台一掩未必類祖宗。彼蕭之暮雨花尽巫如之台。嫋々秋風人下伍子之廟。古今相隔幽奇惟同。匡房五稔之秩已満。待春漸艤江湖之舟。并覩之期難知。

何日復列廟門之籍。

一二〇（一七二頁）

潘江陸海玄之又玄也。暗引也字之水。洛妃漢如夢而非夢也。自動魏年之塵。堯如廟荒春竹染一掬之涙。徐君墓古秋松懸三尺之霜。右軍既酔蘭台之席稍巻。左驂頻顧桃浦之駕欲帰。

一七八（一三一頁）

柿下朝臣人麿画讃一首并序

大夫姓柿下名人麿蓋上世之哥人也。仕持統文武之聖朝遇新田高市之皇子。吉野山之春風従仙駕而献寿明石浦之秋霧思扁舟而瀝詞。誠是六義之秀逸万代之美談者歟。方今依重幽玄之古篇聊伝後素之新様因有所感乃作讃焉。其詞

和哥之仙　受性于天　其才卓爾　其鋒森然
三十一字　詞華露鮮　四百余歳　来葉風伝
斯道宗匠　我朝前賢　温而無滓　鑽之弥堅
鳳毛少景　麟角猶専　既謂独歩　誰敢比肩

ほのぼのとあかしの浦の朝霧にしまかくれゆく舟をしぞ思

一七八（一三四頁）

夏日於三品将作大匠水閣同詠水風晩来和哥一首并序

大学頭敦光

我朝風俗和哥為本。生於志形於言。記一事詠一物。誠為諷諭之端長者君臣之美。是以将作大匠毎属観天之余閑凝詞露於六義叶賞心者花鳥草虫之逸興。応嘉招者香衫細馬之群英。今日会遇、只是一揆。方今流水当夏兮冷風迎晩兮来。蘆葉戦以凄々。渚煙漸暗杉標動以颯々。沙月初明情感不尽。聊而詠吟。其詞曰

風ふけば浪とや秋の立ぬらんみぎはすずしき夏の夕ぐれ

二五五（三〇七頁）

裏書

宇治左府御記云

保延五年六月十九日丁卯依為入学吉日平調入調習畢。即吹十返以時秋為師所望也。昨以消息触権大納言云明日習入調如何。返報云尤可然者。同廿日戊辰習大食調入調。習時秋也。習了則吹十返。昨日以吉日習平調。仍太食調不尋日次。昨習平調入調了。訖後申権大納言以消息申曰平調入調已習了。此後経一両月可習大食調入調歟如何。返報云只可任意者。仍所習也。召時秋於南庭給栗毛馬一疋。置鞍。下臈随身取之。上手下手廐舎人取之。時秋一拝退出。件馬并舎人等外宿也。然而予有簾中給之。至入調者有縁云々。昔時光習平調入調於時信。時信云入調者四天王之常所令守護也。仍必給禄。時光清貧無財。以古泥障二枚奉時信云々。習訖之由告権大納言。相副返事被送故左近将監時光之自筆譜二枚。一枚平調入調、一枚大食調。々々々入調奥書載黄鐘調々子秘説。予披見之一拝捧持賞翫矣。

二八七（三四八頁）

今蒙明詔而欲下墨則疑有黷聖跡之冥譴。更憚聖跡而将閣筆亦恐拘辞明詔之朝章。晋退慚心胡尾失歩。伏乞尊像示以許否。若可許可請者尋痕跡而添粉墨。若不許不請者随形勢而廻思慮。王事靡盬。盍鑒於此。尚饗。

三〇一（三六五頁）

孝者天之経也地之誼也人之行也。故有天地人民以来斯道著矣。蓋乃立身揚名之本五常百行之先也。父雖不父子不可以不子。孝之至深尤可貴焉。

三三三（四〇八頁）

武者禁暴戢兵保大定功安民和衆豊財。是武七徳也。臨征戦之場去死於一寸振矍鑠之勇貽名於万代蓋此道也。

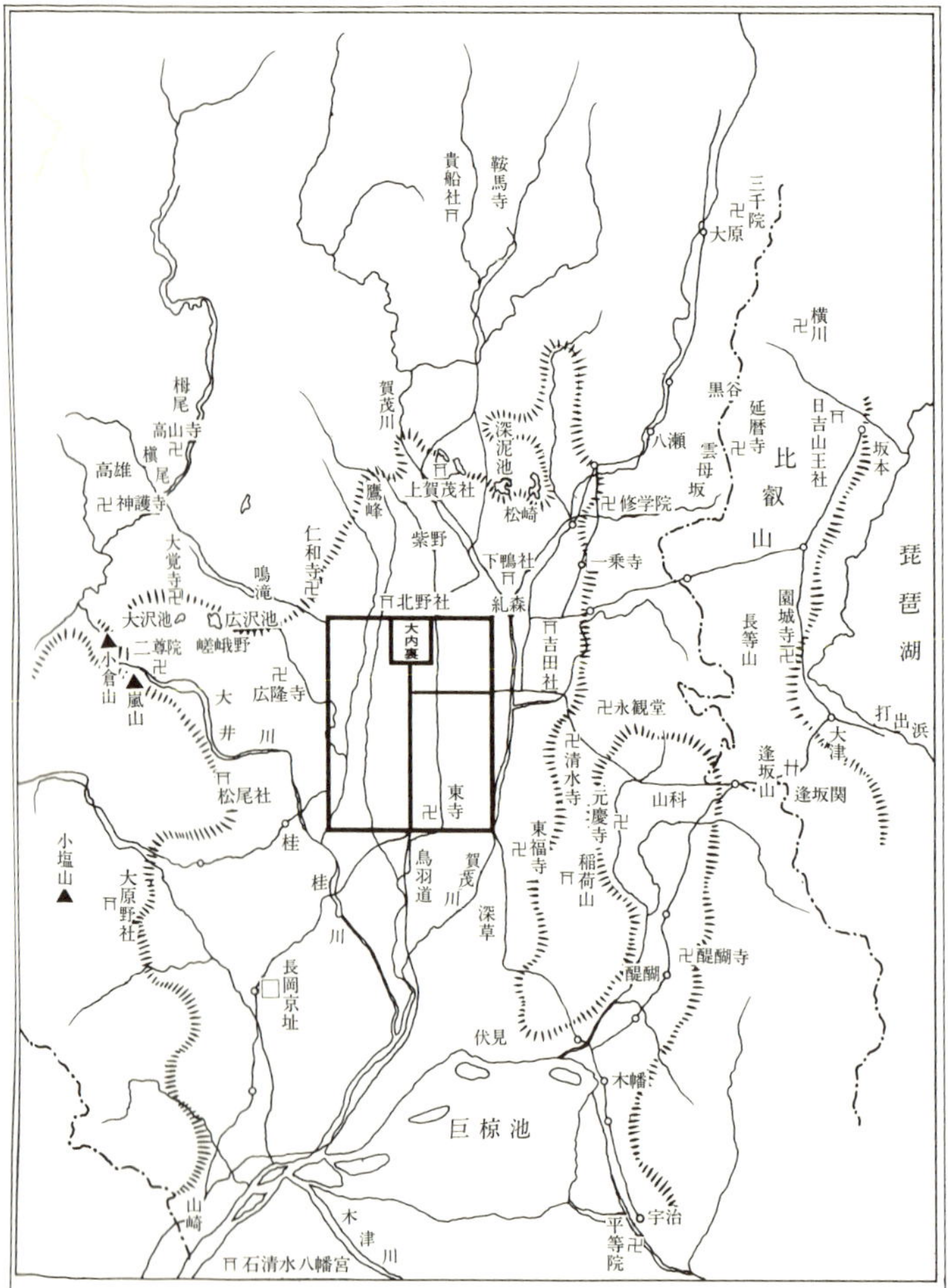
貴船社
鞍馬寺
三千院
大原
横川
黒谷
延暦寺
日吉山王社
坂本
八瀬
雲母坂
比叡山
修学院
琵琶湖
一乗寺
園城寺
長等山
打出浜
大津
逢坂山
逢坂関
永観堂
山科
清水寺
元慶寺
東福寺
稲荷山
醍醐寺
醍醐
深草
伏見
木幡
巨椋池
宇治
平等院
木津川
石清水八幡宮
山崎
長岡京址
桂川
鳥羽道
賀茂川
東寺
桂
小塩山
大原野社
松尾社
大井川
嵐山
小倉山
二尊院
嵯峨野
広隆寺
大沢池
広沢池
大覚寺
鳴滝
仁和寺
北野社
紫野
鷹峰
賀茂川
上賀茂社
深泥池
松崎
下鴨社
糺森
吉田社
大内裏
栂尾
高山寺
槇尾
高雄
神護寺

京都近郊図

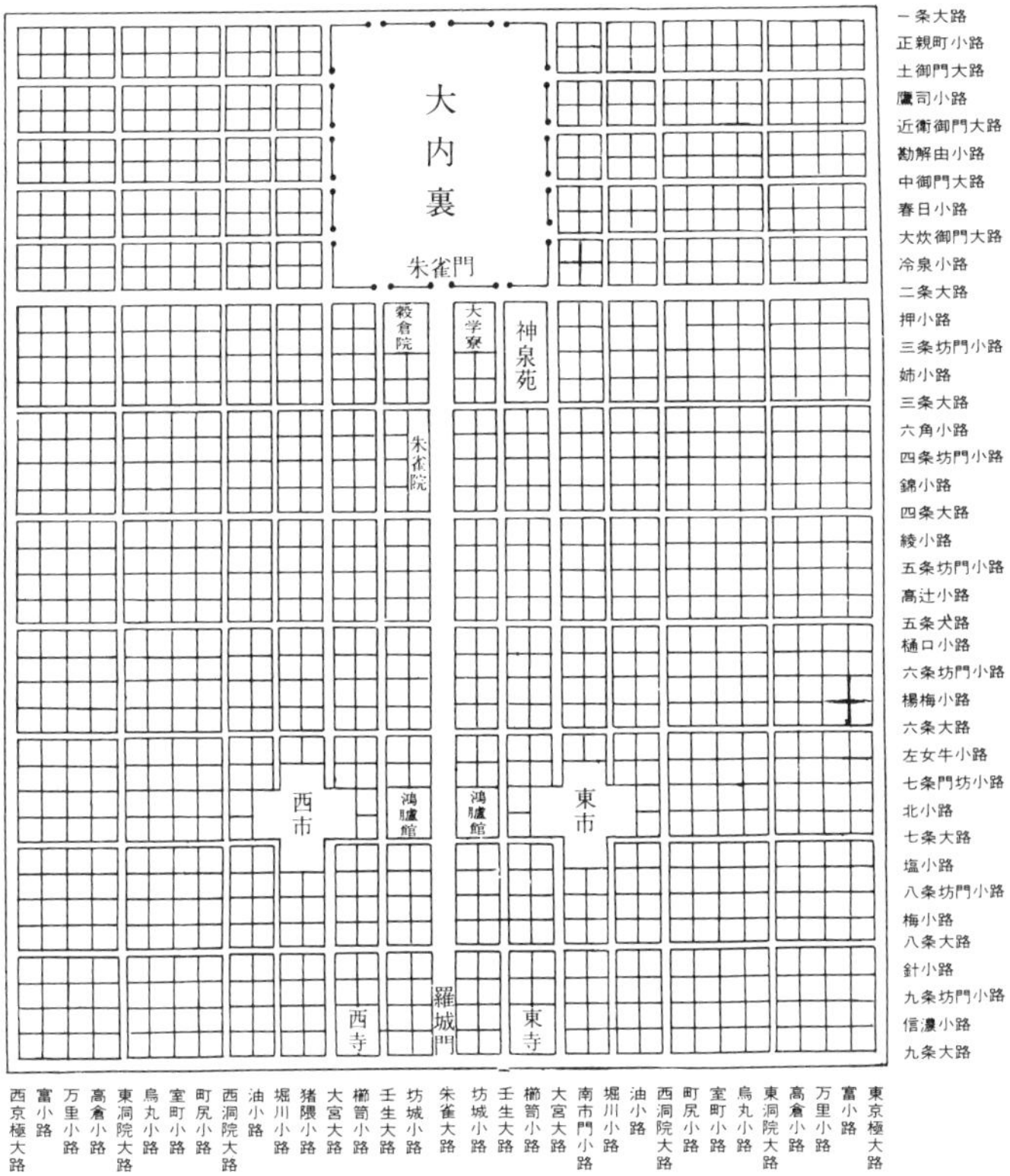
大内裏
朱雀門
穀倉院
大学寮
神泉苑
朱雀院
西市
東市
鴻臚館
鴻臚館
西寺
羅城門
東寺
一条大路
正親町小路
土御門大路
鷹司小路
近衛御門大路
勘解由小路
中御門大路
春日小路
大炊御門大路
冷泉小路
二条大路
押小路
三条坊門小路
姉小路
三条大路
六角小路
四条坊門小路
錦小路
四条大路
綾小路
五条坊門小路
高辻小路
五条大路
樋口小路
六条坊門小路
楊梅小路
六条大路
左女牛小路
七条門坊小路
北小路
七条大路
塩小路
八条坊門小路
梅小路
八条大路
針小路
九条坊門小路
信濃小路
九条大路
西京極大路
富小路
万里小路
高倉小路
東洞院大路
烏丸小路
室町小路
町尻小路
西洞院大路
油小路
堀川小路
猪隈小路
大宮大路
櫛笥小路
壬生大路
坊城小路
朱雀大路
坊城小路
壬生大路
櫛笥小路
大宮大路
南市門小路
堀川小路
油小路
西洞院大路
町尻小路
室町小路
烏丸小路
東洞院大路
高倉小路
万里小路
富小路
東京極大路

京城図

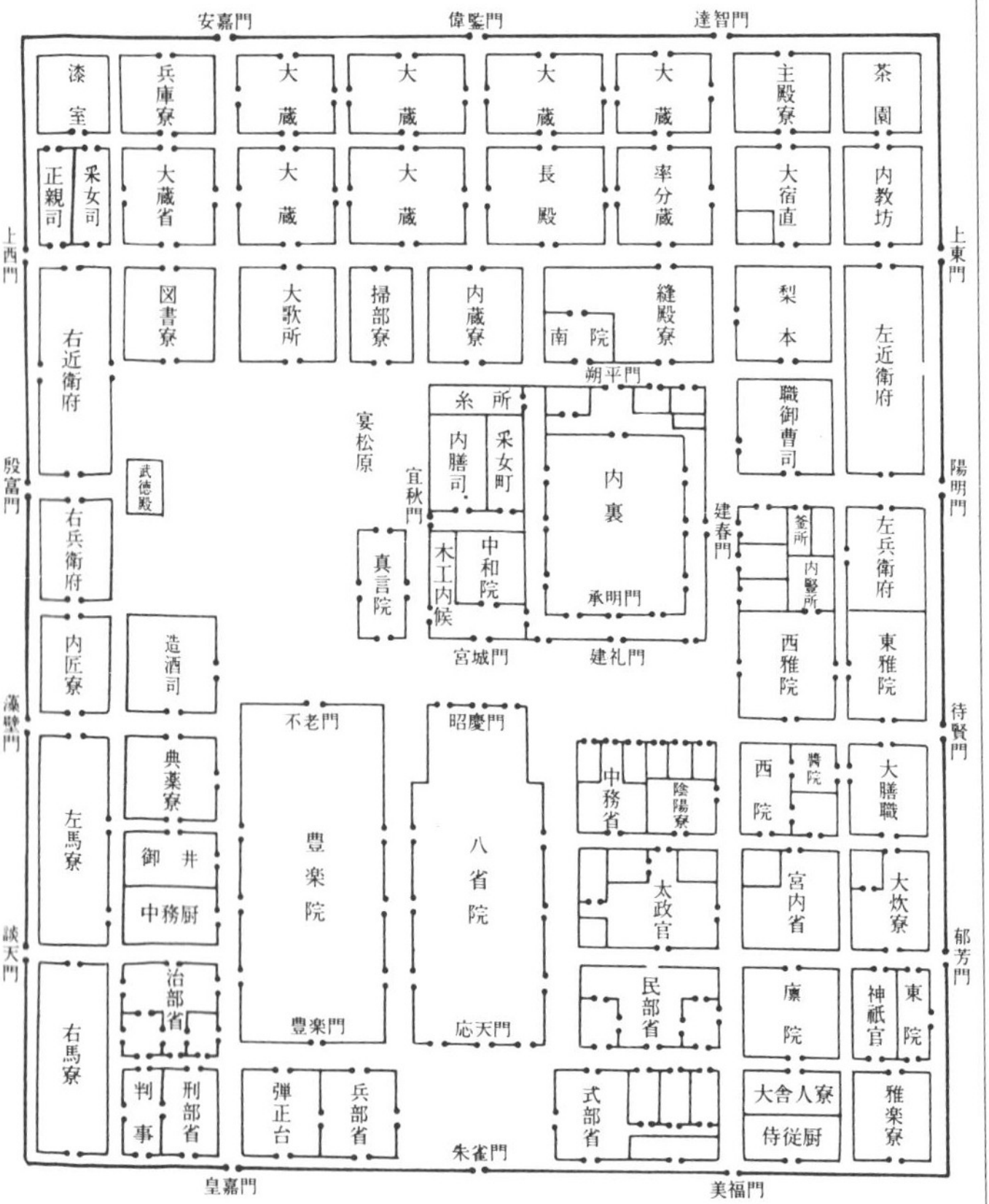
安嘉門
偉鑒門
達智門
漆室
兵庫寮
大蔵
大蔵
大蔵
大蔵
主殿寮
茶園
正親司
采女司
大蔵省
大蔵
大蔵
長殿
率分蔵
大宿直
内教坊
上西門
上東門
右近衛府
図書寮
大歌所
掃部寮
内蔵寮
南院
縫殿寮
梨本
左近衛府
朔平門
糸所
内膳司
采女町
宴松原
宜秋門
内裏
職御曹司
殷富門
陽明門
武徳殿
右兵衛府
建春門
釜所
内竪所
左兵衛府
真言院
木工内候
中和院
承明門
宮城門
建礼門
内匠寮
造酒司
西雅院
東雅院
藻壁門
待賢門
不老門
昭慶門
左馬寮
典薬寮
御井
中務厨
豊楽院
八省院
中務省
陰陽寮
西院
贄院
大膳職
太政官
宮内省
大炊寮
談天門
郁芳門
治部省
豊楽門
応天門
民部省
廩院
神祇官
東院
右馬寮
判事
刑部省
弾正台
兵部省
式部省
大舎人寮
侍従厨
雅楽寮
朱雀門
皇嘉門
美福門

大内裏図

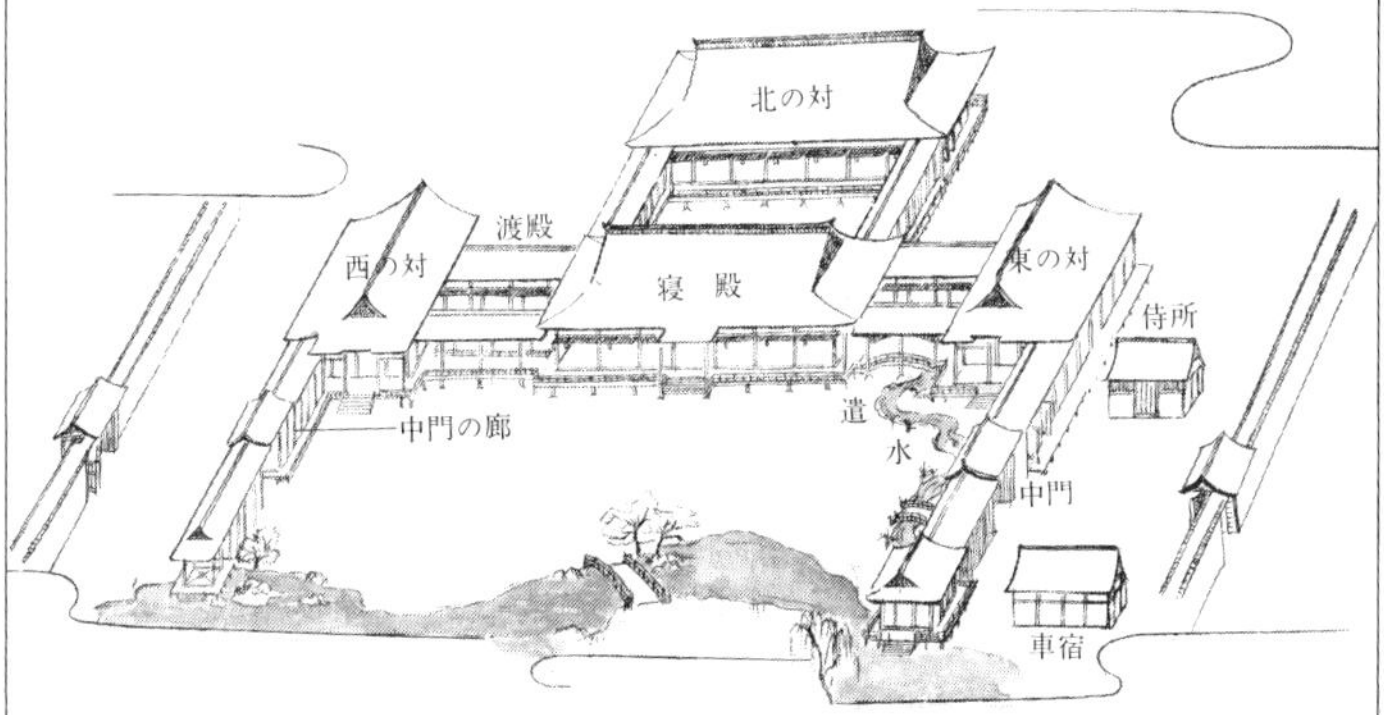

寝殿造り

中　門（石山寺縁起絵巻）

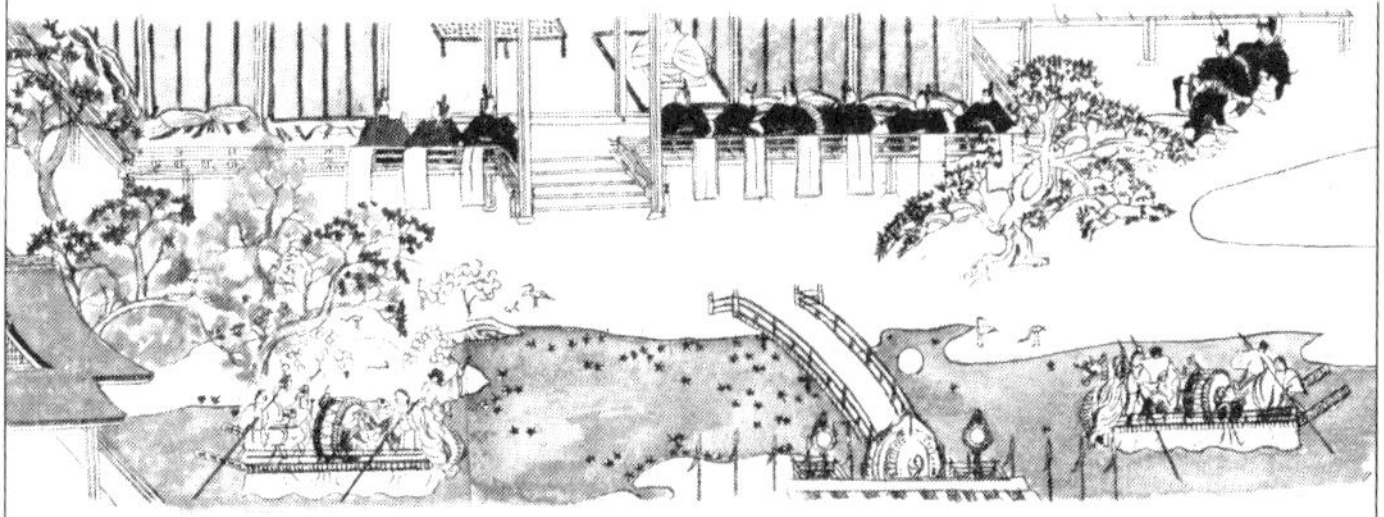

寝殿南面（駒競行幸絵巻）

和　琴

篳篥

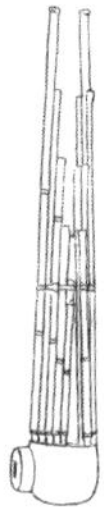

笙

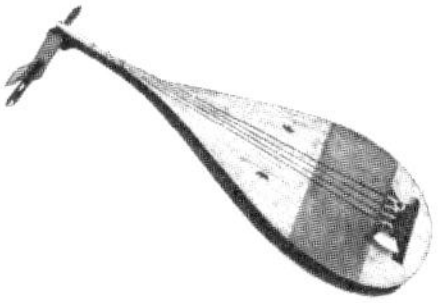

琵　琶

高麗笛

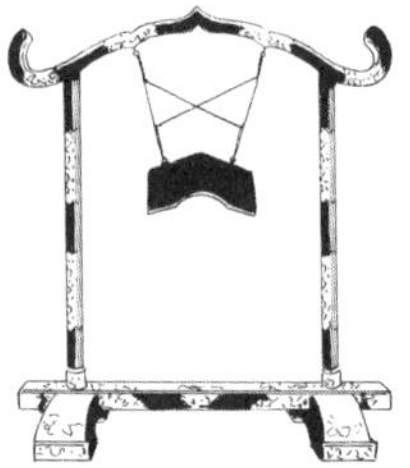

磬

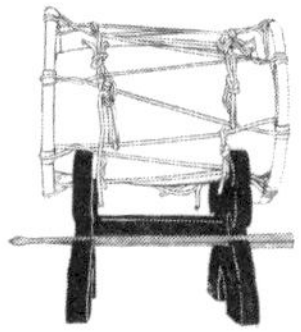

鞨　鼓

檳榔毛の車（輿車図考 付図）

蘇　莫　者（舞楽図説）

太　平　楽（舞楽図説）

林　　歌（舞楽図説）

万　歳　楽（舞楽図説）

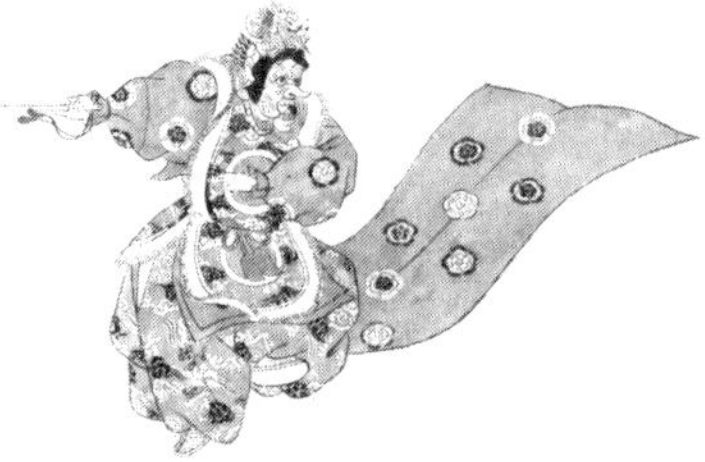

陵　王（舞楽図説）

胡飲酒（舞楽図説）

甘　州（舞楽図説）

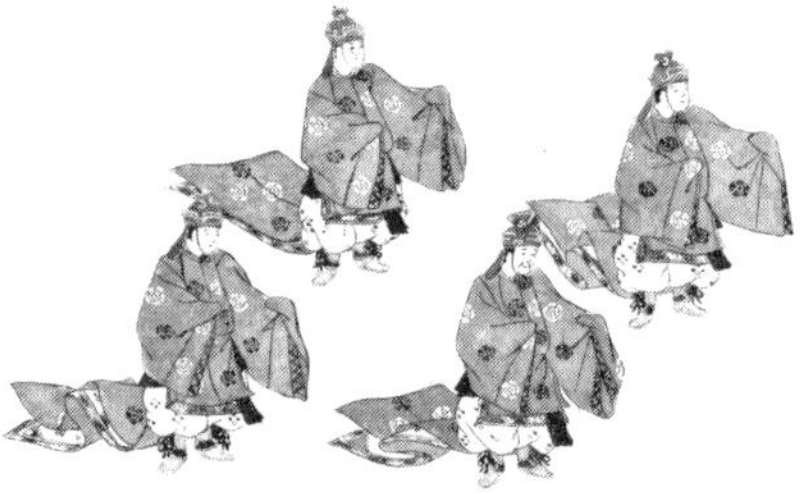

輪　台（舞楽図説）

青 海 波（舞楽図説）

新　鳥　蘇（舞楽図説）

採桑老（舞楽図説）

春鶯囀（舞楽図）

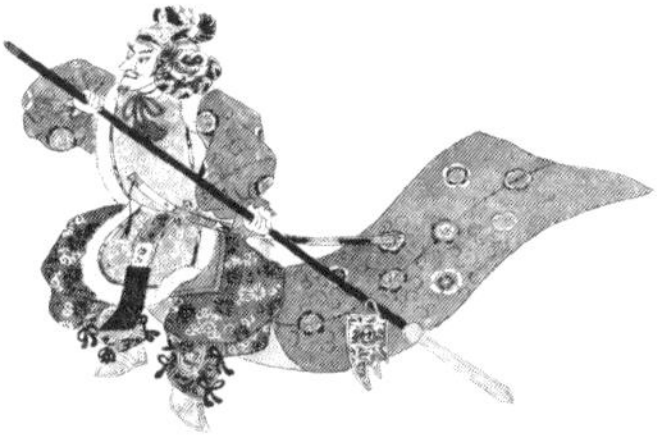

貴　　徳（舞楽図説）

抜頭の面
（舞楽図説）

垣　　代（舞楽図説）

束　帯（文官）

束　帯（武官）

直　衣　姿

狩　衣　姿

小　袿　姿

女房の正装

賭　　弓（年中行事絵巻三）

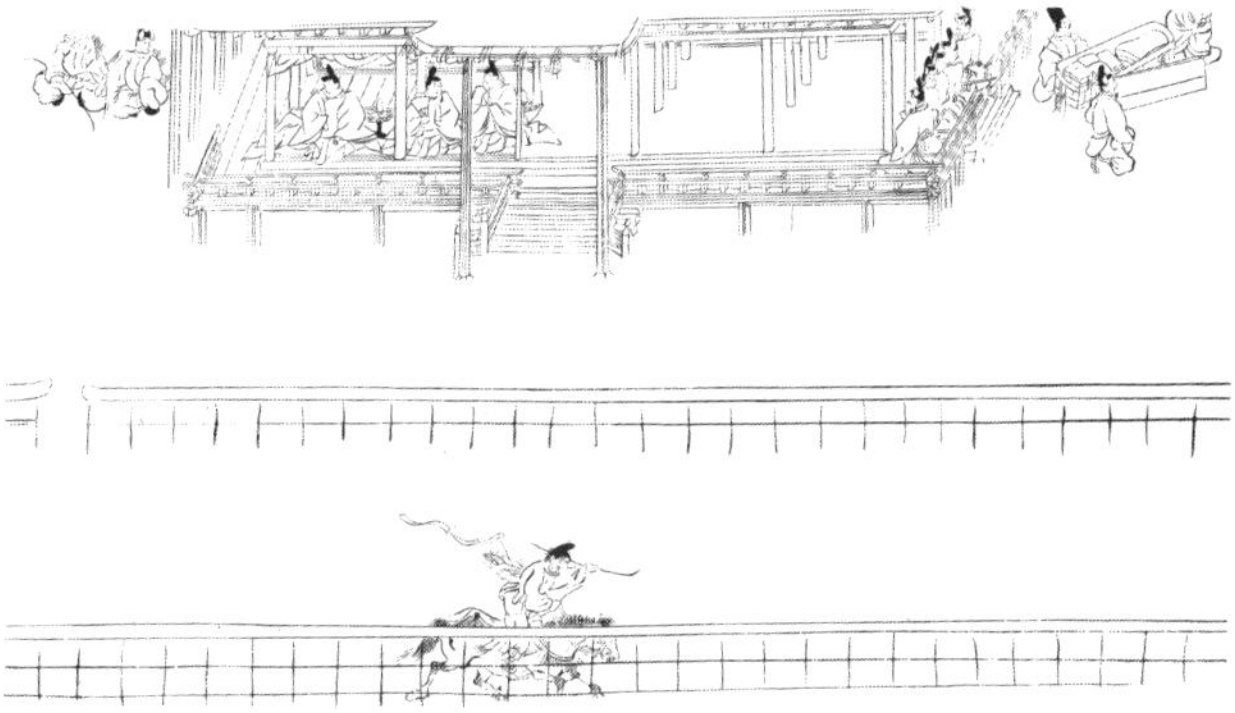

馬　　場（年中行事絵巻七）

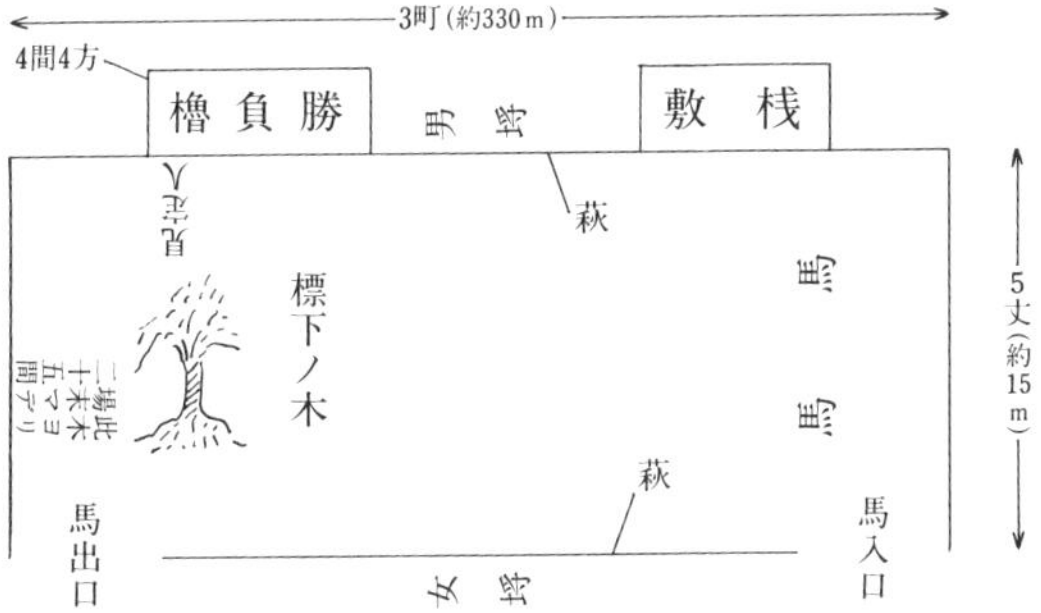

競馬馬場殿の図（『日本馬術史』による）

新潮日本古典集成〈新装版〉

古《こ》今《こん》著《ちょ》聞《もん》集《じゅう》 上

平成三十一年三月三十日 発行

校注者 西《にし》尾《お》光《こう》一《いち》
小《こ》林《ばやし》保《やす》治《はる》

発行者 佐藤隆信

発行所 株式会社 新潮社

〒一六二-八七一一 東京都新宿区矢来町七一
電話 〇三-三二六六-五四一一(編集部)
〇三-三二六六-五一一一(読者係)
https://www.shinchosha.co.jp

印刷所 大日本印刷株式会社

製本所 加藤製本株式会社

装画 佐多芳郎/装幀 新潮社装幀室

組版 株式会社DNPメディア・アート

ISBN978-4-10-620848-5 C0393

新潮日本古典集成

古事記	西宮一民
萬葉集 一〜五	青木生子 井手至 伊藤博 清水克彦 橋本四郎
日本霊異記	小泉道
竹取物語	野口元大
伊勢物語	渡辺実
古今和歌集	奥村恆哉
土佐日記 貫之集	木村正中
蜻蛉日記	犬養廉
落窪物語	稲賀敬二
枕草子 上・下	萩谷朴
和泉式部日記 和泉式部集	野村精一
紫式部日記 紫式部集	山本利達
源氏物語 一〜八	石田穣二 清水好子
和漢朗詠集	大曽根章介 堀内秀晃
更級日記	秋山虔
狭衣物語 上・下	鈴木一雄
堤中納言物語	塚原鉄雄
大鏡	石川徹
今昔物語集 本朝世俗部 一〜四	阪倉篤義 本田義憲 川端善明
梁塵秘抄	榎克朗
山家集	後藤重郎
無名草子	桑原博史
宇治拾遺物語	大島建彦
新古今和歌集 上・下	久保田淳
方丈記 発心集	三木紀人
平家物語 上・中・下	水原一
金槐和歌集	樋口芳麻呂
建礼門院右京大夫集	糸賀きみ江
古今著聞集 上・下	西尾光一 小林保治
歎異抄 三帖和讃	伊藤博之
とはずがたり	福田秀一
徒然草	木藤才蔵
太平記 一〜五	山下宏明
謡曲集 上・中・下	伊藤正義
世阿弥芸術論集	田中裕
連歌集	島津忠夫
竹馬狂吟集 新撰犬筑波集	木村三四吾 井口壽
閑吟集 宗安小歌集	北川忠彦
御伽草子集	松本隆信
説経集	室木弥太郎
好色一代男	松田修
好色一代女	村田穆
日本永代蔵	村田穆
世間胸算用	金井寅之助 松原秀江
芭蕉句集	今栄蔵
芭蕉文集	富山奏
近松門左衛門集	信多純一
浄瑠璃集	土田衞
雨月物語 癇癖談	浅野三平
春雨物語 書初機嫌海	美山靖
與謝蕪村集	清水孝之
本居宣長集	日野龍夫
誹風柳多留	宮田正信
浮世床 四十八癖	本田康雄
東海道四谷怪談	郡司正勝
三人吉三廓初買	今尾哲也